Andarilho do céu

Andarilho do céu
Liu Xinglong

Copyright © Liu Xinglong, 2021
A edição em chinês simplificado é publicada pela
Guangxi Normal University Press Group Co., Ltd.
A edição brasileira © LiteraturaBr, 2024

Edição Nathan Matos
Assistência Editorial Aline Teixeira
Revisão LiteraturaBr Editorial
Diagramação Luís Otávio Ferreira
Capa Sérgio Ricardo

Dados Internacionais de Catalogação na Publicação (CIP) de acordo com ISBD

X6a
Xinglong, Liu
O andarilho do céu / Liu Xinglong ; traduzido por Elias
Gutiman. – São Paulo : LiteraturaBr Editorial, 2024.
352 p. ; 14cm x 21cm.
ISBN: 978-65-89877-20-2
1. Literatura chinesa. 2. Romance. I. Gutiman, Elias. II. Título.
2024-1778
CDD 895.1
CDU 821.581

Elaborado por Odilio Hilario Moreira Junior - CRB-8/9949

Índice para catálogo sistemático:
1. Literatura chinesa 895.1
2. Literatura chinesa 821.581

Todos os direitos desta edição reservados à Literatura Br. Editorial
✉ literaturabr.com
✉ contato@literaturabr.com
⊚ ⓕ ⓨ LiteraturaBr

Personagens principais de Andarilho do Céu

Família do Diretor Yu:

Diretor Yu: O diretor da Escola Primária de Jieling. A fim de compartilhar o fardo com sua esposa, ele desistiu da oportunidade de trabalhar como professor particular em Jieling. Mais tarde, sua esposa adoeceu, e ele cuidou dela enquanto continuava a ensinar. Tem um filho.

Ming Aifen: A esposa do Diretor Yu, que originalmente era professora particular na Escola Primária de Jieling.

Yu Zhi: O filho do Diretor Yu, um estudante da Escola Primária de Jieling com excelentes resultados.

Lan Xiaomei: A mãe de Lan Fei, com quem o Diretor Yu se casou posteriormente.

Família de Sun Sihai:

Sun Sihai: Um homem aparentemente distante e entusiasta, que várias vezes pagou para reparar os edifícios escolares. Ele ama Wang Xiaolan, que é casada, e com ela teve uma filha.

Wang Xiaolan: Amante de Sun Sihai, profundamente apaixonada por ele, apesar de ser frequentemente espancada pelo marido.

Li Zi: Filha de Wang Xiaolan e Sun Sihai, estudante da Escola Primária de Jieling.

Família de Deng Youmi:

Deng Youmi: É astuto e habilidoso. Embora cometa pequenos erros constantemente e tenha um temperamento explosivo, é um bom homem.

Cheng Ju: A esposa de Deng Youmi.

Família de Zhang Yingcai:

Zhang Yingcai: Falhou no exame de admissão da faculdade duas vezes, mas mais tarde, por meio do arranjo de seu tio, tornou-se professor regular na Escola Primária de Jieling.

Diretor da Unidade Wan: O tio de Zhang Yingcai, astuto e escorregadio, mas que se preocupa com a Escola Primária de Jieling e é um bom homem.

Li Fang: A esposa de Wan, que costumava brigar, mas se tornou gentil devido ao câncer.

Equipe de Apoio ao Ensino:

Xia Xue: A primeira professora de apoio, uma garota gentil que ama poesia.

Luo Yu: O segundo professor de apoio, que mais tarde foi forçado a deixar Jieling devido a uma recaída da doença.

Lan Fei: Filho de Lan Xiaomei, que mais tarde trabalhou no Comitê da Liga da Juventude do condado.

O resto dos personagens:

Yu Shi: O chefe da aldeia de Jieling.

Ye Biqiu: Uma estudante da Escola Primária de Jieling com excelentes resultados, que tem sido secretamente apaixonado por Zhang Yingcai.

01

O sol de setembro ainda evitava que as pessoas se lembrassem da gentileza e da suavidade do inverno. Desde o momento que nascia, ele mostrava um rosto vermelho tão aflito que as pessoas suavam por todo o corpo, até a hora em que enfim se punha, deixando o céu de cor escarlate. Só depois disso a aldeia na montanha acordava de seu torpor. Um cachorro preto perseguia algumas galinhas na floresta de bambu. O incansável voo das galinhas fazia com que uma vaca velha, voltando da sua viagem ao crepúsculo, levantasse a cabeça e mugisse bem alto. Depois de um dia longo e silencioso, a Grande Aldeia da Família Zhang mal podia esperar para contar sobre suas frustrações. A fumaça escura das chaminés pairou tão rápido que, num piscar de olhos, flutuou pela encosta da montanha até virar uma faixa de nuvens escuras.

Quando escureceu, Zhang Yingcai, que passara o dia inteiro sentado debaixo de uma grande árvore de cânfora perto da aldeia, leu mais uma vez a última página do romance pelo qual estava apaixonado. O nome do romance era *Jovens em uma cidade pequena*, escrito por um oficial do centro cultural do distrito. Ele gostou tanto que, quando o terminou no verão passado, roubou o romance da biblioteca. Esse roubo foi planejado com a ajuda de seis pessoas. No começo eram apenas cinco, mas Lan Fei encontrou com o resto do grupo na biblioteca. Felizmente, também tinha a mesma ideia de roubar livros. Primeiro, Lan Fei enfiou um livro grosso de teoria da conspiração nos braços, depois escolheu outros com temas sobre poder e estratégia. O resto do grupo ficou responsável por livros com temas de conserto de eletrodomésticos, mecânica e agricultura. Zhang Yingcai só escolheu esse livro, depois ficou lá fora vigiando.

Após saber da vinda de Wan, diretor da unidade educacional da vila, Zhang Yingcai ia todos os dias até a aldeia segurando o livro, lendo-o uma vez a cada dois ou três dias enquanto esperava. Quanto mais lia esse livro, mais o mantra motivacional do professor da turma fazia sentido: é melhor morrer nos esgotos da cidade do que viver nas nascentes claras de Jieling, o que realmente era verdade. Jieling era a parte mais alta e remota dessa área de montanhas. Ficar na porta de casa olhando para cima naquela direção parecia cansativo.

Quando Zhang Yingcai lembrou disso, ainda estava pensando sobre sua época de ensino médio.

Zhang Yingcai cursou o ensino médio em quatro anos. O quarto ano foi combinado com o próprio diretor da unidade educacional para que ele repetisse o estudo. Amando ler romances, Zhang Yingcai já tinha seus gêneros favoritos. No início, ele foi criticado pelo professor da turma, que dizia que o resultado desse método de aprendizagem seria lamentável para o tio dele, diretor da unidade. Como as suas notas em matemática nunca passaram de trinta pontos por prova, o professor da turma o repreendeu amargamente por ter comido em segredo a *hongshao* de Jieling durante a aula de matemática. Essa área de Jieling era conhecida por não ter um estudante universitário até então, além das grandes montanhas e das muitas *hongshaos* chamadas de batatas-doces em outros locais, assim como *shaos*, tolos no dialeto local, que nem sabem comer usando pauzinhos. Quando Zhang Yingcai era estudante do décimo segundo ano de escolaridade, o portão da escola voltado a Jieling ainda estava aberto e, depois de repetir o ano, dizem que o portão da escola foi mudado para o lado contrário, o que teria sido financiado pelos pais de um repetidor bem-sucedido, e a partir daí, a taxa de admissão na prova seletiva de ingresso em faculdades da escola foi muito melhorada. Infelizmente a lista de beneficiários não incluía Zhang Yingcai. No último ano, o professor da turma mencionava frequentemente que "Jieling" é substantivo, mas na maioria das vezes é usado como adjetivo. Por exemplo, "este tipo de ato é muito Jieling", "vai deixar seus pais Jieling", e assim por diante. Seja substantivo ou adjetivo, "Jieling" é um ótimo incentivo para os estudantes do último ano do ensino médio se esforçarem mais para o exame de entrada universitária, mas também significa o contrário e é muito letal para eles.

Zhang Yingcai segurava uma moeda e a usava para tentar a sorte quando estava sem nada para fazer. A moeda era um bom jeito de descobrir se o seu tio viria, que tipo de trabalho ele iria encontrar, quanto receberia por mês nesse trabalho, e por aí vai, tudo isso jogando e virando a moeda.

Na metade do último mês, Zhang Yingcai viu um homem muito parecido com seu tio umas duas vezes caminhando para longe na estrada para Jieling, mudando de direção sempre que chegava a uma bifurcação na estrada e indo para a Pequena Aldeia da Família Zhang. Na primeira vez que o viu, ele tomou um atalho para segui-lo e encontrou Lan Fei, que também falhara no exame de entrada universitária, no meio desse caminho. Lan Fei cuidava do túmulo do pai, que havia sido danificado por uma chuva forte. A lápide era muito pesada para ser levantada por uma só pessoa. Zhang Yingcai, que observava de longe, correu até o desatento Lan Fei e se ofereceu para ajudar. Quando terminaram, Lan Fei agradeceu, mas sequer o convidou para tomar água em sua casa. Zhang Yingcai disse, a propósito, que nunca estivera na casa de Lan Fei, e Lan Fei disse a mesma coisa, que também nunca fora a casa dele. Zhang Yingcai correu alguns quilômetros e voltou chateado porque não achou mais o homem.

Esse dia foi a terceira vez. Antes de o sol se pôr, ele viu novamente o homem parecido com seu tio na bifurcação da estrada e o encarou. Acredito que o vento que sopra de longe poderia levar a notícia ao diretor Wan de que seu sobrinho morava na Grande Aldeia da Família Zhang, e não na Pequena Aldeia da Família Zhang. Zhang Yingcai parou de jogar moedas, fechou os olhos e suspirou. Quando escurecia, os insetos aumentavam e alguns mosquitos picavam seu rosto, fazendo com que, naquele dia, ele desse um tapa em si mesmo. Depois de um tempo, vendo que cada vez mais mosquitos apareciam, Zhang Yingcai levantou. Pegou seu livro e andou para casa.

Quando ele entrou, sua mãe o olhou, dizendo: "Já ia pedir para você pegar água".

Zhang Yingcai soltou o livro, dizendo: "Mas já acabou? Peguei de manhã".

Ela respondeu: "Acabou porque você é exigente demais, acha que o lago está sujo e não dá para lavar os legumes, e precisamos lavá-los com água de poço aqui em casa".

Zhang Yingcai não falou mais nada e foi buscar água. Depois de buscar duas vezes, o tanque não estava nem perto de ficar cheio, mas descansou e falou para sua mãe: "Vi meu tio indo para a Pequena Aldeia da Família Zhang".

A mãe ficou surpresa: "Não diga besteira". E Zhang Yingcai disse: "Não falei nada antes, mas já o vi três vezes".

A mãe respondeu baixo: "Vendo ou não, não fale sobre isso com ninguém, nem com seu pai".

Zhang Yingcai disse: "Por que o susto? Nosso tio é uma boa pessoa e não fará nada de ruim".

A mãe riu com amargura: "Infelizmente, sua tia não é muito ética. Se não, iria até lá informar, para que você não precisasse esperar todos os dias em casa".

Zhang Yingcai disse: "Ela sempre conta que o tio é alto funcionário no exterior".

A mãe continuou: "Também é culpa de seu tio, que não tem determinação; se ele tivesse casado com a linda Lan Xiaomei da Pequena Aldeia da Família Zhang, não teria vivido a vida abaixo da mulher como agora.

Zhang Yingcai questionou: "Está dizendo para eu não pedir ajuda do meu tio?"

A mãe respondeu: "Por que você quer tanto saber disso? Não tem nada a ver com seu tio".

Zhang Yingcai apertou os dentes e disse: "Não tenho medo de arriscar. Vou falar a má notícia primeiro, se meu tio não me ajudar a conseguir emprego, também não vou ajudar a família de jeito nenhum". Depois pegou a vara e saiu com os baldes. A soleira que fechava os porcos e as ovelhas era um pouco alta. Ele tropeçou sem querer, não caiu, mas xingou.

A mãe ficou irritada: "Ainda sou sua mãe, como você ousa me repreender?"

Zhang Yingcai disse: "Quem te fez ter um filho fracassado como eu, que não estuda bem e só sabe xingar. Você teve muita infelicidade. Se não acredita, eu vou de mostrar".

Sem surpresa, Zhang Yingcai xingou novamente quando voltou, depois de buscar mais água.

A mãe se aproximou e deu-lhe um tapinha, mas começou a chorar, dizendo: "Quando seu pai voltar, ele vai te castigar".

Zhang Yingcai não jantou; então, quando seu pai chegou, ele já tinha ido para a cama. Deitado, ouviu o pai perguntar por que fora dormir tão cedo. A mãe não disse a verdade, mas o defendeu, dizendo que estava com dor de cabeça e que precisava de um descanso.

"Ele estudou para se tornar preguiçoso." O pai disse bravo: "Um homem de dezoito anos, inútil, faltaram apenas três pontos no exame de entrada para a faculdade no ano passado e piorou depois de repetir. Faltaram quatro pontos este ano".

Zhang Yingcai se cobriu com o edredom para não ouvir e tapou os ouvidos. Depois, sua mãe entrou no quarto para deixar uma tigela de ovos em frente à cama, cochichando: "Não importa, você precisa comer, tudo bem ter problemas com os outros, mas não tenha consigo mesmo". E disse também: "Mas, sinceramente, não teve mesmo nenhum progresso depois de estudar por mais um ano, se faltassem dois pontos, seria mais fácil explicar isso para seu pai".

Depois de ficar coberto pelo edredom por um tempo, Zhang Yingcai começou a suar. Quando viu que sua mãe saiu, tirou o edredom rapidamente, se levantou da cama, trancou a porta e escreveu uma carta para uma amiga chamada Yao Yan, dizendo: Estou lendo o livro *Jovens em uma cidade pequena* que você havia recomendado na aula do primeiro semestre do segundo ano; o capítulo "O Nono Quiosque" é bem escrito, e muitos dos episódios parecem ter acontecido na nossa escola. Aquela garota chamada Yujie é muito parecida com você, você é tão linda quanto o coração dela.

Depois de encher metade da folha, Zhang Yingcai ficou sem palavras, pensou muito e continuou escrevendo: Meu tio é diretor da unidade educacional da vila e me ajudou a encontrar um trabalho que gosto, vou começar daqui a uns dias. Essa instituição tem muitos talentos. Não vou te dizer agora que instituição é essa, mas depois escrevo para você quando começar e certamente vai ficar surpresa quando vir o endereço no envelope.

Quando terminou, releu e seu rosto ficou quente, pegou a caneta para riscar a mentira no fim da carta, hesitou muito, mas desistiu. Virou para comer os ovos, dizendo a si mesmo: "Quanto mais bonita uma garota for, mais ela vai gostar de mentiras". Enquanto comia os ovos, Zhang Yingcai lembrou que só tinha no bolso a moeda para ajudar nas decisões. Quando fosse ao correio enviar a carta, precisaria pedir dinheiro aos seus pais. Depois de comer um pouco, ele deixou a tigela de lado e se deitou na cama, olhando fixamente para as telhas brilhantes do telhado.

Zhang Yingcai acordou e viu que tinha dormido a noite toda sem fechar o mosquiteiro, e estava cheio de picadas vermelhas. Ao se levantar, viu a tigela de ovos que sobrou da noite anterior e ficou com fome. Ao lembrar das dicas de higiene do jornal da escola dizendo que ovos cozidos não devem ser comidos depois de uma noite, desistiu. Naquele momento, sua mãe bateu à porta. Ele não se deu ao trabalho de abrir, pois o trinco estava muito solto e podia ser empurrado facilmente.

Empurrando um pouco, a porta abriu. A mãe entrou sussurrando: "O tio está aqui, comporte-se bem, e não o trate como seu pai".

A mãe passou os olhos na tigela de ovos e Zhang Yingcai suspirou, pegou a tigela e comeu os ovos restantes. Zhang Yingcai vestiu-se e foi até a sala, ia cumprimentar o homem em frente ao seu pai educadamente e o chamar de tio; mas, sem saber como, ele acabou dizendo: "Diretor da unidade, Wan, alguém tão ocupado quanto o senhor aqui!", o que parecia um pouco intencionalmente sarcástico.

O diretor da unidade, Wan, respondeu: "Yingcai, estou aqui por sua causa".

O pai disse: "Idiota, agradeça já".

O direto da unidade Wan disse: "Consegui uma vaga de professor para você. Bem, só há duas vagas neste semestre para a vila inteira, e há muitas pessoas que querem substituí-lo, por isso não foi confirmado até ontem. Arrume as malas rápido porque eu levarei você até a Escola Primária de Jieling, depois do café, para começar a trabalhar".

Zhang Yingcai questionou: "A Escola Primária de Jieling?"

Minha mãe também não acreditou no que ela ouviu: "Há tantas escolas na vila, por que vamos para aquela no fundo da montanha?"

Wan respondeu: "Porque a maioria das pessoas não quer ir, faltam professores e precisamos de profissionais para dar aulas".

O pai disse: "Não há mais vagas naquela outra escola?"

O diretor da unidade, Wan, parou com surpresa e depois disse: "Havia uma vaga na escola primária central da vila, a unidade estudou a questão e a deu para Lan Fei da Pequena Aldeia da Família Zhang".

A mãe viu a expressão do pai mudando e rapidamente disse: "Não é fácil para uma viúva como Lan Xiaomei criar um filho, é normal a unidade demonstrar consideração por ela".

O pai olhou para a mãe e disse: "Então me dê uma garrafa de metamidofos, vamos ver quem vai mostrar simpatia?"

O diretor da unidade, Wan, não gostou: "Você fica exigente quando tem carne para comer?[1] Se fale caso a resposta seja não, posso providenciar mais, para não afetar a educação da vila toda ".

O pai amoleceu imediatamente: "O primeiro-ministro ainda quer ser imperador, quem não quer, só estamos falando a verdade".

A mãe aproveitou a oportunidade para dizer: "Por que não arruma suas coisas e vai logo?"

Zhang Yingcai, que estava calado, disse à mãe: "D! Só seu irmão pode pensar nisso, deixe seu filho ser professor de escola local em Jieling".

O pai imediatamente foi até outro quarto e trouxe uma vara com baldes de estrume, colocou-os na sala principal e pediu a Zhang Yingcai que fosse até o distrito com o caminhão para transportar o esterco. Zhang Yingcai olhou para os baldes de estrume e ficou em silêncio.

O diretor da unidade, Wan, moveu sua cadeira para manter os baldes longe dele: "Você não tem registro residencial urbano e tem muita sorte de encontrar uma oportunidade dessa para trabalhar como professor substituto quando se forma. Para ser esnobe, isso só acontece porque seu tio é diretor da unidade de educação, se você não experimentar dificuldades, como posso ajudar a defender você no futuro?"

Meu pai insistiu: "Se não quer ensinar, desista, melhor ainda se ficar em casa para me ajudar".

---

1 N. do T.: Refere-se a ter um excedente de algo, mas também a buscar o melhor do que é bom. Descreve uma pessoa que é muito exigente e não se contenta com a média.

Zhang Yingcai levantou a cabeça e disse: "Pai, tenha mais educação! O tio é convidado e diretor da unidade, não coloque baldes de estrume na frente dele!"

O pai se calou e levou os baldes de volta.

A mãe foi ajudar Zhang Yingcai a fazer as malas e ficaram só Zhang Yingcai e o seu tio na sala principal. Zhang Yingcai também moveu sua cadeira, se aproximou do diretor da unidade, Wan, e disse baixinho: "Eu sei que você foi para a Pequena Aldeia da Família Zhang ontem". Parou e continuou: "Se eu for trabalhar naquele lugar remoto e você for demitido, o que farei?"

O diretor da unidade voltou ao seu bom senso: "Querido sobrinho, não faça suposições. Jogo xadrez há décadas e sei que os peões vão avançar. Você vai primeiro e depois vemos o que fazer. Fiquei lá por muitos anos antes de virar professor de escola estatal. Aquele lugar é bom na formação de talentos, e eu me tornei diretor da unidade educacional assim que virei professor de escola estatal. Outro detalhe é que as pessoas daquele lugar têm um sentimento incomum pelos professores, contanto que você venha com o cheiro de pó de giz, não importa o quão cruel seja um cachorro, ele não o morderá".

O diretor da unidade pegou um par de óculos e pediu a Zhang Yingcai que os usasse. Zhang Yingcai ficou muito surpreso, pois, já que ele não é míope, usar um par de óculos seria pedir para ficar doente. O diretor da unidade, Wan, explicou por um longo tempo até Zhang Yingcai entender que seu tio havia usado sua suposta alta miopia como desculpa para deixá-lo dar aulas na escola.

O diretor da unidade, Wan, disse: "Deve haver um motivo para tudo. Se não houver motivo, por mais forte que seja o relacionamento, fica difícil. O motivo vai funcionar mesmo que seja pequeno".

Zhang Yingcai não conseguia ver direito com os óculos e estava muito tonto. Ele queria tirar, mas o diretor da unidade Wan não deixou, dizendo que gostaria de tê-los enviado alguns dias antes, para que tivesse tempo de se acostumar. Como isso não foi possível, agora cada segundo contava. Ele também disse que ninguém na escola primária de Jieling usa óculos. Se ele os usar, vão prestar mais atenção nele. Além disso, ele aparentava ser mais maduro com óculos.

Zhang Yingcai se levantou e andou um pouco, gritando: "Não, nem pensar!"

Os seus pais, sem saberem o motivo, saíram do quarto, dizendo: "Isso não são horas para ficar gritando!". Seu pai também o repreendeu: "Aceite, pois é o seu destino".

"Não só sobe o destino". Zhang Yingcai tocou nos seus óculos após dizer isso, entrou no quarto e saiu pouco tempo depois com o romance na mão, dizendo ao diretor da unidade, Wan: "Vamos!"

02

Quando Zhang Yingcai estava saindo de casa com sua bagagem, vários jovens da Grande Aldeia da Família Zhang vieram para convencê-lo a não ir, dizendo que a comparação entre aqui e Jieling é igual à comparação entre a cidade e aqui. Os homens naquele lugar parecem todos idiotas, as mulheres de lá também, por isso não há nenhum estudante universitário, nem sequer alguns estudantes do ensino secundário. E também disseram que o salário de professor de escola local é de apenas trinta e cinco yuan por mês, o que não é suficiente para cobrir os custos básicos vitais. Wan explicou que trinta e cinco yuan seria o subsídio emitido pela unidade de ensino, a aldeia também enviaria trinta e cinco yuan. Disse também que, quando ele trabalhava como professor de escola local em Jieling, recebia um total de quatro yuan por mês!

Essas pessoas começaram a dizer algo ainda mais desagradável: "Sem contar que, para não mencionar Jieling, mesmo na nossa aldeia, qualquer pessoa pedir dinheiro ao chefe da aldeia é mais difícil do que beber o leite da sua mulher".

Zhang Yingcai ignorou e disse: "As pessoas têm a sua própria vontade e o seu próprio destino!"

O pai ficou muito feliz por ouvir isso e pensou que o seu filho tinha crescido mais e que o ano de repetição do estudo não havia sido em vão. Quando chegou a hora da separação, a mãe chorou; o pai não ficou tão emocionado e disse: "Ele não vai ser um soldado, qual o sentido de chorar?"

No caminho, Zhang Yingcai ficou pensando em por que as pessoas podem chorar quando alguém vai servir o exército; achava que todos estavam ansiosos para ingressar no serviço militar.

O diretor da unidade, Wan, quis comprar algo gostoso para Zhang Yingcai comer. Por isso, sempre que ele via uma venda de comida no caminho, entrava e perguntava por algo. No entanto, a última loja antes de subir a montanha era a mesma de sempre e só vendia pães fritos feitos no dia anterior. O diretor da unidade colocou sua bicicleta na casa do dono da loja, comprou dez pães fritos e os enfiou na sacola que Zhang Yingcai levava, além de colocar dez ovos na sua mochila.

A estrada montanhosa tinha mais de 20 milhas de distância. O caminho não era fácil de percorrer, e, usando óculos muito embaraçosos, Zhang Yingcai raramente podia falar com o diretor da unidade, Wan. Quando pararam para descansar, perguntou sobre a situação da escola, Wan lhe disse para ter paciência, que logo mais veria tudo pessoalmente e poderia tirar suas próprias conclusões. Perguntou também em que deve prestar atenção um professor da escola primária. Wan falou sobre a importância de fingir não ouvir quando os pais dos alunos dissessem que eram pobres e não podiam pagar a taxa de matrícula, e fingir não ver quando outros professores dessem um pontapé em um aluno. Zhang Yingcai percebeu que Wan não estava interessado nesse tipo de conversa, então ele parou de fazer aquelas perguntas e, em vez disso, começou a falar da mãe de Lan Fei, Lan Xiaomei. Peguntou se ela era bonita quando jovem. Wan sorriu e disse que esse tipo de coisa acontece com todos os homens. Ele perguntou a Zhang Yingcai se estava brincando com uma moeda. Depois que Zhang Yingcai abriu a palma da mão, Wan pegou a moeda polida e a jogou na ravina sem olhar para ela. Zhang Yingcai não entendeu, disse que era dinheiro do bolso dele, perguntando-se como Wan podia simplesmente jogá-lo fora. Wan disse que sabia que Zhang Yingcai brincava com moedas o tempo todo e, quando chegasse à Escola Primária de Jieling, não poderia mais jogar esse tipo de jogo que usava seu cérebro como um cérebro de idiota.

Depois disso, eles não descansaram mais e escalaram para chegar a Jieling de uma só vez.

Em frente a uma fileira de casas antigas, a bandeira nacional tremulava violentamente ao vento da montanha. Ouvia-se um som de leitura na velha casa e uma grande linha de caracteres ocupava o quadro-negro do lado de fora: "Estabeleça uma base sólida para quebrar o 'zero' da aldeia Jieling no vestibular!"

Olhando para o slogan, Zhang Yingcai se sentiu estranho.

Um homem de meia-idade saiu da sala e gritou bem alto: "O diretor da unidade, Wan, chegou tão cedo!"

"Eu queria chegar a tempo do almoço!" Wan apresentou-o a Zhang Yingcai com um sorriso: "Este é o diretor da escola Yu". E então apresentou o sobrinho ao diretor Yu: "Este é Zhang Yingcai".

Depois que o diretor Yu os cumprimentou no escritório, preparou ele mesmo duas xícaras de chá e os serviu. Neste momento, dois homens mais jovens entraram. Depois de serem apresentados, revelou-se que um era o vice-diretor da escola, Deng Youmi, e o outro era o diretor de estudantes, Sun Sihai. Zhang Yingcai fingiu limpar a névoa de suas lentes, tentando observá-los com mais clareza. Depois de observá-los por um longo tempo, ele não teve nenhuma impressão especial, exceto que eram muito magros e comuns.

Wan terminou seu chá neste momento, limpou a boca e disse: "Tudo bem, todos os professores da escola estão aqui, então vou apenas dizer algumas palavras primeiro!"

Zhang Yingcai ficou bastante surpreso ao ouvir isso. Ele não tinha visto nenhum aluno descansando depois da aula durante muito tempo, então pensou que naquele momento outros professores deveriam estar em sala de aula. O que Wan disse, com gravidade, não passou de um punhado de clichês, como novas melhorias e novos avanços para o novo semestre. Zhang Yingcai não sentiu nenhum interesse. Fingindo ir ao banheiro, saiu para dar uma volta, apenas para descobrir que não havia professores nas salas de aula. Ele não conseguia adivinhar qual sala de aula era para qual série e como três salas de aula eram divididas para seis séries. Pelo que ele mal podia enxergar nos quadros-negros, eram todas aulas de chinês sobre formação de palavras e composição de frases. Quando ele voltou, Wan finalmente terminou de falar, seguido pelo diretor Yu. Depois que o diretor Yu disse algumas palavras, sua voz ficou rouca.

"Descanse se tiver dor de garganta, eu posso comunicar ao diretor da unidade."

Deng Youmi, sem cerimônia, abriu o pequeno livro em sua mão e começou a ler cuidadosamente. Assim que terminou de ler os números de taxa de matrícula e taxa de evasão, Wan o interrompeu.

"Está tudo nesses relatórios, vamos falar sobre o que não está nos relatórios."

Deng Youmi revirou os olhos e disse algumas coisas sobre como mobilizou crianças em idade escolar para irem à escola. Ele também disse que adiantou dezenas de dólares para comprar livros didáticos para estudantes que não podiam pagar a taxa de matrícula. Deng Youmi falou por muito tempo. Ao ver que Wan não memorizou nem anotou coisa alguma em seu caderno, ele parou conscientemente.

A seguir, foi naturalmente a vez de Sun Sihai falar.

Depois de esperar um pouco, Sun Sihai disse em voz baixa: "A aldeia não nos paga há nove meses".

Wan não fez mais perguntas nem mostrou qualquer mudança estranha em seu rosto. Ele apenas pediu ao diretor Yu para levá-lo às salas de aula para dar uma olhada. Chegando à primeira delas, o diretor Yu disse que pertencia à quinta ou sexta série. Zhang Yingcai viu que a maioria dos alunos não tinha livros didáticos e o que eles seguravam era um livreto mimeografado.

Wan disse: "Esses livros mimeografados são suas obras-primas de novo, não são?"

O diretor Yu disse: "Não posso mais esculpir a placa de aço com minhas mãos, foram eles mesmos que os fizeram".

Zhang Yingcai suspirou baixinho quando viu Wan segurando as mãos ossudas do diretor Yu. A segunda sala de aula servia à terceira e quarta séries, ministradas por Sun Sihai, mas desta vez todos os alunos usavam livros didáticos novos. Quando questionados, os estudantes responderam que os livros haviam sido comprados pelo professor Sun. Após ser novamente questionado, Sun Sihai disse que o dinheiro viera da renda do trabalho dos próprios alunos. Wan queria perguntar mais, mas o diretor Yu rapidamente mudou a conversa, pedindo-lhes que fossem ver a primeira e a segunda séries. Não havia dúvidas de que Deng Youmi era o encarregado dessas turmas, porque, assim que ele entrou na sala de aula, deu continuidade ao seu relato de agora há pouco, apontando para cada aluno ao dizer como era difícil mobilizá-los para a matrícula.

Enquanto ele falava, Wan o interrompeu repentinamente e perguntou: "Quantos novos alunos você recrutou este ano?"

Deng Youmi disse: "Quarenta e dois".

Wan disse: "Você pode contar, há apenas vinte e quatro".

Deng Youmi disse: "Todos os outros pediram licença".

Wan disse: "Até as mesas e cadeiras pediram licença? Diretor Yu, a inspeção da implementação da 'Lei de Educação Obrigatória' está prestes a ser realizada. Não podemos inviabilizar que você e eu passemos no teste!"

Deng Youmi corou e não disse nada. O diretor Yu assentiu repetidamente. Havia um sorriso de escárnio no canto da boca de Sun Sihai. Zhang Yingcai levou tudo isso em consideração e, quando voltou para arrumar o quarto, aproveitou para perguntar a Wan se havia alguma discórdia entre os três. Wan pediu para que ele não se intrometesse nesses assuntos e se lembrasse da relação entre conflitos de classe e conflitos étnicos. Wan disse que ele e os outros daqui não são da mesma etnia. "Você é um estranho e eles o verão como um agressor." Zhang Yingcai parecia entender isso.

Uma longa caixa chata de madeira estava pendurada na parede do quarto. Depois que Zhang Yingcai a pegou e abriu, descobriu um instrumento musical dentro. Ele nunca tinha visto aquele tipo de instrumento antes. Uma fileira de tarraxas dizia 1234567 e havia algumas cordas de metal conectadas a elas.

Ele as dedilhou e o som produzido parecia estar um pouco rouco, como a voz do diretor Yu.

Zhang Yingcai perguntou: "Que tipo de instrumento musical é este?"

Wan nem olhou para ele e respondeu enquanto montava o mosquiteiro: "Então não há palavras escritas nele?"

Ele tirou os óculos e olhou mais de perto. De fato, os três caracteres "Feng Huang Qin" estavam impressos na tampa do instrumento e havia uma fileira de pequenos caracteres: Fabricado pela Fábrica Nacional de Instrumentos Musicais Dongfeng de Pequim, República Popular da China. Depois que o quarto foi arrumado, Zhang Yingcai pegou o livro *Juventude em uma cidade pequena* e o colocou cuidadosamente ao lado do travesseiro.

Quando o diretor Yu chegou, ele olhou para o livro e disse: "Eu conheço o autor. Ele era professor de escola local. Participei de uma reunião com ele. Felizmente, mudou de carreira. Caso contrário, poderia estar na mesma situação que eu agora".

Zhang Yingcai estava prestes a perguntar algo, mas Wan disse: "Yu, você está jogando fora água fria?"

O diretor Yu disse apressadamente: "E o que mais posso fazer? Com esse reumatismo, se usar água fria, temo que até meu cabelo fique com as juntas inchadas".

Naquele momento, as aulas da manhã acabaram. As regras da escola se tornariam mais claras para Zhang Yingcai em pouco tempo. Porque os alunos viviam muito longe, chegavam tarde e saíam cedo, então havia apenas duas aulas por dia, uma de manhã e outra à tarde. Na saída, alguns alunos correram para o vale e outros para o topo da montanha. Zhang Yingcai não entendeu. Deng Youmi explicou que eles iam colher cogumelos e arrancar ervas daninhas.

Depois de dar uma volta, era hora do almoço. O diretor Yu gritou para o campo algumas vezes. Quando os alunos voltaram, colocaram as ervas daninhas e os cogumelos no chiqueiro e na cozinha da casa do diretor Yu, respectivamente. Zhang Yingcai se perguntou se aquela não seria uma forma de explorar estudantes e oprimir adolescentes. Enquanto pensava, o diretor Yu se levantou, saiu de sua cadeira e foi até a cozinha. Pelo barulho, parecia que eles estavam preparando refeições para os alunos lá dentro. Em pouco tempo, alunos saíram de lá com tigelas de arroz e foram para outra sala, depois veio o diretor Yu segurando uma tigela de legumes com as duas mãos. Wan gritou: "Yu, espere um momento". Virou-se, pediu a Zhang Yingcai para trazer aqueles pães fritos, entregou-os a Yu, que depois os distribuiu entre os alunos. Zhang Yingcai se sentiu um pouco desconfortável ao ver os alunos saboreando cuidadosamente os pães fritos que receberam.

Wan perguntou ao diretor Yu qual criança era filho dele.

O diretor Yu apontou para um dos meninos e Zhang Yingcai imediatamente pensou nos africanos famintos na TV.

"Este é Yu Zhi. Ele está muito mais magro do que quando vim da última vez. Se você não me tivesse dito, não teria reconhecido o rapaz." Depois de provar o almoço dos alunos, Wan disse com uma cara sombria: "Yu, sua esposa já está arrastado, e, se isso se arrastar por mais alguns anos, toda a família pode ser arruinada".

O diretor Yu suspirou e disse: "Ser professor de escola local é um trabalho de consciência e afeto. Como é possível que tantas crianças não possam estudar? Em oito ou dez anos, quando a situação econômica melhorar, aí vamos desfrutar da vida feliz".

Depois de ouvir por um longo tempo, Zhang Yingcai finalmente entendeu que havia de vinte a trinta alunos na escola que moravam muito longe para ir almoçar em casa, e havia mais de uma dúzia que não podia ir para casa à noite, e todos pernoitavam na casa do Diretor Yu. Os pais vinham aqui de vez em quando para trazer alguns legumes frescos e picles, e alguns cultivavam colza. Todos os anos, em maio e junho, eles enviavam óleo vegetal em uma garrafa de vinho vazia. Também traziam lenha e arroz, indispensáveis a todos os alunos.

Depois do jantar, Wan quis entrar no quarto para ver a esposa do diretor Yu.

O diretor Yu o deteve e se recusou resolutamente a deixá-lo entrar. Depois de um empurra-empurra, o barulho dos dois passou a incomodar as pessoas lá dentro.

"Agradeço a gentileza do líder, mas, por favor, não entre."

Wan não teve escolha a não ser dizer algumas saudações em voz alta junto à porta, mas não havia nada de concreto que pudesse ser feito. Depois disso, o diretor Yu aconselhou Wan a descer a montanha, caso contrário ele não seria capaz de voltar com o sol, e a estrada da montanha seria ainda mais difícil de percorrer depois de cair a noite.

"É hora de ir. Vocês todos ficam comigo e não vão para a aula. Os alunos não têm nada a fazer." Wan fez uma pausa e disse: "Meu sobrinho é apenas um novato. Vou pedir a vocês três para ajudá-lo a crescer".

Deng Youmi começou a falar antes do Diretor Yu: "Eu estudei seu caso e ele nem vai começar no alto nem embaixo. Ficará no meio, acompanhando o diretor Sun por dois meses, e então ele dará aulas para a turma de Sun, que assumirá a turma do diretor Yu. Assim, o diretor Yu vai ter tempo para cuidar do trabalho geral e da alfabetização de toda a aldeia".

Pela primeira vez, Wan sorriu.

Deng Youmi imediatamente perguntou: "Diretor Wan, há alguma cota para professores de escola local se tornarem professores de escola estatal este ano?"

Zhang Yingcai ficou surpreso ao ouvir isso. O diretor Yu e Sun Sihai também aguçaram os ouvidos, esperando por uma resposta.

Sem nem mesmo pensar a respeito, Wan respondeu com firmeza: "Não!"

Todos ficaram desapontados, até mesmo Zhang Yingcai.

Wan foi embora. Zhang Yingcai de repente se sentiu sozinho.

Deng Youmi, que estava ao lado dele, disse subitamente: "Vá rápido, seu tio está chamando você!"

Vendo Wan acenando, ele correu rápido e, quando se aproximou, Wan sussurrou: "Esqueci-me de uma coisa. Se eles perguntarem qual o grau de seus óculos, diga apenas que tem 400 graus".

Zhang Yingcai disse com desaprovação: "Achei que você tinha alguma boa ideia!"

Wan não respondeu e desta vez ele realmente saiu.

Quando restavam quatro pessoas, Deng Youmi realmente perguntou a Zhang Yingcai quantos graus seus óculos de miopia tinham. Ele ficou com vergonha de dizer isso, mas fez o que Wan ordenou. Sun Sihai pegou-os para experimentar e disse: "Isso mesmo, são de 400 graus". Zhang Yingcai não pôde deixar de ficar um pouco impressionado ao ver que o colega era realmente míope. Ao mesmo tempo, admirou a consideração de Wan. Tal pessoa não deixaria os outros perceberem ao cometer um erro.

03

À tarde, ainda havia uma aula a ser lecionada, e Zhang Yingcai ficou com Sun Sihai durante mais de duas horas. Sun Sihai não tem qualquer impressão, tem pensado nas seis notas em três classes, a classe como ir. À tarde, ainda havia uma aula a ser lecionada, e Zhang Yingcai ficou com Sun Sihai durante mais de duas horas. Ele não teve qualquer impressão de como Sun Sihai leccionou, tem pensando em como a aula funcionaria com seis séries divididas em três turmas. No meio da aula, quando Sun Sihai deitou o giz abaixo para ir à casa de banho, Zhang Yingcai aproveitou a oportunidade para acompanhar e perguntar sobre o assunto. Sun Sihai respondeu que a nossa escola recrutava novos alunos de dois em dois anos. Quando eles regressaram, havia um porco na sala de aula. Zhang Yingcai foi afastá-lo e os alunos gritaram juntos: "Este é o porco criado pelo diretor Yu e gosta de comer pó de giz." Sun Sihai entrou pela porta e disse: "Ignore-o". Na aula seguinte, Zhang Yingcai estava ainda mais incapaz de se concentrar, olhou para o porco, olhou para os alunos e seu coração estava um pouco triste".

A montanha era demasiadamente grande e escurecia cedo, parecia estar anoitecendo, mas na realidade eram apenas cerca de quatro horas da tarde. Depois da escola, a dúzia de estudantes que se hospedava na casa do diretor Yu, liderados pelo rapaz chamado Ye Meng, caminhara de forma desigual em direção a uma depressão próxima. Sem estudantes à vista, apenas porcos, Zhang Yingcai sentiu um grande vazio. Ele pegou o instrumento musical, tirou-o da caixa de proteção, segurou-o na mão esquerda e tangeu as cordas. A mão direita pressionava os arranjos, tentou tocar uma melodia, não boa, apenas tolerável, tocou algumas vezes, já não estava interessado. Depois de fazer uma pausa, congelou subitamente: a música continuava a tocar, como era possível? Ouviu novamente, apenas para compreender que o som agora vinha de uma flauta. Zhang Yingcai foi à janela e viu Sun Sihai e Deng Youmi encostados ao mastro da bandeira, um à esquerda e o outro à direita, cada um segurando uma flauta de bambu, tocando com empenho.

As nuvens vieram abaixo da montanha, desceram um barranco e enrolaram-se noutra massa de nuvens, as encostas soalheiras cobertas de um verde estranho, os primeiros arrozais permeados por uma camada de amarelo-claro. Um grupo de ovelhas negras atingido pelas nuvens baixas se misturava a bolsas escolares vermelhas que saltavam entre elas, extremamente semelhantes às brilhantes flores de pêssego na chuva apressada da primavera. O sol cai inexoravelmente, a primeira rajada de vento da montanha ao anoitecer esconde o seu brilho e torna-se uma bola bordada que tem sido jogada com um pouco de idade. A grande montanha ao longe é um leão, visto verticalmente. Quando vista horizontalmente, parece um dragão.

A melodia tocada pela flauta era algo familiar, e Zhang Yingcai apercebeu-se que era a canção "Nossa vida está cheia de sol". A razão de não reconhecê-la logo de cara foi porque o ritmo estava bem mais lento do que deveria ser. As duas flautas, uma com um tom mais alto e outra com um tom mais baixo sopravam lentamente aquela canção alegre com muita tristeza. Zhang Yingcai seguiu o som de uma frase que, naquele ritmo, o fez levar muito tempo para cantarolar a frase "flores felizes" em sua totalidade.

Zhang Yingcai caminhou até o mastro da bandeira: "Esta canção deveria ser mais alegre para soar bem".

Sun Sihai e Deng Youmi ignoraram-no. Zhang Yingcai tentou corrigir o ritmo com palmas, mas era inútil. Desanimado, não pôde deixar de ponderar uma questão: lá do alto onde estava a bandeira, será que ouviria o som da flauta? Enquanto pensava nisso, olhou para o mastro à sua frente, feito de dois pinheiros amarrados juntos.

De repente, o apito soou. O diretor Yu, com um apito na boca, caminhou até o mastro da bandeira. Os estudantes que passavam a noite na casa do diretor Yu rapidamente voltaram da depressão e formaram uma fila em frente ao mastro da bandeira. O diretor Yu olhou para o sol, gritou, levantou-se e descansou, depois dirigiu-se ao casaco rasgado do líder Ye Meng para tentar consertá-lo. A bata de laboratório tinha um grande buraco no ombro, e o Diretor Yu puxou algumas vezes, mas não conseguiu juntar o pano de forma a cobrir o pedaço de ombro preto e fino exposto. Zhang Yingcai ficou atrás desse pequeno grupo, ele viu uma faixa de panturrilhas secas e finas, todas sem sapatos. O diretor Yu tentou mais algumas vezes e, quando viu que havia estudantes com casacos igualmente esfarrapados olhando para ele, desistiu.

A essa altura, o sol já estava do outro lado das montanhas.

O diretor Yu gritou: "Atenção! Tocar o hino nacional! Baixar a bandeira nacional!". Ao som do hino nacional tocado por duas flautas, o diretor Yu puxou a corda do mastro e, depois de a bandeira nacional descer, os estudantes abraçaram Yu e levaram a bandeira nacional à casa do diretor.

Essa cena deixou Zhang Yingcai realmente espantado. Depois, lembrou-se da cena de hastear a bandeira quando estava na escola secundária e se sentiu um pouco engraçado e ridículo.

Deng Youmi se dirigiu a ele e perguntou: "Há algum lugar para comer esta noite?"

Deng Youmi disse: "Quer voltar para a velha sociedade? Vá, vá a minha casa para comer uma refeição; se se habituar a comer, podemos simplesmente partilhar uma refeição mais tarde".

Zhang Yingcai recusou uma e outra vez, mas, vendo que Deng era insistente, teve que concordar.

O lugar não era longe, caminharam encosta abaixo e chegaram em pouco tempo.

A esposa de Deng Youmi se chamava Cheng Ju, de aspecto muito sólido, mas tinha uma cicatriz ao lado do olho esquerdo. Vendo que Zhang Yingcai a encarava, Deng Youmi disse: "Ela tinha originalmente olhos finos; no inverno do penúltimo ano, acompanhei a equipe da estrada e voltei tarde, ela foi me buscar e no caminho foi atacada por um lobo, que lhe deixou essa marca".

Zhang Yingcai gritou mentalmente "Que azar!", mas a sua boca disse apenas: "Há lobos por aqui?"

Deng Youmi disse: "Todos acreditam que sim. Mas talvez tenha sido um cão selvagem!"

Zhang disse: "Cães selvagens mordem as pernas das pessoas, não são de atacar suas cabeças, ou são?"

Deng Youmi queria concordar com Zhang Yingcai: "Então vamos fingir que foi um lobo!"

Zhang Yingcai disse: "Quando eu era uma criança, ouvi dizer que um lobo batia no ombro de uma pessoa com uma pata por trás. Um povo comum olhava subconscientemente para trás e o lobo mordeu o pescoço da pessoa".

Deng Youmi disse: "A montanha é tão grande que qualquer coisa estranha pode acontecer".

Zhang Yingcai disse: "Que situação terrível, meu tio e os outros sabem das dificuldades deste lugar?"

Deng Youmi disse: "É tudo por causa da boca rígida e das palavras curtas do Diretor Yu, para quem todo sofrimento deve ser guardado. Ele nunca comunica o que se passa às autoridades superiores, e o diretor da unidade, Wan, que dizem que viveu aqui durante dez anos, parece não conhecer os detalhes deste lugar.

As pessoas guardarão nos corações tudo quanto silenciamos, mas, se falarmos demais, irão nos odiar".

Zhang Yingcai disse: "Meu tio está sempre pensando nesta aldeia, por isso me colocou aqui especialmente para acumular experiência".

Deng Youmi disse: "Pode sair daqui após um período de exercício, eu nasci e fui criado aqui, mesmo que seja convertido em professor estatal, não posso deixar a aldeia". E mudou repentinamente de assunto: "O diretor da unidade, Wan, deve ter te informado a verdade, quando haverá quota para professores estatais?"

Zhang Yingcai respondeu: "Ele não me disse nada, é um velho esquerdista, sempre muito sério".

Cheng Ju interrompeu e disse: "Cuidar de sobrinho é como cuidar do calcanhar, tio e sobrinho são sempre separados por uma camada de coisas".

Deng Youmi olhou para ela e disse: "Você não sabe de nada, traga logo a comida pronta". E para Yingcai: "Minha idade, experiência de ensino e desempenho satisfazem, e muito, os requisitos para a conversão a estatal, estou apenas à espera da graça do seu tio".

Neste momento, Cheng Ju trouxe uma tigela de macarrão com dois pedaços de bacon em cima para Zhang Yingcai.

Deng Youmi disse: "Não falei para servir a aguardente?"

Cheng Ju disse: "Já está muito tarde, não dá para comprar agora. De qualquer modo, ele não vai embora imediatamente, ainda tem um tempo por aqui; desde que o professor Zhang não se importe, prepararei uma mesa de pratos outro dia".

Deng Youmi disse: "Tá, para o rosto do Sr. Zhang, não para o fixar".

A primeira vez que ouvi isto foi numa peça de teatro; quando eu estava em casa e havia convidados, meu pai e minha mãe costumavam atuar desta forma. Zhang Yingcai tinha tanta fome que comeu tudo na sua tigela em poucos minutos . Nas montanhas, durante o verão, a menor das atividades será sempre quente e suada; a diferença é que, ao parar com o esforço, não será necessário limpar o suor, uma brisa fresca imediatamente cuidará de secá-lo. Desatento, Zhang Yingcai espirrou algumas vezes e, com medo de apanhar uma constipação, levantou-se para dizer adeus, com o intuito de recolher-se e tomar um banho quente.

Na estrada, Deng Youmi, que pegou uma lanterna para o acompanhar, introduziu subitamente a situação de Sun Sihai. Ele disse que sob o pretexto de estudo de campo, Sun Sihai fazia os estudantes apanharem algumas ervas, tais como madressilva, à beira da estrada todos os dias depois da escola e as entregava a uma mulher chamada Wang Xiaolan, com quem ficavam armazenadas para depois serem vendidas. Sun Sihai recusou-se a casar porque tinha acabado de vir para a escola primária de Jieling e Wang Xiaolan tornou-se sua amante. Logo após ela casar-se com outro homem, o marido de Wang Xiaolan ficou paralisado na cama, não pode fazer nada, e agora tudo depende de Sun Sihai. Deng Youmi disse finalmente que, se ouvíssemos a flauta tocar uma noite, deveria ser porque Wang Xiaolan dormiu na cama de Sun Sihai e acabou de sair de lá.

Não fosse a última frase, Zhang Yingcai definitivamente odiaria Sun Sihai. Com ela, Zhang Yingcai pensou que Sun Sihai vivia como o jovem no seu romance, romântico como um poeta. Havia uma frase, ele pesou algumas antes de dizer: "Houve uma frase que ele ponderou antes de dizer: "Diretor Deng, o meu tio não gosta de pessoas que coscuvilhem sobre outras pessoas, isso diminui o seu caráter." Quando Deng Youmi ouviu isto, deixou de falar de Sun Sihai e começou a falar dos defeitos que ele próprio tinha. Nesse momento, já tinham caminhado até a beira do parquinho da escola, Zhang Yingcai disse para Deng Youmi voltar.

Zhang Yingcai voltou à casa para acender a lâmpada, pegou o romance para ler algumas linhas, mas aquelas palavras não chagavam ao seu cérebro. Teve de largar o livro, pegar no instrumento musical, e tocar "Nossa vida está cheia de sol", mas não conseguia se lembrar de algumas notas. Quando tentou pela quinta vez, conseguiu tocar bem. O ar da montanha e a noite estavam silenciosos, como se estivessem fora do mundo. Depois de meio dia na montanha, enquanto relaxava, encontrou uma linha escrita no estojo: "Para a colega Ming Aifen como lembrança".

Nesse momento, o diretor Yu bateu à porta do lado de fora.

Zhang Yingcai abriu a porta e perguntou: "Algum problema?"

O diretor Yu queria dizer algo, mas tudo o que conseguiu gaguejar foi: "A montanha está fria, vista mais roupa".

Zhang Yingcai disse: "Estava prestes a ir a sua casa e perguntar-lhe quem é Ming Aifen, esse nome escrito no estojo do instrumento musical".

O diretor Yu respondeu passado algum tempo: "É a minha mulher".

Zhang Yingcai disse: "Ela não ficará zangada se eu usar seu instrumento musical sem permissão?"

O diretor Yu disse friamente: "Pode usá-lo, ela não se importa. Seria bom se ela se zangasse. Tudo lhe é indiferente, ela só quer procurar a morte, vida e morte precoces".

Zhang Yingcai foi apanhado de surpresa por essas palavras.

Depois de o diretor Yu partir por razões desconhecidas, Zhang Yingcai quis escrever outra carta a Yao Yan, contudo, depois de pensar nisso, não conseguiu decidir como comunicar a Yao Yan seu novo endereço.

No meio da noite, uma flauta baixa e longa soprou subitamente. Zhang Yingcai levantou-se da cama e pôs-se à porta. Não havia luz na janela de Sun Sihai, apenas duas coisas negras brilhantes. Ele tomou aquilo como os olhos de Sun Sihai. A flauta continuava a tocar "A nossa vida está cheia de sol", soprando como um soluço, pungente, muito harmonioso com o vento noturno que atravessa a encosta, à deriva para longe.

Não sonhou durante a noite e, quando estava a dormir, de repente ouviu o som de uma flauta tocando novamente o hino nacional.

Zhang Yingcai abriu os olhos e viu que já era madrugada, por isso se levantou apressadamente, vestiu-se e caminhou até a porta. A cerimônia de hasteamento da bandeira estava sendo realizada no pátio da escola, e o diretor Yu estava de pé à frente, puxando a corda pendurada no mastro da bandeira com as mãos. Atrás do diretor Yu estavam Deng Youmi e Sun Sihai, que tocavam o hino nacional com suas flautas, e depois deles os estudantes que dormiram na casa do Diretor Yu ontem à noite. A brisa matinal nas montanhas em setembro era forte e fresca, e a maioria das crianças desse pequeno grupo vestia apenas regatas e calções, e as suas finas pernas negras tremiam com o vento. Foi por causa do frio que as crianças cantaram o hino nacional com força redobrada. O mais empenhado foi Yu Zhi, o filho do diretor Yu. As crianças só foram dispensadas depois de a bandeira nacional, juntamente com o sol, ter sido erguida pelo diretor Yu.

Zhang Yingcai caminhou e perguntou ao diretor Yu: "Como é que ninguém me lembrou ontem?"

O diretor Yu disse: "É voluntário para todos".

Zhang Yingcai perguntou em seguida: "As crianças também estão dispostas a levantar-se tão cedo?"

O diretor Yu disse: "No início estavam relutantes, mas depois de algum tempo estudando tornaram-se mais dispostas a fazê-lo".

O diretor Yu ficou subitamente triste, apontando para as crianças correndo pelo pátio: "Falta outro aluno que gosta de ler. Ontem ele estava aqui. Durante a noite, alguém trouxe uma mensagem de que o seu pai morreu num acidente enquanto escavava à procura de carvão no exterior. Ele é o único homem que resta na família e, se não voltar para assumir a liderança, será impossível viver. Ele tem apenas doze anos de idade! Ao ouvir a notícia da morte do pai, ele apenas avermelhou os olhos, esforçou-se para não chorar, arrumou calmamente sua mochila e até devolveu o apagador que havia pegado emprestado de outra pessoa. Tive medo de que ele ficasse perturbado, mas em vez disso veio convencer-me de que continuaria a estudar, levasse o tempo que fosse, e que, se tivesse sucesso no futuro, voltaria à escola para agradecer aos professores. Disse também que podia ver a bandeira vermelha de sua casa e que todas as manhãs cantaria o hino nacional em casa enquanto pensava nos seus professores e colegas de turma. Desde que soubesse cantar, não teria medo de nada".

O diretor Yu esfregou os olhos com a grande mão ossuda.

Sun Sihai disse ao lado: "É um garoto grande na liderança, chama-se Ye Meng, é o mais inteligente da quinta série".

Zhang Yingcai compreendeu que isto foi dito justamente para ele próprio. Ficou comovido e disse: "Diretor Yu, essas coisas devem ser comunicadas às autoridades superiores, através do diretor da unidade, Wan, para que o distrito ou a província possam cuidar dessas crianças".

"A montanha é muito grande, muitas pessoas nem sequer têm o que comer, quem vai se preocupar com a educação?" O diretor Yu disse: "Ouvi dizer que o país tem investido em ciência e tecnologia para ajudar os mais pobres, por isso é bom. Desenvolvimento da ciência e tecnologia depende da educação, as crianças poderão ter esperança".

Deng Youmi o interrompeu para dizer: "E nós professores também podemos ter esperança de que nos tornem todos estatais o quanto antes".

O humor de Zhang Yingcai foi arruinado por essas palavras.

04

Zhang Yingcai pegou os produtos de higiene, caminhou até um riacho próximo à escola, enxaguou a boca com um punhado de água, posicionou a escova de dentes na gengiva e esfregou vigorosamente para frente e para trás. De repente, ele sentiu alguém ao seu lado e viu que era Sun Sihai. Sun Sihai veio tirar água com um pequeno balde de madeira e, após enchê-lo, parecia não ter pressa para ir embora.

Sun Sihai disse: "Você não deveria ter encostado naquele instrumento musical de cordas".

Zhang Yingcai não ouviu bem e perguntou: "O que você disse?"

Sun Sihai disse novamente: "Nunca tocamos no instrumento musical de cordas".

Zhang Yingcai quis perguntar de novo, então rapidamente enxaguou a espuma branca de sua boca com água. Sun Sihai, no entanto, já havia se retirado.

Na casa do diretor Yu, o desjejum ainda estava em andamento. Ali, o café da manhã consistia no que havia sobrado da noite passada: arroz cozido com legumes e um pouco de sal e pimenta. Desta vez não havia legumes, então alguns estudantes se serviram de couve mantida em conserva em grandes jarros de picles, segurando-a nas mãos e mastigando-a. Outro estudante tentou pegar uma das couves mas não obteve sucesso, o frasco era muito grande e ele não conseguia alcançar o fundo, por isso ele ficou bravo e disse que denunciaria os estudantes ao diretor Yu por estarem comendo além da conta. De pé entre eles, Zhang Yingcai relutantemente comeu alguns bocados, depois saiu, voltou para a sala, pegou dois ovos, colocou-os em seu bolso e foi para o riacho. Ele esvaziou a tigela de comida que parecia lavagem para porcos, escovou-a e sentou-se nas rochas à beira da água para descascar os ovos. Enquanto descascava, cantarolou uma canção. Quando terminou de cantar "Não colha as flores selvagens à beira da estrada", uma sombra caiu em seu rosto.

Zhang Yingcai se assustou e perguntou em voz alta para Sun Sihai, que havia se aproximado dele: "O que você está fazendo? O que há de errado com você? Parece um fantasma sem ossos".

Vendo o ovo em conserva que caíra no riacho, Sun Sihai disse sem cerimônia: "Sou muito ingênuo. Pensei que você não estivesse acostumado à comida da casa do diretor Yu, por isso guardei algumas batatas-doces para você. Eu não esperava por isso. Você tem suas próprias iguarias".

Sun Sihai largou as batatas-doces que trouxera no chão e foi embora imediatamente.

Zhang Yingcai pegou as batatas-doces, foi até a porta de Sun Sihai e ficou comendo para ele ver. Sun Sihai não falou nada e apenas continuou a cortar lenha. Após comer todas as batatas-doces, Zhang Yingcai não tinha mais nada a fazer a não ser abrir a porta da sala de aula.

Sun Sihai chamou por trás: "Professor Zhang, você vai dar a lição de hoje".

Zhang Yingcai respondeu imodestamente "Vou dar mesmo", sem sequer virar a cabeça.

As crianças nas montanhas eram introvertidas e raramente faziam perguntas. Sun Sihai não veio encontrá-lo do começo ao fim das aulas, mas Zhang Yingcai não se sentiu nem um pouco perturbado. No pódio, primeiro ensinou as novas palavras, depois leu o texto três ou cinco vezes com os alunos, a seguir, dividiu os parágrafos, explicou a ideia geral de cada um e a ideia central do texto e, por fim, pediu aos alunos para formarem frases usando as palavras novas ou escreverem uma redação simulando o texto. Ele se lembrou do que seu professor lhe ensinara na escola. O diretor Yu veio observar a aula algumas vezes do lado de fora da janela. Deng Youmi fingiu pegar giz emprestado, entrou na sala de aula e sussurrou quando saiu: "O professor Zhang realmente aprendeu com as experiências do diretor da unidade, Wan".

Depois da escola, Zhang Yingcai viu Sun Sihai, coberto de sujeira, descer da encosta traseira e entrar na casa para cozinhar. Zhang Yingcai também entrou na casa depois de Sun.

Vendo que Sun Sihai ainda o ignorava, ele disse timidamente: "Senhor Sun, posso comer aqui com você?"

Sun Sihai disse friamente: "Não quero bajular ninguém e não quero que os outros digam que estou bajulando alguém. Você não precisa comer junto com outras pessoas, basta instalar um fogão em seu próprio quarto".

Zhang Yingcai disse: "Eu não sei como montar um fogão".

Sun Sihai disse: "Se quiser montar um, posso falar com a professora Ye Biqiu, da quinta série, o pai dela é pedreiro e pode te ajudar a qualquer momento".

Zhang Yingcai disse: "Isso não é apropriado, certo?"

Sun Sihai disse: "Se você mesmo o fizer, é realmente inapropriado. Os pais dos alunos vão pensar que você os menospreza se eles descobrirem."

Uma garota apareceu enquanto conversavam. A garota tinha traços bonitos e era muito simpática. Embora as suas roupas tivessem sido remendadas, elas pareciam naturais. A garota sorriu e foi direto ao fogão para ajudar a acender o fogo.

Zhang Yingcai perguntou: "De quem ela é filha?"

Sun Sihai respondeu: "Seu nome é Li Zi, sua mãe é Wang Xiaolan".

Porque já ouvira Deng Youmi falar sobre Sun Sihai e Wang Xiaolan, e percebendo Sun Sihai tão franco, Zhang Yingcai se sentiu envergonhado. Ele mudou de assunto e disse: "Eu comerei na sua casa até que o fogão esteja pronto, e você não pode me expulsar".

Sun Sihai se culpou pela má ideia, dizendo: "Vou lhe dar algo em que se agarrar. Vamos fazer um acordo então. Assim que o seu fogão for montado, cada um come em sua casa".

Zhang Yingcai assentiu rapidamente. Sun Sihai estava cortando legumes e ordenou que Li Zi colocasse um punhado de arroz na panela.

Durante a refeição, Sun Sihai e Li Zi se sentaram juntos. Quanto mais Zhang Yingcai olhava para eles, mais ele sentia que os dois se pareciam. Lembrou-se que no quadro de avisos da quinta série havia uma redação que havia sido selecionada para servir de modelo que parecia ter sido escrita por Li Zi. Então ele foi lá com sua tigela na mão e, sem surpresas, o título da composição era "Minha boa mãe".

Li Zi escrevera: "Minha mãe lava e seca as ervas que meus colegas entregam em minha casa todos os dias, depois as separa e guarda. Após montar um fardo, minha mãe o leva para o departamento de compras no sopé da montanha para vender. Foi o que o professor Sun combinou com ela. As ervas entregues pelos alunos serão trocadas todos os anos por novos livros didáticos. A estrada da montanha é muito difícil de percorrer. Quando minha mãe chega em casa, muitas vezes há uma mancha de sangue aqui e uma cicatriz ali. O clima deste ano está ruim e as ervas mofam muito. O pessoal do departamento de compras fica deduzindo a balança ou baixando o preço. O novo semestre está chegando e ainda não juntamos dinheiro suficiente para comprar livros didáticos para os alunos. Por isso, minha mãe precisou vender um par de caixões preparados para meu pai. Só então juntamos dinheiro suficiente e entregamos ao professor Sun para comprar os livros dos alunos. O coração da minha mãe é muito amargo, ela sempre tem medo de que eu a odeie quando crescer. Já prometi a ela muitas vezes, mas ela sempre balança a cabeça e não acredita nas minhas palavras.

Portanto, eu determino todos os dias que, para evitar que minha mãe sofra no futuro, devo estudar muito e estabelecer uma boa base para retribuir todo o seu esforço".

Zhang Yingcai não voltou para o quarto de Sun Sihai depois de ler a redação. Quando Sun Sihai lhe pediu para levar a tigela para lavar, ele saiu de seu quarto com seus oito ovos em conserva restantes na tigela. Ele pediu a Li Zi que os levasse para sua mãe depois da escola e dissesse a ela que o novo professor chamado Zhang mandava seus cumprimentos! Li Zi se recusou a pegá-los, mas Sun Sihai pediu a ela para segurá-los. Quando Li Zi agradeceu ao professor Zhang em nome de sua mãe, Zhang Yingcai não pôde deixar de passar a mão em sua testa.

À tarde tinha aula de matemática. Em vez de dar aula de matemática primeiro, Zhang Yingcai copiou a composição de Li Zi no quadro-negro, recitou em voz alta sozinho e pediu aos alunos que lessem dez vezes juntos para que os alunos mais novos pudessem ver o espírito de aprendizado dos alunos mais velhos. As salas de aula da escola estavam deterioradas, com muitos buracos e sem isolamento acústico. As aulas de chinês aconteciam pela manhã e as de matemática à tarde, o que definia a rotina de toda a escola. O objetivo era evitar que o ruído das leituras durante o estudo de chinês atrapalhasse o silêncio necessário às lições de matemática. Naquela tarde, o som da leitura em voz alta da terceira série perturbou as outras séries. Deng Youmi veio correndo e quis conversar, mas, quando viu a composição copiada no quadro-negro, voltou sem dizer uma palavra. O diretor Yu não entrou na sala de aula, veio duas vezes sem dizer nada.

Depois da escola, a flauta soou novamente. Uma velha canção, "Nossa vida está cheia de sol". Zhang Yingcai ficou de lado e marcou o tempo com os pés, mas ainda não conseguia controlar o ritmo. A melodia era desajeitadamente lenta e ele não entendia como aqueles dois professores, que competiam em particular, pudessem cooperar tão perfeitamente quando tocavam flauta! Mais tarde, ele simplesmente recitou o texto de Li Zi para essa melodia. Seu mandarim era muito bom e ele estava especialmente emocionado naquela noite, deixando os olhos de Sun Sihai completamente úmidos.

Após a cerimônia de arriamento da bandeira, Zhang Yingcai parou Deng Youmi e perguntou: "Diretor Deng, o que você acha da redação de Li Zi?"

Deng Youmi piscou os olhos e respondeu: "Em primeiro lugar, você a leu bem em voz alta. Quanto à composição, o professor Sun é o diretor de estudantes, o que você acha?"

Sun Sihai não se retraiu em nada: "Em uma palavra: ótima!"

Deng Youmi pergunta imediatamente: "O que há ali de tão bom?"

Sun Sihai respondeu: "Há sentimentos verdadeiros".

Nesse momento, o diretor Yu veio amenizar a conversa: "Senhor Sun, a vala de drenagem na montanha onde você guarda poria não está boa. Se chover forte, há risco de a madeira perfumada ser lavada pela água de chuva".

Sun Sihai disse: "A base da montanha é muito difícil de cavar. Pretendo chamar alguns pais de alunos para ajudar".

O diretor Yu disse: "Tudo bem, as batatas-doces no meu campo não crescem bem, então é melhor colhê-las com antecedência para permitir que os alunos as experimentem. Depois que os pais vierem, peça-lhes que façam isso também. Diretor Deng, sua família tem algo para fazer? Podem resolver tudo de uma vez para não chamar os pais de novo".

Deng Youmi disse: "Como eu disse, não somos professores de escolas particulares[2] nos velhos tempos".

Sun Sihai não esperou que ele terminasse, virou a cabeça e saiu.

Li Zi voltou para casa. A casa dela não ficava longe da escola, então ela não pernoitava na casa do diretor Yu. Zhang Yingcai se agachou atrás do fogão para acender o fogo e quis falar com Sun Sihai várias vezes, mas, vendo seu rosto pesado, se conteve. Nenhum dos dois falou até o jantar. Quando a refeição estava quase no fim, a lamparina piscou algumas vezes e o filho do diretor Yu, Yu Zhi, entrou pela porta.

"Senhor Sun, professor Zhang, minha mãe está com uma dor de cabeça terrível e meu pai perguntou se vocês têm algum analgésico, pois gostaria de pedir emprestado".

Sun Sihai disse: "Eu não".

Zhang Yingcai disse: "Yu Zhi, eu tenho, vou pegar para você".

De volta ao quarto, ele deu a Yu Zhi todo o frasco de analgésicos que ele tinha como precaução.

À noite, Zhang Yingcai não tinha nada para fazer, então ele mexeu no instrumento musical de cordas novamente. Ocasionalmente, ele se sentia um pouco estranho. Algumas palavras haviam sido raspadas entre as duas linhas de "Para a colega Ming Aifen como lembrança" e "Agosto de 1981" escritas no estojo do instrumento. Não havia mancha de tinta, apenas marcas de faca.

A lua lá fora estava cheia, então ele moveu o instrumento musical em direção ao campo enluarado e tentou tocá-lo algumas vezes. A luz da lua estava fraca e as escalas nas teclas não podiam ser vistas, logo os sons que saíam eram um pouco confusos. Ele simplesmente dedilhava as cordas com a tampa da caneta, criando ásperas harmonias.

---

2 N. do T.: Refere-se às instituições de ensino criadas por famílias, clãs ou pelos próprios professores nos tempos antigos na China.

De repente, uma mulher soltou um grito na casa do diretor Yu.

Os alunos que estavam hospedados na casa do diretor Yu ficaram em polvorosa.

Zhang Yingcai foi lá rapidamente. Vendo que a porta estava bem trancada e não podia ser aberta, ele começou a gritar: "Diretor Yu! Diretor Yu! Qual é o problema? Precisa de ajuda?"

O diretor Yu respondeu no quarto: "Nada, vá dormir!"

Zhang Yingcai se encostou na fresta da porta e ouviu a esposa do diretor Yu soluçando em voz baixa. A situação se acalmou. Ele caminhou para trás da residência e disse aos alunos que estavam na casa pela janela: "Não tenham medo, eu sou o professor Zhang e estou aqui para proteger vocês!". Assim que terminou de falar, dois pares de pequenas lanternas verdes se acenderam na encosta. Ele cerrou os dentes e conteve o grito. Sem hesitar, correu rapidamente de volta para seu quarto.

Foi só quando entrou na sala que se lembrou de ter esquecido o instrumento musical do lado de fora em seu pânico.

Zhang Yingcai não se atreveu a abrir a porta e sair. Por sorte, o instrumento musical não tinha um aspecto sofisticado, de maneira que não seria problema deixá-lo do lado de fora por uma noite.

Depois, Zhang Yingcai começou a pegar mosquitos e a se preparar para dormir. Havia muitos mosquitos na montanha e, embora ele tivesse usado o leque para espantar os mosquitos para fora do mosquiteiro, muitos deles permaneceram dentro. Zhang Yingcai então empunhou uma lâmpada de querosene e usou o ar quente do lampião para queimar os mosquitos escondidos nos quatro cantos do mosquiteiro. Os mosquitos queimados passavam pela língua de fogo e caíam na base da lamparina. Quando Zhang Yingcai não conseguiu encontrar mais mosquitos, a área já estava cheia de seus destroços. Zhang Yingcai regulou a lamparina de querosene de volta para a chama menor e a colocou de volta na mesa. Uma rajada de vento soprou pela janela, fazendo seus braços ficarem frios. Ele pensou que àquela hora seus pais ainda estariam no pátio se refrescando. A única vantagem daquela parte da montanha é que não esquentava mesmo em dias quentes.

Embora Zhang Yingcai estivesse com sono, ele não conseguia dormir bem. Talvez porque não estivesse acostumado à falta de luz elétrica. Atordoado, ouviu um movimento na janela, abriu os olhos e só conseguiu enxergar uma mão branca e magra tremendo na mesa em frente à janela, como um fantasma tentando capturar a alma de alguém em uma daquelas histórias que ouvira de um adulto quando era pequeno.

Os pelos do corpo de Zhang Yingcai se eriçaram completamente e não havia nada ao lado do travesseiro além do romance. Ele o agarrou e jogou na direção daquela mão. Com o mosquiteiro no meio, a mão ressequida não pôde ser atingida de jeito nenhum, apenas tremeu de medo.

"Professor Zhang, não tenha medo, sou eu, Yu. Vi que sua lâmpada ainda estava acesa e quis apagá-la para você. Dormir com a lâmpada acesa é um desperdício de óleo e ainda é possível causar um incêndio. Não é fácil para os alunos pagarem mensalidades e taxas diversas!"

Assim que Zhang Yingcai soube que era o diretor Yu, ficou com raiva: "Você é um velho sorrateiro, por que não me chamou pelo nome?"

O diretor Yu respondeu dignamente: "Não queria perturbar seu sono".

Depois que o diretor Yu saiu, Zhang Yingcai voltou a dormir. Inesperadamente, um novo grito soou na frente de sua janela: "Professor Zhang, se levante rapidamente para me ajudar".

Zhang Yingcai respondeu irritado: "Sua casa está pegando fogo ou o quê?"

O diretor Yu disse: "Não, a mãe de Yu Zhi está morrendo, preciso de ajuda".

Ao ouvir isso, Zhang Yingcai se levantou rapidamente e seguiu o diretor Yu até o quarto de sua esposa. Antes que o pé da frente avançasse, o pé de trás quis recuar. Ming Aifen estava deitada na cama com metade de seu corpo nu à mostra.

O diretor Yu disse: "Professor Zhang, não faça cerimônia, por favor me ajude!"

Zhang Yingcai não teve escolha a não ser entrar.

Ming Aifen soltava ar pelo nariz, mas não conseguia inspirar, e seu rosto estava roxo como uma berinjela. O diretor Yu concluiu que algo estava preso em sua garganta, dizendo que ela já havia engolido ladrilhos, pedras e fragmentos de tijolos antes.

A expressão de Zhang Yingcai congelou e ele ficou pensando em seu coração que a vida daquela mulher era inútil e ela pensava tanto na morte. Porém, ela também tinha muita sorte; se fosse outra pessoa, já teria se matado.

O diretor Yu discutiu com ele e decidiram que um apoiaria Ming Aifen enquanto o outro daria tapas nas costas dela para ver se ela expelia alguma coisa. Ming Aifen sofria de incontinência e geralmente era limpa de maneira bastante cuidadosa, mas, depois de tanta confusão, ela estava surpreendentemente suja. Sem demonstrar qualquer asco, o diretor Yu se aproximou para sustentá-la, virando-lhe de costas para que Zhang Yingcai lhe desse tapas. Zhang Yingcai não se atreveu a usar a força e deu alguns tapas sem sucesso. O diretor Yu pediu que ele tentasse da beirada da cama. Zhang Yingcai deu vários tapas consecutivos, mas o Diretor Yu não ficou satisfeito e lhe pediu para que dobrasse sua força e, ao mesmo tempo, considerasse Ming Aifen como o inimigo que tinha matado seu pai ou o rival que tinha levado embora sua esposa. Zhang Yingcai não tinha tido esses dois tipos de experiência, mas pensou em Lan Fei. Se Lan Fei não tivesse aparecido de repente, ele não estaria nesse lugar tão horrível! Decidiu dar um tapa em Lan Fei, que lhe havia arrebatado um bom lugar, e com esse tapa toda a cama tremeu.

O diretor Yu disse: "É isso mesmo. Tem que ser assim para fazê-la vomitar".

Zhang Yingcai levantou o braço, apontou para as costas de Ming Aifen, fechou os olhos e deu um tapa. O pescoço de Ming Aifen de repente se alongou e ela cuspiu um pequeno frasco. Zhang Yingcai reconheceu o frasco de analgésicos que dera a Yu Zhi quando ele lhe pedira remédio emprestado ao entardecer.

Ming Aifen estava quase à beira da morte e, após um longo período de agitação, respirou fundo algumas vezes e adormeceu. Ela murmurou e disse algo em seu sono: "Mesmo que eu morra, ainda terei que ir ao inferno por ser uma professora de escola estatal".

Depois de sair do quarto de Ming Aifen, o diretor Yu foi para o quarto onde os meninos dormiam, arrastou Yu Zhi para a sala principal, deu alguns tapas nele e o repreendeu por ser estúpido e ter dado a Ming Aifen o que ele não deveria. A aparência do diretor Yu era muito feroz, mas seus golpes não eram sérios. Quando Yu Zhi admitiu seu erro, o diretor Yu o mandou de volta e disse aos alunos que estavam acordados: "Está tudo bem, a professora Ming está doente de novo. Voltem a dormir em paz, logo cedo temos que nos levantar para hastear a bandeira nacional amanhã!"

Depois do incidente, o diretor Yu e Zhang Yingcai ficaram sob a lua conversando um pouco.

O diretor Yu explicou a Zhang Yingcai que tais coisas haviam acontecido em sua família no passado e ele nunca havia pedido ajuda a outras pessoas. Nos últimos dois anos, seu corpo se tornou cada vez mais fraco. Coisas que poderiam ser feitas com uma mão no passado não seriam completadas com as duas mãos agora. Como último recurso, veio pedir ajuda a ele. Zhang Yingcai ficou muito surpreso, porque ele não pedira a Sun Sihai para ajudá-lo. O diretor Yu disse que, enquanto a porta de Sun Sihai estivesse fechada, ele não o incomodaria, por medo de enfrentar inconvenientes. Depois de dizer isso, o diretor Yu se apressou em declarar que Sun Sihai era uma pessoa rara e boa. Zhang Yingcai pediu-lhe para ter certeza de que não contaria a ninguém sobre Sun Sihai. Zhang Yingcai também perguntou como era Deng Youmi, e o diretor Yu afirmou que Deng Youmi e Sun Sihai tinham apenas personalidades diferentes, mas na verdade eram pessoas muito melhores que a maioria.

Zhang Yingcai disse: "Você é realmente um pacificador".

O diretor Yu estava um pouco nervoso: "O diretor da unidade, Wan, lhe disse isso?"

Zhang Yingcai confessou que havia sido Deng Youmi. O diretor Yu ficou feliz quando ouviu isso. "Receava que ele não tivesse uma opinião tão boa a meu respeito!"

Zhang Yingcai aproveitou a oportunidade para perguntar: "Quem deu aquele instrumento musical de cordas para a professora Ming?"

O diretor Yu suspirou: "Eu também quero descobrir, mas a professora Ming se recusa a contar".

Zhang Yingcai não acreditou: "A escola é praticamente uma extensão da casa de vocês, como podem não saber?"

O diretor Yu disse: "Eu cheguei depois dela. Eram somente ela e o diretor da unidade, Wan, no início. Antes, eu era um soldado do exército".

Zhang Yingcai deixou-se convencer por hora. Após se despedirem, ele seguiu até o pátio da escola para levar o instrumento musical de volta para casa, apenas para descobrir que várias cordas haviam sido cortadas. Zhang Yingcai achou aquilo surpreendente. Um instrumento musical não atrapalhava ninguém, então por que transformá-lo em uma coisa inútil?

05

Ao amanhecer, alguém bateu à porta. Zhang Yingcai pensou que fosse o diretor Yu solicitando sua presença no hasteamento da bandeira nacional e abriu a porta. Ye Biqiu, corando, estava em frente à porta. Ela disse: "Professor Zhang, meu pai está aqui".

Só então ele viu um homem bem-marcado pela vida ao lado dela. O pai de Ye Biqiu disse respeitosamente: "Professor Zhang, desculpe incomodá-lo tão cedo".

Zhang Yingcai respondeu de imediato: "Sinto muito por mostrar seu trabalho".

O pai de Ye Biqiu disse: "Quem me dera que o avô de Ye Biqiu ainda estivesse vivo. Você nem precisaria montar um fogão, bastaria enviar um cozinheiro para a escola".

Zhang Yingcai se perguntou por que o avô de Ye Biqiu seria tão poderoso e, depois de fazer algumas perguntas, entendeu que ele havia sido o antigo chefe da aldeia em Jieling, e foi por esta escola que ele superou uma grande oposição. Congregação construída. O pai de Ye Biqiu disse: "Meu velho sogro adorava me dizer que um fogão feito de barro só pode durar cerca de dez anos no máximo. Cada palavra que um professor ensina a um aluno pode ser usada por gerações".

Zhang Yingcai ficou intrigado: "Espera-se que durem por toda uma vida, mas como poderiam ser usadas por gerações?"

O pai de Ye Biqiu disse: "Por exemplo, daqui a uns anos vamos encontrar um namorado para Ye Biqiu. Depois que se casar e tiver filhos, ela pode passar o conhecimento para a próxima geração. Não importa quão boa seja a política nacional, assim que o prazo terminar, será inútil. Os caracteres já aprendidos não expirarão. O avô de Ye Biqiu adorava dizer isso. Então, até a mãe de Ye Biqiu foi forçada a aprender os caracteres. É triste confessar isso, mas, se um dia você a vir segurando um livro, talvez pense que ela está realmente lendo. Na verdade, ela tem um problema mental, pensa que o pai ainda está vivo e tem medo de que ele não a deixe comer se não ler o livro, então ela finge estar lendo".

O coração de Zhang Yingcai se comoveu ao ouvir isso: "Ye Biqiu é inteligente, não há pressa para casar tão cedo, deixe-a se desenvolver por mais alguns anos".

O pai de Ye Biqiu disse: "Claro, há uma ordem de governo para que tenhamos planejamento familiar".[3]

O pai de Ye Biqiu largou suas ferramentas e, sem parar, desenhou um círculo no chão e começou a construir o fogão. Ele estava originalmente ajudando uma pessoa a construir uma casa em outro lugar, mas, assim que Ye Biqiu voltou para casa e falou sobre isso, ele adiou seu trabalho por meio dia e foi lá primeiro. O pai de Ye Biqiu fez um bom trabalho de alvenaria e, quando Sun Sihai e Deng Youmi tocaram o hino nacional na flauta, o fogão já estava na altura da cintura.

Zhang Yingcai de repente lembrou que ainda não havia preparado uma panela e até soltou um grito ansioso. O pai de Ye Biqiu disse que, se ele não tinha uma panela de ferro, podia usar aquela que havia trazido. Zhang Yingcai admirou que esse pedreiro fosse capaz de considerar diversos assuntos com tanto cuidado. O pai de Ye Biqiu disse sinceramente que não precisava se preocupar com os assuntos de seu cliente neste trabalho. Foi Ye Biqiu quem disse que o Sr. Zhang só sabia construir um fogão, mas não sabe comprar uma panela. A propósito, ele comprou uma panela e trouxe para a escola. Enquanto conversavam, Ye Biqiu já havia saído correndo do time de hasteamento da bandeira e trazido a panela de ferro, que foi colocada fora da porta.

Quando Ye Biqiu entrou pela porta, ela ouviu seu pai dizer a Zhang Yingcai: "Minha filha adora estudar, mas ela não tem destino para estudar. Ela é como a tia dela. Será uma esposa muito atenciosa quando se casar".

Se Zhang Yingcai não tivesse sorrido, estaria tudo bem. Mas Zhang Yingcai deu uma leve risada, fazendo com que Ye Biqiu ficasse tão envergonhada que quase deixou cair a grande panela de ferro em suas mãos. Felizmente, Zhang Yingcai estava perto e a segurou rapidamente. A panela de ferro não quebrou, mas uma mancha de sangue surgiu no braço de Zhang Yingcai.

O pai de Ye Biqiu queria usar o pó acumulado na parede durante anos para estancar o sangramento de Zhang Yingcai. Ye Biqiu parou o pai com o rosto corado e disse: "O professor Zhang não usa isso, ele usa curativos".

O pai de Ye Biqiu pareceu entender algo. Depois que Ye Biqiu foi para a sala de aula, ele olhou para o braço de Zhang Yingcai que havia sido colado com um curativo e disse sem pensar: "Meninas de treze ou quatorze anos já sabem muito!"

---

3 N. do T.: Isso se refere à política do filho único implementada pelo governo chinês desde 1979, que tem como objetivo controlar o número de pessoas e reduzir a pressão sobre os recursos e o meio ambiente.

Durante a segunda aula, o pai de Ye Biqiu já havia terminado de montar o fogão. Ele tentou iniciar o fogo algumas vezes antes de sair com confiança. O pai de Zhang Yingcai apareceu antes que a fogueira apagasse. Seu pai lhe trazia uma carta, uma garrafa de banha e um jarro de picles. Ele disse ao pai: "Quando eu estava preocupado de que não houvesse óleo para cozinhar, você me trouxe a chuva oportuna".

O pai disse: "Achei que a escola tivesse refeitório, não pensei que você teria de cozinhar".

Quando Zhang Yingcai ouviu de seu pai que o pedreiro Ye, que lhe construíra o fogão, havia enviado uma mensagem para seu pai vir, Zhang Yingcai não pôde deixar de ficar um pouco surpreso. Ele sabia que aquilo era obra de Ye Biqiu. Mal podia acreditar que Ye Biqiu providenciara todas aquelas coisas para ele.

Zhang Yingcai deixou de pensar nisso e perguntou: "A mãe está bem de saúde?"

O pai disse: "Não se preocupe, a vida dela não estará em perigo nos próximos quarenta ano".

Quando Zhang Yingcai ouviu seu pai dizer algo muito educado, ele disse: "Pai, eu não esperava que seu nível educacional melhorasse".

O pai disse: "Meu filho é professor e pode ser um bom exemplo para os outros, por isso eu não posso jogar esterco na sua cara".

Zhang Yingcai sentiu que a última frase de seu pai era grosseira, então abriu a carta para ler.

Essa carta havia sido escrita por Yao Yan. Levou muito tempo para ler suas três páginas. A parte inicial era tudo bobagem, como estar na mesma sala por três anos, amor fraterno e assim por diante. A chave é a última frase, Yao Yan disse, após a formatura, com exceção dele, ela não respondeu a nenhuma carta de colegas masculinos da turma. Embora essas palavras fossem seguidas por uma saudação, Zhang Yingcai percebeu muitos sentimentos. Yao Yan sabia desenhar e estava na mesma sala de exames com Zhang Yingcai durante o vestibular no ano passado. Depois que Zhang Yingcai foi reprovado no exame, ele teve que refazê-lo, mas Yao Yan foi admitida em uma faculdade de artes em outra cidade. Zhang Yingcai deixou seu pai, que foi até lá para vê-lo, de lado, apoiou-se na mesa e rapidamente começou a escrever uma carta em resposta, dizendo que esta foi a segunda vez que ele escreveu uma carta para uma colega de classe, mas a primeira vez que ele escrevera para uma colega de classe também havia sido para ela. No futuro, a terceira, quarta, quinta, sexta, sétima, oitava, etc., todas as cartas para uma colega serão endereçadas a Yao Yan.

Como era a primeira vez que vinha à escola, o diretor Yu insistiu que o pai de Zhang Yingcai fosse jantar em sua casa.

Depois do jantar, o pai falou entre cochichos que o diretor Yu era uma boa pessoa e tinha um fardo muito pesado na família, mas ainda sustentava mais de uma dúzia de alunos. Ele disse: "Se me deixarem substituir seu tio para ser o diretor da unidade de ensino, vou autorizar o diretor Yu a se transformar em professor de escola estatal".

Zhang Yingcai disse: "Não diga bobagens. Um oficial mesquinho como o tio pode fazer o quê? Mesmo que você realmente tenha o poder, deveria primeiro considerar seu filho".

Enquanto falavam, alguém chamou o diretor Yu e pediu que ele fosse até a aldeia abaixo para receber seu salário.

O diretor Yu levou Zhang Yingcai como seu companheiro. Só quando chegaram à aldeia é que descobriram que o contador Huang, da unidade de ensino, havia sido roubado. O contador Huang atrasou o pagamento do salário por alguns dias por causa de assuntos familiares. A escola primária de Jieling foi sua última parada. O contador Huang veio diretamente da escola primária de Wangtian e passou por duas montanhas. Inesperadamente, ele se deparou com um assalto durante uma tarefa ocasional. A fim de escapar para salvar sua vida, o contador Huang esgotou toda a sua energia. Ele não conseguia dar um passo, mesmo que a escola estivesse bem na frente dele. Não sabiam se o contador Huang estava zombando deles ou se realmente fizera aquilo. Ele disse que no momento mais perigoso usou seu raciocínio rápido e disse a seus perseguidores enquanto corria que todos os salários dos professores de outras escolas haviam sido pagos e ele só tinha pouco mais de 100 yuans de dinheiro com ele. Isso não era mentira, porque na escola primária de Jieling só havia professores de escola local e cada um deles tinha apenas um subsídio de 35 yuans. Quando o contador Huang gritou assim, os ladrões ficaram desencorajados. Só então o contador Huang recuperou a vida.

Zhang Yingcai estava recebendo salário pela primeira vez em sua vida. Para fortalecer sua memória, o diretor Yu pediu a ele que coletasse os subsídios de todos juntos.

Depois de pegar o dinheiro, Zhang Yingcai perguntou casualmente: "O subsídio varia conforme níveis diferentes?"

O diretor Yu disse: "O galo bica o arroz branco, um grão de cada vez, independentemente do tamanho".

Zhang Yingcai fez alguns cálculos em sua mente e encontrou um problema. Ele quis perguntar em detalhes, mas estava com medo de ser inconveniente. Depois de voltar para a escola, ele escreveu uma carta a Wan pedindo-lhe que investigasse por que havia apenas quatro professores de escola local, mas cinco deles recebiam subsídios.

Ambas as cartas foram entregues ao pai. Zhang Yingcai pediu repetidamente a seu pai que enviasse a carta para Yao Yan por correio registrado. Ele estava com medo de que seu pai cometesse um erro, então ele disse especificamente que a postagem havia aumentado de preço e a carta registrada custava 50 centavos. O pai pediu-lhe o dinheiro.

Ele ficou um pouco irritado e disse: "Como pai, o que você está fazendo com uma conta tão detalhada? No futuro, darei dinheiro para você usar".

O pai percebeu o significado das palavras: "É isto que se chama água fluindo para baixo!"

Zhang Yingcai estava sem sala de aula quando seu pai se foi. Ouviu-o gritar do lado de fora: "Vou embora!". Então caminhou até a porta, acenou com a mão e voltou.

Depois da aula, Sun Sihai foi até Zhang Yingcai e disse: "Seu pai me pediu para lhe dizer que entregou a garrafa de banha ao diretor Yu. Ele estava com medo de que você ficasse com raiva, então não ousou contar diretamente. Ele disse que almoçou na casa do diretor Yu ao meio-dia. Em uma panela grande de vegetais verdes, foi dificílimo encontrar os traços de óleo.

Foi um dia muito animado. Depois das aulas, logo após a cerimônia de arriamento da bandeira, um grande grupo de pais de alunos veio à escola. Eles também não beberam chá. Então cerca de uma dúzia de pessoas foi dividida em dois grupos, um grupo ajudou Sun Sihai a cavar as valas de drenagem ao redor do campo de fungo poria e o outro grupo ajudou o diretor Yu a desenterrar batatas-doces.

Zhang Yingcai deu uma volta pelo campo de cogumelos poria. Todos diziam que Sun Sihai havia tido um boa colheita dos cogumelos, e havia muitas rachaduras de meia polegada de largura no chão, provavelmente causadas pelo fato de os fungos poria terem crescido bastante. Sun Sihai disse com um sorriso que os cogumelos poria que ele cultivara nos primeiros três anos haviam sumido e esta safra deveria ser considerada uma compensação. Zhang Yingcai não entendia o que significava sumir. Sun Sihai explicou que o fungo poria é uma coisa muito estranha. A base de madeira com fungos plantada aqui três anos atrás foi desenterrada três anos depois. Descobriram que a base de madeira estava podre, mas não tinha nenhum fungo poria. Ao mesmo tempo, surgiu um monte de fungos poria em um local remoto sem motivo, porque fugiram para lá. Às vezes, os fungos poria podiam subir a montanha e se esconder noutras alturas. Zhang Yingcai não acreditou, pensando que aquilo não passava de superstição. Todos lhe fecharam as caras e começaram a cavar a vala, concentrados e sem mais conversa.

Zhang Yingcai se sentiu entediado, então caminhou até a plantação de batata-doce do diretor Yu. Alguns adultos estavam cavando vigorosamente na frente com enxadas e uma dúzia de alunos de escola primária seguiu atrás. Quando as enxadas desenterravam as batatas-doces, eles se reuniam para pegá-las e depois levá-las para as cestas ao lado do campo. Era verdade que as batatas-doces não haviam sido bem-plantadas e estavam sendo colhidas muito cedo, a maior delas não passava do tamanho de um punho. O diretor Yu disse que não cresceriam muito de qualquer maneira, então, se cavassem logo, poderiam cultivar uma safra de repolho. Zhang Yingcai viu os alunos de escola primária deitados se revirando e começou a rir por dentro. Mais tarde, quando viu seus rostos cobertos de ranho e lama e seus cabelos cobertos com folhas mortas de batata-doce, ele pensou que o diretor Yu iria lavá-los um a um como batatas-doces e gritou: "Alunos, não criem problemas, prestem atenção à higiene e segurança".

O diretor Yu discordou dele e, em vez disso, disse: "Deixe-os brincar, é raro ficarem tão felizes e os meninos cobertos de lama são mais fofos".

O diretor Yu torceu a batata-doce com as mãos, e a maior parte da terra grudada nela caiu. Ele a levou à boca e mordeu a metade. Ele disse que era doce e macia e pediu a Zhang Yingcai para provar uma também. Zhang Yingcai pegou uma e foi lavá-la no riacho. O diretor Yu disse: "Não precisa lavar, ela não fica mais fresca depois da lavagem. Cheira a água". Ele fingiu não ouvir e foi até o riacho. Depois de lavar as batatas-doces, não pôde voltar, então teve que voltar para casa e cozinhar.

Caminhando até o meio do parquinho, ouviu alguém chamando professor Zhang e viu que era Ye Biqiu. "Por que você não foi para casa?"

"Minha tia mora na aldeia abaixo, e meu pai me pediu para ir à casa dela para pegar legumes e fazer um prato para o professor Zhang", disse Ye Biqiu, e entregou meia cesta de legumes para ele.

Zhang Yingcai ficou com raiva: "Eu como sozinho, ao contrário do diretor Yu, que tem que cuidar das refeições de vinte pessoas. Por que te pediria para pegar alimentos para mim?"

Ye Biqiu murmurou algo, seu rosto parecia muito infeliz. Zhang Yingcai mudou de tom e disse: "Deixe para lá, e não faça mais isso no futuro".

Ye Biqiu rapidamente largou a cesta de legumes e se virou para ir embora. Zhang Yingcai pegou a mão dela e disse: "Faça-me um favor e pergunte a Yu Zhi se ele sabe quem quebrou as cordas do instrumento musical". Vendo Ye Biqiu acenar com a cabeça, Zhang Yingcai acompanhou-a para voltar à casa da tia dela.

Depois de entrar na aldeia, descobriu que a tia de Ye Biqiu morava ao lado de Deng Youmi.

Quando Deng Youmi os viu, ele quis jantar com Zhang Yingcai, então Zhang Yingcai teve que mentir que já havia comido. Ao voltar, Zhang Yingcai lembrou-se da aparência graciosa de Ye Biqiu ao caminhar, muito parecida com a colega de turma Yao Yan, que lhe escrevera recentemente. Ele não pôde deixar de se preocupar um pouco, pensando se seu pai perderia a carta para Yao Yan. Pensou que era uma pena que Ye Biqiu fosse muito mais jovem que Yao Yan. Depois de pensar assim, lembrou-se que há pouco, quando ele segurou Ye Biqiu e pediu a ela para perguntar a Yu Zhi sobre as cordas quebradas do instrumento musical, aquela mãozinha quente havia balançado suavemente algumas vezes na palma de sua mão.

O tempo estava ficando mais frio a cada dia.

Depois de uma semana, os assuntos diários na escola se tornaram rotina. Fazer as mesmas coisas todos os dias era muito aborrecedor. A quebra das cordas do instrumento musical se tornou um assunto importantíssimo. Depois de esperar por várias semanas, Ye Biqiu não apenas não veio relatar a situação como também passou a evitá-la, correndo para casa imediatamente depois da escola. Esta tarde, assim que a aula começou, Zhang Yingcai pediu a Deng Youmi que solicitasse a presença de Ye Biqiu em seu escritório depois da escola.

Desta vez, Ye Biqiu não se atreveu a fugir.

Zhang Yingcai inquiriu: "Você já perguntou a Yu Zhi?"

Disse Ye Biqiu: "Perguntei, ele disse que foi ele mesmo, e falou que eu podia lhe dizer exatamente isso".

Zhang Yingcai disse: "Então por que você não me disse logo?"

Ye Biqiu disse: "Ele sabia que eu estava agindo como uma espiã enviada por você. Se eu comunicasse a você o que ele me disse, me tornaria realmente sua espiã".

Zhang Yingcai disse: "Então por que você resolveu me dizer?"

Disse Ye Biqiu: "Você me perguntou por que eu não tinha dito nada, não por que eu não queria dizer nada – são duas coisas completamente diferentes!"

Zhang Yingcai ficou surpreso com a última frase de Ye Biqiu. Aquela era a frase mais civilizada que ele ouviu desde que viera para a escola primária de Jieling. Claro, a maior parte do que ele entendia por civilização vinha do romance *Jovens em uma cidade pequena*, que lia todos os dias. Ele realmente quis perguntar a Ye Biqiu se ela havia lido esse romance ou se gostaria de lê-lo.

Zhang Yingcai voltou a si: "Não acredito que Yu Zhi tenha feito isso".

Ye Biqiu disse: "Eu também não acredito, Yu Zhi só sabe se fingir de herói".

Zhang Yingcai disse: "Então você vai perguntar a ele de novo".

Ye Biqiu disse: "Não me atrevo a perguntar mais. Na terceira série, ele disse que tinha comido uma minhoca. Assim que eu disse que não acreditava, ele pegou uma minhoca e comeu na minha cara".

Vendo que a discussão não estava indo bem, Zhang Yingcai não teve escolha a não ser deixar Ye Biqiu ir embora.

06

A cerimônia de descida da bandeira na tarde do fim de semana foi realizada mais cedo, porque todos os professores tiveram que enviar para casa os alunos que estavam hospedados na casa do diretor Yu. Quando as cerimônias da bandeira eram realizadas, todos os alunos da escola participavam. Como o sol ainda estava alto e o céu ainda estava claro, as flautas de Deng Youmi e Sun Sihai não puderam tocar o sentimento afetuoso ao entardecer, e a atmosfera não foi tão solene como antes. Após a cerimônia, Deng Youmi, Sun Sihai e o diretor Yu lideraram cada um uma equipe e caminharam em direções diferentes. Assim que os alunos saíram, a escola ficou muito quieta, como um grande templo sem peregrinos, tão solitária.

O diretor Yu costumava dizer que Zhang Yingcai não conhecia o caminho, então o deixou para cuidar da escola. Desta vez, Zhang Yingcai resolveu desobedecê-lo e seguiu Sun Sihai silenciosamente por todo o caminho. Só depois de caminhar um ou dois quilômetros, ele alcançou o grupo para dizer olá. Sun Sihai ficou um pouco surpreso ao vê-lo. Sun não disse nada, ainda segurou a mão de Li Zi, caminhou passo a passo com firmeza e continuou fazendo perguntas da aula para Li Zi responder. Quando Li Zi ia para o lado da trilha para colher bagas de espinheiro-alvar, Sun Sihai se mantinha por perto para protegê-la. Havia seis alunos nesse grupo e, quando chegaram à casa do primeiro deles, haviam percorrido quase cinco quilômetros.

Zhang Yingcai sentia calor, tirou o casaco e ficou apenas de camiseta: "Esta jornada de cinco quilômetros nos caminhos da montanha equivale a dez quilômetros lá embaixo".

Sun Sihai disse: "A parte difícil ainda está por vir!"

A trilha da montanha estava realmente ficando cada vez mais difícil de percorrer. Havia cada vez mais peles de cobra na grama. Sun Sihai tirou uma sacola plástica do bolso da calça e cuidadosamente colocou as peles de cobra que tinha achado. Ao ver uma pele de cobra, Zhang Yingcai reuniu coragem para estender a mão e, quando tocou naquela coisa branca áspera e leitosa, ficou com arrepios no coração.

Li Zi disse ao lado dele: "O professor Zhang tem medo de cobras!". Sun Sihai imediatamente pediu a Li Zi para usar um provérbio para descrevê-lo. Li Zi pensou um pouco e disse: "Confundindo arco com cobra" [杯弓蛇影 bēigōng-shéyǐng] (que descreve uma pessoa com excesso de preocupação e sem fundamento). Sun Sihai acariciou suavemente o cabelo levemente amarelado. Zhang Yingcai não pôde deixar de se sentir envergonhado. Havia muitas peles de cobra e a sacola plástica estava cheia. Sun Sihai não deixou mais os alunos pegá-las, dizendo-lhes para andarem rápido. Parado no cume da montanha, Zhang Yingcai pensou que demoraria um pouco para escurecer e seria difícil ver a trilha sob seus pés quando chegasse ao vale.

Os alunos chegaram às suas casas um após o outro, restando apenas Li Zi. Por fim, Li Zi também chegou em casa. Wang Xiaolan estava na porta, parecendo que ela tinha esperado há muito tempo. Sun Sihai lhe entregou a sacola plástica e Wang Xiaolan também lhe entregou uma sacola cheia. Nesse ponto, Sun Sihai disse: "Li Zi tem tossido nos últimos dias". Ele então apresentou: "Este é o novo professor Zhang".

Zhang Yingcai não sabia como devia chamá-la, então apenas acenou com a cabeça. Wang Xiaolan também acenou com a cabeça, profundamente, como se estivesse se curvando, e depois perguntou: "Você não vai entrar e sentar um pouco?"

Sun Sihai disse tristemente: "Eu não vou sentar".

Zhang Yingcai viu claramente que Wang Xiaolan tinha uma beleza triste e fria. Ele ouviu um homem chamando do quarto atrás de Wang Xiaolan: "Li Zi voltou?"

Sun Sihai disse imediatamente: "Vamos".

Depois de caminhar um pouco, Zhang Yingcai olhou para trás e Wang Xiaolan ainda estava parada na porta da casa. Depois de caminhar mais um pouco, havia um lugar iluminado na montanha à frente que se parecia com a escola primária de Jieling. Zhang Yingcai perguntou, e era a escola mesmo. Zhang Yingcai ficou muito surpreso: "Li Zi percorreu cinco quilômetros extras para voltar para casa?"

Sun Sihai disse: "O caminho é um pouco desviado, mas poderíamos colher mais ervas. Se ela não tivesse feito o desvio, outros alunos teriam que fazê-lo".

Zhang Yingcai disse corajosamente: "A mãe de Li Zi não deveria ter se casado com aquele homem".

Sun Sihai ficou surpreso e disse: "A família de sua mãe era pobre. Aquele Li Zhiwu, que era do quadro de brigada na época, gostava dela sinceramente. Ela não resistiu ao que seus pais disseram. Inesperadamente, após a implementação do sistema de responsabilidade,[4] Li Zhiwu começou a ir para as montanhas coletar ervas para ganhar dinheiro e quebrou a cintura".

Zhang Yingcai perguntou com ainda mais ousadia: "Por que você não se casou com ela naquela época?"

Sun Sihai suspirou: "Eu era um órfão que veio de outros lugares para Jieling. Mais tarde, tornei-me professor de escola local. Até mesmo o antigo chefe de aldeia que mais se importava comigo estava com medo de que isso gerasse problemas e afetasse a transformação em professor de escola estatal. Pensando nisso, se eu soubesse antes sobre hoje, não teria feito o que fiz!"

Quando ele estava prestes a perguntar novamente, alguém na frente ficou gemendo: "Professor Sun! Professor Zhang!"

Era claramente o diretor Yu pela voz. Os dois se aproximaram rapidamente e viram o diretor Yu encostado em uma pedra ao lado da trilha e apoiado com um galho na mão.

O diretor Yu disse com um sorriso irônico que estava escurecendo quando ele acompanhou o último aluno para casa. Quando voltou, ele passou por um campo e viu nitidamente uma pessoa andando na frente dele com uma ponta de cigarro na boca, até com faíscas piscando. Ele deu alguns passos rapidamente, tentando alcançar a pessoa e encontrar um companheiro. Ao chegar perto, deu um tapinha no ombro do homem e sentiu muito frio, como uma pedra. Ele olhou com atenção e realmente era uma pedra, não apenas uma pedra, mas uma lápide. Ele entrou em pânico, seus pés se atrapalharam na corrida e ele caiu várias vezes seguidas, arrebentando os joelhos.

O diretor Yu disse: "Resolvi esperar que um conhecido aparecesse para voltar lá e descobrir o que aconteceu".

Sun Sihai disse: "Que coincidência. Vamos ver se você deixou alguma coisa para trás".

Zhang Yingcai sabia desse costume: se uma pessoa se assusta enquanto caminha à noite, ela deve voltar e procurar rapidamente, para que sua energia ou alma não se perca e ela não sofra uma doença grave. Zhang Yingcai era muito tímido quando criança, sua família sempre acreditava que ele havia se assustado e não voltara para encontrar sua alma, mas ele mesmo nunca acreditou nisso.

---

4 N. do T.: Refere-se à distribuição de direitos coletivos de gerenciamento de terras a agricultores individuais ou famílias, permitindo que eles operem seus próprios negócios.

Quando voltaram para procurar, descobriram que era mesmo uma lápide. E pertencia ao antigo chefe da aldeia. A escola primária de Jieling foi construída quando o antigo chefe da aldeia decidiu deixar toda a aldeia, que na época era chamada de brigada, apertar os cintos e construir. No passado, o diretor Yu costumava suspirar que, se o antigo chefe da aldeia ainda estivesse vivo, a escola não estaria tão em ruínas como está agora. Apesar de suspiros, todos também entendiam o embaraço do antigo chefe da aldeia, pois sua filha mais velha nasceu com uma deficiência mental. O antigo chefe da aldeia não admitia e insistia que não estudou o suficiente. Esta foi também uma razão importante para o antigo chefe da aldeia insistir e ocupar dificudades em construir uma escola primária em Jieling. Quando o antigo chefe da aldeia estava no poder, relutantemente conseguiu casar sua filha, que depois deu à luz Ye Biqiu. Ye Biqiu já havia passado da idade da iluminação e não se matriculou na escola até os nove anos de idade. Claro, essas coisas todas aconteceram após a morte do antigo chefe da aldeia.

Nesse momento, Sun Sihai disse: "Antigo chefe da aldeia, todos nós sabemos que você amava a educação e a escola. Se você assustar dessa forma o diretor Yu, as coisas ficarão muito ruins. Sua querida neta, Ye Biqiu, foi para a escola há muito tempo e ela é uma boa aluna. Estamos todos confiantes de que será admitida na universidade. Se você quiser amar corretamente, por favor, abençoe a nós professores de escola local para nos tornarmos professores de escola estatal o mais rápido possível!"

O diretor Yu disse do lado: "Senhor Sun, não seja como o professor Deng, que, para se tornar um professor de escola estatal, queimará incenso e se prostrará diante de qualquer coisa, seja um deus ou um fantasma".

Sun Sihai sorriu ironicamente: "Diretor Yu, não se preocupe, estou apenas brincando".

O diretor Yu disse: "Ele está morto há muitos anos e você ainda se atreve a brincar com ele. Isso é também porque o antigo chefe da aldeia o favorecia demais. Quando o antigo chefe da aldeia o trouxe de outra aldeia para ser professor, todos pensaram que ele estava recrutando você como genro e você podia escolher à vontade entre suas duas filhas!"

Sun Sihai disse: "Os assuntos humanos são muito difíceis de prever. Se o antigo chefe da aldeia realmente falasse, provavelmente eu prometeria a ele, neste caso, eu poderia ter um lar mesmo e não dormiria sozinho e viveria essa vida de solteiro como agora".

O diretor Yu disse: "Você está exagerando, tenha cuidado, alguém pode ouvir e ficar muito triste".

Então todos voltaram a falar sobre a lápide. Há muito tempo que o túmulo do antigo chefe da aldeia estava naquela trilha, e muita gente já havia se esquecido dele. Quando ele foi enterrado, o diretor Yu leu pessoalmente a oração fúnebre em frente ao túmulo. Era estranho que o diretor Yu fosse vítima daquele engano visual. Sun Sihai e Zhang Yingcai concordaram que o diretor Yu devia estar com visão embaçada; outra possibilidade era a de que ele teria visto um fogo-fátuo, ou talvez estivesse muito nervoso e até delirando.

No final, o diretor Yu disse que esse tipo de coisa acontecia frequentemente nas montanhas e não havia necessidade de fazer alarde.

Todo mundo simplesmente se acalmou, e de repente houve uma espécie de risada no cemitério como um fantasma feminino. O som na verdade não parecia choro nem riso. Soava muito perto, mas estava longe quando tentaram procurar pela origem do som. O mais aterrorizante era que cada risada se tornava etérea e despertava um sentimento horrível.

Zhang Yingcai, que sempre considerara fantasmas e deuses piadas, subconscientemente colocou o braço em torno da cintura de Sun Sihai.

Sun Sihai também estava com tanto medo que colocou o braço ao redor da cintura do diretor Yu.

Era como se fossem os alunos na brincadeira de águia e pintos.[5] O diretor Yu postou-se à frente e gritou para o cemitério escuro: "Somos todos intelectuais, não use esse truque para assustar a gente!" Uma pessoa realmente saiu da escuridão. A mulher que ria estranhamente no escuro acabou por ser a mãe de Ye Biqiu, a filha mais velha do antigo chefe da aldeia de quem o diretor Yu acabara de falar.

O diretor Yu e Sun Sihai sabiam que ela tinha uma deficiência mental e eles não podiam ficar com raiva, então só perguntaram o que ela estava fazendo escondendo-se ali tão tarde.

A mãe de Ye Biqiu sorriu e disse que sentia falta do pai e aproveitou para recitar para ele um texto que havia aprendido recentemente. Enquanto falava, ela orgulhosamente mostrou o livro didático da primeira série em sua mão.

O diretor Yu, que estava sem palavras, saiu do caminho e a deixou ir primeiro. Ao passar por Sun Sihai, a mãe de Ye Biqiu deu-lhe um tapinha no ombro e disse: "Eu conheço você, você é Sun Sihai, e meu pai gosta mais de você!"

---

5 N. do T.: Refere-se a um jogo infantil do folclore chinês no qual uma pessoa faz o papel de "águia" e as outras fazem o papel de "pintinhos", com a "galinha velha" protegendo os "pintinhos" atrás das galinhas na frente. As "galinhas" são protegidas pela "galinha velha" na frente das galinhas.

Quando ela se afastou, o diretor Yu riu de Sun Sihai e disse: "Não pense que a deficiente mental não entende nada, ela também é boa em entender os sentimentos".

Sun Sihai ficou triste. Se o antigo chefe da aldeia não tivesse insistido para que ele viesse trabalhar como professor de escola local, ele realmente não conseguia imaginar por onde estaria vagando agora. Foi só nesse ponto que Zhang Yingcai descobriu que Sun Sihai era um órfão de outra aldeia. Ele conheceu o antigo chefe da aldeia por acaso. Vendo que ele recebera educação formal, o antigo chefe da aldeia o levou para Jieling para trabalhar como professor de escola local.

Enquanto falavam, chegaram à casa de Deng Youmi. O diretor Yu gritou do lado de fora da porta. Chengju saiu e os cumprimentou, mas Deng Youmi ainda não havia voltado. Deng Youmi estava acompanhando um grupo de alunos que morava mais longe. Um deles morava a cinco quilômetros de distância da escola, e a viagem de ida e volta era de dez quilômetros. Os três entraram na sala para conversar um pouco, e logo depois Deng Youmi começou a bater na porta do lado de fora. Abriram a porta e Deng Youmi entrou na sala. Os quatro não puderam deixar de ficar chocados depois de falarem sobre o que havia acontecido.

Não era por causa do encontro do diretor Yu com coisas estranhas, mas porque Deng Youmi havia encontrado uma matilha de lobos.

É muito estranho que as coisas estanhas não aconteçam juntas. Depois que Deng Youmi acompanhou o último aluno para casa, ele tomou o caminho de volta. Assim que contornou uma passagem na montanha, os lobos correram em sua direção. Ele estava tão assustado que ficou imóvel no meio da trilha. Aqueles lobos agiam estranhamente, como se estivessem em alguma situação urgente, passando por ele um após o outro sem sequer cheirá-lo. Um filhote da matilha, beliscado pelos lobos grandes em ambos os lados, não tinha para onde ir, então passou direto por entre as pernas de Deng Youmi. Deng Youmi pediu para que todos o cheirassem. Os colegas ficaram parados sem se mexer, mas Chengju se abaixou e realmente cheirou sua virilha por um tempo. Quando ela se endireitou, viu Sun Sihai rindo, e ela não pôde deixar de brincar dizendo que Deng Youmi havia percorrido dez quilômetros na trilha da montanha e havia suado muito, então não sabia dizer se era cheiro de lobo ou dele mesmo.

Deng Youmi dissera antes a Zhang Yingcai que um lobo havia atacado Chengju e deixara uma cicatriz em seu olho, e naquela ocasião Zhang Yingcai questionara sua narrativa dizendo que podia não ter sido realmente um lobo, mas um cão selvagem. Desta vez, ele repetia que havia encontrado lobos, e Zhang Yingcai imediatamente disse que era improvável que uma matilha de lobos se reproduzisse devido à cadeia alimentar que existia na montanha de Jieling. As feras que Deng Youmi encontrara seriam, no máximo, cães selvagens que ninguém havia domesticado desde filhotes. Deng Youmi mais uma vez concordou com as palavras de Zhang Yingcai. Ele disse que as pessoas nas montanhas sempre exageravam quando falavam sobre as coisas nas montanhas.

Assim que Sun Sihai ouviu isso, ele fez comentários sarcásticos: o plano de ensino da escola primária de Jieling deveria ser revisado e a educação especial deveria ser adicionada à nova alusão e ao novo provérbio "chamar cão a um lobo ou chamar lobo a um cão".

Todos os presentes riram.

Chengju esfregou os olhos cheios de lágrimas e disse: "Realmente ecoa o velho ditado de que apesar de serem pobres, os pobres ainda têm sua própria sorte".

O diretor Yu acrescentou: "Os pobres são afortunados, mas têm que passar por muitas voltas e reviravoltas".

A filha mais nova do antigo chefe da aldeia morava ao lado de Deng Youmi depois do casamento.

Todos foram juntos e contaram a ela o que acabara de acontecer. A filha mais nova do antigo chefe da aldeia, a tia de Ye Biqiu, disse que aquele dia era o aniversário da morte de seu pai e que sua irmã devia ter ido visitar o túmulo para limpá-lo. A irmã era sempre assim, havia sempre um momento no dia em que estava sóbria; após esse período, ela se tornava uma pessoa diferente.

07

Cedo na manhã seguinte, Zhang Yingcai se levantou e correu para a casa dos pais assim que abriu os olhos. Correu quase todo o caminho para descer a montanha. Após percorrer dez quilômetros na trilha de montanha, as pessoas que moravam na parte mais baixa começavam a tomar o café da manhã.

Encontrou Lan Fei no caminho e ele também estava voltando para casa para dar uma olhada. As complexidades nos corações dos dois estavam claramente lá. Quando eles se encontraram, apenas acenaram um para o outro sem dizer qualquer palavra. Felizmente, eles se separaram naturalmente quando chegaram a uma bifurcação da rua.

Assim que entrou em casa, Zhang Yingcai perguntou: "Mãe, onde está meu pai?"

A mãe disse: "Seu pai foi à vila logo cedo para levar o esterco".

Ele estava prestes a perguntar se o pai havia enviado a carta registrada quando viu uma carta ao lado do fogão. No envelope estava escrito "Para Zhang Yingcai" em caracteres muito bonitos, e também era uma carta registrada. Depois de abri-la, havia apenas uma frase sem sentido: "Espero que você bata na porta o tempo todo!". Zhang Yingcai ficou confuso a princípio, mas logo entendeu o significado. Ele estava tão feliz que não se importou de a mãe estar por perto, e até disse o que pensava em voz alta: "Afinal, ela estuda arte, e é uma frase tão poética e até romântica!"

Como o filho estava de volta e uma colega de classe lhe enviara uma carta que fez o filho pular um metro de alegria, a mãe foi contente até a cozinha e preparou uma tigela de macarrão com bacon.

Zhang Yingcai estava saboreando seu café da manhã quando de repente ouviu o som de uma bicicleta estacionando do lado de fora, seguido por alguém entrando pela porta. Quando Zhang Yingcai terminou de engolir mais um bocado da refeição deliciosa e olhou para cima novamente, o diretor da unidade, Wan, estava parado na frente dele.

Wan foi direto ao ponto: "Ouvi dizer que você estava aqui, então decidi vir imediatamente. Há um aviso. Estou preocupado que não seja entregue a tempo. Você deve se apressar e levá-lo de volta para a escola".

Zhang Yingcai disse: "Acabei de chegar em casa, quer que eu volte já?"

Wan disse: "Este é um assunto importante. Para implementar o espírito da 'Lei de Educação Obrigatória', a escola receberá uma visita de inspeção na próxima semana. Vocês têm que correr contra o tempo e o trabalho não pode ser adiado nem por um dia".

Zhang Yingcai pegou o aviso, comeu o macarrão restante e partiu para a escola.

A subida da montanha não foi lenta e, quando parou para descansar, não pôde deixar de pegar a carta de Yao Yan para lê-la. Havia uma fragrância feminina única no papel de carta e ele a cheirou por um longo tempo. Foi assim que se esqueceu das horas e, quando ainda estava na encosta da montanha, viu uma família ao lado da trilha começando a almoçar. Zhang Yingcai não estava com pressa, tirou dois ovos cozidos de sua bolsa, descascou e os engoliu. Depois continuou a subida. No caminho, parava por alguns momentos e, após um descanso, retornava a caminhar. Chegando à colina atrás da casa de Deng Youmi, ele pensou que precisaria informar a Deng Youmi que comparecesse à reunião escolar mais tarde, então seria melhor contar a ele agora.

Zhang Yingcai abandonou sua rota e desceu pelo caminho percorrido pelos lenhadores.

Assim que chegou à porta da casa de Deng Youmi, viu algumas pessoas carregando esterco com o auxílio de cangalhas nos ombros para um campo e já havia uma pilha de esterco bem preta no chão. Zhang Yingcai reconheceu dois deles que tinham vindo ajudar Sun Sihai a cavar a vala de drenagem da última vez. Deng Youmi andava com a calça enrolada, mas não havia nem um pouquinho de terra preta acima do dorso do pé. Ao ver Zhang Yingcai, Deng Youmi ficou um pouco envergonhado: "A semeadura de outono está prestes a começar e os pais dos alunos estão preocupados que eu esteja muito ocupado, então eles vêm me ajudar. Na verdade, o esterco ficará mais potente depois de ser fermentado por mais algum tempo".

Zhang Yingcai disse: "Agora o problema entre você, o diretor Yu e Sun Sihai está resolvido".

Deng Youmi disse: "Na verdade, o que eu disse naquele dia não ficou claro."

Zhang Yingcai retrucou: "Naquele dia, você quis dizer que os professores de escola local eram originalmente os professores que deram aulas nas escolas particulares, certo?"

Deng Youmi disse: "Você não deve ter preconceito contra mim!"

Zhang Yingcai disse: "Não tenha medo de mim. Lave as mãos e depois vá à escola para uma reunião!"

Deng Youmi ficou muito sensível e imediatamente ergueu as sobrancelhas: "Será que existe uma quota para se transformar em professor formal de escola estatal?"

Zhang Yingcai disse: "Você não pode revelar primeiro, e não será tarde demais quando todos se reunirem".

Deng Youmi caminhava na frente, tão feliz que Zhang Yingcai achou muito engraçado.

O diretor Yu não estava em casa. Ele tinha levado Yu Zhi e os outros para regar a horta. Apenas Sun Sihai estava sentado na porta tocando na flauta a ópera *Huangmei*[6] "Casal volta para casa", o que transformou a felicidade em tristeza novamente.

Deng Youmi gritou para ele: "Senhor Sun, venha à sala do professor Zhang para uma reunião".

Sun Sihai largou sua flauta: "Ainda há reuniões no domingo? Quanto mais reuniões houver, mais deficientes mentais haverá".

Deng Youmi disse: "Vamos, vamos, não é brincadeira".

Enquanto esperavam pelo diretor Yu, Zhang Yingcai deu a cada um deles um ovo cozido e comeu um também. Enquanto comia, pegou a frase escrita na carta de Yao Yan como verso superior e a usou como pergunta, pedindo a todos que criassem o verso inferior para formar dísticos rimados.

"Espero que você bata na porta o tempo todo", essa frase simples fez Deng Youmi e Sun Sihai pensarem que não era nada de especial no começo e que eles poderiam simplesmente inventar o verso inferior. Quando realmente começaram a pensar sobre isso, perceberam que a tarefa não era fácil. Nesse momento, o diretor Yu veio, Deng Youmi disse que haveria uma reunião, mas Zhang Yingcai falou que não havia pressa e pediu ao diretor Yu para ajudar com o verso inferior. Depois de ouvir, o diretor Yu disse que seria difícil fazer o verso, principalmente porque a palavra "você" era um pouco estranha. Deng Youmi também analisou que existem poucas palavras que podem corresponder a "você", apenas "eu" e "ele". O diretor Yu, penssva de forma mais abrangente do que Deng Youmi, e achou que o que Deng Youmi disse foi apenas uma das razões, há uma outra razão: "você" usado no verso superior significa que as duas pessoas estão ansiosas

---

6 N. do T.: A ópera Huangmei teve origem no condado de Huangmei, província de Hubei, China. É um tipo de ópera folclórica formada no final do século XVIII na área de junção das províncias de Anhui, Hubei e Jiangxi, e seu estilo de canto é famoso por seu brilho e lirismo, com grande poder de expressão.

uma pela outra, então o dístico inferior só pode ser usado "eu"para corresponder, mas o uso de "eu" também é muito relutante, por isso é quase impossível que o verso inferior combine com o verso superior de uma maneira muito clara.

Zhang Yingcai ficou muito angustiado para falar, então mudou de tema e disse: "O diretor da unidade, Wan, me pediu para trazer um aviso urgente, pedindo que vocês implementassem os requisitos da Lei de Educação Obrigatória o mais rápido possível e fizessem os preparativos para a inspeção, que acontecerá em breve".

O diretor Yu pegou o aviso e deu uma olhada, então o entregou a Deng Youmi, que esticou o pescoço, e pediu que ele o lesse.

Deng Youmi o pegou, tossiu, pigarreou e leu em voz alta: "Documento da Unidade de Educação do Distrito de Xihe, X.W No. 31, Aviso Urgente sobre Inspeção e Aceitação da Implementação no Distrito da 'Lei de Educação Obrigatória'". Depois de ler o título, o rosto de Deng Youmi mudou de cor e as últimas palavras quase saíram com choro.

O diretor Yu perguntou: "Professor Deng, qual é o problema?"

Deng Youmi não pôde deixar de ficar frustrado: "Eu pensei que era um aviso para os professores de escola local se tornarem professores estatais. Os documentos anteriores sempre foram emitidos nesta temporada".

Deng Youmi não queria mais ler. Sun Sihai não precisava ser chamado, ele o pegou e começou a ler até que o diretor Yu parecesse sério.

Assim que Sun Sihai fechou a pasta com o documento, o diretor Yu disse: "Faltam apenas dez dias e não há tempo para discutir e estudar o problema. Hoje serei ditatorial. A partir de segunda-feira, nós quatro dividiremos o trabalho desta maneira. O professor Zhang dará aulas para a turma da quinta série, e o diretor Sun ficará com as turmas da primeira e da terceira série. Deng Youmi e eu focaremos exclusivamente o trabalho correspondente ".

Zhang Yingcai interrompeu o diretor Yu: "Não entendo, como o analfabetismo pode ser erradicado em dez dias?"

Pela primeira vez, o diretor Yu foi contundente: "Há muitas coisas que você não entende e pode aprender aos poucos no futuro. Não tenho tempo para explicar agora. Esse assunto está relacionado com o futuro da escola, por isso não podemos relaxar".

O diretor Yu também anunciou outras diretrizes: tudo é para a educação de Jieling, tudo é para a educação de Jieling.

"Filhos de Ling, tudo é para o futuro da escola primária de Jieling." Zhang Yingcai não entendia de que tipo de disciplina isso tratava, ele pensava que era como um juramento. Assim que o diretor Yu ficou sério, ele mostrou o comportamento de um líder, o que deixou Zhang Yingcai com medo e fez com que não ousasse interromper.

O diretor Yu não falava muito, então pediu a todos que acrescentassem mais ideias depois de terminar de falar. Deng Youmi propôs que a aldeia enviasse quadros principais seus principais conselheiros para participar do trabalho preparatório.

Sun Sihai disse: "As pessoas enviadas para ajudar não podem ajudar com o dever de casa ou corrigi-lo, então por que não aproveitamos a oportunidade para pedir à aldeia que nos pague os salários atrasados?"

Deng Youmi aplaudiu com entusiasmo.

O diretor Yu sorriu ironicamente: "Não tenho escolha a não ser executar esse plano ruim. Mas todo mundo tem que contribuir com alguma coisa. Gostaria de aproveitar a oportunidade para convidar Yu Shi, o chefe da aldeia, e o velho contador para jantar na escola. Dez yuans cada um, que tal?"

Deng Youmi disse: "Pode ser, mas na casa de quem devemos cozinhar?"

O diretor Yu deu uma olhada ao redor e disse: "Vamos cozinhar na minha casa. A professora Ming não sabe cozinhar. Por favor, peçam a uma mulher que saiba cozinhar para ajudar".

Sun Sihai disse em voz baixa: "Não tenho nenhuma objeção. Será bom para deixar os conselheiros da aldeia sentirem as dificuldades vivenciadas na escola".

No tocante a quem deveria ser convidado para cozinhar, depois de uma longa discussão, apenas Wang Xiaolan pareceu-lhes adequado. Seus pratos eram baratos e simples.

Quando tudo foi resolvido, já havia anoitecido.

Depois da refeição, Zhang Yingcai se curvou sobre a mesa e ficou pensando sob a lâmpada de querosene em como tornar as palavras de Yao Yan ainda melhores. Ele folheou o romance do começo ao fim, saboreando cada frase sobre o amor, e não encontrou nada que lhe servisse de referência ou inspiração. Depois de ficar sentado até meia-noite, o diretor Yu olhou pela janela novamente e, vendo que ele estava acordado, o cumprimentou e voltou. Zhang Yingcai teve uma ideia e inventou uma frase: bater na porta é muito demorado, vou direto pela sua janela. Depois de escrever esta frase, Zhang Yingcai ficou muito animado, sem medo da escuridão lá fora, e correu para bater na porta de Sun Sihai. Assim que bateu, antes mesmo de Sun Sihai acordar, sentiu-se desapontado. Como ele poderia dizer isso a Sun Sihai, que não entenderia mesmo que dissesse. Ele recuou silenciosamente.

Dentro da casa, Sun Sihai acordou e perguntou: "Quem é?"

Zhang Yingcai imitou um gato: "Miau".

O chefe da aldeia Yu Shi e o velho contador vieram à escola na terça-feira, junto com Wang Xiaolan e quatro pessoas da própria escola, e sentaram-se todos na mesma mesa. Os pratos feitos por Wang Xiaolan eram muito temperados e foram elogiados por terem um sabor forte e maravilhoso. Antes da refeição, Yu Shi, o chefe da aldeia, deu uma boa notícia: apesar das dificuldades econômicas, a aldeia decidira pagar parte dos salários em atraso dos professores. Claro, ele também esperava que todos os professores pudessem contribuir para o prestígio dos líderes e moradores da aldeia de Jieling neste trabalho de alfabetização. Essas palavras foram aplaudidas pelo grupo e a esposa do Diretor Yu, Ming Aifen, também aplaudiu de dentro de seu quarto.

Depois de beberem bastante, os convidados começaram a causar problemas. O velho contador segurou a mão de Wang Xiaolan com firmeza, insistindo para que ela bebesse com ele. Todos na escola intercederam por ela, dizendo que Wang Xiaolan realmente não sabia beber. O velho contador não desistiu, dizendo que poderia beber a aguardente que ela não conseguisse beber, mas ela teria que beijá-lo toda vez que ele bebesse um copo. Sem esperar que Wang Xiaolan argumentasse, o velho contador pegou o copo de Wang Xiaolan, bebeu de um só gole e colocou seu velho rosto na boca de Wang Xiaolan.

A tez de Sun Sihai de repente se tornou da cor de um grande pedaço de fígado de porco, pois ele estava bêbado e era tímido.

Deng Youmi viu que a situação não estava boa, então se levantou e foi se aliviar.

O diretor Yu tinha medo de um acidente diplomático inesperado, por isso ele ficava puxando a ponta do casaco de Sun Sihai com a mão e deu para Zhang Yingcai uma piscadela. Zhang Yingcai não tinha se interessado pelo assunto e, como detinha o apoio do diretor da unidade, Wan, os conselheiros tratavam-no com cortesia. Vendo que o velho contador estava passando dos limites, Zhang Yingcai quis intervir e, com a piscadela do diretor Yu, deu um passo à frente, ficando entre os dois. Ele separou Wang Xiaolan com uma mão, virou a garrafa de aguardente de cabeça para baixo com a outra e encheu todos os copos na mesa: "Vou beber três copos com você em nome de Xiaolan". Independentemente de o velho contador concordar ou não, ele virou o copo três vezes em uma respiração. O velho contador estava na casa dos cinquenta e, quando viu a aparência vigorosa de Zhang Yingcai, não teve escolha a não ser se curvar.

O rosto de Sun Sihai também começou a se acalmar.

Como Zhang Yingcai pôde beber três copos por nada? O velho contador gritou que estava tonto enquanto discutia, e disse: "Eu admito a derrota, não ouso beber mais álcool. Posso rastejar para debaixo da mesa?"

O velho contador pensou que no território de Jieling ele daria respeito ao chefe da outra parte dizendo isso, e ninguém se atreveria a deixá-lo fazer isso. Inesperadamente, Zhang Yingcai lhe pediu para cumprir a promessa no local.

Yu Shi, o chefe da aldeia, ouviu e disse: "Tudo bem, já chega, vocês já beberam demais".

Em seu coração, Zhang Yingcai tinha problema com os conselheiros da aldeia desde cedo. Ele estava aqui para ensinar havia muito tempo e ninguém tinha vindo visitá-lo; e ficou com raiva quando ouviu o chefe da aldeia, Yu Shi, falar em tom oficial. Zhang Yingcai não falou nada, andou para trás do velho contador, colocou as mãos nas nádegas do homem e o empurrou para debaixo da mesa. Sun Sihai, que estava sentado do lado oposto, se moveu junto com o banco, expondo um espaço para Zhang Yingcai empurrar o contador.

O velho contador, furioso e zangado, se levantou com um osso carnudo na mão e quis bater em Zhang Yingcai.

Yu Shi, o chefe da aldeia, disse apressadamente: "Bando de bêbados! Parem de beber e saiam da mesa. Não deixem as crianças assistirem a essa vergonha!"

Depois de se despedir do chefe da aldeia, Yu Shi, e do velho contador, Zhang Yingcai viu Wang Xiaolan entrar na casa de Sun Sihai abertamente. Ele fingiu estar andando, aproximou-se da janela e ouviu o choro de uma mulher lá dentro, como o choro de duas pessoas se abraçando num filme.

Naquela noite, a flauta de Sun Sihai soou por um longo tempo, e ele não ouviu quando ela parou.

Ao se encontraram na manhã seguinte, Sun Sihai estava visivelmente mais abatido, com as olheiras afundadas.

Depois que a bandeira nacional foi hasteada, o diretor Yu ordenou que dez alunos com notas baixas da terceira e quinta séries fossem sorteados e entregues a ele e a Deng Youmi. Em ordem de desempenho acadêmico, Ye Biqiu deveria estar entre os três primeiros. Zhang Yingcai não entendia qual o propósito de escolher os alunos com notas baixas. Depois de perguntar, ele não conseguiu qualquer resposta, então teve uma ideia e enviou Ye Biqiu para lá.

No dia seguinte, Zhang Yingcai perguntou a Ye Biqiu: "Você fez tudo o que o diretor Yu pediu?"

Ela havia aprendido a lição da última vez e virou o rosto ao falar.

Ye Biqiu respondeu francamente: "O diretor Yu providenciou que eu fizesse o dever de casa por Yu Xiaomao. Eu fiz o que me foi pedido e o diretor Yu me elogiou".

Zhang Yingcai perguntou: "Você conhece Yu Xiaomao?"

Ye Biqiu disse: "Conheço. Começamos nossa educação juntos, mas ele tem frequentado as aulas intermitentemente, às vezes vem, às vezes não vem para a escola. Quando começou este ano letivo, o diretor Yu o estimulou a voltar. Ele só se inscreveu, nem entrou na sala de aula, e voltou para casa. Sua família é muito pobre e não tem dinheiro para ele estudar!"

Zhang Yingcai disse: "Você e seus colegas têm que fazer o dever de casa de quantos alunos em nossa turma que estão matriculados na escola, mas não frequentam as aulas?"

Ye Biqiu disse: "O diretor Yu disse que cada colega é responsável por duas pessoas. Depois de terminar, cada um de nós receberá um lápis e dois cadernos".

Zhang Yingcai disse: "Quando as aulas terminarem amanhã, traga o caderno de dever de casa de Yu Xiaomao que vou corrigi-lo para você".

Ye Biqiu não duvidou nem um pouco e concordou com a cabeça.

No dia seguinte, Ye Biqiu realmente trouxe o caderno. Zhang Yingcai viu que era exatamente igual ao dever de casa que a quinta série havia feito.

Zhang Yingcai não conseguia descobrir qual era o sentido de fazer aquilo.

Dez dias se passaram em um piscar de olhos e o diretor da unidade, Wan, veio com uma equipe de inspeção. Quando a equipe chegou, o diretor Yu pediu a Sun Sihai que entregasse as aulas da terceira e quarta séries para Zhang Yingcai. O motivo era que Sun Sihai também teria de arcar com parte do trabalho de recepção. Zhang Yingcai estava tão ocupado que nem teve tempo de cumprimentar Wan. Ele notou que parecia haver muito mais alunos na escola do que o normal, mas teve pouco tempo para pensar nas razões.

A equipe de inspeção permaneceu na escola por um dia e, ao terminar a aula à tarde, Zhang Yingcai atribuiu o mesmo tópico de redação — "Quando a bandeira nacional se erguer" — aos alunos das duas turmas. À terceira série foi requisitado um texto de 300 caracteres, e a quinta série tinha que escrever, no mínimo, 500. Assim ele tinha tempo para ouvir o relatório resumido da equipe de inspeção. Um diretor do Departamento de Educação do Distrito deu uma palestra e declarou ser um milagre que a escola primária de Jieling pudesse atingir uma taxa de matrícula de mais de 96% em condições escolares tão duras! Ele também deu um tapinha em um monte de cadernos de dever de casa sobre a mesa. Depois de ouvir o relatório, Zhang Yingcai percebeu que, para essa inspeção, o trabalho de alfabetização era apenas um detalhe sem importância; o foco era se as crianças em idade escolar estavam matriculadas.

O diretor da unidade, Wan, também era membro da equipe de inspeção. Ele disse: "Eu, não tenho medo de que as pessoas digam que sou egocêntrico. Se a

escola primária de Jieling não for classificada como avançada desta vez, abando-
narei meu posto de diretor desta unidade de educação".

O diretor Yu liderou os aplausos e os membros da equipe de inspeção também aplaudiram. Não havia lugar ali para todos pernoitarem, então a equipe de
inspeção desceu a montanha no escuro depois de observar o diretor Yu instruin-
do os alunos a abaixarem a bandeira nacional.

Antes de Wan partir, Zhang Yingcai lhe disse: "Tenho algo a relatar".

Wan disse enquanto caminhava: "Conte-me sobre sua situação quando você
for para casa no Ano-Novo!"

Após Wan percorrer um longo caminho, Zhang Yingcai lembrou que deveria
entregar a Wan a carta para Yao Yan e pedir-lhe para levá-la ao correio no sopé
da montanha para postá-la. Ele gritou duas vezes e correu atrás dele. Depois
de correr por mais de cem metros, ele viu Wan acenando com muita força. Ele
parou e olhou fixamente para o grupo de pessoas, que desapareceu nas montanhas escuras.

Depois que a equipe de inspeção foi embora, quanto mais Zhang Yingcai
pensava sobre o que se passara na escola, mais ele sentia que havia algo de errado.
É claro que ele via muitas coisas enganosas em todos os lugares, mas, quando
essas coisas não tinham nada a ver com ele, ele simplesmente as ignorava. Desta
vez era diferente, não só a questão o envolvia como também a Wan. As pessoas
na escola estavam obviamente em conluio. Com medo de terem seu segredo re-
velado, elas se acobertavam contra ele de todas as maneiras e ludibriavam Wan.
Esse pensamento o deixou com raiva e ele não pôde aguentar. Pegou uma caneta
e escreveu duas cartas com o conteúdo semelhante para o diretor da unidade,
Wan, e para a pessoa encarregada do Departamento de Educação do Distrito,
detalhadamente descrevendo as táticas sombrias, incluindo a substituição de
estrueturas e a confusão de identidades em Lianling Primary School e Lianling
Village durante a inspeção, que não deveriam ser expostas a público.

Depois de escrever a carta, ele se dirigiu ao cruzamento ao lado da escola
nas horas livres para esperar pelo carteiro que vinha a cada três dias. Depois de
esperar por quatro dias, o carteiro não apareceu. Não sabia se ele tinha se perdido ou se não tinha feito esse caminho desta vez. Como não queria mais esperar,
parou o pai de um aluno que estava descendo a montanha e lhe pediu que levasse
duas cartas para baixo e as postasse no correio. A carta para Yao Yan, no entanto,
manteve consigo. Esta só a entregaria a pessoas extremamente confiáveis, como
seu pai e Wan.

08

O ambiente na escola estava muito bom nesses dias. Os conselheiros da aldeia tinham vindo várias vezes e inspecionaram cuidadosamente cada construção para identificar os lugares que precisavam de reparos ou reformas. Yu Shi, o chefe da aldeia, afirmou que a aldeia não ficaria com um único tostão do bônus recebido e que todo o dinheiro seria usado em melhorias na escola, para que professores e alunos tivessem um inverno quente e confortável. Assim que o diretor Yu anunciou isso para as turmas, os buracos no telhado e as rachaduras nas paredes foram testemunhas do aplauso entusiasmado dos estudantes. O diretor Yu também prometeu que, se restasse dinheiro após os custos de reparos, alguns alunos poderiam ser isentos da taxa de matrícula. Quando o diretor Yu disse "alguns alunos", ele encarou aqueles cujas famílias viviam em situações particularmente difíceis.

Cerca de dez dias depois, Zhang Yingcai não tinha aula à tarde. Ele foi então ao riacho lavar o cabelo e as roupas, assobiando enquanto se lavava a música "Nossa vida está cheia de sol". Pensou que nesta passagem finalmente havia uma melodia feliz flutuando das flautas de Sun Sihai e Deng Youmi. De repente, ouviu alguém gritando atrás de si. Quando olhou para trás, o diretor da unidade, Wan, estava em cima do alto dique de pedras.

Zhang Yingcai sacudiu a espuma de suas mãos e estava prestes a subir, quando Wan saltou para baixo. Seu rosto estava lívido e ele deu dois tapas no rosto de Zhang Yingcai, que quase caiu no riacho.

Zhang Yingcai cobriu o rosto com as mãos e disse com tristeza: "Por que você me bateu?"

O diretor da unidade, Wan, disse: "Bater é pouco. Se você fosse meu filho, eu o estrangularia até a morte com as mãos!"

"Mas eu não violei nenhuma lei ou disciplina."

Vendo que Zhang Yingcai ainda não estava convencido, Wan ficou ainda mais irritado: "Se fosse esse o caso, eu não teria me importado. Por que você escreveu uma carta para nos denunciar? Você é a única pessoa decente no mundo? Você acha que é a única pessoa que pode ver claramente? Somos todos cegos e hipócritas?"

"Eu não escrevi nada além da verdade."

"Você acha que eu não sei que este lugar, que nem os mais pobres queriam entrar, tem uma taxa de matrícula real de apenas 60%? Sabe com quanto esforço eu tive que me esforçar para alcançar um taxa de matrícula quando eu era professor aqui? Apenas 16%, seu pirralho! Escute bem, não pense que você é melhor do que eles. Se a taxa real de matrículas aqui pode ser superior a 90%, mesmo que deixe o diretor Yu e os outros como modelos nacionais de trabalho seja considerado uma recompensa menor, deixá-lo ser o Ministro da Educação é apropriado."

Wan pediu para que ele fosse para casa depois de lavar as roupas e não saísse de lá acontecesse o que acontecesse na escola.

Assustado pelas bofetadas, Zhang Yingcai permaneceu em seu quarto obedientemente.

Na cerimônia de hasteamento da bandeira antes do anoitecer, o diretor Yu gritou "Toque o hino nacional!" pela primeira vez, mas a flauta não soou. O diretor Yu gritou duas vezes, mas ainda não obteve resposta. Ele teve que gritar uma terceira vez com uma voz estranha: "Toque o hino nacional!". Só então a flauta soou com pesar.

Depois disso, Sun Sihai começou a cortar lenha desesperadamente.

Sun Sihai cortava a lenha com um machado e a despedaçava, xingando "Bastardo! Bastardo!", até que o diretor Yu o chamou para discutir algo.

O diretor da unidade, Wan, chegou ao quarto de Zhang Yingcai muito tarde, seu rosto parecia suave sob a luz, e ele ficou reclinado na cama de Zhang Yingcai por um longo tempo antes de soltar um longo suspiro:

"Você arruinou as chances de esta escola receber o prêmio de excelência e um bônus de 800 yuans com apenas um selo postal. O diretor Yu há muito esperava usar esse dinheiro para consertar as salas de aula. Na verdade, o distrito está totalmente ciente da situação aqui. É mais difícil elevar a taxa de matrícula de nossos estudantes do que melhorar a média no exame de admissão à faculdade em outros lugares. Todos concordam que a escola primária de Jieling deveria ser escolhida como excelente. Depois de sua denúncia, não existe mais possibilidade de recebermos o prêmio. O papel da janela está furado e deixando o ar passar!"

Zhang Yingcai queria argumentar um pouco, mas Wan se recusou a deixá-lo falar:

"Pedi ao diretor Yu que escrevesse um relatório sobre a dificuldade de crianças em idade escolar entrarem em escolas nas áreas montanhosas, como um paliativo para evitar ser criticado no comunicado oficial. Conversei com eles e pedi que contassem sobre o difícil processo de cada aluno que entrou na escola. Você tem que ouvir com atenção e obter mais educação."

Assim que disse essas palavras, Wan adormeceu.

Wan roncava tão alto que Zhang Yingcai só conseguiu adormecer muito mais tarde. Quando acordou de manhã, não havia ninguém do outro lado da cama.

Após o café da manhã, Zhang Yingcai pegou o livro didático e foi até a sala de aula. Encontrou Sun Sihai no caminho, que disse a ele: "Descanse, a aula de hoje será ministrada por mim!"

Zhang Yingcai disse: "Você não concordou que eu daria as aulas esta semana?"

Sun Sihai disse com indiferença: "É melhor deixar você descansar!"

"Realmente é ótimo descansar. Estou exausto e pensando em pedir licença!"

Zhang Yingcai ficou muito chateado. Depois de terminar de falar com a cabeça erguida, ele se virou e foi embora. No dia seguinte, encontrou Sun Sihai novamente quase no mesmo lugar do dia anterior.

"Você não pediu licença? Por que está correndo para a sala de aula?"

Zhang Yingcai ficou sem palavras, havia muita raiva em seu coração.

Depois que o diretor da unidade, Wan, foi embora, Zhang Yingcai sentiu que todos obviamente o detestavam. Quando Sun Sihai o encontrava, desde que ele começava a falar, suas palavras sempre tinham algumas pontas inexprimidas, nem muito duras nem muito suaves. Deng Youmi era ainda mais direto. Quando avistava Zhang Yingcai a distância, escondia-se. O comportamento do diretor Yu também era muito irritante. Zhang Yingcai relatou a ele que Sun Sihai o havia privado de ensinar e ele fingiu ser surdo, falando bobagens e explicando que seus ouvidos tinham problemas quando o outono e o inverno chegavam. A princípio, Zhang Yingcai pensou que a implicância vinha apenas de Sun Sihai e que ela passaria depois de alguns dias. Passadas duas semanas, ele ainda não tinha permissão para dar aulas. O diretor Yu e Deng Youmi não intervieram, então ele concluiu que havia uma conspiração para afastá-lo.

À noite, Zhang Yingcai avistou uma lanterna se movendo em direção ao quarto do diretor Yu. Quando a figura alcançou o lugar iluminado na porta, reconheceu Deng Youmi. Depois dele, Sun Sihai também entrou. Zhang Yingcai adivinhou que deveria ser uma reunião secreta, caso contrário ele não teria sido o único deixado para trás!

Quanto mais Zhang Yingcai pensava sobre isso, mais zangado ficava. Logo, ele não pode se furtar a abrir a porta e invadir o local, gritando: "Se há uma reunião da escola, por que vocês não me deixam participar?"

Sun Sihai disse: "Quem você pensa que é? Esta é a reunião do quadro diretor da escola".

Zhang Yingcai congelou por um momento, incapaz de recuar ou avançar.

No final, o diretor Yu disse: "Deixem o professor Zhang participar da reunião!"

Zhang Yingcai se sentou sem cerimônia. Depois de ouvir por um tempo, ficou claro que eles estavam estudando formas de conseguir dinheiro para as reformas e reparos da escola quando o inverno chegasse.

Todos ficaram sentados em silêncio e era possível ouvir os estudantes conversando baixinho debaixo das cobertas no quarto ao lado.

Após uma longa pausa, Sun Sihai não se conteve e disse: "Só há um caminho". Todos se animaram e olharam ansiosamente para Sun Sihai. Sun Sihai hesitou um pouco e finalmente disse: "A única maneira é cavar meus fungos poria e vendê-los com antecedência. Assim empresto o dinheiro à escola e depois podem me devolver quando a escola tiver receita".

O diretor Yu disse: "Isso não está certo. Não estamos na temporada para cavar fungos poria. Se os colhermos antes do tempo, você perderá muito dinheiro".

Sun Sihai disse: "É melhor do que os fungos fugirem como em anos anteriores".

O diretor Yu disse: "Se é assim, vou aceitar a oferta humildemente em nome dos professores e alunos de toda a escola".

"Se a escola tivesse sido avaliada como excelente, não teríamos essa dificuldade!" Deng Youmi, que se manteve cabisbaixo o tempo todo, levantou a cabeça e murmurou em voz baixa. Depois de falar, arrependeu-se, desejando poder apagar as palavras proferidas.

O diretor Yu perguntou: "Há mais alguma questão? Se não houver mais nada, a reunião terminará".

Zhang Yingcai disse: "Tenho algo para dizer. Quero voltar a dar aulas".

O diretor Yu disse: "Vamos deliberar sobre esse assunto e lhe daremos uma resposta em alguns dias. É uma questão menor e há tempo".

Zhang Yingcai disse: "Não, estão todos aqui, vocês precisam me responder hoje".

Sun Sihai de repente levantou a voz e disse: "Zhang Yingcai, não intimide o quadro diretor. Essa é uma questão a ser considerada pela diretoria. Mesmo que façamos uma votação agora, você não pode estar presente. Assim que a deliberação estiver concluída, você será informado do resultado".

Zhang Yingcai não tinha mais nada a dizer, então saiu antes de todos os outros, como havia sido orientado. Não teve coragem de esperar no pátio escolar e voltou para seu quarto, prestando atenção aos sons do lado de fora com olhos e ouvidos. Depois de um tempo, Sun Sihai se aproximou e disse algo ainda mais irritante pela janela: "Estudamos o assunto e decidimos por unanimidade deliberar sobre seu caso na próxima reunião".

Zhang Yingcai ficou tão raivoso que ele começou a bater no tapete do cama, envolvendo o lenço de cama com os dentes e segurando-o na boca para morder fortemente, assim evitindo que ele não fosse até o pátio gritando.

Como previsto, a escola não agendava aulas com Zhang Yingcai. Mesmo que os pais dos alunos fossem convidados a ajudar a cavar os fungos poria, de vez em quando Sun Sihai tinha que correr para recolhê-los, mas nunca deixou Zhang Yingcai dar aulas em seu lugar. Certo dia, quando o grupo de coletores estava cavando os fungos poria até o meio-dia, houve uma grande algazarra na montanha. Zhang Yingcai pensou que algo havia acontecido e sentiu um pouco de regozijo.

Não muito tempo depois, Sun Sihai desceu da montanha animadamente, segurando um objeto cinza na mão, e gritou: "Que estranho, é muito estranho, achei um fungo poria em formato humano!"

Zhang Yingcai não pôde deixar de se aproximar para dar uma olhada. Era mesmo um grande fungo poria com cabeça, mãos e pés, muito parecido com uma bonequinha. O diretor Yu pegou o fungo poria de Sun Sihai. Depois de olhar com atenção, ele disse com pesar: "É uma pena que tenha sido coletado um pouco cedo demais, antes de se tornar adulto. Se fosse possível distinguir entre macho e fêmea, valeria muito dinheiro, e talvez se tornasse um tesouro nacional".

Sun Sihai ficou atordoado por um tempo antes de voltar a si. Com as duas mãos, ele quebrou a cabeça, as mãos e os pés do fungo poria em formato humano um por um e os jogou aos pés de Zhang Yingcai. Vendo que os olhos de Sun Sihai estavam pegando fogo, Zhang Yingcai não se atreveu a dizer nada, deu meia volta e retornou ao seu quarto, onde se trancou.

Zhang Yingcai refletiu por um longo tempo e percebeu que não seria viável continuar a luta naqueles termos, que talvez um afastamento pudesse mudar a situação. Ele entregou um pedido de licença ao diretor Yu. O diretor Yu assinou imediatamente e disse que, se uma semana não fosse suficiente, uma extensão de uma ou duas semanas poderia servir. Depois de pegar uma mochila com escova de dentes, toalhas, uma carta para Yao Yan e o romance, Zhang Yingcai desceu a montanha.

Depois de descer a montanha, ele não foi para casa, mas direto para a vila encontrar o diretor da unidade, Wan.

Tia Li Fang apareceu na porta e disse que Wan tinha ido visitar outros lugares.

Pelo comportamento de Li Fang era óbvio que ela não queria que ele entrasse na casa. Zhang Yingcai não teve escolha a não ser repreendê-la em seu coração: "Sua bruxa, não é de admirar que seu marido lhe traia lá fora!", mas ainda conseguiu dizer um obrigado entredentes.

Ao sair da unidade de educação, viu o último ônibus do centro do distrito estacionado na beira da estrada. Não havia muitas pessoas no ônibus e havia muitos assentos vazios. Ele tocou o dinheiro no bolso e decidiu ir para o centro do distrito. Ele queria visitar o centro cultural do distrito. Se tivesse sorte e encontrasse a pessoa que tinha escrito aquele romance tão bom, contaria para ele tudo em seu coração. Assim que Zhang Yingcai embarcou, o ônibus partiu. Depois de uma viagem de duas horas, ele pediu parada na periferia do centro do distrito. Zhang Yingcai havia se lembrado de que a família de Yao Yan morava na periferia do centro do distrito e seus pais eram horticultores. Quando ela estava no segundo ano do ensino médio e se realizou o evento esportivo da escola, Zhang Yingcai participou da corrida de longa distância de 10.000 metros e ele passou pela casa de Yao Yan. Zhang Yingcai ainda lembrava a localização exata e caminhou por todo o caminho até realmente encontrar o lugar. O portão estava trancado e, segundo os vizinhos, os pais de Yao Yan tinham ido à capital da província para ver a filha. Zhang Yingcai não pretendia conhecer a família de Yao Yan a princípio, queria apenas aproveitar a oportunidade para dar uma olhada neles. Virando-se, dirigiu-se ao centro cultural do distrito. Depois de fazer algumas perguntas, ficou muito desapontado: a pessoa que havia escrito o romance fora transferida para o departamento cultural provincial na posição de Talento Nacional.

O terceiro desejo de Zhang Yingcai era assistir a filmes. Ele descobriu que a organização do cinema não esvaziava as salas após cada sessão. Depois de assistir ao filme, desde que não se levantasse, poderia assistir à próxima exibição. Mesmo sendo o mesmo filme, Zhang Yingcai o assistiu três vezes até o cinema fechar.

Depois de deixar o cinema, Zhang Yingcai foi para a Pousada Nongyou. No passado, quando seu pai vinha à escola visitá-lo, ele sempre se hospedava ali, seus colegas até riam dele por causa disso. Ele conversou várias vezes com o pai, mas o pai se recusou a mudar e continuou se hospedando no mesmo lugar. Zhang

Yingcai não pensou em por que só poderia ficar naquela pousada. Chegou, pagou dois yuans, registrou para uma cama e nem foi vê-la. Ele pegou a chave e saiu para comprar um tigela de sopa clara de macarrão. Depois de comer tudo bem rápido, voltou para a pousada e adormeceu imediatamente.

Ainda era madrugada quando aqueles que queriam ir cedo ao bazar para ocupar bons lugares acordaram Zhang Yingcai. Ele se levantou com aquelas pessoas e foi até a estação pegar o ônibus. Ao chegar à sala de espera, percebeu que acordara um pouco cedo demais. Havia apenas alguns mendigos deitados na sala de espera e não era certo para ele sentar-se e aguardar ali.

Por sorte, ainda havia um jornal antigo no quadro de jornais da sala de espera. Zhang Yingcai se aproximou e o leu desde o início. Nos menores sinais de pontuação, ele se debruçava sobre o texto para verificar se era uma vírgula ou um ponto. Enquanto lia a segunda página, de repente encontrou um artigo de um correspondente sobre a mais recente inspeção dos trabalhos de implementação da "Lei da Educação Obrigatória" que estava cheio de boas palavras do começo ao fim, e até elogiava o diretor da unidade, Wan, dizendo que, desde que ele assumira o cargo de diretor, o trabalho de educação compulsória na Vila de Xihe havia passado por mudanças significativas. Depois que Zhang Yingcai terminou a leitura do jornal, ele se concentrou em estudar aquele artigo, relendo-o várias vezes seguidas.

À medida que alguém empurrava os mendigos para fora da sala de espera, a estação gradualmente se tornava animada.

Depois de finalmente retornar à vila de Xihe, não esperava encontrar Lan Fei assim que saísse do ônibus. Zhang Yingcai não havia dormido bem à noite, sentia-se atordoado, mas era tarde demais para escapar. Foi ainda mais inesperado que Lan Fei tomasse a iniciativa de cumprimentá-lo e perguntar quando ele voltaria a dar aulas.

Perdendo momentaneamente a compostura, Zhang Yingcai deixou escapar um: "As malditas aulas!". Após ouvir as palavras de Lan Fei, Zhang Yingcai de repente compreendeu que seus problemas já haviam sido trazidos da montanha para a base, como se fossem pelo vento forte.

Lan Fei disse: "Você não dá aulas malditas! Você é um professor aprovado pela unidade de educação com documento oficial. Não falemos em lutar pelo diretor da unidade, Wan, mas também guarde um pouco de dignidade para você!"

Lan Fei tinha uma ideia para a situação de Zhang Yingcai: disse-lhe para fingir que estava se preparando para o exame de transformação em professor de escola estatal depois que voltasse. Lan Fei afirmou que dentro de três dias, aqueles professores de escola local fariam de tudo para bajulá-lo. Assim, ele seria o Amitabha[7] da escola primária de Jieling.

Após terminar de explicar seu plano, não sabendo se estava suspirando por si mesmo, pelos outros ou apenas desabafando sua tristeza, Lan Fei abriu bem a boca e soltou um longo suspiro em direção ao sol. Zhang Yingcai, que estava de costas ao seu lado, não pôde deixar de repetir o gesto e a direção do olhar. O céu, que até então estava sem nuvens, agora parecia tocado por uma tristeza e ficou nublado. Nenhum deles disse o que pensava no coração. As pessoas como eles que estavam apenas no estágio inicial de professores de escola local se comportavam desse jeito. O grupo de professores de escola local da escola primária de Jieling estava trabalhado há mais de dez anos ou até mais de vinte anos. Ocupando seus dias e noites, o desejo de se tornar um professor de escola estatal já se transformara em uma espécie de câncer emocional, uma doença eterna e incurável.

Depois que Zhang Yingcai aceitou a ideia de Lan Fei em seu coração, ele foi para casa, almoçou e pediu à mãe que preparasse alguns pratos que pudessem ser guardados antes de voltar correndo para a escola. Ao passar pela Pequena Aldeia da Família Zhang, Zhang Yingcai viu a bicicleta do diretor da unidade, Wan, na porta de uma casa de família. Ele sabia, sem dúvida, que aquela devia ser a casa de Lan Xiaomei. Depois de passar pela Pequena Aldeia da Família Zhang, todo o caminho era subida. Assim que seu ritmo diminuísse, ele teria tempo para pensar nas coisas, especialmente quando encontrou um vento forte que esfriou seu corpo. De repente, ele percebeu: Lan Fei também acabara de se formar no ensino médio. Mesmo tendo roubado algumas obras da biblioteca da escola como ele, era difícil compreender a psicologia dos professores de escola local tão profundamente em tão pouco tempo. Logo, devia haver um especialista nos bastidores.

Zhang Yingcai gritou para o vasto mar de floresta, que parecia carregá-lo em sua corrente, enquanto, em seu peito, seu coração chorava: se na mente de Wan seu sobrinho não era tão bom quanto o filho de sua antiga amante, isso estava de acordo com a lei do céu? Naquele momento, concluiu que a aparição repentina de Lan Fei devia ter sido ordenada por Wan. Ele não conseguiu evitar chamar a Wan de raposa velha e a mãe de Lan Fei, Lan Xiaomei, de bruxa velha.

---

7 N. do T.: Amitabha é um termo originalmente budista e, aqui, refere-se ao fato de que, quando Zhang Yingcai se tornar um professor completo, ele será extremamente cortejado e insinuado por outros professores particulares, e seu status e influência serão muito maiores, assim como Amitabha no budismo, que é reverenciado por seus seguidores. Há uma ironia aqui, sugerindo que, se Zhang Caijing seguir o conselho de Lan Fei, ele ganhará facilmente a bajulação e a atenção dos outros.

09

Quando voltaram para a escola primária de Jieling, o diretor Yu e os outros estavam atordoados sob o sol poente. Zhang Yingcai passou pelos três de propósito, mas foi tratado como nada. Certamente não o deixariam voltar a dar aulas.

Zhang Yingcai não queria mais continuar zangado com Lan Fei. Ele espalhou todos os livros didáticos e notas de estudo do ensino fundamental e médio e os colocou sobre a mesa. Também selou as janelas com jornais para não deixar nenhuma brecha. Por dois dias seguidos, exceto para ir ao banheiro e fazer atividades ao ar livre obrigatórias, como hastear e arriar a bandeira nacional, não saiu de casa, e, das vezes que isso foi necessário, sempre trancava a porta. Na manhã do terceiro dia, ele foi ao banheiro e, ao voltar, encontrou um pequeno buraco no jornal da janela. Sem dizer nada, buscou outro pedaço de papel e cobriu o buraco.

Ao meio-dia, Zhang Yingcai estava cozinhando em casa com a porta trancada quando ouviu Ye Biqiu chamá-lo. Ye Biqiu perguntou do lado de fora da porta: "Professor Zhang, por que você não nos ensina?"

Zhang Yingcai disse: "É decisão da escola. Pergunte ao diretor Yu".

Ye Biqiu disse: "Os alunos sentem sua falta, eu também quero assistir a suas aulas".

Zhang Yingcai abriu a porta e disse: "Os alunos não podem escolher seus professores".

Ye Biqiu corou e disse: "Não, não é que eu queira escolher professores, foi o diretor Deng quem me pediu para dizer isso".

Embora Ye Biqiu ainda estivesse na escola primária, por causa de sua entrada tardia, seu desenvolvimento físico era o mais óbvio entre todos os alunos da escola. Zhang Yingcai viu inadvertidamente o peito ligeiramente inchado e também corou um pouco, então ela disse às pressas: "Você não deveria aceitar o que o diretor Deng diz casualmente".

Zhang Yingcai se virou e organizou os materiais de revisão em cima da mesa. Isso foi feito de propósito para Ye Biqiu ver. Compreendeu que Deng Youmi havia ordenado aquela visita de Ye Biqiu com um propósito, o que provava que sua simulação de mistérios já começou a ter efeito. Depois que Ye Biqiu teve uma visão clara da situação na sala, ele disse deliberadamente: "Se não houver mais nada particularmente importante, não bata na porta outra vez. Quero me concentrar nos estudos".

Depois que Ye Biqiu saiu, Zhang Yingcai não pôde deixar de rir.

Depois das aulas da tarde, Zhang Yingcai se distraiu quando ouviu o som da flauta do lado de fora, então decidiu sair. Deng Youmi largou imediatamente a flauta e sorriu para ele de forma não natural. Zhang Yingcai fingiu não ter visto e continuou a recitar fórmulas matemáticas. Deng Youmi, que sempre foi muito bom em falar, hesitou várias vezes antes de se aproximar dele e acabou dizendo algo inapropriado:

"Você não foi dar aulas esses dias e Ye Biqiu se comportou um pouco estranha. Ela escrevia inconscientemente *Zhang Yingcai, professor Zhang* e *professor Zhang Yingcai* no caderno."

Zhang Yingcai ficou surpreso e não conseguiu pronunciar as poucas palavras sufocantes que havia pensado.

Assim que escureceu, Zhang Yingcai estava prestes a fechar a porta quando Sun Sihai apareceu:

"Amanhã vou descer a montanha para comprar um par de óculos, e você pode dar aulas para a turma."

"Ainda não acabou minha semana de licença!"

"Estou pedindo sua ajuda pessoalmente."

"Se for para a escola, então não tem como!"

Sun Sihai caminhou até a mesa e pegou o par de óculos de miopia: "Qual é o grau de seus óculos?"

Zhang Yingcai disse: "Quatrocentos graus. Eu já te disse".

"Eu tenho uma memória ruim e esqueci."

Enquanto falava, Sun Sihai olhava fixamente para cada livro. Sem surpresa, Sun Sihai desceu a montanha e voltou só ao amanhecer, carregando uma grande pilha de livros nas costas. Zhang Yingcai fingiu estar curioso e perguntou a Li Zi: "O professor Sun trouxe muitos romances?"

Li Zi disse: "Não há nem mesmo uma folha de romance, são todos livros didáticos de matemática, física e química do ensino médio".

A partir de então, Sun Sihai deixou de tocar flauta no meio da noite. Toda vez que Zhang Yingcai acordava de um sonho, ele podia ouvir o som da leitura de Sun Sihai. Uma vez, Zhang Yingcai abriu a porta para deixar entrar o suave vento noturno. Ele viu a sombra de um estudioso projetada no papel da janela, quando um grande meteoro perfurou o céu e pousou na montanha detrás. Ele sentiu um tremor em seu coração.

Deng Youmi também pediu licença e desceu a montanha. Quando voltou, ele parecia sombrio e murmurou para o diretor Yu secretamente: "Talvez seja porque o número de pessoas que se tornarão professores de escola estatal desta vez é muito pequeno e há poucas vagas, então estão todos mantendo isso em segredo e não revelam nada".

No dia que Deng Youmi disse isso, o diretor Yu foi pessoalmente até Zhang Yingcai perguntar-lhe como estava seu trabalho como professor particular nos últimos tempos. Zhang Yingcai negou firmemente e fez uma má-fé, dizendo que já se adaptara e não tinha mais outras expectativas, esperando que o Diretor Yu deixasse de agitar a calma do seu coração. O Diretor Yu não teve escolha senão a de entrar no assunto direito, indicando os livros na mesa e perguntando para que eles serviam. Zhang Yingcai explicou que ser professor requeria uma boa base. Ele também disse que, toda vez que o diretor da unidade, Wan, o encontrava, sempre dizia que, se ele quisesse ser um bom professor do ensino fundamental, ele deveria ter uma compreensão abrangente dos conhecimentos do ensino médio. Vendo que não havia conseguido nenhuma informação útil, o diretor Yu saiu, e junto com Deng Youmi, que estava aguardando do lado de fora, olharam para o céu e suspiraram:

"Quanto mais experientes são os profissionais em outras ocupações, mais preciosos se tornam, mas, quanto mais velhos são os professores particulares, menos valiosos eles são!" Depois Zhang Yingcai ouviu o diretor Yu murmurando para si mesmo como em um transe: "Deng Youmi acredita que pode usar o dinheiro para atingir seus objetivos, Sun Sihai pode usar seus verdadeiros talentos para conseguir o que quer, e Zhang Yingcai tem conhecimento e parentes com poder. De que posso me valer com esses meus ossos magros?"

A farsa proposta por Lan Fei fez de Zhang Yingcai o tesouro da escola primária de Jieling durante as noites. Às vezes, Zhang Yingcai ficava sozinho perdido em pensamentos, tentando encontrar a melhor analogia para um professor de escola local que deseja se tornar professor do estado: Será que é como o carpa tentando pular o portão do dragão, ou seja, um desafio para alcançar a sucesso, ou se trata de um teste treacheiro criado pelo rei do inferno? Zhang Yingcai não estava de fato lendo um livro. Naquele dia, passou um longo tempo rabiscando no caderno e, quando voltou a si, a folha outrora em branco havia sido preenchida pela palavra "Dignidade".

Durante o tempo em que ele permaneceu olhando fixamente para essa palavra, primeiro o diretor Yu, depois Deng Youmi e, finalmente, Sun Sihai, como uma equipe de patrulha, se revezavam na busca por desculpas para visitar seu quarto. O mais especial era Sun Sihai. Os demais haviam abandonado a arrogância, mas ele era o único cuja alma se recusava a segui-los, embora já tivesse cruzado o limiar. Por isso, toda vez que ele pronunciava uma palavra, seus lábios tremiam nervosamente por um tempo. Para a surpresa de Zhang Yingcai, assim que Sun Sihai saiu, Wang Xiaolan entrou como o vento, pegou o edredom na cama e correu para fora sem dizer uma palavra. Quando Zhang Yingcai percebeu, ela já estava longe. Depois que o sol se pôs, Wang Xiaolan devolveu o edredom, que havia sido lavado com água de arroz, e disse com um sorriso ambíguo que todas as sementes que havia semeado no edredom haviam sido removidas. Depois que Wang Xiaolan saiu, Zhang Yingcai estendeu o edredom e deu uma olhada mais de perto. Aquelas manchas da juventude que nem mesmo sua mãe tinha conseguido eliminar em casa no passado realmente haviam desaparecido. Embora ele fosse o único na sala, o rosto de Zhang Yingcai ficou prestes a explodir de tão vermelho. Não estava apenas envergonhado de si mesmo mas também de Wang Xiaolan. Se Sun Sihai descobrisse que Wang Xiaolan havia começado a provocar outros homens com palavras meio ousadas, ele perderia a calma e até a espancaria.

Na calada da noite, deitado dentro do edredom perfumado, Zhang Yingcai pensava em uma frase que escreveria mais tarde no papel: Professores de escola local não têm direito nem de sorrir na frente dos outros.

No mês seguinte, Deng Youmi desceu a montanha sete ou oito vezes. E todas as vezes voltou desapontado. Porém, quando via Zhang Yingcai, fazia uma cara sorridente, alegando que vira o diretor da unidade, Wan, e que Wan era realmente um bom líder e assim por diante.

O diretor Yu não ia a lugar algum, e a única mudança era que, quando escurecia, ele ficava andando ao redor do mastro da bandeira no pequeno pátio escolar vazio. Naquela noite, o diretor Yu finalmente entrou no quarto de Zhang Yingcai.

Depois de trocarem gentilezas, o diretor Yu voltou sua atenção para o instrumento musical de cordas: "Por que não ouvi você tocar o instrumento musical recentemente, a corda quebrou?"

Zhang Yingcai disse: "Não importa se a corda está quebrada, o principal motivo é que não há tempo".

O diretor Yu tirou do bolso um rolo de cordas: "Tenho quatro cordas velhas aqui, não sei se servem, coloque e experimente".

Zhang Yingcai não recusou, estendeu a mão para pegá-las e disse: "Receio que se quebrem novamente em pouco tempo".

O diretor Yu disse: "Não, elas não se quebrarão mais. Antes era porque a professora Ming não podia ouvir o som do instrumento que adoecia logo em seguida. Agora as portas e janelas de seu quarto foram seladas perfeitamente". Ele hesitou por um instante e depois mudou de assunto: "Professor Zhang, existe alguma política preferencial para pessoas especiais como... como eu?"

Zhang Yingcai disse: "Eu nunca ouvi falar disso. Realmente não sei de nada a respeito".

O diretor Yu virou o rosto com tristeza: "Se você não ouviu falar sobre isso, então esqueça! Continue com suas coisas e eu vou ver o diretor Sun". Depois de caminhar alguns passos, ele se virou e disse: "Eu pensei sobre isso por muito tempo e decidi solicitar à autoridade sua nomeação como vice-diretor de estudantes".

Zhang Yingcai quis rir e disse: "Obrigado, senhor diretor, por seu cuidado".

O diretor Yu não conseguiu fazer como que Sun Sihai abrisse a porta. Sun Sihai afirmou que não veria ninguém depois da escola durante esse período. O diretor Yu não tinha nada de importante para fazer, então foi embora depois de dizer algumas palavras do lado de fora da porta.

Neste momento, o grito de Cheng Ju veio do pátio escuro: "Diretor Yu, diretor Yu, por favor! Salve Deng Youmi!"

Cheng Ju tropeçou e se agarrou ao diretor Yu.

O diretor Yu estava um pouco ansioso: "Solte-me e fale devagar. Está muito escuro, e isso não são modos de se comunicar o que quer que seja".

Cheng Ju não desistiu: "Eu não me importo, Deng Youmi foi preso pela delegacia, você tem que tirá-lo de lá".

Zhang Yingcai saiu de casa neste momento: "Por que o pessoal da delegacia o prendeu?"

Cheng Ju respondeu: "Foi justamente por causa do assunto da transformação em professor de escola estatal. Outros têm conhecimentos ou relacionamentos com pessoas influentes. Deng Youmi não tem nada. Depois de finalmente encontrar um contato que poderia lhe ajudar, como não havia nada de bom em casa e ele não tinha escolha, Deng Youmi foi para a montanha e cortou um teixo, mas logo ele foi pego pela delegacia de polícia florestal. Diretor Yu, você não pode simplesmente ser indiferente!"

O diretor Yu ficou preocupado com a notícia: "Isso é uma grande vergonha para a escola! Primeiro não somos classificados como escola excelente, agora nosso vice-diretor rouba uma árvore. Que embaraçoso!"

Zhang Yingcai tentou amenizar a situação: "Uma vez que o assunto chegou a esse ponto, a melhor política no momento é encontrar uma maneira de salvar o professor Deng".

O diretor Yu estava tão desorientado que parecia uma formiga em uma panela quente. Cheng Ju se sentou no chão e soltou um longo e estridente gemido. Zhang Yingcai disse impaciente: "Você chora como se alguém tivesse morrido. Se ficar atrapalhando as pessoas dessa forma, como espera que tenhamos uma boa ideia para ajudar Deng Youmi?" Quando Zhang Yingcai disse isso, o choro de Cheng Ju ficou mais baixo.

O diretor Yu finalmente disse sério: "Esse é o único caminho a percorrer. Diremos que a escola precisa consertar o prédio principal, mas estamos sem dinheiro, por isso não tivemos escolha a não ser cometer esse ato vergonhoso e suportar, por nossos alunos, o fardo da humilhação".

Zhang Yingcai disse: "Pode ser, mas receio que Sun Sihai não concorde".

O diretor Yu disse: "Vá chamá-lo. Eu fui lá agora, mas ele se recusou a abrir a porta. Se você for, ele abrirá a porta".

Zhang Yingcai foi e o chamou pelo nome. A porta realmente se abriu. Depois de ouvir sobre a situação e a solução encontrada, Sun Sihai lançou um olhar de desprezo: "Se ele não tem habilidades para ser um professor do estado, basta aceitar seu destino. Por que precisa arrastar todos da nossa escola para o submundo, como um fantasma?"

O diretor Yu disse: "Sim ou não, qual a sua opinião?"

Sun Sihai respondeu: "Não tenho nada a dizer, apenas finja que não fui consultado".

O diretor Yu disse: "Isso também é uma resposta. Deixe tudo comigo".

Cheng Ju exclamou: "Sun, não pense que você é tão inocente. Se você quiser se sentar na Torre da Garça Amarela e observar os barcos à vela, sempre tropeçará!"

Sun Sihai semicerrou a porta antes de dizer: "Concordo, a decisão é da escola!"

O diretor Yu desceu a montanha sozinho durante a noite e voltou com Deng Youmi na tarde seguinte. Deng Youmi tinha várias feridas no rosto. A princípio todos pensaram que tinham sido as pessoas da delegacia que o haviam espancado, mas, depois de falar sobre isso, descobriram que os arranhões tinham sido produzidos por um galho de teixo caído. Deng Youmi estava completamente desanimado. Por vários dias seguidos, disse a todos que estava disposto a ser professor de escola local pelo resto de sua vida e nunca sonharia em ser professor de escola estatal.

O contador Huang, da unidade de educação da vila, chegou com os salários novamente e também revelou que havia uma pista para o caso do roubo dos salários durante a última entrega.

Três dias após a partida do contador Huang, um parente da família de Cheng Ju foi preso. A pista foi descoberta porque Deng Youmi cortara o teixo ilegalmente. Havia mais de uma dúzia de grandes teixos na área de Jieling, e era difícil saber a quantidade exata dos pequenos teixos. Desde a descoberta de que esse tipo de árvore possuía propriedades anticancerígenas, ninguém se atrevia a cortar os grandes teixos, mas os pequenos foram inevitavelmente derrubados. A maioria desses incidentes intermitentes de extração ilegal de madeira não foi descoberta. O parente da família de Cheng Ju estava envolvido com a prática criminosa. Quando a equipe da delegacia de polícia florestal bateu à sua porta para investigar sobre os teixos, ele entrou em pânico e confessou ter roubado o contador Huang. Após os desdobramentos desses dois incidentes terem sido revelados, Deng Youmi arqueou suas costas e apresentou um pedido de demissão do cargo de vice-diretor ao diretor Yu. O diretor Yu, no entanto, não aceitou.

Apenas Sun Sihai permaneceu indiferente e continuou suas revisões dia e noite. As aulas terminavam à tarde no fim de semana e, como de costume, os professores acompanhavam os alunos até suas casas. O diretor Yu percebeu que Deng Youmi estava de mau humor e ficou com medo de acidentes, então pediu a Zhang Yingcai para acompanhar o grupo de Deng Youmi. A viagem transcorreu sem problemas e, quando voltaram, encontraram Wang Xiaolan. Wang Xiaolan havia ido às pressas à escola para encontrar Li Zi. Zhang Yingcai lembrava-se muito claramente de que, depois que os alunos formaram a equipe de trilha, Sun Sihai pegou na mão de Li Zi e conduziu a equipe para partir. Wang Xiaolan estava preocupada, Li Zi não havia chegado em casa e ela teve um mau pressentimento, por isso resolvera vir até a escola para saber o que estava acontecendo.

Quando chegou à escola, a janela de Sun Sihai estava iluminada e uma figura imóvel podia ser vista através da janela. Assim que Sun abriu a porta, Wang Xiaolan perguntou: "Onde está minha filha?"

Sun Sihai disse: "Ela não voltou para casa?"

Wang Xiaolan disse: "Onde vocês se separaram?"

Sun Sihai disse: "No caminho. Quis voltar mais cedo para revisar, por isso não a acompanhei até a porta de casa".

Depois de ouvir a notícia, o diretor Yu veio imediatamente, preocupadíssimo, e acusou Sun Sihai em voz alta: "Você é sempre inteligente, como pôde ser tão estúpido desta vez?!"

Wang Xiaolan, que já estava em lágrimas, começou a chorar alto. Sem enxugar as lágrimas, ela virou a cabeça e saiu correndo pela porta.

As pessoas presentes também estavam cientes da gravidade do problema e imediatamente se dividiram em dois grupos: um formado por Sun Sihai e

Zhang Yingcai, que seguiram a rota da equipe de trilha para fazer busca. O outro era formado pelo diretor Yu e Deng Youmi, que procuravam nos atalhos. Sun Sihai corria muito rápido e logo ultrapassou Wang Xiaolan. Zhang Yingcai caiu algumas vezes e teve dificuldade em acompanhá-lo. Somente porque de vez em quando Sun Sihai parava para perguntar às pessoas se haviam visto Li Zi ao longo da trilha é que Zhang Yingcai não se perdera completamente do colega professor. Quando chegaram à montanha pela qual Zhang Yingcai passara seguindo a equipe de trilha da última vez, a lua apareceu.

Sun Sihai, que estava correndo rápido, parou no cume da montanha e esperou que Zhang Yingcai o alcançasse antes de dizer: "Li Zi está ali na árvore, cercada por um bando de lobos".

Ao contrário de Deng Youmi, Sun Sihai ainda chamava aquelas coisas de lobos.

No teixo negro, havia de fato o choro rouco de Li Zi. Também havia mais de uma dúzia de pares de olhos verdes sob a árvore.

Sun Sihai instruiu Zhang Yingcai para que, depois de ver bem a trilha da montanha, corresse para o teixo, gritando junto, o mais rápido possível, sem parar, e subisse rapidamente na árvore, esperando a chegada do diretor Yu e Deng Youmi. Após terminar de falar, independentemente de Zhang Yingcai concordar ou discordar, ele gritou: "Li Zi, não tenha medo, aí vou eu!"

Zhang Yingcai estava um pouco assustado e não sabia o que gritar, então ele começou a rugir. O grupo de lobos, que Sun Sihai insistia em chamar de lobos, recuou assustado. Os movimentos de Sun Sihai eram rápidos e os movimentos de Zhang Yingcai não deixavam a desejar. Quando os lobos se aproximaram novamente, eles já estavam sentados firmemente no teixo.

Sun Sihai abraçou Li Zi.

Li Zi parou de chorar e Sun Sihai, ao mesmo tempo, deu vazão ao choro represado.

Meia hora depois, o diretor Yu e Deng Youmi trouxeram um grande grupo de pessoas e afugentaram os lobos debaixo da árvore.

De volta à escola, já era meia-noite. Sun Sihai se recusou a dormir e ninguém conseguiu persuadi-lo. Ele se sentou sozinho sob o mastro da bandeira e começou a tocar flauta. As notas fluíam lentamente uma a uma, lentíssimas, pesadas e muito desoladas, assim como relembrar e despedir-se.

Quando Zhang Yingcai acordou pela manhã, ele viu cinzas de papel carbonizado por todo o pátio da escola. Ele pegou um pedaço de papel não queimado e viu que era um livro didático de escola secundária. Sun Sihai ainda tocava flauta sob o mastro e uma gota brilhante saiu do buraco da flauta, pingando no chão e se transformando em uma pequena nódoa vermelha-escura. O diretor Yu estava sentado na porta de seu quarto fumando um cigarro. Na encosta não muito longe, Deng Youmi cobria o rosto com as mãos e estava deitado na grama seca. Os três ficaram acordados a noite toda.

O vento da manhã soprava em sussurros enquanto a geada inicial começava a se espalhar pela montanha. A brilhante bandeira nacional, desbotada por vento, geada, chuva e neve, não apareceu no céu daquela manhã. O mastro vazio tinha um ar diferente.

"Só hoje é que compreendi a bandeira pela primeira vez." Zhang Yingcai disse ao diretor Yu e aos outros no fim de semana, quando a bandeira nacional obviamente não havia sido hasteada.

As palavras de Zhang Yingcai continham vários significados, um dos quais era que ele se arrependera da peça que havia pregado. Mas não se atreveu a explicá-lo claramente, só queria encontrar uma oportunidade para retribuir e fazer uma pequena reparação. Ele escreveu sobre o que tinha visto e ouvido depois de subir a montanha, como as cerimônias de hasteamento e arriamento da bandeira nacional, a redação de Li Zi, a dúzia de estudantes na casa do diretor Yu e a negligência de Sun Sihai, que quase fizera com que uma aluna se tornasse refeição de animais selvagens etc., e compôs um artigo intitulado "Montanha, Escola Primária e Bandeira Nacional".

Sem comunicar nada ao diretor Yu, ele silenciosamente desceu a montanha e enfiou o artigo endereçado ao jornal provincial na caixa de correio em frente à agência de correio e telecomunicações da vila.

No caminho de volta para a escola, no escuro, Zhang Yingcai encontrou Lan Fei novamente.

Não muito longe, ele ouviu Lan Fei conversando com uma mulher. Lan Fei pediu à mulher que fosse à unidade de educação e perguntasse ao diretor da unidade, Wan, se realmente havia uma chance de professor de escola local se tornar professor de escola estatal. Ele também afirmou que, se ela não fosse, ele nunca mais entraria em sua casa. Com base nisso, Zhang Yingcai julgou que a outra pessoa deveria ser a mãe de Lan Fei, Lan Xiaomei. Lan Fei não apenas pronunciava palavras duras mas também puxava a mulher com força. Aquele gesto, no entanto, não ajudou. Lan Xiaomei não só se recusou a ir como também afirmou que, se Lan Fei iria começar a agir de maneira tão torpe, era melhor ter colocado toda a família no caixão quando seu pai morreu.

Lan Xiaomei se virou e caminhou em direção à Pequena Aldeia da Família Zhang.

Meio aliviado, Zhang Yingcai esperou cerca de dez minutos antes de caminhar em direção a Lan Fei, que estava parado sem expressão ao lado da estrada. Ele fingiu não ter ouvido nada e perguntou deliberadamente a Lan Fei se ele estava tão abatido por ter se separado da namorada. Quando Lan Fei respondeu, ele se esforçou para esconder algo, mas a verdade escapava à tentativa. Ele disse que, por causa da movimentação de alguns professores veteranos de escola local na escola primária de Jieling, professores particulares de todos os lugares passaram a considerar que realmente havia uma política para quem desejasse se tornar professor de escola estatal. Como as pessoas falavam disso o dia todo, ficou desconfiado e tentou encontrar alguém para descobrir a verdade. Parado no escuro, Zhang Yingcai contou a Lan Fei o que tinha acontecido na escola primária de Jieling esses dias. Lan Fei ficou surpreso. Ele não esperava que esse assunto se transformasse em uma situação de vida ou morte, o que superou em muito a expectativa. Logo, concordaram que, independentemente de como o assunto se desenvolvesse no futuro, eles nunca mais colocariam lenha na fogueira.

10

No terceiro dia após o envio do artigo para o jornal provincial, o carteiro entregou uma carta.

Zhang Yingcai pensou que era uma resposta do jornal. Quando viu a caligrafia de Yao Yan, ficou um pouco desapontado. Abandonando o estilo sucinto da carta anterior, Yao Yan desta vez escrevera três páginas cheias de carinho. Zhang Yingcai leu só uma vez e colocou a carta no bolso, não tinha pressa para responder. Ele sentiu que seria muito imoral falar sobre amor neste momento.

Cerca de uma semana depois, o contador Huang, da unidade de educação, trouxe um estranho, dizendo que o Departamento Provincial de Educação o havia enviado para realizar uma pesquisa amostral de alunos que haviam sido reprovados no vestibular e queria ter uma conversa com Zhang Yingcai. O contador Huang deixou o homem para trás e voltou sozinho.

O homem alegou ter o sobrenome Wang, e Zhang Yingcai o chamou de senhor Wang quando viu que ele era mais velho.

O senhor Wang e Zhang Yingcai raramente conversavam, mas iam juntos às salas de aula para interagir com os estudantes, e até conversaram com o diretor Yu, Deng Youmi e Sun Sihai um por um. Sempre que Zhang Yingcai lhe fazia perguntas, recebia como resposta que tudo não passava de trivialidades de sua função ali. Em um momento inesperado, o Senhor Wang enlouqueceu e envolveu-se numa corridinha até a quarto de Ming Aifen, onde ele pegou sua câmera e começou a tirar fotos descontroladamente. O azar, que era o diretor Yu, intervelou no ato e arrancou-o do local com força. Na hora do almoço da segunda-feira, Zhang Yingcai não conseguiu localizar o Senhor Wang, levando-o a pensar que havia partido inesperadamente. Porém, na noite, o Senhor Wang sobreviveu às expectativas e retornou, explicando que tinha realizado uma visita às montanhas proximas para observar a paisagem e a vida local.

O senhor Wang gostava de ver a bandeira nacional da escola sendo hasteada e abaixada. Sempre que chegava essa hora, ele pegava sua câmera e tirava fotos sem parar, sem a menor preocupação com o rolo de filme. Naquela noite, quando os alunos terminaram de cantar o hino nacional ao som da flauta, uma criança que tremia na fila por causa da pouca roupa recebeu a bandeira nacional abaixada pelo diretor Yu, cobriu o próprio corpo com ela e correu alegremente para a casa. Na sala, o senhor Wang não sabia se deveria enxugar os óculos ou as lágrimas, então virou-se de costas e demorou um pouco para voltar.

Um dia depois, outro fim de semana, o senhor Wang seguiu Sun Sihai na tarefa de acompanhar os alunos até suas casas. Eles deram uma grande volta ao longo da trilha da montanha. Ao retornarem, eles tropeçaram acidentalmente em algo e caíram em uma ravina. Felizmente, a ravina não era profunda e as ervas daninhas eram bastante densas. O senhor Wang conseguiu voltar à trilha sozinho depois de rolar algumas vezes e disse zombeteiramente que a matilha de lobos nas profundezas da ravina estava olhando para ele com incontáveis olhos verdes.

Sun Sihai disse: "O senhor Wang deve ter ficado atordoado!"

O senhor Wang fingiu estar zangado: "Será que vocês são os únicos que podem ver os lobos e eu não?"

Sun Sihai disse: "Como o senhor sabe que vimos um lobo?"

O senhor Wang disse: "Mesmo que não sejam lobos, devem ser cães selvagens semelhantes a lobos!"

Passando por uma aldeia nas montanhas, o senhor Wang bateu na porta de uma pequena mercearia e comprou uma garrafa de vinho. Ele também desejava comprar aperitivos. Havia apenas alguns sacos de arroz crocante da marca Taiyang no supermercado, mas, olhando a data, já tinham passado da validade. Enquanto hesitava, um cheiro de guisado de carne tomou conta do ar noturno. O senhor Wang fungou algumas vezes e perguntou quem estava cozinhando a carne. O lojista sussurrou que devia ser o chefe da aldeia! O senhor Wang pediu a Sun Sihai que esperasse na saída da aldeia e seguiu o cheiro de guisado até a casa do chefe, Yu Shi. Pouco tempo depois, o senhor Wang apareceu com um pacote de carne guisada quente. Sun Sihai ficou surpreso com o fato de o senhor Wang ter conseguido arrancar comida da boca de um tigre. Questionado, o senhor Wang disse que contaria o segredo a ele depois de voltarem para a escola.

De volta à escola, Sun Sihai chamou o diretor Yu, Deng Youmi e Zhang Yingcai para se juntarem a eles, a pedido do senhor Wang. Sem qualquer cerimônia, Wang ofereceu três copos de aguardente a todos. Apenas Sun Sihai se recusou a beber e disse deliberadamente que o senhor Wang havia roubado aquele guisado de carne da casa do chefe da aldeia, Yu Shi, sem motivo aparente e que provavelmente sofreria uma boa chance de estarmos em apuros no futuro.

Enquanto os outros falavam, o senhor Wang tirou sua credencial de imprensa do bolso e a jogou sobre a mesa.

Nesse ponto, Wang confessou tudo. A apresentação dele fora apenas uma cobertura para uma visita privada. Na verdade, ele era um repórter sênior do jornal provincial. Depois que o artigo escrito por Zhang Yingcai foi enviado para o escritório do jornal, todos que o leram ficaram comovidos. A fim de garantir a autenticidade do relato, o jornal o enviara especialmente para verificar. Wang disse que, somente depois de testemunhar tudo com seus próprios olhos, ele pôde acreditar que cada palavra daquele artigo era verdadeira.

O senhor Wang também disse que aquele era o melhor artigo que ele já tinha lido desde que começara a trabalhar no jornalismo e que seria publicado no jornal dentro de uma semana, como manchete de primeira página junto com uma nota do editor e fotos.

Apressando-se, Wang desceu a montanha no escuro depois de beber.

Exatamente uma semana depois, outro fim de semana após a partida do senhor Wang, estavam todos reunidos na escola aguardando o carteiro, na esperança de ver se a promessa de Wang poderia ser cumprida o mais rápido possível. Vendo de longe alguém caminhando em direção à escola, pensaram que fosse o carteiro. Quando se aproximou, perceberam que era Yu Shi, o chefe da aldeia. Deng Youmi imediatamente pensou que Yu Shi, o chefe da aldeia, devia estar tramando algo ruim. O comitê da aldeia disputaria a reeleição após o Ano-Novo. A menos que os salários dos professores de escola local, em atraso nos últimos dois anos, fossem pagos um a um, os três votos da escola primária de Jieling certamente não iriam para ele.

Depois de um tempo, Yu Shi, o chefe da aldeia, parou sob o mastro da bandeira. O diretor Yu estava prestes a cumprimentá-lo quando ouviu um rugido: "Finalmente descobri, descobri que o repórter falso que invadiu minha casa para extorquir propriedade alheia foi atraído por vocês, bando de talentos ruins".

Só então todos entenderam que Yu Shi, o chefe da aldeia, tinha vindo pelo guisado de carne que fora roubado por Wang naquela noite. O diretor Yu parou de falar. Deng Youmi e Sun Sihai permaneceram imóveis, tão indiferentes quanto troncos. Estava claro para Zhang Yingcai que teria de ser um forasteiro como ele a falar com o chefe da aldeia, Yu Shi.

Zhang Yingcai perguntou: "Como você ousa concluir que ele é um falso repórter?"

Yu Shi disse: "Os professores em Jieling são todos professores de escola local desqualificados. Todos os professores que ensinam na marca Jieling são meramente educadores particulares de baixa qualidade. Os jornalistas são considerados "reis sem coroa", e não poderiam ser convidados por uma forte brisa de 12 categorias, sendo que todos os que chegaram sem serem convidados são fraudosos. Se eu estivesse em casa naquela noite, teria jogado a credencial de imprensa falsa daquele homem no fogão".

Zhang Yingcai disse: "Você também se formou na escola primária de Jieling. Se os professores são desqualificados, então o chefe da aldeia também deve ser um desqualificado!"

Yu Shi disse: "Não é que eu não os respeite! Para ser honesto, se não fosse pelo fato de os professores serem desqualificados, eu poderia até ser líder do distrito ou governador da província hoje".

"A profissão de professor é sagrada porque ela ensina aos alunos como se comportar, não como ser um oficial do governo; ensina aos alunos conhecimentos, não a ignorância".

Depois que Zhang Yingcai terminou de falar, ele virou a cabeça inconscientemente para olhar para o diretor Yu e Sun Sihai, porque ouvira isso de uma conversa entre eles.

O chefe da aldeia, Yu Shi, parecia estar em busca de conflitos e culpados. Tirou um caderno de exercícios do bolso e o jogou para o diretor Yu: "Parece bom. O texto diz que o primeiro-ministro, Zhou Enlai, usava roupas remendadas. Claramente uma mensagem para promover o espírito de trabalho duro e simplicidade. Ao que parece, vocês pediram às crianças para escrever redações relacionando o texto com a situação local real, isso seria uma insinuação?"

Zhang Yingcai sorriu interiormente. Havia sido ele quem pedira aos estudantes para que escrevessem uma redação em resposta ao incidente em que apenas a família de Yu Shi, chefe da aldeia, fez guisado de carne no último sábado nas montanhas.

O diretor Yu leu o livro de exercícios cuidadosamente antes de dizer: "Usar celebridades para ensinar os alunos a se comportar é uma prática educacional muito comum".

Zhang Yingcai acrescentou a tempo: "Aqueles que querem apenas ser um oficial do governo associarão tudo a ser um oficial do governo".

Yu Shi sabia que Zhang Yingcai não lhe daria respeito hoje, então ele tentou inventar uma desculpa: "Na verdade, também tenho boas intenções, mas temo que certas pessoas, ao desejarem se tornar professores de escola estatal, corram o risco de cair acidentalmente na armadilha de falsos repórteres".

Assim que Yu Shi desapareceu por um lado da trilha, um grande grupo de pessoas surgiu do outro. O diretor da unidade, Wan, andava orgulhosamente à frente do grupo. Ele já estava bastante perto, mas isso não o impediu de soltar a voz e gritar bem alto: "Diretor Yu, temos convidados ilustres!"

Os ilustres convidados mencionados por Wan eram um vice-diretor do Departamento de Propaganda do comitê do partido do distrito, um vice-diretor do departamento de educação do distrito e outros funcionários que faziam parte de comitês afins e nunca haviam estado na escola primária de Jieling. Eles subiram pessoalmente a montanha para entregarem o jornal que acabara de ser publicado. Todos disseram que Zhang Yingcai e a escola primária de Jieling trouxeram honra para todo o distrito. Nunca antes o jornal provincial havia usado a primeira página para relatar a situação da educação no distrito em um espaço tão grande.

Zhang Yingcai pegou o jornal, olhou a notícia e murmurou em voz baixa: "O senhor Wang cumpriu sua promessa!"

Zhang Yingcai descobriu que, embora o artigo que escreveu tivesse sido publicado na primeira página, não ocupava o lugar de destaque de uma manchete. O senhor Wang dera tapas no próprio peito ao fazer sua promessa e também jurara que, se uma ação tão boa não pudesse ser usada nas manchetes da primeira página, não seria notícia, mas um escândalo.

Os líderes do distrito não se importaram com isso e disseram que, para a escola primária de Jieling, aquele já era um evento feliz como "o leste é vermelho, o sol está nascendo e a China tem Mao Zedong".[8]

A manchete da primeira página do jornal provincial era um artigo sobre o desenvolvimento vigoroso do negócio de criação de porcos. O artigo "Montanha, Escola Primária e Bandeira Nacional" encontrava-se logo abaixo da manchete e havia notas do editor e fotos.

À primeira vista, sentiu que as fotos eram as que mais chamavam a atenção, e também porque elas estavam muito bem impressas: a mão ossuda do diretor Yu segurando a corda da bandeira, Deng Youmi e Sun Sihai tocando flauta, Yu Zhi vestindo o casaco esfarrapado do diretor Yu, os pés descalços sobre as geadas no chão, Li Zi curvada sobre uma tábua de madeira apoiada por alguns tijolos de barro e fazendo o dever de casa e um grupo de alunos do ensino fundamental comendo ao redor da mesa – tudo isso podia ser visto claramente.

Olhando para as fotos, o diretor Yu lamentou: "Se eu soubesse que seriam publicadas em jornais, teria os ajudado a remendar as roupas".

Os visitantes do distrito permaneceram dois dias na montanha e antes de descerem perguntaram à escola se havia alguma necessidade. Os olhos do diretor

---

8 N. do T.: Essas são algumas das letras de uma canção chinesa de agradecimento a Mao Zedong, o líder do povo libertado. Aqui ela descreve a grandeza do alegre evento.

Yu, Deng Youmi e Sun Sihai de repente se tornaram seis luas luminosas no céu. Os três olharam uns para os outros. Finalmente, o diretor Yu assumiu a liderança e perguntou se eles poderiam ajudá-los a comprar algumas mesas e cadeiras. Assim que o diretor Yu falou, não apenas sua própria lua desapareceu como também as luas pertencentes a Deng Youmi e Sun Sihai se esconderam por trás de nuvens escuras.

Felizmente, o diretor da unidade, Wan, trouxe o tema de volta e disse com uma piscadela: "Os líderes estão aqui. Embora sejam convidados distintos, estão dispostos a resolver problemas em nossa escola de base. O diretor Yu assumiu a liderança, mas os outros professores também podem acrescentar algumas palavras".

Zhang Yingcai estava preocupado que Deng Youmi e Sun Sihai expressassem erradamente aquilo que mais os angustiava, por isso se antecipou à fala dos outros: "Peço, por favor, que os líderes considerem nos dar algumas vagas de professor estatal para resolver as preocupações desses velhos professores de escola local".

Assim que essas palavras foram proferidas, as seis pequenas luas surgiram novamente.

11

Após a partida dos visitantes, a escola primária de Jieling voltou ao seu estado normal. Embora algumas pessoas tenham manifestado claramente seus compromissos de resolver a situação incomum na escola, onde não havia um único professor público no quadro docente, as pessoas não mostraram a mesma ansiedade e impaciência que costumam mostrar. Em vez disso, cada uma fazia as suas próprias coisas, e a discussão sobre o encargo de consertar a situação não foi mais levantada por ninguém.

Certo dia, o carteiro trouxe um saco para a escola. Quando o abriram, viram que estava cheio de cartas. Elas haviam sido enviadas de todo o país. Além de expressar simpatia, admiração e pedir exemplos de experiências realizadas na escola, havia mais de 20 cartas propondo a realização de "atividades de mãos dadas" em conjunto com a escola primária de Jieling. Zhang Yingcai não entendeu o que eram atividades de mãos dadas. O diretor Yu explicou que eram atividades organizadas por uma fundação do Comitê Central da Liga da Juventude Comunista, em que escolas de áreas ricas ajudavam escolas de áreas pobres. Todos estavam naturalmente muito felizes que tantas escolas estivessem dispostas a ajudar a escola primária de Jieling. De imediato, decidiram escrever respostas separadamente e cada um pegou um monte de cartas.

De repente, Deng Youmi gritou: "Há cartas demais, só os selos vão custar muito caro se respondermos a todas!"

Depois de serem lembrados disso, todos começaram a contar. Havia 317 cartas no total, e o custo da postagem era de 63 yuans e 40 centavos, não incluindo papéis de carta e envelopes. Os quatro ficaram atordoados por um longo tempo na sala antes de o diretor Yu dizer: "Vamos escolher as cinco mais importantes e as responderemos primeiro, mais tarde lidamos com o restante".

Só assim descobriram que várias cartas haviam sido escritas especificamente para Zhang Yingcai.

Zhang Yingcai abriu uma por uma, e todas elas tinham quase o mesmo significado, umas diziam que ele tinha talento literário e havia descrito com vivacidade os professores de escola local, outras declaravam que ele tinha tido a coragem de implorar pelo povo, demonstrando consciência e compaixão. Apenas uma carta era muito especial e continha uma única frase: "Venha até mim rapidamente e não conte aos outros". A princípio, Zhang Yingcai pensou que fora escrita por Yao Yan, mas, depois de olhar a assinatura, descobriu que era o diretor da unidade, Wan.

Wan não era apenas seu tio mas também seu superior hierárquico no trabalho. Se ele dizia que algo estava errado, algo devia estar errado. Zhang Yingcai escreveu um pedido de licença e o enfiou por baixo da porta da casa do diretor Yu antes do amanhecer.

Às nove horas da manhã, Zhang Yingcai chegou à casa de Wan. Li Fang estava agachada na porta, escovando os dentes. Sua grande bunda gorda bloqueava toda a porta e ela não se mexeu quando ele apareceu. Zhang Yingcai não teve escolha a não ser conter sua irritação e esperar. Li Fang terminou de escovar os dentes e disse para a sala com uma voz coquete: "Tenho dentes tão bons, por que ficam sangrando após a escovação? Será leucemia?!". Zhang Yingcai não ouviu claramente como Wan respondeu na sala. Ao entrar pela porta, Zhang Yingcai quis dizer "Tomara que seja" ao ver que havia sangue na espuma no chão.

O diretor da unidade, Wan, estava lavando a roupa íntima de Li Fang na sala. Quando viu Zhang Yingcai, apontou para a cozinha com a mão ensaboada: "Já tomou café da manhã? Sobraram dois pãezinhos cozidos no vapor". Zhang Yingcai também não era humilde e foi para a cozinha sozinho, lá encontrou uma grande tigela contendo dois pãezinhos de carne e dois pãezinhos cozidos no vapor. Ele entendeu o significado das palavras de Wan. Os pãezinhos de carne deviam ser reservados para Li Fang, então ele removeu os pãezinhos de cima, tirou os pãezinhos cozidos no vapor, segurou um em cada mão e ficou ao lado do diretor da unidade, Wan, comendo e olhando para ele.

Zhang Yingcai engoliu um bocado de pãozinho antes de perguntar: "Qual é o problema tão urgente?"

Wan olhou para a porta e sussurrou: "Falaremos sobre isso depois".

Li Fang saiu do quarto bem-arrumada, embrulhou os pãezinhos de carne em papel, pegou o embrulho e saiu. Zhang Yingcai perguntou: "Para onde ela está indo?"

O diretor da unidade, Wan, disse: "Para o trabalho!"

Assim chegaram à razão daquele encontro. O artigo de Zhang Yingcai havia sido muito valorizado pelas autoridades, que, além de alocarem 100 conjuntos de carteiras, mesas e bancos para a escola primária de Jieling, também abriram uma exceção e cederam uma vaga de transformação em professor de escola estatal. Wan enfatizou várias vezes que essa única cota seria atribuída exclusivamente para Zhang Yingcai, já que o restante dos professores estava muito aquém dos requisitos, tanto por excesso de idade quanto por escolaridade insuficiente.

Wan disse: "Preencha este formulário. Se tudo der certo, será aprovado no próximo mês".

Zhang Yingcai não conseguia acreditar que aquilo era verdade e, depois de refletir por um longo tempo, disse: "Não cometeram um engano?"

O diretor da unidade, Wan, estendeu o formulário de registro à sua frente: "Está tudo escrito aqui, como pode ser engano?"

Zhang Yingcai finalmente pegou a caneta e estava prestes a preenchê-lo quando parou: "Não posso preencher este formulário. Deve entregá-lo ao diretor Yu e aos outros. Eles fizeram tudo. Eu apenas escrevi um artigo".

"Não aja como um idiota! Li Fang ameaçou se divorciar de mim várias vezes pela transformação de seu primo em professor de escola estatal. Nunca haverá uma segunda chance como esta em sua vida." Wan hesitou por um momento, então disse: "Também tem a questão de Lan Fei, que me preocupa muito. Não posso cuidar disso por enquanto".

"Se fosse um mês atrás, eu não abriria mão tão fácil." Zhang Yingcai disse com firmeza: "Agora penso de forma diferente, e essas oportunidades devem ser priorizadas para eles. Eu sou mais de 20 anos mais novo que eles. Mesmo que eu seja como você e encontre a oportunidade uma vez a cada dez anos, ainda tenho duas chances de encontrá-la!"

Wan ficou em silêncio por um tempo antes de dizer: "Na verdade, eu gostaria de torná-los professores de escola estatal, mas não tenho o poder".

Zhang Yingcai disse: "Você pode procurar o líder para negociar".

Wan pensou um pouco e se tornou firme novamente: "Não, minha irmã confiou você a mim e eu serei responsável por toda a sua vida. Pense bem, depois que você se tornar estatal, você terá que ir ao Instituto Provincial de Educação para estudar por mais um ou dois anos. Então terá quase 21 anos, e, depois de três a cinco anos de trabalho, acumulará dinheiro o suficiente para se casar e constituir uma família".

"Não estou de acordo com isso."

"Você não age como um sobrinho! Se eu soubesse disso, teria deixado Lan Fei ir para Jieling e dar a ele esta oportunidade!"

"Você mesmo disse isso, mas eu não vazei nenhuma informação para a tia!"

Wan saiu pela porta com raiva: "Você me ameaça! Bem, faça o que bem entender, você pode tomar suas próprias decisões!". Alguns minutos depois, ele voltou de fora novamente: "Já que meu sobrinho quer ser altruísta, não vou tentar impedi-lo. Mas você deve ao menos perguntar a seus pais se eles concordam, para que não fiquem pensando que não tentei fazê-lo um homem feliz".

Zhang Yingcai se sentou na garupa da bicicleta de Wan e chegou à casa dos pais em menos de meia hora.

O diretor da unidade, Wan, foi o primeiro a falar, e Zhang Yingcai acrescentou algumas palavras em seguida. Assim que Zhang Yingcai terminou de falar, seu pai expressou sua opinião: "Meu filho, o reestudo deste ano realmente não foi em vão, e seu pensamento também melhorou. É assim que você tem que agir enquanto ser humano, e você deve estar disposto a desistir do que você deve!"

Antes que a mãe pudesse falar, suas lágrimas rolaram primeiro: "Está certo em fazer isso, se estou chorando é pelo quanto você não sabe que vai sofrer".

Wan suspirou: "Se todos vocês pensam assim, então eu estava errado antes".

Enquanto enxugava as lágrimas da mãe, Zhang Yingcai disse a Wan: "Eu também faço esse sacrifício pelo senhor. Pense nisso, o digno diretor da unidade, Wan, não deu a cota estatal para seu sobrinho que pode escrever bons artigos, mas para alguém em condições muito piores. Quando falarem sobre isso, vão adicionar à sua glória e você poderá ter a chance de ser promovido a chefe do departamento do distrito!"

A família toda riu.

No caminho para a escola primária de Jieling, Wan reforçou que, depois de chegarem à escola, a cota não poderia ser simplesmente atribuída a um dos professores, eles teriam de escolher por voto secreto. Ele já participara desse tipo de votação muitas vezes e, se houvesse cem pessoas disputando uma única cota, o resultado seria cem candidatos com um voto cada um, porque todos os que participam da votação escolhem a si mesmos. Portanto, desta vez, o voto de Zhang Yingcai não deveria ser dado a outro. Aquele que recebesse seu voto teria a maioria. Wan pediu que ele se desse uma pequena chance e, ao mesmo tempo, daquela forma eles poderiam verificar a moralidade das outras pessoas.

Cem conjuntos de mesas, cadeiras e bancos mais uma cota estatal deixaram os professores locais da escola primária de Jieling em êxtase.

Durante a votação, Wan se sentou ao lado de Zhang Yingcai e o viu escrever o nome do diretor Yu em um pedaço de papel. Sentiu tanta raiva que desejou esbofeteá-lo na hora. Wan conclui que a vaga iria para o diretor Yu. Inesperadamente, o resultado da contagem foi de um voto para cada candidato.

Zhang Yingcai entendeu imediatamente que o diretor Yu havia votado nele. Wan também entendeu o que estava acontecendo e não pôde deixar de dizer: "Parece que não consegui conhecer bem a todos". Como regra geral, quando um voto é inválido, é feito um comentário público. Sentaram-se juntos, sem falar por um longo tempo. Zhang Yingcai foi o primeiro a quebrar o silêncio: "Acredito que a cota desta vez deva ir para o Diretor Yu!". Depois de muito tempo sem resposta, ele disse novamente: "Sem mencionar outros motivos, o diretor Yu é um veterano da escola e sofre mais do que os outros".

Após uma longa pausa, Sun Sihai disse em voz baixa: "Não tenho qualquer objeção ao diretor Yu".

Por fim, Deng Youmi não teve escolha a não ser expressar sua opinião: "Não tenho nada a dizer também".

O diretor Yu, que manteve o olhar fixo no chão todo o tempo, levantou a cabeça. Zhang Yingcai pensou que ele diria algumas palavras de gratidão; não esperava que o diretor Yu tivesse outros pedidos em mente.

O diretor Yu disse: "Diretor da unidade, Wan, tenho algo a dizer e gostaria de falar com o senhor a sós".

Ao ouvir isso, Deng Youmi, Sun Sihai e Zhang Yingcai se levantaram para sair. Wan apressou-se em dizer: "Há tantos aqui dentro, é melhor Lao Yu e eu conversarmos lá fora".

O diretor Yu concordou: "É mais conveniente conversarmos do lado de fora".

Eles se levantaram e saíram, pararam na beira do pátio e conversaram cara a cara por um tempo. O diretor Yu parecia estar esfregando os olhos. Wan não moveu os lábios, mas assentiu no último momento.

Wan acenou para Zhang Yingcai e os outros saírem, e todos formaram um círculo.

Wan disse solenemente: "O diretor Yu tem algo a discutir com todos. Senhor Yu, pode falar primeiro".

O diretor Yu lançou-lhes um olhar inquieto: "Quando todos votaram agora há pouco, se esqueceram de uma pessoa, minha esposa, Ming Aifen. Ela também é professora local em nossa escola. No décimo segundo mês lunar daquele ano, logo depois de dar à luz Yu Zhi, ela foi ao distrito para participar do exame para se tornar professora estatal. Para apanhar o ônibus, ela atravessou o rio de água fria sem ponte e passou mal antes de entrar na sala de exame. Depois de ser carregada de volta, ela se tornou o que é agora. Após tantos anos, seu coração ainda não morreu e à noite ela ainda sonha em virar professora estatal. Foi justamente por desejo não cumprido que ela esteve várias vezes à beira da morte, e voltou com relutância. Acho que, se ela realmente se tornar estatal, ela morrerá em poucos dias. No estado em que se encontra, ela está desconfortável, eu também me sinto desconfortável, e é difícil para o país, para a escola e para o coletivo. Quero discutir com vocês para ver se podemos deixá-la dar esses poucos passos mais rápido e com mais conforto, para que ela possa ser um pouco feliz em sua vida. Agradeço a gentileza de todos agora, mas não quero a cota estatal, então posso dá-la a Ming Aifen?"

Antes que o diretor Yu pudesse terminar de falar, ele abaixou a cabeça, sem ousar olhar para as expressões de todos.

Wan observou cada um dos presentes antes de dizer: "Ming Aifen não é qualificada o suficiente. Dei-lhe o título falso de professora local, principalmente para cuidar do trabalho do diretor Yu. Por isso que, embora haja apenas quatro pessoas que dão aulas, a unidade de educação oferece subsídios para cinco professores em sua escola. Não sou desprovido de humanidade. Desde que todos concordem em dizer a Ming Aifen que ela se tornará estatal e manter segredo sobre sua inutilidade, posso ajudá-la desta vez, mesmo que isso não tenha justificativa".

Sun Sihai não disse nada e levantou a mão lentamente.

Deng Youmi levantou a mão mais lentamente, mas finalmente a ergueu bem alto.

Ao ver isso, Zhang Yingcai ergueu as duas mãos.

Wan disse: "Senhor Yu, olhe para cima e veja os resultados da votação".

O diretor Yu não conseguia levantar a cabeça, lágrimas escorriam por seu rosto, e murmurou: "Eu sei que os professores locais da escola primária de Jieling são as melhores pessoas do mundo".

O sol estava alto e as sombras no chão eram muito claras.

Todos seguiram o diretor Yu até o quarto de Ming Aifen.

Era a segunda vez que Zhang Yingcai entrava naquele quarto e achou o cheiro ainda pior do que antes. Era noite durante a visita anterior e ele estava confuso, então não havia prestado muita atenção. Foi diferente desta vez. Agora, podia distinguir claramente que Ming Aifen tinha o aspecto inconfundível de um esqueleto coberto por uma grande folha de papel em branco.

O diretor Yu segurou o formulário, caminhou até a cama e disse: "Aifen, você finalmente se tornou uma estatal".

Os olhos de Ming Aifen se moveram: "Você sempre diz isso para mim, nunca é verdade".

O diretor Yu disse: "O diretor da unidade, Wan, acabou de presidir uma reunião e todos concordaram em deixá-la se tornar uma professora estatal".

Wan complementou aquela fala: "Desta vez, o distrito concedeu uma cota especialmente para a escola primária de Jieling".

Deng Youmi disse: "Temos que agradecer ao professor Zhang por criar uma boa opinião pública com aquele artigo".

Sun Sihai disse: "Professora Ming, você é a verdadeira veterana da escola primária de Jieling! Ainda me lembro de quando o antigo chefe da aldeia me acompanhou pela escola e você estava ensinando em uma das salas de aula. Você parecia tão bonita que nem o antigo chefe da aldeia se atreveu a incomodá-la. Para ser honesto, no começo, pensei que preferia vagar por aí a me tornar um professor local. Foi por causa de você que decidi me tornar um professor local. Além disso, a razão de eu ser tão apaixonado por Wang Xiaolan é porque ela me lembra você em muitos aspectos".

Ming Aifen abriu um sorriu radioso. Ela pegou o formulário e olhou do começo ao fim. Um rubor foi surgindo em seu rosto: "Yu, traga água rápido, preciso lavar as mãos para não sujar o formulário".

Zhang Yingcai saiu apressadamente para buscar água, aproveitando para respirar um pouco de ar fresco. Ming Aifen lavou cuidadosamente as mãos com sabão, enxugou-as, pediu uma caneta ao diretor Yu e preencheu tremendo: Ming Aifen, de sexo feminino, casada, da etnia Han, membro da Liga da Juventude Comunista, camponesa pobre,[9] nasceu em outubro de 1949.

De repente, a caneta parou de se mover.

Deng Youmi disse: "Professora Ming, continue a escrever!"

Não houve nenhum movimento de Ming Aifen.

O diretor Yu, que a apoiava por trás, tinha os olhos molhados e disse com um soluço: "Eu sabia que você iria embora assim, Aifen, você também é uma boa pessoa, é melhor morrer assim, não estamos envergonhados, tenho certeza de que você nos deixou feliz".

Ming Aifen estava morta.

Ninguém na sala fez um som.

Apenas o diretor Yu se despedia dela suavemente.

Após um tempo, Zhang Yingcai finalmente gritou: "Professora Ming, vou hastear a bandeira a meio mastro para você!"

Zhang Yingcai caminhou à frente e Sun Sihai seguiu atrás. Deng Youmi reuniu todos os estudantes que estavam escrevendo redações nas salas de aula e aqueles que brincavam no pátio e disse: "A esposa do diretor Yu, a professora Ming Aifen, faleceu!". Não houve mais palavras.

---

9 N. do T.: Isso refere-se a uma das diferentes identidades políticas do povo chinês naquela época.

Zhang Yingcai puxou a corda da bandeira. Sun Sihai tocou na flauta a música "Nossa vida está cheia de sol". A velha bandeira nacional caiu lentamente, Li Zi e Ye Biqiu foram as primeiras a chorar, e depois todos os demais se uniram àquele pranto.

O diretor Yu vestiu Ming Aifen com a mortalha que ele já havia preparado, acendeu a lanterna eterna e correu para o pátio. Vendo que a bandeira nacional havia sido baixada, ele disse em pânico: "A bandeira não deve ser deixada a meio mastro por qualquer motivo. Não cometam uma gafe política". Ele estendeu a mão para içar a bandeira, puxou com força e a corda arrebentou.

Zhang Yingcai disse: "Esta é a vontade de Deus".

Ansioso, o diretor Yu disse a Deng Youmi: "Esta é uma questão política e não deve ser tratada com leviandade. Encontre rapidamente alguém que possa subir em árvore, para subir e reatar a corda".

"Senhor Yu, vá preparar o funeral da professora Ming, não se preocupe com essas coisas." Após uma pausa, o diretor da unidade, Wan, continuou: "Como a professora Ming faleceu, a questão da cota deve ser reestudada".

O diretor Yu respondeu: "Não se preocupe, diretor da unidade, Wan, já considerei esse assunto e prometo que não vou atrasar sua descida da montanha".

Wan ficou na montanha até Ming Aifen ser enterrada.

Quando o contador Huang da estação da unidade veio entregar o dinheiro para o funeral, ele trouxe uma mensagem de Li Fang pedindo-lhe que fosse para casa imediatamente, era um assunto urgente.

Wan disse a Zhang Yingcai: "Merda, ela deve ter ouvido a notícia e quer discutir alguma ideia para obter a cota estatal".

Zhang Yingcai disse: "Apenas seja forte e tente não ser devorado vivo!"

Wan respondeu: "Assim espero".

Centenas de pessoas compareceram ao funeral, todos alunos antigos e novos da escola primária de Jieling, além de seus pais e parentes: o pátio escolar estava lotado de pessoas.

Zhang Yingcai foi à casa do chefe da aldeia, Yu Shi, perguntar quem seria mais apropriado para fazer o elogio à professora Ming Aifen. Várias pessoas da escola tinham discutido o assunto e decidiram que era melhor que o chefe da aldeia, Yu Shi, tomasse a decisão final. Quando Zhang Yingcai fez a pergunta, Yu Shi resmungou algumas vezes sem fazer uma declaração clara. Poucos minutos antes do início do serviço fúnebre, Yu Shi chegou. Yu Shi não esperava que o número de pessoas que compareceram ao funeral da professora Ming fosse maior do que o da reunião preparatória para as eleições gerais realizada na aldeia há alguns dias, então ele pegou o elogio escrito por Zhang Yingcai. Quando o chefe da aldeia leu o elogio, ele acrescentou uma frase fora do roteiro: "A camarada Ming Aifen foi minha primeira professora. Ela tinha apenas 16 anos naquele ano. Suas realizações educacionais servirão de exemplo para as gerações futuras".

Zhang Yingcai ficou muito enojado com a frase que o chefe da aldeia acrescentou e disse em seu coração que a solicitação de votos foi toda no serviço memorial. Mas, ao ver Yu Shi com lágrimas nos olhos, deixou sua infelicidade de lado e serviu um copo d'água para ele umedecer a garganta.

Os que vieram trouxeram presentes, incluindo pano, arroz, peixe, tofu e legumes frescos. Sun Sihai montou uma mesa para fazer registro dos obséquios, mas os doadores de presentes não foram lá. Com tantos favores, se o diretor Yu devolvesse os presentes um por um, como ele poderia pagar? Sentado ali, Sun Sihai não tinha muito a fazer, então foi ajudar na cozinha. Wang Xiaolan estava lá, ela havia sido encarregada de organizar o banquete após o funeral. Antes que Sun Sihai pudesse falar com Wang Xiaolan, Deng Youmi veio chamá-lo, dizendo que o diretor Yu solicitava sua presença para que discutissem algo.

Zhang Yingcai e o diretor da unidade, Wan, os observaram entrar na casa do diretor Yu pacificamente e os observaram sair de lá pacificamente. Nem mesmo o informado diretor da unidade, Wan, esperava que aquela se tratasse de uma reunião de assuntos escolares, dedicada a estudar a questão única da cota de professor estatal.

O diretor da unidade, Wan, então entrou para dar uma olhada e viu o diretor Yu preenchendo o formulário. Resolveu não o incomodar, saiu e perguntou a Zhang Yingcai: "Depois que o diretor Yu se tornar um estatal, como ele vai fazer os cursos de formação por dois anos? Quem vai cuidar de seu filho, Yu Zhi? E a dúzia de estudantes internos em sua casa?"

Zhang Yingcai também não tinha respostas, então disse: "As coisas acabarão se resolvendo por si mesmas. Quem pode ver o futuro claramente?"

Dezenas de mesas foram montadas para o banquete no pátio escolar. As mesas, tigelas e pauzinhos foram todos emprestados de aldeias próximas, e toda a comida e bebida foram presentes de outras pessoas. Todos disseram que, mesmo quando o antigo chefe da aldeia morreu, o serviço memorial não havia sido tão grandioso quanto o da professora Ming.

Depois do banquete, anoiteceu. Zhang Yingcai devolveu a última mesa e voltou da aldeia no sopé da montanha. Ele viu Wan e o diretor Yu discutindo na porta de sua casa. Ambos estavam muito animados. Zhang Yingcai hesitou antes de se aproximar. Depois de um tempo, Sun Sihai e Deng Youmi também apareceram. Quando Wan os viu, gritou: "Venham todos vocês!". Zhang Yingcai caminhou na direção deles. Wan entregou-lhe um formulário: "Veja como o diretor Yu o preencheu". Zhang Yingcai olhou para o documento e viu o nome de "Zhang Yingcai" escrito nele.

Zhang Yingcai gaguejou: "Diretor Yu, como você pode me dar a cota de professor estatal?"

Wan disse: "Eu não consegui convencê-lo a mudar de ideia, cabe a você tentar!"

O diretor Yu disse: "É inútil tentar me persuadir, essa decisão foi tomada na reunião de assuntos escolares".

Zhang Yingcai não acreditou: "Sério?"

Sun Sihai disse: "É verdade. Desde o acidente de Li Zi, tenho pensado no que acontecerá com ela e com Wang Xiaolan se eu for embora. Tudo o que me diz respeito está aqui e não importa se eu virar estatal ou não".

Deng Youmi acrescentou: "Após a morte da professora Ming, eu também entendi completamente. Não posso levar muito a sério a questão de me tornar estatal. É bom poder trabalhar enquanto vivo, e todo o resto é de pouca importância. Professor Zhang, você é jovem, talentoso e livre de fardos, é hora de você se aventurar".

Zhang Yingcai ainda conseguiu dizer: "Eu não acredito nisso, não é isso que você realmente pensa".

O diretor Yu disse severamente: "Professor Zhang, sua acusação é muito dolorosa. O professor Deng e o professor Sun desistiram voluntariamente. Há apenas uma coisa: todos esperam que, quando você tiver sucesso no futuro, como o diretor da unidade, Wan, aonde quer que você vá, não se esqueça de que existe um lugar chamado Jieling onde ainda é difícil para as crianças irem à escola".

Zhang Yingcai não se conteve e gritou: "Não vou virar estatal". E se retirou para seu próprio quarto.

Wan entrou em seguida, abriu o instrumento musical de cordas e dedilhou algumas notas.

Zhang Yingcai disse: "Não toque o instrumento levianamente".

O diretor da unidade, Wan, não o ouviu e dedilhou mais alguns acordes: "Quando você subiu a montanha, perguntou quem era o dono deste instrumento musical. Sou eu".

Zhang Yingcai ficou surpreso: "Então por que você o deu para a Ming Aifen?"

Ignorando a pergunta, Wan continuou: "Não vou forçar você a se tornar um professor estatal. Vou te contar uma história e você decide. Dez anos atrás, havia apenas dois professores locais na escola primária de Jieling: um professor e uma professora. Naquele ano, a escola também conseguiu uma cota. Em termos de condições próprias, a professora era obviamente melhor do que o professor. O professor pensou de outra maneira e rapidamente se casou com uma mulher. A mulher já tinha se divorciado duas vezes, mas ela tinha um tio que era general do exército e podia ajudá-la. Claro que a professora entendia isso. Para provar que ela era melhor do que o professor – ela sabia que não havia esperança de se tornar uma professora estatal, pois tinha acabado de dar à luz um filho –, ela insistiu em fazer o exame, na esperança de sobrecarregar o professor em termos de pontuação na prova".

Zhang Yingcai disse: "Entendo, o professor é você e a professora é Ming Aifen!"

Wan disse palidamente: "O resultado foi o que o diretor Yu contou há alguns dias, Ming Aifen se arruinou. Assim que me tornei estatal, fui transferido para a unidade de educação da vila. Antes de deixar a escola, não ousei ver Ming Aifen. Eu só queria dar a ela o instrumento musical de cordas de presente e deixá-la deitar na cama com um companheiro. Antes de entregá-lo a ela, tive medo de que meu nome a irritasse, então o raspei com uma faca. Levei todas as minhas coisas embora, deixando apenas o instrumento musical".

Depois de ouvir, Zhang Yingcai disse: "Quando ganhamos algo, também perdemos algo!"

Wan disse: "Você é bastante inteligente, só quero que entenda esta verdade".

Zhang Yingcai ficou sentado na frente da mesa em silêncio.

"Estou cansado, vou para a cama primeiro. Me acorde quando tiver uma decisão definitiva. Não sei como Li Fang vai brigar comigo quando eu voltar amanhã. Também não sei o que Lan Xiaomei e Lan Fei vão pensar!". Depois de se deitar, Wan acrescentou: "Desta vez, as duas etapas para se tornar estatal devem ser invertidas. Amanhã você deve me seguir na descida da montanha, primeiro vai se matricular no instituto provincial de educação, depois passará por outros procedimentos. Todos os outros entraram em setembro. Se você demorar muito mais, não poderá fazer o exame e, se não conseguir as horas de crédito, terá problemas".

Quando Wan acordou, já era madrugada e Zhang Yingcai não estava mais na sala.

Ele abriu a porta e viu Zhang Yingcai sozinho encostado no mastro, em transe.

Naquele momento, a neve começou a cair do céu. Quando o primeiro floco de neve pousou em seu rosto, Zhang Yingcai não pôde deixar de tremer. Ele não esperava que fosse neve e pensou que eram suas próprias lágrimas. Quando percebeu que era realmente neve caindo, ele ergueu a cabeça e olhou para cima por um tempo, ainda sem querer admitir que aquelas coisas frescas e puras que vinham do vasto céu sem serem convidadas não eram lágrimas, mas flocos de neve.

Mesmo com o funeral, a escola primária de Jieling realizou a costumeira cerimônia de hasteamento da bandeira. O diretor Yu pediu a Zhang Yingcai para içar a bandeira nacional com suas próprias mãos. Zhang Yingcai foi puxando a corda em meio ao som da flauta e, de repente, o som do instrumento musical de cordas soou atrás dele. Zhang Yingcai olhou para trás e viu que Wan e o diretor Yu estavam trabalhando juntos, tocando o hino nacional. Olhando para a bandeira nacional, Zhang Yingcai sentiu que seu rosto estava frio. Ele esperava que fosse porque muita neve havia caído e continuava a cair, no entanto o acúmulo no rosto de Zhang Yingcai era principalmente de lágrimas.

Quando Zhang Yingcai deixou a escola primária de Jieling, a maioria dos alunos ainda não havia chegado. Com aquele clima, o diretor Yu, Deng Youmi e Sun Sihai tiveram de pegar os alunos no meio do caminho, e todos se sentiram envergonhados por não poderem se despedir de Zhang Yingcai.

Zhang Yingcai deu a Sun Sihai o par de óculos para miopia com 400 graus.

O diretor Yu deu o instrumento musical de cordas para Zhang Yingcai.

Então, todos apertaram as mãos e se despediram. Cada um seguiu seu caminho.

Quando Zhang Yingcai e Wan desceram a encosta da montanha, eles encontraram o carteiro. O carteiro entregou outro saco de cartas para a escola primária de Jieling e também deu a Zhang Yingcai uma ordem de pagamento no valor de cento e noventa e três yuans enviada pelo jornal, referente ao texto publicado.

Wan disse com um suspiro: "O salário na cidade é alto mesmo. A renda de um artigo é maior do que meu salário mensal".

Nesse momento, Zhang Yingcai ouviu alguém gritando atrás dele. Olhando para trás, viu o pai de Ye Biqiu. Ele queria ir à oficina de ferreiro na aldeia para consertar sua faca de alvenaria. O pai de Ye Biqiu disse que, quando o diretor Yu realizou o funeral para Ming Aifen, ele reservou um tempo para conversar com os pais que se recusaram a deixar seus filhos irem à escola. A maioria dos pais prometera que não importava o quão pobre fosse a família; depois do Ano-Novo, eles permitiriam que seus filhos estudassem. Zhang Yingcai e Wan estavam cansados de caminhar e queriam descansar, então deixaram o pai de Ye Biqiu seguir à frente.

O pai de Ye Biqiu disse com alguma relutância que havia estado na escola com sua filha pela manhã e ouvira que Zhang Yingcai estava deixando a escola primária de Jieling. Ye Biqiu mordeu o lábio até sangrar para não chorar. O pai de Ye Biqiu continuou caminhando à frente e ficou cada vez mais longe.

A neve caía cada vez mais, algumas rajadas de vento sopravam vigorosamente e o céu dançava loucamente. Num piscar de olhos, o lugar no chão que não era branco ficou branco, e onde antes havia apenas branco exibia agora as mais diversas formas e volumes.

Olhando para a cena de inverno, Zhang Yingcai não pôde deixar de dizer: "Uma neve oportuna promete uma boa colheita".

O diretor da unidade, Wan, disse: "Não seja romântico, vamos embora, a montanha logo estará fechada devido à forte neve".

Depois de caminhar alguns passos, o próprio diretor da unidade, Wan, parou e olhou para trás atordoado.

Zhang Yingcai, que raramente o chamava de tio, perguntou se o tio havia esquecido algo na escola primária de Jieling.

Wan disse: "Parece que estou ouvindo o som do instrumento musical de cordas".

Zhang Yingcai disse: "Como assim, o instrumento musical está nas minhas costas!"

Wan disse: "Alguns sons que você não pode ouvir agora podem ser ouvidos no futuro".

Zhang Yingcai disse deliberadamente: "Obrigado pelo lembrete!"

O diretor da unidade, Wan, não estava de brincadeira: "Não é apropriado dizer que a escola primária de Jieling seja um grande templo onde as divindades se manifestam. Entretanto, ela sempre causa incomodação e as pessoas sentem necessidade de ir ao encontro dela ocasionalmente. Você deve tomar cuidado, aquele local e essas poucas pessoas podem fazer com que você se torne dependente e abusardo! Eu tenho medo que você já seja um dos abusados, da mesma forma que eu sou. Estarei preso até a minha morte, incapaz de me livrar diaria e noturna".

Ao falar, Wan parecia particularmente melancólico.

Zhang Yingcai se lembrou de uma coisa: antes de descer a montanha, todos haviam lhe dado presentes, com exceção de Wan. Wan perguntou a Zhang Yingcai o que ele queria, Zhang Yingcai apontou para a ravina e pediu a Wan que tentasse lembrar o que ele havia jogado na montanha quando o acompanhou na primeira subida. Vendo que ele finalmente se lembrara da moeda, Zhang Yingcai disse que desejava que Wan a devolvesse. Wan deu alguns passos para o lado da trilha, então se abaixou e fez um gesto de pegar algo. Quando ele voltou, uma moeda realmente apareceu em sua palma. Zhang Yingcai pegou a moeda e olhou para ela por um longo tempo.

12

Quando a neve caía, os pássaros não voavam, as nuvens não flutuavam, apenas a flauta da escola primária de Jieling podia dançar com os flocos de neve. Aqueles que viviam nas profundezas de Jieling nunca haviam ouvido tal som de flauta. Naquele dia, eles estavam sonolentos perto da fogueira quando de repente ouviram um som que pensaram ser o respingo de faíscas. O papel colado na janela balançou algumas vezes como uma membrana de flauta enviando uma série de longos trinados para a velha casa iluminada pela neve branca. Os filhos dessas famílias lembraram alegremente a seus pais que era o professor Sun ou o professor Deng que tocava flauta. Os adultos geralmente murmuravam surpresos de que uma simples flauta pudesse soar tão longe! É realmente raro ver o som da flauta chegando tão longe. Da mesma forma, a forte nevasca que caiu quando Ming Aifen morreu foi um acontecimento raro na área montanhosa ao redor de Jieling.

A neve era tanta que levaria três dias e três noites para cair toda. O derretimento da neve era sempre mais lento do que a queda da neve. Demorou mais sete dias e sete noites após o último floco cair até que os alunos pudessem andar com segurança nas trilhas da montanha. Em anos anteriores, a queda de neve causara desastres e, em apenas um dia e uma noite, alguns telhados desabavam, esmagando pessoas ou porcos, vacas e ovelhas. Yu Shi, o chefe da aldeia, quando estava concorrendo à reeleição, disse que a forte nevasca havia sido a melhor prova de suas conquistas políticas. Nenhuma casa fora destruída e nenhum gado perdido, o que demostrava que as casas de todas as famílias estavam mais fortes do que antes e que a renda de todas as famílias havia aumentado e não havia problemas com comida e roupas.

Naquela neve pesada, apenas uma lebre morreu.

Acuada por vários cães, a lebre havia pulado de um penhasco rochoso. Talvez ofuscada pela neve branca, ela saltou novamente e caiu no telhado da casa do chefe da aldeia, Yu Shi.

Com a neve, o mundo ficava muito mais tranquilo. O latido geralmente alto de um cachorro se tornava um miado de gato velho quando nevava forte. Juntamente com o fato de haver muitas pessoas entrando e saindo da casa do chefe da aldeia, Yu Shi. Não importava o quão feroz fosse o latido daqueles cães indefesos, eles não atrairiam a atenção dos outros. Se o filho de Yu Shi não tivesse descrito a lebre aterrizando no telhado de sua casa em uma de suas redações, estranhos jamais poderiam saber sobre o que havia acontecido.

O filho do chefe da aldeia, Yu Shi, escreveu sobre o incidente em detalhes. A princípio, a família não imaginava que havia uma lebre correndo por cima de suas cabeças e pensava que as vigas da casa ofegavam sob a neve pesada. O chefe da aldeia, Yu Shi, estava muito confiante. Já que as casas velhas dos vizinhos estavam bem, não havia necessidade de se preocuparem. A lebre foi encontrada no telhado da casa de Yu Shi depois de enfrentar vários cães durante um dia e uma noite. O filho de Yu Shi quis sair para brincar na neve, então ele se ofereceu para colher alguns repolhos da horta e cozinhá-los em uma panela. Quando ele estava colhendo repolhos no campo de vegetais coberto de neve, viu uma lebre agachada em um beiral de sua casa e correu de volta para avisar à família. Yu Shi ficou tão zangado que pegou uma vara de bambu, escalou o penhasco atrás da casa e acenou com a vara na direção da cumeeira. Como diz o ditado, por mais longa que seja a vara de bambu, ela não consegue alcançar a cumeeira. Mas a lebre em pânico, que sabia tão pouco do mundo, foi direto para a chaminé na cumeeira. O animal caiu da chaminé alta no fogão e perdeu a chance de escapar pela porta traseira da cozinha porque estava ávida pelo calor momentâneo. O chefe da aldeia, Yu Shi, conseguiu capturá-la com facilidade e a cozinhou com pimenta seca e molho de soja. O filho do chefe da aldeia, Yu Shi, finalmente escreveu: "Papai me disse enquanto comia carne de lebre, 'Esta é a especialidade mais especial de minha família'".

O incidente era muito interessante e atraiu Sun Sihai, que foi o primeiro a ler a redação. Depois de corrigir algumas frases que não estavam adequadas com uma caneta vermelha, ele pediu ao filho do chefe da aldeia, Yu Shi, que se levantasse e a lesse em voz alta em aula. Antes de terminar a aula, Deng Youmi chamou Sun Sihai e o lembrou de que era errado fazer aquilo. O rabo da lebre não pode se alongar, o que significa que aquele que é cruel e astuto e busca apenas ganho pessoal não permanecerá no poder. Não é um bom presságio quando uma lebre dessas corre para o telhado de sua casa. Sun Sihai expressou seu descontentamento, dizendo que a lebre no telhado de sua casa não é responsabilidade dos professores locais. Por causa desse incidente, o diretor Yu realizou uma cuidadosa pesquisa no dicionário. Ele descobriu que, embora as lebres fossem fofas na aparência, os provérbios relacionados a elas em chinês são todos negativos. Por exemplo, cozinhar e comer o cão que pegou a lebre, utilizado como metáfora para uma pessoa que mata aqueles que a ajudaram de forma meritória depois de ter conseguido algo; a raposa ficou triste quando a lebre morreu, utilizado como metáfora para a tristeza causada pelo infortúnio de seus companheiros; a lebre foi abatida pela ave de rapina assim que se levantou, utilizado como metáfora para o movimento rápido; a lebre cria chifres e a tartaruga cria penas, ambas impossíveis e utilizadas como metáfora para um nome vazio, mas sem conteúdo real; guardar uma folha de grama e esperar para pegar a lebre, utilizado como metáfora para a ilusão de obter algo em troca de nada; a lebre astuta prepara várias tocas para se esconder, utilizado para descrever uma pessoa astuta e ardilosa. Ir caçar lebres do lado de fora do portão leste, utilizado como metáfora para um funcionário que está em apuros e quer sair deles, mas se arrepende quando é tarde demais. Portanto, o diretor Yu também pediu a Sun Sihai que agisse com cautela. Depois que Ming Aifen faleceu e Zhang Yingcai foi recomendado por eles para se tornar um professor estatal, Sun Sihai se tornou mais profundo e enfiou essa composição na pilha de tarefas de chinês sem argumentar.

Ainda assim, o incidente se espalhou pelos alunos da classe. Ao ser passada de um ouvido a outro, a história se tornou uma lenda que dizia que a lebre, ao se sentir acuada, se erguera e, juntando as duas patas dianteiras, curvara-se três vezes para o chefe da aldeia, Yu Shi. A primeira reverência foi para pedir a Yu Shi que prestasse atenção, pois a lebre poderia ter talentos especiais, caso contrário não conseguiria subir no telhado de sua casa. A segunda reverência foi para pedir a Yu Shi que pensasse profundamente na necessidade de toda a aldeia, que ele não deveria desfrutar da deliciosa carne de lebre sozinho; se assim o fizesse, afastaria de si a boa opinião do público geral. A terceira reverência foi para pedir a Yu Shi que considerasse convocar uma reunião do comitê da aldeia para deliberar a favor da vida ou da morte da lebre, deixando que outros votassem no que considerassem mais justo, o que favoreceria o progresso da vida política na área de Jieling. A lebre poderia ter se curvado muito mais vezes, mas não chegou à quarta reverência antes de ser finalmente morta, esfolada e colocada na frigideira.

Quando a lenda se espalhou pela escola, Sun Sihai disse na frente do diretor Yu: "O chefe da aldeia de Jieling precisa ser substituído".

Deng Youmi, por sua vez, disse: "Um coelhinho é apenas uma criatura selvagem. Deve haver outras razões para a história ter tomado os caminhos que tomou".

O diretor Yu balançou a cabeça e disse: "Ninguém em Jieling pode derrotar Yu Shi em uma eleição. Vocês devem apenas ensinar com paz de espírito e não pensar em mais nada".

Depois que a neve derreteu, todos os que tinham direito a voto em Jieling se reuniram no pátio da escola. Vários quadros do governo da vila estavam sentados atrás de mesas temporariamente dispostas em fila, falando em voz alta para uma multidão pouco interessada no que tinha a dizer. Apenas o chefe da aldeia, Yu Shi, e seu rival, Ye Tai'an, sentados na primeira fila, não ousavam perder uma única palavra do que estava sendo dito e muitas vezes lideravam os aplausos.

Yu Shi e seu rival, Ye Tai'an, logo subiriam ao palco para proferir seus discursos de campanha. Ye Tai'an, que ganhou o número 2 no sorteio da ordem dos candidatos, fez o chefe da aldeia, Yu Shi, corar sem dizer muitas palavras no palco. Enquanto enxugava o suor, ele olhou para o diretor Yu e os outros seriamente.

O diretor Yu sabia muito bem que o discurso de Ye Tai'an havia sido elaborado com a ajuda de Sun Sihai. Para evitar que Yu Shi descobrisse a parceria, eles se encontravam no túmulo do antigo chefe da aldeia. Caso alguém esbarrasse neles, fingiam que estavam ali para homenagear o antigo chefe da aldeia. Os dois fizeram isso por causa do antigo chefe da aldeia, que tinha um plano para treinar seu sucessor antes de sua morte. Depois dele, Ye Tai'an seria o chefe da aldeia, e depois de Ye Tai'an, Sun Sihai. Esse assunto nunca havia sido discutido publicamente em Jieling, mas os rumores não paravam nem por um dia. A morte do antigo chefe da aldeia fora demasiadamente repentina e, antes que ele pudesse providenciar que Ye Tai'an o sucedesse, Yu Shi interveio e interrompeu o plano.

A contribuição de Sun Sihai para o discurso consistiu em algumas palavras de reflexão para todos. Em comparação ao falatório enfático de Yu Shi, os sentimentos verdadeiros presentes no discurso de Ye Tai'an com certeza fariam com que as pessoas pior posicionadas tivessem uma reação mais forte.

O diretor Yu sabia da origem do discurso porque Sun Sihai uma vez utilizara presunçosamente a expressão "vilão da aldeia" em sua presença. Quando Sun Sihai disse aquilo, houve uma espécie de excitação entre os presentes que não podia ser escondida. Foi esse tipo de burburinho observado na votação de hoje que alertou o diretor Yu. Ao ser questionado, Sun Sihai revelou que o "vilão da aldeia" era a arma mágica que ele e Ye Tai'an haviam inventado para atacar Yu Shi. Sun Sihai pensou que, uma vez espalhado, esse conceito político rural definitivamente ressoaria na maioria das pessoas. Ele só não esperava ser contestado pelo diretor Yu, para quem estava claro que, se existisse um "vilão da aldeia", era forçoso que também houvesse um "vilão da vila", um "vilão do distrito" e um "vilão da província".

Em cada eleição, o diretor Yu conduzia alguns professores para a contagem dos votos. Esta vez não foi exceção. À primeira vista, o diretor Yu parecia calmo, mas na verdade ele não soltou um suspiro de alívio até que a contagem dos votos fosse concluída, e os quadros da aldeia aprovaram a eleição e anunciaram a lista de membros do novo comitê da aldeia no local. O diretor Yu também tinha a ideia de deixar Yu Shi perder a eleição. Por meio desse resultado, ele daria uma lição profunda naqueles que só desejavam ser chefes de aldeia, mas não estavam dispostos a desenvolver a educação.

Yu Shi perdeu porque tinha três votos a menos que seu oponente.

O diretor Yu sentiu que faltavam três votos a Yu Shi porque ele, Deng Youmi e Sun Sihai votaram em Ye Tai'an. O diretor Yu insistiu que não acreditava que Yu Shi fora derrotado completamente. Em outros lugares, quando um novo chefe de aldeia chegava ao poder, moradores das aldeias soltavam fogos de artifício para comemorar. Em Jieling, o novo chefe da aldeia subiu ao palco para fazer seu discurso de vitória e as pessoas sentadas abaixo esperaram que Yu Shi aplaudisse antes de aplaudir.

Um dia, quando Yu Shi, que se tornara vice-chefe da aldeia após a derrota na eleição, passou pela escola, encheu o copo de chá que carregava consigo. Ele tomou a iniciativa de trazer à tona a história da lebre e disse muito magoado que era como nevoeiro dentro de neblina, ou como neblina dentro de nevoeiro, não valendo nem mesmo um silhueta. O que acontecera depois disso foi simplesmente névoa dentro das nuvens, nuvens dentro da névoa, nem mesmo sombras. O diretor Yu e os outros ouviram, mas não responderam. Yu Shi apontou para a bandeira nacional do lado de fora e disse que Jieling faz parte da China e a compreensão de todos também é dividida em esquerda, meio e direita. Alunos do ensino fundamental não precisam falar sobre política. Vocês ficam na frente do quadro-negro todos os dias. Mesmo sendo professores locais, vocês ainda têm que falar sobre política. Quanto mais Yu Shi dizia, mais óbvio se tornava. Ele conhecia muito bem o nível de Ye Tai'an. Naquela época, até mesmo o antigo chefe da aldeia o apoiava, mas ele não podia assumir o cargo. A razão fundamental de ele ter sido capaz de vencer por três votos desta vez foi porque alguém tinha escrito o discurso dele. Yu Shi disse: "Em Jieling, apenas vocês que são professores locais poderiam ter a oportunidade de me substituir no futuro".

O diretor Yu disse: "Isso é uma piada de mau gosto".

Yu Shi disse: "Não estou brincando. É como quatro pessoas jogando mah-jong. Quando três mestres lutam entre si, aquele que ganha deve ser o novato que não entende as regras do jogo".

Na tarde em que Yu Shi deixou a escola, houve uma grande mudança na vida política de Jieling. Ye Tai'an, que havia sido eleito chefe da aldeia há meio ano, de repente deixou uma carta de demissão e foi trabalhar em Guangdong. O motivo da renúncia de Ye Tai'an também foi muito simples. O resto do comitê da aldeia formava uma coalisão. O que quer que Ye Tai'an dissesse, ou qualquer decisão que ele pretendesse aprovar junto ao conselho, era impossível galvanizar apoio. Desta forma, Yu Shi se tornou o chefe interino da aldeia. Há um ditado que todos gostavam de repetir que dizia que cães não conseguem alcançar um faisão com uma asa ou uma lebre com três patas. Se tal animal ferido fugisse para salvar sua vida, isso não afetaria a paz nas montanhas. Em Jieling, uma lebre tem muitos inimigos naturais, qualquer que fosse a causa de sua morte, seria vista com normalidade. Yu Shi, o chefe da aldeia, já tinha morrido como uma lebre uma vez; porém havia ressuscitado e, aqueles que haviam votado contra ele, com o tempo aceitariam seu retorno.

Quando Yu Shi voltou ao cargo, Deng Youmi disse uma frase amarga: "Para lidar com veteranos da política rural, só podemos esperar professores locais que nada sabem sobre a política rural".

No entanto, o que mais deixou o diretor Yu e os outros tristes foi a chegada dos professores estatais.

Quando Zhang Yingcai deixou Jieling, o diretor da unidade, Wan, disse que o corpo docente da escola primária de Jieling deveria ser fortalecido. Antes de Zhang Yingcai chegar, Wan expressou sua opinião da mesma forma. O diretor Yu e os outros também entendiam que dentro de centenas de quilômetros existiam poucas escolas como a escola primária de Jieling, que era inteiramente apoiada por professores locais, e haveria cada vez menos escolas até que desaparecessem completamente. Por muito tempo, a autoridade superior enfatizava repetidamente que a categoria de professor local deveria ser gradualmente cancelada. Quanto ao método de cancelamento, a notícia que chegou a Jieling era como o vento soprando no vale quando chegava a tempestade de verão, mudando o tempo todo, indo e vindo sem deixar vestígios. A fonte anterior não estava clara e a pressão posterior apareceu novamente. Assim como sempre havia vários ventos ao longo do ano, todos os tipos de rumores sobre professores locais nunca pararam, o diretor Yu e os outros não tinham pressa durante muito tempo. Nas palavras de Deng Youmi, bastava olhar para a escola primária de Jieling para entender que tal desejo só podia ser dito de forma tão descarada por aqueles que nunca tinham vindo a Jieling para passear.

Como Wan tinha dito antes, toda vez que o diretor Yu o encontrava, aquele lhe pedia educadamente que este cumprisse sua promessa.

Certa vez, Wan ficou irritado com a pergunta e retrucou: "Não pensem que eu não sei. Para os professores locais, a última coisa que vocês querem ver são professores estatais ao seu redor!"

O sempre bem-humorado diretor Yu também ficou irritado por algum motivo: "Não pense que você é realmente poderoso só porque veste a pele de um diretor da unidade de educação. Na verdade, a carne e o sangue por dentro ainda é de professor local!"

Essa frase foi muito eficaz, imediatamente calou Wan.

Mais tarde, o diretor Yu ouviu dizer que, durante aqueles poucos dias, o diretor da unidade, Wan, estava de mau humor porque seu gabinete era ocupado por uma mulher. Essa mulher era professora local desde os quinze anos, e a professora local mais antiga na jurisdição de Wan, mas foi demitida quando completou cinquenta. A mulher fazia um escarcéu um dia, chorava no outro e parecia completamente entediada no terceiro. Antes de sair, ela disse que sabia que o diretor da unidade, Wan, era professor local e que ela não envergonharia um professor local a menos que fosse necessário. Mas Wan não conseguiu responder a nenhuma das perguntas da mulher. A mulher saiu desamparada porque sua filha, que trabalhava na capital provincial, veio imediatamente ao saber da notícia e levou a mãe para morar com ela. A vida da filha na capital da província não estava indo bem. Depois que sua mãe chegou a sua casa, ela não sabia onde a mãe devia dormir, mas ainda assim aconselhou firmemente sua mãe a não voltar àquele lugar horrível nem em seus sonhos. As palavras da filha fizeram a mãe chorar ainda mais, dizendo repetidamente que sem as décadas de experiência como professora local sua vida seria considerada inútil.

Ao se encontrar com o diretor da unidade, Wan, novamente, o diretor Yu disse: "Com todos nós aqui, a educação obrigatória de Jieling não é um problema".

Wan sorriu friamente: "Não é de admirar que algumas pessoas digam que, mesmo que um idiota de Jieling trabalhe como diretor da escola por alguns anos, ele se tornará uma raposa astuta".

Antes que o diretor Yu pudesse responder, Wan mudou de assunto: "Diretor Yu, você está ficando cada vez mais jovem, até as rugas em seu rosto estão quase suavizadas".

Durante as férias de verão, professores de toda a vila foram ao auditório do governo da vila para estudar intensivamente. O diretor Yu, Deng Youmi e Sun Sihai encontraram o diretor Hu da escola primária Wangtian no cruzamento em frente ao auditório.

O diretor Hu disse: "Virar estatal, aumentar o salário e perder a esposa – o diretor Yu é um abençoado. Teve a sorte de desfrutar de uma das três principais felicidades para professores locais. Isso realmente o revigora. Parece dez anos mais jovem de repente, e pode se casar com outra jovem garota".

O diretor Yu sorriu ironicamente e fez eco às palavras do outro diretor: "Ming Aifen esteve acamada por vários anos, era realmente atormentador".

O tom do diretor Hu mudou repentinamente: "Na minha opinião, você não foi torturado o suficiente, caso contrário não deixaria o jovem que deu aulas por poucos dias descer a montanha primeiro".[10]

O diretor Yu entendeu a insinuação do diretor Hu e disse deliberadamente: "O diretor da unidade, Wan, concordou em enviar alguém para nossa escola novamente no próximo semestre".

Foi de fato um estudo intensivo, mas demorou apenas um dia. Nos anos anteriores, estudos semelhantes se estenderam por pelo menos dois dias. A maioria dos professores que comparecia às reuniões tinha que trazer edredons. Quando se deitavam à noite, juntavam os bancos do auditório para formar camas, e homens e mulheres ocupam áreas apartadas para passar a noite. Agora, a duração das reuniões foi reduzida para um único dia. E não era só por razões de economia que os participantes vinham cedo e saíam tarde. O fator decisivo, que não se podia falar abertamente, era que os professores particulares, que raramente conseguiam se reunir, gostavam de beber até enlouquecer com umas garras, dando origem a quase um caos público.

Quase uma centena de professores de mais de uma dúzia de escolas da vila se reuniram, e a pessoa mais requisitada foi, logicamente, o diretor da unidade, Wan. Quando se tratava de reuniões, sempre havia mais conversa fiada do que trabalho prático. Bastava definir o líder que apresentaria o relatório e os representantes que falariam. O que realmente o manteve extremamente ocupado foi um grande grupo de professores locais. Eles vieram às reuniões, ele não obteve nenhum benefício com isso, portanto, ele só os mencionou brevemente em seu relatório de encerramento, em cerca de cem palavras. Não ousavam deixá-los apresentar discursos na conferência. Havia lições aprendidas relacionadas.

Como Wan era professor local e se sentia culpado por Ming Aifen, ele pediu ao diretor Yu para falar no palco em nome dos professores locais em seu primeiro ano como diretor da unidade. O diretor Yu havia acabado de ser desmobilizado e voltar do exército naquela época, e seu conhecimento sobre a profissão de professor local vinha principalmente de Ming Aifen. Ele disse no palco que, se tivesse ficado mais um ano no exército, teria sido promovido. Foi realmente porque era muito difícil para uma esposa ser professora local, e era muito cruel

---

10 N. do T.: Isso se refere ao fato de o diretor Yu ter permitido que Zhang Yingcai fosse regularizado como professor estatal.

para um marido deixar uma mulher carregar o fardo sozinha em casa. Se você não virasse professor local, não entenderia as dificuldades do professor local. Depois de virar professor local, não entendia por que o professor particular era mais miserável que os mendigos da cidade! Enquanto o diretor Yu falava, todos os professores locais na plateia derramavam lágrimas. E, porque todo mundo estava muito triste, nada aconteceu. Desde então, Wan nunca mais ousou deixar professores locais falarem no palco. Como regra não escrita, o departamento de educação do distrito também tinha o mesmo requisito em particular. Nesse discurso, o diretor Yu levou ao auge o vigor cultivado no exército. À medida que a condição de Caritas piorava, as arestas e os cantos de seu personagem foram rapidamente arredondados.

Wan estava mais preocupado com o diretor Hu da escola primária Wangtian. O diretor Hu, que era magríssimo, tinha quase as mesmas qualificações do diretor Yu, mas seu temperamento era muito pior. Durante esse estudo intensivo, o diretor Hu mencionou deliberadamente o fato de que Zhang Yingcai se tornara um professor estatal depois de menos de meio ano como professor local. Se o diretor Yu e os outros não tivessem explicado claramente os meandros para todos, poderia ter causado uma tempestade entre os professores locais. O diretor Hu obviamente se recusou a desistir e ainda estava em conluio, tentando fazer com que a maioria dos professores locais fosse ao distrito apelar.

O diretor Hu causou problemas na frente e o diretor da unidade, Wan, teve que resolver imediatamente. Wan estava tão ocupado que nem teve tempo para almoçar. Enquanto comia, afastou a multidão caótica e foi direto ao diretor Yu, abriu a boca e disse: "Quando o novo semestre começar, há 90% de chance de que um aluno voluntário seja enviado para a escola primária de Jieling".

O diretor Yu, Deng Youmi e Sun Sihai ainda estavam olhando um para o outro em um desespero sem palavras, mas o diretor da unidade, Wan, se virou e caminhou em direção ao diretor Hu, magro e alto, dizendo: "O diretor Yu tomou a iniciativa de me pedir um aluno-professor. Diretor Hu, professor famoso em nossa vila, você quer que enviemos um aluno-professor para aprender com você?"

Wan falou assim só para procurar uma desculpa para se aproximar daqueles professores locais que ficavam corados com algum assunto.

13

Xia Xue, a aluna-professora, se apresentou à escola primária de Jieling na segunda segunda-feira após o início do novo semestre.

O diretor Yu estava em aula quando de repente percebeu que os alunos sentados ao lado das janelas tinham virado as cabeças para olhar pelas janelas e ele fez o mesmo. Xia Xue, que usava um vestido branco e flutuava pela trilha da montanha como uma nuvem, por um tempo o fez suspeitar que ela fosse uma fada. Outras pessoas usavam vestidos brancos em Jieling, mas nenhum era tão branco e brilhante quanto o de Xia Xue à sua frente, seguida por um homem que a ajudava a carregar sua bagagem. Quando o diretor Yu saiu para cumprimentá-la, Deng Youmi e Sun Sihai também saíram de suas respectivas salas de aula. Antes de entrar em casa, Wan a apresentou a todos no pátio.

Ouvindo que Xia Xue era uma estudante de graduação, Deng Youmi não pôde deixar de dizer: "Jieling é muito pequena, que desperdício de talento".

Inesperadamente, Xia Xue respondeu: "Não quero ser querida. É bom desperdiçar alguns anos de juventude".

Vendo que todos estavam confusos com essas palavras, Sun Sihai disse: "É verdade, a dor pode ser dividida em diferentes patamares. A preocupação com o desperdício da juventude está no nível material, como a fome. Enquanto houver comida, o problema será resolvido. O medo de ser querido pertence ao nível mental, é como a anorexia, então é mais doloroso".

Xia Xue não se importou com o sarcasmo nas palavras de Sun Sihai: "Não é de admirar que alguns digam que velhos bois nas montanhas profundas sejam filósofos. Apenas com base nas palavras do professor Sun, o significado de vir para a escola primária de Jieling é enorme".

Xia Xue realmente não se importava muito com as más condições de vida na escola primária de Jieling. O porco criado pelo diretor Yu deu-lhe uma cabeçada silenciosa em seu vestido com seu focinho grande. Ela não apenas riu mas também disse ao porco: "Então você é um porco lascivo".

Depois que Xia Xue colocou sua bagagem no quarto onde Zhang Yingcai morava, ela reparou que havia um tampo de vidro sobre a mesa. Logo expressou seu desejo de pegar uma página de poema e colocá-la debaixo do vidro. Ao ouvir isso, o diretor da unidade, Wan, pensou que ela devia ser uma poetisa. Xia Xue explicou com um sorriso que apenas gostava de ler os poemas de outras pessoas.

Wan saiu depois de trocar umas palavras simpáticas e o diretor Yu o acompanhou.

A trilha da montanha era serpentina. Quando chegaram a um lugar escondido, o diretor Yu disse preocupado: "Por que uma professora tão bonita não ficou na escola primária do centro da vila? Com ela em Jieling, receio que isso trará problemas inesperados".

"Você acha que não me preocupo com isso? Foi ela quem insistiu em vir."

"Talvez ela tenha lido o artigo escrito por seu sobrinho, o professor Zhang Yingcai."

"Diretor Yu, o senhor é realmente teimoso. O sobrinho, o professor Zhang e Zhang Yingcai, basta usar um título só. Mas você sempre diz tudo o tempo todo. Se fizer isso de novo no futuro, vou fingir que sou surdo. Falemos sobre Xia Xue, cuja história é tão inacreditável quanto a lenda de Jieling. Ela veio se apresentar ontem e foi originalmente designada para ensinar na escola secundária, porém ela insistiu em ser designada para cá. O mais estranho foi que ela pegou um ônibus do distrito para a vila, e um sedã BMW seguiu o ônibus por todo o caminho. Se juntássemos os fundos anuais de educação de toda nossa vila, ainda assim não poderíamos comprar dois pneus para esse tipo de carro. Xia Xue descansou na unidade de educação, o BMW estacionou em frente ao portão e o motorista dormiu no carro à noite. Perguntei a Xia Xue e ela disse que aquilo não tinha nada a ver com ela. Fiquei preocupado, então pedi às pessoas da delegacia de polícia da vila que investigassem. O motorista entregou três cartões de visita, um era do chefe do departamento de segurança pública da província, outro era do chefe de departamento de segurança pública da região e o terceiro era do chefe da polícia distrital, e pediu para que não perguntassem nada a ele. As pessoas da delegacia informaram o número da placa do carro, e a resposta de cima garantiu que ele era apenas um empresário confucionista romântico e não faria coisas ruins. Eu acompanhei Xia Xue até a escola local de Jieling pela manhã. O sedã BMW nos seguiu por um tempo até chegar ao ribeirinho sem ponte, aí buzinou e recuou até o portão do posto educacional."

"Senhor Wan, por favor, não assuste o povo de Jieling."

"Não estou de brincadeira. Parece que o BMW e Xia Xue estão se envolvendo numa disputa, não estão convencidos um do outro, querem competir para ver quem sai vitorioso."

Ao entardecer, o diretor Yu viu Xia Xue parada na porta admirando o pôr do sol nas montanhas distantes, então aproximou-se dela. Procurando algo para dizer, ele contou a Xia Xue sobre Zhang Yingcai, que havia morado naquela casa antes. Xia Xue não se importou com a oportunidade de Zhang Yingcai de estudar por dois anos no Instituto Provincial de Educação logo depois de ele se tornar estatal. Ela ainda disse que o Instituto de Educação não era considerado uma universidade formal, assim como o grande templo em Laoshanjie, apenas parecia popular e uma devoção dentro, pensando que os monges que vivem lá dentro são devotos, mas na verdade as pessoas que tocam sino, recitam textos e usam vestes de monge só se tornaram monges na idade adulta; eles não eram originalmente monges, mas mudaram de profissão para se tornarem monges. Laoshanjie é a montanha mais alta na região de Jieling e o grande monge no tempo da montanha realmente se tornou um monge na sua idade alduta. Quando Ming Aifen estava viva, ela certa vez afirmou ser falso monge, depois ficou doente e acamada, ficou deitada na cama pensando nisso, achando que seu infortúnio de saúde vem das palavras inoportunas dela. No dia antes de sua morte, ele ainda estava falando sobre subir a montanha e ir pessoalmente ao grande templo para queimar incenso e pedir perdão.

O diretor Yu ficou surpreso que Xia Xue estivesse familiarizada com essas coisas como se vivesse ali há anos. Ele perguntou várias vezes de maneiras diferentes, mas Xia Xue simplesmente se recusou a revelar qualquer coisa, disse apenas que tinha nascido em Jieling em sua vida anterior e que se lembrou de tudo que havia acontecido em sua vida passada assim que terminara de subir a montanha.

À noite, o diretor Yu não quis ir para a cama cedo porque estava preocupado que Xia Xue tivesse pesadelos à noite. Depois de ficar acordado até a meia-noite, não ouviu qualquer som, e o diretor Yu sentiu outro tipo de preocupação. Depois que o sol saiu, era hora de hastear a bandeira nacional e Xia Xue finalmente apareceu na janela. Só então o diretor Yu se sentiu mais à vontade. Quando chegou o fim de semana, o diretor Yu pensou que Xia Xue desceria a montanha, ou pelo menos passearia pela vila, mas Xia Xue não foi a lugar algum. Ela se dirigiu à montanha detrás sozinha para cavar alguns crisântemos silvestres, plantou-os em tigelas de macarrão instantâneo usadas e os colocou na frente da janela como bonsais.

A mente de Xia Xue estava calma como água parada e não se importava se o carro BMW tinha partido ou não. Depois de mais uma semana, Xia Xue finalmente tinha algo a dizer.

Xia Xue não conseguia se acostumar com o diretor Yu tirando os alunos da cama de manhã cedo para hastear a bandeira. Ela disse: "Somente na Praça da Paz Celestial agem assim em toda a China. A escola primária de Jieling deveria fazer algo prático. Não há necessidade de agir como se fossem soldados da equipe da bandeira nacional".

Ouvindo que a cerimônia de hasteamento da bandeira só era realizada na manhã de segunda-feira na cidade, o diretor Yu ficou boquiaberto por um longo tempo antes de dizer: "Mas, de acordo com o regulamento das autoridades superiores, a bandeira não deve ser hasteada todos os dias?"

Desta vez, Deng Youmi reagiu rapidamente e disse: "A escola primária de Jieling tem uma aparência tão precária. Se a bandeira não for hasteada todos os dias, as pessoas de fora pensarão que se trata de um templo em ruínas".

Xia Xue também defendeu seguir os métodos eficazes das escolas urbanas e usar o intervalo do meio-dia ou fins de semana para treinar alunos excelentes. Por um lado, o nível de aprendizado dos alunos podia ser melhorado e, por outro, uma certa taxa podia ser cobrada adequadamente para melhorar o bem-estar dos professores. Com relação a esse último ponto, o diretor Yu achou ainda mais incompreensível. A prática de fabricar desculpas fora do currículo para aumentar a carga sobre os alunos violava a Lei de Educação Obrigatória.

Obviamente, Xia Xue queria trazer novas mudanças para a escola primária de Jieling. Até aquele momento, o diretor Yu a chamava de professora Xia, Deng Youmi a chamava de professora Xiao Xia e Sun Sihai a chamava de professora Xia Xue. As atitudes de todos eram muito sinceras. Depois daquelas sugestões, ninguém mais a chamou de professora, mas diretamente de Xia Xue.

No primeiro mês, além de levar as aulas a sério, quando tinha tempo Xia Xue levava os alunos hospedados na casa do diretor Yu para cantarem, brincarem e até ensinava os alunos a recitar poemas de amor em belos lugares próximos.

Xia Xue nunca cozinhava sozinha. Ela usava um fogão de barro para ferver água todas as manhãs e a colocava em algumas garrafas de água para lavar o rosto, tomar banho e fazer macarrão instantâneo para comer. Quando Xia Xue subiu a montanha, ela trouxe noventa caixas de macarrão instantâneo. O diretor Yu pensou que, depois de comer tudo aquilo, seria hora de começar a cozinhar de acordo com o estilo de vida de Jieling. Inesperadamente, quando chegou a hora de pagar os salários, o contador Huang apareceu com mais noventa caixas de macarrão instantâneo para Xia Xue. O sedã BMW que apareceu com Xia Xue ainda estava estacionado do lado de fora da unidade de educação, e o macarrão instantâneo fora comprado pelo motorista do BMW e entregue ao contador Huang. Xia Xue nem olhou para ele, chamou Yu Zhi e Li Zi e pediu que distribuíssem as noventa caixas de macarrão instantâneo para todos os alunos da escola. Ela então pediu a alguém que descesse a montanha para comprar outras noventa caixas de macarrão instantâneo de vários sabores.

Antes do pagamento de salário do mês seguinte, o diretor Yu não pôde deixar de ficar curioso e aproveitou o tempo para descer a montanha. De longe, viu um brilhante carro BMW estacionado em frente à unidade de educação e uma linha telefônica temporária foi puxada da agência de correio e telecomunicação da vila para a janela do carro. O motorista de meia-idade segurava um telefone e falava nele enquanto estava sentado no carro. Provavelmente porque a qualidade da chamada não era boa, o homem teve de levantar a voz e era possível escutar pela janela que conversava sobre negócios. O diretor Yu foi até o contador Huang para cobrar o dinheiro que deveria ser pago a vários professores da escola e perguntou, a propósito, sobre a situação do carro BMW. O contador Huang sabia apenas que o motorista ia ao restaurante fazer pedidos e comer quando estava com fome, voltava a dormir no carro quando tinha sono e depois segurava o telefone para fazer ligações.

Logo, o diretor Yu concluiu que, independentemente do que Xia Xue dissesse, cedo ou tarde ela acabaria deixando a escola primária de Jieling.

O clima em Jieling mudava rapidamente de fresco para frio. Não muito depois de Xia Xue tirar seu vestido branco, ela escolheu um casaco de penas comprido de cor amarelo-claro da caixa e o colocou em seu corpo. O clima estava ficando cada vez mais frio. Depois que o diretor Yu começou a queimar carvão para se aquecer, Deng Youmi e Sun Sihai também passaram a ir para a sala de aula com materiais didáticos em uma mão e uma cesta de fogo na outra. Xia Xue se recusava a se aquecer com fogo. Ela tinha dois pares de luvas. Quando estava na aula, ela usava luvas sem dedos e escrevia no quadro-negro com giz. Quando precisava lavar roupas em água fria, ela usava um par de luvas finas de borracha. Quanto a dormir à noite, ela não sentia frio porque tinha consigo um saco de dormir de penas de pato. Por mais que Xia Xue tivesse se preparado, ainda havia momentos de omissão. As mulheres em Jieling só lavavam o cabelo ao meio-dia, quando o sol estava brilhando no inverno. Provavelmente por causa da vida noturna da cidade, Xia Xue costumava lavar o cabelo depois de escurecer. Certa noite, depois que Xia Xue lavou o cabelo, ele não secou depois de uma longa espera. Quando a professora acordou pela manhã, seu cabelo pendurado ao lado do travesseiro estava congelado em uma bola.

Xia Xue chorou baixinho, não havia mais ninguém por perto.

O diretor Yu estava ciente disso. Após a cerimônia de hasteamento da bandeira, ele disse a Xia Xue: "Está tão frio!"

Xia Xue fingiu indiferença: "Estive em Jiuzhaigou no inverno e lá estava ainda mais frio".

O diretor Yu disse: "Nossas trilhas não são fáceis de andar aqui. Assim que a neve cair, as pessoas na montanha não poderão descer e as pessoas abaixo não poderão subir".

Xia Xue disse: "Os professores precisam apenas de salas de aula, só os empresários se preocupam com a má logística".

Ao meio-dia do dia seguinte, o diretor Yu estava cortando lenha no playground quando Xia Xue se aproximou e perguntou: "Não há poluição aqui em Jieling. Por que o céu está tão amarelo?"

O diretor Yu partiu vigorosamente um pedaço de madeira de pinheiro e sem erguer a cabeça disse: "Uma pessoa está doente quando fica amarela, quando o céu fica amarelo é sinal de que vai nevar!"[11]

Quando as aulas terminaram, o diretor Yu lembrou aos alunos de cada equipe de trilha que, se nevasse à noite, eles deveriam andar com cuidado quando fossem para a escola na manhã seguinte. Os estudantes do sexo masculino não deveriam brincar na neve para não escorregar e as alunas deveriam amarrar uma corda de palha em seus sapatos.

O pátio escolar logo se esvaziou, apenas cerca de uma dúzia de alunos hospedados na casa do diretor Yu ainda brincava por lá.

Xia Xue parecia estar perguntando involuntariamente a todos os alunos que passavam por ela se a previsão do tempo do diretor Yu era precisa, se realmente ia nevar. Yu Zhi esticou o peito magro e disse a ela que não havia necessidade de consultar o diretor Yu para prever esse tipo de clima. Até os porcos em seu curral sabiam que era claro que ia nevar em breve.

No meio da noite, depois que o diretor Yu foi acordado pelo vento norte, ele ouviu uma pequena voz humana. Ele se levantou e viu que os alunos dormiam um sono profundo. Então abriu a porta gentilmente. A janela de Xia Xue ainda estava iluminada e uma recitação afetuosa estava sendo carregada no ar pelo vento frio. Escutando atentamente, era um texto da sexta série.

Nenhuma neve caiu durante a noite. Era madrugada quando a neve caiu.

Xia Xue, que nunca tinha levantado a tempo antes do hastear da bandeira, apareceu atrás de uma fileira de estudantes, olhando melancolicamente para a bandeira nacional que subia com o vento.

---

11 N. do T.: Esse é um provérbio popular chinês sobre o clima. A primeira parte do provérbio refere-se ao fato de que a cor amarelada de uma pessoa pode ser um sinal de problemas de saúde, como icterícia e outras doenças. A segunda parte baseia-se na observação e na experiência das pessoas com o clima. Quando o céu está em um determinado tom de amarelo, isso geralmente significa que o tempo está prestes a ficar mais frio e que pode cair neve.

Após a cerimônia de hasteamento da bandeira, Xia Xue veio discutir com o diretor Yu para antecipar suas duas aulas da tarde para a manhã. O diretor Yu concordou sem perguntar por quê. Xia Xue estava ocupada na sala de aula durante toda a manhã. O diretor Yu tirou um tempo para olhar pela janela algumas vezes. A voz de Xia Xue nas aulas era muito mais gentil do que o normal, e ela frequentemente caminhava entre os alunos e acariciava gentilmente suas cabeças.

Depois que o sino tocou para o término da última aula matutina, quando os alunos estavam correndo para fora da sala de aula, Xia Xue parou Li Zi e pediu que ela fosse até seu dormitório mais tarde. Quando Li Zi chegou lá, Xia Xue já havia terminado seu macarrão instantâneo e estava sozinha em frente à janela.

Xia Xue olhou para Li Zi com um olhar estranho e pediu que ela entregasse uma carta a Sun Sihai, dizendo que ela desejava ouvi-lo tocar flauta. Li Zi foi até o professor. Sun Sihai estava comendo e, quando ouviu que Xia Xue queria ouvir o som da flauta, imediatamente largou a tigela e os pauzinhos. Antes mesmo de Li Zi retornar, a flauta já soava.

Sun Sihai parecia entender o que se passava na mente de Xia Xue e tocou as músicas uma após a outra com muita tristeza.

Assim que a flauta soou, Xia Xue começou a recitar um poema.

Embora separassem apenas uma parede, os som do flauta parecia descendo do céu, suave e leve, como as velhas máquinas de fazer, que já são rara em lugares como Lianjieling, transformam o coração das pessoas em fios delicados e depois enredam-lhes em milhares de compleixos. O som da flauta flutuou pela montanha, levando com ele o coração. Era possível vê-lo voando pela janela, perseguindo o som da flauta nos flocos de neve que caíam por todo o céu.

Enquanto Xia Xue recitava o poema ao som da flauta, ela gentilmente penteava o cabelo de Li Zi com os dedos. Por causa da desnutrição, alguns cabelos grisalhos haviam crescido na cabeça de Li Zi. Xia Xue disse a Li Zi que, havendo crescido na cidade, nunca tinha visto ninguém com cabelos grisalhos aos treze ou quatorze anos. Xia Xue então perguntou: "Qual sua comida favorita até agora?"

Li Zi pensou um pouco e disse: "A coisa mais deliciosa é arroz frito com sal feito pela mãe".

Xia Xue perguntou novamente: "No futuro, se você tiver condições, o que mais deseja comer?"

Li Zi de repente ficou tímida e sussurrou: "Eu como o arroz frito com sal da minha mãe três refeições por dia".

Xia Xue disse: "Irei à sua casa um dia para provar esse arroz frito com sal, tudo bem?"

Li Zi disse hesitante: "Mas só posso levá-la lá quando o papai estiver dormindo".

Xia Xue disse: "Sua família não gosta de convidados?"

Li Zi disse: "Há muito pouco óleo de cozinha em casa, e minha mãe só se atreve a fazer arroz frito com sal para mim quando meu pai está dormindo".

Xia Xue de repente estendeu os braços e abraçou Li Zi com força. Li Zi ficou nervosa e perguntou: "Ye Biqiu me disse que a professora Xia parece ter perdido seu amor. É verdade?"

Quando Xia Xue balançou a cabeça, lágrimas rolaram.

Vendo as lágrimas, Li Zi relaxou.

"Está muito frio aqui em Jieling. O professor Zhang disse anteriormente que é fácil as pessoas ficarem deprimidas no inverno." Li Zi olhou para o poema manuscrito debaixo da placa de vidro e disse que tinha ouvido Zhang Yingcai e Sun Sihai dizerem: "Quando estiver de mau humor, não leia os poemas de Lu You e Tang Wan, nem os de Pushkin".

Xia Xue então perguntou se eles haviam dito quais poemas eram os melhores para ler neste momento. Li Zi respondeu que Zhang Yingcai dissera que era melhor ler em voz alta o poema de Li Qingzhao. "Deve-se viver como um herói neste mundo. Depois da morte um herói permanece. A memória de Xiang Yu é apreciada até hoje, porque escolheu morrer, não atravessar o rio depois da derrota."[12] Sun Sihai havia discordado da declaração de Zhang Yingcai, dizendo que quando estava de mau humor era melhor ler as linhas do poema "Está tudo errado!" e "Não faça nada disso!".[13] Assim como quando uma enchente se aproximava, a drenagem rápida do rio evitaria alagamentos.

"Acho que o que o professor Sun disse é mais razoável." Xia Xue disse: "Não importa quão frio seja o inverno, ainda podemos esperar pela primavera. Se seu coração estiver frio, nunca estará quente em sua vida. Na verdade, Li Zi, eu realmente invejo você. Assim como quando comemos cana-de-açúcar, eu como da parte mais doce à parte menos doce, e você come da parte menos doce à

---

12 N. do T.: Esses quatro versos são de Li Qingzhao " A Quatrain in Summer", que expressa nostalgia e admiração pela figura histórica Xiang Yu. Xiang Yu foi um famoso general e estadista no final da dinastia Qin e no início da dinastia Han, conhecido por sua coragem e bravura, e acabou se matando no rio Wujiang, tornando-se a imagem de um herói indomável que é fiel até a morte. Zhang Yingcai pode ter pensado que a leitura de tais poemas, ao se apaixonar, poderia inspirar grandes sentimentos no coração e fazer com que a pessoa sentisse a paixão e o heroísmo da vida, ajudando-a, assim, a sair do marasmo emocional.

13 N. do T.: As palavras aqui podem se referir a certos ritmos ou frases específicas em poemas chineses antigos, que são usados como uma analogia para aliviar a pressão psicológica por meio do desabafo das emoções.

parte mais doce. Quanto mais eu como, mais amarga ela fica, você, ao contrário, quanto mais come, mais doce a cana se torna".

Após uma pausa, Xia Xue continuou: "Se você tiver a oportunidade de ir à cidade no futuro, não confie naqueles homens que correm para comprar um carro BMW quando têm dinheiro e não confie naqueles que estacionam o BMW ao seu lado para iniciar uma conversa com você".

"Há muito tempo decidi que, além da minha família, só confio no diretor Yu, no professor Deng, no professor Sun e no professor Zhang." Depois que terminou de falar, ela acrescentou: "E na professora Xia".

Xia Xue disse: "Você tem que se lembrar de que não deve ir para a cidade com pressa. Se você não tem alguém que ame de verdade, não corra para a cidade de forma imprudente. Se você for para a cidade mais tarde, você será mais forte física e mentalmente".

O som da flauta de Sun Sihai desapareceu no som persistente.

Logo em seguida, tocou o sino preparatório para a primeira aula da tarde.

Xia Xue enfiou uma carta na bolsa de Li Zi, pedindo que ela a lesse depois da escola.

Os flocos de neve ainda estavam caindo lentamente e já havia um pouco de neve no chão.

O diretor Yu não tocou o sino para sua aula até ver Li Zi sair do dormitório de Xia Xue. Quando pediu a todos que abrissem a trigésima primeira página do livro didático depois de entrar na sala de aula, ele tossiu violentamente. Era inútil cobrir a boca com um lenço, tossiu em pé, depois se curvou para tossir e finalmente se agachou no chão para tossir. Os alunos ouviram pacientemente por um tempo. Provavelmente por conta de algo que Li Zi havia dito, de repente eles caíram na gargalhada. A tosse do diretor Yu também parou abruptamente. Depois que se levantou, ele quis pedir novamente a todos que abrissem o livro na página 31, mas por algum motivo ele disse página 13. Os alunos riram juntos novamente.

O diretor Yu bateu na mesa com um ponteiro e disse: "Já disse a vocês que tossir é uma reação fisiológica para limpar o trato respiratório. Qual é a graça?"

Os alunos ainda estavam rindo e seus olhos estavam em Li Zi.

Vendo que o diretor Yu também estava olhando para ela, Li Zi não teve escolha a não ser se levantar e dizer: "A culpa é minha. Eu não devia ter dito que o diretor Yu se parece com Stephen Chow Sing-chi".

"Quem é Stephen Chow Sing-chi?", o diretor Yu perguntou deliberadamente: "Ele também é professor local?"

Li Zi disse: "Foi a professora Xia Xue quem disse isso. Os filmes de Stephen Chow Sing-chi são muito engraçados. Uma vez, quando ele teve uma crise de tosse, tossiu um pedaço de alguma coisa para fora. Quando viu o que tinha nas mãos, descobriu que havia tossido o próprio pulmão!"

O diretor Yu não pôde deixar de rir junto com os alunos. Até o momento que o vento forte abriu a porta da sala de aula e entraram muitos flocos de neve, deixando a sala em silêncio.

Depois que o diretor Yu começou sua aula, Li Zi seguiu a disciplina da sala de aula e colocou uma mão na mesa, enquanto a outra mão continuava tateando em sua bolsa. Embora soubesse que o diretor Yu tinha visto seu gesto, Li Zi apenas fez uma pausa temporária. Em tempos normais, ela não apenas seria criticada por uma ação como esta mas também seria solicitada a esvaziar sua bolsa na hora. Normalmente, as coisas reveladas eram bobagens, como um ovo cozido, uma moeda e assim por diante. Como Li Zi era uma moça e tinha um relacionamento com Sun Sihai, o diretor Yu pensou que, se a obrigasse a tirar possíveis suprimentos menstruais de sua bolsa, isso seria muito embaraçoso para ela. Ele se lembrou de quando Sun Sihai (que tinha ouvido isso de Wang Xiaolan) comentara em uma reunião de assuntos acadêmicos que era muito comum as meninas menstruarem quando estão na quinta e sexta séries do ensino fundamental.

Por ter hesitado, o diretor Yu ficou em silêncio.

Quando a primeira aula estava prestes a terminar, Li Zi de repente gritou bem alto: "Diretor Yu, não deixe a professora Xia ir!"

O diretor Yu parecia estar preparado há muito tempo, desceu do pódio e caminhou até Li Zi.

Li Zi entregou a carta que Xia Xue pediu que ela lesse depois da escola para o diretor Yu.

"Li Zi: Por favor, diga aos alunos por mim que eu sinto muito. A professora Xia deixará a escola primária de Jieling ao meio-dia e não voltará. O diretor Yu tem me apressado nos últimos dois dias, temendo que eu fique presa aqui pela neve pesada na montanha, porque ele já sabia da minha vontade de sair. Você não entende, eu só soube de mim ontem à noite. A bagagem que trouxe quando subi a montanha está no dormitório. É minha juventude e amor, minha beleza e inocência. Não posso levá-los comigo. Por favor, continue a usá-los por mim. O vestido de noiva branco foi comprado no meu aniversário de 18 anos com o dinheiro da sorte que acumulei desde criança. Anseio por ser noiva desde muito nova, e agora o que mais odeio é ser mulher de outro. Se você não achar esse vestido de noiva feio, quando você e seu amado se casarem, considere-o como um presente de parabéns meu! Além disso, você pode me fazer outro favor e dizer ao diretor Yu que levei seus cadernos do trabalho de chinês, porque isso pode provar que ainda tenho um pouco de personalidade e posso continuar a viver. Xia Xue."

Depois de ler a carta, o diretor Yu jogou o ponteiro e saiu correndo da sala de aula: "As pessoas em Jieling não são abençoadas e uma professora tão boa não pode ficar!"

Sun Sihai entendeu e disse: "Felizmente, tocamos flauta, o que pode ser visto como uma despedida!"

O diretor Yu insistiu em acompanhar Xia Xue. Ele delegou os assuntos da escola para Deng Youmi e Sun Sihai e desceu a montanha sozinho com a neve pesada.

O diretor Yu correu todo o caminho, mas ainda assim não conseguiu se despedir de Xia Xue.

Quando havia neve, o céu ficava escuro, mas o chão ainda estava claro.

A diferença era de apenas 20 minutos e restavam apenas dois sulcos em frente à unidade de educação.

O diretor Yu foi informado por Wan que, depois que Xia Xue desceu a montanha, ela não disse nada, apenas deu um tapa no homem que saiu do carro para cumprimentá-la. O homem não se irritou em nada; com um sorriso encantador, ele envolveu sua cintura e leva-a para dentro do carro. Depois disso, ele deixou para trás o telefone especialmente instalado, fechou a porta do carro e foi embora. O que restou foi meio barril de gasolina nº 97, que foi transportado da capital provincial havia dois dias para uso em carros BMW.

Assim que chegou à primeira curva, o BMW parou. Xia Xue colocou a cabeça para fora do carro e vomitou por um tempo na neve pesada, mas ela ainda não conseguiu resolver o problema. Então ela saiu do carro e se agachou na neve para vomitar novamente por um longo tempo. Antes de Xia Xue retornar ao carro BMW, ela cobriu a boca e chorou alto. A esposa de Wan, Li Fang, voltou para casa depois do trabalho na unidade de gerenciamento de planejamento familiar e viu esta cena. Ela insistiu que Xia Xue estava grávida. Quando Li Fang entrou na unidade de educação animadamente e disse isso, o diretor Yu ainda não havia saído. Ao vê-la beliscar os dedos e calcular repetidamente se o tempo que Xia Xue ficou na montanha estava de acordo com o ciclo de reação da gravidez, o diretor Yu quis lhe dizer "Você nunca deu à luz, que absurdo!". Depois de voltar à montanha, o diretor Yu foi até o quarto onde Xia Xue morava. A página de poema colocada debaixo da placa de vidro quando Xia Xue chegou ainda estava lá. Li Zi, que o seguia, disse que foi esse poema que Xia Xue recitou antes de partir. O diretor Yu recitou o poema silenciosamente e ficou muito emocionado.

14

Antes das férias de inverno, o diretor Yu levou Deng Youmi ao conselho da aldeia duas vezes, mas não encontraram Yu Shi, o chefe interino da aldeia. A rua em frente ao comitê da aldeia era o melhor caminho a percorrer, porque era quase Ano-Novo Chinês e, cada vez que caminhavam por ela, sentiam mais frio no coração. Na terceira visita, encontraram Yu Shi se aquecendo ao lado do fogo. Ele sabia que os dois estavam ali para pedir o salário dos professores locais, por isso os acusou de serem tacanhos e terem afastado a professora universitária enviada pela autoridade superior para não deixar que os outros soubessem o quão ruim era a qualidade dos professores locais. O velho contador concordou e disse que, se a escola primária de Jieling usasse somente os professores estatais, sem essas despesas adicionais, o fardo para a aldeia seria bastante reduzido. Noventa e nove em cada cem contadores são assim. Quando uma falácia escape das suas gabardas, eles imediatamente projetam a língua para tentar encurtar o impacto. O velho contador explicou que o que ele quis dizer era que esperava que todos os professores na escola primária de Jieling fossem capazes de se tornarem estatais no dia seguinte. O chefe da aldeia, Yu Shi, era diferente do velho contador e não permitia que outras pessoas mudassem nem mesmo os sinais de pontuação do que ele dizia.

Yu Shi também disse: "Vocês sempre falarem sobre a "tríplice balança de poder", mas só vieram duas. Deixaram uma como um "exército-chefe" em segredo?"

Deng Youmi disse: "O chefe da aldeia é arma nuclear. Com arma nuclear, não haverá arma secreta".

Yu Shi, o chefe da aldeia, disse: "Se eu fosse realmente uma arma nuclear, explodiria todas as montanhas em Jieling, a fim de se tornarem planícies e os professores da Universidade de Pequim e da Universidade de Tsinghua virem ensinar nossos filhos diretamente, para que as pessoas parem de dizer que Jieling só tem idiotas e nunca vai ter estudantes universitários".

O velho contador começou a falar novamente neste momento: "Diretor Yu, se você disser com segurança que pode garantir que o filho do chefe da aldeia será admitido em uma faculdade no futuro, vocês não apenas receberão todos os salários devidos a vocês, mas os salários dos próximos anos também serão pagos antecipadamente".

Yu Shi também disse: "Um contador não pode brincar e tudo o que ele fala diz respeito a dinheiro!"

O vento frio que entrava pela fresta da porta fazia crescer as chamas do carvão vegetal fumegante no braseiro. Deng Youmi fingiu estender a mão para se aquecer e abaixou a cabeça para que ninguém pudesse ver sua expressão: "Contanto que você leia, há esperança, mas o estudante mais promissor é Yu Zhuangyuan, o filho amado do chefe da aldeia".

Inesperadamente, o diretor Yu discordou. Ele balançou a cabeça e disse: "Entre nossos alunos, é mais provável que Ye Biqiu seja admitida na universidade, ela ama muito estudar".

Yu Shi disse sarcasticamente: "Então vá cobrar seu salário ao pai de Ye Biqiu!"

Deng Youmi disse rapidamente: "O filho amado do chefe da aldeia ainda está na quarta série, e Ye Biqiu já está na sexta. O que o diretor Yu disse é apenas a ordem natural".

Também foi uma coincidência que o pai de Ye Biqiu estivesse passando pelo comitê da aldeia enquanto eles conversavam, e Yu Shi o parou e repetiu as palavras do diretor Yu. O pai de Ye Biqiu suspirou e disse que temia que Ye Biqiu tivesse esse talento mas não alcançasse essa bênção. A família já havia discutido isso há muito tempo. Depois de terminar este semestre, ela deveria se formar no ensino fundamental. Era melhor deixar outros estudarem na escola secundária da vila, e Ye Biqiu teria que sair e encontrar algo para fazer, ganhar algum dinheiro e preparar um dote para seu futuro casamento. Yu Shi disse a ele que o diretor Yu estava otimista de que Ye Biqiu se tornaria a primeira estudante universitário de Jieling. Seguindo as palavras de Yu Shi, o pai de Ye Biqiu disse que você devia ser capaz de passar no exame e pagar as mensalidades. Com esses dois requisitos, o primeiro estudante universitário em Jieling tinha que ser o filho do chefe da aldeia, Yu Zhuangyuan.

Yu Shi disse: "Depois do Ano-Novo, vá trabalhar na escola primária de Jieling como diretor e deixe de ser um pedreiro".

Só então o pai de Ye Biqiu percebeu que havia um truque nas palavras de Yu Shi, por isso respondeu imediatamente: "O chefe da aldeia de Jieling tem que ser o chefe Yu, e o diretor da escola tem que ser o diretor Yu".

Depois de um longo impasse, a questão salarial permaneceu sem solução.

Deng Youmi raramente criticava o diretor Yu diretamente, mas desta vez ele não aguentou mais. Quando saíram do comitê da aldeia, ele disse: "Diretor Yu, como você aprendeu o que Sun Sihai costuma fazer? Nem consegue dizer um trava-língua".

O diretor Yu pensou um pouco antes de responder: "Não apenas Sun Sihai mas também Zhang Yingcai e Xia Xue. Também sinto que sou influenciado por eles".

Os dois voltaram para a escola desesperados. Sun Sihai, que tocava flauta sozinho no pátio, não apenas não demonstrou simpatia como também disse: "Eu já falei que fazer isso é vergonhoso".

Deng Youmi respondeu com raiva: "A dignidade pode ser comida?"

"É porque vocês não ousam me deixar ir." Sun Sihai disse: "Um dia vou enfrentá-los e lhe dizer que a escola não pertence a nós três, e quem tiver coragem deverá fechar a escola".

Deng Youmi disse: "O diretor Sun é tão corajoso que simplesmente deverá pedir a Yu Shi que ceda o cargo de chefe da aldeia para ele".

O diretor Yu não deixou os dois continuarem conversando: "Alguns pueden sufrir mortificaciones extremas, mientras que otros no comen comida brindada; cada um tem seu jeito de viver".

Sun Sihai fez questão de acrescentar: "Na última eleição, os três votos que faltaram para Yu Shi devem ter sido marcados com nossos nomes. Por más que se esforça, será sinuca. Na minha opinião, na próxima eleição, devemos simplesmente colocar um preço neles, vamos apoiar quem nos apoiar e pedir aos alunos que convençam os pais a votar junto com a escola".

Era claro que Deng Youmi também queria falar: "Para que servem esses rodeios, o diretor Sun poderia simplesmente dar um passo à frente e competir com o chefe da aldeia!"

Assim que esse comentário foi dito, todos os três riram.

Era difícil dizer se foi coincidência, mas durante o intervalo da manhã seguinte alguém escreveu duas linhas de palavras com giz no quadro-negro da sala de aula da sexta série: "Sentimos falta da professora Xia Xue! Ainda sentimos falta do professor Zhang Yingcai!". Embora as palavras fossem simples, aos olhos do diretor Yu e dos outros elas tinham outros significados. Era difícil dizer se haviam sido destinadas aos professores locais. Depois de descobrir que Ye Biqiu as escrevera, o diretor Yu ficou aliviado. Ele havia ofendido o chefe da aldeia, Yu Shi, porque elogiara Ye Biqiu, mas Ye Biqiu sentia falta dos outros, o que o deixou ainda mais estressado.

Após os exames finais, o diretor da unidade, Wan, veio à escola primária de Jieling para uma inspeção de rotina.

Na sexta série, que Xia Xue havia ensinado, a pontuação média foi quase 10 pontos menor do que nos anos anteriores.

Wan se sentiu muito estranho. De acordo com o requisito unificado do departamento de educação do distrito, o exame de educação obrigatória devia refletir o propósito da educação obrigatória. Logo, o desempenho dos alunos devia ser superior aos anos anteriores. A escola primária de Jieling tinha três turmas e apenas três professores; portanto, quando havia exames, era costume que as provas da turma do diretor Yu fossem corrigidas por Deng Youmi, as provas da turma de Deng Youmi fossem corrigidas por Sun Sihai, e as provas da turma de Sun Sihai fossem corrigidas pelo diretor Yu. Embora houvesse brigas ocasionais entre Sun Sihai e Deng Youmi, eles sempre respeitavam as regras. Wan conhecia a história por dentro, então ele abriu as provas de Yu Zhi, Li Zi e Ye Biqiu, apenas para descobrir que o diretor Yu e os outros não foram apenas rigorosos na correção das provas desta vez, mas extremamente severos. Em alguns casos, 0,5 ponto havia sido deduzido das provas com vestígios de uso de borracha.

Wan foi perguntar ao diretor Yu se este havia encontrado algum problema difícil recentemente.

O diretor Yu não escondeu nada e contou a ele o que o chefe da aldeia, Yu Shi, lhe dissera da última vez.

Wan sabia bem que, quando se tratava de ensinar, embora o diretor Yu e os outros fossem professores locais havia quase 20 anos, estudantes universitários como Xia Xue, que tinham acabado de se formar na escola, ainda conseguiam ser um pouco melhores do que eles. O diretor Yu e os outros tinham feito aquilo para mostrar que Xia Xue, uma estudante universitária, não era tão boa no ensino quanto eles, para elevar a baixa autoestima dos professores locais.

Embora o tempo não estivesse bom, não haveria neve por três ou cinco dias.

Depois do almoço, Wan fechou os olhos, descansando ao lado do braseiro, e viu uma mulher com roupas simples e cintura fina andando para cima e para baixo na frente dele, ocupada em costurar, remendar e lavar. Wan queria ver se era Ming Aifen e estendeu a mão para puxar seu cabelo, mas ela se recusou a se virar. Quando ele estava pensando sobre por que o diretor Yu teve tanta sorte, a mulher de repente olhou para trás e sorriu, e acabou sendo a mãe de Lan Fei, Lan Xiaomei. Wan se assustou e acordou, percebendo que estava sonhando.

Por causa desse sonho, Wan, que originalmente queria descer a montanha mais cedo, mudou de ideia e decidiu ficar na escola primária de Jieling por um ou dois dias e se encontrar com o chefe da aldeia, Yu Shi.

O fim dos exames finais equivalia a férias. Assim que os alunos saíram, a casa do diretor Yu ficou vazia. Wan resolveu jantar com o diretor. Embora estivesse acompanhado por Deng Youmi e Sun Sihai, Yu ainda se sentia solitário. Falando sobre o assunto, disse que não sentia falta do barulho dos alunos, mas da presença de uma mulher.

Wan disse: "Senhor Yu, case-se outra vez!"

O diretor Yu disse: "Não é fácil para um professor local casar-se uma vez, quem dirá duas".

Deng Youmi disse: "O diretor Yu quer dizer que não se casará se não se tornar professor estatal".

Wan disse: "Durante a Revolução Cultural,[14] as pessoas muitas vezes juravam que não se casariam se não ingressassem no Partido".

Todos riram, apenas Sun Sihai permaneceu em silêncio. Vendo que não havia como evitar o assunto, Wan simplesmente deixou isso claro. Ele disse: "Professor Sun, o assunto entre você e Wang Xiaolan não precisa continuar a ser adiado assim. Ela pode se divorciar e continuar a cuidar do ex-marido, que está paralisado na cama. Talvez vocês possam ser definidos como modelos morais".

Algo cintilou nos olhos de Sun Sihai. Deng Youmi disse por ele: "Jieling não tem tal moralidade, muito menos tal modelo".

Sun Sihai levantou o rosto e disse: "Eu disse isso a Wang Xiaolan uma vez, mas ela apenas chorou copiosamente".

Wan se tornava cada vez mais um líder. Após terminar seu discurso, ele imediatamente mudou de assunto e perguntou se todos queriam outro aluno para fortalecer o corpo docente da escola.

Wan disse: "No começo, eu queria que Zhang Yingcai voltasse e continuasse a trabalhar com todos, mas o Instituto Provincial de Educação deu a ele uma chance. Contanto que ele estude por mais um ano, ele pode obter um certificado formal de graduação e um certificado de bacharel, em vez de um certificado geral de educação avançada. O próprio Zhang Yingcai tem esse desejo, e o departamento de educação do distrito também concorda; vamos deixá-lo estudar por mais um ano".

Ao ver Wan mencionar Zhang Yingcai por sua própria iniciativa, Deng Youmi continuou dizendo: "O professor Zhang é jovem e terá muitas oportunidades de contribuir no futuro. Não precisa ser este ano".

Sun Sihai seguiu as palavras de Deng Youmi e continuou: "O senhor Wan não queria ser muito direto, então por que você levou isso a sério? O Sr. Zhang era membro da escola primária de Jieling quando era professor local, mas será membro do estado quando se tornar um professor estatal. É difícil dizer se ele pode voltar para a vila de Xihe".

---

14 N. do T.: Foi um levante político na China nas décadas de 1960 e 1970.

Foi só então que o diretor Yu percebeu que Wan tinha vindo para a escola primária de Jieling para inspecionar o trabalho na superfície, mas ele queria explicar o assunto de Zhang Yingcai para eles em seu coração. Ele entendia que esse assunto só podia ser mencionado assim, e não podia deixar Deng Youmi falar mais. As palavras de Deng Youmi poderiam facilmente permitir que Sun Sihai encontrasse uma brecha para lançar um ataque. Se ele fizesse isso parecer uma conversa cruzada, com um tecendo elogios e o outro fazendo provocações, Wan ficaria envergonhado.

Desta forma, o diretor Yu seria obrigado a mencionar Xia Xue, que havia fugido rapidamente.

Ao falarem sobre Xia Xue e o carro BMW, Wan realmente ficou mais interessado.

De acordo com a especulação do diretor da unidade, Wan, Xia Xue teve um relacionamento incomum com o homem que dirigia um BMW quando ela estava estudando e não havia mais nada de especial. Desde que se tornou diretor da unidade de educação, ele viu todo tipo de coisa estranha. Por exemplo, havia um estudante universitário chamado Wen Wen que tinha trabalhado nominalmente na unidade de educação por três anos e enviavam seu salário para o cartão bancário todos os meses, mas não estava claro se ele era homem ou mulher. Não muito tempo atrás, pessoas do Departamento de Educação trouxeram um documento elogiando Wen Wen por se enraizar no campo e um certificado de professor modelo por três anos consecutivos. Pediram à unidade de educação que carimbasse seu selo oficial e, em seguida, transferiram seu arquivo.

Se Wan quisesse saber sobre a situação de Xia Xue, ele poderia simplesmente enviar uma carta oficial para a universidade de Xia Xue. Wan não fez isso por causa de suas próprias considerações: Xia Xue, como aluna-professora, devia trabalhar por dois anos letivos de acordo com o regulamento. Embora fossem apenas alguns meses, o desempenho de Xia Xue ainda era excelente. Se ele tomasse a liberdade de enviar uma carta oficial, iria piorar as coisas.

Naquela noite, Wan dormiu no quarto onde Zhang Yingcai e Xia Xue moraram e ficou pensando na época em que trabalhava e morava neste quarto. Depois de finalmente adormecer, Wan começou a sonhar novamente: estava sentado entre os alunos ouvindo Ming Aifen tocar o instrumento musical de cordas. De repente, uma corda quebrou, ricocheteou e se enrolou em seu pescoço. Wan acordou sobressaltado, sentou-se na cama e sorriu ironicamente. Depois de adormecer de novo, o sonho anterior voltou: o som de Ming Aifen tocando o instrumento musical, assim como nos filmes de artes marciais de Hong Kong, se transformou em inúmeras flechas voando em sua direção.

Depois de várias repetições, o céu amanheceu. Wan se levantou silenciosamente, foi até a aldeia abaixo, bateu na porta de uma loja de consignação,[15] comprou um grande maço de dinheiro de vidas passadas, levou-o para o túmulo de Ming Aifen na montanha detrás e o queimou. Depois de terminar isso, ele escreveu um bilhete e o colocou sobre a mesa, dizendo ao diretor Yu para onde estava indo.

Depois de caminhar por meia hora, seu corpo começou a ficar quente e chegou à casa de Yu Shi. A esposa de Yu Shi estava alimentando as galinhas em frente à porta. Quando ela viu Wan, virou-se e gritou para dentro de casa: "O líder da vila está aqui". Yu Shi se vestiu apressadamente e saiu. Vendo que era Wan, ele imediatamente pareceu muito desapontado.

Depois de se sentar, Yu Shi tomou a iniciativa de dizer: "O diretor Yu é realmente poderoso e o fez ajudar a cobrar dívidas".

O diretor da unidade, Wan, sorriu: "Pelo menos, sou o líder máximo no setor educacional da vila. Não preciso cuidar de assuntos tão triviais. O chefe da aldeia pode resolvê-los com um dedo. Estou aqui hoje para discutir com você se a escola primária de Jieling ainda vai continuar aberta".

Yu Shi disse: "E daí? O que vai acontecer se ela continuar funcionando ou deixar de funcionar?"

Wan disse: "É fácil responder sobre a escola deixar de funcionar, ela será incorporada à da aldeia vizinha".

Yu Shi disse: "Bem, se você cortar a orelha, a cabeça ficará meio relaxada".

Wan disse: "Não é de admirar que todos digam que as pessoas em Jieling são honestas. Para ser franco, eles são apenas idiotas. Qual família no mundo não tem filhos? Fechar a escola existente e deixar todos enviarem seus filhos para estudar em outro lugar. Sem falar nas conquistas do comitê da aldeia neste mandato, apenas um voto por pessoa vai fazer você, chefe da aldeia, sofrer muito nas próximas eleições".

Yu Shi queria dizer algo, mas foi interrompido por Wan.

Wan inventou uma história do nada: "Estive em duas aldeias esta semana e eles são muito inteligentes. Todo mundo lá diz que, não importa o quão pobres sejamos, não podemos ter uma educação ruim e, por mais difícil que seja, não devemos fazer as crianças sofrerem. Também disseram que aqueles que não

---

15 N. do T.: Esse é um tipo de negócio de varejo que prevaleceu na China entre as décadas de 1950 e 1990, e desempenhou um papel importante nas áreas rurais. Eles resolviam principalmente problemas de fornecimento e vendas no mercado rural e eram o principal, e às vezes o único, canal para resolver problemas de fornecimento e vendas no campo naquela época. Elas forneciam aos agricultores as necessidades da vida cotidiana, como alimentos, tecidos, agulhas e linhas, e, ao mesmo tempo, compravam seus produtos agrícolas, desempenhando um papel de conexão entre as áreas urbanas e rurais e facilitando a circulação de mercadorias.

apoiam a escola são seus inimigos políticos. Eles também me disseram com considerável experiência que uma vez usaram a questão de operar uma escola para testar outras pessoas e descobriram que quem não apoia a operação de uma escola tem segundas intenções".

Yu Shi disse: "A aldeia não tem capacidade para operar uma escola e não podemos se enganar a seu próprio custo".

Wan disse: "Embora Jieling seja um lugar pequeno, os princípios são os mesmos em todos os aspectos. Os grandes líderes que conhecemos realmente fazem o mesmo trabalho. A razão de alguns terem boa reputação e outros terem má reside na maneira de tratarem os intelectuais. Portanto, tanto em público quanto em particular, gostaria de aconselhá-lo a lembrar uma verdade: para os funcionários, embora os intelectuais não possam realizar suas boas ações, eles podem arruinar suas boas ações. Ou seja, são incapazes de realizar qualquer coisa, mas capaz de estragar tudo".

Yu Shi disse: "Não tenho medo disso, apenas busco a verdade nos fatos".

Wan olhou para a dúzia de certificados de prêmios afixados na parede: "Quando se trata de buscar a verdade nos fatos, gostaria de lembrá-lo. O que eu disse acima é a verdade, você pode ouvir ou não, e eu vou dizer algumas palavras minhas. Não fique só olhando para tantos prêmios que seu filho recebeu da escola. Se não houver a escola primária de Jieling e o deixar estudar em outras escolas, mesmo que você os convide para beber todos os dias, não vão conseguir cuidar de seu filho como o diretor Yu. Isso é chamado de comer fora. É melhor ir para casa e comer uma tigela de mingau do que comer bem fora".

Wan tirou um caderno de trabalho de casa de sua pasta e o entregou a Yu Shi. Yu Shi folheou algumas páginas, que foram densamente corrigidas com caneta vermelha. Entre as dez perguntas, quatro ou cinco eram sempre cruzadas pelo professor. Olhando mais de perto, descobriu que era de seu filho. Yu Shi não acreditou, porque o caderno de trabalho de casa que seu filho trazia para casa estava sempre limpo e havia poucos erros. Wan disse a ele com sinceridade que essa era a vantagem de a escola primária de Jieling operar em Jieling. O diretor Yu e os outros sempre deram prioridade à correção do dever de casa de seu filho e, em seguida, pediram que ele o copiasse novamente em outro caderno, não apenas por uma questão de boa aparência e para evitar ser espancado e repreendido ao voltar para casa mas também para ele aprofundar sua impressão do método de resolver questões corretamente.

Yu Shi olhou para ele por um longo tempo antes de dizer: "Se for conveniente, é melhor convidar alguém para ensinar em casa".

Wan disse: "Não é de admirar que a escola primária de Jieling não seja levada a sério. Acontece que você não sabe o quão valiosas são as pessoas ao seu redor. Trabalhei como professor local, em seguida me tornei professor estatal e depois virei um líder na educação, então quero te dizer uma coisa do fundo do meu coração: professores comuns só podem tratar os alunos como alunos, professores locais são diferentes. Eles nasceram e foram criados aqui, sempre tratam os alunos como seus próprios filhos. Por mais pobres que sejam as notas, os alunos são como se fossem seus próprios filhos!"

Wan se levantou e saiu, apenas para se lembrar do que havia dito a manhã toda, sem nem mesmo tomar um gole d'água. Ele voltou e despejou toda a xícara de chá em sua boca.

Yu Shi não respondeu a isso e ficou sentado atordoado.

A esposa de Yu Shi mais tarde alcançou Wan sob uma grande árvore de cânfora.

A esposa de Yu Shi ouviu o que Wan disse. Ela garantiu a Wan que os problemas da escola seriam resolvidos antes do Ano-Novo Lunar Chinês. Ela pediu a Wan que dissesse ao diretor Yu que ela iria à escola com frequência no futuro e atuaria como agente de ligação do comitê da aldeia para eles. Claro, ela também pediu a Wan para cuidar de seu filho, depois que ele entrou na escola secundária em dois anos. Wan fingiu ser severo e afirmou que o problema da escola primária de Jieling era o mais sério do distrito em relação ao atraso de salários para professores locais. Ele apenas ia esperar na escola até que o problema fosse resolvido antes de descer a montanha. A esposa de Yu Shi disse apressadamente que, se o dinheiro fosse juntado a tempo, o velho contador o enviaria esta tarde.

Quando voltou para a escola, o diretor Yu, Deng Youmi e Sun Sihai estavam conversando ao sol.

Wan disse a eles: "Não serei repreendido por vocês durante o Ano-Novo Chinês deste ano".

O sol do meio-dia havia acabado de se mover um pouco para o oeste, e o velho contador chegou à escola sem fôlego. Enquanto contava os salários devidos no passado a todos, ele ficou surpreso que o diretor Yu tivesse uma maneira de mudar o mundo e fazer Yu Shi ter vontade de gastar todo o pouco dinheiro da aldeia.

Depois que o antigo contador saiu, Wan também deixou a escola. O diretor Yu pediu que ele ficasse mais uma noite e, enquanto todos tinham dinheiro, o convidou para beber com eles. Wan não aceitou. Ele estava com medo de sonhar com Ming Aifen novamente à noite. O diretor Yu estava cético. Como marido, ele nunca sonhou com sua esposa. Wan brincou: "É apenas sua culpa, pois você está pensando em uma certa noiva bonita".

O diretor Yu sorriu feliz: "Se tiver chance, peço ao senhor Wan que envie outra linda garota para ensinar na escola primária de Jieling. Isso será de grande benefício para melhorar a qualidade do ensino da escola primária de Jieling. Como Xia Xue, uma garota elegante de fora só precisa comparecer à aula, e as crianças que não querem estudar farão o possível para encontrar uma maneira de voltar à escola".

Depois de se despedir de Wan, todos continuaram sentados na casa do diretor Yu. O carteiro chegou e vasculhou o saco postal por um longo tempo, mas no final tudo o que entregou foram três cartões de Ano-Novo. Um foi enviado por Zhang Yingcai. Ele escreveu no verso do cartão: "Desejo a todos os colegas da escola primária de Jieling que ninguém fique sem salário no próximo ano, que não chova nas salas de aula no próximo ano e que não haja animais selvagens nas trilhas da montanha no próximo ano". O outro não estava assinado, tinha apenas uma frase: "A neve em Jieling é a mais pura do mundo, ainda bem que não a poluí!". Não se precisava pensar nisso para entender que foi escrita por Xia Xue. O terceiro foi enviado por Ye Meng, que abandonou a quinta série somente depois que Zhang Yingcai chegou. No dia 16 do primeiro mês deste ano lunar, Ye Meng, que tinha saído para trabalhar, viajou alguns quilômetros para visitar a escola. Ela escreveu uma grande verdade no cartão: "Quando eu ganhar dinheiro lá fora, com certeza voltarei e transformarei minha *alma mater* na escola mais bonita do mundo!"

Falando nisso, embora Ye Meng e Xia Xue fossem muito diferentes, o arrependimento no coração deles é o mesmo.

Em relação aos cartões de Ano-Novo, o de Zhang Yingcai era o de que todos mais falavam.

De acordo com a situação normal, Zhang Yingcai deveria se formar no Instituto Provincial de Educação entre junho e julho do ano seguinte. Todos eles sentiram que, se Zhang Yingcai pudesse retornar à escola primária de Jieling, ele definitivamente seria muito melhor do que um aluno-professor como Xia Xue. A questão era se Zhang Yingcai teria a vontade. Ele estava fora havia mais de um ano. Nunca tinha subido as montanhas para visitá-los durante as férias. Ele só enviou dois cartões de Ano-Novo durante esse período inteiro. Até nem escreveu uma carta de saudação. A ideia de Sun Sihai era diferente. Ele acreditava que, quanto mais isso acontecia, mais mostrava que Zhang Yingcai estava lutando em seu coração. Se houvesse uma carta a cada três dias, de jeito algum ele voltaria.

15

Naquele ano, do inverno à primavera, havia muita neve em Jieling. De acordo com as estatísticas do comitê da aldeia, houve nove nevascas. As pessoas da estação meteorológica do distrito nunca estiveram em Jieling e não se sabia como a medição havia sido feita. Indicaram no comunicado que a queda de neve total na área de Jieling foi de 988 milímetros. Se não tivesse derretido, teria sido uma neve de quase um metro de espessura no playground da escola primária de Jieling. Mais tarde, ouvi dizer que foi o velho contador quem teve a ideia e pediu ao chefe da aldeia, Yu Shi, que relatasse desta forma, a fim de esperar que o distrito desse alguns fundos de socorro. Havia muita neve em Jieling e também muita neve em vários lugares. O *Diário do Povo*, que demorava no mínimo uma semana para chegar, disse que a neve pesada favorecia o teor de umidade das safras de inverno no norte.

Os professores locais da escola primária de Jieling discordaram: depois que a forte neve congelou as árvores do chá, não havia esperança de vender o chá da primavera a um bom preço. Não havia chá de primavera para vender e o comitê da aldeia não podia receber taxas relevantes. A promessa da esposa de Yu Shi de pagar os salários dos professores locais em dia se tornou um problema.

O desastre da neve, que foi devidamente exagerado pelo comitê da aldeia, não foi levado a sério pelo distrito. O departamento relevante respondeu que, desde o ano anterior, a situação financeira do distrito era difícil, sem precedentes, e eles precisavam encontrar uma maneira de superar as dificuldades. Jieling tinha um terreno alto. Se fosse dito que havia uma seca, as pessoas abaixo vão se perguntar: por que o fluxo do rio que descia de Jieling não havia diminuído nada? Se houvesse uma inundação, as pessoas no sopé da montanha teriam ainda mais dúvidas. O rio que descia de Jieling nunca havia subido. Se realmente houvesse uma chuva forte, ela virou e voltou para o céu? Portanto, como um quadro em Jieling, se você quisesse fazer algo falso e pedir dinheiro da autoridade superior, a única esperança era o desastre da neve. Como ninguém prestava atenção à tempestade de neve, outros truques foram ainda mais inúteis. Desde o início das aulas em fevereiro, esperaram em março, esperaram em abril, esperaram em maio e junho; os salários dos professores locais ainda não tinham sido pagos.

A esposa de Yu Shi veio pessoalmente à escola sob o pretexto de verificar o estudo de seu filho e pediu ao diretor Yu e aos outros que esperassem mais um pouco. Ela também disse que, se não fosse possível, Yu Shi ainda poderia permitir que eles cortassem um teixo menor secretamente. Mas eles precisavam encontrar uma maneira de transportá-lo para fora de Jieling e encontrar uma maneira de entrar em contato com a pessoa que comprava os teixos. Independentemente de isso ter sido dito por Yu Shi ou não, isso deixou o diretor Yu e os outros extremamente desconfortáveis. Claro, foi Deng Youmi quem se sentiu mais desconfortável. De qualquer forma, tais palavras o fizeram sentir que estavam fazendo acusações oblíquas. Deng Youmi tinha cortado um teixo, o que era uma ferimento em seu coração que ninguém podia tocar. Deng Youmi pensou em muitos palavrões e quis repreender a esposa de Yu Shi. O diretor Yu disse à mulher, antes de que outro seja, com firmeza que mesmo os antigos não comem alimentos oferecidos com desprezo; mesmo morrendoo de fome, os professores da escola primária de Jieling não cometeriam nenhuma ação desprezível. Dito isso, todos tiveram que contar com os trinta e cinco yuans dados pela unidade de educação para manter suas vidas como antes.

Após o teste em julho, a unidade de educação anunciou os resultados de cada escola. Era difícil dizer se era porque a aluna-professora Xia Xue lecionara havia vários meses. A pontuação média dos formandos deste ano tinha mais dez pontos do que anos anteriores. O diretor da unidade, Wan, enviou pessoalmente uma faixa com uma grande linha de palavras: "Parabéns à escola primária de Jieling por ter ficado em terceiro lugar na vila para a pontuação total do teste!". Mas apenas o Wan sabia que havia seis escolas empatadas no terceiro lugar!

Durante todo o verão, a faixa foi pendurada sobre o beiral da escola primária de Jieling. Quando o aluno-professor Luo Yu veio se apresentar, a cor vermelha original da faixa dificilmente podia ser vista. Assim que Luo Yu entrou na sala, notou o poema ainda pressionado sob o placa de vidro. Ouviu dizer que foi escrito por uma aluna-professora que ensinava antes dele, por isso Luo Yu não tocou nele.

Ao contrário de Xia Xue, Luo Yu tinha lido o artigo sobre a escola primária de Jieling escrito por Zhang Yingcai, então, além de sua bagagem, ele trouxe especialmente uma nova bandeira nacional. Na cerimônia de hasteamento da bandeira da escola primária de Jieling, o diretor Yu sempre puxava a corda para içar a bandeira nacional até o topo do mastro. A menos que o diretor Yu não estivesse presente, o vice-diretor Deng Youmi faria isso por ele. Se até Deng Youmi não estivesse presente, Sun Sihai teria o direito de cumprir a tarefa.

A primeira vez que Luo Yu participou da cerimônia de hasteamento da bandeira, ele se ofereceu para ser o hasteador da bandeira. Ele também pediu ao diretor Yu para tirar fotos de suas ações com a câmera que trouxe. Uma semana depois, Luo Yu não era mais o hasteador da bandeira e se espremeu entre Deng Youmi e Sun Sihai com uma gaita, tocando o hino nacional junto com as flautas deles. Depois disso, Luo Yu parou de tocar gaita. Assim como Xia Xue fez quando ela estava saindo, ele ficou atrás das filas de estudantes observando a bandeira nacional em ascensão. Por tudo isso, Luo Yu pediu a outras pessoas que tirassem fotos dele como lembranças.

Naquele dia, após a cerimônia de hasteamento da bandeira, Luo Yu notou uma fina camada de geada nas ervas selvagens ao lado do playground.

Luo Yu pegou uma erva com geada e a segurou em sua mão, olhou contra o sol e perguntou a Deng Youmi, ao lado dele: "Neva cedo em Jieling?"

Deng Youmi respondeu com sinceridade: "Geralmente, a neve cai cerca de um mês antes do que em outros lugares".

Luo Yu perguntou novamente: "Ainda há alunos vindo para a aula descalços quando a neve cai?"

Deng Youmi disse: "Ocasionalmente".

Luo Yu disse: "São realmente tão pobres?"

Deng Youmi disse: "A situação melhorou nos últimos dois anos. Por muito pobres sejam os aldeões, têm dinheiro para comprar sapatos no inverno. Só que algumas crianças relutam em usar sapatos. Elas tiram os sapatos ao caminhar na neve e os colocam depois de entrar na sala de aula. Além disso, a neve que acaba de cair não é muito fria".

Luo Yu disse: "Como pode haver neve no mundo que não seja fria? Eles não são animais de sangue frio!"

Deng Youmi disse: "Se você não calçasse seu primeiro par de sapatos até os quinze anos, saberia que tipo de neve é fria e que tipo de neve não é fria".

Luo Yu abaixou a cabeça e olhou desconfiado para os pés de Deng Youmi.

Deng Youmi continuou: "Pergunte ao diretor Yu. O primeiro par de sapatos que ele usou foi distribuído pelo exército depois que ele serviu. E o diretor Sun, quando era adolescente e estava vagando fora, conheceu o antigo chefe da aldeia e só então calçou o primeiro par de sapatos da sua vida".

Luo Yu voltou para seu quarto sem dizer nada.

Depois que o sinal preparatório para a aula tocou, ele realmente saiu descalço.

Deng Youmi fingiu não ver, e, quando os dois passaram um pelo outro, ele apontou para o sol e disse que tinha que se apressar para secar a roupa, podia chover no dia seguinte ou depois do dia seguinte. Luo Yu disse que seria bom nevar e entrou na sala de aula. Como estava muito frio, ele não pôde deixar de bater os pés enquanto escrevia no quadro-negro.

Ao ouvir os gritos dos alunos da quinta série, o diretor Yu foi até a janela para dar uma olhada. O filho de Yu Shi imediatamente levantou a mão. Desde que Yu Zhi, Li Zi e Ye Biqiu se formaram na escola primária e foram para a escola secundária da vila, o filho de Yu Shi de repente parecia muito notável. Luo Yu perguntou a ele o que aconteceu. O filho do chefe da aldeia se levantou e disse ao diretor Yu, do lado de fora da janela, que o professor Luo Yu não tinha sapatos.

O diretor Yu não sabia o que estava acontecendo. Ele esperou ansiosamente até que a aula terminasse e chamou Luo Yu para conversar. Depois ele percebeu que Luo Yu queria provar que, embora tivesse crescido usando sapatos de couro, ele não tinha medo da geada e da neve em Jieling.

Em poucos dias, a história de Luo Yu ensinando descalço na sala de aula se tornou a lenda mais emocionante da área de Jieling durante o lazer do inverno. Alguém veio à escola e disse ao diretor Yu que, para se adaptar à dura vida em Jieling, Luo Yu começou a aprender com o jovem presidente, Mao Zedong, no primeiro dia após a entrada na universidade. Ele insistia em tomar banhos frios nos meses de inverno e corria pelo playground no verão sem usar capa de chuva durante as tempestades. O diretor Yu e outros só podiam ouvir atentamente.

Sun Sihai ficou impaciente e lhe pediu que deixasse seus filhos pularem no lago congelado para aprender a nadar. A pessoa que trouxe a história não se importou nem um pouco, dizendo que, independentemente do nível de pensamento, se fosse importante apenas a vontade de suportar as adversidades e trabalhos árduos, todos em Jieling se tornariam o presidente, Mao Zedong.

Foram principalmente as mulheres que vieram à escola para assistir à emoção. Havia muitas mulheres que vieram, os homens naturalmente não vieram e, por sua vez, as repreenderam por serem paqueradoras. Elas não tinham chance de se casar com homens da cidade nesta vida, então elas queriam que os seus olhos fossem como iscas e que servissem para pegar aqueles homens de pele fina em seus corações. As mulheres que viram os pés descalços de Luo Yu se arrependeram e concordaram que Luo Yu não poderia suportar o clima gelado de Jieling.

O tempo estava bom, com muito menos geada pela manhã, e o sol do meio-dia ficava mais quente. Isto era um prenúncio da onda de frio que se aproximava. Talvez a temperatura caísse repentinamente quando houvesse uma rajada de vento soprando por trás das montanhas do norte, com a diferença variando de seis a sete graus Celsius para mais de dez graus Celsius.

Embora estivesse morno, os pés de Luo Yu ainda tinham leves.

Isso foi descoberto quando Wang Xiaolan veio à escola para lavar os edredons de Sun Sihai.

No início de novembro, a escola secundária da vila concedeu mais três dias de folga. O primeiro feriado foi o Dia Nacional. Quando Li Zi e Yu Zhi voltaram, disseram que Ye Biqiu quase tinha se afogado. Após um questionamento cuidadoso, ficou claro que Ye Biqiu caiu na lagoa no primeiro dia de aula, e Zhang Yingcai, que estava prestes a voltar para a capital provincial para ter aulas, a viu e resgatou da lagoa com mais de três metros de profundidade. Por causa desse acidente, quando a escola secundária da vila estava de férias novamente, as mães com filhos na escola secundária vieram todas ao playground da escola primária de Jieling para esperar por seus filhos. Wang Xiaolan deliberadamente arrastou algumas delas para ajudar o diretor Yu, Sun Sihai e Luo Yu a lavar e secar as roupas e os edredons em preparação para o inverno. Depois que as crianças apareceram, as mães correram para a casa do diretor Yu ou de Sun Sihai uma após a outra, pegaram a lancheira de plástico aquecida em panela e todas encheram o estômago das crianças com arroz frito com sal trazido de casa.

Quando Li Zi e os outros estavam devorando o arroz frito com sal como um lobo, Wang Xiaolan estava acariciando o chumaço de algodão do lado de fora com as duas mãos. Ele queria ver onde Sun Sihai estava, mas, quando olhou em volta, descobriu que Luo Yu estava segurando uma câmera na mão, olhando para as montanhas e campos ao longe, enquanto esfregava os calcanhares um no outro.

Wang Xiaolan perguntou: "O professor Luo sente coceira nos calcanhares?"

Luo Yu respondeu: "Sim. É como ser picado por cem mosquitos ao mesmo tempo".

Wang Xiaolan concluiu: "Deve ser queimadura de frio!"

Luo Yu nunca tinha experimentado lesão pelo frio: "Não, eu lavo meus pés com água fria em casa e não há problema".

Outros também não pensavam assim. Algumas mulheres até brincaram com Wang Xiaolan, que sempre estava tão atenciosa e carinhosa com os professores da escola.

Se fosse outra pessoa, ninguém levaria a sério queimadura de frio no rosto, muito menos congelamento nas mãos e nos pés. No máximo, lembraria que, depois de molhar os pés em água quente à noite, se devia queimar um rabanete branco no braseiro, cortá-lo e aplicar as fatias no local da queimadura de frio. Como isso aconteceu com Luo Yu, o diretor Yu e Deng Youmi discutiram várias vezes e acharam que era melhor persuadir Luo Yu a usar sapatos na aula. Os dois conversaram com Luo Yu separadamente, mas Luo Yu ainda não queria usar sapatos.

Não muito depois de Li Zi e Yu Zhi voltarem para a escola, veio a onda de frio pertencente a Jieling. Quando houve um barulho de vento à noite, podiam sentir que a temperatura tinha caído muito pela manhã sem sair da cama.

O diretor Yu pensou que Luo Yu recuaria com as dificuldades, mas, depois que o sinal da aula tocou, Luo Yu ainda entrou na sala de aula descalço. O diretor Yu estava um pouco ansioso, preocupado que, se algo desse errado, como descrito em alguns romances, e os dedos dos pés ficassem necróticos, teria problemas sérios. O diretor Yu não discutiu mais com Deng Youmi, mas foi procurar Sun Sihai, que nunca havia expressado sua opinião sobre o assunto.

Depois que Sun Sihai soube disso, ele tirou os sapatos sem dizer uma palavra.

Depois de terminar a terceira aula, Sun Sihai saiu da sala descalço.

Quando o viu, Luo Yu disse: "Como o professor Sun virou o Imortal Descalço?"

Sun Sihai respondeu: "O sol de ontem não estava bom e os sapatos lavados não puderam ser secos. Eles foram secos no braseiro à noite e foram queimados acidentalmente até virarem cinzas. Tive que pedir à mãe de Li Zi para fazer sapatos novos para mim!". Sun Sihai acrescentou: "Professor Luo Yu, traga sua câmera e tire uma foto desses quatro pés grandes. Se você tiver uma chance, poderá publicá-la em um jornal, para que outros possam entender nossa forte vontade de nos dedicar à causa da educação na montanha".

Luo Yu foi obediente e entregou a câmera ao diretor Yu em um piscar de olhos.

Quando o diretor Yu se agachou no chão para tirar fotos, Luo Yu continuou dizendo: "Que pena! Se houvesse neve, o significado desta foto seria ainda mais extraordinário".

O diretor Yu apertou o obturador três vezes seguidas antes de Luo Yu parar. O diretor Yu devolveu a câmera a Luo Yu e disse: "Mais tarde, você pode revelar o filme e dar a esta foto o título: 'Aluno-professor e professor local'. Pode enviá-las ao senhor Wang do jornal provincial".

Luo Yu parecia ter pensado nisso havia muito tempo: "Na minha opinião, esta foto deveria ser chamada de 'aluno-professor aprende com professor local'".

Depois que Luo Yu foi embora, Sun Sihai disse: "É hora de terminar".

Durante a aula da tarde, Luo Yu realmente parou de andar descalço. Olhando para os tênis nos pés de Luo Yu pela janela, o diretor Yu perguntou a Sun Sihai qual era o motivo. Sun Sihai analisou com raiva que, desde que Luo Yu trouxe a bandeira nacional para a escola primária de Jieling, ele sabia que esse jovem tinha um propósito em seu coração. Mais tarde, ele foi para as aulas descalço. A razão de ele ficar descalço por tanto tempo foi porque ele estava com vergonha de tomar a iniciativa de pedir a outras pessoas para tirar fotos, muito menos pedir a outras pessoas que ficassem descalças para acompanhá-lo.

Sun Sihai perguntou a Luo Yu mais tarde: "É mais confortável usar sapatos?"

Luo Yu disse: "Claro. Depois de andar descalço, me sinto mais confortável usando sapatos".

Depois que Luo Yu calçou os sapatos, sua aparência era mais adorável do que quando ele estava descalço.

Segundo o acordo assinado entre Luo Yu e sua *alma mater*, após dois anos de apoio ao ensino na escola primária de Jieling, ele seria diretamente recomendado para se tornar um aluno de mestrado de sua *alma mater*. Quando o inverno frio chegou, Luo Yu parou de mostrar serviço. Era difícil encontrar algo além de dificuldades que valesse a pena mostrar lá na escola primária de Jieling.

Depois que ela se acalmou, Luo Yu se tornou ainda mais popular entre os alunos.

Quer fosse menino ou menina, diziam que afinal o professor Luo Yu era um estudante universitário e que ele era muito mais moderno do que os professores locais nativos.

Depois de Zhang Yingcai e Xia Xue, os professores locais da escola primária de Jieling se acostumaram com o fato de que os alunos recebiam bem a chegada de novos professores como quadros que enviavam fundos de ajuda e concordavam com sua própria falta de habilidade. Sun Sihai, que tinha a autoestima mais forte, também disse que, se mais dois estudantes universitários viessem ensinar nas montanhas, ele, o diretor Yu e Deng Youmi prefeririam se retirar do estágio histórico da escola primária de Jieling. Depois que Ye Biqiu e os outros se formaram no verão, o novo semestre da escola primária de Jieling começou no outono. Não havia sexta série por enquanto, e não haveria sexta série até que o filho do chefe da aldeia e outros terminassem a quinta série. O diretor Yu disse ao diretor da unidade, Wan, que, se Luo Yu persistisse por dois anos, ele estaria confiante de que estaria entre os três primeiros na vila no próximo teste.

Ao contrário de quando Xia Xue esteve em Jieling, o diretor Yu nunca mencionaria a queda de neve, a menos que fosse absolutamente necessário. Mesmo que a garoa nublada parasse repentinamente e o vento norte soprando sobre a cabeça não estivesse tão úmido, com base na experiência, ele sabia que provavelmente nevaria e o diretor Yu ia pessoalmente à sala de aula para dizer a Luo Yu para sair da escola mais cedo, mas ele apenas dizia que o tempo mudaria.

Luo Yu perguntou meio confuso: se o tempo já estava ruim, como poderia mudar?

O diretor Yu insistiu em não mencionar a queda da neve, mas apenas disse que o mau tempo na montanha costumava ser inesperado.

A neve em Jieling era tão famosa quanto o fato de não haver estudantes universitários até então. O diretor Yu temia que Luo Yu fosse como Xia Xue. Ele disse que não estava com medo, mas, quando a neve realmente chegasse, ele se assustaria. Nesta época do ano anterior, o playground já estava coberto de neve branca. Naquele ano aconteceu algo estranho, obviamente o que aconteceu foi uma nevasca. A estação meteorológica do distrito previu neve leve à moderada na área de Jieling três vezes seguidas, mas no final nem mesmo um único floco de neve caiu. As pessoas mais ansiosas pela queda da neve foram o chefe da aldeia, Yu Shi, e o velho contador. No inverno anterior e naquela primavera, não enviaram nem um centavo de fundos de ajuda a desastres. Se um forte nevão ocorresse antes de final do ano, seria difícil para o município se esconder com argumentos de auto-salvamento. Com os fundos de assistência, poderão ser resolvidas algumas situações de emergencia, incluindo o salário dos professores particulares que estava atrasado há quase um ano.

Os professores locais da escola primária de Jieling não pensaram tão longe. Eles disseram que era Deus tentando manter Luo Yu ali e não queria assustá-lo com neve pesada.

No primeiro dia das férias da escola secundária da vila, o tempo não estava tão bom e todos em Jieling sentiram que iria nevar.

Wang Xiaolan também pensou assim. Quando ela estava esperando por Li Zi na escola, ela disse a Sun Sihai com ternura que não sabia quando seria capaz de molhar seus pés com água quente quando a neve caísse. Em um momento de excitação, Sun Sihai a pegou e a colocou na cama. No passado, Wang Xiaolan nunca ousara se entregar a Sun Sihai durante o dia, mas, desta vez, pensando na queda de neve, ela finalmente abriu uma exceção. Wang Xiaolan permaneceu no quarto de Sun Sihai até o último momento em que ela teve que sair. Ela não saiu com pressa até que nem teve tempo de arrumar o cabelo desgrenhado.

Quando Wang Xiaolan pegou Li Zi na casa do diretor Yu, Sun Sihai ficou no playground tocando flauta para mandá-la embora. De acordo com a estimativa de tempo, Wang Xiaolan e Li Zi já haviam chegado em casa, e Sun Sihai ainda estava lá, de frente para as montanhas e os campos, tocando a música familiar repetidamente.

O diretor Yu pediu a Sun Sihai que voltasse para casa. O vento norte era muito forte e ia congelar seus ossos e músculos depois de muito tempo. Sun Sihai largou sua flauta, assegurando ao diretor Yu que ele não era tão fraco quanto

Luo Yu. Depois que o Diretor Yu foi embora, Sun Sihai continuou a tocar flauta em êxtase. Não se sabia quanto tempo demorou, mas houve movimento atrás dele novamente.

Sun Sihai pensou que era o diretor Yu novamente, então ele disse: "Até mesmo Wang Xiaolan pode dizer que Luo Yu não ficará muito tempo em Jieling".

Inesperadamente, era Luo Yu parado atrás dele: "Você acha que não consigo entender a flauta de Jieling?"

Sun Sihai ficou pasmo: "O vento sopra e a flauta soa, não é nada especial, temo que você não consiga resistir à neve em Jieling".

Luo Yu também ficou surpreso: "Sim, eu também quero ver o quão difícil é a neve em Jieling!"

Depois disso, Sun Sihai se arrependeu muito. Ele não era mais jovem e deveria ser capaz de suprimir seu apego a Wang Xiaolan no fundo de seu coração. Não havia necessidade de exagerar, como um adolescente apaixonado, um pouco de melancolia para ser maior do que toda a montanha Laoshanjie. Se ele tivesse guardado a flauta antes, Luo Yu não teria ficado quieto com ele por meia hora no vento frio.

Naquela noite, Sun Sihai foi acordado por uma tosse violenta.

Ele pensou que era o diretor Yu. Quando Ming Aifen estava viva, o diretor Yu tossia a cada poucos dias, perturbando toda a escola primária de Jieling. Sun Sihai e Deng Youmi estavam acostumados havia muito tempo. Zhang Yingcai não estava acostumado quando tinha acabado de chegar. Ele disse que só porque o diretor Yu era o diretor ele não podia tossir como quisesse na escola. Claro que isso também era uma piada. Depois que Ming Aifen morreu, a tosse do diretor Yu desapareceu gradualmente. Sun Sihai abriu os olhos e olhou pela janela; sem pensar muito, adormeceu novamente.

Na manhã seguinte, Sun Sihai se lembrou do som de tosse à noite, então ele brincou e perguntou ao diretor Yu se ele ainda se lembrava do que Zhang Yingcai havia dito. Vendo que o diretor Yu não conseguia se lembrar, Sun Sihai repetiu as palavras de Zhang Yingcai. O diretor Yu ficou muito surpreso e disse repetidamente que não teve absolutamente nenhuma tosse na noite anterior, teve cem sonhos naquela noite e podia não se lembrar deles depois de acordar; mesmo que apenas tossisse uma vez, ele ainda conseguia se lembrar claramente deles.

Yu Zhi interveio: "Eu também ouvi, não foi o diretor Yu, foi o professor Luo Yu!"

O diretor Yu e os outros bateram apressadamente na porta de Luo Yu.

Depois de bater três vezes, Luo Yu atendeu.

Depois de abrir a porta, Luo Yu tossiu terrivelmente logo após dizer algumas palavras. Todos sentiram que o julgamento de Yu Zhi era o mais correto. Depois de tossir, Luo Yu disse que estava tudo bem. Apenas se virou, tossiu novamente. Quando ele terminou de se lavar e saiu formalmente de casa, todos perceberam que seu rosto estava um pouco anormal. Luo Yu se recusou a admitir e até se comparou com Sun Sihai, que estava na melhor condição física.

Luo Yu disse: "Se o rosto de um professor local tiver expressão melhor do que o meu, então ele não é um professor local".

Deng Youmi disse: "Professores locais só podem observar de perto a expressão facial de outras pessoas!".

Sun Sihai raramente elogiava Deng Youmi cara a cara, e disse que esta era a frase mais profunda que Deng Youmi disse nos últimos anos.

Luo Yu não cuspiu o muco de sua garganta só porque era jovem. A maioria das pessoas tosse e melhora à tarde. Luo Yu era diferente, desde antes do almoço até depois do jantar, a tosse nunca parou. Em meio à tosse violenta, houve também um som agudo e baixo. Luo Yu contou quatro dos comprimidos de alcaçuz compostos[16] em seu remédio regular e os engoliu. Depois de pensar por um tempo, ele sentiu que a dosagem usual podia não ser capaz de suprimir a tosse, então ele engoliu mais quatro.

O diretor Yu tossiu por muitos anos e nunca considerou isso uma doença grave, mas se recuperou sem saber.

A tosse de Luo Yu durou apenas um dia e uma noite, e o diretor Yu sentiu que algo estava errado. Antes de escurecer completamente, ele com rapidez pediu a Yu Zhi que fosse até a aldeia abaixo para encontrar alguém e pedir remédios emprestados.

Quando Yu Zhi era muito jovem, ele pedia remédios emprestados para Ming Aifen e já estava familiarizado com esse tipo de coisa. Depois de perguntar a várias pessoas, todos disseram que a tia de Ye Biqiu estava tossindo o tempo todo recentemente e que ela podia ter um remédio inacabado. Um aluno havia informado antes e, quando Yu Zhi chegou à porta, Ye Biqiu já estava o esperando com meio frasco de xarope para tosse.

Yu Zhi perguntou: "Por que você não pediu licença e voltou alguns dias antes?"

Ye Biqiu disse: "Minha tia está doente, voltei para ajudar a cuidar da criança".

Ye Biqiu segurava o remédio e se recusou a soltá-lo, insistindo que Yu Zhi falasse sobre a situação atual do professor Luo Yu, porque o diretor de sua classe quase tinha morrido de tosse havia um tempo atrás. Mais tarde, o diretor falou sobre isso

---

16 N. do T.: efere-se a uma preparação medicinal chinesa com alcaçuz e outras ervas como ingredientes principais, com propriedades anti-inflamatórias, analgésicas e supressoras da tosse.

em meio a aula e pediu a todos que fizessem anotações detalhadas. Yu Zhi voltou para a escola com xarope para tosse e com as anotações de Ye Biqiu, e, como ela, ele insistiu em pedir ao diretor Yu que lesse as anotações de Ye Biqiu com atenção.

Ye Biqiu gostava de fazer anotações quando estudava na escola primária de Jieling e, depois de entrar na escola secundária, suas anotações ficaram mais organizadas. O diretor Yu entendeu de relance. Ele seguiu as instruções nas notas, comparou a situação de Luo Yu e sentiu que estava tudo bem e não havia nenhum problema maior. Depois de discutir com Sun Sihai, pegou um pouco de houttuynia cordata e folhas de nêspera, fez uma decocção com as ervas e colocou um pouco de açúcar em rocha.[17]

Depois que Luo Yu bebeu a decocção em três porções, ele pareceu se sentir melhor.

Após o almoço de domingo, assim que Li Zi chegou à escola, ela e Yu Zhi foram convidar Ye Biqiu. Inesperadamente, Ye Biqiu disse com muita firmeza que nunca mais voltaria a estudar na escola secundária da vila.

Depois que Yu Zhi e Li Zi saíram impotentes, a tosse de Luo Yu ressoou por todo o campus.

O diretor Yu visitou sua casa várias vezes e, quanto mais olhava para ela, mais sentia que algo estava errado.

Quando estava escurecendo, o diretor Yu foi visitá-lo novamente e, depois de observá-lo por um tempo, todos os pelos de seu corpo se arrepiaram. As notas de Ye Biqiu diziam: tosse intensa pode levar a asma ou espasmo respiratório, então os sinais do paciente devem ser observados de perto. Se a asa do nariz se expandir, ou os músculos próximos à clavícula entrarem em colapso, ou o pulso bater repentinamente mais rápido, o paciente deve ser encaminhado ao hospital para tratamento de emergência, porque se trata de uma hipóxia grave no corpo humano, que pode ser um precursor da asfixia. A aparência de Luo Yu era quase assim.

O diretor Yu estava com medo de que seu julgamento fosse impreciso, então ele queria chamar Sun Sihai, e estava prestes a gritá-lo quando de repente se lembrou de que Wang Xiaolan ainda estava em seu quarto. Ele não podia bater na porta diretamente, mas ficou na beira do playground e gritou um transeunte, pedindo-lhe para dizer a Deng Youmi que o professor Luo Yu estava gravemente doente e que viesse à escola para ajudar.

Quando Sun Sihai abriu a porta e saiu, Luo Yu já havia começado a reclamar de aperto no peito.

Quando Deng Youmi chegou à escola, o rosto de Luo Yu ficou meio azul.

---

17 N. do T.: Os chineses acreditam que isso tem o efeito de aliviar a tosse e eliminar o catarro.

Em pânico, os três viraram uma cama de bambu, amarraram duas varas de bambu, fizeram uma maca e espalharam um edredom sobre ela. Depois que Luo Yu se deitou sobre ela, levantaram a maca e desceram correndo a montanha. No caminho, Luo Yu gritou alto, então eles pararam, e Sun Sihai, que era o mais forte, deu respiração artificial boca a boca.

Ao sair, o diretor Yu também pensou que, assim que encontrasse alguém caminhando à noite, ele deveria lhe pedir ajuda para carregar Luo Yu. Afinal, eles trabalhavam como professores particulares havia muitos anos e estavam um pouco exaustos. Depois de contornarem a última montanha e começarem a descer, ele viu pontos de luz à sua frente, então perguntou em voz alta: 'Quem está aí na frente?'. Depois que a voz ecoou no vale por um tempo, aquelas luzes desapareceram completamente. O diretor achou que ele estava delirando. Não muito tempo depois, as luzes apareceram novamente. Desta vez, ele pôde ver claramente que as luzes verdes diante de seus olhos eram emitidas por aqueles lobos que haviam tentado usar Li Zi como sua comida. Sun Sihai, que carregava a maca na frente, também descobriu, então estimulou deliberadamente Deng Youmi, dizendo que ele estava andando devagar e atrapalhando. Sun Sihai disse: "Não é de admirar que, quando subiu a montanha para roubar árvores, foi pego imediatamente".

Deng Youmi não podia ver o perigo à frente e subconscientemente respondeu: "Claro que o ladrão de árvores não pode ultrapassar o adúltero".

Sun Sihai disse: "De acordo com a teoria de Xia Xue, roubar uma árvore é um ato material, enquanto ter um caso é um ato espiritual".

Deng Youmi disse: "Trancar Wang Xiaolan no quarto durante o dia e abrir a porta até que seus olhos escureçam, que tipo de espírito é esse?"

Luo Yu, que estava deitado na cama de bambu, interveio: "Este é o espírito do amor!"

Ele tossiu violentamente outra vez depois de dizer isso. Então, Sun Sihai falou sobre Luo Yu novamente: "Nenhum de nós assistiu ao filme de Stephen Chow Sing-chi. Apenas me diga, se você continuar assim, realmente vai tossir seus pulmões para fora e poder pegá-los com as mãos?"

Luo Yu disse algo, todos não ouviram claramente. O diretor Yu, que estava explorando o caminho à frente, não prestou atenção a essas coisas. Ele segurou com força a machadinha que deveria carregar ao caminhar pelas montanhas à noite. Ele não se sentiu aliviado até que as luzes verdes gradualmente desaparecessem. Depois ele pegou a maca para que Deng Youmi descansasse um pouco, também contou a Deng sobre o perigo agora.

Deng Youmi repreendeu: "Afinal, são feras! Quanto mais urgente o assunto, mais problemáticos serão".

Geralmente levava quatro horas para percorrer a trilha da montanha em plena luz do dia, mas eles passaram apenas três horas, com uma lanterna com potência insuficiente.

O médico de plantão no centro de saúde da vila viu Luo Yu e, sem dizer uma palavra, pegou uma bolsa de oxigênio para ele e injetou fluido em sua veia. Provavelmente por não ousar fazer um diagnóstico sozinho, o médico de plantão ligou para o diretor, que estava dormindo em casa. Depois que o diretor chegou, ele disse repetidamente que Luo Yu tinha sorte. Alguém tinha tido a mesma doença havia algum tempo e alguns remédios foram temporariamente transferidos do hospital do distrito, mas não foram usados. Como o tempo estava frio, não precisavam armazená-los na geladeira, então eles os guardaram provisoriamente e não os devolveram. Caso contrário, Luo Yu só poderia ser enviado ao hospital do distrito para tratamento de emergência.

Ao questionarem, descobriram que o paciente anterior era de fato o professor da turma de Ye Biqiu.

O diretor do centro de saúde ouviu o relato do diretor Yu sobre o processo e suspirou que uma pessoa sem instrução podia se tornar um bom médico após uma longa doença, e uma pessoa educada podia se tornar um bom médico após apenas uma doença.

Ao amanhecer, os três estavam deitados na cama do hospital e cochilando, quando o diretor da unidade, Wan, apareceu com muitos flocos de neve na roupa. Depois de perguntar sobre a situação, ele acordou o diretor Yu e o pediu para levar Deng Youmi e Sun Sihai de volta à escola rapidamente, e ele providenciaria as coisas aqui. Ouvindo de Wan que estava começando a nevar lá fora, o diretor Yu foi até a janela para dar uma olhada. Com certeza, não havia neve no terreno plano e o gramado já estava branco. Wan os criticou dizendo que, em uma escola tão grande, nem um único professor tinha ficado. Depois que os alunos chegassem à escola, eles se tornariam crianças desacompanhadas. O tempo estava tão ruim, quem seria o responsável pelo acidente?

O diretor Yu acordou apressadamente Sun Sihai e Deng Youmi e disse a Luo Yu que ele era tratado como um professor estatal e que poderia ir à unidade de educação se tivesse algo para fazer, e o centro de saúde lhe daria remédios mesmo que ele não tivesse o dinheiro. Depois que Luo Yu tomou um remédio chamado aminofilina, sua tez melhorou e a tosse diminuiu. Luo Yu disse que poderia retornar à escola primária de Jieling em no máximo uma semana. Não se sabia se era por causa da tosse dele, mas, quando Luo Yu falou, ele era uma pessoa completamente diferente daquela que ia para as aulas descalço antes.

16

O diretor da unidade, Wan, acompanhou o diretor Yu e os outros até saírem do posto de saúde, comprou toda a dúzia de pãezinhos fritos em uma lanchonete à beira da rua e pediu que dividissem entre os três. Se não conseguissem comer todos, poderiam levar para casa para saciar a fome dos alunos hospedados na casa do Diretor Yu. O diretor Yu e Deng Youmi ofereceram um ao outro algumas vezes, e Wan disse que, se os três não tivessem trabalhado juntos para enviar Luo Yu para baixo a tempo para o resgate e se ele não conseguisse recuperar o fôlego e sufocasse para a morte na montanha, mesmo sendo um acidente, ele se sentiria muito culpado como diretor da unidade de educação. Sun Sihai disse que, como o diretor da unidade, Wan, era tão sincero, ele deveria comprar mais dez pãezinhos fritos, que os daria a Yu Zhi. Felizmente, o carinha era tão sério quanto o diretor Yu; caso contrário, dificilmente acreditariam que tossir mataria pessoas. Wan levou a sério e pediu ao dono da lanchonete que fritasse rapidamente dez pãezinhos fritos na panela.

Nesse momento, um corredor apareceu na ruazinha.

Wan reconheceu que a pessoa era o professor-conselheiro da turma de Ye Biqiu, então ele o chamou e elogiou pelo conhecimento prático e eficaz sobre asma que ele ensinou nas aulas.

O professor-conselheiro de sala de Ye Biqiu conheceu o diretor Yu. Sem falar policias, logo após o encontro ele começou a perguntar diretamente por que Ye Biqiu faltou à escola e voltou à casa e se ela planeja retornar às aulas. O diretor Yu concordou em ajudar a perguntar, se virou e perguntou o que tinha acontecido com Ye Biqiu na escola.

O professor-conselheiro também ouviu que, no dia em que Ye Biqiu veio se apresentar na escola secundária da vila, ela caiu estranhamente na lagoa ao lado da estrada e quase se afogou. Felizmente, seu professor Zhang Yingcai, que a ensinou na escola primária de Jieling, estava por perto e pulou no lago, salvando-a. Desta vez, o professor-conselheiro realmente não sabia por que Ye Biqiu deixou a escola sem se despedir. Ele só soube que, durante a aula de educação física na sexta-feira, Ye Biqiu teve sua menarca e foi levada às pressas de volta para o dormitório por várias colegas. As meninas na escola secundária enfrentavam o constrangimento da menarca todos os anos, mas Ye Biqiu foi a única que voltou sozinha para Jieling.

Depois de ouvir o que eles disseram, o diretor da unidade, Wan, também ficou preocupado. Quando Wan era professor local na escola primária de Jieling, a tia de Ye Biqiu foi sua aluna da primeira à sexta série. Mais tarde, Ye Biqiu não pôde ir à escola por um longo tempo. Wan encontrou sua tia, que pagou as mensalidades em seu nome, e ela entrou na escola. Porque estava dois anos atrasada, depois de entrar na escola secundária, Ye Biqiu ainda era a mais alta de sua turma, e uma pequena covinha redonda cresceu inesperadamente em seu rosto. Wan gostava de ir para a escola secundária sempre que tinha algo para fazer, mas não ousou reconhecer Ye Biqiu quando a encontrou. Wan não apenas se importava com Ye Biqiu, pois também lembrou a Sun Sihai que, embora Li Zi fosse dois anos mais jovem que Ye Biqiu, ela deveria aprender esse conhecimento antes.

O objetivo de Wan ao dizer essas palavras foi apontar para o futuro exame de admissão do ensino médio e o futuro vestibular. Ele também esperava que alunos como Ye Biqiu, Li Zi e Yu Zhi pudessem alcançar o avanço de zero para um no vestibular para a escola primária de Jieling.

Quando os floquinhos de neve caíam embaixo, sempre havia flocos de neve enormes na montanha. O diretor Yu e os outros haviam chegado apenas a meio caminho da subida da montanha quando a trilha ficou completamente coberta pela neve. A neve nas montanhas dos dois lados era ainda mais pesada. As pessoas geralmente não saíam nessa situação, e as pessoas que estavam lá fora eram como o diretor Yu e seus colegas, andando o mais rápido que podiam, e só queriam ir para casa o mais rápido possível. Depois de caminhar um pouco, vários homens com armas de fogo caseiras se aproximaram, um dos quais tinha trabalhado como professor local e era vice-chefe de uma aldeia vizinha. Ele disse que uma matilha de lobos apareceu naquela área ontem à noite e matou uma vaca, e um porco e um bezerro desapareceram. Deng Youmi se lembrou das palavras de Zhang Yingcai e lhes disse que era improvável que houvesse lobos naquela área. Se houvesse lobos, deveria haver uma cadeia alimentar correspondente. Uma vez que os produtos da montanha fossem abundantes, a vida das pessoas comuns ficaria rica. Dessa forma, a arrecadação de impostos do governo aumentaria e a vida dos professores locais melhoraria muito. O vice-chefe da aldeia, que era professor local, sentiu que Deng Youmi era muito pedante e estava prestes a se tornar um professor que sempre se expressava exibindo conhecimentos. Ele achava que lobo é fera e não havia necessidade de encontrar desculpas para isso, muito menos de se cegar com falsos conhecimentos que deixavam as pessoas cada vez mais confusas. Sun Sihai disse que eles haviam encontrado a matilha de lobos ontem à noite. Assim que o vice-chefe da aldeia ouviu isso, ele perguntou a Sun Sihai sobre a situação, pois queria encontrar o bezerro antes que a neve pesada fechasse a montanha. Mesmo que encontrassem uma perna de vaca, poderiam comer duas refeições com carne macia.

Cada um dos dois grupos de pessoas tinha seus próprios assuntos e cada um seguia seu próprio caminho.

Quanto mais pesada a neve se tornava, mais ansiosos o Diretor Yu e os outros ficavam.

Depois de finalmente escalar a montanha mais alta, Sun Sihai, que caminhava na frente, apontou para baixo e gritou: "Olha, a bandeira nacional!"

O diretor Yu e Deng Youmi deram alguns passos e viram a bandeira nacional trazida por Luo Yu voando brilhantemente sobre a escola primária de Jieling no meio do vasto campo de neve.

Havia muitos alunos jogando bolas de neve no playground. O diretor Yu olhou para o relógio e devia ser o intervalo antes da última aula da manhã. Justo quando o diretor Yu pensou que os alunos estavam brincando com a neve a manhã toda, o sinal da aula veio da direção da escola. Em um piscar de olhos, todas as pessoas no playground desapareceram.

O diretor Yu se sentiu estranho e não conseguia descobrir quem estava chamando os alunos para a aula.

Ao se aproximarem da escola, caminharam levemente. Através da janela, viram pela primeira vez os alunos da primeira série supervisionando uns aos outros e recitando o texto. Então viram a escrita no quadro-negro da terceira série: "Escreva uma composição de 300 caracteres baseada no som das flautas do professor Sun e do professor Deng durante a queda de neve".

Ao caminhar para a sala de aula da quinta série, o diretor Yu ouviu uma voz familiar dizendo: "A professora Xia Xue disse que os alunos da terceira série na cidade sabem resolver esta questão. Vocês são todos alunos da quinta série; se ainda não puderem resolver, não culpem os outros por dizerem que vocês são tolos e tolas, e não deem desculpas por Jieling não ter nem um estudante universitário há tantos anos!". Simultaneamente a essa voz, havia também o estalo do ponteiro batendo no quadro-negro.

O diretor Yu espiou pela porta traseira entreaberta. A questão de matemática no quadro-negro era: Preencha números como 123456789 em $\square.\square.\times\square=\square.\square$.

Uma rola que se alimentava na neve pousou no parapeito de outra janela. Quando alguns alunos viraram a cabeça para olhar, eles avistaram o diretor Yu e gritaram o nome dele. O diretor Yu não teve escolha a não ser se endireitar, chamar Sun Sihai e Deng Youmi e entrar na sala de aula junto com eles. Só então eles perceberam que era Ye Biqiu no pódio.

Todos ficaram atordoados. Foi Sun Sihai quem reagiu rapidamente e disse primeiro: "A pergunta que Ye Biqiu fez é muito interessante, todos deveriam fazer o que ela disse". Eles saíram da sala de aula e Ye Biqiu os seguiu timidamente.

Ye Biqiu queria dizer algo, mas o diretor Yu a interrompeu e pediu que ela voltasse e terminasse a aula.

De volta ao escritório, ninguém disse nada e todos os três tentaram resolver a questão que Ye Biqiu escreveu no quadro-negro. Depois de um tempo, Sun Sihai usou o método de eliminação para determinar que o multiplicador no meio só poderia ser 4. Assim que Sun Sihai estava prestes a explicar o porquê, Ye Biqiu entrou.

Ye Biqiu disse timidamente: "Eu vim para a escola de manhã para ver como estava a tosse do professor Luo Yu. Descobri que vocês não estavam lá, e Yu Zhuangyuan estava liderando toda a escola para uma guerra de bolas de neve, então discuti com ele e tranquei os alunos aqui na sala de aula para eles não brincarem de forma descontrolada e ocorreram acidentes".

O diretor Yu disse: "Vocês também ergueram a bandeira nacional?"

Ye Biqiu assentiu: "Quando Yu Zhuangyuan tocou flauta, ele cometeu erros algumas vezes. Os alunos da terceira série riram e não estavam sérios. Pedi-lhes que escrevessem uma composição sobre o tema de tocar flauta".

O diretor Yu disse: "Ye Biqiu, você fez um trabalho excelente. Quando voltar para Jieling depois de se formar na universidade, com certeza darei a você o cargo de diretor".

Houve uma alegria repentina na sala de aula da quinta série. O diretor Yu pediu a Ye Biqiu para voltar e dar uma olhada. Depois de um tempo, Ye Biqiu voltou e disse que Yu Zhuangyuan havia resolvido a questão no quadro-negro. Sun Sihai, que estava empenhado no cálculo, levantou a cabeça e disse que ele também conseguiu resolver. Sun Sihai entregou o resultado do cálculo escrito no papel para Ye Biqiu, e foi de fato igual à resposta de Yu Zhuangyuan. Ye Biqiu verificou o tempo, tinham se passado exatamente dez minutos. Quando Xia Xue fez essa pergunta, ela disse que, se demorasse mais de dez minutos, o QI seria quase o mesmo, quer a pergunta fosse resolvida ou não.

O diretor Yu ficou ainda mais feliz. Yu Zhuangyuan ganhou a honra para os alunos e Sun Sihai ganhou a honra para o professor. Se os alunos resolvessem, mas o professor não, ou nem o professor nem os alunos resolvessem e se a notícia se espalhasse, a reputação da escola primária de Jieling seria arruinada. Mais importante, o progresso de aprendizagem de Yu Zhuangyuan pode fazer com que o chefe da aldeia, Yu Shi, olhe para os professores locais da escola primária de Jieling com admiração.

Não havia muito tempo pela manhã. O diretor Yu reuniu todos os alunos na sala de aula da quinta série. Depois de falar brevemente sobre a doença do professor Luo Yu, ele se concentrou em seu espírito de ousadia para suportar as dificuldades. Se ele não tivesse vindo para a escola primária de Jieling para apoiar o ensino, não importa em qual escritório ele ficasse na capital da província, haveria aquecimento. Mesmo que a temperatura caísse para 40 graus Celsius negativos como na Antártida, não congelaria. Mas a vontade espiritual por si só não era suficiente, a ciência deve ser respeitada. Do ponto de vista científico, o corpo do Sr. Luo Yu não conseguia se adaptar às mudanças no ambiente de vida, então o médico diagnosticou sua doença como um ataque agudo de asma alérgica. O diretor Yu originalmente queria anunciar que o professor Luo Yu voltaria para a aula depois que a neve derretesse, mas finalmente ele não conseguiu dizer isso.

Depois da escola, ao meio-dia, o diretor Yu chamou Ye Biqiu para a casa dele e perguntou por que ela não foi à escola. Ye Biqiu abaixou a cabeça e saiu, dizendo que sua tia ficaria brava se ela voltasse tarde. O diretor Yu a seguiu e perguntou se ela realmente havia decidido não estudar.

Depois que Ye Biqiu caminhou até a porta, ela se virou e disse: "Quem disse que eu não estudaria mais?"

O diretor Yu disse: "Então você tem que voltar para a aula o mais rápido possível!"

Ye Biqiu disse: "Eu só não quero ir para a escola secundária".

Depois que ela foi embora, o diretor Yu descobriu que Ye Biqiu, que havia falado em nome dos formandos na cerimônia de formatura da escola alguns meses atrás, ainda era uma garota magrinha àquela altura e, em um piscar de olhos, ela se tornou uma garota linda e charmosa.

O diretor Yu estava segurando a tigela de arroz e, enquanto comia, foi procurar Sun Sihai. Ele pediu a Sun Sihai para falar com Wang Xiaolan e pediu a ela que perguntasse à tia de Ye Biqiu por que Ye Biqiu não queria ir para a escola secundária. Sun Sihai pediu ao diretor Yu que escrevesse um bilhete e mandasse um aluno entregá-lo. O diretor Yu pensou sobre isso, então ele pegou uma caneta, escreveu algumas linhas e falou brevemente sobre o assunto de Ye Biqiu. O diretor Yu entregou o bilhete a Yu Zhuangyuan e pediu que ele o entregasse a Wang Xiaolan imediatamente. Quando Yu Zhuangyuan foi embora, o diretor

Yu disse a Sun Sihai que na verdade estava escrevendo o bilhete de licença para Wang Xiaolan.

Não muito tempo depois, Wang Xiaolan veio. Ela entendeu e foi primeiro a Sun Sihai. O diretor Yu estava um pouco melancólico, pensando que os amantes estavam correndo tanto contra o tempo e esperando que nada de sério acontecesse no futuro.

Como ainda havia aula à tarde, a porta de Sun Sihai não ficou fechada por muito tempo. Assim que o sinal de preparação tocou, a porta se abriu.

Na segunda aula, Wang Xiaolan reapareceu no inverno vestindo uma magnífica casaco de flores vermelhas. Embora não fosse exatamente encantadora, o seu corpo, recentemente nutrido pelo amor, era bastante fascinante. Wang Xiaolan se destacou assim: fora da escola, ela parecia desgastada de cabeça aos pés; enquanto com Sun Sihai, se mostrava uma beleza natural. Quando os salários dos professores particulares foram ajustados para serem pagos em partes iguais pelos governos locais e da aldeia, cada um disbursando 35 yuan, Sun Sihai foi ao centro urbano e comprou essa sua casaco de flores roxas. Apesar de três invernos passados, o casaco não aparentemente nem desgastou nem deixou de ser frescamente adequado. O vento, carreando flocos de neve, soprava dela, e sua figura se mexeu subtilizamente, como se sentisse abraçada por um homem que ella amava. O diretor Yu, imperceptívelmente, recordou Ming Aifen naquela época, que também sorria de uma maneira irresistível.

O diretor Yu, que ficou emocionado com a cena, deixou escapar: "Você está tão linda hoje!"

Wang Xiaolan corou. Ela abaixou a cabeça e disse a Sun Sihai: "Fale com o diretor Yu, vou embora primeiro".

A relutância de Wang Xiaolan fez o diretor Yu sentir que ele acidentalmente interrompeu o feliz encontro deles. Felizmente, Sun Sihai estava acostumado com esse tipo de separação. Porém, neste momento, ele não podia tocar flauta para se despedir dela, mas apenas observá-la se afastando no vento e na neve com seus olhos.

Wang Xiaolan deixou uma mensagem dizendo que Ye Biqiu se recusou a ir à escola por dois motivos.

O primeiro motivo foi que, naquela manhã, uma garota da turma estava atordoada com um livro didático na sala de aula e foi repreendida pelo professor de matemática. Originalmente, não era da conta de Ye Biqiu que alguém fosse repreendido severamente, mas o professor de matemática não sabia que a idiota de Jieling que ele estava descrevendo era a mãe de Ye Biqiu. Ele também usou uma expressão extremamente feia e um tom de voz extremamente agudo para ridicularizar a garota, dizendo que ela devia ter sonhado que tinha a sorte de se tornar filha da idiota de Jieling que tinha que pegar um livro didático da primeira série para dormir.

O diretor Yu não pôde deixar de rir quando ouviu o segundo motivo.

Sun Sihai disse que Wang Xiaolan fingiu parar para ver se a tia de Ye Biqiu estava bem. As duas não eram parentes nem colegas de classe e suas experiências de vida eram bem diferentes: uma desfrutava da felicidade após o casamento e a outra sofria após o casamento, mas elas podiam se comunicar bem. Sempre que se encontravam, havia algo para falar. Wang Xiaolan esperou muito tempo antes de encontrar uma oportunidade e perguntou a Ye Biqiu por que ela não foi para a escola secundária. Quando a tia de Ye Biqiu disse que foi porque ela não tinha dinheiro para comprar absorventes, Wang Xiaolan quase riu. No entanto, os detalhes que a tia de Ye Biqiu disse não eram nada engraçados.

Ye Biqiu pôde continuar estudando na escola secundária porque sua tia tomou a decisão por ela. Antes de ela descer a montanha, sua tia disse a ela algumas coisas a que as meninas deviam prestar atenção depois de se desenvolverem. A tia cuidou dela desde criança e, sabendo que sua família era pobre, deu mais cinco yuans, pedindo-lhe que guardasse para comprar produtos para mulheres depois que chegasse a menarca. Além da mensalidade, o pai de Ye Biqiu deu a ela apenas dois yuans. Juntamente com o dinheiro dado por sua tia, era um total de sete yuans em mesada. Não muito depois do início da escola, ela ficou sem dinheiro para comprar o material escolar de que precisava todos os dias.

Quando a menstruação veio repentinamente, Ye Biqiu não teve escolha a não ser cortar jornais velhos e colocá-los em uma pilha, usar um saco plástico usado como base e amarrar tiras de pano ao redor da parte inferior do corpo. Até ficar sentada assim causaria problemas. Naquele dia, na aula de educação física, Ye Biqiu fez papel de boba na frente de seus colegas masculinos logo após correr alguns passos.

Ao voltar para o dormitório para trocar de roupa, a garota que foi repreendida pelo professor de matemática descobriu que estava faltando um absorvente higiênico, então ela suspeitou que Ye Biqiu o havia usado. As meninas do mesmo dormitório, para se safarem, também disseram que Ye Biqiu havia pegado. Quanto mais Ye Biqiu se recusava a admitir, mais a garota a pressionava. Ela também disse que sua mãe a ensinou que pegar emprestado um pacote de absorventes higiênicos entre mulheres era como homens passando cigarros um para o outro. Era melhor admitir já. Ye Biqiu foi levada às pressas, cerrou os dentes e jogou as coisas amarradas na parte inferior do corpo na frente da garota. As meninas do mesmo dormitório viram que o que ela usava não era absorvente higiênico, nem papel higiênico, todas riram às gargalhadas.

Depois que a tia de Ye Biqiu contou a Wang Xiaolan o que havia acontecido, Wang Xiaolan parou de rir.

Depois que Wang Xiaolan disse a Sun Sihai, Sun Sihai parou de rir.

Depois que Sun Sihai disse ao diretor Yu, o diretor Yu parou de rir.

Todos eles entenderam que isso era uma grande questão para Ye Biqiu. Jieling era um lugar pequeno e nunca houve nenhum grande evento. Todos consideram trivialidades do mundo de fora como assuntos importantes, assim como o diretor Yu e seus colegas. Embora tenham dado para Zhang Yingcai a cota estatal que finalmente haviam obtido, no fundo do coração ainda consideravam a transformação em professores estatais como um ideal para toda a vida.

A tia não conseguiu persuadir Ye Biqiu, então ela só pôde seguir os desejos da sobrinha e pensar com alívio que, se ela pudesse terminar o ensino fundamental, seria capaz de lidar com a vida cotidiana no futuro. Se realmente não conseguisse, os conhecimentos de Ye Biqiu da escola primária eram sólidos e quase serviriam para tudo. Ye Biqiu decidiu cuidar do filho de sua tia por dois anos antes de sair para trabalhar. Claro que ela ainda queria estudar, mas não queria mais ir para aquela sala chata para estudar.

Quando os três professores locais da escola primária de Jieling estavam discutindo juntos, Deng Youmi sentiu que era uma pena. De acordo com a situação de Ye Biqiu na escola primária, ela, Li Zi e Yu Zhi poderiam se tornar as três garantias para alcançar um avanço no vestibular para Jieling. Se Ye Biqiu não estudasse, só havia duas garantias. Deng Youmi também sentiu que a tia de Ye Biqiu queria manter sua sobrinha ao seu lado para cuidar do filho, então ela não fez o possível para convencê-la. Tanto o diretor Yu quanto Sun Sihai discordaram dele. Quanto melhores as notas de um aluno, mais fraca era sua qualidade psicológica. Se a forçassem a ir à escola, ela podia sofrer de problemas psicológicos. No final, não apenas não havia esperança de ir para a faculdade, mas até mesmo a chance de ser uma pessoa comum se foi. Quanto à tia de Ye Biqiu, que queria manter a sobrinha ao seu lado para cuidar da criança, não havia razão para especular. A filha mais nova do antigo chefe da aldeia conhecia melhor os desejos do antigo chefe da aldeia. Se Ye Biqiu conseguisse realmente entrar na faculdade, sua tia poderia desenterrar o antigo chefe da aldeia e relatar a grande notícia a ele pessoalmente.

Durante o período da queda de neve ao derretimento, quando os três professores particulares conversavam, sempre que Ye Biqiu era mencionada, todos suspiravam.

Após cerca de duas semanas, a trilha na montanha finalmente foi aberta.

As poucas cartas entregues pelo carteiro ainda eram consequências do artigo que Zhang Yingcai havia publicado no jornal provincial e não tinham nada a ver com Luo Yu, em que o diretor Yu estava pensando.

Assim que o carteiro foi embora, chegou o médico regularmente enviado pelo posto de saúde da vila para visitar as aldeias. O médico visitante disse que havia apenas uma paciente com sequela de cirurgia de planejamento familiar que permaneceu no posto de saúde da vila, e os outros pacientes já tiveram alta do hospital. O diretor Yu achou muito estranho e se sentiu inquieto, então decidiu descer a montanha para dar uma olhada.

A trilha da montanha era a mais difícil de percorrer quando a neve derretia. O diretor Yu levou uma manhã inteira para chegar à vila.

Ele tinha medo de que as pessoas falassem que ele veio só para comer, então passou na unidade de educação, mas não entrou, e foi primeiro ao posto de saúde.

A situação era exatamente como o médico visitante disse, uma mulher de boa aparência ficava em uma enfermaria e Luo Yu havia ficado na outra e não havia ninguém nela. A mulher, sem nada a fazer, veio procurar conversa. Segundo ela, Luo Yu viveu naquele quarto por apenas três dias, antes de ser levado por seus pais.

Os pais de Luo Yu discutiram no caminho e, depois de entrarem na enfermaria e verem que Luo Yu estava em boas condições, começaram a discutir novamente. A mãe de Luo Yu disse que foi ela quem deu à luz seu filho e só ela sabia o quanto estava angustiada. Desta vez, ela nunca daria ouvidos a ninguém e deveria levá-lo de volta à capital da província. Então ela repreendeu o pai de Luo Yu por ser um mentiroso. Antes de se casar, ele escondia o fato de que o avô de Luo Yu morreu de asma em uma idade jovem. Não foi até Luo Yu ficar doente que ela repetidamente o questionou e descobriu que havia algo errado com a genética da família Luo. O pai de Luo Yu odiou isso e disse que a mãe de Luo Yu também não tinha bons genes. Durante os trezentos e sessenta e cinco dias de um ano, exceto no período da véspera de Ano-Novo até o quarto dia do primeiro mês lunar, nos outros trezentos e sessenta dias, ela tomava mais remédios do que comida todos os dias. A mãe de Luo Yu disse com confiança que sofria de doenças ginecológicas e não as transmitiria ao filho. A posição de Luo Yu era a mesma de seu pai, e não era bom deixar sua mãe triste. O pai e o filho aproveitaram a oportunidade de ir ao banheiro para discutir e decidiram voltar para a capital provincial por enquanto e continuar a ensinar depois que a primavera começasse e o clima ficasse mais quente.

Ele também ouviu o mesmo do médico.

O diretor Yu se sentiu mais à vontade. Voltando-se, ele ainda decidiu ir à unidade de educação para dar uma olhada. Uma vez que entrou, ouviu Li Fang incomodada com o diretor Wan, chamando-o de coração de lobo e pulmão de cachorro, pior que uma fera, pois mesmo animais sabia trazer osso para sua den. Se ela soubesse que nunca conseguiria se livrar de professores locais pelo resto da sua vida, não teria ajudado Wan a se tornar estatal. Vendo que a situação não era boa, o diretor Yu voltou pelo caminho original antes que Li Fang o descobrisse.

Não se sabia donde veio o cheiro de pãezinhos cozidos no vapor. O diretor Yu sentiu fome. Ele estava com vergonha de comer a comida que trouxe com ele na rua. Depois de caminhar um pouco pela estrada principal e virar para a pequena estrada que levava a Jieling, ele tirou algumas batatas-doces do bolso e as engoliu rapidamente. Embora o Sol estivesse forte, o tempo ainda estava muito frio. As batatas-doces cozidas no vapor pela manhã já haviam esfriado completamente. Não havia sopa quente ou água quente e ele as comeu à força. Seu estômago ficaria imediatamente desconfortável. Depois de quase uma hora de caminhada, alguns pedaços de batata-doce ainda davam cambalhotas no seu estômago.

Passando pela Pequena Aldeia da Família Zhang, o diretor Yu descobriu que a bicicleta de Wan estava estacionada do lado de fora da porta de uma família. Ele estava meio feliz. Se Wan estivesse dentro, seria mais conveniente entrar e pedir uma xícara de chá. O diretor Yu olhou pela porta entreaberta e a pessoa sentada na sala principal era realmente Wan. O diretor Yu não pensou muito, parou na porta e chamou o nome dele. Vendo que era o diretor Yu, Wan também não pensou muito sobre isso, então ele pediu que ele entrasse e se sentasse e disse que tinha algo para discutir com ele.

Depois que o diretor Yu entrou na sala, ele primeiro repetiu a repreensão que ouviu na unidade de educação. Wan disse, impotente, que de vez em quando havia um drama em casa.

Wan apresentou Lan Xiaomei, que trouxe o chá, e então brincou: "Ela é minha amante secreta de que todos vocês comentam em particular, mas na verdade ela é meu primeiro amor".

Lan Xiaomei disse francamente: "Cuidado, sua mulher velha vai saber disso!"

Wan disse: "Se você não tivesse dificuldade em aceitar quando lhe pedi em casamento, você seria a mulher velha".

Lan Xiaomei disse: "Felizmente eu não aceitei, caso contrário você teria se tornado traidor".

Wan disse: "Não necessariamente. Se eu realmente me casasse com você, provavelmente como o diretor Yu, me tornaria um professor local com paz de espírito".

Lan Xiaomei disse: "Você está falando besteira de novo. Isso não é paz de espírito, mas resignação".

Lan Xiaomei não quis mais falar, se virou e foi até a cozinha.

O diretor Yu não pensou se eles estavam realmente brincando ou apenas encobrindo.

Wan tateou no bolso e finalmente tirou uma carta, que foi escrita para Wan e reencaminhada ao diretor Yu, pelo diretor Wang do jornal provincial, que havia visitado a escola primária de Jieling sem avisar.

O diretor Wan, divorciado de sua ex-esposa havia quase vinte anos, finalmente encontrou a companheira de vida e se casou novamente após retornar da escola primária de Jieling. O diretor Wang acredita que foi a pureza natural de Jieling que o fez recuperar a beleza do casamento. Agora sua esposa estava grávida de sete meses. Por causa de sua afeição especial por Jieling, ele pediu aos dois que ajudassem a encontrar uma adolescente local com ensino fundamental para cuidar do bebê em sua casa. Além de alimentação, roupas, moradia e transporte incluídos, o salário líquido era de 120 yuans por mês no primeiro ano e de 150 yuans por mês no segundo ano, que aumentava ano a ano. Claro, a premissa era de que a criança pudesse ir ao jardim de infância antes que a moça pudesse pedir demissão. Superficialmente, estava pedindo ajuda, mas na verdade era tarefa que devia ser feita. O diretor Wang explicou o plano na carta. Depois que a pessoa fosse encontrada, ela iria à casa dele após o Ano-Novo. Depois de se conhecerem por um mês, quando sua esposa desse à luz, ajudaria muito e não seria incapaz de fazer nada.

O diretor Yu estava pensando em Ye Biqiu enquanto lia a carta.

Depois de ler, o diretor Yu não disse nada.

Wan não disse isso diretamente, mas coçou a cabeça e adivinhou que o diretor Wang tinha cinquenta anos.

O diretor Yu lembrou muito claramente que o próprio diretor Wang disse que seu nome era Wang Jiefang, então ele só podia ter nascido em 1949.

O diretor da unidade, Wan, imediatamente exclamou: "Tem a mesma idade que eu! Realmente tem muita sorte de ter um bebê nessa idade e tem que criá-lo como príncipe".

O diretor Yu riu: "Diretor Wan, apresse-se e trabalhe duro, não se atrase!"

Lan Xiaomei apareceu com uma tigela de ovos escalfados e disse a Wan com um meio sorriso: "Algumas pessoas têm medo de levar prejuízo em tudo e querem tirar proveito de tudo. Receio que eles acabem com a vantagem, e a perda será enorme".

Lan Xiaomei colocou os ovos escalfados na frente do diretor Yu e explicou que as galinhas se recusavam a botar ovos no inverno, então restavam apenas dois.

Wan disse do lado: "Embora eu tenha chegado cedo, comi frito com sal, é refeição para crianças mimadas. Uma tigela com dois ovos escalfados é para o chefe de família".

O rosto de Lan Xiaomei estava levemente corado: "O que você está fazendo, mesmo? Não se parece com ninguém que tenha sido um professor. Sua língua vem cada vez mais se parando como de alguém na liderança".

Se Lan Xiaomei não tivesse falado, o diretor Yu poderia ter interpretado as palavras de Wan como uma conversa comum. Os costumes vivos na Pequena Aleia da Família Zhang e Jieling eram os mesmos. Os mais velhos faziam uma tigela de arroz frito com sal para os filhos, a fim de expressarem seu grande amor. Os adultos que comiam arroz frito com sal seriam ridicularizados por não terem crescido. O método de fazer ovos escalfados era mais particular. Geralmente, para receber convidados, um era muito pequeno, dois eram considerados uma maldição, três era ímpar, quatro era azar. Se você realmente queria fazer ovos escalfados, pelo menos seis de cada vez, isso era demais. Portanto, a maioria das mulheres não cozinhava facilmente ovos escalfados. Também havia exceções. O marido trabalhava fora durante o dia e fazia amor com a esposa à noite. Especialmente durante a alta temporada agrícola, a esposa tinha medo de que o marido não aguentasse. Ocasionalmente, ela cozinhava dois ovos escalfados antes de ir para a cama. Tal amor entre marido e mulher ia acrescentar um pouco de diversão. A mulher deixava o marido comer sem contar aos filhos, e a felicidade depois faria com que os dois sentissem que não havia maior felicidade no mundo do que isso. Desde que Ming Aifen adoeceu, a tigela de ovos escalfados servida para o diretor Yu foi a primeira em tantos anos.

Pensando nisso, o diretor Yu corou de repente.

Wan aproveitou para dizer: "Você pode ajudar no assunto que o diretor Wang pediu?"

O diretor Yu pensou em Ye Biqiu novamente, mas disse: "Receio que não haja uma pessoa adequada".

Wan ficou chateado: "Yu, você pode não querer que eu dê o nome da pessoa!"

O diretor Yu entendeu que Wan também pensou em Ye Biqiu. Ele disse: "Você e eu não podemos tomar decisões sobre esse tipo de coisa. Primeiro, a menina deve estar disposta e, segundo, os pais devem estar dispostos a deixar o passarinho sair da gaiola".

Wan disse: "Você ensinou todas as crianças em Jieling, então não seja modesto. Vou escrever de volta ao diretor Wang para ele ficar tranquilo".

O diretor Yu disse: "Com um salário tão generoso, só o dinheiro é duas vezes melhor do que ser um professor local. Até eu quero ser uma babá".

Wan disse: "As pessoas que trabalham como professores locais não julgam os heróis por sua renda. Foi você quem disse isso!"

O diretor Yu não teve escolha a não ser dizer outra coisa: "Você pode nos enviar outro aluno-professor?"

O diretor da unidade, Wan, disse: "Você já ouviu falar sobre Luo Yu? Não é fácil ser aluno-professor. Quando você sai da universidade, tem que tirar os sapatos de couro e andar descalço. Naquela época, os jovens intelectuais iam para o campo, mas, depois que eles sossegavam, seus corações não conseguiam sossegar. Porém, os alunos-professores acalmam primeiro o coração, depois se estabelecem. Tal pessoa é muito rara, então não podemos tratá-la muito mal. Prometi ao pai de Luo Yu que, se Luo Yu puder vir depois que o tempo esquentar, vou deixá-lo dar aulas na escola primária central da vila. Desta forma, posso transferir um professor da escola primária central para sua escola".

O diretor Yu disse: "Você não pode enviar alguém que cometeu erros".

Wan disse: "Você acha que não tenho nenhum prestígio e não posso mandar ninguém exceto aqueles que foram punidos? Tenha cuidado, senão vou colocar a cunhada do chefe da vila na sua escola. Você vai gostar".

O diretor Yu disse: "Bem, isso é legal. Eu gostaria de ver quem é mais poderoso entre o chefe da aldeia e o chefe da vila!"

Depois de brincar um pouco, o diretor Yu se levantou e se despediu.

Wan de repente se lembrou de algo. Ele encontrou uma carta na pasta de couro preta pendurada na parede da sala principal, dizendo que Luo Yu havia pedido a ele para entregá-la ao diretor Yu antes de partir.

Depois que Wan acompanhou o diretor Yu até a porta, ele quis se virar e voltar para a sala.

Lan Xiaomei pegou a pasta de couro preta e a enfiou nos braços, pedindo-lhe que voltasse a trabalhar na unidade de educação o mais rápido possível.

A audição do diretor Yu era muito boa e ele pôde ouvir claramente após uma dúzia de passos.

Wan sussurrou tristemente: "Eu realmente não quero ver aquela tigresa novamente".

A voz de Lan Xiaomei era ainda mais triste: "Wan, você não pode pisar em dois barcos, comer da tigela e olhar para a panela. Você me disse como o diretor Yu era bom para sua esposa, que era um fardo para ele, e também disse que as mulheres dão tudo aos homens, e os homens devem ser responsáveis por tudo das mulheres. Não podem apenas gostar de coisas boas e não gostar de coisas ruins".

O diretor Yu não precisou se virar para ver a aparência indefesa de Wan. Ao ouvir o que Lan Xiaomei disse, ele também lembrou que Ming Aifen havia pedido o divórcio voluntariamente quando estava doente na cama e sua vida era pior que a morte. Ele realmente disse tais palavras para ela.

Com dois ovos escalfados quentes, uma xícara de chá perfumado e essas palavras comoventes, o diretor Yu se sentiu extremamente satisfeito.

No caminho, ele abriu a carta de Luo Yu e a leu enquanto caminhava.

Na carta, Luo Yu disse algumas palavras de agradecimento e também algumas palavras sérias sobre sua insatisfação com a vida política rural em Jieling. O principal foi que esperava que os professores também se aperfeiçoassem ao ensinar os alunos. Luo Yu deu um exemplo. Para animar a aula de chinês, quando Sun Sihai contou o texto sobre a história de Mao Zedong, ele deliberadamente falou as palavras do texto no tom de Mao Zedong e chamou a si mesmo de Mao Runzhi várias vezes. Isso não estava certo. Runzhi era o zi de Mao Zedong, não seu nome, só podia ser usado por outros, não por ele mesmo. Porque, no passado, as pessoas achavam desrespeitoso chamar umas às outras diretamente pelo nome, então usavam zi para mostrar respeito. Portanto, o zi é um título honorífico e não pode ser usado para se referir a si mesmo. Mao Zedong não podia chamar a si mesmo de Mao Runzhi. Assim como Chiang Kai-shek,Kai-shek é seu zi, ele não podia se chamar de Kai-shek, ele só podia se chamar de Chiang Chung-cheng. Luo Yu também citou vários outros exemplos, todos bem fundamentados. Um deles estava falando sobre o diretor Yu. Certa vez, o diretor Yu criticou um aluno por não ter ido às aulas por alguns dias, usando a expressão "Jiu Jia Bu Gui", o que foi um erro por conta própria. O caractere "gui" significava devolver nessa expressão em vez de voltar. "Jiu Jia Bu Gui" significava não devolver depois de muito tempo.

O diretor Yu corou no início, mas gradualmente sentiu uma admiração sincera por Luo Yu, que não apenas apontou os erros que ele mesmo cometeu mas também a falácia de Sun Sihai sobre "deixar na poeira" e "ficar na poeira" também foi considerada por ele e Deng Youmi como uma manifestação concreta do nível de ensino mais alto de Sun Sihai do que dele.

Como se tivesse uma motivação extra, o diretor Yu voltou para a escola primária de Jieling sem parar.

Porque estavam esperando por suas notícias, Deng Youmi e Sun Sihai ficaram no escritório depois da aula.

O diretor Yu explicou tudo o que aconteceu hoje.

Depois de ler a carta de Luo Yu, Deng Youmi e Sun Sihai coraram por um tempo, como o diretor Yu, e cada um disse algo para expressar sua vergonha e vontade de tentar melhorar a si mesmos.

Quanto às últimas palavras de Lan Xiaomei para Wan, o pensamento de todos era o mesmo do diretor Yu. Se eles apenas ouvissem as lendas anteriores, eles teriam pensado que Lan Xiaomei era realmente paqueradora.

Depois disso, o pensamento de todos se concentrou em como dizer a Ye Biqiu para ir à casa do diretor Wang para cuidar do bebê.

Sun Sihai disse de repente: "Diretor Yu, acho que você e Lan Xiaomei estão destinados".

Deng Youmi disse antes do diretor Yu: "Não considere os outros como você mesmo. Quando você vê uma mulher, você quer se casar".

Sun Sihai disse: "Você tem uma esposa, então não precisa mais se casar. O diretor Yu é diferente! Realmente, o primeiro amor do diretor da unidade, Wan, deve ser bem lindo".

Deng Youmi disse: "Esse não é necessariamente o caso. Você conhece a esposa de Wan?"

Sun Sihai disse: "Pregar peças e trocar interesses são hostis ao amor".

Deng Youmi disse: "Mas ele ainda tem que beijar e fazer sexo com aquela mulher".

O diretor Yu finalmente interveio e disse: "Não preciso que vocês dois se preocupem com meus assuntos pessoais por enquanto. Diretor Sun, você deveria pensar no que fazer com Wang Xiaolan!"

Sun Sihai disse: "Eu pensei sobre isso há muito tempo. Dentro de três anos, deve estar completamente resolvido".

Deng Youmi brincou: "Não nos assuste com os meios extremos de matar todos".

Sun Sihai respondeu com um sorriso: "Enquanto o Sr. Deng estiver no mesmo barco que eu para compartilhar as dificuldades, ousarei ser implacável!"

O diretor Yu os interrompeu: "Quanto mais você fala, mais ridículo você fica. Como pode ser professor?"

O diretor Yu trouxe a conversa de volta ao assunto que o diretor Wang pediu para fazer.

Todos achavam que Ye Biqiu era a candidata certa. Se Zhang Yingcai ainda estivesse na escola primária de Jieling, seria natural para ele convencer a família de Ye Biqiu. Tudo acontece por causa das pessoas e também deve se resolver por causa das pessoas. Zhang Yingcai saiu e era inútil falar sobre isso.

Os três discutiram por uma semana, mas não conseguiram encontrar uma boa solução.

Arrastar uma adolescente para fora de sua casa e colocá-la na casa de um estranho que ela não conhecia bem é algo de privação do amor de outros que somente traficantes de pessoas podem fazer. No final da discussão, todos finalmente chegaram a um acordo: o diretor Wang esteve em Jieling, todos tinham uma boa impressão dele, e a remuneração escrita em sua carta de atribuição também era muito boa. Para uma menina que estava na adolescência e tinha no máximo sete yuans no bolso, sua renda mensal líquida seria mais que o dobro da dos professores locais da escola primária de Jieling após um ano. Esse tipo de coisa boa não podia ser encontrada mesmo procurando em todos os lugares. Portanto, eles tinham confiança para ir até a porta dela e explicá-la diretamente.

Enquanto conversava, o diretor Yu tomou uma decisão definitiva e pediu a todos que fossem juntos à casa da tia de Ye Biqiu.

Depois de entrar pela porta, eles descobriram que os pais de Ye Biqiu estavam lá.

Ye Biqiu pensou que eles estavam ali para persuadi-la a ir para a escola secundária novamente, então ela disse ao pai: "Mesmo se você concordar, eu não irei, eu já sei estudar sozinha".

Seu pai pediu que ela fizesse chá, mas ela o ignorou. A tia de Ye Biqiu saiu do quarto vestindo um sobretudo militar e sussurrou: "Seja sensata!"

Ye Biqiu imediatamente mudou sua atitude, empurrou sua mãe, que estava segurando o bule em transe, e fez isso sozinha.

O diretor Yu aproveitou a oportunidade para pegar a carta do diretor Wang e entregá-la à tia de Ye Biqiu.

Depois de ver, a tia de Ye Biqiu chamou Ye Biqiu e seus pais para o quarto.

Não havia mais ninguém na sala principal, o diretor Yu e os outros conversavam baixinho. Porque ela estava visitando sua irmã mais nova, a mãe de Ye Biqiu estava bem-vestida, segurando um livro na mão, e sentada lá lendo decentemente. Não dava para saber que ela era uma deficiente mental. Deng Youmi disse que os tolos eram quase todos sólidos e só podiam comer, mas não beber. A maioria das tolas eram ocas e podiam entender as coisas e cuidar de si mesmas.

De repente, a mãe de Ye Biqiu começou a chorar e gritou bem alto: "Filha, você tem que ir tão longe. Quando a mãe sente sua falta, nem pode chorar!"

O pai de Ye Biqiu persuadiu: "É bom deixar minha filha sair para ver o mundo. Quando Biqiu voltar para o Ano-Novo, vai comprar roupas novas para você".

A mãe de Ye Biqiu ainda estava chorando. A tia de Ye Biqiu disse em voz alta: "Irmã, foi papai quem disse que ele quer que sua neta saia para ver o mundo. Ver o mundo também é uma forma de estudar".

A mãe de Ye Biqiu parou de chorar imediatamente e respondeu em voz alta: "Ler livros é bom! Você não tem permissão para comer sem estudar!"

O diretor Yu e os outros trocaram olhares e sorriram levemente.

Como esperado, o pai de Ye Biqiu levou a filha para fora e disse educadamente: "Obrigado aos professores, vocês não apenas trataram bem minha filha quando lhe ensinavam. Mesmo depois de ela sair da escola, vocês ainda se lembram da minha filha quando há coisas boas. Discutimos isso e não há muito para arrumar. Depois do Ano-Novo, compramos algumas roupas, vocês definem uma data, e Biqiu vai com vocês".

O pai de Ye Biqiu também teve uma ideia mais simples e acessível. Antes que a menina se tornasse adulta, se ela cuidasse do filho de um grande repórter na capital provincial por alguns anos, aprendendo os métodos como os pessoas do topo criam seus filhos desde o manhã até a noite, ela terá experiência futura quando se casar e tiver filhos. Sua própria vida podia não ser muito promissora, mas sempre seria de grande benefício para a próxima geração.

Sem suar a camisa, uma coisa importante foi feita. O diretor Yu e os outros estavam interessados apenas em serem felizes e não pensaram cuidadosamente nas palavras do pai de Ye Biqiu.

Depois de dormir até meia-noite, o diretor Yu acordou de repente, e o som de uma flauta batia na janela repetidamente. O diretor Yu ficou um pouco irritado e não pôde deixar de ficar com raiva de Sun Sihai em seu coração. Pensou que, se ele realmente tivesse algo em mente, poderia acordar cedo e oferecer um bastão de incenso na frente do Bodhisattva, em vez de tocar a flauta sem parar no meio da noite. Depois de um tempo, o diretor Yu o perdoou novamente. O tempo em que Sun Sihai tocava flauta era quase igual à idade de Li Zi. Quando Ming Aifen estava viva, a vida não poderia ter sido mais difícil, mas não se incomodou com a flauta dele. Parecia que o problema ainda estava com ele próprio. Pensando dessa forma, ele se lembrou que, quando Sun Sihai discutiu sobre Ye Biqiu com Deng Youmi naquele dia, o que ele disse no final devia ter machucado a ferida que Sun Sihai já tinha em seu coração. Aliás, quem não tinha feridas no coração! O casamento que Sun Sihai mencionou, a tigela de ovos escalfados que Lan Xiaomei preparou, essas eram as dores que os outros não podiam sentir.

As pessoas são assim, quanto mais não conseguem dormir, mais gostam de pensar em muitas coisas.

Mais tarde, o diretor Yu ficou com raiva de si mesmo. Ele se levantou da cama e disse para si em direção ao quarto escuro: "Dez fortes nevascas, apenas uma caiu. É muito cedo para chegar a primavera. Um homem de cinquenta anos pode não conseguir ter ideias obscenas!"

Quando se deitou novamente, o diretor Yu de repente se lembrou das palavras do pai de Ye Biqiu: Ye Biqiu vai com vocês. Isso significou pedir que mandassem alguém para levar sua filha para a capital da província.

17

À medida que o Ano-Novo Chinês se aproximava, outra neve caía.

Só esteve nublado por dois dias antes, e nem teve chuva leve. Sem uma queda na temperatura da superfície, a neve não se acumulou. As ruas com tráfego de pedestres logo estava desimpedidas.

No playground da escola primária de Jieling, podiam ser vistas pessoas que trabalhavam fora todos os dias. Fossem homens ou mulheres, a primeira coisa que faziam quando voltavam de uma longa distância era vir para a escola ver seus filhos. Teve gente que passou e nem entrou em casa, ficou do lado de fora da sala com a bagagem nas costas e, quando o filho saiu da aula, o abraçou imediatamente. Esse tipo de intimidade levou até os olhos do diretor Yu às lágrimas. Se uma criança não estava bem e se aconchegava nos braços de seus pais, e usava sua mão pequena para levar a mão grande dos pais ao local dolorido em seu corpo e acariciá-la algumas vezes, a mãe frequentemente começava a chorar. As crianças de Jieling se conheciam bem, nessa hora se reuniam, batiam palmas e gritavam no mandarim ensinado na escola: "O pai de Fulano voltou!". Por mais difícil que fosse trabalhar fora, as pessoas iam tirar alguns doces de suas sacolas e distribuí-los um a um, fosse um aluno velho ou novo, todo mundo tinha um ou dois.

Portanto, a celebração do Ano-Novo Chinês em Jieling começava quando os trabalhadores migrantes retornavam à sua terra natal.

As pessoas do comitê da aldeia vinham à escola quase todos os dias para ver quais trabalhadores migrantes haviam voltado e julgavam sua renda com base nos presentes que traziam para seus filhos. Tinham por finalidade instar tempestivamente ao pagamento de diversos impostos e taxas devidos no ano corrente ou em anos anteriores. Mas não importava qual fosse o resultado do julgamento, eles não iriam imediatamente para a casa de outras pessoas para cobrar dívidas. Depois de muitos anos de afastamento e separação de familiares, eles finalmente conseguiam se reunir. Se aparecesse de repente um cobrador de dívidas, com certeza seria considerado uma praga e odiado pelos outros.

Todas as noites, depois que a bandeira nacional era baixada, o diretor Yu e Deng Youmi deixavam algumas coisas que não precisavam ser imediatamente descartadas no local de lixo da escola. Eles faziam isso para observar quantos embalagens de doces os estudantes descartavam. Este hábito surgiu na forma lirica em Sun Sihai. Ele tocava a flauta horizontalmente, enquanto caminhava ao longo da margem do pátio, e ficava por um período mais curto ou mais longo na interseção onde Wang Xiaolan poderia aparecer, depois voltava. Passando duas vezes pelas embalagens coloridas dessa forma, esses lixos sem utilidade influenciavam diretamente o som da flauta, tanto em sua altidão quanto na sua melodia meditativa e triste.

Com base nesses sinais inter-relacionados, o diretor Yu e os outros podem estimar com precisão se os salários atrasados do comitê da aldeia são impossíveis ou parcialmente esperançosos a cada ano, para decidir quando e com que intensidade eles deviam ir ao comitê da aldeia para pedir salários. Embora a maioria dos trabalhadores migrantes não voltasse até depois das férias de inverno, aqueles que chegavam em casa primeiro eram como sujeitos de pesquisa de amostra, e os resultados finais não mostrariam uma grande reversão.

A situação deste ano parecia ser ainda pior do que nos anos anteriores.

Na manhã da cerimônia de encerramento, o diretor Yu estava realizando uma cerimônia de hasteamento da bandeira com uma dúzia de alunos internos, quando dois pais apareceram no playground. Eles voltaram juntos de Dongguan, na província de Guangdong, e desceram do ônibus de longa distância no centro do distrito ontem à tarde. Eles não aguentavam mais gastar dinheiro com acomodação e passagens de ônibus. Eles caminharam do pôr do sol ao nascer do sol e voltaram para Jieling só com duas pernas. Os filhos dos dois pais estavam no cortejo do hasteamento das bandeiras; vasculharam os bolsos por um longo tempo antes de tirar algumas notas amassadas e pagar as mensalidades devidas pelos filhos. Depois disso, cada um pegou alguns doces e os dividiu entre cerca de uma dúzia de crianças que estavam hospedadas na escola com seu filho.

A Cerimônia de Encerramento ia ser realizada uma hora mais tarde do que o horário usual do início das aulas. Os alunos que chegavam pontualmente à escola como de praxe brincavam no playground. Yu Zhuangyuan ocupava a única mesa de pingue-pongue feita de cimento. Mesmo quando foi ao banheiro, usou uma raquete para ocupar a mesa, e ninguém podia tocá-la. Aqueles que jogavam contra ele só podiam jogar três pontos, não importava se haviam ganhado ou perdido, tinham que sair e outra pessoa entrava.

O diretor Yu ainda estava conversando com Deng Youmi sobre o que aconteceu pela manhã. Aqueles dois pais que haviam trabalhado duro fora por um ano inteiro enfrentaram seus filhos em tal estado de vergonha, o que fez seu coração doer. Deng Youmi tinha o coração mais duro do que ele. Ele sentiu que faltavam apenas alguns dias para o final do ano e, se não houvesse esperança de receber os salários devidos por um ano inteiro, ficariam ainda mais desolados.

Os dois estavam se olhando e sentindo pena de si mesmos quando Sun Sihai se aproximou com um sorriso de escárnio no rosto.

O diretor Yu estranhou e, depois de perguntar, percebeu que Sun Sihai queria dar uma lição ao filho de Yu Shi. Ele secretamente instruiu um grupo de alunos a fazer fila e pediu a Yu Zhi, que ia para casa logo que começassem as férias de inverno e estava lavando roupas lá, para parar por um tempo. Yu Zhi se aproximou com a raquete e as crianças que estavam esperando na fila deram suas chances a Yu Zhi. Yu Zhuangyuan costumava jogar contra os alunos um após o outro, mas agora ele lutava com Yu Zhi. Yu Zhuangyuan não era o oponente de Yu Zhi. Sob os diversos golpes fortes de Yu Zhi, ele só conseguia buscar a bola com o rosto vermelho. Quando Yu Zhi dava um golpe, os alunos ao redor cantavam exageradamente para Yu Zhuangyuan, que se virou para buscar a bola: procura, procura, procura, encontra um dente! Yu Zhuangyuan ficou furioso, parou de buscar a bola, pegou uma pedra ao lado do playground e queria jogá-la na mesa de pingue-pongue.

Sun Sihai, que observava de longe, o parou apressadamente.

O diretor Yu ficou entediado e pediu a Deng Youmi para adiantar a cerimônia de encerramento da escola.

De acordo com o combinado com antecedência, Deng Youmi presidiu a cerimônia; o diretor Yu fez um discurso de encerramento, e Sun Sihai deu certificados de aluno excelente. Quando chegou a vez de Yu Zhuangyuan para acolher o prêmio, ele se recusou a subir ao palco, indicou Sun Sihai e exploud que não queria ser incentivado por um professor capaz de jogar dessa maneira. Sun Sihai ficou tão irritado que quase confiou a que seu pai, chefe da aldeia, era um mastigo da conspiração, especializado em truques. O olhar friagemne do Sun Sihai caiu sobre Yu Zhuangyuan, que disse desprezosamente: "Pequeno brigadeiro! Você não quer? Eu nem quero lhe oferecer!"

Então ele deu prêmios para outros alunos.

Após a cerimônia de encerramento, Yu Zhuangyuan saiu com sua mochila nas costas.

Desta vez, o diretor Yu não estava nem um pouco preocupado. Em vez disso, ele sentiu que a esposa do chefe da aldeia viria à escola para dizer algo bom.

Afinal, seu filho estava prestes a ingressar na escola secundária. Embora suas notas fossem boas ou ruins, o desempenho na escola primária estava relacionado ao fato de ele conseguir entrar na classe-chave. Somente entrando nas classes-chave é que alguém podia ser admitido na escola secundária sênior e, só após ser admitido na escola secundária sênior, o aluno podia ser elegível para ver onde fica o portão da universidade.

Na manhã seguinte, o diretor Yu subiu a encosta traseira da montanha com uma enxada nos ombros. O cemitério de Ming Aifen ainda não havia se estabilizado e os dois derretimentos de neve anteriores distorceram a lápide. De acordo com o costume, essas coisas devem ser feitas primeiro para celebrar o Ano-Novo Chinês com tranquilidade. O diretor Yu trabalhou por quase duas horas antes de ficar satisfeito. Ele disse que estava satisfeito, mas se sentia desconfortável. Ele olhou para a lápide que acabara de ser limpa e não pôde deixar de suspirar. Ming Aifen tinha sido competitiva durante toda a sua vida. Ela tinha o destino de uma professora local e o desejo de ser professora estatal. Na maioria das vezes, se torturava, mas, felizmente, percebeu enfim a verdade, então simplesmente foi embora, sem pensar onde estava o final dos dias difíceis.

O diretor Yu se virou e voltou. Assim que dobrou a esquina, viu Sun Sihai se aproximando dele com um sorriso brando e disse: "Uma garota virtuosa está em sua casa!"

O diretor Yu não sabia se isso se referia a alguma coisa boa ou ruim, então ele correu para casa e, antes de entrar pela porta, viu a esposa do chefe da aldeia ajudando a lavar o edredom ali. Antes que o diretor Yu pudesse falar, Yu Zhi disse primeiro que ela insistia em lavar.

A esposa do chefe da aldeia tirou o casaco, revelando seus seios sedutores, que haviam esticado alto o suéter vermelho. Ela esfregou o edredom sem parar e nem parou quando viu o diretor Yu. Enquanto esfregava, ela disse que crianças sem mãe eram lamentáveis. Seu filho nunca fazia tarefas domésticas em casa, mas Yu Zhi tinha que sustentar metade da família. A esposa do chefe da aldeia até repreendeu o diretor Yu. Pelo bem do filho, ele deveria encontrar uma madrasta para ele. Ela disse isso como se estivesse falando sério e listou quatro mulheres de uma só vez, todas conhecidas dela. Contanto que o diretor Yu assentisse, ela poderia chamar uma para um encontro aquela tarde. O diretor Yu rapidamente balançou a cabeça, dizendo que estava em tal estado agora que não queria arrastar outra mulher para a confusão.

Ao ouvir isso, a esposa do chefe da aldeia enxugou as bolhas de sabão da mão direita, tirou três sacos de papel do bolso da calça e pediu ao diretor Yu que chamasse Deng Youmi e Sun Sihai imediatamente.

O diretor Yu não esperava que a esposa do chefe da aldeia traria todos os subsídios que os professores locais deveriam receber ao longo do ano. O que foi ainda mais surpreendente foi que, pela primeira vez em tantos anos, o comitê da aldeia deu a cada um dos três professores locais um bônus de 20 yuans. Depois de assinarem o formulário de salário, a esposa do chefe da aldeia disse que esperava que a escola cuidasse mais de seu filho e o deixasse ser classificado como aluno excelente da vila.

O diretor Yu não conseguia falar, então ele só podia acenar para ela.

A esposa do chefe da aldeia estendeu o edredom lavado no varal, bateu levemente na testa do diretor Yu com a mão e disse em um tom particularmente feminino que o diretor Yu dedicou todo o seu coração e alma às crianças em Jieling. Bem, quando alguém fosse realmente admitido na universidade, a primeira coisa a fazer era construir um monumento de mérito para o diretor Yu.

A esposa do chefe da aldeia foi embora, mas o diretor Yu ainda ficou sem palavras por um longo tempo. Foi Sun Sihai quem quebrou o silêncio ao dizer que seria melhor Yu Shi, o chefe da aldeia, desenvolver essa habilidade e dar um jeito para deixar seu filho entrar na escola secundária sênior e depois na universidade. Para quebrar o "zero" da aldeia de Jieling no vestibular, devia definitivamente começar na casa do chefe da vila. Deng Youmi fingiu não entender e disse casualmente que até os pais estavam preocupados com o progresso da criança, isso era bom e devia ser encorajado.

O diretor Yu finalmente falou. Ele pensava diferente de Sun Sihai e Deng Youmi, mas convenceu os dois. O diretor Yu disse que a escola primária de Jieling era a escola do povo de Jieling, e as pessoas achavam normal que o filho do chefe da aldeia estudasse bem. Se o filho do chefe da aldeia não estudasse bem, para não falar do próprio chefe da aldeia, os outros perderiam a confiança na escola primária de Jieling.

Outra razão para Sun Sihai não expressar nenhuma objeção era a que, uma vez que todos os salários foram pagos, ele poderia simplesmente passar o Ano-Novo Chinês feliz. Ele já havia decidido, aproveitando o bom tempo sem chuva ou neve, descer a montanha apressado e comprar roupas novas para Li Zi e Wang Xiaolan. O diretor Yu também pensava da mesma maneira. Depois que Ming Aifen morreu, ele ainda não havia comprado um vestido novo para Yu Zhi, o que o fez não ousar tirar o casaco mesmo quando estava suando profusamente de jogar tênis de mesa, porque as roupas que ela usava dentro eram todos de Ming Aifen.

Deng Youmi não se preocupou em descer a montanha porque não tinha filhos e nenhuma mulher em um relacionamento. Sun Sihai disse que tinha um coração perverso e relutava em gastar dinheiro para encontrar uma oportunidade de pedir ajuda a líderes relevantes para transformá-lo em um professor estatal. Deng Youmi não brigou com Sun Sihai, ele contou o dinheiro no saco de papel enquanto caminhava para casa. O diretor Yu disse com inveja que também era uma grande alegria na vida poder anunciar as boas-novas para sua esposa imediatamente quando algo bom acontecia!

Na manhã seguinte, antes de Yu Zhi acordar, o diretor Yu desceu a montanha com Sun Sihai.

Na primeira metade da viagem, os dois conversavam sobre Wang Xiaolan. O assunto foi iniciado pelo próprio Sun Sihai. Para Sun Sihai, o que faltava a Wang Xiaolan era o título de espósa, e todo o resto era como se fossem marido e mulher, que tinham que discutir assuntos importantes e secundários um com o outro.

Sun Sihai ficou comovido com o ditado de que "anunciar as boas-novas para sua esposa é uma alegria na vida", então ele correu de forma incomum para anunciar as boas-novas a Wang Xiaolan depois do anoitecer de ontem. Perto da casa de Wang Xiaolan, ele encontrou Li Zi chorando baixinho contra uma grande árvore. Depois de perguntar várias vezes, Li Zi disse que a mãe estava de bom humor e, ao recolher as roupas à noite, ela cantou algumas palavras da canção "Nossa vida está cheia de sol" em voz baixa. O pai achou que a mãe estava sentindo falta do antigo amante de novo, então tirou uma tesoura de debaixo do travesseiro e quis matar a mãe. Com tanta raiva, sua mãe disse que não ficaria mais em casa. Li Zi conseguiu arrancar a tesoura da mão de seu pai, apenas para descobrir que sua mãe havia realmente desaparecido. Sun Sihai confortou Li Zi dizendo que sua mãe não a deixaria sozinha. Nesse momento, Wang Xiaolan saiu da cabana ao lado da lenha. Estava muito escuro, Wang Xiaolan colocou a mão esquerda na palma de Sun Sihai, sua mão direita apanhou Li Zi com força e eles se separaram depois de muito tempo.

Além de ouvir, o diretor Yu não sabia o que dizer.

Quando ele estava prestes a descer a montanha, Sun Sihai de repente quis parar para ver Lan Xiaomei.

O diretor Yu pensou que ele estava brincando, então ele respondeu casualmente.

Quando eles chegaram à Pequena Aldeia da Família Zhang, Sun Sihai realmente foi bater na porta de Lan Xiaomei. A cabeça do diretor Yu de repente ficou quente e desejou poder dar um passo à frente e afastá-lo. Felizmente, foi Lan Fei quem apareceu na porta. Embora Lan Fei se sentisse surpreso, ele ainda perguntou com entusiasmo qual era o problema.

O diretor Yu estava ansioso para obter sabedoria, apontou para Sun Sihai e disse: "O professor Sun tem uma pergunta para você".

Lan Fei levou a sério e pediu que eles entrassem na sala e conversassem sobre isso.

O diretor Yu disse: "Ainda temos algo a fazer, então não vamos nos sentar. Professor Sun, diga rapidamente! Estamos todos no mesmo setor, vamos pedir conselhos uns aos outros!"

Sun Sihai também teve uma ideia neste momento: "É assim. Há um aluno na turma que é filho do chefe da aldeia. Não sei onde ele conseguiu uma questão estranha para testar o professor".

Sun Sihai conta a Lan Fei a questão que Xia Xue havia usado para testar Ye Biqiu, e depois Ye Biqiu havia escrito no quadro-negro na sala de aula da quinta série. Lan Fei sorriu e disse que não era de admirar que as pessoas na cidade gostassem de dizer "não trate o chefe da aldeia de jeito inadequado". O filho do chefe da aldeia não podia ir para a província, e o filho do governador provincial também não podia ir para a aldeia. Lan Fei não se importou com a questão que Sun Sihai disse, ele pediu a Sun Sihai para ir trabalhar primeiro. De qualquer maneira, Sun passaria por sua casa quando voltasse e depois ele contaria a resposta.

Quando o diretor Yu ouviu isso, ele imediatamente se virou. Sun Sihai ainda estava apertando a mão de Lan Fei e Yu se afastou como se estivesse fugindo. Saindo da Pequena Aldeia da Família Zhang, o diretor Yu não pôde deixar de culpar Sun Sihai.

Sun Sihai ficou muito feliz, dizendo que nunca esperava que um homem de quase cinquenta anos fosse tão tímido. Ele havia lido um livro que dizia que um homem tímido é confiável, e, um homem que não é tímido, seu cérebro deve ser quebrado ou seu coração está cheio de sujeira e problemas.

Os dois conversaram e riram, mas não perceberam que a mulher que lavava o edredom no riacho à beira da trilha era Lan Xiaomei. Ouvindo-os continuar mencionando Lan Fei, Lan Xiaomei levantou a cabeça para dizer olá. O diretor Yu, que acabara de se acalmar, corou ainda mais do que antes, e Sun Sihai não ousou mais falar bobagens e respondeu algumas palavras honestamente. Lan Xiaomei pediu que almoçassem em casa e batessem um bom papo com Lan Fei, por sinal. Assim que Sun Sihai estava prestes a concordar, o diretor Yu rapidamente o cutucou atrás dele, e Sun Sihai não teve escolha a não ser recusar.

Lan Xiaomei disse que, porque tinha que lavar o edredom, o almoço em casa devia ser mais tarde. Quando terminassem suas tarefas na vila, voltariam bem a tempo para o jantar. Vendo que iam para longe, acrescentou: "Vão e voltem rápido, eu cozinharei seu arroz!"

O diretor Yu não conseguiria descobrir mais tarde, então ele concordava casualmente: "Não se preocupe!"

Sun Sihai viu que o diretor Yu estava subconscientemente revelando seus sentimentos, então ele disse que Yu estava se exibindo ocasionalmente e, no próximo passo, ele definitivamente diria a Lan Xiaomei que queria comer ovos escalfados. O diretor Yu não teve escolha a não ser deixá-lo falar.

Quando chegou à vila, o diretor Yu visitou algumas lojas e comprou as roupas de Yu Zhi. Foi complicado para Sun Sihai comprar roupas para Wang Xiaolan e Li Zi. O diretor Yu o seguiu de um lado para o outro duas vezes. Vendo que não conseguia se decidir, persuadiu-o a não se preocupar e disse que ele podia correr de um lado para o outro vinte vezes; ao mesmo tempo, disse que, se tivesse uma confidente, se não pudesse comprar roupa na vila, ele iria para o distrito, e, se não pudesse comprar no distrito, ele iria para a província. Tinha que ser roupa que a deixasse bonitíssima antes que pudesse tirar sua carteira. Sun Sihai fingiu estar aborrecido com o que disse, escolheu algumas roupas e disse que estaria bem desde que ele pudesse dizer se era homem ou mulher depois de usá-las.

Sun Sihai estava tão feliz que não conseguia fechar a boca. Ele queria ir para casa mais cedo, mas, vendo o diretor Yu ainda olhando em volta, ele perguntou o que mais ele queria comprar.

O diretor Yu perguntou a ele: "Você está realmente planejando ir almoçar na Pequena Aldeia da Família Zhang?"

"Você prometeu a Lan Xiaomei, por que eu?"

"É falta de educação ser hóspede na casa de alguém de mãos vazias".

"De qualquer forma, estou seguindo você e cabe a você trazer presentes".

O diretor Yu foi ao açougue para comprar um quilo de carne, e Sun Sihai também comprou um quilo de açúcar em pedra. Os dois se entreolharam e, quanto mais se olhavam, mais pareciam estar visitando parentes.

Os dois caminharam até a Grande Aldeia da Família Zhang conversando e rindo. O diretor Yu de repente deu a Sun Sihai algo em sua mão e pediu-lhe que esperasse na beira da trilha. Ele foi ver a casa de Zhang Yingcai sozinho. O diretor Yu esperava que ele levasse Ye Biqiu ao diretor Wang quando ele fosse para o Instituto Provincial de Educação para assistir às aulas depois do Ano-Novo Chinês.

O diretor Yu gritou na porta da casa de Zhang Yingcai: "O professor Zhang está em casa?"

A mãe de Zhang Yingcai ouviu e saiu. Depois que o diretor Yu se apresentou, a mãe de Zhang Yingcai o convidou imediatamente para entrar em casa e depois foi até a porta, pedindo ao filho do vizinho que chamasse de volta o pai de Zhang

Yingcai. O diretor Yu não conseguiu impedi-la, dizendo que era uma questão trivial que queria falar com Zhang Yingcai e, se Zhang Yingcai não estivesse em casa, não haveria problemas. A mãe de Zhang Yingcai disse envergonhada que Zhang Yingcai havia voltado da capital da província anteontem e foi para o distrito ontem. Quando o diretor Yu ouviu isso, não a deixou preparar o chá, se levantou e foi embora.

Quando a mãe de Zhang Yingcai o acompanhou para sair, ela disse repetidamente que, quando Zhang Yingcai voltasse, ele iria para a escola primária de Jieling no segundo dia do primeiro mês lunar para cumprimentar vários professores que haviam sido gentis com ele.

O diretor Yu ficou atordoado por um momento. Ele estava com medo de ter ouvido mal, então disse: "Agradecemos o bom desejo do Sr. Zhang. Não há necessidade de subir a montanha no segundo dia do Ano-Novo Chinês".

A mãe de Zhang Yingcai disse: "Não dá. Esta é uma regra estabelecida pela família para ele".

O diretor Yu seguiu suas palavras e disse: "Não é de admirar que o Sr. Zhang seja tão educado e razoável. Acontece que vocês são ótimos professores".

A mãe de Zhang Yingcai disse: "Para falar a verdade com o diretor Yu, Yingcai não queria ir a princípio, dizendo que estava com vergonha de ver os professores. Seu pai disse que seu filho se recusou a ir, então ele teve que ir pessoalmente como seu pai. Só assim Yingcai concordou".

O diretor Yu caminhou até o centro do campo de secagem de arroz e ouviu a mãe de Zhang Yingcai dizer que o diretor Yu nunca tinha vindo para sua casa, ela era uma mulher em casa sozinha e não foi conveniente forçá-lo a ficar. O ilustre convidado veio e nem tomou um gole de chá, ela se sentiu culpada.

Depois de ver Sun Sihai, o diretor Yu apenas disse que Zhang Yingcai não estava em casa e manteve tudo em mente. Ele pensou sobre isso várias vezes e decidiu que Zhang Yingcai não olharia para trás depois de deixar a escola primária de Jieling. Devia haver algumas coisas que o deixaram desconfortável.

Após pensar sobre isso com clareza, o diretor Yu contou a Sun Sihai o que aconteceu agora.

Sun Sihai concordou com o diretor Yu que um homem que se sentisse culpado era igual a um homem que se sentisse tímido. Enquanto o sentimento de culpa ainda estivesse presente, quanto mais tempo Zhang Yingcai ficasse afastado da escola primária de Jieling, mais curta a distância emocional seria.

Com esse assunto em mente, Sun Sihai não quis mais brincar.

O diretor Yu foi à casa de Lan Xiaomei novamente, e ele estava muito mais calmo. Ele até foi até a cozinha e disse a Lan Xiaomei que as pessoas em Jieling tinham um gosto extremo e ela podia adicionar mais sal. Lan Xiaomei não o ouviu, dizendo que comer muito sal causaria pressão alta. Quando todos se sentaram e começaram a comer, o diretor Yu ainda estava explicando que o sal costumava ser muito precioso e as pessoas em Jieling não podiam pagar por ele. Além do gosto insípido, toda família tinha tolo ou tola. Mais tarde, o governo enviou um lote de sal gratuito de uso exclusivo, que foi distribuído a cada família de acordo com o número de pessoas. Depois de alguns anos, o número de tolos diminuiu de fato, mas o gosto de todos se tornou meio extremo. Lan Xiaomei sorriu e disse que não demoraria muito para que o governo estabelecesse um posto de inspeção na Pequena Aldeia da Família Zhang para proibir outros de vender sal em Jieling. Caso contrário, após curar os tolos em Jieling, haveria mais doentes de paralisia cerebral após o derrame e homens em estado vegetativo.

Todos falavam cada vez mais livremente. Lan Fei pegou o vinho e o diretor Yu também bebeu alguns copos.

A julgar pelos pratos na mesa, a vida da família Lan ia bem. Depois de falar lentamente sobre os benefícios, o diretor Yu descobriu que, embora Lan Fei fosse apenas um professor substituto na escola primária central, sem contar o salário, o bônus sozinho excedia toda a renda anual do diretor Yu. O diretor Yu e Sun Sihai não conseguiam nem dizer palavras de inveja. À luz de Yu Zhuangyuan, filho do chefe da aldeia, tantos anos após a morte do antigo chefe da aldeia, receberam sua renda anual pela primeira vez. Eles apenas se sentiram um pouco ricos e, quando viram Lan Fei, se tornaram pobres. Quanto à ideia de comparar com professores estatais e professores famosos em escolas famosas da cidade, nem ousaram pensar nisso.

Quando eles estavam saindo, Lan Xiaomei se recusou a aceitar seus presentes e, após um longo tempo, ela finalmente aceitou o pacote de açúcar em pedra.

Levando um quilo de carne de porco que parecia perdido e recuperado, o diretor Yu sugeriu que, ao meio-dia do dia seguinte, quando Wang Xiaolan e Li Zi chegassem à escola, deveriam ter uma boa refeição. As roupas que Sun Sihai comprou para Wang Xiaolan e Li Zi não poderiam ser entregues diretamente em sua casa, então Wang Xiaolan daria uma desculpa para levar Li Zi para descer a montanha e comprar roupas, assim poderia ficar na escola por um dia.

Sun Sihai ficou muito feliz com o arranjo do diretor Yu.

Depois do café da manhã no dia seguinte, Wang Xiaolan realmente veio para a escola com Li Zi.

Li Zi tinha aceitado o relacionamento entre Wang Xiaolan e Sun Sihai havia muito tempo. Ela seguiu atrás de sua mãe e, quando Sun Sihai tirou as roupas novas, Li Zi sorriu levemente e foi para o quarto interior com sua mãe, vestiu as roupas, saiu para Sun Sihai ver e voltou para o quarto para tirar as roupas novas, que ia vestir novamente no primeiro dia do Ano-Novo Chinês, e depois foi brincar com Yu Zhi.

Quando restavam apenas duas pessoas, Sun Sihai estendeu as mãos e abraçou com força Wang Xiaolan, que usava roupas novas. Wang Xiaolan moveu suavemente suas bochechas e pingou lágrimas no pescoço de Sun Sihai.

Depois disso, Wang Xiaolan também vestiu suas roupas velhas e foi à casa do diretor Yu para cozinhar todo o quilo de carne de porco. A comida estava pronta, o diretor Yu lembrou que Deng Youmi e Cheng Ju deveriam ser chamados. O diretor Yu foi convidá-los pessoalmente e eles não puderam recusar, então tiveram que trazer uma tigela de tofu que já havia sido preparada.

O diretor Yu levantou o copo e disse: "Esta é a primeira vez que todos os professores e suas famílias da escola primária de Jieling se reúnem em mais de dez anos!"

Quando Wang Xiaolan corou e se levantou para brindar com todos, ela não se atreveu a olhar para Li Zi.

Li Zi não pareceu ouvir essas palavras. Quando os adultos estavam brindando, ela pegou um pedaço de carne de porco com seus pauzinhos e deu a Wang Xiaolan, e colocou outro pedaço de carne de porco na tigela de Sun Sihai. Cheng Ju olhou para ela e elogiou Li Zi por ser sensata. Deng Youmi disse que Li Zi estava na escola secundária havia apenas meio ano e parecia mais bonita do que uma estudante universitária.

Yu Zhi fingiu estar com ciúmes: "Existe um limite para elogiar uma garota. Quando ela realmente for para a faculdade, você vai dizer que ela é mais bonita que uma doutora?"

O diretor Yu disse: "Quando Li Zi for para a faculdade, não queremos elogiá-la, queremos que ela nos elogie".

Sun Sihai disse: "Se Zhang Yingcai, Xia Xue e Luo Yu estiverem todos aqui, então será chamado de reunião!"

Li Zi continuou as palavras de Sun Sihai: "Há também Ye Biqiu, ela também trabalhou como professora por um dia!"

O diretor Yu sentiu que Li Zi estava certa, mas foi uma pena que Ye Biqiu não pudesse vir. Após o café da manhã, Cheng Ju viu Ye Biqiu carregando a criança nas costas, seguindo sua tia, para adorar Buda no grande templo em Laoshanjie. Depois de ir e voltar, chegaria em casa depois do pôr do sol.

Comendo devagar e conversando devagar, todo mundo estava de bom humor.

Antes de sair, Deng Youmi não pôde deixar de dizer: "Na verdade, os ideais pessoais dos professores locais são tão pequenos quanto isso: não importa quanto seja o salário, desde que possa ser pago em dia; não importa se será mais cedo ou mais tarde, enquanto houver esperança".

O diretor Yu disse apressadamente: "É raro estar de bom humor, vamos ter um bom ano novo e pensar em outras coisas depois".

Cheng Ju caminhava atrás. Enquanto o diretor Yu falava com Deng Youmi, sussurrou para Sun Sihai e os outros: "Não sei o que Deng pensa. Quando ele se casou comigo, ele disse que não teria filho se não virasse estatal. Agora ele quer ter um bebê mas não conseguimos. Mais tarde, disse que, se não se tornasse estatal, não construiria casa nova ou compraria roupas novas. Nos últimos dois anos, não me permitia comer mais do que um quilo de carne durante o Ano-Novo Chinês. Há poucos dias, eu pedi a alguém para matar o porco doméstico. Como já havia dito há meio ano, queria conservar o intestino, o estômago e a cabeça do animal. No entanto, mesmo assim, ele recusou. Isso deu um tanto de raiva, que disse algo infeliz. Tive medo de que, quando quisesse morar em uma casa nova, vestir roupas novas e comer peixe, não estaria mais saudável para fazer tudo isso. Só assim ele concordou em manter o intestino de porco e a carne de porco, adicionar alguns quilos de tofu e fazer salsichas assadas".

Sun Sihai persuadiu: "O diretor Deng é meticuloso em seu trabalho, pensa mais à frente do que a gente!"

Cheng Ju disse: "Já que pensa muito à frente, deve ser mais auspicioso durante o Ano-Novo Chinês, mas Deng reluta em soltar fogos de artifício. Ele solta 500 bombinhas durante a refeição do Ano-Novo Chinês e 500 bombinhas na virada do ano. Até pretende soltar 500 bombinhas no primeiro dia do Ano-Novo Chinês ao abrir a porta. Até pior que a família de Ye Biqiu. A mãe tonta de Ye Biqiu sabe que pelo menos cinco mil bombinhas devem ser acesas para o Ano-Novo Chinês".

Neste dia, era 4 de fevereiro no calendário gregoriano e era apenas o 16º dia do décimo segundo mês no calendário lunar.

Sun Sihai só podia acompanhar Wang Xiaolan até a esquina próxima à escola.

Quando eles se separaram, Sun Sihai enfiou um envelope vermelho da sorte nas mãos de Li Zi. Li Zi se recusou a aceitar. Sun Sihai disse a ela: "Você não precisa aceitar o que os outros te derem. Você deve aceitar o que eu te dou".

Quando não havia estranhos, Li Zi estendeu a mão para aceitar o envelope vermelho com uma aparência muito dócil. Wang Xiaolan culpou amorosamente Sun Sihai por mimar muito a criança. Ela estendeu a mão para Sun Sihai, e Sun Sihai apertou-a com força, e, lentamente, deixou a mão deslizar do pulso de Wang Xiaolan para a palma da mão e, finalmente, juntou os seus dedos médios.

Wang Xiaolan deu alguns passos, depois se virou e sussurrou: "Li Zi parece cada vez mais com você!"

A garganta de Sun Sihai apertou e Wang Xiaolan se afastou antes que ele deixasse as lágrimas rolarem.

Em seguida, o diretor Yu matou apressadamente o grande porco criado em casa. O peso líquido da carne do porco era de 60 quilos. Quarenta quilos foram separados e todos foram transformados em bacon e pendurados. Metade seria usada para melhorar as refeições das crianças internadas e a outra metade seria usada para a alimentação de Yu Zhi no próximo ano. Ele considerou que Yu Zhi estava prestes a atingir a puberdade, e o que a esposa de Deng Youmi disse sobre o marido ainda estava em sua mente. Um terço que foi vendido não deixou a escola, e tudo foi para Sun Sihai. Exceto que o objeto de consideração era Li Zi, os pensamentos e ações de Sun Sihai eram exatamente os mesmos do diretor Yu.

Os dias passaram rapidamente. Quando Sun Sihai separou metade de seu campo de fungo poria, era véspera de Ano-Novo Chinês. Sun Sihai cozinhou a refeição de Ano-Novo Chinês para si mesmo, soltou bombinhas para si mesmo, depois fechou a porta, guardou uma pilha de carvão brilhante e ouviu a gala transmitida no rádio por quatro horas. Mesmo que estivesse com sede, não quis pegar um copo d'água para ele mesmo beber. Quando era zero hora, abriu a porta e soltou umas bombinhas.

Sun Sihai dormiu desde a noite da véspera de Ano-Novo Chinês até a tarde do primeiro dia do Ano-Novo Chinês. Se Yu Zhi não tivesse chamado do lado de fora "Professor Sun, desejo-lhe saudações de Ano-Novo Chinês!", Sun Sihai ainda poderia estar adormecido. Também era um hábito de Yu Zhi chamar assim por muitos anos. Eles temiam que Sun Sihai tivesse problema ao dormir sozinho, então eles o acordavam por volta do meio-dia no primeiro dia do Ano-Novo Chinês todos os anos. Depois de acordar, Sun Sihai estava entediado. Sun Sihai era um órfão de uma aldeia vizinha. Mais tarde, o antigo chefe da aldeia pediu-lhe para lecionar na escola primária de Jieling. Ele simplesmente pegou a enxada e subiu a montanha para organizar o campo de fungo poria. No dia seguinte, ainda era o mesmo. Sun Sihai estava ocupado no campo de fungo poria quando Yu Zhi veio e disse que o diretor Yu queria que Sun Sihai voltasse a tocar flauta imediatamente. Sun Sihai se sentiu estranho, então largou a enxada e voltou para a escola. O diretor Yu disse: "Professor Sun, vamos tocar flauta!"

Sun Sihai pegou a flauta e tocou uma vez antes de perguntar por quê. O diretor Yu apontou para uma encosta próxima, dizendo que alguém havia se agachado ali por um longo tempo. Sun Sihai virou a cabeça e olhou, havia realmente um homem escondido atrás daquele grande pinheiro. O diretor Yu sempre se lembrava do que a mãe de Zhang Yingcai disse quando ele desceu a montanha não muito tempo atrás. Todos os anos, no segundo dia do primeiro mês lunar, Zhang Yingcai vinha à escola primária de Jieling para cumprimentar os professores, mas eles nunca o tinham visto. O diretor Yu adivinhou que o homem que se esquivava na encosta era Zhang Yingcai, que se sentia culpado e não ousava deixar os outros o verem. Ele esperava que a flauta de Sun Sihai pudesse mover Zhang Yingcai, para que ele descesse da montanha para encontrar todos.

A flauta de Sun Sihai estava mais lírica do que antes, e o homem sob o grande pinheiro finalmente revelou metade de seu corpo.

De repente, a flauta parou. Sun Sihai parecia ser uma pessoa diferente. Com uma flauta na mão, ele caminhou em direção ao grande pinheiro com passos largos. O homem atrás da árvore não ousou hesitar, ele pulou a encosta primeiro e correu para as profundezas de Jieling. O diretor Yu viu claramente que o homem que ele havia tomado como Zhang Yingcai era na verdade o cunhado de Wang Xiaolan. O cunhado mais novo de Wang Xiaolan trabalhava fora e, depois de se casar com uma garota de Sichuan, raramente voltava durante o Ano-Novo Chinês.

Embora com raiva, Sun Sihai não queria realmente persegui-lo. Antes do Ano-Novo Chinês, Wang Xiaolan disse a ele que, no segundo dia do Ano-Novo Chinês, ela iria ao templo em Laoshanjie para adorar o Bodhisattva pela doença de seu marido. Desde que ele pudesse se levantar, seria fácil falar sobre o divórcio. Sun Sihai sabia que o marido de Wang Xiaolan sempre suspeitou que eles tivessem um relacionamento secreto e, finalmente, esperava até seu irmão mais novo voltar para casa, então o mandou espionar. Inesperadamente, Wang Xiaolan foi ao templo em Laoshanjie para adorar Buda por ele.

Como havia um acordo com Wang Xiaolan, após o décimo quinto dia do primeiro mês lunar, os dois se encontrariam novamente depois que os trabalhadores migrantes deixassem sua terra natal um após o outro. Sun Sihai simplesmente ia organizar o campo de fungo poria todos os dias. Os fungos poria plantados da última vez foram colhidos com um ano de antecedência e mal foram vendidos, o que só deu para adiantar os custos de manutenção das salas de aula da escola. A base de madeira que foi colocada depois disso já durou dois anos. Desta vez, custe o que custar, tinha que esperar até três anos para colher. Aí podia vendê-los por um bom preço e comprar uma TV com antena parabólica. O dinheiro extra seria usado para a mensalidade de Li Zi na escola secundária sênior.

Pensando mais sobre as coisas, Sun Sihai se sentiu calmo.

18

No décimo quarto dia do primeiro mês lunar, Yu Shi, o chefe da aldeia, convidou três "leões", dois grandes e um pequeno, do sopé da montanha. Partindo de sua própria casa, ele e os dançarinos do leão caminharam por mais de 20 aldeias nas montanhas, grandes e pequenas, e finalmente terminaram na escola primária de Jieling. O chefe da aldeia, Yu Shi, também fez um discurso e elogiou a si mesmo. O diretor Yu e os outros entenderam que o salário pago aos professores locais no final do ano havia sido adiantado com o dinheiro ganho pela esposa do chefe da aldeia através da loja de consignação. Antes de fechar os gongos, os dançarinos do leão saíram de debaixo do traje de leão e fizeram uma reverência a todos.

O diretor Yu reconheceu que o dançarino do pequeno leão era o diretor Hu, da escola primária Wangtian. O diretor Hu vestiu o traje do leão novamente, entrou na casa do diretor Yu e pulou no banquinho primeiro. O diretor Hu disse: "Que banquinho valioso!". Então ele pulou do banquinho para a mesa. O diretor Hu disse novamente: "Confiar nos ancestrais é a maneira mais segura de ganhar dinheiro!". Essas duas frases são na verdade uma sátira sobre as mesas e os bancos muito velhos na casa do diretor Yu. A mobília da casa de Yu Shi, o chefe da aldeia, era nova e boa. Quando o pequeno leão pulou sobre os móveis, o diretor Hu disse outra coisa: "Nova cadeira de dragão para o novo imperador! Mulheres bonitas e iguarias estão chegando!". Se fosse uma pessoa especializada na dança do leão, definitivamente daria cambalhotas para descer da mesa. O diretor Hu não conseguia fazer isso, então ele só pulou junto com o outro dançarino. O diretor Yu seguiu as regras, embrulhou dois yuans em papel vermelho e enfiou na boca do pequeno leão como um símbolo da boa sorte.

O diretor Hu, que estava envolto no traje de leão, suspirou e disse: "Nunca pensei que a casa do diretor Yu é tão pobre. Em breve, receio que você ficará tão pobre que poderá ir para a sala de aula, mas não ousará escrever no quadro-negro, porque suas calças estão rasgadas e você tem vergonha de deixar os alunos verem sua bunda".

O diretor Yu também suspirou. Ele sentiu que seria melhor para o diretor Hu não participar de tais atividades civis. Afinal, ele era o diretor, então caminhar pelas ruas para ganhar algum dinheiro afetaria sua imagem. O diretor Hu não estava disposto a ouvir e disse que ele não teve escolha e foi obrigado a fazer isso; se houvesse outra maneira, quem não gostaria de ficar em casa confortavelmente no Ano-Novo Chinês!

Antes de partir, o diretor Hu disse misteriosamente ao diretor Yu que ele foi ao distrito apelar no final do ano, e uma pessoa autorizada revelou a ele que uma política de conversão de professores locais em estatais poderia ser introduzida no segundo semestre do ano. O diretor Hu suspeitou repetidamente o diretor Yu, durante o acampamento de treinamento de verão, não poderia mais ser benévolo, modesto e cordial. Se os cidadãos não acendessem fogueiras, os líderes de alto nível acenderiam apenas suas próprias lâmpadas. Todos deveriam trabalhar juntos para pedir uma solução para professores locais.

O dia seguinte era o décimo quinto dia do primeiro mês lunar, e a escola secundária da vila estava prestes a começar as aulas. Depois do almoço, Li Zi foi à escola sozinha para ver Yu Zhi. Wang Xiaolan, que sempre levava a filha para a escola, de repente pediu ao cunhado que a substituísse. Li Zi disse a Yu Zhi que ela odiava mais esse tio e nem aceitou o dinheiro da sorte do Ano-Novo Chinês que ele deu, então ela saiu de casa sozinha com a bagagem nas costas.

O diretor Yu estava ouvindo e sentiu que Li Zi era realmente sensata. Ela disse que o tio ficaria em casa até o final do primeiro mês lunar. Parecia que ele queria que o diretor Yu enviasse uma mensagem para Sun Sihai, que ainda estava ocupado no campo de fungo poria. O diretor Yu disse que, se Li Zi fosse para o ensino médio ou para a universidade no futuro, se ela tivesse dificuldades, a pessoa que mais podia ajudá-la devia ser o professor Sun, que a amava como se fosse filha. Li Zi tirou uma lancheira de plástico de sua mochila, dizendo que era arroz frito com sal feito por sua mãe, e ela não queria trazê-lo para a escola secundária. Li Zi pediu ao diretor Yu que entregasse o arroz frito com sal feito por sua mãe a Sun Sihai. Isso fez o diretor Yu sentir que Li Zi não era apenas sensata mas também entendia o coração de sua mãe.

Sun Sihai ouviu as vozes na montanha e voltou correndo, despejou o arroz frito com sal feito por Wang Xiaolan da lancheira, substituiu-o por bacon, que havia sido cozido no vapor antes, e o entregou a Li Zi. Li Zi olhou para ele e saiu com Yu Zhi sem agradecer. Nesse momento, Sun Sihai segurou a tigela de arroz frito com sal em suas mãos e, sem colocá-la na panela para aquecê-la, engoliu o arroz em grandes goles.

Esta tarde, na reunião de assuntos acadêmicos antes do início do novo semestre, o diretor Yu contou a todos sobre os rumores da promoção de professores locais em estatais.

Deng Youmi foi o primeiro a expressar sua descrença. Durante cada acampamento de treinamento de verão, o diretor Hu tinha que agir como o professor local principal. Na verdade, ele não era nada generoso. Sempre que havia uma cota para promoção a estatal, mesmo que ele tivesse apenas 1% de chance, teria que competir com os outros até o fim.

Sun Sihai também não acreditou. Por tantos anos, todas as notícias sobre promoção a estatal que circularam amplamente entre os professores locais se mostraram falsas depois. Quando havia de fato cotas de promoção atribuídas, realmente não havia nenhum rumor. Mesmo que você fosse até a porta para perguntar, a outra parte não diria nada. Além disso, algumas dessas notícias verdadeiras e falsas eram simplesmente rumores lançados intenionalmente pelas autoridades superiores, segundo o enigma de "matar três guerreiros usando duas frutas", com o propósito de fazer os professores particulares desconfiáveis uns ao outro, impedindo-os de se unir em uma força coletiva.[18]

Vendo que os dois pensavam do mesmo jeito, o diretor Yu não mencionou mais aquilo. Ele começou a falar sobre como enviar Ye Biqiu para a casa do diretor Wang na capital da província. Ye Biqiu ia lá quase todos os dias para perguntar quando ia partir, mas o diretor Yu não sabia o que dizer e apenas falava que esperaria que o diretor da unidade, Wan, viesse para confirmar. Todos pensaram que o diretor Yu havia dito isso muito bem. Esse assunto foi originalmente solicitado pelo diretor da unidade, Wan, então ele certamente tinha que decidir.

Depois que o novo semestre começou, ainda havia um professor para cada turma. Não importava se estavam ocupados ou não, todos estavam sentindo falta de Luo Yu. Eles sempre sentiram que esse assunto ainda não havia acabado. Afinal, a bagagem de Luo Yu ainda estava lá, e pelo menos alguém tinha que vir e levá-la embora!

---

18 N. do T.: "matar três guerreiros usando duas frutas" Essa expressão vem de uma história. Durante o Período de Primavera e Outono, havia três valentes generais no Estado de Qi: Gongsun Jie, Tian Kaijiang e Gu Yezi. Eles se tornaram orgulhosos e arrogantes por causa de suas extraordinárias conquistas em batalha e gradualmente perderam o respeito pelos ministros da corte. O Duque Jing de Qi estava profundamente preocupado com esse fato, temendo que isso ameaçasse a estabilidade do estado. Assim, seu estrategista Yan Ying elaborou um estratagema para resolver o problema. Em um banquete, Yan Ying deliberadamente deu apenas dois pêssegos aos três generais e sugeriu que quem tivesse mais crédito comesse os pêssegos. Como havia apenas dois pêssegos, os três começaram a discutir sobre quem tinha o maior mérito, o que acabou gerando suspeitas e brigas mútuas, e todos acabaram sendo envenenados até a morte.

Depois de apenas alguns dias de aulas, foi dia 8 de março, o Dia da Mulher, que era apenas o décimo nono dia do primeiro mês lunar de acordo com o calendário lunar. Era rara uma diferença tão enorme entre os dois calendários. À tarde, o diretor Yu estava ensinando na sala de aula quando o diretor da unidade, Wan, apareceu de repente. O diretor Yu rapidamente largou o giz e foi até ele.

Wan disse: "Pensei que não havia aulas à tarde no Dia da Mulher".

O diretor Yu disse: "Não temos professoras aqui, então seria inadequado termos meio dia de feriado".

Lan Fei também veio com o diretor da unidade, Wan.

Quando o diretor Yu viu a expressão de Lan Fei, ele sabia o que estava acontecendo.

Com certeza, depois que o diretor Yu chamou Deng Youmi e Sun Sihai para o escritório, Wan disse que a partir dali Lan Fei seria colega de todos. Para facilitar o trabalho, a unidade de educação da vila também decidiu deixar Lan Fei assumir o cargo de assistente do diretor da escola primária de Jieling. Em seguida, Wan explicou o desejo de Lan Fei de ir para um lugar difícil para treinar e crescer. Vendo que a postura de Wan era muito diferente daquela mostrada quando ele enviou os dois alunos-professores para a escola, e sua seriedade era ainda maior do que quando Zhang Yingcai foi enviado para se apresentar, o diretor Yu e Wan elogiaram bastante Lan Fei. Deng Youmi, que sempre pregava truques na frente de Wan, disse um tanto anormalmente que havia apenas dois tipos de pessoas na escola primária de Jieling: uma eram alunos e a outra eram professores. Quando chegou a vez de Sun Sihai, ele contou casualmente a experiência de ir jantar na casa de Lan Fei antes do Ano-Novo Chinês, sem dizer mais nada. Depois disso, todos olharam para Lan Fei. Wan queria que Lan Fei fizesse uma declaração, como se o encorajasse.

"Contanto que você segure seus livros didáticos, você pode ensinar aonde quer que vá."

Depois de um tempo, Lan Fei disse algo tristemente:

"Não sou tão nobre quanto o diretor da unidade, Wan, disse, mas não estou aqui para especular em Jieling."

Vendo que todos haviam se expressado, Wan mudou o tema para questões operacionais da escola, especialmente a taxa de matrícula de alunos das séries mais altas. Quase um décimo dos alunos da escola primária central da vila não voltou à escola, e a maioria deles foi para outros lugares para trabalhar com adultos. Ao ouvir de Sun Sihai que todos os alunos de sua classe haviam chegado, Wan foi até a sala de aula para dar uma olhada e disse emocionado quando voltou que, nas escolas primárias de todas as aldeias, se os professores ganhassem melhor, a taxa de retorno de alunos seria mais alta. Lan Fei ousou desafiar o chefe da unidade, Wan, dizendo em tom muito agressivo que os professores bem-pagos tinham muitos sorrisos no rosto, então os alunos naturalmente adoravam ver. Caso contrário, quem queria gastar dinheiro para ir à escola todos os dias para ser um saco de pancadas para o professor?

O diretor Yu conduziu Lan Fei ao quarto onde Luo Yu havia morado antes e, depois de ajudá-lo a colocar a bagagem no chão, descobriu que o manuscrito do poema sob a placa de vidro não era mais o anterior. Após olhar de perto, o diretor Yu reconheceu que a caligrafia do novo poema era de Li Zi. O manuscrito anterior do poema deve ter sido guardado por Li Zi. O diretor Yu estava muito feliz porque a escola primária de Jieling finalmente tinha um aluno que gostava de poesia. Ele ouviu que qualquer aluno que gostasse de poesia teria sucesso.

Lan Fei não sabia, ele pensou que o poema foi deixado por Luo Yu.

Wan realmente manteve Luo Yu na escola primária central da vila, de acordo com o plano anterior.

Deixar Lan Fei vir para a escola primária de Jieling não estava no plano de Wan e foi Lan Xiaomei quem pediu a ele que fizesse dessa maneira. Depois que Lan Xiaomei viu o diretor Yu duas vezes, ela decidiu deixar seu filho aprender a ser um bom homem com o diretor Yu enquanto ele ainda era jovem.

O diretor Yu ainda tinha algo em mente; visto que Wan iria passar a noite na escola primária de Jieling, ele não estava com pressa para fazer mais perguntas.

Ao jantar, ele deixou Deng Youmi e Sun Sihai ficarem para beber mais alguns copos de aguardente com o diretor da unidade, Wan, e Lan Fei. Lan Fei logo ficou bêbado e largou o copo para ir para casa. Foi preciso muito esforço para Deng Youmi e Sun Sihai colocá-lo na cama. Lan Fei ficou meio acordado, gritando várias vezes consecutivamente: "Mãe, não me deixe ir para Jieling, eu não irei mesmo se você me matar!". Então ele adormeceu completamente.

Wan estava quase bêbado, pegou a mão do diretor Yu e ficou se reprendendo, dizendo que naquela época ele se recusava a colher peônias e insistia em espalhar esterco de vaca na cabeça. Agora ele queria se arrepender, mas ninguém lhe deu um remédio para arrependimento. O diretor Yu entendeu que isso se referia a Lan Xiaomei, então ele apenas seguiu suas palavras, dizendo que não necessariamente, ela agradeceria por ele ser tão gentil com o filho dela. Wan olhou de soslaio, repreendendo que não entendia as mulheres, uma vez que machucou o coração delas. Se tocasse acidentalmente na mão dela, ela usaria soda cáustica para descascar aquela camada de pele. O diretor Yu queria perguntar a ele se Lan Xiaomei já havia lavado as mãos com soda cáustica, mas ele sentiu que era um pouco sem vergonha perguntar assim; além disso, ele tinha coisas mais importantes a perguntar.

Na sala ali, Deng Youmi e Sun Sihai queriam voltar para o lugar do diretor Yu depois de colocar Lan Fei para dormir. O diretor Yu silenciosamente gesticulou para que eles ficassem do lado de fora da porta em silêncio. Depois, ele perguntou a Wan se Zhang Yingcai havia voltado para casa para o Ano-Novo Chinês.

Wan parecia incomodado com o nome. Ele deu um tapa na mesa e disse: "É inútil cuidar bem do seu sobrinho! Esta é a verdade da verdade. Nos últimos anos, é raro eu vê-lo como seu tio. E, no primeiro dia do Ano-Novo Chinês, ele foi obrigado a vir dar saudações de Ano-Novo Chinês pelos pais e ficou meia hora sentado lá; mesmo com as perguntas que fiz, ele não falou nada".

O diretor Yu perguntou: "Por que foi à sua casa no primeiro dia do Ano-Novo Chinês? Não devia visitar o tio no segundo dia do Ano-Novo Chinês?"

O diretor da unidade, Wan, disse: "A mãe dele queria que ele viesse lhe dar saudações de Ano-Novo Chinês no segundo dia do Ano-Novo Chinês. Ele não veio?"

O diretor Yu disse rapidamente: "Sim, veio para a escola primária de Jieling, mas infelizmente todos saímos naquele dia".

Wan disse: "Vocês foram queimar incenso e adorar Buda? Se os alunos virem vocês prostratos diante de um óleo de terra, eles não vão aceitar mesmo se vocês dizem que o caractere "yi" (一) tem uma barra horizontal e o caractere "er" (二) tem duas barras horizontais".

O Diretor Yu disse: "Como o senhor, diretor Wan, nunca entra no templo, todos nós acreditamos em você quando diz que o caractere QUATRO é composto de quatro traços horizontais".

O diretor da unidade, Wan, disse: "É assim que os quadros se destacam: eles têm de convencer os outros que o caractere "bai" (百) corresponde a cem traços horizontais, e o caractere "qian" (千) corresponde a mil traços horizontais para exercer sua autoridade".

Vendo que Wan falava cada vez mais casualmente, o diretor Yu disse o que mais queria dizer: "O professor Lan Fei é quase seu filho. Se fosse eu, também focaria cultivá-lo e deixá-lo ir para um lugar difícil para fazer revestimento de ouro".

Wan de repente levantou a voz: "O revestimento de ouro não vale nada, tem que ser ouro de verdade, que não tenha medo de fogo".

O diretor Yu disse: "O revestimento de ouro é sempre melhor do que o ferro enferrujado. Como Zhang Yingcai, assim que houver uma cota para se tornar estatal, basta preencher um formulário".

Wan suspirou: "Lan Fei também me perguntou da mesma forma, como se eu carregasse a cota de professor estatal comigo aonde quer que eu fosse. Para ser honesto, tenho muito medo de que as autoridades superiores deem três ou duas cotas que não serviriam para nada menos que me deixar em uma situação difícil".

O diretor Yu disse: "Você tem alguma cota para professor estatal?"

Wan olhou de soslaio para ele novamente: "Só tenho cotas de não se tornar estatal em minhas mãos, pode ter o quanto que quiser".

Houve som de passos do lado de fora da porta e Deng Youmi e Sun Sihai foram embora desapontados. À noite, o diretor Yu não tinha mais perguntas em que pensar; assim como o diretor Wan, bêbado, ele dormia profundamente.

Quando ele acordou, o diretor Yu pensou de repente, já que Lan Fei era o assistente do diretor, o diretor deveria evitá-lo por um tempo? Desta forma, no futuro, as conquistas de Lan Fei seriam mais óbvias. Seguindo essa linha de pensamento, quanto mais o diretor Yu pensava sobre isso, mais ele sentia que deveria deixar a escola primária de Jieling e deixar Lan Fei se encarregar dos assuntos educacionais da escola.

Ao amanhecer, o diretor Yu já havia se decidido. Durante a cerimônia de hasteamento da bandeira, o diretor Yu entregou a corda do hasteamento da bandeira para Lan Fei. Depois de cantar o hino nacional, o diretor Yu perguntou a Wan como a questão de Ye Biqiu devia ser resolvida. Wan o repreendeu por ele ter se recusado a tomar uma decisão sobre um assunto tão pequeno, dizendo que não importava se alguém podia acompanhá-la na viagem, pois Ye Biqiu não era uma princesa e não precisava de um guarda-costas aonde quer que fosse. O diretor Yu disse com um sorriso que as meninas de famílias pobres eram mais delicadas, então seria melhor mandar alguém para acompanhá-la. Wan não esperava que isso fosse uma armadilha e disse casualmente que qualquer um podia acompanhá-la, menos ele.

Durante o café da manhã, o diretor Yu confidenciou seus pensamentos: Ye Biqiu era muito jovem e nunca havia estado no centro do distrito, e o diretor Wang não era uma pessoa comum. Se ele pedisse casualmente a alguém para levá-la à capital provincial, isso faria com que o diretor Wang se sentisse menosprezado. Assim, depois de fazer um favor para o diretor Wang, poderia não receber uma boa palavra de elogio dele. Após muita deliberação, era mais adequado para ele acompanhá-la pessoalmente. Simultaneamente, tinha também uma ideia havia muito tempo. Desde que fosse para a capital provincial, deveria aproveitar para aprender com os seus colegas. Então, quando chegasse a hora, ele pediria ao diretor Wang para ajudá-lo a encontrar uma escola primária na capital provincial para ele assistir às aulas. Quando o diretor Yu disse aquelas palavras, ele continuou pensando no conteúdo da carta que Luo Yu havia deixado para trás.

Wan ficou atordoado por um longo tempo antes de dizer: "Se Lan Fei puder aceitar o trabalho, pode ser bom para Lao Yu sair por um tempo".

Lan Fei não era modesto: "Eu trabalhei na escola primária central por vários anos e não haverá problemas com os assuntos educacionais diários".

Wan disse: "A escola primária de Jieling é diferente. Há muitas coisas que as pessoas não conseguem entender".

Lan Fei disse: "Não é apenas tocar flauta e hastear a bandeira nacional para as montanhas áridas todas as manhãs?"

O diretor da unidade, Wan, disse: "Você é tão leviano, não é de admirar que sua mãe esteja sempre preocupada".

Vendo que Lan Fei estava em silêncio, o diretor Yu o defendeu: "Se os jovens não sejam egoístas e orgulhosos, eles se tornarão idosos precocemente".

Os assuntos subsequentes foram discutidos em detalhes. De acordo com o pedido do diretor da unidade, Wan, após a saída do diretor Yu, os assuntos educacionais da escola primária de Jieling deveriam ser liderados por Deng Youmi, e Lan Fei seria apenas o assistente de Deng Youmi. O diretor Yu também fez um pedido: os alunos-professores que vieram para apoiar o ensino nas duas primeiras vezes ensinaram a turma de formatura quando havia uma turma de formatura e ensinaram a quinta série quando não havia turma de formatura. Não havia turma de formandos naquele ano, então Lan Fei iria lecionar na quinta série, e Sun Sihai foi realocado para a primeira série. Depois que as três pessoas chegaram a um acordo, elas contaram o assunto para Deng Youmi e Sun Sihai.

Os dois não disseram nada, apenas olharam para o diretor Yu com expressões estranhas.

O diretor Yu sentiu que eles também pensariam na carta de Luo Yu em seus corações.

Depois que o diretor da unidade, Wan, saiu, o diretor Yu disse a eles que de repente se lembrou das palavras do presidente Mao Zedong na noite passada: o mundo pertence a vocês assim como a nós, mas, finalmente, pertence a vocês. Então ele disse repetidamente a si mesmo: "Lan Fei é jovem, não seja sua barreira. Acompanhando Ye Biqiu desta vez, quero ficar na capital da província por um semestre e estudar, fosse de jeito público ou secreto, e voltar depois de aprender algo; também deve ser considerado como uma melhoria e treinamento para mim". Yu Zhigang está na sétima série e ainda posso sair. Quando Yu Zhi entrar na nona série, mesmo que coloquem a corda em volta do pescoço, não vou deixar Jieling nem por meio passo.

Deng Youmi perguntou de repente: "E se houver uma cota estatal durante este período?"

O diretor Yu disse: "Senhor Deng, não pense nisso o dia todo. Há apenas alguns dias no Ano-Novo Chinês e você pode passar sem comer carne. Há 360 dias normais, e você não pode simplesmente apertar o cinto. Do que adianta pensar no amanhã se você não vive bem hoje?"

Os três estavam conversando, quando Wan, que já havia caminhado para o outro lado da encosta, de repente voltou.

Wan olhou para o diretor Yu por dois minutos inteiros antes de dizer: "Lembrei-me, você me perguntou ontem à noite se havia alguma cota para se tornar estatal".

O diretor Yu disse: "Este é o desejo eterno dos professores locais, e eles devem perguntar a todos que virem".

Wan disse: "Eu também fui um professor local. Posso ver que você está pensando em seu coração que Lan Fei deve ter um motivo oculto ao vir para a escola primária de Jieling. Então, senhor Yu, você é uma velha raposa. Fingindo estar saindo para aprender fora, na verdade quer evitar o problema que imaginou do nada. Eu, de sobrenome Wan, amigo leal dos três professores locais da escola primária de Jieling, juro por Deus que enviei Lan Fei para ensinar aqui apenas a pedido de sua mãe, e não há outro motivo pessoal, muito menos para adicionar experiência útil a ele. Se houver uma palavra de mentira, deixe a lápide de Ming Aifen voar e esmagar a cabeça maldita de Wan".

Desta vez, Wan realmente foi embora.

Os assuntos internos da escola foram relativamente fáceis, porque o novo semestre acabou de começar, as mensalidades e taxas diversas não foram usadas e ainda havia algum dinheiro disponível. O diretor Yu precisou explicar a Deng Youmi e Lan Fei. Se não houvesse mais dinheiro, não afetaria o trabalho educacional se simplesmente saísse. O que o diretor Yu precisou fazer foi ir para a casa do chefe da aldeia, Yu Shi, depois da escola antes de escurecer, apresentar Lan Fei a Yu Shi e explicar seu plano.

Ao lidarem com o comitê da aldeia, os três professores originais sempre cooperavam muito bem. Inesperadamente, Lan Fei se recusou a ir com o diretor Yu assim que ele chegou. O diretor Yu o avisou que, quando ele estava em um novo lugar, ele seria convidado nos primeiros três dias, então era bom tomar a iniciativa de conhecer o anfitrião, para que este possa comunicar-se consigo mais tarde. Lan Fei se recusou terminantemente a ir e disse que a chave de tudo era a abordagem inicial; caso contrário, uma rotina seria formada e não seria possível alterá-la. O diretor Yu não teve escolha a não ser ir sozinho.

Felizmente, Yu Shi, o chefe da aldeia, foi convidado pelo cunhado de Wang Xiaolan para jogar mahjong e não estava em casa. A esposa de Yu Shi ficou um pouco surpresa. Foi a primeira vez que a vila enviou alguém para liderar a escola primária de Jieling depois que o diretor da unidade, Wan, saiu. Ela pensou que era um grande assunto, contaria a Yu Shi o mais rápido possível e pediria que ele fosse à escola para visitar o diretor Lan imediatamente. O diretor Yu queria corrigir que Lan Fei era apenas um assistente do diretor, mas achou que seria muito chato se ele enfatizasse tanto.

O diretor Yu então fez um desvio para a casa de Wang Xiaolan. Antes de entrar, ouviu o cunhado de Wang Xiaolan gritando na sala: "Minha cunhada, o chá que você fez é mais perfumado; traga-nos outro bule de chá!"

Então, o marido de Wang Xiaolan disse: "Xiaolan, o convidado quer que você faça chá!"

Com o som da porta, Wang Xiaolan saiu, mas ela não viu o diretor Yu parado no escuro, e ela estava apenas ocupada lavando o bule. Um tempo depois, Yu Shi, o chefe da aldeia, disse na sala que Wang Xiaolan parecia um bule de cloisonné que não era usado havia muito tempo e que brilharia intensamente depois de ser limpo. Após ouvir isso, Wang Xiaolan o repreendeu em voz baixa: "Seu filho da puta! Você não é digno de ser o chefe da aldeia!"

Ao escutar isso, o diretor Yu desistiu da ideia de entrar na casa.

Originalmente, a família de Ye Biqiu havia concordado em partir no dia seguinte, mas o diretor Yu adiou a viagem por alguns dias. Se o diretor da escola primária administrada pela aldeia estivesse ausente por muito tempo, ele não poderia justificar isso sem pedir licença pessoalmente ao chefe da aldeia, Yu Shi. Mas Yu Shi não apareceu no dia seguinte e também não apareceu no terceiro dia.

O diretor Yu reservou um tempo para assistir às aulas de Lan Fei. Discutindo com Deng Youmi e Sun Sihai em particular, ele achou que as aulas de Lan Fei não eram piores do que as dos dois alunos-professores. Na frente de Lan Fei, o diretor Yu ainda deu alguns conselhos, para lembrá-lo, por exemplo, de não fazer muito barulho com o ponteiro e não mandar os alunos que responderam às perguntas de forma errada ficarem de pé como castigo. Houve outra questão que o diretor Yu se absteve de dizer. Lan Fei estava na escola primária de Jieling havia apenas três dias e apenas dois dias em aulas formais. Ele repreendeu um menino: "Com certeza, é um tolo de Jieling! A menos que o professor universitário também seja um tolo; caso contrário, ele nunca seria capaz de entrar em uma universidade até em sua próxima vida".

O diretor Yu ouviu mais de dez vezes. No começo, Lan Fei se conteve e não repreendeu as garotas, mas, no quarto dia, ele finalmente abriu a boca, apontando para uma garota de cujo nome ele ainda não conseguia se lembrar e disse: "Você também é o produto famoso de Jieling, uma tola?"

Não era que o diretor Yu não se atrevia a dizer isso. Ele queria ensinar a Lan Fei uma lição profunda sobre esse assunto, então ele não fez comentários por enquanto.

Naquela manhã, Yu Shi, o chefe da aldeia, finalmente chegou.

Assim que Yu Shi chegou, ele escreveu uma linha com giz no jornal do quadro-negro da escola: "Olá, alunos. Quem atirou no porco de Yu Zhuangyuan com um estilingue esta manhã? Por favor, entenda que, quando Zhuangyuan ficar com raiva, as consequências serão muito sérias! A assinatura no fim não foi do comitê da aldeia, mas do comitê escolar".

Vendo isso, Lan Fei não falou nada. Ele foi apagar as palavras com uma borracha de quadro-negro e depois as mudou com giz: "Olá, aldeões. Quem feriu a santidade da educação com palavrões esta manhã? Por favor, entenda que, quando professores e alunos ficam com raiva, as consequências são muito sérias. A assinatura também foi alterada do comitê escolar para o comitê da aldeia".

O chefe da aldeia, Yu Shi, olhou para Lan Fei, e Lan Fei também olhou para ele.

O diretor Yu apressadamente deu um passo à frente para apresentá-lo a Lan Fei: "Este é o chefe da nossa aldeia".

Lan Fei disse com um meio sorriso: "Não é o imperador, por que você nem tem sobrenome?"

O chefe da aldeia, Yu Shi, também disse com um sorriso sutil: "Meu sobrenome é Yu, o Yu do diretor Yu, meu nome é Shi. Não é o Shi de Zhishi [conhecimento], mas o Shi de Laoshi [honesto]! Em Jieling, durante esses anos, sempre busquei a derrota sozinho, espero que o assistente Lan possa passar mais tempo aqui".

Depois que Yu Shi terminou de falar, ele virou a cabeça e foi embora.

O diretor Yu o perseguiu, correndo para contar a ele sobre sua ida para a capital da província. O diretor Yu também exagerou deliberadamente, dizendo que o diretor da unidade, Wan, providenciou para que ele fosse estudar em uma escola famosa na capital da província.

Yu Shi, o chefe da aldeia, apenas caminhou e nem cantarolou.

Vendo essa situação, o diretor Yu decidiu descer a montanha antes do almoço.

Ele chamou Sun Sihai e Deng Youmi para sua casa e pediu-lhes que mantivessem a comunicação necessária com Yu Shi em particular. Sun Sihai estava encarregado de cuidar das crianças hospedadas na casa do diretor Yu. O diretor Yu insistiu repetidamente que, depois da escola à tarde, nos fins de semana, quando as crianças que moravam longe iam para casa, elas deviam ser acompanhadas pessoalmente por Sun Sihai e Deng Youmi, em vez de Lan Fei. Ele também confiou Yu Zhi, que estudava na escola secundária da vila, a Sun Sihai. Nada mais era do que pedir a ele que recebesse seu salário em seu nome e entregasse parte a Yu Zhi, conforme necessário. O diretor Yu também escreveu uma nota para Wang Xiaolan, pedindo-lhe que cuidasse de Yu Zhi enquanto cuidava de Li Zi. Quando voltasse das férias, podia cortar um pedaço de toucinho em casa; se não conseguisse terminar em casa durante as férias, podia enlatar e deixar levar para a escola para comer com arroz. O objetivo do diretor Yu de escrever dessa maneira também foi de permitir que Wang Xiaolan viesse à escola abertamente.

Normalmente sentia que havia demasiadas coisas para fazer, e sempre estava exausto no final do dia. Vendo que estava prestes a deixar a escola, o diretor Yu não conseguiu pensar em mais nada para pedir aos outros para fazer. Quase teve vontade de quebrar a cabeça quando lembrou que esqueceu de mencionar os porcos e as hortas criados em casa. Assim que abriu a boca, Sun Sihai brincou que ouviu dizer que havia sobras infinitas em toda a capital da província, então ele podia simplesmente levar os porcos para a capital da província e os trazer de volta depois de engordados.

As palavras de Sun Sihai fizeram todos pensarem que Lan Fei devia estar ali.

Acabou por ser assim mesmo. O diretor Yu então anunciou uma reunião formal.

A chamada reunião significava que várias pessoas assistiram o diretor Yu entregar o carimbo da escola a Lan Fei.

O diretor Yu não havia discutido esse assunto com ninguém com antecedência. O assunto surgiu de repente. Lan Fei segurou o grande selo sem educação e o transcou na sua gaveta, só então Deng Youmi mostrou um toque de descontento na expressão. A decisão do diretor Yu tinha sua razão: Deng Youmi liderava as atividades, enquanto que o selo foi guardado por Lan Fei, uma medidinha que poderia prevenir a concentração excesiva de poder em mãos de um único indivíduo.

Nesse momento, o pai e a tia de Ye Biqiu trouxeram Ye Biqiu para a escola.

Vendo que o diretor Yu estava prestes a partir, Deng Youmi o arrastou para trás, lembrando que, se Lan Fei agisse com ousadia e abusasse do grande carimbo, quem seria o responsável se algo desse errado? O diretor Yu sabia que Deng Youmi estava realmente preocupado que Lan Fei desse algum jeito secreto de beneficiar a si mesmo se a cota estatal saísse. O diretor Yu não expôs seu verdadeiro propósito e apenas disse que sempre haveria oportunidades enquanto Jieling ainda estivesse lá.

19

De Jieling até a sede do distrito, a jornada foi muito tensa. Ao partir, o diretor Yu se perguntou se ele encontraria Lan Xiaomei. Ao passar pela Pequena Aldeia da Família Zhang, realmente a encontrou cara a cara na pequena rua. Lan Xiaomei ficou chocada e perguntou se Lan Fei o afastou ou se ele não queria ajudar Lan Fei. O diretor Yu falou por um longo tempo antes de explicar o assunto claramente. Só então Lan Xiaomei disse a ele que Luo Yu, o aluno-professor que trocou trabalho com Lan Fei, teve outro ataque de asma. Ele também estava muito desanimado, por isso teve que desistir de sua missão de apoio ao ensino e voltar para a capital provincial. O diretor Yu ficou triste, mas disse que a escola primária central sofreu muito e perdeu um professor por nada.

O diretor Yu havia acabado de dar alguns passos quando Lan Xiaomei o alcançou e o lembrou de que, depois de chegar à capital da província, seria bom encontrar um lugar para Ye Biqiu lavar o rosto e pentear o cabelo antes de ir para a casa do diretor Wang. Quando uma garota saía, sua bela aparência era o melhor presente de saudação.

Depois de deixar Lan Xiaomei, no tempo restante, mal conseguiu pegar o último ônibus de volta ao centro do distrito. Não teve tempo para se despedir de Yu Zhi na escola secundária da vila, nem para dizer tchau ao diretor da unidade, Wan, que estava parado ao lado do beira da estrada. Quando o ônibus chegou à estação do distrito, o condutor do ônibus noturno para a capital da província gritou bem alto: "Este é o último ônibus! Se você não for agora, terá que ficar em uma pousada!"

O diretor Yu arrastou Ye Biqiu e uma grande bagagem para embarcar no ônibus. Antes que ele pudesse se sentar, o ônibus começou a se mover.

O diretor Yu disse a Ye Biqiu que apenas se importava com seus próprios pensamentos: "Esse ônibus é como se fosse ônibus especial para buscar você".

O ônibus noturno estava cheio de pequenos comerciantes que iam à capital da província para comprar mercadorias. Aquelas pessoas estavam acostumadas a gritar na rua, suas vozes eram muito agudas. Elas não conseguiam ficar paradas e queriam falar com alguém quando estavam com os olhos fixos nele. Como eram os últimos a embarcarem no ônibus e as pessoas no ônibus não queriam se sentar conforme o número no bilhete, o diretor Yu e Ye Biqiu só podiam sentar separadamente.

Quanto mais barulhentas as pessoas no ônibus ficavam, menos Ye Biqiu falava. Ela ficava olhando pela janela. A mulher ao lado da janela disse: "Você parece ser de Jieling".

Inesperadamente, Ye Biqiu disse algumas palavras com força: "Eu sou de Jieling".

A mulher ficou animada: "Você parece tão inteligente e não parece uma idiota de Jieling".

Ye Biqiu disse: "Minha mãe é uma idiota e ela se parece exatamente com você".

O diretor Yu, sentado na última fila, estava com medo de que Ye Biqiu causasse problemas, então ele rapidamente tentou acalmar a situação. A mulher se sentiu entediada, por isso ela tomou a iniciativa de trocar de lugar e deixou o diretor Yu e Ye Biqiu se sentarem juntos. Assim que saiu da fronteira do distrito, o ônibus noturno ficou silencioso. O diretor Yu estava com sono e queria que Ye Biqiu, que estava olhando pela janela do ônibus, dormisse também. Depois de algum tempo, o diretor Yu de repente ouviu Ming Aifen reclamando sem parar em seu ouvido. Ele não gosta de ouvir, mas não consegue parar de ouvir. Ming Aifen estava falando sobre Zhang Yingcai e a cota estatal que foi ganhada por ele. Ela disse que uma vez que Zhang Yingcai partiu, ele enlouqueceu o ambiente de maneira que nenhuma pessoa conseguia ver a si mesmo, sem dúvida, era melhor remetê-la para Sun Sihai. O diretor Yu acordou de repente e descobriu que não era Ming Aifen. Foi Ye Biqiu quem encostou sua cabeça no ombro dele.

A sonolenta Ye Biqiu perguntou: "Quando chegarmos à capital da província, podemos encontrar o professor Zhang?"

O diretor Yu disse: "Você ainda se lembra do professor Zhang?"

Ye Biqiu disse: "Naquela vez em que caí na lagoa, o professor Zhang me salvou".

O diretor Yu disse: "Como você caiu na lagoa?"

Ye Biqiu disse: "Quando vi o professor Zhang de mãos dadas com uma linda garota, entrei em pânico e quis dar uma volta, mas escorreguei por acidente".

Neste momento, Ye Biqiu parecia estar hipnotizada e atordoada, respondendo a qualquer pergunta. O diretor Yu perguntou quantas vezes ela havia encontrado Zhang Yingcai. Com os olhos semicerrados, Ye Biqiu disse que, depois que Zhang Yingcai foi embora, a escola teve três férias de inverno e duas férias de verão. Adivinhando que Zhang Yingcai estava de férias, ela silenciosamente desceu a montanha para encontrar Zhang Yingcai e pegar livros emprestados. Em cinco vezes, apenas o encontrou uma vez. No entanto, naquele dia, a mãe de Zhang Yingcai estava repreendendo-o por não saber como retribuir a bondade de outros. Com o planejamento cuidadoso de Deng Youmi, a arrogância de talento de Sun Sihai e o trabalho abnegado do diretor Yu, foi um milagre de milagres que essas três pessoas tivessem concordado unanimemente em dar a ele a cota estatal. Caso contrário, ele nunca conseguiria entrar na faculdade em sua vida. Ela ouviu que Zhang Yingcai parecia estar chorando e ele implorou para sua mãe parar de falar. Ele disse que se sentia desconfortável o tempo todo e ainda tinha que ouvir suas acusações todos os dias. Ele perdeu sua dignidade pessoal em casa. Ye Biqiu não se atreveu a entrar na casa, então ela se sentou e esperou debaixo de uma árvore perto da casa dele. Depois de um tempo, ela viu Zhang Yingcai sair correndo com uma mochila nas costas, pegar sua bicicleta e ir embora.

No meio da noite, todos no ônibus adormeceram e as palavras de Ye Biqiu pareceram falas durante o sono.

O diretor Yu entendeu que Ye Biqiu tinha uma queda por Zhang Yingcai.

A partir disso, o diretor Yu pensou que, em alguns anos, Yu Zhi também se tornaria um rapaz alto. Se Yu Zhi frequentasse a escola secundária do distrito para o ensino médio, ainda poderia se sustentar. Se reprovasse no vestibular, poderia voltar para Jieling, ter uma namorada, se casar e constituir família; o fardo não seria muito grande. Se ele realmente fosse admitido na universidade, sem mencionar os milhares de yuans de propina anual, apenas para as despesas de alimentação mensais, mesmo que ele desse ao filho todo o seu salário miserável, ainda seria muito menos do que o suficiente. O fardo seria muitas vezes mais pesado do que o da escola primária de Jieling. Ao longo dos anos, o diretor Yu desenvolveu o hábito de não pensar em coisas que não podiam ser solucionadas. Mas o ônibus noturno era como um joão-bobo. Depois de algumas sacudidas, seus pensamentos voltaram à posição original. Ele não conseguia dormir e, quanto mais pensava nisso, mais confuso se sentia. Não pôde deixar de murmurar, culpando Ming Aifen por ter aberto as mãos, esticado os pés, exalado o último suspiro e empurrado casualmente a responsabilidade do casal para ele sozinho.

Às sete horas da manhã, o ônibus noturno chegou à capital provincial. Dez anos atrás, o diretor Yu trouxe os registros médicos de Ming Aifen para a capital da província para buscar aconselhamento médico. Ele pensou que se lembrava do caminho, mas, quando desceu do ônibus, percebeu que sua memória original era inútil. O diretor Yu não se atreveu a ser descuidado, então ligou de um telefone público de acordo com o número deixado na carta do diretor Wang. O diretor

Wang ficou muito feliz quando soube que o diretor Yu veio pessoalmente, e foi Ye Biqiu sobre quem Zhang Yingcai escreveu no artigo. Ele pediu que ficassem onde estavam e disse que ia buscá-los pessoalmente. Depois de esperar cerca de cinquenta minutos, o diretor Wang veio dirigindo e chegou com sua esposa em um vestido de gestante. Em vez de voltarem para casa, o casal os levou para um salão de beleza.

Depois que as duas mulheres entraram, o diretor Wan e o diretor Yu tomaram café da manhã em uma lanchonete próxima. O diretor Wang perguntou ao diretor Yu por que ele carregava uma bagagem grande já que ele não o convidou para ser criado. O diretor Yu originalmente queria ter uma conversa franca com o diretor Wang o mais rápido possível. Vendo que ele tomou a iniciativa de perguntar, ele disse a verdade sobre seus pensamentos.

O diretor Wang imediatamente mostrou um sorriso brilhante no rosto: "Isso é uma coisa nova e devemos ajudar. Se for bem-feito, desta vez, a escola primária de Jieling pode realmente chegar à manchete do jornal provincial e pode até mesmo entrar no Diário do Povo".

O diretor Yu não esperava que o diretor Wang prestasse tanta atenção nisso e agradeceu sete ou oito vezes seguidas.

Em apenas duas horas, Ye Biqiu, que saiu do salão de beleza seguindo a esposa do diretor Wang, se tornou irreconhecível para o diretor Yu. Descobriu-se que a esposa do diretor Wang a levou ao salão de beleza, assim como Lan Xiaomei havia dito a ela antes, para se livrar da aparência miserável de Ye Biqiu. O diretor Wang e sua esposa também fizeram um acordo com Ye Biqiu de que não importava quem perguntasse de onde ela era mais tarde, ela apenas diria que era a priminha da esposa do diretor Wang. Além de aumentar o status de Ye Biqiu, assim também podia evitar a suspeita de uso de trabalho infantil.

O diretor Yu disse a Ye Biqiu: "Você pulou da panela de mingau para a panela de carne".[19]

Inesperadamente, Ye Biqiu disse: "Vou voltar para Jieling depois de apenas quatro anos!"

Ye Biqiu estava com medo de que o diretor Wang e sua esposa pensassem que ela estava desconfortável, então ela fez uma pausa e acrescentou: "Eu também quero ser professora local!"

---

19 N. do T.: Refere-se à transformação repentina de uma pessoa de um ambiente ou situação não tão boa para um muito bom. Isso significa que a situação de vida de Ye Biqiu melhorou significativamente. Essa mudança é como uma transformação de só poder comer congee (aludindo a condições de vida pobres e humildes) para poder comer carne (aludindo a condições de vida ricas e boas).

A esposa do diretor Wang disse ao diretor Yu: "É inesperado que a próxima geração também o adore! Não é de admirar que meu marido sempre diga que os professores locais são os maiores heróis nacionais de nosso tempo!"

Ao ver o diretor Yu ficando constrangido, o diretor Wang disse: "Não estou exagerando quando digo isso. Nas últimas décadas, a maioria das crianças na China foi criada espiritualmente por vocês professores locais magros!"

Depois que Ye Biqiu se estabeleceu, o diretor Wang e sua esposa começaram a lidar com o assunto do diretor Yu.

Parecia que não era preciso muito esforço. Na tarde do segundo dia, o diretor Wang se encontrou com o diretor Wang da escola primária experimental provincial. À noite, ele levou o diretor Yu com ele para um bar de chá, onde os três tiveram uma conversa juntos. Depois de se sentar, o diretor Yu percebeu que os dois pareciam estar sinalizando e piscaram um para o outro várias vezes. Depois de conversar por bastante tempo, não mencionaram o assunto de o diretor Yu ir à escola para assistir a aulas ou fazer estágio. O diretor Yu estava suando profusamente de ansiedade e finalmente ouviu o diretor Wang da escola dizer, impotente, que ele seria convidado a trabalhar como porteiro na escola primária experimental por um semestre. Além de alimentação e alojamento, o salário mensal seria de 300 yuans. O diretor Yu ficou surpreso e perdeu a cabeça por um momento. Vendo o diretor Wang acenando para ele constantemente, ele concordou.

Em volta da rua, o diretor Wang também não explicava, só disse que se conseguir entrar na escola experimental já era considerado um sucesso. E com relação a ensino, tudo é interligado, e se tiver vontade de aprender, pode adquirir habilidades meramente por ouvir alguns passos no corredor.

Embora ser um porteiro deixasse o diretor Yu muito desconfortável, ele ainda seguia honestamente os requisitos da escola. Apenas um mês depois, alguém veio notificá-lo para receber seu salário e lhe disse que, neste dia de cada mês no futuro, bastava ir ao escritório de contabilidade e não precisava esperar que o chamassem. Quando o diretor Yu realmente recebeu seu salário, ele se sentiu um pouco animado. Assim que acertou as contas, após quatro meses, teria uma renda de 1.200 yuans, o que era inimaginável na escola primária de Jieling. Por não ter subido ao pódio, o diretor Yu ficou com vergonha de escrever cartas. Deng Youmi pediu ao diretor Wang que entregasse uma carta, o que não era nada sério. Dizia principalmente que Lan Fei puniu o filho do chefe da aldeia e o mandou ficar de pé na aula três vezes, e também o removeu do cargo de capitão dos pioneiros, e se desentendeu completamente com o chefe da aldeia. Yu Shi disse que, após o final daquele semestre, ele transferiria seu filho para a escola primária central da vila. Ao final da carta, Deng Youmi perguntou: "Não temos nenhuma notícia sobre a promoção de professores locais. Vocês têm alguma notícia relevante?"

Havia mais cartas de Yu Zhi, e havia três cartas no total, que também foram encaminhadas pelo diretor Wang. A maior parte do que estava escrito nas cartas era a situação de estudo naquela época. As três cartas mencionaram três testes, e as classificações de notas de Yu Zhi e Li Zi estavam entre as dez primeiras.

O diretor Yu apenas escreveu uma carta ao diretor da unidade, Wan, pedindo-lhe que dissesse a todos que estava tudo bem na capital da província. Ele estava preocupado que alguém viesse à capital da província para encontrá-lo com um envelope e descobrisse que ele era um porteiro, por isso o endereço no envelope ainda era o da escola primária de Jieling.

Durante o exame de meio de semestre, a esposa do diretor Wang deu à luz.

Metade do semestre se passou e o diretor Yu ainda não tinha entrado nas salas de aula da escola primária experimental. O telefone da sala de guarda da escola só podia receber ligações, mas não podia ligar para fora, e o diretor Wang raramente o contatava ativamente.

O diretor Yu estava muito ansioso no começo, mas encontrou um jeito gradualmente. Ele usou a chave que controlava para abrir a porta das salas de aula no início da manhã ou à noite, quando a escola estava vazia, e copiou todas as palavras escritas pelos professores nos quadros-negros. Depois de voltar para a sala da guarda, arrumava as anotações aos poucos. Após dois meses, o diretor Yu tinha mais ideias em mente.

Naquela noite, o diretor Yu organizou as anotações da aula de chinês da Turma Cinco da quinta série e ficou insatisfeito com alguns pontos. Quando ele se levantou de manhã, foi inspecionar cada andar e abriu a porta da sala de aula. Foi também porque ele não subia ao pódio havia muito tempo. Depois de murmurar algumas palavras sozinho, ele realmente soltou a voz e falou em torrente para a sala de aula vazia. Depois de falar todos os pensamentos em sua mente de uma só vez, olhou para o relógio novamente, exatamente quarenta e cinco minutos. Após a inspeção, voltou para a sala da guarda e ainda não havia ninguém por perto.

Um dia depois, o diretor Yu foi à sala de aula para dar outra aula experimental.

O diretor Yu achou que esse era um bom caminho e não havia necessidade de incomodar o diretor Wang. Todas as manhãs, ao levantar, ia para a sala de aula que havia identificado à noite, de frente para as mesas e cadeiras, e ocasionalmente as mochilas que os alunos haviam esquecido de levar para casa. Era tão sério quanto na aula.

O diretor Yu murmurou em seu coração antes que era chato ficar na sala da guarda o dia todo, incapaz de ir a lugar algum. Desde que ficou obcecado por "dar aulas", ele até se esqueceu de ir ao Instituto Provincial de Educação para ver Zhang Yingcai. Uma dia pela manhã, o diretor Yu saiu da sala de aula e encontrou o diretor Wang da escola. O diretor Wang estava indo a Beijing para uma reunião. Ele havia esquecido os materiais no escritório e veio buscá-los de manhã cedo. Depois de chamar o diretor Yu por um longo tempo, não teve resposta, então ele pegou sua chave, abriu a porta e entrou. Embora não tivesse sido descoberto, o diretor Yu ainda parou por uma semana. Quando o diretor Wang voltou da reunião e viu que não havia nada de errado, ele começou de novo.

No primeiro domingo de manhã após o término de todas as novas aulas daquele semestre, o diretor Yu verificou a fechadura da porta com cuidado antes de subir as escadas com confiança e entrar em uma sala de aula da quinta série. Como o curso entrou na fase de revisão antes do exame final, havia muitas perguntas nesta aula. O diretor Yu não sabia os nomes dos alunos desta aula, então ele teve que usar os nomes dos alunos que conhecia.

Houve uma pergunta e ele não ficou satisfeito com a resposta de "Yu Zhi". Então pediu a "Ye Biqiu" para responder novamente e depois criticou "Yu Zhi" por suas notas instáveis. A razão importante era que meninos tendiam a ser orgulhosos. Ele também lembrou que "Ye Biqiu", cujas notas eram relativamente estáveis, precisava evitar que, como menina, se sentisse inferior quando suas notas caíam. Na pergunta seguinte, o diretor Yu pediu ao "filho do chefe da aldeia, Yu Shi," que se levantasse e respondesse, mas o resultado foi escandalosamente errado. O diretor Yu o puniu a ficar embaixo do quadro-negro até que a aula acabasse. Ele próprio caminhou lentamente entre os "estudantes", repreendendo "o filho do chefe da aldeia, Yu Shi," enquanto caminhava: Seu nome é Zhuangyuan, que é um homônimo para o estudioso número um, e a pessoa que te deu o nome esperava que você tivesse muito êxito. Até agora, infelizmente você não conseguiu nada. Você tem que entender uma verdade simples: depois de entrar por esta porta, ninguém é filho de ninguém e ninguém é pai de ninguém. Nesta sala, o único que pode ser pai é o conhecimento, e o único que quer ser filho é a ignorância.

O diretor Yu escreveu os caracteres "Shao (tolo)" e "Sha (ridículo)" no quadro-negro e disse com entusiasmo que as pessoas de fora gostavam de dizer que os homens em Jieling eram estúpidos e as mulheres eram estúpidas. Porque o professor de matemática ridicularizou e chamou uma menina da classe de estúpida que segurava um livro da primeira série, mas nunca conseguia terminar de ler, você, "Ye Biqiu", não queria mais estudar. Se você entendesse a sutil concepção artística do caractere chinês "Shao", você não teria uma reação tão forte. Falando nisso, a frase mais marcante desse lugar é justamente: Você é tolo! Você é tola! Enquanto alguém ofendesse você, você, você — o diretor Yu apontou para "Yu Zhi", "Li Zi" e "Ye Biqiu" —, todos vocês ficariam com raiva, certo? E se alguém apenas dissesse que você é ridículo? Certamente não muito zangado? Essa resposta podia lhe dar apenas cinco pontos em dez. "Shao" e "Sha", embora sinônimos, quando usados, o primeiro era mais exagerado que o segundo, e o significado era bem diferente. Quando uma pessoa dizia a outra que você era tão ridículo, geralmente significava pena. Quando uma pessoa descreve outra pessoa como tolo ou tola, não era apenas uma pena. Em vez disso, essa pessoa estava expressando seu próprio conhecimento e exibindo sua personalidade e, ao mesmo tempo, tentando estabelecer uma situação em que fosse condescendente e a outra parte devesse obedecer às ordens. Portanto, quando os outros diziam essa frase, muitas vezes era apenas a exibição subjetiva da outra parte e não havia necessidade de ficar muito triste. Tomando a mãe de "Ye Biqiu" como exemplo, sua filha já estava na adolescência e ela ainda estudava lá com um livro da primeira série o dia todo. As pessoas que subjetivamente se sentiam melhores do que ela, claro, diziam que ela era tola. Para ela, esse não é o caso, e devem considerar isso como um símbolo espiritual da vida eterna de Jieling. Portanto, se alguém disser que você é ridículo, deve ficar muito atento, porque o ridículo é um fato objetivo. E assim, você, "Yu Zhuangyuan"...

O diretor Yu caminhou até a última fileira, se virou e descobriu que o diretor Wang da escola estava parado onde o "filho do chefe da aldeia, Yu Shi," foi punido.

O diretor Yu não conseguiu continuar falando.

O diretor Wang da escola o convidou para o escritório muito educadamente.

Não muito tempo depois, o diretor Wang também chegou.

O diretor Wang disse que ele e o diretor Wang da escola planejaram tudo isso juntos. Para escrever esse artigo que poderia estar na manchete do jornal provincial, os dois deliberadamente não disseram nada com antecedência, querendo ver o lado mais essencial do diretor Yu. O diretor Wang da escola também lamentou ter sido professor por quase quarenta anos e nunca ter visto um professor assim. Eles imaginaram que, para a chamada autodidata dos professores, o diretor Yu poderia adotar vários métodos, mas no final o que realmente aconteceu foi inesperado. O diretor Wang esperou que o diretor Yu não ficasse com raiva, muito menos pensasse erroneamente que isso era para fabricar notícia.

O diretor Yu não pensou nisso. Em seu coração, não havia nada além de gratidão.

O Diretor Wang da escola concordou em permitir que o diretor Yu desse formalmente algumas aulas em um momento apropriado.

Por esse motivo, o diretor Yu ficou nervoso por um longo tempo. Quando chegou sua vez de dar aula, tanto o diretor Wang quanto o diretor Wang da escola ouviam na última fila. O diretor Yu se esforçou muito, mas o efeito da aula ainda não era tão bom quanto o de ele ensinar sozinho. O diretor Yu deu duas aulas no total, e o efeito da última aula foi significativamente melhor do que o da aula anterior. O diretor Wang da escola concordou em dar mais oportunidades ao diretor Yu, mas alguns pais ligaram para expressar suas opiniões. Os pais dos alunos da escola primária experimental são todos quadros provinciais, incluindo diretores de seção, diretores de departamento e até governadores da província. O diretor Wang da escola não se atreveu a deixá-lo dar aulas experimentais novamente, mas ele não queria que ele fosse um guarda e permitiu que ele assistisse a aulas em qualquer classe livremente.

Uma semana antes do exame final, o grande artigo escrito pelo diretor Wang foi concluído e enviado ao diretor Yu para revisão.

A linguagem do diretor Wang era muito mais generosa, ao contrário do artigo anterior de Zhang Yingcai, que estava cheio de assuntos triviais como sementes de cenoura. O diretor Wang disse com orgulho que este era um dos melhores artigos que ele já havia escrito em sua vida, seria um fracasso se aparecesse apenas na primeira página, mas com certeza estaria na manchete. Por isso, o diretor Wang escolheu um título particularmente contundente para o artigo: "Heróis Nacionais Sem Grandes Conquistas". Sua introdução foi: "Depois de décadas de turbulência, com ruínas por todos os lados esperando ser reconstruídas, o poder nacional é fraco e, num primeiro momento, só podemos priorizar as grandes cidades. Sem um grande número de professores locais que se esforçam durante 20 anos na zona rural desértica, a situação seria ainda pior." Esta frase nunca passou pelo pensamento de Sun Sihai, o professor mais brilhante da Escola Primária de Jieling.

A palavra "incrível" apareceu repetidamente na mente do diretor Yu.

Assim que o exame final dos semestre terminou, o acordo provisório entre o diretor Yu e a escola primária experimental foi anulado.

O diretor Yu era como um aluno que nunca perdia aula. Quando era guarda, nunca saía do campus. Naquele momento, decidiu visitar Ye Meng. Na capital da província, o que realmente importava não era Zhang Yingcai, muito menos o diretor Wang, mas Ye Meng, que havia abandonado a escola cedo, o deixava preocupado. O diretor Yu já havia anotado o endereço no cartão-postal de ano novo. O porteiro que veio substituí-lo foi um trabalhador demitido da capital da província. Antes de sair da escola, o diretor Yu perguntou e confirmou sobre o caminho que faria. Uma vez na rua, ele não precisou mais perguntar aos outros.

A viagem transcorreu sem problemas. Quando chegou à construtora onde Ye Meng trabalhava, estava prestes a perguntar ao ver Ye Meng saindo de um escritório. Ye Meng gritou surpreso: "Diretor Yu!". Então, independentemente do que ele foi fazer, arrastou-o para um grande escritório e disse a um homem pouco atraente: "Presidente, este é o diretor Yu".

O chefe perguntou de volta: "Que diretor ?"

Ye Meng disse rapidamente: "É o diretor Yu que me ensinou da primeira até a quinta série".

O presidente imediatamente se levantou e pediu para ele se sentar, fazendo muitos elogios. O diretor Yu só descobriu que Ye Meng já era o chefe de caixa dessa construtora e, depois de um ano, havia tocado dezenas de milhões de yuans em dinheiro.

Antes de Ye Meng, a chefe de caixa da empresa era a esposa do presidente. Para escolher alguém que pudesse substituí-la, testaram muitas pessoas de várias maneiras, mas os resultados não foram satisfatórios. Quando Ye Meng chegou pela primeira vez à capital da província, ele trabalhou como faxineiro em um hotel. Um dia, o presidente levou o cliente para jogar mahjong e, de repente, a polícia apareceu para apreender os jogadores. Em desespero, o presidente embrulhou todo o dinheiro na mesa do jogo com uma toalha de mesa, enfiou-o nos braços de Ye Meng, que estava limpando a janela, e pediu-lhe que o levasse embora rapidamente. A polícia invadiu e teve que soltá-los porque não conseguiram encontrar o dinheiro do jogo. Depois de um tempo, o presidente foi ao hotel novamente e Ye Meng devolveu a ele todos os mais de 10.000 yuans em dinheiro. O presidente perguntou sobre o histórico de Ye Meng e decidiu contratá-lo como chefe de caixa da empresa.

O diretor Yu estava muito feliz, ele almoçou na casa de Ye Meng antes de voltar. O ônibus estava lotado e outras pessoas estavam muito irritadas, algumas até franzindo a testa e xingando baixinho. O diretor Yu continuou rindo, e Ye Meng disse a ele em particular que ele já havia aprendido sozinho o curso dos anos finais do ensino fundamental e estava se preparando para estudar sozinho o curso do ensino médio, e poderia se inscrever para o vestibular em dois anos. Se Ye Meng, que frequentou apenas até a quinta série do ensino fundamental, fosse admitido na universidade, seria a melhor prova de habilidade para o diretor Yu e os outros.

Ye Meng disse ao diretor Yu que, quando estava em Jieling, sempre pensava que, desde que ficasse rico, todos os problemas seriam resolvidos. Inesperadamente, uma pessoa com um patrimônio líquido de mais de 100 milhões de yuans como o presidente tinha problemas que não podiam ser resolvidos. O filho mais velho não gostava de estudar e tinha 17 ou 18 anos, então ele teve que ir ao Templo Shaolin para aprender artes marciais. O filho mais novo tinha quase dez anos e suas notas eram piores do que as do irmão mais velho. O tempo gasto na escola era quase o mesmo que o tempo gasto matando aula. Mais de uma dúzia de tutores foram convidados, e a maioria deles se recusou a voltar sem nem mesmo pedir salário depois que vieram uma vez. Um pequeno número de tutores mal sobreviveu por um mês, apenas para conseguir o salário negociado antecipadamente.

Nesta comparação, o diretor Yu achou que Yu Zhuangyuan ainda era muito bom. Ele planejou visitar Ye Biqiu à noite, despedir-se do diretor Wang e entregar ao diretor Wang os ensaios que Yu Zhuangyuan havia copiado antes de ele vir para a capital provincial. Se pudessem ser publicados no suplemento do jornal provincial, seriam de grande ajuda para reajustar o relacionamento com Yu Shi, o chefe da aldeia. Mais importante, o entusiasmo de Yu Zhuangyuan para aprender seria muito melhorado. Para uma escola primária administrada por aldeia, o filho do chefe da aldeia não podia ser bem ensinado e os efeitos negativos seriam evidentes.

De volta à escola primária experimental, o guarda que o substituiu pegou uma carta, dizendo que foi entregue por um jovem de sobrenome Zhang logo depois que ele saiu.

O diretor Yu imediatamente pensou em quem era.

Depois de receber a carta, era de fato Zhang Yingcai.

Zhang Yingcai trouxe uma carta pelo diretor da unidade, Wan. Ele escreveu no bilhete deixado para o diretor Yu que nos dias seguintes ele se formaria e voltaria para o distrito, e ainda não sabia o que fazer no futuro. A carta no envelope foi escrita pelo diretor da unidade, Wan.

Wan deixou o caso claro, e a primeira frase fez o diretor Yu estremecer:

"Senhor Yu: eu imploro, não deixe de voltar imediatamente após receber a carta, caso contrário, adicionarei muita culpa à culpa anterior".

Olhando mais para baixo, o diretor Yu percebeu que, havia dois meses, o distrito decidiu converter alguns dos professores locais responsáveis pelas escolas primárias de base em professores estatais, e a escola primária de Jieling e a escola primária de Wangtian receberam uma cota cada uma. O diretor da unidade, Wan, imediatamente escreveu ao diretor Yu e pediu-lhe que usasse todos os meios possíveis para lidar com o assunto. Ele também deixou claro que a unidade de educação da vila adotaria uma abordagem de uma etapa, carimbando primeiro um grande selo no formulário em branco, e em seguida enviando o formulário; então, depois que as duas escolas primárias tomassem suas próprias decisões, elas o entregariam ao departamento de educação do distrito. Para sua surpresa, depois que as formalidades foram aprovadas, ele descobriu que o professor da escola primária de Jieling era Lan Fei, e o professor da escola primária de Wangtian não era o diretor Hu, mas um vice-diretor. Após investigação, Wan descobriu que na escola primária de Jieling Lan Fei não contou a ninguém e preencheu suas informações no formulário de registro, carimbou-o com o selo da escola e enviou-o pessoalmente ao departamento educacional do distrito. Na escola primária de Wangtian, como o vice-diretor era professor local havia mais tempo que o diretor Hu, ele e o diretor Hu tiveram uma briga séria. Finalmente decidiram adotar o método de sorteio, e os dois fizeram um juramento e imprimiram suas impressões digitais ensanguentadas na carta de promessa de não voltar atrás em sua palavra. Inesperadamente, o diretor Hu não teve sorte e o que ele pegou foi o pedaço de papel inútil. O diretor Hu não estava convencido e não conseguia se arrepender, então ele contatou as pessoas em particular, preparando-se para fazer uma grande bagunça durante o treinamento de professores em toda a vila. O diretor da unidade, Wan, não tinha medo do diretor Hu, mas estava preocupado com a escola primária de Jieling. Naquele momento, Deng Youmi e Sun Sihai só ouviram rumores e nunca pensaram que Lan Fei seria tão ousado. Quando a verdade viesse à tona, ninguém ousaria prever no que eles se transformariam. Wan queria que o diretor Yu voltasse o mais rápido possível para ajudá-lo a lidar com esse assunto e remediá-lo o máximo possível.

As mãos do diretor Yu tremiam constantemente e seu coração também estava com cãibras.

Depois de ler a carta, o diretor Yu se sentiu tonto e pesado no pior momento. Felizmente, havia um ar-condicionado na sala. O diretor Yu colocou a cabeça no respiradouro e congelou por um tempo antes de se recuperar. Ele arrumou suas coisas e foi até o diretor Wang do jornal provincial.

A esposa do diretor Wang ainda estava de licença-maternidade. Quando ela viu o diretor Yu, a primeira coisa que ela disse foi que os alunos que ele ensinava eram maravilhosos, inteligentes, capazes e compreensivos. Antes, as amigas sempre reclamavam que encontrar uma criada adequada era mais difícil do que encontrar um bom marido. Depois de alguns meses, o desempenho de Ye Biqiu as deixou com inveja. Todas disseram que desejavam ter outro filho e contratar Ye Biqiu, para aproveitar a vida feliz de uma mulher lactante. A esposa do diretor Wang também foi gentil com Ye Biqiu. Ela não deixou Ye Biqiu assistir TV, mas lhe deu todos os livros que ela havia usado para estudar sozinha na faculdade e pediu que Ye lesse devagar. Inesperadamente, Ye Biqiu não atrasou as tarefas domésticas e leu muitos livros, planejando fazer o exame da primeira disciplina no final daquele mês.

Quando ela foi para o quarto e chamou o diretor Wang para ir para casa, o diretor Yu perguntou a Ye Biqiu se ela realmente iria fazer o exame. Ye Biqiu acenou com a cabeça e disse que era raro conhecer tantas pessoas boas e tinha que lutar por seu futuro de qualquer forma.

Antes que o diretor Yu pudesse ficar feliz, Ye Biqiu sussurrou novamente que havia algo errado com o artigo escrito pelo diretor Wang. Primeiro, o secretário do Partido da escola primária experimental apresentou uma queixa dizendo que a capacidade de ensino do diretor Yu era terrível. Fazer propaganda de tal pessoa não só constrangeria a escola primária experimental mas também constrangeria a comunidade educacional. Imediatamente depois, o editor-chefe do jornal provincial e o presidente se confrontaram. O editor-chefe disse que sim, mas o presidente disse firmemente que não e até conseguiu que o secretário da escola primária experimental provasse que a chamada autodidata de professores era um espetáculo artificial deliberadamente arranjado. Portanto, o diretor Wang vinha xingando as pessoas em casa aqueles dias.

Quando o diretor Wang voltou, seu rosto estava pálido. Ele deu uma carta ao diretor Yu, dizendo que acabara de descobri-la em meio a muitas cartas das massas.

Foi a carta que Wan mencionou que havia enviado imediatamente, na qual o notificou sobre a promoção a professor estatal.

Foi uma pena que, por causa da culpa do diretor Wang, tudo fosse diferente, desde o processo até o final.

A esposa do diretor Wang viu o diretor Yu suspirar levemente e perguntou se havia algo embaraçoso.

O diretor Yu rapidamente balançou a cabeça e disse que provavelmente estava com saudades de casa. O diretor Wang se divertiu com essas palavras e disse que ele nem tinha esposa, então de que tipo de família estava sentindo falta em uma idade tão avançada? O diretor Yu perguntou com um sorriso se não poderia sentir falta do seu filho. O diretor Wang aproveitou para perguntar sobre a situação de Yu Zhi. Enquanto o diretor Yu falava sobre Yu Zhi, ele retirou várias redações escritas pelo filho do chefe da aldeia e as entregou ao diretor Wang.

O diretor Wang folheou e guardou o artigo sobre o coelho pulando no telhado quando nevou.

Em seguida, o diretor Wang tomou a iniciativa de falar sobre seu artigo, e a situação não parecia ser tão séria quanto Ye Biqiu descreveu. O diretor Wang disse apenas que o título precisava ser mudado. Usar "Heróis Nacionais" para se referir a professores locais ia causar polêmica. Mudar para "Heróis Rurais" seria mais leve, porém mais seguro. O diretor Wang pediu ao diretor Yu que prestasse atenção ao jornal no Dia do Professor.

O diretor Yu teve que pegar o ônibus noturno de volta ao distrito.

O diretor Wang e sua esposa o acompanharam até a rodoviária. Quando se encontraram pela primeira vez, a esposa do diretor Wang tinha uma barriga grande, seu rosto estava coberto de manchas de gravidez e não conseguia ver sua beleza. Depois de olhá-la após o parto, ele finalmente entendeu por que o diretor Wang de repente enlouqueceu e transformou essa mulher que poderia ser sua filha em sua esposa.

20

Como não foi o último ônibus noturno, ainda estava escuro quando voltou ao distrito. Quando o diretor Yu estava cochilando na sala de espera cheia de vários odores, alguém o cutucou silenciosamente para lembrá-lo de ter cuidado com aqueles moços e moças que pareciam ladrões. Sonolento, o diretor Yu quase reconheceu um deles como seu aluno, mas ficou aliviado ao descobrir que não era o caso. Ficou fora por quatro meses e, depois de descontar algumas pequenas despesas e alguns presentes que havia comprado, ainda tinha mil yuans com ele. Ele não ousou mais dormir, então trouxe à tona a questão do novo casamento, sobre a qual havia pensado intermitentemente depois de testemunhar a família feliz do diretor Wang, e se torturou novamente. Além de Lan Xiaomei, não havia mais ninguém em quem podia pensar. Mas ele sempre sentiu que ainda conseguia pensar em outras pessoas. Enquanto uma mulher passava, ele pensava se essa pessoa poderia se tornar sua esposa, e, se ela realmente se tornasse sua esposa, como viveriam juntos. Depois de passar por vários argumentos, a mulher que reapareceu como conclusão ainda foi Lan Xiaomei.

O ônibus com destino à vila finalmente fez um movimento. O diretor Yu arrastou sua bagagem para embarcar no ônibus e encontrou um assento. Depois que outras pessoas ocuparam os assentos, elas saíram do ônibus para comprar comida. Depois de pegar o ônibus noturno, o diretor Yu também estava com um pouco de fome, mas sentiu que não era razoável comer tão cedo.

Nessa hora, chegou o último ônibus noturno da capital provincial. Entre a multidão saindo do ônibus, o diretor Yu viu Zhang Yingcai. Ele estava um pouco animado e prestes a gritar, mas de repente mudou de ideia e apenas observou em silêncio por trás da janela do ônibus. Zhang Yingcai tinha muita bagagem e havia três pacotes no total. Um pacote era bagagem e dois pacotes eram de livros. Todos que desceram do ônibus foram embora, mas ele continuou parado, até que uma garota com um temperamento muito artístico se aproximou empurrando uma bicicleta e seu rosto perplexo se iluminou. Zhang Yingcai e a garota, nos dois lados da bicicleta respectivamente, se abraçaram e amarraram três pacotes de coisas na bicicleta.

Nesse momento, alguém chamou a garota: "Yanzi, que convidado você está enviando de manhã cedo?"

A garota respondeu timidamente: "Não, vim buscar um colega de classe".

Quando a garota saiu da estação lado a lado com Zhang Yingcai, o ônibus para a vila também partiu. Depois que o ônibus ultrapassou a bicicleta, o diretor Yu olhou para Zhang Yingcai através do vidro e descobriu que tinha muita felicidade em seu corpo.

Havia poucas pessoas no ônibus e o motorista dirigiu rapidamente, de modo a pegar os passageiros que saíam cedo da vila para trabalhar no centro do distrito. Os ônibus correndo no distrito eram muito mais velhos que os ônibus com destino à capital da província, e a estrada não era boa. O diretor Yu havia andado de ônibus a noite inteira e naturalmente se sentiu um pouco tonto. Depois de descer do ônibus, o diretor Yu foi à unidade de educação da vila primeiro. Sem que ele tenha aberta boca, Li Fang já disse geladamente que ele não estava lá! O diretor Yu virou a cabeça e saí logo. Esse movimento não era feito intencionalmente, mas sim coincidiu com um surto de vertigem.

Assim que ele pôs os pés no caminho de volta para Jieling, ele não conseguia parar de pensar nas coisas mencionadas na carta do diretor da unidade, Wan. Ao passar pela Pequena Aldeia da Família Zhang, se ele encontrasse Lan Fei e Lan Xiaomei, ele seria capaz de se manter calmo? Ele iria repreender Lan Fei severamente? Felizmente, a porta estava bem fechada e as partes descoladas dos dísticos desbotados do Festival da Primavera balançavam com a brisa, mas não havia som na casa. O diretor Yu apenas deu um suspiro de alívio, mas começou a se arrepender novamente. Em sua bagagem, foi escondido um par de sapatos femininos de couro. Foi depois de o ter visto muitas vezes na loja junto à escola primária experimental provincial que se decidiu a comprá-lo. Quando ele pegou o dinheiro, ele estava pensando em Ming Aifen. Antes de adoecer, Ming Aifen quis várias vezes comprar sapatos de couro e desistiu. Depois de comprar os sapatos de couro, o diretor Yu decidiu entregá-los a Sun Sihai e pedir-lhe que os desse a Wang Xiaolan. Ele pensou que, se Wang Xiaolan insistisse em não aceitar, ele daria a Chengju. O diretor Yu pensou que, se encontrasse Lan Xiaomei nesse momento, talvez ele desse a ela esses sapatos de couro.

A Pequena Aldeia da Família Zhang era como um posto de controle. Depois de passar por ela, o caminho era bem mais fácil.

No meio do caminho para subir a montanha, o diretor Yu acidentalmente encontrou a esposa e o filho do chefe da aldeia, Yu Shi. A uma longa distância,

Yu Zhuangyuan gritou animadamente. A esposa do chefe da aldeia, Yu Shi, não estava tão entusiasmada quanto antes e até se recusou a acenar com a cabeça.

Yu Zhuangyuan não se importou com essas coisas e agiu de forma coquete na hora: "O diretor Yu está de volta! Não vou mais mudar de escola, vou estudar na escola primária de Jieling".

O diretor Yu fingiu não entender: "Por que você quer mudar de escola? O chefe da aldeia foi promovido?"

A esposa do chefe da aldeia suspirou: "Como um chefe de aldeia poderia ser promovido? Até Lan Fei, um professor local, ousa nos intimidar! Ele parece gentil, mas não parece um professor. Ele é um açougueiro que mata vacas!"

O diretor Yu disse: "Você é a esposa do chefe da aldeia e deve ficar calma quando encontrar problemas. Após as férias de verão, ele estará na sexta série. Neste momento, mudar de escola não é bom para os estudos de seu filho. Se houver qualquer problema, eu o resolverei. Além disso, há uma boa notícia. Me encontrei com o diretor Wang da redação do jornal na província e mostrei a ele cerca de uma dúzia de redações de estudantes que havia levado, e ele selecionou uma de Yu Zhuangyuan e prometeu publicá-la no jornal".

Quando Yu Zhuangyuan ouviu isso, ele ficou ainda mais feliz: "Eu gosto do diretor Yu e só quero que o diretor Yu seja meu professor!"

A esposa do chefe da aldeia ficou atordoada por um tempo e finalmente deu um suspiro de alívio: "Vou levar meu filho para a casa de um parente para se divertir alguns dias, e o pai dele também está trabalhando na vila. Preciso que pergunte a ele primeiro para decidir se vamos mudar de escola".

O diretor Yu ainda não ia muito longe quando Yu Zhuangyuan veio por trás e enfiou um ovo cozido em sua mão, dizendo que o caminho para subir a montanha era muito cansativo e que o diretor Yu devia estar com fome depois de caminhar por tanto tempo. O diretor Yu aproveitou a oportunidade para dizer a ele que a maioria dos professores na escola primária central da vila eram estatais e disciplinavam os alunos mais rigorosamente do que Lan Fei. Yu Zhuangyuan disse apressadamente que sua mãe sentia que o diretor Yu era melhor e concordou em não mudar de escola.

Quanto ele estava mais perto de Jieling, havia mais conhecidos. Ao verem o diretor Yu, todos ficaram muito entusiasmados e alguns brincaram, perguntando por que ele não trazia de volta uma esposa com cabelos cacheados. O diretor Yu também respondeu com um sorriso, dizendo que só gostava de mulheres com tranças. O cara que brincava com ele pediu que voltasse correndo para onde uma linda mulher de tranças estava esperando por ele ansiosamente.

O diretor Yu subiu o cume atrás da escola em seu próprio ritmo.

O vento fresco que envolvia meu rosto era tão familiar. Ainda se encontrav no mês de julho do calendário gregoriano, mas entre os ventos, já se encheram todos os espaços com o desejo das plantas para a colheita. O outono e o inverno em Jieling chegavam cedo, mas a primavera e o verão estavam sempre atrasados. As pessoas embaixo estavam se preparando para colher o arroz precoce, e as mudas de arroz da estação intermediária na montanha acabaram de cobrir o terreno. Havia até algumas pessoas que não tinham pressa e ainda estavam plantando mudas de arroz nos campos cheios de água barrenta. Todo mundo dizia que o verão estava chegando, mas os traços da primavera ainda estavam por ali. Toda a região de Jieling foi varrida pelo verde. As plantas de melão e outras frutas estavam florescendo para refletir a vitalidade dada por Deus, e as ervas daninhas estavam florescendo para tornar as montanhas e os campos mais vivos. As coisas nas montanhas estéreis eram o cenário a distância. Os sons produzidos por insetos, pássaros e gado se tornavam música imperceptível ao serem vistos. Uma brisa soprou sobre a antiga telha da escola, caiu na encosta, rolando algumas vezes na grama antes de encostar-se dentro da floresta, semelhante a pessoas apaixonadas enfiam em uma mela combinada de seda bordada. Até os galhos e folhas dos árvores também podiam ser agitados pelo vento.

Antes que outra rajada de vento chegasse, o diretor Yu disse em seu coração que algo estava errado.

O que veio com o vento foi de fato um som de flauta triste.

Nessa trilha muito familiar, mesmo que fosse coberta de neve, podia andar com confiança e ousadia. Dessa vez, o diretor Yu caminhou com cuidado.

Depois que Yu Zhi descobriu, ele correu para frente, engasgou-se e gritou: "Pai!"

O diretor Yu ficou muito triste, mas sorriu e disse: "Ainda bem, só perdeu um pouco de peso".

Não o via fazia quatro meses e a aparência de Yu Zhi tinha amadurecido muito. Quando ele atravessou o playground, gritou bem alto: "Professor Sun, professor Lan, meu pai voltou!"

O som da flauta no quarto de Sun Sihai parou por um tempo e depois recomeçou. O diretor Yu pensou que Sun Sihai sairia para dizer olá, mas não esperava que ele ficasse em silêncio. Antes que o diretor Yu tivesse tempo de pensar sobre isso, ele viu Lan Xiaomei aparecer no quarto de Lan Fei. No entanto, não houve aparição oficial.

De volta a casa, o diretor Yu não pôde deixar de olhar em volta. Provavelmente por causa da chuva de primavera, havia mais telhas quebradas no telhado e mais buracos no chão feitos por gotas de água, mas tudo o mais permanecia igual. Olhando de perto, sentiu que estava muito mais limpo do que quando estava em casa.

Yu Zhi entregou uma xícara de chá e disse que Lan Xiaomei morava na escola, ajudando a limpar o quarto bagunçado pelos alunos do internato. O diretor Yu perguntou a ele por que Wang Xiaolan e os outros não haviam ajudado conforme acordado. Yu Zhi disse que Wang Xiaolan havia ido ali duas vezes antes de o marido quebrar o nariz dela com uma vara. Depois disso, Wang Xiaolan só podia ir todos os meses quando a escola secundária da vila estava de férias e ela ia buscar Li Zi. Chengju pegou emprestado outro pedaço de terra de outros para cultivar amendoim e, com o campo original, ela estava ocupada demais para cuidar dos assuntos escolares além dos trabalhos agrícolas. Portanto, Lan Fei chamou Lan Xiaomei. O diretor Yu pensou consigo mesmo que não era de admirar que houvesse atmosfera mais animada na casa, havia uma mulher cuidando dela, e então pensou que não era de admirar que houvesse teias de aranha crescendo na porta na Pequena Aldeia da Família Zhang, porque as pessoas da família Lan vieram para Jieling. Mas ele perguntou para Yu Zhi se ele havia confiado seu trabalho a outros.

Yu Zhi exibiu os novos sapatos de pano em seus pés: "Os sapatos não deveriam ser fabricados por mim!"

Ao falar, os olhos de Yu Zhi mostraram alguns traços de calor que raramente eram vistos nesses anos.

O diretor Yu estabilizou seu coração e disse: "Não é bom aceitar as coisas dos outros sem motivo! A gentileza de uma gota d'água deve ser retribuída pela nascente. Se alguém lhe der sapatos de pano, você tem que devolver os sapatos de couro. Depois vou levar para Lan Xiaomei o par de sapatos de couro que trouxe de volta. Originalmente, planejei entregá-lo à mãe de Li Zi ou à tia Chengju, mas você interrompeu o plano".

Yu Zhi de repente pareceu surpreso e feliz.

O diretor Yu fingiu não ver e continuou a perguntar por que não havia nenhum som na escola, exceto o som da flauta.

Yu Zhi baixou a voz e disse que, assim que a escola entrou nas férias de verão, Lan Fei voltou para casa. No noite do dia anterior, ele veio para a escola com Lan Xiaomei. Como os professores iriam para o treinamento na vila amanhã, Yu Zhi achou estranho eles subirem a montanha neste momento. Desde que entraram na casa, a mãe e o filho ficavam discutindo em voz baixa. Yu Zhi relatou a Deng Youmi e Sun Sihai, ambos eram como homens de madeira e não responderam nada. Depois de escurecer, Yu Zhi foi perseguir o porco que estava correndo do lado de fora e ouviu Lan Xiaomei repreendendo Lan Fei. Embora ela não usasse palavrões, seu tom era muito desagradável. A raiva de Lan Fei também surgiu e empurrou Lan Xiaomei violentamente, que caiu no chão, incapaz de se levantar por um longo tempo. Foi inútil para Lan Fei se ajoelhar na frente de Lan Xiaomei depois. Lan Xiaomei ficou no playground até a meia-noite e só foi para o dormitório feminino dormir depois da meia-noite. Yu Zhi ouviu muito claramente que ela não estava dormindo. Ela chorava baixinho o tempo todo. Depois do café da manhã, Li Zi veio entregar para Sun Sihai remédios fitoterápicos para resfriado, e Yu Zhi ouviu que eles podiam estar tendo conflitos sobre a promoção a professor estatal.

Sabendo bem disso, o diretor Yu comeu rapidamente o almoço feito por Yu Zhi. Assim que ele largou a tigela e os pauzinhos, Lan Xiaomei entrou empurrando Lan Fei como um prisioneiro. "Ajoelhe-se para o diretor Yu e admita seu erro!". Lan Xiaomei ordenou a Lan Fei com uma voz suave. O diretor Yu ficou assustado e parou Lan Fei imediatamente. "Seu bastardo, se você não se ajoelhar, eu não vou querer esse rosto velho e me ajoelharei por você!" Quando falou, Lan Xiaomei realmente queria inclinar seu corpo.

"Podemos discutir isso com calma. Se realmente quer saudar, apenas faça uma reverência!" O diretor Yu nunca havia visto tal situação antes e, enquanto falava, ele teve que parar Lan Fei com uma mão e abraçar Lan Xiaomei com outra para ela não se ajoelhar. O diretor Yu não se atreveu a usar muita força, mas não pôde evitar usá-la. Lan Xiaomei tremia violentamente em seus braços, suas mãos estavam frias como rabanetes de inverno e seus lábios estavam pálidos. Após a morte de Ming Aifen, o diretor Yu nunca tocou na mão de uma mulher. De fato, Ming Aifen não podia ser chamada de mulher por vários anos antes de sua morte. O corpo flácido de Lan Xiaomei deixou o diretor Yu ainda mais perturbado. Em desespero, ele teve que pedir a Yu Zhi para chamar Sun Sihai.

Lan Fei, que se recusou a dizer algo olhando para cima, virou a cabeça e rugiu: "Você é tão embaraçosa assim!"

Lan Xiaomei foi pega de surpresa e rapidamente se libertou dos braços do diretor Yu. Embora ela permanecesse firme, suas mãos e pés tremiam ainda mais e ela continuou amaldiçoando Lan Fei.

O diretor Yu disse solenemente: "O professor Lan está errado em dizer isso. Um homem tem ouro sob os joelhos, mas você já pensou no que uma mãe tem sob os joelhos? Acha natural que uma mãe se ajoelhe por seu filho?"

Lan Fei finalmente estendeu a mão para ajudar Lan Xiaomei, mas ela o afastou com um tapa.

O diretor Yu moveu um banquinho para Lan Xiaomei sentar-se e conversar. Lan Xiaomei apontou para Lan Fei com tristeza, pedindo-lhe que falasse por si mesmo. Nesse ponto, Lan Fei fechou a boca com força novamente. O diretor Yu sabia muito bem. Ele tentou confortar Lan Xiaomei dizendo que deixar Lan Fei vir a Jieling para receber treinamento significava ser treinado em todos os aspectos, fosse difícil ou não, fosse benéfico ou não.

Lan Xiaomei disse: "Não importa o que aconteça, você não pode ser tão desavergonhado!"

O diretor Yu disse: "Isso mesmo! O professor Lan acabou de chegar à escola primária de Jieling e eu saí. Aos olhos de pessoas de fora, era realmente inapropriado fazer isso. Mas também foi uma chance que o professor Lan me deu. Os professores devem ter visão. Ficando na ravina todo dia, os alunos que ensinamos serão enfadonhos. Se não fosse pelo professor Lan, como poderíamos pensar que também deveríamos nos concentrar em cultivar excelentes professores! No passado, pessoas de fora diziam que as pessoas em Jieling eram tolas ou tolos. Nós nos sentimos insultados. Quando realmente saí para ver, percebi que pessoas como nós há muito não conseguem acompanhar a tendência. Então, desta vez, as autoridades superiores deram à escola primária de Jieling outra cota para se tornar estatal. O diretor da unidade, Wan, me perguntou várias vezes sobre minha opinião. Depois de muita deliberação, ainda sentia que Lan Fei era mais talentoso do que nós. Portanto, recomendei o professor Lan!"

Lan Xiaomei disse: "Diretor Yu, você está dando um tapa na minha cara!"

O diretor Yu disse: "Isso é um assunto da escola. Você é apenas uma familiar e não tem nada a ver com isso".

Lan Xiaomei disse: "Meu filho foi criado por mim. Se algo der errado, é claro que tenho que ser responsável".

O diretor Yu disse: "Claro, então eu estava prestes a agradecer!"

Lan Xiaomei disse: "Yu, você acabou de me dar um tapa na cara e agora me apunhalou no coração!"

O diretor Yu disse: "O que eu fiz de errado, você pode apenas dizer direto".

Lan Xiaomei disse: "Esqueça, o pequeno bastardo não quer falar, eu vou falar por ele. Ele não deveria mentir para todo mundo e definir sozinho a cota estatal".

O diretor Yu disse: "Você ainda não entende algumas coisas. Acho que você está culpando o professor Lan por engano".

O diretor Yu pegou a primeira carta do diretor da unidade, Wan, e pediu que ela lesse o carimbo de data no envelope e o conteúdo da carta.

Lan Xiaomei leu palavra por palavra e depois leu novamente do começo ao fim; quanto mais ela lia, mais ela não acreditava. O diretor Yu disse do lado:

"Você deve estar familiarizada com a caligrafia do diretor da unidade, Wan, e não pode ser falsa".

Lan Xiaomei, que não conseguiu encontrar nenhuma falha, ficou muito triste: "Yu, você não disse a verdade. Eu conheço bem o filho a que dei a luz. Você faz isso não para ajudá-lo, mas para matá-lo!"

Lan Fei também queria ler aquela carta. Lan Xiaomei teimosamente impediu o diretor Yu de mostrá-lo. Nesse momento, veio Sun Sihai, seguido por Deng Youmi. Yu Zhi, que os seguia, fez um gesto, indicando que era Sun Sihai quem queria que Deng Youmi viesse também. Deng Youmi pediu a todos que fossem ao escritório, dizendo que, de pé sob o beiral do diretor Yu, algumas palavras não podiam ser ditas. O diretor Yu brincou que até o escritório não era adequado, era melhor estar no playground, que serviria para briga entre grupos e duelo entre dois. Sun Sihai também disse que seria bom ir para o escritório e tinha que lidar com assuntos públicos de forma pública, e não era bom para Yu Zhi ouvir algumas palavras. O diretor Yu ficou sério, dizendo que, ao contrário, não apenas Yu Zhi deveria ouvir mas Li Zi também deveria ser chamada, para que eles pudessem realmente sentir o caráter de seus pais.

Mesmo assim, o diretor Yu os levou ao escritório. Deng Youmi disse: "Diga-me, quem contribuiu mais na escola primária de Jieling?"

O diretor Yu disse: "Todos contribuíram e deve-se dizer que todos são indispensáveis".

Deng Youmi disse: "Não importa o que aconteça, deve haver uma ordem!"

Sun Sihai disse: "Até se pode fazer um sorteio abertamente, não se deve fazer tudo secretamente!"

O diretor Yu disse: "Quando Ming Aifen foi solicitada a preencher o formulário para se tornar estatal, vocês não eram tão arrogantes quanto agora. Vocês pensam sobre o assunto de promoção a professor estatal, mas, se vocês o tratarem como sua riqueza toda e sua vida, não terão gosto pela vida".

Deng Youmi disse: "Claramente, esses nossos pertencem a nós e foram roubados! Eles não se importam com os nossos sofrimentos!"

Sun Sihai disse: "Julgar se a vida é boa não é baseado em palavras. Sem esse formulário de registro, não podemos ser promovidos a professores estatais e nossas vidas serão desvalorizadas".

O diretor Yu disse: "Honestamente, se vocês me considerarem como um daquele nós em sua mente, vou declarar agora que isso é apenas seu pensamento próprio".

Mais tarde, o diretor Yu descobriu que Lan Fei guardou a cota estatal para si mesmo em particular, e foi Lan Xiaomei quem veio à escola para denunciá-lo.

Lan Xiaomei disse que, se o diretor da unidade, Wan, não tivesse contado a ela pessoalmente, ela não teria acreditado que seu filho faria uma coisa tão cruel e egoísta, mesmo que ela fosse espancada até a morte. Deng Youmi e Sun Sihai também não podiam acreditar. Mesmo que o jovem Lan Fei pegasse emprestado sua coragem, alguém tinha que lhe dar luz verde o tempo todo. Neste momento, embora Lan Xiaomei tivesse feito o possível para salvar a situação, ela ainda não conseguiu ganhar sua confiança. Deng Youmi e os outros preferiam acreditar que o que havia acontecido depois foi apenas uma peça, um estava disposto a dar uma surra, e outro estava disposto a levar uma surra. Apenas para enganar as pessoas como tolos. Outros vieram para a escola primária de Jieling apenas como professores, e Lan Fei se tornou assistente do diretor assim que chegou. Imediatamente depois, o diretor Yu foi para a capital provincial. Em uma idade tão avançada, ele ainda quis ser treinado para ser professor excelente. O grande selo da escola também foi estranhamente entregue a Lan Fei, que acabara de chegar. Depois que todos os preparativos foram realizados, o movimento principal foi feito e o aviso relevante foi informado somente a Lan Fei. Só quando o arroz cru foi cozido, seco e transformado em pipocas que desaparecem na boca, eles começaram a enganar. O diretor Wan fingiu ser furioso e Lan Xiaomei fez uma performance de exterminar parentalidade. Tudo isso foi uma farsa completa e elaborada.

Felizmente, o diretor Yu tinha a primeira carta do diretor da unidade, Wan, em suas mãos. Depois que Deng Youmi e Sun Sihai leram a carta, o diretor Yu repetiu o que havia dito a Lan Xiaomei antes. Assim que as palavras saíram, Sun Sihai zombou e disse cada palavra como uma faca. Ele não nasceu e nem foi criado em Jieling, embora também fosse um tolo; ainda havia uma rachadura em seu coração.

Houve um silêncio sem precedentes na sala. O diretor Yu fez um gesto para deixar Lan Fei sair.

Assim que Lan Fei se levantou, ele foi segurado por Sun Sihai, pedindo-lhe para ouvir o que o diretor Yu tinha a dizer.

O diretor Yu de repente ficou extremamente fraco e demorou muito para dizer: "Quando pedi para vocês ajudarem Ming Aifen, vocês não disseram nada?"

Deng Youmi disse: "A professora Ming estava morrendo".

O diretor Yu disse: "Podíamos fazer uma pessoa que estava morrendo morrer com dignidade, e as pessoas que estão vivas certamente devem viver com maior dignidade. Apesar da situação do professor Lan já ter sido determinada, descobrir essas coisas infelizmente sujas, como certificados falsificados e uso de poder para fins privados para desacreditá-lo, não é difícil. Até mesmo é possível fazer uma reversão completa. Mas o que acontece depois da reversão? O professor Lan nunca teve uma relação amorosa e, se ele forçado a levar essas sujeiras, não seria pior do que morrer?"

Pulando de repente, Sun Sihai parecia estar prestes a ter um acesso de raiva, sua boca já estava bem aberta, uma frase era como um projétil disparado da câmara, prestes a sair correndo de sua garganta, mas de repente travou.

Wang Xiaolan, que suava profusamente, apareceu na janela. Ignorando outras pessoas, Wang Xiaolan perguntou apressadamente a Sun Sihai o que aconteceu. Na noite passada, a flauta tocou continuamente, partindo seu coração. Wang Xiaolan estava descalça, as pernas da calça estavam enroladas até os joelhos e ainda havia lama não lavada nas panturrilhas. Era óbvio que ela acabara de sair do campo de arroz. Sun Sihai murmurou para ela que ainda era o mesmo velho problema. Wang Xiaolan deu um passo à frente e enxugou delicadamente os cantos dos olhos com os dedos. Sun Sihai abraçou Wang Xiaolan, que chamou o nome de Lan Fei em sua boca e disse em voz alta: "Se você tratasse conspirações e truques como conhecimentos e obtenção de poder como sua carreira, embora pudesse satisfazer seus próprios desejos, não teria amor verdadeiro!"

Nem todo mundo ouviu o que Wang Xiaolan disse em seu ouvido, talvez ela não tivesse dito nada, apenas beijou sua orelha e depois saiu do escritório segurando sua mão.

O escritório estava ainda mais silencioso.

Deng Youmi se levantou lentamente, estendeu a mão e agarrou o decote do diretor Yu.

O diretor Yu não estava nem um pouco nervoso, apenas perguntou o que ele iria fazer.

Deng Youmi ficou ainda mais zangado e moveu as duas mãos para o pescoço do diretor Yu, beliscando com mais força pouco a pouco.

O diretor Yu corou e disse intermitentemente: "Deng, você pode me matar, mas me deixe dizer algo primeiro!"

Deng Youmi soltou suas mãos, e o diretor Yu deu uma volta no local, finalmente encontrando onde ficava a porta, e então saiu. Deng Youmi se recusou a deixá-lo ir. O diretor Yu disse a ele que não queria fugir para salvar sua vida e que voltaria em um minuto.

O diretor Yu voltou para casa, pegou o par de sapatos de couro que trouxera da capital da província, voltou ao escritório e os entregou a Deng Youmi.

O diretor Yu disse: "Comprei isso na capital da província para sua esposa".

Deng Youmi olhou fixamente para os sapatos de couro, de repente estendeu as mãos e abraçou o diretor Yu, deitando-se em seu ombro e soluçando ferozmente. O diretor Yu aproveitou a oportunidade para acenar para Lan Fei e Lan Xiaomei. Quando eles saíram, o diretor Yu também derramou lágrimas com Deng Youmi.

As lágrimas do homem não eram muitas, depois de serem enxugadas uma vez e mais uma vez, secavam.

O diretor Yu pediu a Deng Youmi para ver como estavam os sapatos de couro que ele havia comprado e se Chengju gostaria deles. Deng Youmi abriu a caixa, deu uma olhada e gritou. Chengju precisava usar sapatos do tamanho 38, enquanto os sapatos de couro que o diretor Yu havia comprado eram apenas do tamanho 36 e era impossível os pés dela caberem neles, mesmo que fossem cortados. Quando o diretor Yu voltou do exército, ele comprou para a Ming Aifen um par de sapatos do tamanho 36, porque Ming Aifen disse a ele que quase todos os pés das mulheres eram do tamanho 36. Deng Youmi suspirou. Quando Chengju se casou com ele, ela usava sapatos do tamanho 36. Ela sofreu muito ao longo dos anos, envelheceu, sua pele engrossou e seus pés ficaram maiores.

Os dois haviam acabado de concordar em dar os sapatos de couro para Wang Xiaolan quando a flauta de Sun Sihai tocou. Logo que Wang Xiaolan apareceu, o diretor Yu e Deng Youmi rapidamente a chamaram para parar. Inesperadamente, Wang Xiaolan também tinha pés grandes. Depois de olharem para os sapatos de couro várias vezes, ela disse que os pés de Lan Xiaomei eram do tamanho padrão 36, então deveriam ficar bem. Sun Sihai saiu neste momento e nenhuma raiva podia ser vista em seu rosto. Depois de perguntar sobre a situação, ele disse que os sapatos de couro foram comprados para Lan Xiaomei mesmo.

Vendo que todos estavam relaxados, o diretor Yu alegremente permitiu que falassem à vontade.

No entanto, quando Lan Xiaomei levou Lan Fei para descer a montanha, ninguém mencionou os sapatos de couro para ela.

Lan Fei ainda não disse nem uma palavra e deixou Lan Xiaomei juntar as mãos e se curvar a todos.

O sol não estava longe da montanha Laoshanjie no oeste, e o vento no chão esfriou. Os três andaram de um lado para o outro no playground e finalmente encostaram no mastro da bandeira. Estava ficando mais escuro. Sun Sihai estava tocando flauta novamente. Às vezes havia uma melodia, e às vezes não havia melodia. Tocar flauta indiscriminadamente era ainda mais preocupante.

Yu Zhi saiu de casa e ele tinha acabado de ler uma história semelhante a matar três valentes por lhes oferecer dois pêssegos.

O diretor Yu imediatamente o ensinou a não confundir as bagunças com a escola primária de Jieling.

Depois que Yu Zhi voltou tristemente para casa, o diretor Yu admitiu em seu coração que seu filho estava começando a ficar sensato.

Sun Sihai abaixou sua flauta repentinamente: "Wang Xiaolan ainda está certa. A menos que nós três nos tornemos estatais juntos, ninguém poderia ser um professor estatal sozinho".

Deng Youmi continuou balançando a cabeça, pensando que o assunto não seria assim no final. Se Lan Fei não tivesse violado a moral desta vez, seria o diretor Yu, ele ou Sun Sihai, sempre haveria alguém que poderia aproveitar essa felicidade.

O diretor Yu sorriu ironicamente e disse: "Não é de admirar que o professor Sun tenha permanecido apaixonado por mais de dez anos. Wang Xiaolan é tão compreensiva".

Deng Youmi disse: "Depende de para quem ela é compreensiva".

O diretor Yu continuou suas palavras anteriores: "Vamos falar sobre a cota estatal desta vez. De qualquer forma, não vou pedir. Se eu pedir, vou sentir muito por vocês dois. Professor Deng, acho que você é o mesmo. Eu não quero e dou para você. Mas você preencherá este formulário com tranquilidade se pensar nos professores Sun e Yu?"

No começo, Deng Youmi ainda era teimoso, dizendo que não se importava com quantas cotas havia, desde que conseguisse algo, ele nunca desistiria. O diretor Yu sorriu levemente e Deng suavizou, amaldiçoou em voz baixa, reclamando por que Deus o deixou conhecer o diretor Yu e Sun Sihai em vez do diretor Hu da escola primária de Wangtian.

O diretor Yu continuou: "Eu sabia que você não poderia fazer isso. Eu não quero, e você não quer, então só resta o professor Sun. Se você não acredita em mim, vamos tentar. Se realmente chegarmos a esse ponto, mesmo que ambos nos prostremos para implorar, o professor Sun também não concordará. Se ele concordar, não será o amado Sun Sihai de Wang Xiaolan!"

Sun Sihai achou difícil contar sobre seu sofrimento. Wang Xiaolan realmente disse que a pessoa que deveria se tornar estatal era o diretor Yu, seguido por Deng Youmi, e, se Sun Sihai quisesse superá-los, mesmo que ele se tornasse um professor universitário de repente, ela ainda iria desprezar Sun Sihai. Mesmo que ele trouxesse a flauta de jade do céu e tocasse algumas canções de fadas do céu, ela nunca mais as ouviria.

O diretor Yu finalmente disse: "Eu já descobri isso na capital da província. Então, não me preocupo em discutir sobre isso".

O diretor Yu mostrou a todos a segunda carta do diretor da unidade, Wan, e explicou os meandros desse assunto claramente, sem qualquer fabricação.

Deng Youmi disse que um assunto tão importante deveria ser anunciado publicamente em uma reunião, não apenas para uma pessoa. Portanto, ele ainda suspeitava que Wan mostrou deliberadamente uma falha, para que Lan Fei pudesse tirar vantagem disso.

Sun Sihai não queria mais falar sobre isso, então mudou de assunto: "Percebi que os olhos de Lan Xiaomei estavam muito afetuosos quando ela estava saindo, mas não vi para quem ela estava olhando".

Deng Youmi não teve escolha a não ser dizer brincando: "Foi você ou Yu, definitivamente não fui eu!"

O diretor Yu disse alegremente: "Isso não é necessariamente verdade. Você como concubina quer virar esposa e está dando um bom show!"

À noite, eles simplesmente se reuniram na casa do diretor Yu. Depois de beber um pouco de álcool, todos se animaram e começaram a falar seriamente sobre o trabalho para o próximo semestre. De acordo com o diretor Yu, a maior diferença na escola primária experimental provincial era que quase todos os alunos frequentavam várias aulas de treinamento fora da escola, da primeira à sexta série. Esse tipo de aula de treinamento era totalmente cobrado e o preço era incrivelmente alto. Claro, a escola primária de Jieling não podia copiar. Porém, a experiência de Ye Meng foi muito inspiradora para o diretor Yu. Em Jieling aqui, onde as montanhas são altas e o governo é distante, a preocupação dos homens se concentra nos laços familiares.

Todos estavam conversando bem e Sun Sihai começou a fofocar novamente, dizendo que o diretor Yu não era mais uma velha raposa, mas um espírito de raposa. A velha raposa só podia enganar as pessoas, mas o espírito de raposa era bom em encantar. Assim que Sun Sihai disse isso, Deng Youmi riu. Na verdade, os dois já haviam discutido isso antes. Desta vez, não importava o quê, eles ignorariam os truques do diretor Yu e iriam primeiro para a vila. Se as autoridades da vila não conseguissem resolver, eles iriam para o distrito, ou a província. Em suma, eles não queriam mais ser enganados e vendidos e até ajudar os outros a contar o dinheiro.

O diretor Yu de repente ficou preocupado com outras coisas e disse a Sun Sihai para não zombar de Lan Xiaomei novamente. Sun Sihai imediatamente fez uma cara séria e disse que nunca mais faria isso. Deng Youmi sorriu e disse que o filho dela estava tão velho que não se preocuparia com algumas palavras provocantes.

O diretor Yu queria rir, mas não conseguia. Ele não deu uma boa risada até adormecer e ter um sonho.

Cedo na manhã seguinte, os três desceram a montanha e foram até a vila para participar de um campo de treinamento.

Lan Fei, com uma expressão melancólica, estava esperando por eles na Pequena Aldeia da Família Zhang. Quando chegaram à unidade de educação da vila, os professores locais que haviam chegado cedo cercavam o diretor da unidade, Wan, e o questionavam sem parar. Wan disse repetidamente que, para este campo de treinamento, arranjaram especialmente um procedimento adicional para permitir que todos os professores presentes avaliassem seu trabalho por votação secreta. Se a taxa de satisfação não atingisse 50%, ele renunciaria e retornaria à escola primária de Jieling para dar aulas. Mesmo assim, todos ainda estavam insatisfeitos. Vendo o diretor Yu chegando, o diretor Hu, que assumiu a liderança, ficou mais incentivado, insistindo que o diretor Yu falasse algumas palavras na frente dos professores locais com dificuldades e necessidades iguais.

O diretor Yu contou a todos sobre a situação da promoção de professor local em professor estatal da escola primária de Jieling.

Ouvindo que eles concordaram unanimemente em dar a Lan Fei a oportunidade, os professores locais de repente ficaram em silêncio.

O diretor Yu relatou o conteúdo principal do artigo escrito pelo diretor Wang do jornal provincial. Ele disse especificamente que o diretor Wang queria muito descrever os professores locais como heróis nacionais contemporâneos, mas, por ter medo de violar certo tabu, recuou um pouco na redação final, mas ainda usou a expressão grande herói do povo. Os olhos de todos ficaram vermelhos depois de ouvir as palavras do diretor Yu. No final, o diretor Yu disse: "Não acredito que aqueles que formulam políticas sempre fecharão os olhos para as contribuições dos professores locais!"

O campo de treinamento de professores em crise de repente ficou calmo.

Embora os professores locais não estivessem mais pressionando Wan, a pesquisa de opinião pública ainda ocorreu como planejado. Após a votação, todos recomendaram que o diretor Hu subisse ao palco para monitorar o processo de contagem, e o diretor Yu anunciar os resultados. O resultado final foi que Wan não teve que renunciar, nem teve que ir para a escola primária de Jieling para ensinar, e a maioria das pessoas concordou que ele continuaria a ser o diretor da unidade de educação.

Após o campo de treinamento, Lan Fei não voltou para Jieling com eles, mas pegou o ônibus para o centro do distrito sozinho.

Passando pela Pequena Aldeia da Família Zhang, viram Lan Xiaomei parada na frente da casa de uma longa distância. Deng Youmi acenou para ela, mas ela o ignorou. Depois de caminhar uma longa distância, olhando para trás, Lan Xiaomei ainda estava lá.

O diretor Yu achou que Lan Xiaomei estava atordoada por causa do assunto de Lan Fei.

Mas Sun Sihai disse: "Eu a ouvi repreendendo o diretor Yu: 'Ele é apenas um professor local miserável que todos desprezam, porque tem que agir como um grande homem! Quando ele se casar comigo, uma beldade sênior, se não tratar a cota estatal como uma folha podre e com sua esposa, não vou deixá-lo ir para a cama à noite!'"

O diretor Yu queria não rir, mas não conseguiu se conter, provavelmente porque riu demais e ficou um pouco tonto depois.

21

Era muito raro chover antes do início do semestre no outono e era uma chuva forte.

A chuva torrencial não parou depois de dois dias. No primeiro dia da chuva torrencial, o diretor Yu e os outros viram que a tendência não estava boa, então se separaram e foram informar aos alunos que eles não precisavam se apresentar à escola no dia seguinte, mas poderiam ir para a escola no horário depois do dia seguinte. Inesperadamente, a chuva torrencial foi ainda pior no dia seguinte e a montanha foi coberta por corredeiras de todos os tamanhos. Eles não tiveram escolha a não ser revisitar as aldeias montanhosas distantes e próximas e dizerem aos alunos que o início das aulas seria adiado por mais um dia. Na tarde do terceiro dia, a tempestade era tão violenta que nenhuma palavra conseguiria descrever seu intensidade. Enquanto o universo, os arbustos e as montanhas gritaram em choro unisono, um relâmpago poderoso atingiu o monte de trás. Uma parte da pedra desmoronada descendeu a encosta e, quase com o destino de uma bola de futebol, saltou-se exatamente sobre a escola, passando pelo telhado e impactando fortemente na sala da sexta série, onde cavou no chão como uma estaca. De lá, a pedra somersourou localmente, quebrou a parede e acabou por reposar precisamente embaixo da bandeira, com uma precisão que parecia alcançar a perfeição.

As casas da escola primária de Jieling foram construídas no final da "Revolução Cultural", originalmente planejadas para acomodar um grupo de jovens educados da capital provincial. Mais tarde, o avô de Ye Biqiu decidiu transformar essas casas ociosas e inúteis em uma escola primária. Certa vez, ele lamentou que esse grupo de jovens educados mudou de ideia no meio do caminho e que eles disseram que viriam, mas não vieram. Se tivessem vindo, a perspectiva cultural de Jieling definitivamente mudaria drasticamente. Quando o avô de Ye Biqiu era o chefe da aldeia, era um período que, quanto mais pobre era a aldeia, mais prestigiosa ela se tornava. Ele foi uma vez para a vila e depois foi uma vez para o distrito, e conseguiu a autorização para estabelecimento de um ponto de jovens educados na aldeia. O preço foi que as cotas de recomendação para estudantes universitários de trabalhadores, camponeses e soldados fossem transferidas a outras aldeias. O avô de Ye Biqiu fez o possível para convencer a todos de que aqueles que eram recomendados como estudantes universitários de trabalhadores, camponeses e soldados só poderiam se tornar os relacionamentos de produção de Jieling e não poderiam gerar produtividade. A chegada de jovens educados não apenas ampliaria os relacionamentos de produção mas também aumentaria a produtividade, o que era uma coisa boa que mataria dois coelhos com uma cajadada só.

Muitos anos depois, quando o número de estudantes universitários se tornou um indicador de comparação para vários lugares como produtos, em diversos relatórios, estudantes universitários de trabalhadores, camponeses e soldados também eram ao mesmo tempo relacionamentos de produção e produtividade. Mesmo assim, ninguém disse que o avô de Ye Biqiu cometeu um erro na tomada de decisão, mas disseram que os superiores e os jovens educados enganaram o povo de Jieling. Quando as casas ainda eram novas, o distrito ainda se lembrava de comunicar e pedir à aldeia para administrá-las em seu nome. Naquele ano, o avô de Ye Biqiu decidiu sem autorização usar as casas do ponto de jovens educados para fundar uma escola primária da aldeia própria. Algumas pessoas no comitê da aldeia estavam preocupadas e sugeriram que pedisse autorização do distrito. O avô de Ye Biqiu disse que as casas vazias desabariam rapidamente e a escola seria usada para manter as casas.

Naquela época, as casas do ponto de jovens educados tinham que ser construídas em vermelho. Por essa razão, todos os homens e mulheres em Jieling iam à vila buscar tijolos vermelhos. Àquela altura, essas casas eram as mais bonitas nas montanhas da região e, por um tempo, todos as chamavam de casas de tijolos vermelhos. Depois de mais de 20 anos, outras habitações públicas foram dilapidadas, e as casas de tijolos vermelhos da escola, de acordo com as palavras confiantes do chefe da aldeia, Yu Shi, ficariam bem por mais dez anos. Algumas coisas sobre Jieling não eram razoáveis. Por exemplo, o grande templo na montanha Laoshanjie era protegido pelos deuses e amado pelas pessoas mundanas. Ele ainda precisava ser reformado a cada três ou cinco anos. Pelo contrário, as casas de tijolos vermelhos sempre com alunos do ensino fundamental fazendo bagunça o ano todo, durante tantos anos praticamente não passou por grandes reparos. Portanto, todos acreditavam que os estudiosos e alunos ajudariam a manter as casas.

Antes de o raio soar, o diretor Yu estava conversando com Yu Zhi. Yu Zhi ia se apresentar à escola secundária da vila no dia anterior, mas foi interrompido pelo diretor Yu. Agora, ele estava prestes a descer a montanha novamente, mas o diretor Yu ainda o impediu e ele teve que esperar que Li Zi o convidasse antes de poder ir. Quando houve um raio, Yu Zhi, que acabara de dizer que a tempestade não era nada a temer, não pôde deixar de se jogar nos braços do diretor Yu. Depois de Yu Zhi se aconchegar por um tempo, o diretor Yu o empurrou para longe e abriu a porta semicoberta, bem a tempo de ver uma enorme pedra caindo do céu em um relâmpago que então saiu da parede da sala de aula, girou algumas vezes, tocou o mastro e parou. Havia um forte cheiro de fumaça de pólvora no vento e na chuva. O diretor Yu abraçou a cabeça não porque estava com medo, mas porque estava tonto. Quando Lan Fei apareceu na porta, ele gritou em seu coração: "Droga!". Yu Zhi abraçou o diretor Yu com as duas mãos para impedi-lo de sair na chuva, dizendo que era muito perigoso o raio descendente. O diretor Yu estava hesitando quando um grito fraco veio da colina detrás.

Yu Zhi também ouviu e pôde distinguir claramente: "É o professor Sun!"

O diretor Yu empurrou Yu Zhi para longe, pegou uma enxada e entrou na tempestade. O diretor Yu não teve tempo de dizer nada, acenou com a mão e fez sinal para Lan Fei seguir e ir para a colina de trás juntos. Quando ele encontrou Sun Sihai, ele estava cavando desesperadamente uma vala de drenagem perto de seu campo de fungo poria.

Antes de o raio ter soado, Sun Sihai havia subido a montanha. A chuva estava muito forte e ele estava preocupado que os fungos poria, que seriam colhidos em dois meses, fossem encharcados pela água de chuva na montanha. Sun Sihai viu com seus próprios olhos que um relâmpago surpreendente iluminou os campos na montanha. No momento muito escuro que se seguiu, ele sentiu que o mundo estava entorpecido, e esse sentimento foi acompanhado por um relâmpago ainda mais surpreendente. Sun Sihai acreditava firmemente que não havia ouvido o barulho alto, porque ele mesmo fazia parte do barulho alto. Ele só viu o pináculo no topo da montanha, que desabou silenciosamente, e a rocha gigante rolou pela encosta, e, toda vez que voava no ar, estava iluminada por relâmpago.

Quando o diretor Yu e Lan Fei chegaram, a audição de Sun Sihai ainda não havia se recuperado e ele só podia apontar para as duas grandes árvores que haviam caído na vala, dizendo que também foram derrubadas por um raio. A urgência da situação foi que a água que vinha de metade da encosta devia escorrer pela vala de drenagem até o cânion próximo. Mas as duas grandes árvores que haviam caído eram como duas represas, bloqueando a vala de drenagem completamente. A água lamacenta da montanha mudou sua direção e fluiu ao longo dos troncos das árvores até a encosta do lado da escola, levando lama e areia e correndo diretamente para a escola. Os três trabalharam até escurecer antes de restaurar a vala que estava bloqueada pelas grandes árvores. No entanto, o sedimento na vala atrás da escola se acumulou até a altura do parapeito da janela.

Aquele raio provavelmente esgotou a força de Deus e a chuva torrencial finalmente enfraqueceu.

Neste momento, Deng Youmi também veio. Ele pensou que o raio poderia causar alguns acidentes, mas não esperava que quase destruísse a escola. A rocha sob o mastro da bandeira o chocou ainda mais. Se a inércia do rolamento tivesse sido maior, a pedra teria atravessado o playground e descido a ladeira, que por acaso era o povoado onde morava sua família.

A pessoa mais temida era Lan Fei. Descendo da montanha, foi combinado que todos inspecionariam as salas de aula juntos. Lan Fei caminhou até a sala de aula da sexta série e ficou imóvel. A sala de aula da sexta série foi atingida pela grande rocha e a parede externa tinha desabado. Uma das pontas da viga ficou torta no chão e a outra ponta foi presa na parede do fundo. O pódio foi atingido e afundou para quase meio metro abaixo do chão. Lan Fei olhou atentamente para isso. O diretor Yu o chamou várias vezes, mas ele não respondeu.

Depois que o diretor Yu e os outros voltaram, Lan Fei disse de repente: "Se o início das aulas não tivesse sido adiado repetidamente, eu estaria no pódio para dar uma aula quando a grande rocha caiu".

Sun Sihai respondeu: "Exato, e haveria trinta alunos acompanhando você!"

O diretor Yu disse que a tarefa mais urgente era se reportar ao chefe da aldeia e encontrar alguém para ajudar a remover a areia da vala detrás; caso contrário, as duas salas restantes estariam em sério perigo.

Sun Sihai, que deixou a escola para buscar ajuda de emergência, trouxe de volta uma dúzia de pais de alunos em pouco tempo.

Deng Youmi, que relatou o desastre à aldeia, não trouxe de volta Yu Shi, o chefe da aldeia. Yu Shi foi pego pela chuva e teve febre. Ele havia acabado de tomar uma tigela de chá de gengibre e estava suando sob o edredom. Depois de ouvir o que Deng Youmi disse, Yu Shi repreendeu Deus por ter escolhido a sala de aula da sexta série e a destruído. Ele disse que viria para a escola assim que a febre baixasse.

Todos não tiveram tempo para jantar e ficaram ocupados até meia-noite antes de cavar uma vala de drenagem temporária. O diretor Yu respirou fundo e descobriu que a chuva havia parado e algumas estrelas espreitavam pelas frestas das nuvens.

Antes de sair, o diretor Yu concordou com todos em continuar trabalhando no dia seguinte de manhã.

Por estar muito cansado, o diretor Yu dormia profundamente à noite. Quando ele acordou, ouviu barulhos do lado de fora. Foi Yu Shi, o chefe da aldeia, que veio junto com o pai de Ye Biqiu e seis ou sete pedreiros. Ainda não estava muito claro, então o diretor Yu levou o chefe da aldeia para dar uma olhada. Na sala de aula que não desabou, Yu Shi franziu a testa e olhou por um longo tempo. Depois apontou para a parede do fundo e disse: "Esta parede está torta!"

Todos semicerraram os olhos e viram que a parede estava realmente torta.

Sob a supervisão pessoal do chefe da aldeia, o pai de Ye Biqiu liderou vários pedreiros para sustentar a parede de dentro para fora com alguns troncos de árvore recém-cortados. Quanto à areia e ao solo na vala detrás, o chefe da aldeia não precisava providenciar. Os pais dos alunos já haviam organizado um turno e grupos de três ou cinco para virem à escola por vez. Estimou-se que a escola pudesse ser limpa dentro de uma semana.

Era que as salas de aula de quinta e sexta séries tinham muitos problemas. Os pinos e longarinas estavam quase todos quebrados, e as telhas velhas já estavam bem quebradiças. Depois de caírem de um lugar alto, todas elas se despedaçaram, e não ficou uma peça inteira. O mais crítico era que a viga estava quebrada e não podia mais ser usada. Sem a viga, as salas de aula não podem ser reparadas. Havia um pedreiro que era parente da família da sogra de Wang Xiaolan. Esse primo da família Li lembrou que o cunhado de Wang Xiaolan havia planejado originalmente construir uma casa e preparou um par de vigas. O chefe da aldeia aplaudiu várias vezes depois de ouvir isso, mas não mencionou a regra de ferro de não poder pagar um centavo com crédito para construir uma casa e comprar vigas.

Vendo que todos estavam em silêncio, Yu Shi, o chefe da aldeia, instou o diretor Yu a ir à casa de Wang Xiaolan o mais rápido possível. Seu marido podia manter sua palavra mesmo que seu cunhado estivesse fora. O diretor Yu disse honestamente que um par de vigas valia metade do preço de uma casa, o que a escola não poderia pagar. Yu Shi disse muito suavemente que todos diziam que o diretor Yu havia voltado da capital da província com uma renda de mais de 10.000 yuans e poderia pagar antecipadamente se fosse urgente. O diretor Yu foi empurrado contra a parede por essas palavras e não conseguiu encontrar uma desculpa. Ele cerrou os dentes e disse que seu pouco dinheiro era apenas o suficiente para comprar um par de vigas. Yu Shi estava muito feliz e disse que para as longarinas e pinos, se houvesse alguma falta, poderiam subir a montanha para cortar as árvores e cobrar o dinheiro do comitê da aldeia.

Assim que o assunto foi discutido, uma luz brilhante apareceu de repente entre o céu e a terra, e um brilho reluzente apareceu nas montanhas cobertas por nuvens. Todos ficaram muito felizes. Choveu demais e o meio mês seguinte deveria ser ensolarado.

No caminho para a casa de Wang Xiaolan, o diretor Yu continuou se culpando, pensando em por que ele não havia imaginado uma maneira de recusar para deixar o pouco dinheiro que havia economizado para Yu Zhi. Até negociar com o marido de Wang Xiaolan e pagar o dinheiro, ele ainda se arrependia.

Wang Xiaolan não conhecia a história interna e imaginou que o chefe da aldeia tinha ficado extremamente misericordioso, e não pôde deixar de suspirar, pensando se os oficiais da aldeia pudessem fazer tudo assim, os assuntos de Jieling seriam muito mais fáceis de manusear. O marido, que contava o dinheiro, gritou de repente para Wang Xiaolan: "Os assuntos de Jieling não têm nada a ver com você!"

O diretor Yu se virou e saiu da casa. Vendo que Li Zi estava fazendo a mala, ele perguntou se seus pais haviam brigado de novo agora. Li Zi assentiu. Desde que ela estava na sétima série, os dois brigavam toda vez que ela ia para casa e brigavam novamente quando saía de casa. Naquela manhã, sua mãe estava secretamente fazendo arroz frito com sal para ela na cozinha, e os dois brigaram de novo. O diretor Yu disse que, quando uma pessoa ficava doente por muito tempo, a vida se tornava mais difícil, e poder brigar mostrava que ela ainda podia sobreviver. Li Zi disse que sentiu que seu pai realmente a odiava. Ela também disse que, se não sentisse falta da mãe, queria muito morar na escola por muito tempo e não voltar para casa.

Ao ouvir o que Li Zi disse, o diretor Yu sentiu que não deveria mais pensar no dinheiro.

De volta para casa, Yu Zhi entregou o café da manhã preparado para ele. O diretor Yu olhou para o rosto um tanto anêmico de Yu Zhi e se sentiu triste novamente. Ele estava obviamente com muita fome, mas não conseguia engolir nada, então mal terminou a comida na tigela e largou os pauzinhos. Yu Zhi perguntou sensatamente se ele estava resfriado. O diretor Yu negou e ele saiu de casa ao mesmo tempo quando encontrou Li Zi, que carregava uma grande bolsa.

Yu Zhi correu para lavar as tigelas e os pauzinhos antes de pegar suas próprias coisas e colocá-las juntas em uma carga, e então gritou para Sun Sihai: "Sr. Sun, estamos indo para a escola!"

Sun Sihai se aproximou e disse que ele queria tentar levar a carga, e então a levou para o cume atrás da escola antes de retornar.

Nesse período, as pessoas que mostravam suas habilidades e procuravam o café da manhã voltavam uma após a outra.

O diretor Yu viu vários pedreiros discutindo algo juntos, então ele deliberadamente lembrou ao chefe da aldeia, Yu Shi, que eles provavelmente estavam discutindo salários. Se Yu Shi respondesse, o diretor Yu diria que haveria muito dinheiro a ser gasto no futuro. Nenhum dos professores da escola poderia pagar adiantado. Quando o comitê da aldeia alocaria os fundos para eles?

Yu Shi, o chefe da aldeia, fugiu rapidamente e não respondeu.

O diretor Yu não teve escolha a não ser providenciar: aproveitando o tempo ensolarado, a turma de formandos foi temporariamente transferida para a sala de aula da segunda série para as aulas, e os alunos da segunda série tiveram que ter aulas no playground por algum tempo. O chefe da aldeia, Yu Shi, está muito satisfeito com a solução. A turma de formandos era a principal prioridade do trabalho de ensino e merecia preferência total. Ele também afirmou no local que ia deixar Yu Zhuangyuan vir se apresentar àquela tarde e que a escola estava enfrentando uma situação difícil e o filho do chefe da aldeia deveria agir como um homem.

Desde que dinheiro não fosse mencionado, Yu Shi era muito direto sobre tudo. A sala de aula danificada precisava ser completamente reformada. Os pedreiros deviam se apressar e começar a construção enquanto o tempo estava claro depois da chuva, e não podiam atrasar até o inverno, em que choveria muito e nevaria. Sem falar que não iria ter local para aulas, seria muito inconveniente para a construção.

Yu Shi estava pensando mais em erguer a viga. Ele chamou o pai de Ye Biqiu e outros pedreiros juntos e escolheu um longo tempo, apenas seis horas da manhã do dia seguinte era o melhor horário. Isso deixou todos muito ansiosos. Embora fosse apenas uma pilha de tijolos construída na parede externa que já seria suficiente para sustentar as vigas, não havia os materiais. Yu Shi não se importou com isso e pediu aos pedreiros que resolvessem sozinhos e acertassem as contas juntos depois. Foi também porque o diretor Yu fez o exemplo de pagar com dinheiro de seu próprio bolso que os pedreiros concordaram em encontrar algumas soluções com seus próprios recursos.

Os pedreiros não estavam ocupados, então o diretor Yu e os outros precisavam estar ocupados. Uma vez que os pedreiros estavam ocupados, o diretor Yu e os outros estavam livres. No meio da noite, os pedreiros que acenderam as tochas e fizeram hora extra terminaram todos os preparativos para erguer a viga.

O diretor Yu estava prestes a entrar na casa para descansar, quando o pai de Ye Biqiu se aproximou e disse a ele que o que os pedreiros discutiram juntos pela manhã não era salário, mas dois pedreiros que descobriram que Li Zi e Sun Sihai, quando estavam juntos, pareciam pai e filha.

Ao saber que isso foi descoberto pelo primo da família Li, o diretor Yu ficou surpreso.

Por estar preocupado com Sun Sihai, o diretor Yu perdeu duas horas de sono à noite.

Felizmente, o sacrifício antes de a viga ser erguida devia ser feito pelos próprios pedreiros, e não eram bem-vindas muitas pessoas para assistir. O diretor Yu não se levantou até as dez para as seis horas. Ele soltou umas bombinhas com Sun Sihai e Deng Youmi, e então observaram como os pedreiros colocaram a viga nas paredes.

Uma vez que a viga foi erguida, o resto foi muito mais fácil. O diretor Yu não se atreveu a atrasar mais o início do novo semestre. Às 9h da manhã, depois que todos os alunos chegaram, a cerimônia de abertura do novo semestre foi realizada no playground. Por causa do que ele disse ser um desastre escolar, o chefe da aldeia, Yu Shi, abriu uma exceção e foi pessoalmente ao local para puxar a corda com o diretor Yu para hastear a bandeira nacional, que havia sido guardada durante as férias de verão.

Após tocar o hino nacional, Deng Youmi ao lado virou o rosto para o ouvido de Sun Sihai, fingindo sacudir a água de sua flauta, e sussurrou que o filho já estava na sexta série e o pai começou a perceber que deveria dar atenção à educação. Sun Sihai disse que, com o personagem do chefe da aldeia, Yu Shi, sem mencionar que seu filho não poderia se tornar o estudioso número um, mesmo que ensinasse seu filho a ser o estudioso número um, ele ainda se tornaria hostil sempre que quisesse.

Após a cerimônia de hasteamento da bandeira, os alunos da quarta e sexta séries retornaram às suas salas de aula. Os alunos da segunda série só podiam montar o quadro-negro no playground para as aulas. O chefe da aldeia ficou andando ao lado e de repente se engasgou.

O diretor Yu, que estava conversando com os pedreiros, veio imediatamente para perguntar.

Yu Shi apontou para a rocha ao lado do mastro e disse: "É um símbolo de grande azar para os soldados sair para a batalha se a bandeira for quebrada pelo vento. Isto está escrito em livros antigos. Se a rocha estivesse meio pé à frente e o mastro da bandeira estivesse quebrado, então isso seria um azar para a sua escola, ou para a aldeia de Jieling, ou até em uma escala mais ampla.

O diretor Yu piscou antes de responder: "Quando a rocha caiu, não havia bandeira no mastro, era apenas um mastro mesmo. Caso houvesse um sinal, só poderia ser considerado um aviso!"

Yu Shi arregalou os olhos e disse: "Você não está respondendo à pergunta!"

O diretor Yu continuou piscando: "Para uma escola primária, qual seria o aviso?"

Yu Shi disse: "Eu também acho. A vila de Jieling precisa de algo grande para atrair a atenção do mundo exterior. Mas que coisas grandes podem acontecer em um lugar tão pequeno?"

Yu Shi seguiu o rastro da rocha que havia caído, caminhou até a sala de aula onde a viga havia acabado de ser erguida, parou ao lado do buraco feito pela grande rocha e perguntou ao diretor Yu quem devia ficar de pé ali dando a aula quando a rocha caiu sob circunstâncias normais. O diretor Yu disse que devia ser Lan Fei. Yu Shi o questionou três vezes seguidas. O diretor Yu insistiu em dizer que um professor da escola primária de Jieling se encarregava de uma turma, sendo responsável por todas as disciplinas principais e auxiliares. Lan Fei ensinava a sexta série e outros não ocupariam seu pódio de jeito nenhum. Yu Shi finalmente assentiu.

Nesse momento, o sinal de saída da aula tocou.

Yu Shi pediu ao diretor Yu para chamar Lan Fei.

Yu Shi apontou para o buraco e disse a Lan Fei: "As rochas em Jieling são tão ferozes!"

Lan Fei disse: "Se tivesse sido realmente feroz, não teria sido atingida por um raio e ficado assim".

Yu Shi disse: "Não finja ser um herói após o incidente. Você não viu que a rocha estava vindo em sua direção? Se o novo semestre tivesse começado como planejado, provavelmente teria atingido sua cabeça".

Lan Fei assentiu e disse: "Não nego que seja uma possibilidade".

Yu Shi, o chefe da aldeia, acrescentou: "Deve dizer que teria esmagado sua cabeça de cachorro".

Lan Fei sorriu ironicamente e continuou a acenar em reconhecimento. Todos entendiam que a "cabeça de cachorro" veio do slogan levemente visível da "Revolução Cultural", na parede do fundo da sala de aula.

Yu Shi fez uma análise mais aprofundada e disse: "A razão de a rocha que foi derrubada pelo relâmpago vir em direção ao assistente Lan foi que o assistente Lan havia invadido os interesses fundamentais da maioria das pessoas. Um professor local que se torna professor estatal reduzirá em um terço os gastos com educação na aldeia de Jieling. Você usurpou a cota estatal da escola primária de

Jieling e usurpou os interesses do povo de Jieling. É politicamente desprezível e moralmente desavergonhado".

Yu Shi disse deliberadamente com leveza. Afinal, Lan Fei ainda era o Lan Fei. Depois de três meses suportando a turbulência, devido à promoção a professor estatal, ele ignorou os muitos alunos ao seu redor e de repente explodiu como um raio, jogando um pedaço de giz no chefe da aldeia, Yu Shi. "Animais em Jieling podem me repreender, mas você, você não tem as qualificações!"

"Você se atreve a me repreender! Como você ousa se rebelar contra mim quando chega a meu território?"

"Quem te repreendeu? Eu repreendi uma fera, você é uma fera?"

Yu Shi não esperava que ele desse um tapa na cara de Lan Fei duas vezes. Os dois sons nítidos foram mais chocantes do que a rocha gigante no topo da montanha sendo atingida por um raio. Até o próprio chefe da aldeia, Yu Shi, olhou fixamente para Lan Fei, esperando por mais reações. Inesperadamente, Lan Fei sorriu levemente e foi tão sincero, sem nenhum traço de amargura, assim como o raio de luz brilhando por entre as nuvens após uma forte chuva. No primeiro dia do novo semestre, Lan Fei estava de plantão. Ele se abaixou para pegar o giz no chão e tocou o sino de ferro pendurado sob o beiral. Na segunda vez que o sinal tocou, Lan Fei entrou na sala de aula da sexta série convertida da sala de aula da segunda série.

Yu Zhuangyuan gritou: "Fiquem de pé!"

A classe inteira gritou em uníssono: "Bom dia, professor!"

Yu Zhuangyuan gritou novamente: "Sentem-se!"

Assim que ele se sentou, Lan Fei chamou seu nome. "Yu Zhuangyuan, por favor, fique de pé!"

Assim que Lan Fei terminou de falar, o chefe da aldeia, Yu Shi, invadiu, agarrou seu colarinho com a mão esquerda, deu um soco no nariz dele com a mão direita e continuou gritando.

"Se você se atrever a obrigar meu filho a ficar de pé como punição, vou te fazer se deitar na sala de aula!"

Lan Fei pegou o lenço e limpou o sangue do nariz. Depois de segurá-lo na mão e olhar com cuidado, ele dobrou o lenço novamente e continuou a limpar o sangue do nariz. Isso foi repetido cinco vezes, e todas as vezes o movimento foi gracioso. No final, ele levantou a cabeça e perguntou a todos os alunos da turma: "Ainda há sangue no meu nariz?"

Todos os alunos disseram em voz baixa: "Não!"

Lan Fei limpou a garganta e perguntou a Yu Zhuangyuan, que estava lá de pé.

"Yu Zhuangyuan, por favor, responda a uma pergunta já explicada na aula ideológica e moral do último semestre: quando os adolescentes podem obter os direitos de cidadania mais básicos?"

Yu Zhuangyuan ficou assustado e respondeu atordoado: "Homens aos vinte e dois anos e mulheres aos vinte anos".

Todos os alunos da classe franziram os lábios. Lan Fei disse: "Essas são as idades legais para o casamento, estou perguntando sobre os direitos de cidadania".

Yu Zhuangyuan disse: "Meu pai disse que somente quando você se casar você pode ter direitos de cidadania".

Lan Fei sorriu levemente: "De acordo com o Artigo 34 da Constituição da República Popular da China, todos os cidadãos da República Popular da China que tenham atingido a idade de 18 anos têm o direito de votar e se candidatar a eleições, independentemente de status étnico, raça, sexo, ocupação, histórico familiar, crença religiosa, educação, status de propriedade ou tempo de residência, exceto pessoas privadas de direitos políticos de acordo com a lei".

Lan Fei andou pela sala de aula com paredes suportadas por madeira e depois escreveu uma linha de caracteres grandes no quadro-negro: "Escreva um ensaio argumentativo de 500 caracteres sobre o tema se você deseja votar naqueles 'vilões de aldeia' que desprezam o conhecimento e os direitos humanos depois de atingir a idade de dezoito anos e obter a cidadania!". Vendo que Yu Shi, o chefe da aldeia, ainda estava olhando ao lado do pódio, Lan Fei disse que a composição de hoje não precisaria ser escrita no caderno, mas apenas em seu coração.

A sala de aula estava muito silenciosa e Lan Fei andava de um lado para o outro no corredor entre as mesas.

Yu Shi finalmente não pôde ficar mais tempo e avisou a Lan Fei com uma sentença implacável: "Não pense em transformar a escola primária de Jieling em uma base para cultivar a oposição!"

Depois que Yu Shi saiu, a confusão na escola ficou ainda pior.

Não era Lan Fei quem estava mais zangado, mas Sun Sihai e Deng Youmi. Até os pedreiros que foram convidados a reformar a casa da escola e os pais que haviam vindo remover a areia na vala detrás reagiram com mais força do que Lan Fei, e todos disseram que iriam à vila reclamar. Se Lan Fei estava realmente calmo ou falso, todos estavam incertos. No entanto, quando ele disse algo, todos olharam para ele de forma diferente.

Lan Fei disse que, durante os vários anos na escola primária central da vila, ele podia ouvir sobre os quadros da aldeia espancando os professores todos os anos. Era que a maioria dos professores eram locais, e eles tinham todo tipo de escrúpulos e ficavam calados. Mesmo que houvesse comoção, não haveria resultados. Sempre transformavam grandes problemas em pequenos, e pequenos em nenhum problema. Os quadros da aldeia batendo nas pessoas, assim como os maridos batendo nas esposas, não eram fáceis de envolver. Pessoas como o chefe da aldeia, Yu Shi, se não o tivesse agredido, iria encontrar oportunidades para agredir os outros. Lan Fei era um professor estatal e foi espancado, e o chefe da aldeia, Yu Shi, se sentiria culpado. Se ele estivesse batendo em um professor local, ele realmente não teria escrúpulos como bater em sua esposa. Se Yu Shi respeitasse os direitos civis dos professores a partir de então, valeria a pena para ele sofrer esses poucos golpes.

Naquela noite, Lan Fei convidou os três professores para beber em seu quarto. Ele preparou muita comida e álcool, obviamente havia planejado antes. O que aconteceu naquele dia foi apenas uma chance. A indiferença superficial de Lan Fei fez todos se sentirem mais pesados. Depois de terminar uma garrafa de aguardente, Lan Fei disse a todos que, durante as férias de verão, ele foi ao distrito para algumas atividades e duas instituições queriam que ele trabalhasse como secretário. Ele tinha um objetivo moderado para sua vida; não importava o que acontecesse, Jieling era um posto. Portanto, ele não apenas não odiaria Yu Shi mas também o agradeceria por lhe dar mais motivação. Lan Fei ficou em Jieling por 150 dias completos. Antes de partir, ele teve que fazer algumas coisas que o diretor Yu e os outros não podiam e não ousavam fazer. Repreender Yu Shi e falar sobre cidadania na aula era, na verdade, um plano organizado havia muito tempo.

Na escola primária de Jieling, nunca houve uma situação como a dessa noite.

O diretor Yu, Deng Youmi e Sun Sihai ouviam o discurso de Lan Fei silenciosamente, sem dizer uma palavra. Lan Fei falou muito. Ele tomou a si mesmo como exemplo. A razão por que decidiu deitar o martelete e sair do pulpito para buscar o desenvolvimento na politica, onde as pessoas mais obscuras fazem os outros verem a luz clara, foi porque descobriu um princípio a partir desses livros sombrios e escuros. O fogo não podia ser apagado pelo fogo, a água não podia ser drenada pela água, a educação não podia salvar a educação e os professores locais não podiam salvar os professores locais. Então decidiu passar por fogo e água e ir para o oficialismo para testar suas habilidades. Para a escola primária de Jieling, a escola não podia ser salva contando com a escola, e alguém deveria passar por fogo e água para remover o chefe da aldeia, Yu Shi, e substituí-lo.

Alguns dias depois que Lan Fei saiu, esse tópico foi levantado novamente pelo diretor Yu e os outros, e todos acharam que era razoável. Na visão de Sun Sihai, Deng Youmi, que era bom em lidar com as coisas por analogia, era mais adequado para ser o chefe da aldeia. Deng Youmi disse que, com a alta moral e o alto prestígio do diretor Yu, desde que ele desejasse, ele seria mais confiável do que o veterano Huang Zhong. Em vez disso, o favorito do diretor Yu era Sun Sihai. Sun Sihai, que se comportava um pouco romanticamente, era o azarão mais promissor.

Os três conversaram muito sobre isso, mas não levaram a sério.

A maior pressão pela frente continuava sendo a reforma da casa da escola.

Depois que Lan Fei sofreu dois tapas e um soco de Yu Shi, ele pediu licença e desceu a montanha no dia seguinte, e só voltou duas semanas depois. Ele trouxe uma carta de transferência com ele, que afirmava que ele deveria se apresentar ao Departamento de Pessoal do Distrito dentro de um mês e receber outro emprego. Quando Yu Shi ouviu a notícia, ele disse com desdém que, se o departamento de organização transferisse Lan Fei para o distrito, ele ficaria meio tímido. Na verdade, a unidade de trabalho de Lan Fei foi determinada e era o Departamento de Trabalho Juvenil do Comitê da Liga Juvenil do Distrito.

Quando Lan Fei deixou a escola primária de Jieling com a bagagem nas costas, estava chovendo de novo.

22

O chuvisco contínuo de outono era irritante e a escola primária de Jieling ainda estava cheia de rachaduras.

O cerne da questão era o dinheiro. Antes de a viga ser erguida, o chefe da aldeia, Yu Shi, afirmou que, embora as pessoas em Jieling fossem pobres, seus ossos ainda eram fortes e eles pagariam o devido no tempo correto. Yu Shi vinha orientar a escola frequentemente e não havia nenhum sinal de se esquivar da responsabilidade. No entanto, todos os artesãos do mundo são seres humanos e os pedreiros não eram exceção. Depois que as vigas foram erguidas, eles começaram a sabotar: não conseguiam completar duas longarinas em um dia e nem conseguiam terminar de pregar quatro pinos em dois dias. O diretor Yu disse muitas palavras suplicantes para eles, explicando que, se eles não se apressassem e se o inverno chegasse mais cedo com chuva e neve, os alunos nem mesmo teriam um lugar para se proteger do vento e do frio. No final, os pedreiros não foram impiedosos e construíram o telhado. O pai de Ye Biqiu disse que Dong Yong e a Sétima Fada poderiam cantar que, embora a casa na caverna esteja avariada, podem se proteger de vento e chuva nela. Se os alunos tivessem aulas na neve, a acácia velha iria xingá-los. O primo da família do Li também adorava ouvir a ópera "Casal de fadas", mas isso não o impedia de intensificar seus esforços para pedir mais salário.

O diretor Yu pensou que o liderança do barro, Yu Shi, ainda se punha por ele, então explicaram que Lan Fei, ao se tornar de um professor particular para um público, estava com pressa de estabelecer sua própria imagem e cometeu um erro por ser um burra-que-sobe. Entretanto, Yu Shi não agradeceu o favor e retornou a O diretor Yu que não se deve medir outros como se mediria si mesmo, misturando assuntos oficiais com pessoais.

O diretor Yu achava que Yu Shi ainda odiava Lan Fei, então ele explicou que Lan Fei havia sido promovido de professor local a professor estatal e estava ansioso para estabelecer sua própria imagem, então cometeu o erro de ser um vilão. Yu Shi não gostou do que ele disse e respondeu ao diretor Yu que não devia julgar pelo seu coração o dos outros e confundir assuntos públicos e privados.

Certa vez, o diretor Yu bloqueou Yu Shi no escritório, que estava prestes a sair. Quando Yu Shi ficou irritado, ele gritou com o velho contador, pedindo-lhe que contasse ao diretor Yu o método discutido no dia anterior. O diretor Yu pensou que havia uma solução, então ele deixou Yu Shi ir embora. Inesperadamente, o velho contador disse que no dia anterior ele e Yu Shi foram a Laoshanjie a trabalho. Quando eles passaram pelo grande teixo, o chefe da aldeia disse que, se o diretor Yu viesse pedir dinheiro novamente, daria a ele aquela árvore. De qualquer forma, eles haviam cortado teixo ilegalmente no passado, e morto não sente frio. Em Jieling, havia apenas uma dúzia de grandes teixos. Se realmente pudessem cortar uma árvore e vendê-la, o dinheiro para manter a escola certamente não seria um problema. Ao ouvir o que o velho contador disse, o diretor Yu ficou zangado. Ele disse que, se Yu Shi tivesse a coragem de redigir um documento aprovando o corte de árvore, sem mencionar que o corte seria de um único teixo, não teria medo mesmo que ele precisasse cortar todos os teixos em Jieling.

O diretor Yu continuou procurando o chefe da aldeia, Yu Shi, e, toda vez que ele tentava falar, Yu Shi ficava mais determinado. Ele até disse que, se o diretor Yu fosse para sua casa novamente, ele deixaria o cachorro morder. O diretor Yu fingiu que não ouviu e ia como deveria. O cachorro o conhecia havia muito tempo. Quando via esse homem com cheiro de giz, latia duas vezes para mostrar sua atitude.

Certa vez, a esposa do chefe da aldeia disse que, quanto mais frequentemente viesse a casa o convidado, mais íntimo até o cachorro ficaria dele. Ninguém podia ser inferior a um cachorro, certo? Não parecia uma frase ofensiva, mas, quando Yu Shi respondeu, ele percebeu o quanto era feio o que o chefe da aldeia, Yu Shi, diria a seguir.

"Algumas pessoas são piores que cachorros, quanto mais bem cuidadas forem elas, mais hostis ficam!"

Vendo que Yu Shi podia dizer tais palavras, o diretor Yu entendeu que qualquer explicação era inútil.

Naquele dia, antes da hora de levar Li Zi para casa, Wang Xiaolan veio à escola de repente e foi diretamente ao diretor Yu.

Descobriu-se que Yu Shi sofria de insônia recentemente. Ele cozinhou ovo cozido no vapor com fungo poria em casa, mas não funcionou depois de várias vezes, então ele pediu a sua esposa para vir até ela e queria obter alguma vinha de Fallopia multiflora para acompanhar a receita. Enquanto conversavam, a esposa do chefe da aldeia pediu a Wang Xiaolan para enviar uma mensagem ao diretor Yu. Yu Shi costumava dizer em casa que a escola primária de Jieling seria retirada. Antigamente, quando não havia escola primária na aldeia, as crianças que queriam estudar não estudavam menos, nada mais era do que caminhar mais e percorrer mais 10 quilômetros por dia. Na frente de sua esposa, Yu Shi provavelmente não precisava contar mentiras. O que o irritou foi que, quando Lan Fei pediu aos alunos que usassem seus votos para punir os "vilões da aldeia" após a obtenção do direitos de cidadania, todos aplaudiram, até seu próprio filho. Yu Shi não pensava que era o "vilão da aldeia" que Lan Fei disse, mas pelo menos ele era um oficial da aldeia. Ele ficou arrepiado ao ver que os alunos estavam tão inescrupulosos. A esposa o persuadiu repetidamente de que Lan Fei já havia sido transferido, e os outros professores sempre cuidavam da situação geral, e, finalmente, conseguiu que Yu Shi concordasse em observar por algum tempo.

Só então o diretor Yu sentiu que o que Lan Fei disse antes de ir embora não era irracional. Lan Fei pediu ao diretor Yu e aos outros que prestassem atenção se a questão dos direitos de cidadania que ele mencionou causaria uma mudança fundamental na atitude do chefe da aldeia em relação à escola. Usando a teoria da conspiração para analisar, pessoas como Yu Shi definitivamente reagiriam cedo a coisas que ameaçavam seus próprios interesses. Claro, o diretor Yu também pensou no outro lado: Yu Shi disse isso provavelmente apenas para impedi-lo de ficar incomodando e forçá-los a encontrar uma maneira de resolver sozinhos o problema de reforma da casa da escola.

Depois de falar sobre o assuntos sério, Wang Xiaolan baixou a voz e disse ao diretor Yu que alguém a estava observando do lado de fora.

Do outro lado da sala de aula desmoronada, havia um grande grupo de pedreiros que estavam muito ocupados e restaram apenas dois, um era o primo da família Li e o outro era o pai de Ye Biqiu. Apaticamente, os dois selecionaram algumas partes reutilizáveis dos tijolos quebrados pela rocha que caiu e os empilharam.

Wang Xiaolan disse que, desta vez, pela primeira vez, seu marido tomou a iniciativa de pedir que ela fosse informar a escola, o que a fez suspeitar que havia uma armadilha.

O diretor Yu também queria experimentar. Ele chamou Sun Sihai ao escritório, fingiu deixá-los conversar sozinhos e foi conversar com os pedreiros. Com certeza, como a análise de Wang Xiaolan, o primo da família Li imediatamente ficou inquieto e quis dar uma olhada várias vezes, mas foi interrompido pelo diretor Yu com desculpas.

Wang Xiaolan e Sun Sihai ficaram juntos apenas por dez minutos e, quando ela saiu do escritório, as lágrimas em seu rosto ainda estavam visíveis.

O diretor Yu então perguntou a Sun Sihai se Wang Xiaolan havia dito algo mais aprofundado.

Sun Sihai ficou com os olhos grudados no primo da família Li, que olhava para ele de vez em quando, e disse que Wang Xiaolan não estava preocupada com Yu Shi, mas sim com os parentes de seu marido. Naqueles dias, eles iam à casa dela um após o outro, aparentemente discutiam sobre pedir salários, mas conversavam furtivamente. Wang Xiaolan ouviu alguém dizer que era melhor perseguir o inimigo haste os seus últimos refúgios com energia e determinação, em vez de tentar fama e renomórios como o imperador Xiang Yu. As outras palavras foram ditas com voz muito suave, mas aquela frase foi pronunciada com grande entusiasmo e orgulho.

O diretor Yu também disse a ele sem rodeios que o primo da família Li havia descoberto que, quanto mais Li Zi crescia, mais ela se parecia com Sun Sihai. Sun Sihai respondeu inexpressivamente que não era de admirar que aquele cara estivesse ficando cada vez mais pervertido, torturando Wang Xiaolan todos os dias, mordendo seus seios.

Depois da escola, o diretor Yu chamou Deng Youmi e Sun Sihai para discutir o que fazer a seguir. Uma visão mais consistente foi que, embora fosse uma escola primária administrada por uma aldeia, nunca haviam pedido dinheiro à unidade de educação da vila por tantos anos. Dessa vez era muito embaraçoso, então poderiam tentar.

Assim que chegaram a um consenso, o diretor da unidade, Wan, veio.

Wan estava um pouco envergonhado e não parecia ter vindo verificar o trabalho.

O diretor Yu o conduziu do sopé ao topo da montanha, e do topo ao sopé da montanha para ver em todo lugar, e até foram olhar ao redor da escola por dentro e por fora. Inesperadamente, Wan disse: "Isso é bom. É melhor sermos pobres e miseráveis juntos, para aqueles caras da escola primária de Wangtian não ficarem se comparando com vocês na minha frente". De volta a casa, o diretor Yu foi até a cozinha para cozinhar. Wan se deitou na cama do diretor Yu e adormeceu profundamente.

Antes de escurecer, era o momento mais relaxante para os alunos de internato. O diretor Yu os lembrou várias vezes de manter a voz baixa e não perturbar o diretor da unidade, Wan. Depois de apenas três minutos de silêncio, as crianças voltaram a se divertir como gatinhos e cachorrinhos. O diretor Yu descobriu mais tarde que essa preocupação era desnecessária, então ele fez o jantar e pediu a Wan para se levantar e comer. Depois de chamar três vezes, Wan abriu os olhos para dar uma olhada e voltou a dormir, dormindo até o meio-dia do dia seguinte, e então se levantou preguiçosamente. Ouvindo que ele havia dormido por quase 20 horas, Wan forçou um sorriso e disse que tudo foi causado por aquela tigresa. Depois que Lan Fei se tornou professor estatal, ela ficou brigando por dois meses e finalmente parou. Algum tempo atrás, Lan Fei veio à unidade de educação para cumprir as formalidades de transferência. Depois que ela o viu, enlouqueceu novamente. Ele fazia uma pequena confusão a cada três dias e uma grande confusão a cada cinco dias. Desde anteontem, ele não podia fechar os olhos por três dias e três noites. Não teve escolha a não ser se esgueirar até Jieling e se dar alguns dias de folga.

Essas palavras desapontaram o diretor Yu e os outros.

Felizmente, Wan não desistiu de cuidar do assunto e foi até o chefe da aldeia, Yu Shi, naquela tarde.

Ao voltar para a escola à noite, o rosto do diretor da unidade, Wan, estava lívido e, assim que ele entrou pela porta, mostrou a todos sua calça jeans com dois furos, dizendo que o cachorro da família do chefe da aldeia, Yu Shi, os havia feito. Todos ficaram muito surpresos, pois por muitos anos nunca ouviram falar de um professor ter sido mordido por um cachorro. Wan entendeu o motivo. Depois de ser diretor da unidade por muitos anos, o cheiro de giz em seu corpo diminuiu e os cães em Jieling o consideram um oficial. Felizmente, o vizinho jogou um pedaço de pau para ele; caso contrário, teria sido ainda pior. A esposa de Yu Shi saiu depois de muito tempo. Primeiro disse que seu marido não estava em casa e depois perguntou se ele gostaria de entrar para tomar uma xícara de chá. Antes que o diretor da unidade, Wan, pudesse expressar sua opinião, ela acrescentou que o comitê da aldeia não tinha dinheiro e ser o chefe da aldeia era chato, e seu marido planejava renunciar e trabalhar fora para ganhar dinheiro. Wan ignorou isso e invadiu a casa, com a intenção de gritar com Yu Shi, mas, quando viu Yu Zhuangyuan se curvando na mesa e fazendo seu dever de casa, virou a cabeça e voltou.

Depois de gastar muito tempo e esforço, Wan nem conseguiu ver uma única pessoa e ficou muito zangado. Ele pediu ao diretor Yu para entregar Yu Zhuangyuan para ele na aula amanhã. Inesperadamente, antes da aula do dia seguinte, Yu Zhuangyuan tomou a iniciativa de ir até Wan. Na noite do dia anterior, seu pai estava realmente em casa, mas ele desceu a montanha cedo naquela manhã e não sabia se realmente foi para o sul para trabalhar. Yu Zhuangyuan disse com tristeza que seu pai deixou palavras duras antes de sair, dizendo que no máximo ele terminaria seu estudo do primeiro semestre do ano letivo e estava determinado a transferi-lo para outra escola no semestre seguinte. Wan achou isso totalmente intolerável e pediu a Yu Zhuangyuan que dissesse a seu pai para não ter essas ideias tortuosas de jeito nenhum. Enquanto o diretor da unidade de educação da vila ainda tivesse o sobrenome Wan, não haveria uma segunda escola primária na vila que se atrevesse a aceitar o filho de Yu Shi.

Wan ficou na montanha por três dias, mas Deus parecia ter vindo com atitude e choveu levemente duas vezes.

Quando vinha uma chuva fina, estava bem se não tivesse vento. Uma vez que o vento soprasse, a sala de aula só com teto e sem paredes ficava basicamente igual à área externa. Em desespero, o diretor Yu não teve escolha a não ser pedir ao pai de Ye Biqiu que usasse varas de bambu com palha para formar uma parede para bloquear o vento e a chuva lá fora o máximo que pudesse.

Para ser honesto, entre as cerca de uma dúzia de escolas primárias administradas por aldeias sob a jurisdição do diretor da unidade, Wan, a situação da escola primária de Jieling não era ruim. Já era uma vantagem única poder converter uma boa casa do ponto de jovens educados local em uma casa da escola. Era uma pena que as tempestades não tivessem olhos e tivessem que dificultar a situação da escola primária de Jieling. Nesse ponto, mesmo Wan não conseguiu pensar em uma boa solução, então ele só pôde dizer ao pai de Ye Biqiu que a palha na montanha era gratuita e podia cortar mais. Era bom tentar usar varas de bambu para fazer uma parede tão grossa quanto possível, para que pudesse bloquear o frio e o vento quando a neve caísse. Além de Wan, todos estavam claramente planejando o pior.

Como não sabia quando a raiva de sua esposa iria se acalmar, Wan queria esperar até que a parede de palha da sala de aula fosse concluída antes de sair. Naquela manhã, assim que o papel da janela ficou branco, o pai de Ye Biqiu chamou o diretor Yu em voz baixa do lado de fora.

O diretor Yu se levantou da cama, disse algumas palavras ao pai de Ye Biqiu através do papel da janela, então se virou e foi até o quarto de Wan. Ele o arrastou vigorosamente, empurrou para fora da porta dos fundos com força, sem pensar em falar, e deixou caminhar ao longo da rua principal para descer a montanha.

Assim que a porta dos fundos foi fechada, alguém bateu na porta da frente.

O diretor Yu fingiu que tinha espondilose cervical e não conseguia se levantar de uma vez. Depois de se levantar, ele teve que esperar um pouco antes de poder se levantar. Ele arrumou a cama onde Wan havia dormido e fingiu que seus joelhos estavam machucados pelo banquinho. Ele só abriu a porta da frente quando Wan devia ter entrado na floresta.

Os pedreiros que trabalhavam na escola, liderados pelo primo Li, afastaram o diretor Yu, vasculharam todos os quartos e foram até o alojamento dos alunos para procurar e perguntar aonde Wan havia ido. O diretor Yu disse a eles que, na noite do dia anterior, Wan havia descido a montanha no escuro porque a vila havia pedido a alguém para trazer uma carta dizendo que haveria uma reunião importante pela manhã à qual ele deveria comparecer.

O pai de Ye Biqiu ergueu as sobrancelhas e disse: "Eu trabalhei ontem até escurecer e saí muito tarde. Não vi ninguém vir entregar carta".

O diretor Yu disse seriamente: "Você ficou fascinado com o som da flauta de Sun Sihai e estava atordoado".

O pai de Ye Biqiu parecia se lembrar que, quando o diretor Yu conduziu os alunos para a cerimônia de hasteamento da bandeira, ele estava pensando em sua filha. Quando Ye Biqiu estava no ensino fundamental, ela sempre dizia que a flauta do professor Sun soava muito bem. Portanto, assim que ouviu a flauta de Sun Sihai, ficou triste, pensando em sua filha, sua cabeça estava cheia de lágrimas, mas não conseguiu derramá-las.

Os pedreiros disseram que o chefe da aldeia, Yu Shi, havia deixado de exercer suas funções. Sem contar a viga, o restante dos salários e dos pagamentos referentes aos materiais deveriam ser obtidos com Wan. Os pedreiros fizeram um plano para deter Wan e deixá-lo sair só quando os salários fossem pagos. Caso contrário, poderia não ser possível obter dinheiro em três ou cinco anos.

Ao ouvir o que eles disseram, o diretor Yu se sentiu muito envergonhado e afirmou repetidamente que o sentimento de ser credor dos que recusavam a pagar estava em seu coração todos os dias; mesmo que comesse algumas pimentas-malagueta, ele não poderia reprimi-lo. De qualquer forma, ele, Deng Youmi e Sun Sihai não iriam fugir. Logo que houvesse uma maneira, eles pagariam primeiro os salários devidos a eles.

Os pedreiros não tiveram escolha a não ser saírem desapontados, já que Wan não foi pego.

Eles não foram longe e voltaram novamente. O primo da família Li pediu alguns cadeados para trancar as duas salas de aula existentes. O pai de Ye Biqiu foi imediatamente à aldeia para pegar os cadeados emprestados. Inesperadamente, os cadeados não foram emprestados, mas a tia de Ye Biqiu o repreendeu. Depois de voltar para a escola, o pai de Ye Biqiu foi até a casa do diretor Yu para encontrar uma faca, foi até a encosta próxima ao playground, cortou algumas plantas de xylosma racemosum e as empilhou na porta da sala de aula.

O diretor Yu não pareceu notar isso e liderou os alunos de internato como de costume, erguendo a bandeira nacional até o topo do mastro.

Após a cerimônia de hasteamento da bandeira, todos os alunos foram ver as plantas de xylosma racemosum na porta da sala de aula e gritaram alegremente: "Ótimo, também podemos ter aulas no playground!"

Ao ouvirem o choro das crianças, os pedreiros de repente se sentiram entediados.

O pai de Ye Biqiu pensou um pouco e disse que esse assunto não tinha nada a ver com as crianças e elas não poderiam ser impedidas de estudar. Ao dizer isso, removeu a pilha de plantas de xylosma racemosum que ele havia empilhado na porta das salas de aula.

O diretor Yu estava tão ocupado preparando o café da manhã para si mesmo e para os alunos que não percebeu quando os pedreiros haviam saído. Quando o café da manhã estava pronto, foi até a porta chamar as crianças. Porém, eles não estavam mais no playground. Por um momento, a mente do diretor Yu ficou em branco e ele não conseguia pensar em nada.

Nesse momento, ouviu-se o som de chupar mingau atrás dele. O diretor Yu pensou que era uma criança travessa fazendo isso de propósito e zombou dele por não querer colocar arroz no mingau. O diretor Yu se virou abruptamente e disse: "Quero ver quem é esse encrenqueiro que não tem dentes e só come com os lábios!". Mas ele viu o diretor da unidade, Wan, sentado ali.

O diretor Yu disse: "Por que você não foi embora? Eles vão detê-lo!"

Wan disse: "Se eu tivesse ouvido você, teria sido pego por eles há muito tempo".

Wan terminou o mingau em sua tigela antes de continuar a explicação. Quando ele subiu a montanha pela porta dos fundos, ele foi cuidadoso. Depois ele realmente encontrou o pai de Ye Biqiu segurando uma vara de madeira no caminho. Ele sentiu que algo estava errado, então ele se escondeu na pilha de bases de madeira que Sun Sihai tinha preparado com antecedência para o plantio da próxima safra de fungo poria. Depois que o pai de Ye Biqiu foi embora, ele simplesmente voltou para a escola pelo mesmo caminho.

O diretor Yu o elogiou, dizendo que afinal era o chefe da unidade de educação, bem mais inteligente que o diretor da escola.

Wan lembrou seriamente ao diretor Yu que esse incidente parecia ter algum motivo oculto. Os pedreiros sempre cobravam dívidas de maneira gentil. Podia haver outras histórias por trás de métodos tão extremos. O diretor Yu não estava nervoso e estava confiante de que descobriria os meandros em breve, porque a pessoa que relatou a notícia primeiro foi o pai de Ye Biqiu, que causou mais problemas depois.

Nesse ponto, Wan nem queria ir embora e gostaria de perguntar ao pai de Ye Biqiu pessoalmente depois de ele começar a trabalhar.

Quando o pai de Ye Biqiu voltou para a escola depois do café da manhã, viu Wan ainda ouvindo na sala de aula da sexta série, então ele quis ir embora. Wan o alcançou em poucos passos e o convidou para a casa do diretor Yu.

234

Depois de perguntar educadamente por um longo tempo, não conseguiu encontrar a resposta.

O pai de Ye Biqiu estava dizendo a verdade. Se ele soubesse sobre o plano dos pedreiros com antecedência, ele teria informado o diretor Yu na noite anterior. Ele também só ouviu falar do plano de manhã cedo pelo pedreiro que o acordou. Felizmente, todos pediram para ele fazer uma emboscada na pequena trilha, então ele teve a oportunidade de bater na porta com antecedência e chamar a atenção. No entanto, o pai de Ye Biqiu ainda sentia que esse assunto não havia acabado e ainda havia algo para acontecer a seguir.

Dessa forma, o diretor Yu não permitiria que Wan permanecesse na escola por mais tempo.

O diretor Yu tirou o par de sapatos de couro de casa e pediu a Wan que os entregasse a Lan Xiaomei quando ele passasse pela Pequena Aldeia da Família Zhang.

O diretor Yu disse que, embora tivesse comprado os sapatos de couro na capital da província, foi ideia de Deng Youmi e Sun Sihai dá-los a Lan Xiaomei. De acordo com sua intenção original, seriam dados primeiro a Cheng Ju e depois a Wang Xiaolan. Inesperadamente, porque seus pés eram grandes demais para usar sapatos do tamanho 36, só Lan Xiaomei foi qualificada para ser uma substituta.

Vendo que Wan estava olhando para ele com um olhar estranho, o diretor Yu mudou de ideia e disse que, se Li Fang estivesse vestida adequadamente, ele também poderia dar a ela. Afinal, sapatos de couro feminino eram para mulheres e não podiam ser usados nos pés dos homens.

Wan acenou com as mãos como o rabo de um cachorro e disse que para aquela mulher, exceto ela mesma, ninguém compraria sapatos nesta vida.

Wan pegou os sapatos de couro, caminhou não muito longe, parou novamente e se virou para o diretor Yu para perguntar o que havia acontecido com o artigo do diretor Wang e se seria realmente possível publicá-lo, já que havia se passado muito tempo desde o Dia do Professor e não havia nenhuma novidade.

Durante esses dias, o diretor Yu se preocupava com a reforma da casa da escola constantemente e se esqueceu completamente disso.

Lembrado pelo diretor da unidade, Wan, ele também achou incrível. O diretor Wang tomou a iniciativa de falar sobre o artigo. Toda vez que ele dizia isso, seu tom era muito certo e havia pessoas ao seu lado. O diretor Wang já fez uma grande propaganda para a escola primária de Jieling, então não havia necessidade de se gabar de seus méritos na frente dele. Portanto, o diretor Yu acreditava que as palavras do diretor Wang ainda seriam cumpridas, mas um pouco mais tarde.

Wan sentia que o diretor Yu, que considerava a escola primária de Jieling como o mundo inteiro, confiava no diretor Wang com muita credulidade. Jieling, uma aldeia tão pequena, ainda era muito complicada, e a capital de uma província era provavelmente mais complicada do que a soma de 10.000 aldeias de Jieling. Wan pediu ao diretor Yu que escrevesse uma carta para cumprimentar o diretor Wang, mencionar o artigo e ver como o diretor Wang responderia.

O diretor Yu ergueu a caneta e pousou novamente. Após uma consideração cuidadosa, contou ao diretor Wang que estava tudo bem depois que ele voltou da capital provincial, e a escola primária de Jieling também estava normal, exceto que o mastro do qual o diretor Wang tirou uma foto quase foi destruído por uma grande rocha que caiu da montanha.

Wan ficou insatisfeito no início e, depois de ler duas vezes, deu um tapa na coxa, apontou para o nariz do diretor Yu e disse: "Não é de admirar que Deng Youmi o tenha chamado de espírito de raposa. Com base no conhecimento do diretor Wang sobre a escola primária de Jieling, ele deveria entender que a grande rocha que quase havia destruído o mastro inevitavelmente traria grandes prejuízos para a escola.

Depois de se despedir do diretor da unidade, Wan, o diretor Yu foi procurar o pai de Ye Biqiu na sala de aula que ainda estava em reforma. No início, falaram sobre a reforma da casa. De acordo com o julgamento do pai de Ye Biqiu, as três salas de aula eram conectadas. Se uma fosse danificada, as outras duas também teriam problemas. Isso seria visto quando houvesse chuva e neve contínuas. Vendo que não havia mais ninguém por perto, o pai de Ye Biqiu disse que o que havia acontecido pela manhã, em sua opinião, não tinha nada a ver com o chefe da aldeia, Yu Shi, e o marido de Wang Xiaolan podia ter desempenhado um papel. Sem contar ele mesmo, três dos seis pedreiros eram parentes da família Li. Portanto, ele só podia fingir ser positivo e se apressar em tudo.

O diretor Yu não conseguia descobrir como esse assunto envolveria Sun Sihai.

Depois da escola, o diretor Yu viu Sun Sihai caminhando para a montanha dos fundos com uma enxada nos ombros e, de repente, lembrou-se de que, nos últimos dias, o primo da família Li havia ido várias vezes à montanha dos fundos sem nenhum motivo. Talvez aquelas pessoas quisessem deter o diretor da unidade, Wan, apenas como disfarce, e estavam mirando nos fungos poria que Sun Sihai havia cultivado cuidadosamente por três anos e poderia colher quando o tempo melhorasse.

Quando o velho chefe da aldeia estava vivo, ele deu a Sun Sihai esse campo na montanha. O primeiro lote de fungos poria que foi plantado fugiu da base. Muitos sumiram, mas poucos foram encontrados. O segundo lote de fungos poria foi vendido antecipadamente e o dinheiro foi emprestado à escola para pagar as despesas de manutenção, mas ainda não foi devolvido. Para o terceiro lote, Sun Sihai já havia pensado nisso e ia vender os fungos poria, comprar algumas roupas para Wang Xiaolan e Li Zi e guardar todo o resto do dinheiro para as mensalidades do ensino médio de Li Zi.

Quanto mais o diretor Yu pensava sobre isso, mais ele sentia que algo estava errado. Sem a renda dos fungos poria daquela temporada, Sun Sihai, que parecia ser um solteiro na superfície, teria muitas dificuldades. Embora o marido de Wang Xiaolan estivesse deitado na cama e não pudessem se mover, ele controlava toda a renda da família completamente. Se ele não reconhecesse Li Zi como sua própria filha, a vida de Wang Xiaolan e de sua filha seria ainda mais difícil.

O diretor Yu fingiu visitar o túmulo de Ming Aifen. Originalmente era apenas uma desculpa, mas, assim que chegou lá, fez cuidadosamente uma coroa de grama, limpou a lápide primeiro e depois removeu o esterco de vaca perto do túmulo com uma pequena laje de pedra. Ele também contou para a lápide a condição física de Yu Zhi, situação de estudo, situação de vida, e até mesmo o fato de Lan Xiaomei ter feito um par de sapatos de pano para ele. Ele realmente queria dizer a Ming Aifen que deu a Lan Xiaomei um par de sapatos de couro, mas ele estava com medo de que ela ficasse infeliz e o repreendesse em seus sonhos à noite e parou de falar quando as palavras vieram a seus lábios.

Em seguida, o diretor Yu naturalmente caminhou até o campo de fungo poria de Sun Sihai. O terreno estava vazio e nada crescia. Os dois esquilos que estavam brincando o viram e imediatamente se esconderam na floresta próxima. Eles provavelmente não pensaram que era uma ameaça e saíram novamente depois de um tempo, continuando sua felicidade anterior. Como a colheita se aproximava, não havia quase nada para fazer no campo de fungo poria, então Sun Sihai veio apenas dar uma olhada. Os dois conversaram intermitentemente. O diretor Yu viu a oportunidade e lembrou a Sun Sihai de construir uma barraca e pedir a alguém para ajudar a vigiar à noite. Seria uma grande pena se os fungos poria tão bons fossem estragados ou roubados.

Sun Sihai disse: "Se for preciso vigiar à noite, só eu que posso fazer isso sozinho".

O diretor Yu também disse: "De qualquer forma, você dorme sozinho aonde quer que vá".

O diretor Yu disse que estava prestes a construir uma barraca e Sun Sihai disse rapidamente: "Você realmente leva isso a sério. O fungo poria não é fácil de roubar; me deixe dormir em casa!"

O diretor Yu o lembrou: "E se alguém derramar metamidofós[20] no campo de fungo poria?"

Sun Sihai percebeu que havia algo nas palavras. Depois de muito tempo, ele disse: "Se alguém realmente quer me prejudicar, sem mencionar derramar metamidofós no campo de fungo poria, até mesmo colocar veneno de rato em uma tigela, não posso me proteger!"

O diretor Yu disse: "Desde que pensei nesta possibilidade, na minha opinião, é melhor encontrar um revendedor de fungo poria e vendê-los a um preço estimado".

Sun Sihai sorriu tristemente: "Se você não pegar o dinheiro, você não é um especialista. Se pegarem o dinheiro, todos são especialistas!"[21]

Depois de conversarem um pouco, os dois voltaram.

Após escurecer, Sun Sihai estava diferente do normal. Quando tocava flauta, ele não estava em casa, mas caminhava pelo playground. Os mais novos dos alunos de internato acharam divertido, então eles seguiram Sun Sihai e andaram em círculos. Depois de dar algumas voltas, eles não acharam divertido, por isso as crianças voltaram para o dormitório. Sun Sihai ficou sozinho. Em meio ao som lento da flauta, caminhava e não parou até que as luzes das aldeias próximas fossem todas apagadas.

Na manhã seguinte, após o término da cerimônia de hasteamento da bandeira, Sun Sihai disse ao diretor Yu que sua sugestão estava certa. Ele era pobre de qualquer maneira e não se importava em ganhar mais dinheiro vendendo produtos à vista, sem mencionar que os produtos à vista cavados poderiam ser até menos do que a quantidade estimada.

Pela manhã, Sun Sihai pediu a alguém que enviasse a mensagem. À tarde, um comerciante de fungo poria bateu à sua porta. Depois que Sun Sihai o levou para olhar para o campo, eles rapidamente chegaram a um acordo verbal e só voltaria amanhã para assinar formalmente o contrato e pagar o dinheiro. Antes de ir embora, o comerciante de fungo poria tirou do bolso um pedaço de pano

---

20 N. do T.: O metamidofós é um pesticida organofosforado com forte toxicidade que não apenas mata as pragas por contato, mas também pode ser absorvido pelas plantas e matar as pragas por ação interna quando elas se alimentam da planta.

21 N. do T.: Essa frase descreve diretamente a atitude e o comportamento em relação ao "dinheiro pronto" (ou seja, dinheiro em espécie ou dinheiro negociado no local). Nesse contexto, "não agarrar" implica que a pessoa não está ansiosa para aceitar ou lutar ativamente por ele, enquanto "agarrar" indica aceitação ou busca ativa. Literalmente, Sun Yat-sen parece estar dizendo que, se alguém não aproveitar imediatamente a oportunidade de obter dinheiro, não é considerado um especialista na área; mas quando há uma oportunidade de ganhar dinheiro imediatamente, parece que todos se tornam especialistas.

vermelho e o amarrou em um galho próximo. Esta era a regra da indústria, o que significava que os fungos poria neste campo pertenciam a ele. Mesmo que alguém quisesse roubar, não se atreveria a fazer isso, porque os fungos poria roubados não poderiam ser convertidos em dinheiro sem passarem pelas mãos dos comerciantes de fungo poria.

Quando chegou a hora marcada, o comerciante de fungo poria não apareceu. Sun Sihai não se importava. As pessoas nas montanhas, especialmente aqueles comerciantes que viajavam pela vila e visitavam famílias para coletar mercadorias da montanha, poderiam ter alguns casos sexuais em algum lugar e relutariam em sair depois de acordar. Sun Sihai foi para a aula com tranquilidade e não sabia que a situação havia mudado até o final das aulas à tarde. O comerciante de fungos poria pediu a alguém que trouxesse um bilhete dizendo que poderia ficar com a garantia de 50 yuans dada ontem a Sun Sihai para comprar álcool. O eufemismo era que ele não queria os fungos poria de Sun Sihai.

O que aconteceu a seguir foi esperado e inesperado. Naquela manhã, os professores da escola estavam em aula e os pedreiros cobradores de dívidas voltaram. Dois deles subiram a colina dos fundos, cada um segurando duas garrafas de metamidofós, e gritaram bem alto que o diretor Yu era obrigado a pagar todos os salários devidos antes do meio-dia, caso contrário o campo de fungos poria da escola seria arruinado.

O diretor Yu e Deng Youmi ficaram ansiosos. Um foi confortá-los no playground e o outro correu para a montanha para explicar que o campo de fungos poria pertencia a Sun Sihai em particular e não tinha nada a ver com a escola. Mas eles não ouviram nada e disseram sem razão que havia alguns anos, para atender à fiscalização das autoridades superiores, a escola utilizou os fungos poria desse campo para custear a manutenção da casa.

Sun Sihai ensinava na sala de aula e não ouvia o que as pessoas de fora diziam.

Foi só depois da escola que Sun Sihai saiu da sala de aula e entregou um contrato por escrito ao primo da família Li. O chamado contrato era, na verdade, apenas uma frase: Após negociações amigáveis, tanto o parte A quanto o parte B concordaram em utilizar os fungos poria produzidos nesta temporada na propriedade de Sun Sihai como forma de pagamento integral para as obras de manutenção das três salas de aula da escola primária de Jieling.

Sem esperar que o diretor Yu e Deng Youmi interviessem, os dois assinaram e apuseram a impressão digital na hora.

Deng Youmi disse com raiva que não pensassem que os fungos poria estivessem crescendo bem naquele campo e que todos eles iriam fugir da base aquela noite.

O primo da família Li respondeu triunfantemente que não importava o quão longe eles corresse, nunca terminariam no playground da escola.

O diretor Yu estava muito zangado, mas não conseguia perder a paciência.

Em seguida, os pedreiros passaram uma semana arrumando as salas de aula desmoronadas para que mal pudessem ser usadas.

Depois disso, eles chamaram o comerciante de fungos poria para colher os fungos.

Ao iniciar a colheita, um ninho de cobra fedorenta foi descoberto no centro do campo de fungo poria.

De acordo com as regras, o preço dos fungos poria neste campo devia ser dobrado.

O que foi ainda mais surpreendente foi que um terço dos fungos poria cavados vieram com a raiz fibrosa da base de madeira, então o preço ia aumentar muito. O comerciante de fungo poria os contou no local. Esse tipo de fungo poria, chamado Shenling, não importava quão grande ou pequeno, acrescentaria mais cinco yuans para cada um.

O orgulhoso Sun Sihai não se preocupou mais em pensar nisso.

O pai de Ye Biqiu teve a coragem de lutar contra a injustiça. O primo da família Li disse que todos eram pedreiros. Como ele ousaria traí-los? O pai de Ye Biqiu disse que, desde os tempos antigos, se um artesão intimidasse um professor, aos olhos de Deus, ele seria mais culpado. O primo da família Li não teve escolha a não ser concordar em recolocar as telhas das outras duas salas de aula como compensação. O pai de Ye Biqiu ainda discordou e insistiu que eles compensassem Sun Sihai integralmente pelo dinheiro que o comerciante de remédios pagou adicionalmente. Desta vez, o pai de Ye Biqiu ficou implacável e ele os tratou à mesma maneira, dizendo que, se eles não concordassem, também derramaria metamidofós no campo de fungo poria. O primo da família Li não teve escolha a não ser fazer concessões a Sun Sihai, dizendo que só poderia devolver a parte correspondente ao valor que o diretor Yu havia pagado para comprar a viga. Além disso, o pai de Ye Biqiu foi solicitado a recolocar telhas em outras salas de aula sozinho.

O diretor Yu recebeu o dinheiro devolvido e queria transferi-lo para Sun Sihai.

Sun Sihai não aceitou. Outros pensaram que ele daria muito valor ao dinheiro, mas ele estava disposto a jogá-lo fora. Na pior das hipóteses, podia esperar mais três anos e ver que outros truques essas pessoas poderiam inventar na próxima colheita de fungo poria. O diretor Yu queria usar o dinheiro para reformar as outras duas salas de aula, mas não apenas Deng Youmi e Sun Sihai se opuseram, até mesmo o pai de Ye Biqiu também se opôs. Como havia muitas telhas quebradas, o pai de Ye Biqiu não conseguiu novas telhas, então ele só pôde colocar as telhas completas na parte da frente da cumeeira e cortou palha, que foi colocada na parte detrás da cumeeira. Vendo que a escola estava assim, o diretor Yu continuou se culpando tristemente por sua incompetência. Em vez de tornar a escola cada vez melhor, tornou-a cada vez pior, obrigando os alunos a frequentar as aulas em barracas de palha. As pessoas falavam que a escola era precária, feia ou horrorosa, e não tinha nada a ver com os professores. Assim como o grande templo na montanha Laoshanjie, a quantidade de visitantes não dependia dos monges ou das monjas. Não importava o quanto os monges e monjas trabalhassem, se o Bodhisattva não ajudasse, ninguém adoraria no templo. Se as escolas primárias e secundárias não funcionassem bem, a vila e o distrito perderiam prestígio; se as universidades não funcionassem bem, o país perderia prestígio. O diretor Yu não teve escolha a não ser sorrir ironicamente e seguir o que eles diziam. Um professor local realmente não deveria assumir responsabilidades irrelevantes em seus ombros.

Naquele dia, o primo da família Li veio passear triunfantemente.

O irado e indignado diretor Yu o tomou como um objeto para desabafar.

"Você sabe por que o professor Sun é tão generoso?"

O primo da família Li certamente não sabia.

O diretor Yu disse solenemente: "Por causa do amor!"

O rosto triunfante do primo da família Li empalideceu em um instante.

23

A estação estava mudando novamente.

Na encosta longe da escola primária de Jieling, as árvores de folhas largas começaram a ficar lindas. Aqueles poucos teixos eram sempre independentes em lugares inusitados da montanha, com copas de folhas perenes que faziam com que os inúmeros frutos vermelhos parecessem extraordinariamente maduros.

Já era outubro e, nas terras baixas, as plantações ainda cresciam descuidadamente e não havia clima para a colheita. As folhas vermelhas crescendo na floresta verde-escura lembraram Zhang Yingcai dos rostos anormalmente vermelhos da escola primária de Jieling. Não demoraria muito para que as flores de geada caiam no final do outono e, nessa época, as flores nas montanhas se transformariam em uma mulher tímida como Wang Xiaolan.

Quando Zhang Yingcai foi para a escola primária de Jieling pela primeira vez, embora o diretor da unidade, Wan, o acompanhasse, a trilha ainda o fazia se sentir misterioso. Agora voltando, o mistério do passado foi substituído por uma melancolia sem limites. Ao longo do caminho, ninguém compartilhou com ele a sombra da ravina ou o frescor do cume. Zhang Yingcai achou estranhou que não houvesse ninguém na mesma trilha, nem houvesse pessoas no sentido oposto. No entanto, a partir do momento que ele começou a subir a montanha, essa trilha era de seu uso exclusivo. Essa cena, um tanto significativa, parecia ser uma resposta profunda aos anos por que ele havia passado e nunca mais voltariam.

Não foi que Wan se recusou a acompanhá-lo, mas foi Li Fang quem estabeleceu uma regra familiar irracional.

Pelo bem do sobrinho do marido, Zhang Yingcai, Li Fang não trouxe a velha história novamente.

Desta vez, o primo de Li Fang não conseguiu a cota estatal e ela não insistiu mais nesse assunto.

A questão principal foi que Li Fang encontrou um par de sapatos femininos de couro na bolsa de Wan.

Naquele dia, Zhang Yingcai, que havia sido transferido para trabalhar no departamento de educação do distrito, voltou a negócios. Ele ia ver Wan, mas só viu Li Fang. Li Fang o tratou com a pior atitude de todas, mesmo que tivesse uma carta oficial do departamento de educação do distrito com ele, o que era inútil. Zhang Yingcai não teve escolha a não ser ir para casa primeiro. Zhang Yingcai fechou a porta e colocou a carta oficial sobre a mesa. Seu pai leu primeiro e, depois de ler, disse várias vezes que não existia caminho inigualável e que pessoas boas com certeza seriam recompensadas! Sua mãe a leu mais tarde, enxugou as lágrimas depois de ler e disse: "O diretor Yu e os outros finalmente conseguiram, e nosso filho, Yingcai, não precisa se sentir culpado pelo resto de sua vida". Por muito tempo, os familiares sempre lembraram Zhang Yingcai de ser grato ao diretor Yu e aos outros. Zhang Yingcai fez isso para aliviar a pressão sobre seu pai e sua mãe ao longo dos anos. Zhang Yingcai não deixou seu pai e sua mãe falarem sobre isso, afinal ele voltou desta vez apenas para verificar alguns detalhes duvidosos, e os documentos oficiais seriam emitidos após a situação ser verificada e resumida. Zhang Yingcai perguntou por dois dias, mas ninguém sabia para onde Wan havia ido. Na manhã do terceiro dia, Zhang Yingcai estava prestes a ir para a unidade de educação da vila novamente. Quando sua mãe voltou de fora, ela também ouviu de outras pessoas que Li Fang estava sempre se esquivando na Pequena Aldeia da Família Zhang esses dias. Talvez ela tivesse ouvido alguma fofoca e quisesse criar problemas com alguém.

Zhang Yingcai entendeu o que sua mãe quis dizer e correu para a Pequena Aldeia da Família Zhang sem dizer uma palavra. Assim que entrou na aldeia, ouviu repreensões da casa de Lan Xiaomei. Zhang Yingcai entrou correndo na casa e viu Wan estendendo as mãos para proteger Lan Xiaomei atrás dele, mas Li Fang arranhou seu rosto e deixou várias manchas de sangue. "Como você pôde fazer aquilo com meu sobrinho? O diretor Yu lhe pediu que leva sapatos de couro para Lan Xiaomei, e você acaba indolos colocando na minha bolsa! Agora tudo bem, o tio fica mais escuro cada vez que fala. Vai você me explicar isso à tia!"

Zhang Yingcai ouviu tudo quando seu tio o repreendeu. Ele deu um passo à frente, querendo afastar o tio, mas estava com medo dos dez dedos de Li Fang, que eram brancos e macios, mas extremamente afiados, então ele teve que inventar uma história com base no que Wan havia dito.

Talvez por conhecer o diretor Yu muito bem, Zhang Yingcai disse que o diretor Yu comprou os sapatos de couro na capital da província e originalmente pretendia dá-los a Wang Xiaolan, mas inesperadamente o tamanho era pequeno demais para Wang Xiaolan usar. Ele também queria dar para Cheng Ju, mas aquela mulher também não podia usá-lo. Mais tarde, o filho do diretor Yu, Yu

Zhi, lembrou-o de que Lan Xiaomei havia feito para ele um par de sapatos de pano. O diretor Yu decidiu dar o par de sapatos de couro, que ninguém podia usar, a Lan Xiaomei. Depois disso, Zhang Yingcai ouviu que as coisas que ele havia inventado do nada eram todas verdadeiras, e ele não pôde deixar de ficar surpreso. Antes de entrar pela porta naquele dia, Wan já havia dito isso e, vendo que Zhang Yingcai havia dito a mesma coisa, a raiva de Li Fang diminuiu.

Na verdade, Zhang Yingcai estava com muito medo de que Li Fang perguntasse quando ele subisse a montanha para ver Wan, e isso causaria uma brecha.

Por estar com muita raiva, os pensamentos de Li Fang estavam todos focados nos sapatos de couro. Depois de descobrir os meandros dos sapatos de couro, ela rapidamente estipulou que, a partir daquele momento, com a estrada como limite, Wan não poderia ir para o norte. As escolas no norte seriam da responsabilidade do contador Huang da unidade de educação, e ele só poderia administrar as escolas no sul da estrada.

Mais tarde, quando tevem oportunidade de falar sobre esse episódio perigoso sem danos, o chefe Wan suspirou com medo ainda presente, reconhecendo que na hora do perigo, as relações de sangue são as mais confiáveis.

Depois de se encontrar com Wan, Zhang Yingcai levou as informações da situação verificada de volta ao distrito.

Quando ele voltou à unidade de educação da vila, os documentos oficiais relevantes já estavam em seus braços. Esses documentos oficiais fizeram Wan esquecer toda a infelicidade recente.

Wan realmente queria ir a Jieling para anunciar as boas-novas pessoalmente, mas, por um lado, porque Li Fang havia estabelecido regras familiares, não era fácil violá-las imediatamente; por outro lado, se ele e o contador Huang frequentassem todas as dezenas de escolas primárias da vila, isso levaria dois dias no mínimo. Portanto, Wan sentiu que era a escolha ideal deixar Zhang Yingcai visitar a escola primária de Jieling.

Zhang Yingcai nunca esteve na escola primária de Jieling desde que se tornou professor estatal. Wan perguntou o motivo, e Zhang Yingcai disse que ele saiu muito desonrosamente. Se ele apenas voltasse para relembrar os velhos tempos, não seria uma coisa agradável para ele, nem para o diretor Yu e os outros. Então, ele estava esperando pela oportunidade. Durante as férias de verão, o departamento de educação do distrito mobilizou pessoal para formar um gabinete dedicado a lidar com assuntos de professores locais. Wan recomendou enfaticamente Zhang Yingcai, que acabara de voltar do instituto de educação provincial, porque a depressão de Zhang Yingcai só poderia ser finalmente resolvida quando o diretor Yu e os outros se tornassem professores estatais. Wan sentiu que, para

Zhang Yingcai, não haveria oportunidade melhor do que ele subir a montanha e entregar pessoalmente os documentos oficiais.

Claro que Zhang Yingcai não fez nenhuma objeção.

Andando sozinho nas montanhas, mesmo que você controle deliberadamente sua velocidade, só pode mantê-la por um curto período de tempo. Se você não prestar atenção, seu ritmo aumentará automaticamente. Se você quiser matar o tempo, não tem como, a menos que pare, se sente em uma rocha ou se deite em um gramado.

Uma rajada de vento soprou no céu e uma flauta soou fracamente.

O coração de Zhang Yingcai se moveu e ele deu alguns passos para cruzar o cume, e viu que a escola primária de Jieling na encosta da montanha estava realizando uma cerimônia de arriamento de bandeira. Como o novo ano letivo começou havia pouco tempo, a bandeira nacional caindo lentamente ainda estava brilhante. O que Zhang Yingcai não esperava era que tudo ainda estivesse tão claro em sua memória e a verdadeira escola estivesse tão dilapidada, que a maior parte das telhas pretas do telhado haviam sumido, substituídas por palhas amarelas.

Por causa da repreensão de seu pai, todos os anos, no segundo dia do primeiro mês lunar, se não houvesse queda de neve, Zhang Yingcai viria à escola primária de Jieling para visitar os amigos no Ano-Novo Chinês. Na verdade, era falso e Zhang Yingcai nunca havia cruzado aquele cume. Toda vez que ele subia a montanha, ele ficava muito hesitante sobre até onde podia ir, ou ele decidia à vontade para onde ia antes de voltar. Somente no segundo dia do primeiro mês lunar desse ano, ele realmente subiu o cume e viu a escola primária de Jieling, que não havia visto por um longo tempo, bem como Sun Sihai e Yu Zhi, que jogavam pingue-pongue na mesa de cimento.

Naquela época, ele ainda sentia que tudo estava como antes e não esperava que as mudanças fossem tão rápidas. Embora Wan tivesse dito que a escola primária Jieling tinha uma sala de aula danificada por relâmpago, depois de ver com seus próprios olhos, Zhang Yingcai percebeu que ainda não estava mentalmente preparado. O passo sobre o cume foi um pouco pesado e, em seguida, a trilha em declive foi muito mais fácil de percorrer. A trilha da montanha virava para a encosta atrás da escola primária de Jieling, e pôde ver claramente cada tora que sustentava a empena e as paredes dos fundos das salas de aula.

Uma mulher apareceu na floresta à beira da trilha. Era Lan Xiaomei que estava sentada lá sem expressão. Zhang Yingcai não pôde deixar de gritar.

Lan Xiaomei se virou e viu que era Zhang Yingcai, então ela fingiu estar indiferente, dizendo que estava cansada de caminhar e queria descansar um pouco antes de descer. Lan Xiaomei devia ter sido sufocada pelas palavras em seu coração. A segunda frase foi que Li Fang havia ido para sua casa para causar problemas, fazendo com que ela tivesse pesadelos todos os dias. Quando ela fechava os olhos, via Li Fang vestindo um par de grandes botas de couro, perseguindo-a e chutando-a. Sem sono adequado, ficaria exausta mesmo se caminhasse em uma estrada plana, quanto mais escalar uma montanha.

Lan Xiaomei disse: "O diretor Yu é realmente estranho. Ele me trouxe sapatos de couro sem motivo e causou um grande distúrbio".

Zhang Yingcai disse: "O diretor Yu apenas queria te surpreender. Deve ter motivo para te dar sapatos de couro".

Lan Xiaomei disse: "Eu quero devolver os sapatos de couro para ele pessoalmente".

Zhang Yingcai disse: "Para que você quer devolvê-los para ele? Não tem pés que possam usar sapatos de couro feminino na casa dele".

Lan Xiaomei disse: "Aquela sua tia é muito dominadora. Ela até ia voltar e lidar com as coisas entre seu tio e mim quando éramos jovens. Se você não tivesse nos salvado, onde eu colocaria meu velho rosto?"

Zhang Yingcai disse: "Isso é normal para ela. Quando o tio me mandou ir para Jieling e deixou Lan Fei ficar na escola primária central, também fiquei com ciúmes".

Lan Xiaomei disse: "Seu tio e sua tia, um tem um coração melhor do que o cérebro, e a outra tem um cérebro melhor do que o coração, é por isso que eles fazem coisas ruins com boas intenções".

Zhang Yingcai disse: "Poderia haver uma situação em que coisas boas são feitas com más intenções?"

Aquelas palavras não se referiram a ninguém, mas fizeram Lan Xiaomei corar. Ela abaixou a cabeça, levantou-se e caminhou em direção à escola primária de Jieling. Zhang Yingcai pensou sobre isso com cuidado e sentiu que o que ele havia dito parecia estar dizendo que o absurdo de Li Fang na Pequena Aldeia da Família Zhang ajudaria Lan Xiaomei. A expressão tensa de Lan Xiaomei acalmou o tímido Zhang Yingcai. Lan Xiaomei não falou mais e apenas andou na frente dele com uma pequena bolsa. Assim que ela apareceu no playground, vários alunos que estavam hospedados na casa do diretor Yu se agitaram alegremente. Eles não conheciam Zhang Yingcai, então fizeram o possível para cair nos braços de Lan Xiaomei. Lan Xiaomei acariciou suas cabecinhas como quem escolhia melancias e pediu que informassem ao diretor Yu que um ilustre convidado havia chegado.

Antes que os alunos corressem para a porta, o diretor Yu ouviu a agitação. Ele caminhou em direção a Zhang Yingcai rapidamente e gritou: "Professor Sun, saia rapidamente e veja quem veio!"

Sun Sihai apareceu na porta com uma flauta e congelou por um momento. Zhang Yingcai tomou a iniciativa de se aproximar. Quando eles apertaram as mãos, apenas sorriram um para o outro e não disseram nada.

Duas crianças mais velhas se aproximaram com timidez e cumprimentaram educadamente: "Professor Zhang!"

Zhang Yingcai deixou escapar para eles: "Wang Xiaoqiang, não te vejo há alguns anos e você está meia cabeça mais alto que Li Hua?"

Zhang Yingcai estava muito feliz porque ele não esperava ser capaz de chamar seus nomes um por um. As crianças também ficaram muito felizes e, claro, o diretor Yu ficou ainda mais feliz. Sun Sihai também sorriu e disse que Zhang Yingcai havia nascido para ser professor. Zhang Yingcai também disse com um sorriso que a maior característica dos professores locais era que eles tratavam os alunos como seus próprios filhos, e ele também era professor local, então como ele podia não se lembrar de seus filhos?

Ao vê-los sempre conversando no playground, Lan Xiaomei os lembrou em voz baixa, pedindo que entrassem em casa para conversar.

O diretor Yu lembrou que ainda não havia cumprimentado Lan Xiaomei, então perguntou: "Por que você está aqui?"

Lan Xiaomei sussurrou de volta um pouco coquete: "É tudo por causa de suas boas ações!"

O diretor Yu sabia que havia algo em suas palavras, então ele se voltou para Zhang Yingcai com a consciência pesada.

Zhang Yingcai estava perguntando a Sun Sihai por que a escola estava em um estado tão degradado.

Sun Sihai apontou para a grande rocha sob o mastro e contou a história.

Seguindo as palavras de Sun Sihai, todos caminharam juntos até o mastro. A rocha era realmente muito grande, tão alta quanto o peito de um adulto. O diretor Yu disse que a grande rocha havia rolado apenas cinco vezes no playground e, se rolasse uma sexta vez, as pessoas da aldeia no sopé da montanha sofreriam. Zhang Yingcai entrou na sala de aula da sexta série. Embora as carteiras tivessem sido reorganizadas e o grande buraco formado pela grande rocha tivesse sido preenchido com areia, os vestígios deixados ainda eram chocantes.

Antes que Zhang Yingcai pudesse falar, Lan Xiaomei exclamou primeiro que seria muito lamentável se o professor e os alunos estivessem todos na sala de aula naquele momento.

Sun Sihai disse a ela que, quando a grande rocha caiu, ela primeiro atingiu o pódio da sala de aula e quebrou e empurrou uma mesa de um metro de altura para dentro do chão. Sun Sihai disse que o diretor Yu, Deng Youmi, ele mesmo, Zhang Yingcai, Xia Xue, Luo Yu e, finalmente, Lan Fei, todos esses professores haviam ficado atrás desse pódio. Todos os outros estavam bem. Esse tipo de coisa estranha aconteceu com Lan Fei logo que ele veio.

Lan Xiaomei murmurou em choque que Lan Fei não havia mencionado esse incidente tão importante depois de voltar para casa.

O que mais deixou Zhang Yingcai triste foi a palha usada para proteger do vento e da chuva. Não era mais uma escola, mas uma barraca de palha para armazenar bens da montanha. O diretor Yu e os outros também suspiraram. Uma sala de aula foi destruída e outras salas de aula foram afetadas. Havia pequeno vazamento com chuva fraca e grande vazamento com chuva forte. Nesse momento, Deng Youmi, que ouviu a notícia, veio e chamou Zhang Yingcai em voz alta do lado de fora. Depois de trocar umas palavras simpáticas, Deng Youmi disse que, pela aparência de Zhang Yingcai, parecia que havia um evento feliz. Se fosse um assunto de trabalho, ele não adivinharia. Se fosse um assunto particular, deveria enviar convites convidando-os para o casamento. Zhang Yingcai respondeu com um sorriso: "Eu vim trabalhar com sentimentos pessoais".

Deng Youmi disse: "Não nos diga que seu tio deu outra cota estatal. Nesse caso, não sei quem vai tirar proveito! Nós três somos Liu Bei, Guan Yu e Zhang Fei de Jieling.[22] Nós compartilhamos as bênçãos e as dificuldades. Podemos nos tornar estatais juntos ao mesmo tempo, ou permanecemos locais juntos ao mesmo tempo. Se você puder, você pode transformar nós três em professores estatais juntos. Quando você se casar, eu darei a você uma grande TV colorida".

Zhang Yingcai estendeu a mão para fazer uma promessa de mindinho com Deng Youmi. Sem nem pensar nisso, Deng Youmi curvou o dedo e estendeu o braço. Deng Youmi também disse: "Mesmo se eu te corromper uma vez, estarei disposto".

Zhang Yingcai sorriu maliciosamente, tirou uma carta de sua bolsa e a entregou a Deng Youmi. Deng Youmi a abriu e viu que a frase inicial acabou sendo uma expressão de um relacionamento amoroso, então ele rapidamente a devolveu.

Deng Youmi disse: "Carta particular não pode ser lida casualmente".

---

22 N. do T.: Liu Bei, Guan Yu e Zhang Fei serem pronunciados no jardim de pêssego, tornaram-se irmãos politicos, lutaram juntos e finalmente estabeleceram a dinastia Shu Han. Sua história é muito famosa na história e na cultura chinesa, sinalizando lealdade, valor e um laço de fraternidade profundamente sincero.

Zhang Yingcai disse alegremente: "Deixar você ler a carta é equivalente a dizer para você preparar a grande TV colorida o mais cedo possível, para não ficar sem dinheiro ou estoque quando tiver que comprá-la".

Depois que Zhang Yingcai colocou a carta de volta na bolsa, ele pegou outro envelope e o entregou ao diretor Yu.

O diretor Yu se recusou a aceitar e disse que era viúvo e não podia permitir tal brincadeira.

Deng Youmi estendeu a mão para pegá-lo, mas Zhang Yingcai disse que este era um assunto de trabalho e o diretor Yu devia primeiro dar uma olhada nisso.

O diretor Yu pegou o envelope com desconfiança e tirou o documento oficial de dentro. Apenas olhou para o cabeçalho do documento e seus olhos brilharam com um brilho incomum. Depois de ler, o diretor Yu não disse nada e o entregou a Deng Youmi com as duas mãos. Pelo contrário, os olhos de Deng Youmi se estreitaram cada vez mais até se estreitarem em fendas. Quando ele entregou o documento a Sun Sihai, suas mãos ainda tremiam. Depois de ler, Sun Sihai zombou e disse que apenas grandes rochas cairiam do céu em Jieling e que, se quisessem que caíssem tortas, mesmo que vivessem dez vidas, não seriam capazes de cultivar esse tipo de bênção.

"É realmente como o que *O sonho da câmara vermelha* diz. Quando o falso é real, o real também é falso. Eu disse ao diretor da unidade, Wan, que a situação na escola primária de Jieling é bastante única. É apropriado para ele anunciar uma decisão tão importante. O diretor da unidade, Wan, insistiu que eu viesse aqui porque tenho uma relação muito especial com vocês, até posso os chamar de mentores. Além disso, se vocês não puderem se tornar professores estatais, não poderei ter paz de espírito para o resto da minha vida."

Ao ouvir o que Zhang Yingcai disse, Lan Xiaomei pegou o documento de Sun Sihai e, quanto mais ela lia, mais surpresa e alegre ficava.

"Eu disse que, mesmo que todas as pessoas boas nas setenta e duas profissões sejam somadas, elas não podem ser comparadas com os professores locais na septuagésima terceira profissão. Parece que o governo começou a valorizar os professores locais, por isso esse documento foi emitido para converter todos os professores locais na China em estatais. Isso não é chamado de manifestação de Deus, são o diretor Yu e você que finalmente comoveram o céu e a terra!"

Sun Sihai pediu o documento, o leu novamente e entregou a Deng Youmi.

Deng Youmi leu o documento novamente e o devolveu ao diretor Yu.

O diretor Yu segurou o documento oficial com as duas mãos, mas não conseguiu vê-lo claramente.

Lan Xiaomei disse: "Como uma questão tão importante pode ser decidida no playground?"

Enquanto falava, ela gentilmente puxou o casaco do diretor Yu. A garganta do diretor Yu estava bloqueada por algo. Incapaz de falar, ele apontou para sua casa. O diretor Yu caminhou na frente e os outros o seguiram. Lan Xiaomei, que estava no final, entrou pela porta com um pé, depois recuou hesitante e fechou a porta atrás dela.

Ao entardecer, já estava escuro dentro a casa com a porta fechada. O diretor Yu estava no centro da sala e todos ficaram sem falar. Um esquilo encontrou onde entrar de algum lugar e, depois de explorar a volta, até pulou na mesa. O diretor Yu exhalou um suspiro suave, surpreendo o esquilo que fugiu rapidamente pelo caminho original até desaparecer completamente.

"Professor Zhang, isso é verdade?"

"Se não for verdade, deixe aquela grande rocha me esmagar até a morte!"

"Fomos enganados muitas vezes."

"Só as pessoas que são piores que as bestas vão mentir para você de novo!"

Antes de terminar de falar, Zhang Yingcai não conseguia mais controlar suas emoções, soluçou algumas vezes e de repente gritou para o ar. O diretor Yu cobriu o rosto com as mãos, deixando as lágrimas acumuladas por mais de vinte anos escorrerem silenciosamente por entre os dedos.

Não se sabia quantas lágrimas derramaram, mas de repente ouviram uma cantoria no playground.

O diretor Yu e os outros correram para a porta dos fundos, derramaram alguns punhados de água de nascente que descia do riacho de bambu em seus rostos e abriram a porta. No playground, sob o comando de Lan Xiaomei, os alunos do internato cantavam em uníssono "Nossa vida está cheia de sol".

Vendo Sun Sihai saindo, Lan Xiaomei pediu que ele acompanhasse os alunos à flauta. Sun Sihai voltou para casa e pegou a flauta, lambeu a membrana e começou a tocar. Lan Xiaomei pediu ao diretor Yu e aos outros que cantassem junto com os alunos. O diretor Yu ficou um pouco envergonhado, mas ainda cantou. Antes do final da música, Lan Xiaomei gritou, dizendo-lhes para pensarem na boa notícia que acabaram de receber em seus corações e pararem de cantar essa música com tanta tristeza. O diretor Yu e os outros tentaram algumas vezes, mas ainda não conseguiram. Eles cantaram algumas linhas e voltaram habitualmente à velha maneira de cantar. Lan Xiaomei sorriu impotente, dizendo que eles nasceram para serem infelizes e não podiam ser felizes quando deveriam ser felizes. Lan Xiaomei não os forçou e pediu que eles ficassem de lado e apreciassem o canto dos alunos.

Eles descobriram que a maneira de marcar o tempo de Lan Xiaomei era muito bonita. Quando perguntaram, descobriram que Lan Xiaomei também trabalhava como professora local. Se o pai de Lan Fei não tivesse sofrido de câncer mais tarde e ela não tivesse tido que ir para casa para cuidar dele, desta vez, ela também teria o direito de aproveitar a boa política governamental. Lan Xiaomei sugeriu que todos jantassem na casa do diretor Yu naquela noite. Deng Youmi liderou os aplausos e também chamou Cheng Ju. Todos estavam conversando e rindo juntos, mas Sun Sihai ficou triste novamente. Até Lan Xiaomei entendeu o porquê e estava prestes a confortá-lo quando uma voz familiar soou do lado de fora da porta. "Estão tão animados, será que o diretor Yu tem alguma grande notícia alegre?"

Wang Xiaolan, que apareceu de repente na porta, surpreendeu Sun Sihai. Descobriu-se que Lan Xiaomei havia aproveitado para ir à casa da tia de Ye Biqiu para pedir a ela que encontrasse uma desculpa para chamar Wang Xiaolan para se divertir junto. Sun Sihai brincou alegremente: "Lan Xiaomei parece muito a mulher do irmão mais velho desta grande família!"

Cheng Ju imediatamente respondeu: "Sim, eu serei a segunda irmã e Wang Xiaolan será a terceira irmã".

O diretor Yu estava com medo de que Lan Xiaomei ficasse zangada e rapidamente mudou de assunto. Ele disse que sempre havia alguns presságios em tudo. Na noite anterior, ele sonhou que os novos alunos estavam tocando o instrumento musical de cordas na sala de aula. Depois de acordar, ele não conseguia entender. Aquele instrumento musical havia sido dado ao professor Zhang Yingcai havia muito tempo, e os alunos posteriores nunca o tinham visto antes, então como eles poderiam saber como tocá-lo? Descobriu-se que o sonho corresponde à política trazida pelo professor Zhang Yingcai de que todos os professores locais virariam estatais.

Wang Xiaolan disse que, na noite do dia anterior, ela também havia sonhado em tocar o instrumento musical de cordas, mas a pessoa que tocava era o diretor Yu. Enquanto falava, Wang Xiaolan piscou para Cheng Ju. Cheng Ju disse conscientemente que acordou rindo em seu sonho na noite anterior. Ela também queria que Deng Youmi testemunhasse. Deng Youmi provou seriamente que sua esposa riu alto em seu sonho. Cheng Ju também disse que a razão de ter rido foi porque viu o diretor Yu tocando o instrumento musical de cordas sob um pessegueiro e, toda vez que ele tocava, as pétalas da árvore caíam como neve caindo.

As duas mulheres perguntaram a Lan Xiaomei como interpretar esse sonho.

Lan Xiaomei sabia muito bem, mas disse deliberadamente que o diretor Yu estava sentindo falta de sua amada esposa.

Wang Xiaolan bateu palmas e disse, com um olhar de compreensão repentina, que afinal era a esposa do irmão mais velho e que ela geralmente não falava, contanto que ela falasse, ela acertava o ponto. O instrumento musical representava o amor. Ou seja, o sentimento do amor entre homens e mulheres. Parecia que não demoraria muito para que o diretor Yu convidasse todos para um banquete de casamento para celebrar o desabrochamento de novas flores da velha árvore e o segundo florescimento das flores de ameixeira.[23]

Lan Xiaomei ficou perplexa, sabendo que a outra parte estava se referindo a ela, mas ela não pôde deixar de falar. Ela perguntou: "Como é a nova flor do diretor Yu?"

Wang Xiaolan disse: "Não sei como é, só sei que é do tamanho trinta e seis!"

Todos estavam rindo alegremente quando a tia de Ye Biqiu entrou com uma lanterna.

Wang Xiaolan olhou para a hora e era meia hora a mais do que o compromisso original.

Assim que Wang Xiaolan saiu, todos foram embora. Cheng Ju perguntou a Lan Xiaomei se ela queria dormir na casa dela, e Lan Xiaomei disse que não. Quando Lan Fei estava ali antes, ela sempre dormia com as meninas do internato e estava acostumada com isso. Quanto a Zhang Yingcai, Yu Zhi não tinha voltado, então ele poderia dormir na cama de Yu Zhi. Antes de sair, Cheng Ju sussurrou algo no ouvido de Lan Xiaomei, o que fez o rosto de Lan Xiaomei corar. Os homens obviamente entenderam o que foi dito e todos voltaram sua atenção para o diretor Yu. O diretor Yu não se atreveu a ficar na sala, então foi logo para a cozinha para ferver a água do banho para os convidados.

Depois que a água do banho foi fervida, Zhang Ying foi usá-la primeiro.

Apenas o diretor Yu e Lan Xiaomei ficaram na sala. Os dois se sentaram um de frente para o outro na mesa. Lan Xiaomei suspirou que, pensando nisso agora, foi bom Lan Fei vir para Jieling trabalhar por um tempo. Era uma pena que Lan Fei tivesse pouca compreensão e tivesse se tornado um desertor antes de obter os conhecimentos verdadeiros do diretor Yu e dos outros. Na verdade, na vida de uma pessoa, não podia comer muito, não podia vestir muito e não podia usar muito. Por falar em desfrutar da felicidade, isso significava que tem algo para fazer e não se cansa; tem comida e não passa fome; tem roupas e não sente vergonha. Pensar demais era cometer crimes. Lan Xiaomei falou muito, mas ela não poderia falar sem mencionar Lan Fei. Ela disse que Lan Fei era meio tolo. Ele era jovem e ansioso para se tornar estatal, até sem escrúpulos; se pudesse

---

23 N. do T.: Ele se refere ao casamento iminente entre o diretor Yu e Lan Xiaomei.

esperar pacientemente até esse momento, não teria que arcar com a dívida de consciência que não conseguiria pagar em oito vidas.

Lan Xiaomei continuou falando e não deixou o diretor Yu falar.

O diretor Yu entendeu seus pensamentos e apenas escutava em silêncio.

Lan Xiaomei perguntou a ele de repente: "É difícil esperar até você se tornar estatal, o que você fará no futuro?"

O diretor Yu voltou a si: "Não me atrevo a pensar em nada até ver as regras detalhadas".

Lan Xiaomei suspirou: "Você, depois de ser pessimista por vinte anos, não vai rir quando ouvir nem as melhores notícias. Se eu fosse igual a você, como uma mulher com filho para criar, preferiria encontrar uma lagoa profunda para pular nela".

O diretor Yu disse: "Há muita distância entre o nível mais alto de formuladores de políticas e o nível mais baixo de professores locais. Se qualquer elo estiver perdido, os problemas surgirão".

Lan Xiaomei disse: "Como pode um documento oficial desse com caracteres tão grandes ser configurado para enganar você, uma pessoa honesta?! Pense em como viver uma vida boa no futuro. Se for tão pessimista quanto você disse e não puder se tornar estatal, vou assumir a responsabilidade por você".

O diretor Yu disse: "Na verdade, não tenho muito em que pensar. Se eu tiver tanta sorte, ainda tenho que ficar em Jieling e continuar ensinando as crianças".

Depois que Zhang Yingcai tomou banho, foi a vez do diretor Yu.

Lan Xiaomei, como mulher, tomou banho por último, que era a regra de Jieling.

Quando Lan Xiaomei estava tomando banho, Zhang Yingcai já havia ido para a cama. Saiu vestido e perguntou ao diretor Yu: "Tia Lan está aqui para procurá-lo?"

O diretor Yu nunca perguntou, claro que ele não sabia.

Zhang Yingcai disse: "Na minha opinião, Lan Xiaomei já se apaixonou por você".

O diretor Yu disse: "Você fez faculdade por três anos. Não seja como o chefe da aldeia, Yu Shi, que só sabe enganar as pessoas. Ela pode ter vindo devolver os sapatos de couro".

Ao dizer isso, o diretor Yu apontou para a bolsa que Lan Xiaomei trouxe com ela, que parecia muito cheia e ter um par de sapatos de couro por dentro. Zhang Yingcai sorriu maliciosamente, deu um passo à frente para abri-la e realmente eram aqueles sapatos de couro. O diretor Yu ficou inevitavelmente um pouco desapontado.

Mas Zhang Yingcai disse: "Se Lan Xiaomei realmente quisesse se livrar desses sapatos de couro, ela podia me pedir para trazê-los. Ela não precisava viajar uma distância tão longa. Além disso, uma mulher como ela poderia envergonhá-lo cara a cara!"

O diretor Yu também sentiu que isso fazia sentido, então mudou de assunto, dizendo que tinha visto Zhang Yingcai sendo pego por uma linda garota na estação rodoviária do distrito. Zhang Yingcai admitiu que era sua namorada, que também voltou depois de estudar na província e agora estava envolvida em cenografia no centro cultural do distrito. Zhang Yingcai disse ao diretor Yu que a frase "Espero que você bata na porta o tempo todo", usada como verso superior, foi escrita por essa garota chamada Yao Yan. Naquela época, porque não tinha certeza sobre o amor nascente, seu coração estava louco, desejando ir para a capital da província e estar com Yao Yan todos os dias. O diretor Yu suspirou e disse que era melhor para Zhang Yingcai se estabelecer no distrito.

Zhang Yingcai pediu ao diretor Yu que pensasse sobre seu próprio assunto: "Se achar muito difícil falar na frente de Lan Xiaomei, posso ajudá-lo".

O diretor Yu disse: "Se você se atrever a ajudar neste assunto, tome cuidado para que o diretor da unidade, Wan, não quebre sua perna".

Zhang Yingcai disse: "O assunto do amor exige a simpatia mutua, uma vontade unilateral não pode ser bem-sucedida. Naquele dia, quando Li Fang foi para a Pequena Aldeia da Família Zhang para causar problemas, finalmente vi com clareza que meu tio era apenas um amigo comum de Lan Xiaomei que era um pouco especial".

Nesse momento, Lan Xiaomei falou na cozinha: "Vocês dois ainda estão conversando, vão dormir cedo!"

Zhang Yingcai respondeu e disse em voz baixa ao diretor Yu: "Você ouviu isso, este tom é da mulher que ordenou ao marido. Vou dormir, você pode esperar por ela aqui!"

O diretor Yu disse: "Por que você quer que eu espere, mas você não?"

Zhang Yingcai riu: "O diretor Yu não está perto das mulheres há muitos anos e esqueceu que as mulheres não usam casacos depois de tomar banho em casa".

O diretor Yu entrou em pânico e disse rapidamente: "Eu também vou dormir".

O diretor Yu entrou no quarto, mas não se meteu no edredom. Ele se sentou na beira da cama e ouviu os sons do lado de fora. Ele sabia que era Lan Xiaomei quem estava limpando a casa. Muitos anos atrás, Ming Aifen fazia a mesma coisa: depois de tomar banho, ela vestia camiseta e short e limpava a casa novamente. A mulher daquela época era extraordinariamente charmosa e elegante. O diretor Yu mal podia esperar que Ming Aifen terminasse o trabalho doméstico todas as noites, então ele a pegava e a colocava na cama. Certa vez, depois de fazer amor, perceberam que o trapo ainda estava na mão de Ming Aifen. Os dois riram um do outro, brincaram um pouco e se abraçaram impulsivamente. Depois disso, Ming Aifen ficou tonta e disse que esse era o amor mais profundo entre eles. Com certeza, não muito tempo depois, Ming Aifen engravidou. O diretor Yu ficou triste e pensou desesperadamente que, se Ming Aifen ainda estivesse viva, com uma política tão boa, o casal se tornaria professores estatais e, depois de alguns anos, seu filho, Yu Zhi, seria admitido na universidade como ele desejava, tal a vida feliz seria a verdadeira diversão da família. Depois de pensar um pouco, de repente descobriu que as luzes da sala externa ainda estavam acesas, mas não havia som. O diretor Yu caminhou para trás da porta e viu pela fresta Lan Xiaomei agachada no chão, com uma mão enfiada na bolsa, como se fosse pegar algo, mas hesitou. Ela estava realmente usando uma camiseta e shorts justos, com parte de seu corpo exposto.

O diretor Yu recuou silenciosamente, não ousando olhar mais.

24

Antes do amanhecer, Zhang Yingcai, que sempre dormia sem parar, foi repentinamente acordado pelo som do instrumento musical de cordas. Em transe, ela pareceu ouvir alguém perguntando: Quem está tocando música tão bonita com o instrumento musical de corda? Quando estava totalmente acordado, ouviu uma música do passado preenchendo o céu noturno. Zhang Yingcai vestiu suas roupas, abriu a porta e caminhou em direção à casa iluminada. Aconteceu que Lan Xiaomei estava cantarolando baixinho.

Ao ver Zhang Yingcai, Lan Xiaomei disse que já estava prestes a adormecer, mas, quando viu que as roupas das crianças estavam tão rasgadas, se levantou para ajudar a costurá-las. Lan Xiaomei lamentou que a diferença entre as pessoas fosse, na verdade, algumas pequenas coisas. Também existiam pessoas pobres nas cidades que usavam roupas esfarrapadas, mas sabiam como maquiar as roupas esfarrapadas para torná-las mais bonitas. Quanto ao povo de Jieling, quando suas roupas eram rasgadas, eles as usavam como roupas rasgadas mesmo, fazendo até mais buracos e tornando-as desconfortáveis de usar e ainda mais desconfortáveis de olhar. Isso era provavelmente a tolice que as pessoas de fora diziam sobre os moradores de Jieling.

Por ser um dormitório feminino, Zhang Yingcai ficou na porta por um tempinho, depois voltou a dormir.

Inesperadamente, dormiu demais, e, quando realmente ouviu o som da flauta, a cerimônia de hasteamento da bandeira no playground já havia começado. Zhang Yingcai olhou pela janela; exceto pela grande rocha sob o mastro da bandeira, a cena era exatamente a mesma de antes, e até mesmo o som da flauta não se tornou nem um pouco alegre pelo documento oficial sobre a conversão dos professores locais em estatais.

Alguém bateu de leve na porta: "O professor Zhang acordou?"

Ao ouvir a voz de Lan Xiaomei, Zhang Yingcai abriu a porta apressadamente.

Lan Xiaomei disse um pouco envergonhada: "Estou descendo a montanha. Por favor, diga ao diretor Yu que coloquei algo em seu quarto. A bandeira nacional está sendo hasteada e é um assunto sério, então não vou incomodá-lo".

Zhang Yingcai originalmente queria que ela falasse pessoalmente, mas não resistiu a seus olhos afetuosos. Assim que Lan Xiaomei saiu pela porta dos fundos, Zhang Yingcai foi ao quarto do diretor Yu e descobriu que Lan Xiaomei colocou o par de sapatos de couro na caixa de madeira de cânfora ao lado da cama. Zhang Yingcai de repente teve um capricho, pegou os sapatos de couro, colocou-os em outro lugar e, quando fechou a porta e saiu, não pôde deixar de sorrir enquanto cobria a boca.

Após a cerimônia de hasteamento da bandeira, Zhang Yingcai fingiu acabar de se levantar e reclamou que o diretor Yu não o acordou para comparecer à cerimônia de hasteamento da bandeira. Depois de escovar os dentes, Zhang Yingcai viu o olhar pensativo do diretor Yu e perguntou se ele sentiu que os alunos ficavam mais fofos porque ele estava prestes a se tornar um professor estatal.

O diretor Yu murmurou: "Eu ouvi dos alunos que Lan Xiaomei ficou acordada a noite toda e remendou todos os buracos em suas roupas".

Zhang Yingcai perguntou: "Onde está Lan Xiaomei, para onde ela foi?"

O diretor Yu também se perguntou: "Para onde ela pode ir de manhã cedo?"

Zhang Yingcai sabia disso muito bem, mas ficou em silêncio. O diretor Yu pediu aos alunos que arrumassem os dormitórios e voltou para arrumar a cama sozinho. Zhang Yingcai juntou os dedos e, quando o diretor Yu soltou um grito, ele estalou os dedos com força.

"De quem são esses sapatos?"

Zhang Yingcai sorriu interiormente, entrou no quarto para olhar e disse: "Parece que são os que você deu para Lan Xiaomei!"

O rosto do diretor Yu estava cheio de dúvidas: "Por que ela colocou no meu edredom?"

"Isso significa que ela está disposta a ajudar a aquecer seus pés!"

"Você não quer juntar coisas completamente não relacionadas."

"Será que os costumes em Jieling mudaram, os pais não embrulham mais um par de sapatos novos para o noivo no edredom quando a filha se casa?"

O diretor Yu forçou um sorriso e disse: "Então Lan Xiaomei já foi embora?"

Zhang Yingcai assentiu: "Ela deixou sua mente bem clara e o próximo passo depende de você".

O diretor Yu disse: "Professor Zhang, não tire sarro de mim!"

Zhang Yingcai disse: "Diretor Yu, se você não tomar uma decisão quando for a hora de tomar uma, não importa quantas coisas boas existam, serão estragadas por você".

O Diretor Yu olhou para ele por um longo tempo antes de dizer: "O que você quer que eu faça?"

Zhang Yingcai disse: "É muito simples, dê este par de sapatos de couro para Lan Xiaomei com suas próprias mãos".

O diretor Yu balançou a cabeça e disse: "Receio não conseguir. Você quer que eu diga a ela que ninguém quer esses sapatos, então, por favor, me ajude e os calce?!"

Zhang Yingcai negou categoricamente e disse: "Nem mencione os sapatos de couro, são apenas uma desculpa. Você deveria dizer a ela 'eu te amo e quero me casar com você'".

O diretor Yu riu alegremente: "O professor Zhang quer me treinar para ser uma estrela de cinema?"

Os dois ficaram conversando, esquecendo-se do fogão. De repente, ouviu-se um som gorgolejante e o mingau fervente já havia levantado a tampa da panela e transbordado do fogão. Vendo o olhar confuso do diretor Yu, Zhang Yingcai disse que nesta idade havia de lidar com muitas coisas dos pais e filhos. Se pudesse se casar com Lan Xiaomei, não precisaria se preocupar muito pelo resto de sua vida.

O diretor Yu suspirou e disse que, mesmo que ela estivesse disposta a se casar, sustentá-la ainda era um grande problema. Só então Zhang Yingcai entendeu que o diretor Yu estava preocupado que o documento oficial de conversão em professores estatais fosse apenas um pedaço de papel e um cheque sem fundo. Zhang Yingcai repetiu o que disse ontem: Esta vez é verdadeiramente diferente do que aconteceu no passado, onde as tentativas eram insuficientes. Ele trabalha na secretaria da escola e é responsável por tomar notas em todas as reuniões. Todas as políticas são muito rígidas sem brechas ou descontos.

O diretor Yu ainda suspirou, Zhang Yingcai não entendeu e perguntou se havia algo que o preocupava.

O diretor Yu hesitou várias vezes antes de dizer o que o preocupava mais. O diretor Wang prometeu publicar o artigo na manchete do jornal provincial, porém nem mesmo viu um sinal de pontuação até aquele momento. Os jornais são um barômetro do sentimento social. Se o artigo do Diretor Wang pode ser publicado, reflete o status social das educadoras particulares.

Zhang Yingcai o aconselhou a fingir que o diretor Wang não havia escrito aquele artigo ou que não sabia que havia escrito tal artigo. Havia muitas dessas coisas. Quando ninguém se importava com algum problema social, podiam sobreviver. Uma vez que alguém se importava, sentiam que não seriam capazes de sobreviver se fosse resolvido um dia depois. O diretor Yu disse que não podia não saber se o tempo estava quente ou frio por falta do barômetro ou fingir ser indiferente após obviamente comer uma mosca.

Estas palavras são apenas palavras. Depois do café da manhã, era hora de ir para a aula e o diretor Yu voltou ao normal. Sun Sihai estava na mesma situação que o diretor Yu. Apenas Deng Youmi tinha uma voz particularmente alta ao falar.

Zhang Yingcai também ia mostrar o documento ao comitê da aldeia. Ele perguntou a Yu Zhuangyuan e soube que o chefe da aldeia, Yu Shi, havia voltado para pernoitar alguns dias atrás. Ele parecia estar discutindo em casa no meio da noite para comprar uma motocicleta e saiu cedo na manhã seguinte. Zhang Yingcai deu a Yu Zhuangyuan um olhar duro, vendo que ele não parecia estar mentindo, mas não entendia por que queria comprar uma motocicleta em Jieling.

No comitê da aldeia, apenas o velho contador observava ociosamente como um monge guardando o templo. O velho contador ainda se lembrava daquela vez que foi à escola para beber e queria molestar Wang Xiaolan, e ficou um pouco envergonhado ao ver Zhang Yingcai. Zhang Yingcai não mencionou o passado e apenas mostrou a ele o documento.

O velho contador era muito sério em seu trabalho. Ele copiou o espírito principal do documento em seu caderno e também o marcou como Documento nº 32 Guo Fa. Cada vez que o velho contador copiava uma palavra, ele exclamava várias vezes. Depois de copiar os nomes dos líderes e organizações líderes que foram copiados e informados na parte inferior, ele não pôde deixar de suspirar completamente. Quando o velho chefe da vila pediu que ele ensinasse na escola, ele ouviu Yu Shi e escolheu ser um contador. O velho contador perguntou se ele poderia se tornar estatal se fosse para a escola dar aulas agora. Zhang Yingcai disse que não sabia se havia pessoas fazendo coisas tortas em outros lugares. No lugar do qual ele estava encarregado, ninguém deveria pensar em fazer coisas ruins. O velho contador sorriu e disse com a boca torta que Zhang Yingcai não estava profundamente envolvido na sociedade; mesmo a mãe de Ye Biqiu, desde que ela tivesse um tio que fosse o magistrado do distrito, ela podia dar um jeitinho e se tornar professora estatal. Afinal, o velho contador ainda estava muito feliz. O diretor Yu e os outros se tornarem professores estatais era a melhor maneira de reduzir o fardo do comitê da aldeia.

Ao deixar o comitê da aldeia, Zhang Yingcai escolheu outra trilha.

A trilha primeiro passava pela casa de Ye Biqiu. A mãe de Ye Biqiu ainda segurava o livro didático de chinês da primeira série e recitava o texto voltada para o céu como uma aluna do ensino fundamental. O pai de Ye Biqiu estava consertando os degraus em frente à casa.

Zhang Yingcai fez um gesto para impedi-lo de dizer olá, então caminhou até a mãe de Ye Biqiu e perguntou em voz alta: "Qual texto você memorizou hoje?"

"Lição 17, o professor Zhang quer verificar?"

Depois de ouvir isso, o pai de Ye Biqiu apontou para Zhang Yingcai e perguntou a ela qual era a lição 17.

A mãe de Ye Biqiu disse: "O professor Zhang está aqui para me testar! Lição 17: Este método é muito bom. Quando o presidente Mao tinha sete anos, uma vez, ele e seus amigos foram para as montanhas pastorear gado. Como você pode pastorear bem o gado, cortar mais lenha e coletar algumas frutas silvestres? Ele e os colegas tiveram uma boa ideia. Eles foram divididos em três grupos, um grupo pastoreando gado, um grupo cortando lenha e o outro grupo coletando frutas silvestres. Quando estava escuro, o grupo de pastoreio alimentou bem o gado, o grupo de corte de lenha cortou muita lenha e o grupo de colheita de frutas voltou com uma cesta cheia de frutas silvestres. Eles dividiram a lenha e as frutas em várias partes e cada pessoa tinha uma parte. Todos ficaram felizes e disseram: Este método é muito bom. O presidente Mao deu sua parte ao parceiro mais pobre".

O pai de Ye Biqiu gritou que era estranho que, quando Zhang Yingcai estava na escola primária de Jieling, a mãe de Ye Biqiu não o tivesse visto algumas vezes e, após três anos de ausência, essa tola ainda se lembrasse de tudo exatamente.

Zhang Yingcai não entrou na casa, mas ficou no campo de secagem de arroz. O pai de Ye Biqiu disse que, toda vez que Ye Biqiu escrevia uma carta, ela perguntava se o professor Zhang havia retornado à escola primária de Jieling. Sua tia escreveu de volta para ela, dizendo que um homem como o professor Zhang deveria sair para encontrar um mundo mais amplo, e Jieling não era um lugar estratégico e não precisava de pessoas importantes para protegê-lo. Ye Biqiu sempre discutia com sua tia. Ela dizia que não importava para o quão longe o professor Zhang fosse, ele acabaria voltando para a escola primária de Jieling. Ela também fez uma aposta com a tia. Zhang Yingcai estava muito curioso e queria ver o que mais estava escrito na carta de Ye Biqiu. O pai de Ye Biqiu disse que as cartas de Ye Biqiu foram todas escritas para sua tia, e sua tia apenas leu para eles as partes relacionadas aos pais e se recusou a revelar uma palavra sobre qualquer outra coisa.

Eles não tinham nenhum assunto importante e, depois de falarem assim por um longo tempo, Zhang Yingcai de repente percebeu que havia uma espécie de nostalgia em seu coração. Então ele se levantou com rapidez e foi embora resolutamente. A trilha foi ficando mais estreita, e com a chegada do final do outono, todas as plantas e rochas estavam pintadas com várias cores maduras, escuras ou claras, o que tornava essa trilha um lugar que evocava nostalgia nas pessoas. Quando a trilha se tornou a menor possível, o túmulo do antigo chefe da aldeia apareceu. Embora tivesse vindo sozinho, Zhang Yingcai não tinha mais o medo de antes. Ele ficou na frente da lápide limpa cuidadosamente por um longo tempo antes de seguir em frente.

Não demorou muito para chegar à casa de Wang Xiaolan. Não havia ninguém no campo de secagem de arroz, apenas um bando de galinhas se alimentando. Um cachorro grande saiu do bosque de bambu e estava prestes a latir quando de repente esticou as duas patas dianteiras no chão com seu rabo balançando para frente e para trás sem parar. Obviamente, ainda se lembrava de Zhang Yingcai e podia sentir o cheiro de giz de Zhang Yingcai. Zhang Yingcai estava se perguntando de quem era o cachorro, quando alguém chamou Wang Xiaolan na casa, dizendo que havia alguém do lado de fora e pedindo que ela saísse e desse uma olhada. A Wang Xiaolan que apareceu na porta de casa era completamente diferente da Wang Xiaolan que estava na escola.

Embora tivesse visto Zhang Yingcai na noite anterior, Wang Xiaolan ainda estava um pouco surpresa.

Wang Xiaolan disse em voz alta: "O professor Zhang está ausente há vários anos e o mundo exterior é tão emocionante, como pode estar disposto a voltar e ver seu local de nascimento?"

Zhang Yingcai também disse em voz alta: "Quando subi a montanha pela primeira vez, meu tio me lembrou de ter cuidado para não ser enfeitiçado pela escola primária de Jieling. Inesperadamente, ainda não consegui evitar. Não tive escolha a não ser voltar para encontrar o antídoto".

Wang Xiaolan disse: "Receio que você tenha sido enfeitiçado por alguma garota!"

Assim que as palavras saíram, o marido de Wang Xiaolan começou a xingar na sala, dizendo que outras mulheres iam para lugares distantes para se prostituírem e Wang Xiaolan era tão desavergonhada que fez um escândalo na porta de casa. Wang Xiaolan também estava acostumada a ouvir isso, então ela virou a cabeça e respondeu ao marido: "De agora em diante, mesmo que alguém mate e coloque fogo lá fora, não peça para ela sair e dar uma olhada". Imediatamente depois, ela pediu a Zhang Yingcai em voz muito baixa que enviasse uma mensagem a Sun Sihai, dizendo que ela iria à escola para pegar Li Zi à tarde como de costume.

Depois de dar uma volta e retornar à escola primária de Jieling, Zhang Yingcai transmitiu as palavras de Wang Xiaolan a Sun Sihai. Naquele momento, o som comovente de uma flauta soou na escola. Zhang Yingcai mais uma vez se lembrou das palavras que o diretor da unidade, Wan, disse quando o levou para descer a montanha em meio à neve pesada. O estado em que ele se encontrava naquele momento não era só por ter chegado a um ponto em que os ensinamentos da escola primária de Jieling tinham influência sobre ele, como se tivesse uma tendência incurável. Após anos, pensou que já teria deixado essa "dependência" de lado, mas não esperava que isso era apenas uma dependência profundamente enraizada. No fim, talvez realmente tenha sido afetado pelos comentários do diretor: "Essas pessoas vai te deixar com uma lepra!" Logo que você estiver enfeitiçado, ficará enredado até a morte pelo resto de sua vida e não será capaz de se livrar deles.

Zhang Yingcai originalmente queria partir ao meio-dia, mas, quando soube que Yu Zhi e Li Zi estavam voltando, ele mudou de ideia e decidiu ficar mais um dia. Em circunstâncias normais, se Yu Zhi e Li Zi começassem a subir a montanha depois do almoço, por mais rápido que fossem, chegariam por volta das 4h30. Depois das aulas da tarde, Zhang Yingcai foi para a sala de aula da sexta série para ouvir a classe. A primeira aula estava apenas na metade quando um rugido violento de repente soou da montanha atrás da sala de aula. Vendo a comoção entre os alunos, Zhang Yingcai disse: "Este é o som das motocicletas. Não tenham medo!"

Assim que as palavras saíram, ele também ficou um pouco surpreso. Depois que a produção foi contratada para as famílias, ninguém consertava a rua para máquinas de cultivo que levava a Jieling, e nem mesmo o trator ambulante podia ser conduzido até cima. De onde veio a motocicleta?

Zhang Yingcai saiu da sala de aula e caminhou até perto do mastro da bandeira, apenas para ver uma motocicleta passando pelo caminho em direção à escola. Sentados no banco detrás estavam Yu Zhi e Li Zi. A motocicleta percorreu o caminho até o playground e, após duas voltas em alta velocidade pelo parquinho, parou lentamente sob o mastro da bandeira. Yu Zhi e Li Zi pularam do banco detrás, chamaram o professor Zhang alegremente e gritaram para o motociclista com uma voz mais alegre: "O caminho é esburacado demais!"

Zhang Yingcai achou que o motociclista parecia familiar, mas não pôde confirmar.

Nesse momento, o sinal de saída da aula tocou. Yu Zhuangyuan foi o primeiro a sair correndo e gritou com o motociclista: "Pai! Eu também quero andar de moto!"

Zhang Yingcai lembrou que Yu Zhuangyuan havia dito que Yu Shi, o chefe da aldeia, iria comprar uma motocicleta. Yu Zhuangyuan correu em direção à motocicleta e parou de repente no caminho.

O motociclista tirou o capacete e era o diretor da unidade, Wan.

Como um jovem elegante em um filme, Wan acenou com seu capacete dourado e gritou: "Diretor Yu, hoje é um dia feliz para vocês e estou aqui para beber na festa!"

O Diretor Yu desceu do pódio e, junto com Deng Youmi e Sun Sihai, foi falar com Wan. Todos se juntaram e usaram aquela motocicleta como centro. Wan ficou rindo sem parar. Não importava quem perguntasse a ele onde conseguiu uma motocicleta tão nova, ele pedia à outra parte para adivinhar.

Como já havia andado de motocicleta antes, Yu Zhi disse deliberadamente algumas palavras depreciativas: "Quanto mais nova a motocicleta, pior será. Se Li Zi e eu não tivéssemos empurrado com força detrás, não poderíamos subir para Jieling até esgotar a gasolina".

Wan gargalhou: "Quinze quilômetros de distância, apenas empurraram por dois ou três mil metros, ainda é muito mais confortável do que caminhar!"

O diretor da unidade, Wan, deu um tapinha na motocicleta e disse que todos subestimaram o poder da máquina nesses anos. Contanto que tivessem confiança, Jieling também poderia ser conquistada. Para máquinas, esta era a verdade. Wan se recusou a revelar como conseguiu a motocicleta, insistindo em esperar até o jantar para revelar o mistério.

Wan ficou muito feliz e pediu ao diretor Yu que encerrasse as aulas mais cedo, já que era fim de semana de qualquer maneira, então não fazia muita diferença. O diretor Yu discordou e voltou para a sala de aula com os alunos assim que o sinal da aula tocou. Wan pediu a Li Zi que voltasse para o banco detrás da motocicleta e ligou a moto barulhenta para levá-la para casa. Li Zi apenas o deixou dirigir até a beira do playground e depois pulou da moto. Wan não percebeu e seguiu direto pelo caminho, e não parou até encontrar Wang Xiaolan. Wan disse que havia trazido sua filha de volta! Quando virou a cabeça, percebeu que não havia ninguém no banco detrás. Olhando na direção da escola, Li Zi ainda estava parada no playground. Wan virou a moto e levou Wang Xiaolan de volta à escola.

Wang Xiaolan perguntou se uma motocicleta tão bonita foi equipada pelo governo.

Wan parou de mantê-la adivinhando e ele disse a Wang Xiaolan que, da última vez, por causa dos sapatos de couro, Li Fang e ele quase se separaram completamente. Inesperadamente, o relacionamento começou a melhorar após atingir o fundo do poço. Alguns dias atrás, Li Fang foi ao hospital do distrito para ver um médico e ficou no distrito por dois dias. Quando ela voltou para casa no dia anterior à tarde, trouxe para ele tal grande presente, dizendo que só o marido, como diretor da unidade de educação, era o mais trabalhador. Além de pedir muitas desculpas, ela também ficou dócil, e disse pela primeira vez "te amo"!

Wan disse isso depois de estacionar sua motocicleta na beira da rua para dar lugar a uma vaca e um bezerro. O bezerro ainda mamava, chupando a teta da vaca e recusando-se a soltá-la. A vaca teve que ficar no meio da rua e alimentar o bezerro pacientemente. Depois de ouvir isso, Wang Xiaolan passou pelo lado da vaca e do bezerro e continuou a caminhar sozinha. Wan gritou com a vaca e o bezerro. Wang Xiaolan imediatamente virou a cabeça e pediu para parar de fazer isso. Wan teve que esperar pacientemente como a vaca, até o bezerro estar cheio e correr desajeitadamente na frente da vaca. Então Wan pôde andar de motocicleta e perseguir Wang Xiaolan.

O caminho perto da escola primária de Jieling era um pouco íngreme e a motocicleta quase morreu. Wan disse a Wang Xiaolan para pular da moto, mas Wang Xiaolan não conseguiu. Felizmente, Yu Zhi e Li Zi vieram correndo e empurraram com força juntos. Zhang Yingcai também foi se juntar a eles, agarrou as manoplas da moto e as arrastou vigorosamente, e então conseguiu trazê-los para o playground. Wang Xiaolan conversou com Yu Zhi sobre quando ia voltar para a escola e depois levou Li Zi para casa. Wang Xiaolan continuou pedindo a Li Zi que fosse rapidamente, dizendo que, se ela fosse tarde demais, um parente intrometido viria à escola. Zhang Yingcai entendeu muito claramente que Wang Xiaolan disse isso porque queria contar a Sun Sihai que o primo da família Li estava ali novamente.

Wan falou sobre o assunto entre ele e Li Fang novamente, mas Wang Xiaolan não estava mais presente e todas as pessoas que bebiam juntas eram homens.

Nesse momento, o diretor Yu e os outros não apenas haviam realizado a cerimônia de hasteamento da bandeira mas também haviam acompanhado os alunos do internato para casa, um por um. Wan primeiro deu ao diretor Yu uma carta confiada a ele pelo carteiro. A carta foi escrita pelo diretor Wang e veio com cópia do *Jornal da Literatura da Juventude*, que publicou a composição de Yu Zhuangyuan. Um aluno do ensino fundamental ter seu trabalho publicado era um grande evento no meio educacional de toda a vila. O diretor Wang disse na carta que o artigo que ele mesmo escreveu, que inicialmente chamou os professores locais de heróis nacionais, depois os chamou de heróis rurais e finalmente os posicionou como heróis da república, não foi publicado no jornal provincial por algum motivo, mas ele o incluiria na próxima coleção de suas melhores obras. O importante era que muita atenção tinha sido dada à questão dos professores locais pelos altos líderes, e os departamentos relevantes estavam introduzindo uma série de políticas relacionadas. O problema mais preocupante do diretor Yu logo seria completamente resolvido e ele se concentraria na educação rural. O que o diretor Wang disse na carta coincidiu com o espírito do documento oficial entregue por Zhang Yingcai, e então o diretor Yu realmente se sentiu à vontade e começou a apreciar com gosto um frango assado, um quilo de carne de porco refogada e duas garrafas de aguardente trazidas pelo diretor da unidade, Wan.

Wan tomou a iniciativa de explicar a origem da motocicleta e confessou com bastante emoção que, depois de muitos anos de casamento, sempre que ele queria fazer sexo, sua esposa concordava como se fosse um presente relutante, mas, na noite anterior, uma mulher na casa dos quarenta era macia como uma poça d'água e inundou-o tanto que ele não conseguia nem encontrar um travesseiro. Wan agradeceu repetidamente ao diretor Yu, dizendo que, sem aqueles sapatos de couro, ele nunca teria a chance de desfrutar nesta vida de sua esposa perfeita.

Antes que alguém propusesse um brinde, Wan bebeu alguns copos sozinho.

Depois de um tempo, ele bebeu demais. Então pegou o copo e puxou todo mundo para o playground para fazer uma cerimônia de homenagem.

Wan derramou a aguardente no mastro da bandeira e o diretor Yu também derramou a aguardente levemente como ele. Deng Youmi, Sun Sihai e Zhang Yingcai, porém, tentaram bastante derramar a aguardente acima, para a parte mais elevada do mastro, um mais alto que o outro. Wan disse que, quando ele veio da escola primária central, teve problemas com o antigo chefe da aldeia sobre a posição do mastro. Tanto ele quanto a Ming Aifen esperavam imitar a Praça Tiananmen e colocar o mastro no meio do playground.

O velho chefe da aldeia se recusou a ceder e insistiu em erguer o mastro na beira do playground. Agora parecia que o velho chefe da aldeia estava certo: se o mastro tivesse sido erguido no meio do playground de acordo com a intenção deles, com certeza teria sido quebrado por aquela grande rocha.

Todos os professores que mais tarde lecionavam na escola primária de Jieling se tornaram professores estatais, o que também era a coisa mais feliz para Wan. Ele bebera bastante e ainda não se recusou a abaixar o copo, argumentando que com uma motocicleta, ele não teria medo da longa distância. Iria ali com frequência no futuro e, junto com os outros, transformaria a escola primária de Jieling em uma pequena Yan'an para educação rural. Deng Youmi o elogiou sinceramente, dizendo que naquele momento ele era o presidente Mao da escola primária de Jieling. Com um aceno de mão, Wan rejeitou a gentileza de Deng Youmi, argumentando que a escola primária de Jieling já havia criado o diretor

Yu, o presidente Deng e o presidente Sun, e ele só poderia ser um Warx (com pronúncia parecida com Marx).

Wan repetiu incansavelmente essas palavras para todos e perguntou a Zhang Yingcai várias vezes: "Você se lembra do que eu disse quando descemos a montanha da última vez? Dos três da escola primária de Jieling, o professor Sun é um alucinógeno, e o professor Deng é a decocção de ressurreição, enquanto o diretor Yu é xarope de Deus feito com o alucinógeno e a decocção de ressurreição, não importa de que tipo, uma vez que experimente, você não poderá largá-lo".

O coração de Zhang Yingcai estava cheio de perguntas e respostas, mas ele não sabia a qual responder. Ele ficou realmente ansioso ao ser perguntado constantemente, então de repente ele disse: "Dos professores que estiveram na escola primária de Jieling, apenas você é o mais especial. Você é venenoso e toma veneno".

Wan não pôde deixar de rir alto para o céu: "Só meu sobrinho me conhece bem!"

Naquela noite, todos, exceto Yu Zhi, estavam bêbados.

Depois de uma boa noite de sono tranquila, Zhang Yingcai acordou primeiro. Já eram nove horas da manhã e, além do ronco intermitente, não havia nenhum som na escola. Ele se levantou e deu umas voltas pelo playground antes de ficar totalmente acordado da cabeça aos pés. Havia um aroma de mingau no ar, e Zhang Ying lembrou que, na noite anterior, quando estava bebendo muito, Yu Zhi perguntou ao diretor Yu se ele faria mingau para o café da manhã do dia seguinte.

Enquanto Zhang Yingcai pensava, Yu Zhi desceu da montanha dos fundos. Vendo Zhang Yingcai, Yu Zhi abaixou a cabeça e continuou chutando o pé direito com o pé esquerdo. O coração de Zhang Yingcai se apertou e perguntou: "Você foi ao túmulo da professora Ming?"

Yu Zhi pensou um pouco e de repente disse: "Meu pai é um cara bem alimentado e cheio de luxúria!"

Zhang Yingcai ficou surpreso: "Como você pode falar assim de seu pai?"

Yu Zhi cerrou os dentes e disse: "Então por que ele ama outras mulheres?"

Sob o questionamento repetido de Zhang Yingcai, Yu Zhi disse que, na noite anterior, o diretor Yu caiu na cama bêbado. A princípio, ele chamou Ming Aifen em voz alta, dizendo a ela que finalmente havia se tornado um professor estatal. Mais tarde, ele chamou Lan Xiaomei e disse que o professor Zhang queria que ele cortejasse Lan Xiaomei com ousadia, e então ele continuou dizendo eu te amo. Falava e ria, e só se acalmou quando o dia estava prestes a amanhecer.

Zhang Yingcai entendeu que a florada de pêssego da segunda primavera do diretor Yu estava prestes a chegar.

"Você não quer uma mulher em quem possa confiar ao lado de seu pai?"

Yu Zhi balançou a cabeça e disse: "Eu só acho que minha mãe é tão lamentável!"

Zhang Yingcai disse: "Na verdade, seu pai é ainda mais lamentável".

"Eu sei. Toda vez que eu sonho com ela, minha mãe me conta esta frase."

"Sendo um filho, não fale mal de seu pai."

Yu Zhi brincou: "Esta não é uma expressão ruim, estar bem alimentado e cheio de luxúria significa boa saúde". Neste momento, o diretor Yu também se levantou. Ele se espreguiçou muito na porta e depois continuou acariciando a testa com as mãos.

"Esta aguardente me dá dor de cabeça, será que é falsificada?"

Sentindo mágoas em seu coração e temendo que seu pai ouvisse, Yu Zhi disse em voz baixa: "É porque você pensa demais e ainda culpa a aguardente falsificada".

Zhang Yingcai ouviu claramente, ele sorriu feliz. Antes que ele tivesse tempo de dizer qualquer coisa, Sun Sihai apareceu. Ele fez várias piruetas no local, e então disse que o próprio diretor Yu escrevia as palavras tortas e culpava o quadro-negro ruim; ele não conseguia beber muito, então culpava a aguardente falsificada.

Enquanto os professores conversavam e riam juntos, Yu Zhi voltou para casa e despejou o mingau que havia feito cedo de manhã em uma tigela e chamou todos para comer, e Sun Sihai estava naturalmente na lista. Depois de beber uma tigela de mingau quente, Zhang Yingcai sentiu que, mesmo que o diretor Yu não pensasse em si mesmo, ele ainda deveria encontrar uma mãe que soubesse cuidar do filho. Sun Sihai também sentiu que este deveria ser o caso. Era melhor golpear enquanto o ferro estava quente e lidar com isso junto com a promoção a estatal como uma dupla felicidade. O diretor Yu estava tímido e ele queria que todos se comportassem educados e não falassem assim na frente do filho. Inesperadamente, Yu Zhi abriu a boca e disse algo que chocou a todos.

"Sem falar na felicidade dupla, mesmo que seja uma centena de felicidades, a família pode acomodá-la."

"Filho, quando você for admitido na universidade, essa felicidade será melhor do que uma centena de felicidades!"

"Não quero ter uma competição com você quando procurar uma namorada."

As pessoas que tomavam café da manhã não paravam de rir do que o pai e o filho diziam. Depois de finalmente pararem, Sun Sihai acrescentou que havia muitos eventos felizes para realizar que poderiam ser enviados para sua casa para armazenamento. Ele não queria juros, apenas o pequeno evento feliz que nascesse depois de o grande evento feliz estar grávida. Ao ouvir isso, todos riram ainda mais felizes.

De repente, houve um espirro no quarto, e foi diretor da unidade, Wan, quem acordou.

A mesa de jantar imediatamente ficou em silêncio. Wan saiu esfregando os olhos e perguntou por que todos pararam de rir quando ele acordou. Ao ouvirem o que ele disse, todos não queriam mais rir. Wan perguntou a Yu Zhi se alguém havia falado mal dele. Como se respondesse a perguntas em sala de aula, Yu Zhi se levantou e disse a Wan que ninguém disse nada sobre ele, todos se importavam com o diretor Yu e pediram ao diretor Yu que namorasse rapidamente. Wan disse que os adultos deviam prestar atenção na maneira como falavam, para não deseducar um menino inocente como Yu Zhi.

Todo mundo ainda não riu. Wan perguntou a Yu Zhi quem era o interesse amoroso do diretor Yu. O diretor Yu foi o primeiro a negar o chamado namoro, dizendo que era porque suspeitava de que a aguardente que havia bebido na noite anterior era falsificada e foi atacado por todos. Wan não acreditou e insistiu que Yu Zhi contasse por quem o diretor Yu estava apaixonado. Toda vez que Yu Zhi movia os lábios, o diretor Yu tossia para impedir. Wan parecia estar zangado. Ele olhou para o diretor Yu, cerrou os dentes e perguntou: "É Lan Xiaomei?"

"Sim. É Lan Xiaomei."

Não permitindo que o diretor Yu negasse, Zhang Yingcai respondeu por ele à margem e então contou a história, que ele mesmo fabricou, de Lan Xiaomei colocando sapatos de couro na cama do diretor Yu, de forma vívida. A história de Zhang Yingcai deixou Wan com ciúmes. Ele disse ao diretor Yu com um rosto lívido: "A última vez que você me pediu para levar sapatos de couro para ela, não pensei nisso na hora, e depois achei estranho. Inesperadamente, por causa de uma mulher, você também jogou sujo comigo".

Os olhos do diretor Yu estavam quase vermelhos e ele não conseguia explicar. Zhang Yingcai disse a Wan: "O diretor Yu não é um estudante. Se ele puder namorar com essa situação, o líder deve apoiá-lo firmemente".

Wan disse: "Você ainda quer que eu peça alguém em casamento em seu nome?"

Zhang Yingcai disse: "Para algumas coisas, se você falar, o efeito será melhor".

Wan se aproximou do diretor Yu, olhou para ele por um longo tempo e disse com raiva que sempre considerou o diretor Yu um homem franco. No final nem sabia que seu sobrinho havia sido conquistado por Yu e pensava que ele mesmo era um gênio com sabedoria extraordinária, como se fosse estupidez.

O diretor Yu parecia intimidado por Wan.

Sun Sihai, que não falava havia muito tempo, só começou a falar neste momento. Ele não acreditava que Lan Xiaomei havia tomado a iniciativa de colocar os sapatos de couro na cama do diretor Yu. Caso contrário, como membro da escola primária de Jieling, ele aconselharia o diretor Yu a não falar com essa mulher. Sun Sihai apontou para seu rosto um pouco duramente que, com base em suas observações, esse incidente podia ter sido causado pelo professor Zhang Yingcai, o que era completamente supérfluo. Originalmente, o sentimento nebuloso entre o diretor Yu e Lan Xiaomei era lindo, mas, dessa forma, parecia uma viúva romântica pregando peças para seduzir homens.

Como Sun Sihai disse isso, todos pararam de falar sobre o assunto.

Wan lembrou solenemente a todos que deviam estabelecer um bom relacionamento com o chefe da aldeia, Yu Shi, naquele período, e então deviam seguir os procedimentos relevantes para a promoção de professores locais para professores estatais e não deviam criar problemas extras. Quando ele disse essas palavras, cada palavra visava a questão da promoção. No entanto, nos ouvidos dos outros, pareciam estar alertando o diretor Yu para não fazer nenhuma tentativa emocional com Lan Xiaomei. O diretor Yu explicou a Wan no tom mais sincero que seu relacionamento com Lan Xiaomei ainda não havia se desenvolvido a esse ponto. Wan também se acalmou um pouco, suspirou e disse ao diretor Yu que ele mesmo também era professor local; embora estivesse um pouco insatisfeito, nunca faria maldades.

25

Em Jieling, se não houvesse a escola primária de Jieling, seria extremamente silencioso após o início inverno. Em Jieling, no inverno, não havia muita diferença na atmosfera entre dias ensolarados e momentos chuvosos e nevosos. Pelo contrário, essa escola dilapidada na encosta da montanha era muito importante. Enquanto não houvesse som de leitura ao vento, enquanto não houvesse crianças com mochilas pulando no caminho, a montanha inteira ficaria inanimada.

Já fazia muito tempo desde que Zhang Yingcai veio e se foi.

A escola estava entrando em férias de inverno novamente.

A alegria trazida pelo documento oficial havia muito foi escondida com gelo e neve sucessivos. Além disso, nos anos anteriores, não havia esperança de se tornar estatal, o comitê da aldeia naturalmente tinha que pagar os salários dos professores locais. Depois que se espalhou a notícia de que todos os professores locais iriam se tornar estatais, foram as pessoas do comitê da aldeia que perguntavam quando fariam um banquete assim que se encontrassem. Certa vez, Sun Sihai ficou aborrecido quando lhe perguntaram, ele levantou a voz e disse que estava esperando o pagamento de seu salário pela aldeia e, se ele tivesse o dinheiro para pagar as despesas de viagem, iria ao distrito para fazer uma petição. Para que ele deveria convidá-los para jantar? As pessoas no comitê da aldeia eram muito sensíveis à palavra "petição", e a atitude do chefe da aldeia, Yu Shi, em relação à escola melhorou novamente. Desta vez, o distrito alocou mais fundos de apoio a desastres do que em qualquer outro ano. Eles finalmente conseguiram do contador o salário de um ano.

A atitude de Yu Shi melhorou não só porque a composição de seu filho foi publicada no jornal, mas principalmente por causa do trabalho do comitê da aldeia. Quando ouviu a notícia pela primeira vez, ele também ficou falando indignado e sarcasticamente, e até esperava ser revogado o documento oficial relevante. Depois de muito tempo, ainda não havia mais novidade, e ele também temia que esse assunto não fosse resolvido, que esses encargos não pudessem ser reduzidos e que seria difícil para as pessoas do comitê da aldeia aumentarem sua renda. Yu Shi também comprou uma motocicleta e, enquanto não chovesse ou nevasse, ele descia a montanha a cada três dias e trazia a notícia que havia obtido na unidade de educação. A notícia era que, na verdade, não havia notícia.

O estilo e modelo da motocicleta do chefe da aldeia, Yu Shi, eram exatamente iguais aos do diretor da unidade, Wan, o que fez com que a reação do diretor Yu e dos demais mudasse de excitação para prudência ao ouvirem o som da motocicleta. Wan, que frequentemente vinha à escola primária de Jieling para construir uma "Pequena Yan'an" para a educação rural, na verdade não tomou nenhuma atitude e nem mesmo disse uma palavra.

Nas palavras de Deng Youmi, Wan estava com ciúmes.

Nas palavras de Sun Sihai, Wan tinha perdido o seu juízo pelo amor.

O diretor Yu era sempre de mente aberta e nunca havia levado a sério o que Wan dizia depois de beber.

A pessoa que mais não tolerava esse tipo de situação não era Wang Xiaolan, mas Cheng Ju. Wang Xiaolan disse apenas que o diretor Yu não tinha masculinidade alguma e não ousava amar nem odiar. No entanto, Cheng Ju disse que, se o diretor Yu e Lan Xiaomei tivessem as coisas que todos disseram, não seria razoável para Wan querer atrapalhar.

Desde que foi descoberto que as motocicletas podiam ser conduzidas para Jieling, aqueles triciclos motorizados com grande potência ousavam correr para Jieling quando o tempo estava bom.

Após o início das férias escolares, Deng Youmi convidou o diretor Yu para descer a montanha e visitar as vila e o distrito. Afinal, Zhang Yingcai estava trabalhando no departamento de educação do distrito e também podia ir ao Comitê da Liga Juvenil do Distrito para encontrar Lan Fei. Em suma, ele não ficaria sem um lugar para ficar como antes. O diretor Yu não queria ir e, em vez disso, até tentou persuadi-los, dizendo que, com base nos sentimentos de Zhang Yingcai pela escola primária de Jieling, se houvesse notícias, ele naturalmente os informaria o mais rápido possível e não havia necessidade de ir com pressa. Deng Youmi não ouviu. Ele pegou um triciclo motorizado para descer a montanha no início da manhã e percorreu todo o caminho apressadamente para encontrar Zhang Yingcai e Lan Fei no centro do distrito. Naquela noite, na verdade, na manhã seguinte, ele correu de volta para Jieling. A situação era exatamente como havia dito o diretor Yu, o distrito também estava aguardando que as autoridades superiores emitissem novas diretrizes para a promoção de professores locais, e não haveria outras ações específicas até que as regras relevantes fossem formuladas.

No entanto, a notícia de Lan Xiaomei que Deng Youmi trouxe de volta comoveu o coração do diretor Yu. Deng Youmi viu Lan Xiaomei. Mas o que Lan Xiaomei estava fazendo naquela época, Deng Youmi não viu claramente. Apenas viu que Lan Xiaomei ainda estava muito magra, vestindo uma jaqueta acolchoada de algodão. O diretor Yu não disse nada, mas teve uma ideia em seu coração. Ele perguntou a Yu Zhi se ele sentiu o cheiro de decocção da medicina tradicional chinesa quando voltou das férias e passou pela casa de Lan Xiaomei. Yu Zhi balançou a cabeça resolutamente. Ele e Li Zi estavam relutantes em gastar dinheiro para pegar um triciclo, então eles caminharam para casa. Quando eles passaram pela Pequena Aldeia da Família Zhang, Li Zi chamou tia Lan na porta. Lan Xiaomei saiu para falar com eles, sorrindo muito o tempo todo. O diretor Yu ainda estava preocupado, então ele foi para a casa de Wang Xiaolan, chamou Li Zi para sair e conversou com ela. Li Zi olhou com cuidado e sentiu que Lan Xiaomei havia envelhecido muito naqueles dois meses.

O diretor Yu tinha mais uma coisa em mente, mas ele ainda permaneceu na escola de forma constante, sem descer a montanha.

O vigésimo quarto dia do último mês lunar é o dia em que visitam os parentes no final do ano. Os pais daqueles alunos que trabalhavam fora e que não tinham tempo antes, vieram ver o diretor Yu e os outros nesse dia. A maioria dos pais trazia algumas coisas, como um saquinho de sementes de girassol ou amendoim, uma garrafinha de óleo vegetal fresco ou aguardente caseira, e assim por diante. Os pais que tinham filhos hospedados na casa do diretor Yu até traziam alguma lenha. O tempo não estava ruim e as pessoas que vieram estavam dispostas a ficar na escola por um tempo. Conversavam com o diretor Yu e os outros enquanto tomavam sol. Ao ouvir que era mais fácil ganhar dinheiro aquele ano do que no ano anterior e que a situação no ano seguinte poderia ser ainda melhor, o diretor Yu brincou que pararia de dar aulas e iria trabalhar fora. Os pais disseram que, depois de tantos anos trabalhando como professor local, não praticava exercícios físicos e não tinha condições de trabalhar fora.

Falando nisso, todos os pais parabenizaram o diretor Yu e os outros professores. Embora a boa notícia tivesse chegado tarde, foi melhor do que nada. Algumas pessoas até disseram que, se uma coisa boa viesse cedo demais, não era coisa boa, e uma coisa boa de verdade sempre viria tarde, porque só assim poderia mostrar sua importância. Todos concordaram que um profissional docente deve ter uma renda estável e não se preocupar com a sua subsistência básica. Se ele faltasse de dinheiro para alguns aspectos da vida, enquanto ensina na sala, o cômodo poderia estar gritando no pátio, o que causará muita ansiedade para o professor, que poderia incorretamente passar isso aos seus alunos, dando como exemplo que um mais um é igual a três. Os bons professores eram todos tímidos, se o governo não cuidasse bem deles, não aguentariam humilhações repetidas e perderiam toda a dignidade em breve.

O diretor Yu se sentiu muito confortável ao ouvir palavras tão íntimas.

Todos os pais que deveriam vir estiveram ali e era inesperado que o Wan também viesse.

Wan desceu da montanha dos fundos em sua motocicleta, desenhou um semicírculo no playground e parou na frente do diretor Yu. Wan, que tirou o capacete, assustou o diretor Yu. Wan estava pálido e seus olhos estavam vermelhos e inchados. O diretor Yu não pôde deixar de dar um passo à frente e estender a mão para apoiá-lo. Em voz baixa, Wan ordenou que ele chamasse Deng Youmi e Sun Sihai.

Enquanto esperava, Wan olhava para o diretor Yu sem dizer uma palavra.

Depois de um tempo, Sun Sihai veio e Wan ficou olhando para Sun Sihai atentamente.

Deng Youmi foi o último a entrar e, assim que entrou pela porta, percebeu que Wan estava olhando fixamente para ele, pensando que algo estava errado com ele.

"Todos aqui?", Wan perguntou intencionalmente, como se estivesse falando consigo mesmo. Vendo que todos não responderam, Wan disse: "Vocês estão bem de saúde?"

Sun Sihai não pôde deixar de responder: "Estou bem e não há problema em viver por mais três ou cinco anos".

"Eu já comuniquei às autoridades superiores que professores locais são um grupo de alto risco!"

Wan de repente se engassgou e lágrimas brotaram em seus olhos vermelhos e inchados. "O diretor Hu da escola primária de Wangtian morreu". Esse tipo de coisa era muito pesado, e Wan respirou fundo antes de poder continuar. "Depois do jantar de anteontem, o diretor Hu teve uma hemorragia cerebral repentina. O centro de saúde da vila não tinha condições de resgatá-lo, então tiveram que mandá-lo desesperadamente para o hospital distrital, mas ele morreu no caminho."

O diretor Yu e os outros professores se entreolharam, com os olhos úmidos. Depois de muito tempo, Deng Youmi suspirou e disse: "É difícil aguentar até se tornar um professor estatal, por que ele não aguentou mais?"

O diretor da unidade, Wan, disse que estava preocupado porque temia que, quando todos estivessem felizes, eles não conseguissem controlar a boca durante o Ano-Novo Chinês e bebessem demais e até causassem acidentes, então ele foi até lá para lembrar a todos. Sun Sihai disse, pelo contrário, que todos deveriam beber mais álcool durante o Ano-Novo Chinês, para que todos pudessem acreditar que o documento oficial não era promessa vazia. O diretor Yu também disse que ele e o diretor Hu se conheciam havia muitos anos e que, durante o treinamento coletivo anual nas férias de verão, embora o diretor Hu fosse muito bom em persuadir os outros a beber, ele próprio não bebia nada. Portanto, ele pensou que deveria haver outras razões para a morte repentina do diretor Hu.

O diretor da unidade, Wan, disse a eles que o diretor Hu realmente havia bebido antes de morrer. Desde o primeiro dia das férias de inverno, o diretor Hu carregava carvão vegetal para outros a fim de ganhar dinheiro para sustentar a família. Era o quadragésimo quinto aniversário do diretor Hu naquele dia e ele planejava descansar em casa, mas ouviu do chefe que a partir daquele dia seu salário seria aumentado em um terço, então ele não pôde deixar de ir para trabalhar. Depois de um dia cansativo, ao voltar para casa, foi arrastado para praticar a dança do leão por um tempo, planejando ir a vários lugares para fazer atividades comemorativas após o Ano-Novo Chinês. Depois de voltar para casa, o diretor Hu melancolicamente bebeu a aguardente que sua esposa havia aquecido, colocou o copo na mesa com força e disse em voz alta que aquele documento oficial ridículo só serviria para tirar sarro deles como macacos da montanha Emei! Depois de dizer isso, ocorreu o incidente.

O diretor Yu e os outros professores ficaram tristes, mas nem todos por simpatia. Nas palavras de Wan, como se fosse um veterano endurecido pela batalha que caiu na escuridão antes do amanhecer. Mas cada falha é uma tragédia que comove o céu e a terra. Desta vez, não foram Sun Sihai e Deng Youmi que estavam de pior humor, mas o diretor Yu. Ele lembrou que, na última vez que Lan Fei e os outros se tornaram estatais, o próprio diretor Hu não conseguiu ganhar no sorteio e queria causar problema durante o treinamento coletivo de professores. Embora, no final, tivesse levado em consideração a situação geral, o diretor Hu jurou na época que, se o diretor Yu tivesse a chance de se tornar estatal no futuro, mas outros não, teria que ir ao extremo.

Pensando nisso, o diretor Yu sentiu que o diretor Hu realmente havia ido ao extremo.

Wan encerrou a todos os últimos desejos e instruções, insistindo que todos se mantivessem firmes, uma vez que as coisas chegaram ao ponto atual. Mesmo que alguém tentasse derrubar o estado de coisas, seria como um piúva que tenta jogá-lo, uma luta desproporcional contra uma grande árvore. Uma pessoa deve viver por setenta ou oitenta anos, e mesmo que fossem necessários ainda mais um ou dois anos de espera, muitos bom dias ficariam para serem disfrutados no futuro.

Antes de ir embora, Wan chamou o diretor Yu para ficar ao lado.

O diretor Yu achou que ainda conversariam sobre a promoção a professor estatal, mas não esperou que o diretor da unidade, Wan, tomasse a iniciativa de mencionar Lan Xiaomei.

Wan pediu desculpas por estar muito inquieto naquele dia e, depois de descer a montanha, repreendeu Lan Xiaomei indiscriminadamente e disse muitas coisas que a magoaram. Pensando nisso depois, percebeu que aquelas palavras simplesmente não deviam ser ditas por seres humanos. Nesses dias ele sempre quis pedir desculpas a Lan Xiaomei, mas ela simplesmente não deu chance a ele, e nem a chance de ele se aproximar.

O diretor Yu ficou muito infeliz e perguntou a Wan se ele havia repreendido Lan Xiaomei por ser lasciva. Wan não respondeu diretamente, mas disse que ela era realmente muito leal. O diretor Yu perguntou outra vez se ele havia chamado Lan Xiaomei de viúva romântica. Wan disse que ela era realmente muito pura e inocente. O diretor Yu repreendeu Wan, dizendo que, com seu conhecimento, ele deveria entender as mulheres muito bem, mas inesperadamente ele não era pior do que ele nesse aspecto. Wan realmente se arrependeu e também disse que não era tão bom quanto o diretor Yu, então queria que o diretor Yu dissesse a Lan Xiaomei que ele estava atordoado, e não que tivesse a intenção maliciosa de arruinar a reputação dela.

"Então o quê?"

"Você pode dizer a ela que você quer se casar com ela."

"Não é isso que você quer dizer."

"Não era, mas agora é sim."

"Ela vai gosta de um velho e pobre professor local?"

"Ela me disse que quer se casar com você, um pobre e velho professor local!"

"Deve ter sido dito quando vocês estavam brigando e não vale para nada."

"Se você a tem em seu coração, ela o considerará o maior número."

As últimas palavras do diretor da unidade, Wan, foram altas e ele pediu ao diretor Yu que não hesitasse mais. Lan Xiaomei era uma senhora de meia-idade, então ela devia estar muito envergonhada para realizar outro banquete de casamento. Quando as palavras eram ditas e pensamentos eram percebidos, bastava que as duas famílias se tornassem uma só. Na idade do diretor Yu, se tivesse a oportunidade de viver uma vida boa, deveria agarrá-la cedo e nunca deixá-la ir. Não deveria agir como o diretor Hu, seria inútil após a morte e só poderia fazer seus parentes e amigos suspirarem e chorarem.

O diretor da unidade, Wan, que estava andando de motocicleta, veio e foi como uma rajada de vento. O vento desapareceu e ninguém veio brincar com o diretor Yu. A morte do diretor Hu estragou o clima de Ano-Novo Chinês de todos. Naquela noite, o diretor Yu não fechou os olhos.

Depois do amanhecer, ele não pôde deixar de perguntar a Yu Zhi que, se ele seguisse os passos do diretor Hu, como Yu Zhi seguiria seu próprio caminho? O diretor Yu pensou que Yu Zhi diria que ele deveria continuar se esforçando para o autoaperfeiçoamento, não importaria o quão duro e cansativo fosse, ele deveria trabalhar duro para seguir em frente. Mas Yu Zhi deixou escapar que, quando realmente chegasse a esse ponto, iria procurar Lan Xiaomei. Ele também disse que esta não era uma ideia nova. Toda vez que o diretor Yu ficava tonto, ele tinha medo de que algo acontecesse. Ele apenas disse essas palavras para Li Zi. Li Zi também concordou com seu ponto de vista. Quando realmente chegasse a esse ponto, encontrar a fraca Wang Xiaolan seria a pior política, e buscar refúgio com Lan Xiaomei seria a melhor política.

O diretor Yu pensou no que dizer a noite toda, mas ficou sem palavras após o que Yu Zhi disse levemente.

No entanto, isso também fez com que o diretor Yu se decidisse. Ele pegou o par de sapatos de couro e os entregou a Yu Zhi, pedindo-lhe que os entregasse a Lan Xiaomei em seu nome. O diretor Yu disse a ele que, como sabia a causa e o efeito do incidente, então caberia a ele como dizer a Lan Xiaomei.

Sem hesitar, Yu Zhi largou o dever de casa das férias de inverno e foi parar o triciclo motorizado.

O diretor Yu também pegou um facão e foi para a montanha dos fundos cortar lenha, para encobrir sua ansiedade. O sol estava muito mais quente do que o dia anterior. O diretor Yu pensou que Yu Zhi voltaria logo, então, enquanto cortava lenha, ele esperava que ele o chamasse de volta para o almoço. Vendo que estava com muita fome, o diretor Yu não teve escolha a não ser guardar o facão e ir para casa. Jogou um pouco de lenha no fogão para esquentar as batatas-doces cozidas no vapor pela manhã. Por estar com muita fome, ele pegou a batata-doce e comeu antes que estivesse totalmente aquecida, e acidentalmente se engasgou com ela.

O diretor Yu bateu nas costas com grande dificuldade e, finalmente, ficou aliviado e se engasgou novamente depois de comer mais um pouco. Quando seu estômago estava cheio, já eram três horas da tarde.

Duas horas depois, Yu Zhi finalmente voltou.

O diretor Yu fingiu perguntar casualmente: "Como está a situação?"

Yu Zhi respondeu sem pressa: "Tudo está normal".

O diretor Yu perguntou: "E os sapatos de couro?"

Yu Zhi respondeu: "Ela aceitou".

"O que você disse a ela?"

"Eu disse que aqueles sapatos eram um sinal de amor do meu pai."

Dizendo isso, Yu Zhi riu, porque o que ele disse não estava longe da verdade.

Quando Yu Zhi foi para a Pequena Aldeia da Família Zhang, Lan Xiaomei estava em casa. Todos os tópicos foram levantados por Lan Xiaomei. Isso era como um professor de chinês do ensino médio ensinando-os a escrever uma redação. No início, perguntando se os professores da escola primária de Jieling sabiam da notícia da morte do diretor Hu; na parte do meio, apresentando o diretor Hu e seus assuntos; na parte final, perguntando como o diretor Yu e os outros reagiram a esse incidente e que medidas tomariam para evitar que a tragédia acontecesse novamente.

Yu Zhi, um dos melhores alunos da sétima série, explicou tudo com muita clareza. A família de Lan Xiaomei morava em Wangtian, e ela mesma ensinou na escola primária de Wangtian. Como ela se casou com morador de outra aldeia, o diretor a substituiu e se tornou professor local. O diretor Hu combinou a persistência do diretor Yu, a astúcia de Deng Youmi e a nobreza de Sun Sihai. Essas características contraditórias eram fáceis de lidar quando estavam dispersas, mas, se estivessem concentradas em uma pessoa, tornariam sua vida muito cansativa. Juntamente com o fato de que os professores locais eram sempre ingratos e viviam sob muita pressão, esses fatores se tornariam um desastre inevitável do diretor Hu. Lan Xiaomei estava preocupada que o diretor Yu e os outros reagissem de forma inadequada à morte do diretor Hu, então ela esperava que o diretor Yu pudesse assumir a liderança. Quanto houvesse menos esperança de se tornar estatal, mais importante era prestar atenção à vida à sua frente. Quando não podia se vestir bem, devia tentar comer bem. Devia dormir bem quando não conseguisse comer bem e, quando não conseguisse nem dormir bem, também devia dizer mais palavras bonitas para si mesmo.

Lan Xiaomei, com cara feliz, pegou o par de sapatos de couro abertamente e pediu a Yu Zhi que enviasse uma mensagem ao diretor Yu, dizendo que, se ele tivesse algo a dizer, poderia ir à Pequena Aldeia da Família Zhang para encontrá-la em qualquer lugar a qualquer hora, e precisaria pedir ao intermediário.

Mesmo Yu Zhi entendeu o significado dessas palavras. Ele pediu ao diretor Yu que fosse à Pequena Aldeia da Família Zhang antes do final do ano para pedir Lan Xiaomei em casamento. Dessa forma, poderiam ter um jantar decente na véspera de Ano-Novo Chinês. O diretor Yu não concordou com Yu Zhi. Mesmo que Lan Xiaomei estivesse realmente disposta a se casar com ele, Lan Fei estaria por trás dela. A chuva molha a flor enquanto a noiva se casa com o noivo.[24] Era fácil de dizer, mas seria muito difícil de fazer, para não dizer mais difícil do que subir até o céu, pelo menos era tão difícil quanto pedir um salário ao chefe da aldeia, Yu Shi.

---

24 N. do T.: Refere-se ao fato de que algumas coisas estão destinadas a acontecer e não podem ser alteradas, assim como o tempo vai chover ou uma mãe vai se casar. Essa frase geralmente é usada para indicar um fato ou destino imutável.

26

Após uma hesitação momentânea, o diretor Yu perdeu a hora.

Houve um boato repentino na área de Jieling de que muitos pais queriam que seus filhos trabalhassem fora para ganhar mais quando era fácil ganhar dinheiro. A maioria dos alunos envolvidos eram da sexta série, que estavam a meio semestre de se formarem. O diretor Yu, junto com Deng Youmi e Sun Sihai, foi conversar com eles um a um, mas os pais negaram. Quanto mais isso acontecia, mais ansiosos o diretor Yu e os outros ficavam. Em particular, eles também se comunicaram com os alunos. Entre os alunos, não havia aqueles que se recusassem a ir à escola como Ye Biqiu. O diretor Yu os aconselhou que, se seus pais pedissem que saíssem para trabalhar, eles poderiam se esconder na escola. No oitavo dia do primeiro mês lunar, um aluno realmente veio se esconder na casa do diretor Yu com sua mochila nas costas e, apesar das ameaças e tentações de seus pais, ele se recusou a voltar.

Nos dias seguintes, havia aluno vindo para a casa do diretor Yu todo dia. Até Li Zi veio correndo. O tio de Li Zi quis levá-la para cuidar do filho de seu patrão e usou Ye Biqiu como exemplo para persuadi-la. Sun Sihai ficou com raiva quando ouviu isso e estava prestes a ir à casa de Wang Xiaolan para contar ao marido toda a verdade, mas foi firmemente contido pelo diretor Yu e Deng Youmi. Li Zi se escondeu por um dia e uma noite, Wang Xiaolan, que sempre foi fraca, se tornou implacável quando foi muito forçada e disse ao tio de Li Zi que ele poderia levar Li Zi embora, mas ele teria que levar seu irmão com ele, para que ela pudesse ficar tranquila e não precisasse mais ficar naquela casa. O tio de Li Zi não teve escolha a não ser desistir. As cerca de uma dúzia de crianças que foram à casa do diretor Yu para se refugiar finalmente voltaram para casa vitoriosas.

Só que o diretor Yu e os outros professores sofreram bastante, já que eles não puderam fazer mais nada durante as férias de inverno.

No semestre seguinte, o diretor Yu e os outros professores estavam extremamente ocupados. Embora todo mundo dissesse que os heróis eram julgados por notas, a situação real era que a diferença entre um herói e um perdedor costumava ser de um ponto, às vezes até meio ponto. Depois que as aulas começaram, a turma de formandos de Yu Zhuangyuan tinha que fazer um teste toda segunda-feira. Mais tarde, os resultados do exame de graduação da escola primária de Jieling foram bons, sem precedentes, e podia-se concluir que estava relacionado a esse arranjo. Outras escolas seguiam o exemplo da escola primária central da vila e se organizavam toda tarde de sexta-feira. Assim que os alunos entregavam os testes, relaxavam totalmente em seus corações. Apenas o teste da escola primária de Jieling era feito às segundas-feiras. Essa ideia foi criada pelo diretor Yu. Quando trabalhava como porteiro na escola primária experimental provincial, descobriu que, da primeira à sexta série, todos os tipos de exames eram marcados para segundas-feiras. Depois de pensar sobre isso, o diretor Yu sentiu que fazia sentido. Antes do exame, os alunos sempre ficavam nervosos e, no sábado e no domingo, eles tomavam a iniciativa de estudar em casa. Para aqueles alunos brincalhões, o exame na segunda-feira tinha mais possibilidade de expor seus problemas de aprendizagem, por isso também era conveniente para ajudá-los a estudar.

Antes do treinamento coletivo de professores das férias de verão, o diretor Yu e os outros ouviram que as notas do exame de graduação da escola primária de Jieling ficaram em segundo lugar na vila. Além disso, a pontuação total de Yu Zhuangyuan em todas as disciplinas também ficou inesperadamente em terceiro lugar na vila. Por esse motivo, o diretor da unidade, Wan, fez uma viagem especial a Jieling e convidou o chefe da aldeia, Yu Shi, para fazer um discurso típico na reunião de treinamento de professores. Quando não havia ninguém por perto, o diretor Yu o questionou três vezes, e então Wan disse a verdade. O filho do chefe da aldeia se saiu bem mesmo no exame de graduação. Porém, para ser honesto, ele ficou em 33º lugar. Como sua redação foi publicada em um jornal provincial, pontos extras foram adicionados e ele ficou em 3º lugar. Wan também decidiu fazê-lo após uma análise cuidadosa. Com a mentalidade do chefe da aldeia, Yu Shi, depois que Yu Zhuangyuan entrasse na escola secundária da vila no semestre seguinte, ele poderia realmente virar as costas para a escola primária de Jieling. Deixar Yu Shi subir ao palco e compartilhar sua experiência equivale a colocar uma corda política em seu pescoço, fazendo-o temer agir inconsideradamente em relação à Escola Primária de Jieling.

Pensaram que, após a morte do diretor Hu, os professores locais, sem liderança, ficariam mais pacíficos, mas descobriram que a situação era ainda pior. Todos aqueles que anteriormente obedeciam às palavras do diretor Hu queriam encontrar uma oportunidade de herdar o legado político dele e se tornar o líder de fato dos professores locais. Com eles se transformando de um grupo grande no passado em grupos de três ou cinco, o diretor da unidade, Wan, ficou confuso. Felizmente, o diretor Yu teve uma ideia muito boa. No início da reunião, o diretor da unidade, Wan, propôs um minuto de silêncio inédito pelo falecido diretor Hu, o que aproximou as relações entre todos.

Perto do final da reunião, Zhang Yingcai voltou do distrito e fez um briefing informal sobre a questão da promoção de professores locais a estatais. Zhang Yingcai também ouviu que a razão para esse assunto não ter sido resolvido por um longo tempo era porque todas as partes ainda não tinham chegado a um consenso sobre o status dos professores locais depois que eles fossem promovidos a professores estatais, e a questão central era quem arcaria com os fundos relevantes.

O diretor Yu e Sun Sihai acreditaram nas palavras de Zhang Yingcai. Embora Deng Youmi estivesse um pouco incerto, a aparência calma dos dois colegas foi o suficiente para afetá-lo. Com os professores locais da escola primária de Jieling dando o exemplo silenciosamente, o diretor da unidade, Wan, mais uma vez completou a tarefa anual de treinamento coletivo de professores com sucesso, apesar de alguns transtornos.

Depois que a reunião acabou, Wan pediu ao diretor Yu e aos outros que ficassem um pouco.

Após os outros professores irem embora, ele disse que levaria o diretor Yu para a Pequena Aldeia da Família Zhang.

O diretor Yu se sentiu um pouco desconfortável e, depois de pensar sobre isso, sentiu que, como todos estavam falando sobre esse assunto seu, ele poderia se encontrar formalmente com Lan Xiaomei, para que fosse mais fácil para eles se comunicarem no futuro depois de deixarem tudo claro. Vendo que o diretor Yu concordou, o interesse de Deng Youmi e Sun Sihai aumentou consideravelmente. Nem pensaram no assunto de promoção a professor estatal e perguntaram em voz alta se ele ia confirmar o relacionamento amoroso.

Wan disse: "Se vão confirmar o relacionamento ou não, depende das atitudes das duas partes".

Zhang Yingcai também foi para a Pequena Aldeia da Família Zhang. Wan andava em uma motocicleta na frente e os outros quatro seguiam em um triciclo motorizado. Na entrada da unidade de educação, Wan parou e disse a Li Fang que levaria o diretor Yu e os outros para a Pequena Aldeia da Família Zhang e não jantaria em casa. Li Fang acenou com a mão gentilmente e disse com um sorriso que poderia ir aonde quisesse. Tal cena surpreendeu o diretor Yu e os outros, que estavam sentados no triciclo. Zhang Yingcai devia ter visto isso antes. Ele estendeu as mãos e acenou na frente dos olhos de todos, dizendo que eles eram impressionáveis demais. Deng Youmi seguia falando rudo quando Wan, o diretor da escola, exerceu suas habilidades e transformou a famosa espanhola de ouro, conhecida por sua voz poderosa, numa mulher suave e dócil.

O triciclo motorizado correu muito rápido e chegou à Pequena Aldeia da Família Zhang em pouco tempo.

Ao ouvir o som, Lan Xiaomei saiu de casa e disse repetidamente "bem-vindo" aos ilustres convidados.

O diretor Yu, que foi o último a entrar na sala, recebeu um olhar profundo de Lan Xiaomei.

Ele estava pensando no significado quando Deng Youmi, que foi o primeiro a entrar na sala, começou a gritar: "São tantos pratos deliciosos, é como uma sogra entretendo seu genro!"

Sun Sihai estava prestes a concordar, mas foi interrompido por Wan. Wan disse que Lan Xiaomei convidou formalmente todos para jantar nesse dia e esperava que todos também pudessem ser convidados formais.

Ouvindo o que Wan disse, Deng Youmi e Sun Sihai, depois que se sentaram, deliberadamente colocaram as mãos na mesa de jantar como alunos em sala de aula. Zhang Yingcai seguiu o exemplo e endireitou a cintura. Não importava o que Wan disse, ninguém falou nada. Quando Lan Xiaomei viu isso, ela disse que Wan realmente era um gênio e tornou os professores em alunos de escola primária após meio dia de treinamento. Lan Xiaomei chamou o diretor Yu para ajudar na cozinha, alegando que os alunos de escola primária eram desleixados e os professores eram confiáveis em fazer as coisas. O diretor Yu levantou-se obedientemente e seguiu Lan Xiaomei até a cozinha. Deng Youmi exclamou que Lan Xiaomei era tão inteligente, apenas ser uma diplomata pode tirar o melhor proveito de seus talentos.

Lan Xiaomei enfiou uma pinça na mão do diretor Yu e reclamou em voz baixa: "Por que você traz tantas pessoas com você? Acha que um intermediário não é suficiente?"

"O diretor da unidade, Wan, pediu que eles viessem." O diretor Yu não disse que até ele mesmo foi chamado por Wan.

"Lamento que você não tenha desenvolvido coragem para vir aqui sozinho."

Sentado atrás do fogão, o diretor Yu viu aquele par de sapatos de couro nos pés de Lan Xiaomei e perguntou: "Esses sapatos servem?"

"É como se tivessem sido feitos com as minhas próprias mãos. Cabem não apenas nos pés mas também no coração."

"Você perdeu muito peso. Você não está de regime só para usar esses sapatos?"

Lan Xiaomei sorriu levemente: "Não importa o quanto você perca peso, você não conseguirá perder peso em seus pés. Eu só não queria cortar meus pés para caber nos sapatos, por isso ofendi seu líder. Eu o conheço há tantos anos e nunca o vi tão cruel. Basta dizer algumas palavras duras para acalmar sua raiva. Mas ele até ameaçou fazer de Lan Fei nem mesmo um professor local. No entanto, minhas palavras também não são boas. Se ele for realmente esse tipo de pessoa, deixarei Lan Fei renunciar imediatamente e voltar para casa para se tornar um agricultor. Afinal, ele ainda é um homem muito justo, fica confuso por um tempo, mas não ficará confuso pelo resto da vida. Depois ele veio me persuadir e ficou elogiando você. Ele disse que você era o sábio Confúcio de Jieling e depois disse que você era o Cai Yuanpei de Jieling. Gradualmente, fiquei cansada de ouvir isso e disse a ele que, para aquelas pessoas de Wenzhou que abriram lojas de roupas, se estivessem vendendo como ele, não conseguiriam vender uma única peça de roupa. Porque ele não entende nada que, mesmo que uma mulher compre um fio, ela só vai acreditar naquele que escolher com as próprias mãos, e o elogio dos outros não vai funcionar".

O diretor Yu corajosamente perguntou: "Você mesma escolheu?"

Lan Xiaomei pegou um par de sapatos de pano novos do topo do armário e os jogou nos braços do diretor Yu: "Coloque-os e veja se os pés que escolhi se encaixam bem!"

O diretor Yu tirou os sapatos velhos em seus pés, e antes de colocar bem os novos, imitou Lan Xiaomei e disse: "É como se tivessem sido feitos com as minhas próprias mãos. Cabem não apenas nos pés mas também no coração".

Lan Xiaomei agachou-se alegremente e tocou os sapatos novos nos pés do diretor Yu com as mãos. O diretor Yu de repente agarrou a mão dela impulsivamente. Lan Xiaomei se agachou obedientemente ao lado dele como se estivesse congelada. Depois de esperar um pouco e ver que o diretor Yu não fez mais nenhum movimento, Lan Xiaomei tentou contrair sua mão. O diretor Yu então levantou as mãos e gentilmente colocou os braços em volta da cintura dela.

Lan Xiaomei fechou os olhos alegremente por um tempo. Parecia que os dois tinham discutido isso havia muito tempo. Lan Xiaomei disse que era muito difícil para a mãe falar pessoalmente com o filho sobre o novo casamento. Ela pediu ao diretor Yu para ter uma conversa franca e honesta com Lan Fei. Não importava se a conversa fosse bem-sucedida ou não. Desde que o assunto fosse esclarecido, ela poderia se comunicar com seu filho. O diretor Yu ficou muito feliz e concordou sem pensar nisso. O avanço emocional fez do diretor Yu uma pessoa diferente quando ele voltou para a mesa de jantar.

Vendo o rosto corado de Lan Xiaomei, o diretor da unidade, Wan, ficou com ciúmes e disse: "Pela aparência de vocês dois, será que beberam seu próprio vinho de casamento sem nos avisar?"

O diretor Yu ainda queria encobrir. Lan Xiaomei disse abertamente: "O líder da unidade de educação não tem boas intenções e insiste em me rebaixar, mãe de um professor local, para um nível inferior!"

Zhang Yingcai entendeu rapidamente e disse de imediato: "Eu apoio esta decisão com as duas mãos e parabenizo a Lan Xiaomei por ser rebaixada e se tornar a esposa de um professor local!"

As pessoas à mesa não aguentaram mais e riram juntas.

Depois de rir bastante, Lan Xiaomei falou sobre um assunto sério.

Depois que Lan Fei se juntou ao Comitê da Liga Juvenil do Distrito, ele sempre desejou encontrar uma maneira de usar o poder social para construir uma nova escola primária para Jieling. Esse assunto já fez algum progresso e, quando estivesse mais confiante, ele ia explicar ao diretor Yu e aos outros em detalhes.

O diretor da unidade, Wan, exclamou que Lan Xiaomei não havia vazado nada sobre um assunto tão importante com antecedência e insistiu em dedicá-lo como um grande presente ao diretor Yu em sua totalidade. Outros também parabenizaram e brincaram com o diretor Yu, dizendo que a escola primária de Jieling não tinha apenas uma felicidade dupla, mas cem felicidades, como disse Yu Zhi. Algumas pessoas também usaram as palavras de Sun Sihai para zombar deles, perguntando-lhe qual grande evento feliz ele gostaria de ter para um pequeno evento feliz.

Sun Sihai raramente ficava tão feliz, ele disse: "Receio que algumas pessoas relutem em me dar o pequeno evento feliz que desejo".

Todos entenderam o significado das palavras e as risadas ficaram mais intensas.

Desde que deixou a Pequena Aldeia da Família Zhang naquela noite, a conversa com Lan Fei sempre estava na mente do diretor Yu durante todo o verão.

Várias vezes, ele acordou de repente à noite, olhando as estrelas do lado de fora da janela com os olhos arregalados, inevitavelmente um pouco tímido. Ele realmente não conseguia descobrir como dizer a Lan Fei que queria se casar com a mãe dele. Certa vez, o diretor Yu perguntou a Sun Sihai como ele revelaria seu relacionamento com Wang Xiaolan no futuro. Sun Sihai disse que, quando esse dia chegasse, ele encontraria um lugar com muitas pessoas e beijaria profundamente Wang Xiaolan. Esse método obviamente não era o que o diretor Yu desejava.

O diretor Yu, que sempre era calmo quando se deparava com problemas, costumava ficar sozinho em transe.

Claro que Yu Zhi entendeu. Um dia, ele parou um triciclo e chamou o diretor Yu para entrar no carro. O diretor Yu realmente o ouviu e, quando o triciclo se aproximava de Zhangjiazhai, ele se lembrou que não poderia ir para Lan Xiaomei sem motivo. O diretor Yu não se atreveu a descer do carro na frente da casa de Lan Xiaomei e não queria que o estrondo incomodasse os vizinhos. Não foi até que o triciclo saiu da Pequena Aldeia da Família Zhang que ele mandou parar e caminhou de volta para a casa de Lan Xiaomei.

A aparição do diretor Yu surpreendeu e encantou Lan Xiaomei, que deixou o diretor Yu abraçá-la silenciosamente por um longo tempo antes de fazer perguntas. O diretor Yu ficou com vergonha de responder. Depois de pensar sobre isso, ele ainda não conseguia descobrir como dizer o que estava em seu coração depois de ver Lan Fei. Lan Xiaomei apenas riu e ela sentiu que todas essas eram desculpas inventadas pelo diretor Yu para vir vê-la.

Depois disso, o diretor Yu ia à Pequena Aldeia da Família Zhang para sentar e conversar com Lan Xiaomei quase a cada meio mês, e assim ele se sentia à vontade.

Após as férias de verão, chegou o primeiro fim de semana após o início do novo semestre. O diretor Yu acompanhou os alunos de internato para casa um por um. Quando ele voltou, viu as luzes de casa acesas de longe. O diretor Yu achou muito estranho. Quando Yu Zhi e Li Zi foram para a escola secundária da vila para se apresentarem, eles prepararam todas as coisas de que precisavam. Yu Zhi também disse que, se algo acontecesse, ele iria para Lan Xiaomei que morava perto. Já que não era Yu Zhi, poderia ser Lan Xiaomei? Quando o diretor Yu pensou sobre isso, ele ficou animado. Ofegante, ele empurrou a porta entreaberta, e a pessoa que estava ocupada na sala era realmente Lan Xiaomei.

O diretor Yu deu um passo à frente para segurar a mão dela, mas Lan Xiaomei entregou a ele uma xícara de chá. Olhando novamente para a mesa, além de seis pratos de frango, pato e peixe e duas sopas, havia também quatro pares de pauzinhos e quatro copos de aguardente.

Lan Xiaomei seguiu seu olhar e disse: "Chamei dois convidados para você".

O diretor Yu adivinhou que eram Deng Youmi e Sun Sihai, e eles realmente vieram depois de um curto período de tempo.

Logo que eles viram, comentaram que, com essa postura, deveria ser uma noite de núpcias na câmara nupcial.

Lan Xiaomei corou e disse: "Como professor, até é hábil em forçar o casamento".

O diretor Yu também corou, mas estava ansioso: "Eu não disse nada, só fui ver você!"

Lan Xiaomei disse: "É o seu filho precioso, Yu Zhi, que me chamou de mamãe na frente dos vizinhos. E Li Zi, que também me chamou de madrinha em voz alta! É realmente embaraçoso para mim. Dois garotinhos tão fofos, você não pode desdizê-los. De jeito nenhum. Não tenho escolha a não ser decidir ser a mãe de Yu Zhi!"

Enquanto Lan Xiaomei falava, Sun Sihai riu secretamente ao lado dela. O diretor Yu de repente lembrou que, quando Yu Zhi estava prestes a sair de casa, ele foi chamado por Li Zi para o quarto de Sun Sihai. Ele entendeu que isso devia ser ideia de Sun Sihai.

Deng Youmi disse: "Então quem será a esposa do pai de Yu Zhi?"

Lan Xiaomei olhou para o diretor Yu: "Você tem que perguntar à pessoa em questão". Cheia de alegria, ela deixou escapar uma frase elegante: "Entre tantas cores lindas, só gosto de você, para sempre". Inesperadamente, Lan Xiaomei respondeu rapidamente: "Eu também tenho que dizer que divindade e moral humana, harmonia de violão e cítara, acompanhando o ciclo da lua e do sol".

Deng Youmi e Sun Sihai bateram palmas e aplaudiram por um tempo.

Depois de beberem e comerem bastante, os dois se levantaram e disseram que sua tarefa estava concluída, e o resto só poderia ser feito pelo diretor Yu e Lan Xiaomei. Depois de falarem isso, eles saíram rapidamente como se tivessem feito algo errado. Restavam apenas duas pessoas. Lan Xiaomei pegou a mão do diretor Yu e caminhou pelo playground por um tempo. Fora da sala de aula que foi destruída pela rocha enorme, Lan Xiaomei disse ao diretor Yu suavemente que, por um ano inteiro, ela sempre pensava que aquela rocha era realmente muito compreensiva com a natureza humana. Geralmente, uma rocha rolante na montanha só descia direto, mas aquela rocha fez uma curva e atingiu a posição onde Lan Fei deveria estar. Ela sentiu que seu filho era ignorante e uma mãe não podia ser ignorante. No início, ela só queria vir para a escola primária de Jieling e ser uma professora vitalícia que cuidava voluntariamente dos alunos de internato. Não esperava que, nessa idade, ainda estaria distraída e precisasse se casar para ficar à vontade.

O diretor Yu segurou a mão de Lan Xiaomei com força, sem ousar dizer uma palavra, com medo de perturbar alguma coisa.

Depois de dar umas voltas e voltar para casa, o diretor Yu fechou a porta como de costume. Lan Xiaomei ficou perto da porta e não saiu. O diretor Yu entendeu. Ele trancou a porta e caminhou até o lado dela. Lan Xiaomei de repente estendeu as mãos para abraçá-lo com força, pressionando os lábios quentes no rosto dele.

"Gostaria de ovos escalfados?"

Depois de uma noite de paixão, o diretor Yu acordou de manhã olhando para Lan Xiaomei, que estava deitada ao lado dele, e parecia ser capaz de ouvir as palavras encantadoras que ela disse na noite anterior quando foram para a cama. Por alguma razão, o diretor Yu de repente pensou no diretor Wang e em sua adorável esposa. Comparando o velho corpo de Lan Xiaomei na frente dele e sua aparência ainda mais velha, ele não pôde deixar de rir. Lan Xiaomei acordou e perguntou atordoada se ele estava rindo de seu corpo, que parecia a casca de um teixo. O diretor Yu a abraçou com força como se estivesse pegando um tesouro e disse que a casca do teixo era a coisa mais preciosa do mundo.

Lan Xiaomei ficou na casa do diretor Yu até a tarde de domingo, antes de partir. Se não estivesse com um pouco de tosse, talvez ela tivesse que ficar mais tempo. Lan Xiaomei dormia sozinha por mais de dez anos e, de repente, havia um homem ao lado dela, e ela não podia deixar de desfrutar do contato pele a pele à noite. A montanha estava muito mais fria do que embaixo, então ela pegou o frio sem saber. Na verdade, havia outro motivo: Lan Xiaomei se considerava uma nova nora em seu coração e era hora de voltar para casa dela naquele dia. Quando ele acordou de um cochilo naquele dia, o diretor Yu encontrou Lan Xiaomei deitada ao lado dele em transe. Ele pensou que ela estava relutante em ir embora, então ele a confortou e disse que, depois de se comunicar com Lan Fei, eles iriam conseguir a certidão de casamento e, em seguida, viveriam juntos todos os dias. Lan Xiaomei continuou balançando a cabeça e, quando ela parou, perguntou ao diretor Yu se ele mudaria de ideia se ouvisse algumas notícias no futuro. O diretor Yu achou estranho. A alma e a carne dos dois já tinham se fundido em um, então por que ainda dizia essas coisas? Lan Xiaomei o repreendeu com carinho, dizendo que parecia um livro de história que já havia vivenciado de tudo, mas seu coração era simples como um texto da primeira série do ensino fundamental. O diretor Yu nunca tinha ouvido tal metáfora, e sua compreensão de Lan Xiaomei se aprofundou muito. O diretor Yu pediu a Lan Xiaomei para ficar tranquila, dizendo que assim como a personagem Li Yuhe canta em "Lanterna vermelha", com essas duas noites no fundo, qualquer tipo de escuridão poderia ser tratada.

Os dois ficaram lá conversando palavras doces e lentamente ficaram excitados. Depois de um tempo de intimidade, o diretor Yu não pôde deixar de dar um suspiro de alívio. Afinal, Lan Xiaomei era uma mulher, então ela ficaria energizada depois de tirar uma soneca nos braços do diretor Yu. Lan Xiaomei pediu ao diretor Yu para lembrar que ele tem uma certa idade e não devia hesitar em tudo, empurrando as coisas para frente e para trás, nem devia se importar com os outros se os problemas próprios não estavam solucionados. O diretor Yu havia passado por muita dor e a felicidade veio de repente, então ele não conseguiu virar a cabeça. Ele disse que nunca mais seria um tolo, mesmo que o diretor da unidade, Wan, quisesse ser seu rival no amor, ele nunca desistiria. O que Lan Xiaomei queria ouvir era essa frase; ser alto astral não era amor, mas ciúmes era.

Lan Xiaomei, vestida com esmero, entregou uma carta ao diretor Yu antes de sair.

Antes que o triciclo carregando Lan Xiaomei desaparecesse completamente, o diretor Yu mal podia esperar para abrir a carta.

Nesta carta escrita antes de subir a montanha, Lan Xiaomei se referiu ao diretor Yu como "meu amante do resto da minha vida". Após umas frases íntimas, Lan Xiaomei perguntou ao diretor Yu se ele tinha ouvido falar sobre o incidente na casa de Wan. O diretor Yu sabia apenas que Li Fang havia mudado repentinamente sua personalidade e tratava Wan o melhor que pudesse.

Lan Xiaomei perguntou e respondeu sozinha na carta, dizendo que não apenas o diretor Yu mas também Wan ainda não sabia. A razão para ela estar com pressa de ver o diretor Yu era porque Li Fang tinha leucemia.

Alguns dias atrás, Li Fang foi à casa de Lan silenciosamente. Sem abrir a boca, duas linhas de lágrimas rolaram primeiro. Enquanto chorava, ela disse que foi punida por Deus. O que Li Fang disse assustou Lan Xiaomei, e o relatório de diagnóstico que ela tirou foi ainda mais assustador. Na verdade, o diagnóstico foi feito no hospital do distrito e Li Fang não acreditou. Então ela foi ao hospital da cidade e ao hospital da província. Li Fang chorou como se fosse uma pessoa feita de lágrimas, que lavaram a maquiagem pesada de seu rosto, revelando sua tez original, que estava realmente muito doentia. Desde o diagnóstico inicial no hospital do distrito, Li Fang começou a se arrepender em relação a Wan, e sempre se arrependeu sobre Lan Xiaomei. Li Fang pretendia tratar Wan da melhor maneira possível durante sua vida restante e, depois disso, ela só poderia abençoá-lo no céu.

Lan Xiaomei, portanto, escreveu duas cartas.

A primeira carta foi escrita para Wan. Lan Xiaomei sentiu que não seria razoável para Li Fang não contar ao marido o maior segredo. Ela persuasio Wan para de se preocupar com outras coisas enquanto deveria focar nos seus responsáveis como marido e cumprir seus deveres conjugais. O câncer não era completamente invencível e sempre haveria milagres no mundo. Lan Xiaomei agradeceu a Wan. Ela pensava que morreria sozinha nesta vida, mas inesperadamente ele a ajudou a encontrar seu cônjuge, o diretor Yu.

A segunda carta foi para o diretor Yu. Lan Xiaomei não entendeu muito bem a intenção original de Li Fang de ir até a sua porta para informá-la de sua condição. Às vezes pensava que ela estava explicando o funeral, confiando o futuro de Wan. Às vezes sentia que Li Fang não estava completamente desesperada e ela queria que Lan Xiaomei fizesse algo para que Wan não tivesse mais fantasias além do casamento e ela ficasse determinada a se casar com o diretor Yu.

Se não fosse escrita pela própria Lan Xiaomei, o diretor Yu nunca acreditaria. Não era que ela não acreditasse que Li Fang tinha câncer, mas que Li Fang disse a Lan Xiaomei que ela tinha câncer e até escondeu do diretor da unidade, Wan. O diretor Yu sentiu uma dor inexplicável.

Vendo Lan Xiaomei partir, Sun Sihai, que não o visitara havia dois dias e duas noites, se aproximou. Antes que ele pudesse começar a brincar, o diretor Yu explicou por que Li Fang havia comprado uma motocicleta para Wan.

Sun Sihai disse surpreso: "Afinal, Deus é Deus. Contanto que faça um movimento, pode atingir os órgãos vitais das pessoas".

Mais tarde, Deng Youmi também soube disso. Depois de discutirem várias vezes, todos sentiram que afinal Li Fang era a esposa de Wan e a visitariam depois que tivessem a oportunidade de confirmar sua condição com Wan.

O diretor Yu pensou que Wan iria à escola primária de Jieling para falar com ele depois de receber a carta de Lan Xiaomei. Depois de esperar quase uma semana sem nenhum movimento, o diretor Yu sentiu que algo estava errado.

Naquela tarde, o diretor Yu finalmente ouviu o som familiar de uma motocicleta e saiu correndo rapidamente. Foi a motocicleta de Wan, mas a pessoa dirigindo a motocicleta foi o contador Huang. O contador Huang deu seus salários para eles, dizendo que esperava que, a partir do mês seguinte, todos pudessem receber o salário dos professores estatais. Ele estava com vergonha de pagar os miseráveis trinta e cinco yuans. O contador Huang disse a eles que Wan enviou Li Fang ao melhor hospital da capital da província para tratamento. As frases do contador eram consistentes com sua profissão. Ele disse que, embora o posto de gerenciamento de planejamento familiar da vila tenha mais dinheiro do que a unidade de educação, não podia lidar com uma paciente com câncer. Wan sacou todo o dinheiro economizado pela família ao longo dos anos, e ele estava com medo de que não fosse o suficiente. Até pediu mais um pouco dele antes de ousar levar Li Fang para fora.

O diretor Yu estava um pouco preocupado com Lan Xiaomei. Assim que o contador Huang saiu, ele parou um triciclo para ir para a Pequena Aldeia da Família Zhang.

Com certeza, Lan Xiaomei tinha acabado de ouvir sobre Li Fang.

Assim que o diretor Yu entrou, ela foi direto para os braços dele. A princípio ela cerrou os dentes para não chorar, mas depois não aguentou mais, simplesmente soltou a voz e chorou alto. As lágrimas logo encharcaram a roupa do diretor Yu em seu peito. O motivo de Lan Xiaomei chorar foi que, no último momento, Wan ainda mostrou a qualidade de um homem. Se fosse outra pessoa, talvez escondesse bem sua poupança. De qualquer forma, era uma pessoa agonizante e era natural não querer gastar mais dinheiro. O diretor Yu entendeu que Lan Xiaomei ainda tinha sentimentos complicados por Wan.

Naquela noite, Lan Xiaomei se recusou a deixar o diretor Yu retornar à escola primária de Jieling. Ausência faz o coração aumentar mais a afeição e o diretor Yu não queria ir embora com pressa.

Por causa da noite prolongada de sexo, quando acordaram de manhã, já tinha gente ocupada no campo de secagem de arroz lá fora. O diretor Yu estava com medo de que Lan Xiaomei ficasse envergonhada, então planejou sair pela porta dos fundos. Lan Xiaomei queria que ele saísse pela porta da frente abertamente e ficaria envergonhada se o deixasse sair pela porta dos fundos. Também tirou um maço de cigarros e lhe pediu que desse dois cigarros aos outros quando saísse.

Ao despedir-se do diretor Yu, Lan Xiaomei deliberadamente parou na porta e disse em voz alta: "Você deve voltar no sábado!"

Lan Xiaomei disse essa frase com um enrolamento e uma variedade de sentimentos, assim como uma esposa recém-casada diz ao marido que está saindo de casa. Fazia muitos anos que uma mulher não falava com ele assim. O diretor Yu sentiu seu coração aquecer quando ouviu isso. Não se importou com quantas pessoas estavam assistindo e rapidamente respondeu: "Voltarei assim que começar as férias da escola".

Havia apenas cerca de uma dúzia de madrugadores e, depois que um maço de cigarros foi distribuído, o diretor Yu chegou aos limites da Pequena Aldeia da Família Zhang. Uma pessoa que aceitou os cigarros brincou: "Diretor Yu, você é muito mesquinho, nem vi um único doce de casamento, só com dois cigarros você ganhou a famosa senhora de certa idade!"

O diretor Yu respondeu corajosamente: "A consideração vale muito mais do que o presente!"

Afinal, quando o diretor Yu voltou para a Pequena Aldeia da Família Zhang no fim de semana, ele trouxe especialmente alguns quilos de doces com sabor de fruta e deu um pacote para cada família. Depois disso, as pessoas da Pequena Aldeia da Família Zhang o reconheceram como o novo marido de Lan Xiaomei.

No fim de semana do final do mês, Yu Zhi queria ir para casa, por isso o diretor Yu não foi para a Pequena Aldeia da Família Zhang. Isso foi o que ele combinou com Lan Xiaomei. Normalmente, nesse momento, Lan Fei iria para casa e daria uma olhada. Afinal, eles não haviam deixado claro para ele, e Lan Xiaomei também estava com medo de que Lan Fei os envergonhasse. Por isso Lan Xiaomei disse que, depois que Lan Fei saísse, ela iria para a escola primária de Jieling. Desde que Yu Zhi e Li Zi voltaram no domingo à tarde, o diretor Yu estava ansioso para isso; sempre que ouvia o som de um triciclo motorizado, ele ia até a porta para dar uma olhada.

Desde que os triciclos motorizados chegaram até Jieling, mais e mais pessoas pegaram o veículo. No passado, as pessoas que precisavam se preocupar em comprar alguns artigos de papelaria necessários para seus filhos conseguiram dinheiro e podiam ficar na beira da rua acenando para parar um triciclo. Esta era provavelmente a verdade de "o trem traz riqueza aonde quer que chegue".

Embora o triciclo tivesse passado cinco vezes, não havia Lan Xiaomei no veículo.

Depois de esperar mais um dia na segunda-feira, Lan Xiaomei ainda não tinha aparecido.

No início da manhã de terça-feira, o diretor Yu foi acordado pelo som de uma máquina.

Depois que o diretor Yu se levantou, se lavou primeiro e depois foi acordar os alunos do internato. Havia vários alunos novos do primeiro ano que tinham pouco mais de cinco anos. A escola primária de Jieling ainda recrutava novos alunos a cada dois anos, e as crianças cujo ano de nascimento era azarado teriam que atrasar um ano ou entrar na escola um ano antes. Crianças de cinco anos não sabiam se vestir, lavar o rosto ou escovar os dentes.

O diretor Yu estava ensinando-as pessoalmente quando Lan Xiaomei apareceu de repente.

Seguindo-a estava Lan Fei e um casal de meia-idade.

Lan Xiaomei deu um passo à frente para substituir o diretor Yu e pediu-lhe que cumprimentasse os convidados. Como era muito cedo e não havia tempo para ferver a água, o diretor Yu queria ir para a cozinha, mas foi interrompido por Lan Fei, que lhe pediu que fizesse o que costumava fazer no passado e fizesse outras coisas quando terminasse tudo.

O diretor Yu vestiu as crianças e as levou ao playground para a cerimônia de hasteamento da bandeira. Uma dúzia de estudantes de internato formou a equipe, e Deng Youmi e Sun Sihai também prepararam as flautas. Ouvindo a ordem do diretor Yu, a bandeira nacional foi hasteada no ar em pouco tempo.

Após a cerimônia de hasteamento da bandeira, o casal de meia-idade deu uma volta pela escola sozinhos sem serem conduzidos e, em seguida, pararam no quarto que foi ocupado primeiro pelo diretor da unidade, Wan, seguido por Zhang Yingcai, Xia Xue, Luo Yu e, finalmente, Lan Fei. Havia uma fechadura falsa pendurada naquela porta e, vendo que eles queriam entrar, o diretor Yu estendeu a mão e puxou a fechadura, que se abriu. O quarto era muito limpo, nem tinha cheiro de mofo. O diretor Yu disse que talvez um dia a unidade de educação enviasse novos professores, então o local era limpo uma vez por semana.

O casal de meia-idade parou na frente da mesa, olhando para a transcrição de poema sob a placa de vidro.

O diretor Yu informou a eles que a transcrição de poema foi colocada pela aluna-professora Xia Xue.

O casal de meia-idade não falou nada durante toda a manhã.

Lan Xiaomei preparou o café da manhã e, quando os convidou a se sentar, apenas ouviu a mulher agradecer baixinho.

Lan Fei não sabia dizer os nomes do casal e apenas disse ao diretor Yu que os dois convidados foram ao Comitê da Liga Juvenil do Distrito no dia anterior à tarde e pegaram um carro especial para a vila essa manhã, e depois mudaram para um triciclo motorizado para a escola primária de Jieling. O diretor Yu não tinha pressa em perguntar o que eles queriam fazer. Assim que chegou a hora, ele foi para a sala de aula da terceira e quarta séries. Naquele ano, a primeira e segunda séries estavam a cargo de Sun Sihai, e a quinta e sexta séries estavam a cargo de Deng Youmi.

Após a primeira aula, Deng Youmi disse ao diretor Yu que o casal de meia-idade estava ouvindo sua aula. Será que os superiores os enviaram para verificar aleatoriamente a qualidade do ensino? O diretor Yu também estava cético. Vendo que eles estavam sentados na aula de Deng Youmi mais tarde, ele disse com confiança que, se eles fossem inspecionar o trabalho de ensino, eles deveriam conhecer a situação de cada classe e não iriam apenas para a aula de Deng Youmi. Na última aula da manhã, o casal de meia-idade parou de ouvir a aula de Deng Youmi. Os dois foram para a sala que era usada por professores do exterior e ficaram sentados em silêncio até o sinal tocar.

Era hora do almoço, então Lan Fei foi vê-los.

O casal de meia-idade acenou com a cabeça para Lan Fei e disse: "Então está fechado".

Lan Fei ficou muito animado, virou-se e chamou todos para irem ao escritório.

Na frente do casal de meia-idade, Lan Fei disse a todos que essas duas pessoas de bom coração vieram da capital da província e doaram 100 mil yuans em nome de seu filho para construir uma nova escola primária de Jieling. Como sempre, o casal de meia-idade se recusou a revelar seus nomes, pedindo apenas que, ao construir uma nova escola, a casa especialmente para professores do exterior fosse bem protegida.

O diretor Yu lembrou que Lan Xiaomei disse que Lan Fei queria usar o poder social para construir uma nova escola primária para Jieling. Ele olhou para o casal de meia-idade por um longo tempo. Não importava de que ângulo os olhasse, não os achava ricos.

O diretor Yu nunca havia experimentado tal coisa antes e estava completamente perdido.

Lan Fei era muito mais experiente. Ele perguntou ao casal de meia-idade se eles queriam dar à escola o nome do doador, como outras escolas já haviam feito. O casal de meia-idade discordou, nem mesmo concordando com a proposta de adicionar a palavra "esperança" no meio da escola primária de Jieling. Eles apenas enviariam o dinheiro para a conta especial do Comitê da Liga Juvenil do Distrito e, em seguida, o Comitê da Liga Juvenil do Distrito o transferiria para a escola primária de Jieling de acordo com os regulamentos relevantes.

Depois de determinarem os detalhes do assunto, o casal de meia-idade iria embora.

Quando Lan Fei os seguiu e pulou no triciclo motorizado, Lan Xiaomei disse: "Não vou embora. Quero ficar com Lao Yu por um tempo!"

Lan Fei olhou para Lan Xiaomei sem acreditar. Lan Xiaomei disse calmamente: "Se você quiser, pode chamar Lao Yu de pai. Claro, você também pode chamá-lo de tio".

Lan Fei gritou: "Mãe, você tem quase cinquenta anos!"

Lan Xiaomei disse: "É porque eu estou velha que estou com pressa de me casar".

O diretor Yu sentiu que precisava falar, deu um passo à frente e disse: "Sua mãe e eu pensamos sobre isso com cuidado, mas respeitaremos sua opinião".

Lan Fei quase quis dizer palavrões e sua boca estava bem aberta, mas, quando ele viu o casal de meia-idade olhando para ele, fechou a boca. Quando ele abriu a boca novamente, as palavras haviam mudado. Ele bateu no peito do diretor Yu com o punho: "Eu não esperava que você tivesse um apetite tão grande e quisesse que eu lhe mandasse uma esposa!"

Depois de o triciclo partir, o diretor Yu percebeu que, por estar muito nervoso, suas têmporas de ambos os lados estavam com dor e um pouco inchadas.

27

Por um tempo, a origem do casal de meia-idade era um assunto polêmico na escola primária de Jieling.

A partir da análise do fato de que eles estavam relutantes em sair do quarto assim que entraram, todos concordaram que os dois eram os pais de Xia Xue ou de Luo Yu. Quando mais confirmação foi necessária, as diferenças entre Sun Sihai e o diretor Yu se tornaram óbvias. Sun Sihai, Wang Xiaolan e Li Zi pensavam que eram os pais de Xia Xue, enquanto o diretor Yu, Lan Xiaomei e Yu Zhi pensavam que eram os pais de Luo Yu. Deng Youmi e Cheng Ju estavam inconclusivos. Essa controvérsia rapidamente se espalhou entre os alunos e depois se espalhou para toda a região de Jieling.

Foi só quando Zhang Yingcai apareceu que o assunto mudou.

Zhang Yingcai trouxe três formulários para recrutar trabalhadores contratados de unidades de propriedade nacional. Este era o procedimento mais formal para um professor local se tornar um estatal. Bastava preenchê-lo de acordo com os requisitos e, em seguida, entregá-lo às autoridades superiores respectivamente. Finalmente, seria carimbado com o selo do departamento de pessoal do distrito. Assim a história do diretor Yu e dos outros professores estava prestes a ser reescrita.

Em meio à alegria, Lan Xiaomei notou um traço de melancolia no rosto de Zhang Yingcai.

Lan Xiaomei viu que Zhang Yingcai suspirou pelo menos cinco vezes para a bandeira nacional no topo do mastro. O diretor Yu julgou que a depressão de Zhang Yingcai foi causada por problemas amorosos. Lan Xiaomei chocou o diretor Yu uma vez, dizer que ele se parecia com um jovem que teria amor não correspondido, e portanto, ele considerava a passarinha um pássaro auspicioso. O Diretor Yu não estava de acordo e foi consultar Zhang Yingcai. Zhang Yingcai hesitou por um momento, admitindo que realmente havia algum problema em seu relacionamento com a namorada. Lan Xiaomei não levou a sério a complacência do diretor Yu. Havia muitas pessoas que não estavam em um bom relacionamento e ninguém ia suspirar com a bandeira nacional. O diretor Yu então fez um gesto de suspirar para o céu e disse que não era esse o caso na expressão "suspirar para o céu?"

Zhang Yingcai pegou os três formulários preenchidos e desceu a montanha.

O diretor Yu pediu a Zhang Yingcai para ficar na montanha por uma noite para experimentar as habilidades culinárias de Lan Xiaomei, mas ele não concordou. Zhang Yingcai pediu ao diretor Yu que mantivesse intacto o quarto em que morava antes e não o usasse para outros fins. Talvez um dia ele voltasse à escola primária de Jieling para ensinar. O diretor Yu disse a ele que tudo naquele quarto permanecia igual, exceto que havia uma cópia de um poema de amor sob o painel de vidro.

Todos os outros interpretaram isso como uma piada, mas Lan Xiaomei não achou que fosse apenas uma bobeira.

Duas semanas depois, o diretor da unidade, Wan, trouxe Li Fang de volta da capital da província.

Na manhã seguinte, ele acompanhou o secretário Fang do Comitê da Liga Juvenil do Distrito à escola primária de Jieling.

O diretor Yu pediu que Deng Youmi convidasse Yu Shi, o chefe da aldeia, e Lan Fei o seguiu.

Yu Shi realmente se lembrava do que Lan Fei havia dito. Quando Deng Youmi falou sobre a construção de uma escola, ele perguntou se a placa "Base da Liberdade e Democracia" seria pendurada no portão da escola no futuro. Ele prevaricou e não quis ir, dizendo que não era para oferecer um fundo de ajuda e que a questão da construção da escola primária deveria ser decidida pelo diretor da unidade, Wan, e pelo diretor Yu. Lan Fei disse seriamente que o secretário Fang em breve seria o vice-magistrado do distrito. Yu Shi ficou surpreso e não teve escolha a não ser segui-los.

Todos trabalharam no local para finalizar o plano de construção da escola. O princípio geral foi que a antiga casa não seria demolida primeiro, e o novo prédio de ensino seria construído ao lado das antigas salas de aula. A planta da casa de ensino foi projetada de forma uniforme e todas as escolas construídas com fundos doados deviam ser construídas de acordo, o que também tornava o trabalho realizado pelo Comitê da Liga Juvenil do Distrito mais claro à primeira vista. De acordo com os regulamentos, se alguém doasse 100 mil yuans, a aldeia também devia contribuir com 100 mil yuans. Duzentos mil yuans para construir uma escola primária era um padrão não escrito. Considerando que Jieling estava situada em um local remoto e a população era pequena, a escola não precisava ser tão grande e Jieling era famosa por ser pobre. O Comitê da Liga da Juventude do Distrito concordou que a autoridade local não precisaria pagar e mais cooperação seria suficiente. No entanto, como a aldeia não pagaria, não poderia intervir em vários assuntos de construção. Isso também era para evitar que a aldeia desviasse secretamente doações para outros fins.

Quanto à pessoa encarregada da tarefa de construção civil, claro que era o diretor Yu, o líder da escola primária de Jieling.

Depois de conversar sobre o assunto importante, Lan Fei contou ao secretário Fang que o diretor Yu era seu novo pai.

A mãe de Lan Fei estava disposta a se casar novamente com Jieling, o que surpreendeu o secretário Fang; ele também elogiou o comportamento decente de Lan Fei em relação ao casamento de sua mãe. O secretário Fang havia ouvido a apresentação de antemão e nesse momento elogiou com pesar o diretor Yu, dizendo que, se Yu fosse dez anos mais novo, ele deveria ser estabelecido como um modelo exemplar do sistema do Comitê da Liga Juvenil.

O diretor Yu disse rapidamente: "O professor Sun é mais jovem do que eu, então deve estar tudo bem".

O diretor da unidade, Wan, disse: "Os professores da escola primária de Jieling são todos iguais. Se você disser que eles são indolentes, eles são todos indolentes, e, se você disser que eles são exemplares, eles são todos exemplares".

O secretário Fang queria ouvir sobre os feitos de Sun Sihai. O diretor Yu acabou por dizer que Sun Sihai era um menino sem-teto que abandonou a escola e que o antigo chefe da aldeia conhecia as pessoas com seus olhos e o trouxe de volta para Jieling para se tornar um professor local. Sun Sihai o interrompeu e disse que não seria capaz de ser um avançado nessa vida. O secretário Fang perguntou por quê.

Sun Sihai disse: "Eu cometi um grande erro de triângulo amoroso!"

O secretário Fang riu alto: "Este é um erro maravilhoso. Entre os jovens de hoje, quem nunca experimentou um triângulo amoroso? Sem a experiência do triângulo do diabo, você não pode ver a grandeza do amor".

Sun Sihai disse: "E se a outra parte for uma mulher casada?"

O secretário Fang parou de rir: "Aí é outra coisa".

Lan Fei mudou de assunto: "O professor Sun deveria aprender como escrever um final feliz para a história com o diretor da unidade, Wan".

O secretário Fang não entendeu o que ele quis dizer. Lan Fei contou a história entre o diretor da unidade, Wan, o diretor Yu e Lan Xiaomei. O secretário Fang riu alegremente. Entre as pessoas presentes, apenas Lan Fei riu com ele, e outras pessoas estavam severas. Até o chefe da aldeia, Yu Shi, sentiu que Lan Fei era suspeito de sacrificar a dignidade dos mais velhos para agradar seu superior falando assim.

Então todos cumprimentaram Wan ao mesmo tempo, dizendo que já fazia muito tempo que não o viam e que ele havia emagrecido muito. Wan disse com um sorriso irônico que a maior conquista que obteve no hospital provincial durante esse período foi que metade do câncer de sua esposa foi sofrido pelo marido. Quanto à situação de sua esposa, Wan disse que não era tão pessimista, mas teria que ir ao hospital da capital provincial para radioterapia todos os meses no futuro e, finalmente, seria necessária a substituição da medula óssea. Embora eles tivessem alguma poupança, dessa vez haviam gastado muito para receber tratamento na capital provincial. Se a medula fosse realmente necessária, custaria muito dinheiro.

Nesse momento, Lan Xiaomei disse que a refeição estava preparada.

Depois que todos se sentaram, Yu Shi, o chefe da aldeia, disse que a aldeia devia ter recebido o secretário Fang. Por um lado, o secretário Fang não havia comunicado com antecedência e, por outro lado, a situação econômica na aldeia estava realmente ruim. Lan Fei não queria que o secretário Fang sentisse que a hospitalidade não era boa o suficiente, então ele seguiu os desejos de Yu Shi e disse que aquela foi a refeição mais extravagante que ele já teve em Jieling.

O secretário Fang era generoso: "As refeições que sua mãe prepara são, obviamente, as mais extravagantes da sua vida".

Ao ouvir isso, Lan Fei rapidamente pegou seu copo e disse a Lan Xiaomei e ao diretor Yu: "Graças aos ensinamentos do secretário Fang. Vou pegar emprestadas as boas palavras do secretário Fang, brindar minha mãe e o pai Yu com um copo de aguardente e desejar a vocês dois felicidades, saúde e boa sorte!"

Lan Fei bebeu três copos de uma só vez, mas só deixou o diretor Yu beber um.

O secretário Fang liderou os aplausos e, de repente, perguntou se havia professores locais na escola primária de Jieling. Sabendo que o diretor Yu e os outros eram todos professores locais, o secretário Fang disse que, durante esse período, o comitê do partido do distrito realizou várias reuniões para estudar e resolver o problema dos professores locais. Os caras que subiram no foguete não entendiam a situação real e era compreensível, o mais terrível era que eles não tinham afeição por professores locais e insistiam que professores locais eram um insulto à educação chinesa. O secretário Fang disse que ele se levantou na hora e contou do secretário do comitê partidário do distrito. Mais da metade das mais de 20 pessoas na sala de reunião foram ensinadas por professores locais e só assim que os oficiais ignorantes e destemidos ficaram quietos.

Ao ouvir isso, o diretor Yu levantou a copa e fez alguns comentários de agradecimento. O secretário Fang explicou que, embora tenha facilitado um pouco mais firme, a política definida ainda não era perfeita. Durante a transição de escolas particulares para públicas, os proprios funcionários teriam de contribuir com algum dinheiro para compensar seus anos de serviço previamente. Deng Youmi estava muito nervoso e perguntou quanto ele pagaria. O secretário Fang disse que o modo de cálculo específico era definido pelo departamento de recursos humanos e deveria estar dentro do alcance que os professores locais poderiam suportar. O diretor Yu e os outros se sentiram um pouco aliviados.

Assim que o secretário Fang e Lan Fei partiram, Yu Shi propôs que os primos da família Li construíssem o prédio de ensino, para que a água com fertilizante não fluísse para as terras agrícolas dos outros. O diretor da unidade, Wan, discordou e disse que tal projeto deveria ser entregue a uma construtora ou a uma equipe profissional de engenharia. Yu Shi não desistiu e queria usar o nome da aldeia para fazer com que essas pessoas montassem uma equipe de engenharia. Wan disse que o Ministério da Educação estipula que a construção de edifícios escolares deve ser feita por construtoras regulares. Yu Shi ficou com raiva, foi embora e disse ironicamente que não pensassem que fosse o chefe com esse dinheiro.

Wan não se importava com essas coisas e, no final da discussão, todos concordaram em encontrar a equipe de engenharia da vila para terceirizar todo o trabalho.

Todas as coisas que deveriam ser discutidas foram discutidas e Wan estava prestes a descer a montanha.

O diretor Yu disse apressadamente que Lan Xiaomei tinha algo para falar com ele. Wan hesitou, dizendo que também se esqueceu de abençoar os dois. Enquanto falava, Lan Xiaomei já se aproximou. Ela entregou um envelope vermelho a Wan, pedindo-lhe que comprasse alguns suplementos nutricionais para Li Fang nutrir seu corpo.

Quando Wan o pegou, seus olhos estavam vermelhos.

Lan Xiaomei tirou um lenço do bolso e lhe entregou.

Wan não aceitou, pegou o lenço dele próprio, enxugou as lágrimas e disse que, de agora em diante, para as lágrimas, até se alguém cuspisse no rosto, ele teria que limpar por conta própria, e, se enxugasse as lágrimas com o lenço de Lan Xiaomei, ele não seria um homem assim, também decepcionaria o diretor Yu. Wan também disse que quaisquer outras bênçãos seriam supérfluas para o diretor Yu e Lan Xiaomei. No passado, o diretor Yu sempre abria mão das oportunidades de se tornar um professor estatal para os outros, e nesse momento as pessoas boas eram recompensadas. Ele não acreditava nisso no passado, mas nesse momento acreditava. Se não acreditasse, não seria capaz de explicar por que ele estava apaixonado por Lan Xiaomei como fogo violento por tantos anos, mas não era tão bom quanto o simples presente do diretor Yu de um par de sapatos de couro. No passado, ele roubou a chance de Ming Aifen e também feriu Ming Aifen. Ele nunca pensou que pessoas más seriam recompensadas com maldade. Agora ele também acreditava. Se não acreditasse, não poderia explicar por que havia passado metade de sua vida brigando com Li Fang e, logo após melhorar, Li Fang ter câncer no sangue.

Depois de dizer essas palavras de autoculpa, Wan montou em sua motocicleta e desceu a montanha vigorosamente.

Vendo o diretor da unidade ir embora, Lan Xiaomei colocou sua própria mão na mão do diretor Yu, caminhando lentamente junto com ele pelo playground. Ela disse que o diretor da unidade, Wan, era assim. Embora ele fosse cabeça quente e estivesse dirigindo a motocicleta como se fosse um foguete, quando o vento soprasse por um tempo, tudo ficaria bem. Talvez ele voltasse e fizesse um show para deixá-los à vontade. Assim que Lan Xiaomei terminou de falar, Wan voltou em sua motocicleta e disse ao diretor Yu e Lan Xiaomei que o que ele havia dito antes estava um pouco fora de controle, mas o que ele disse nesse momento era a verdade. Wan não disse mais palavras de bênçãos, mas pediu a Lan Xiaomei para cuidar bem do diretor Yu. Em público, era para cuidar de seu subordinado e colega; em particular, era para cuidar de seu amigo e irmão.

Wan foi embora e não voltou por muitos dias.

No fim de semana, o diretor Yu e Lan Xiaomei foram à Pequena Aldeia da Família Zhang para mudar as coisas e foram à unidade de educação para visitar Li Fang. Quando estava prestes a entrar pela porta, de repente ouviu Wan ensinando Li Fang a recitar um poema de amor:

Quando você for velha, seu cabelo estiver grisalho e você estiver com sono perto do fogo, por favor, tire esta folha de poema e olhe para trás, para a gentileza da noite passada em seus olhos, leia devagar e recorde as profundas sombras do passado. Quanta gente te amava quando era jovem e feliz, amava a tua beleza, fingida ou verdadeira, só um ama a tua alma e as dolorosas rugas do seu rosto envelhecido!

Lan Xiaomei arrastou o diretor Yu para voltar. Quando chegaram ao lado de fora da pequena rua, ela parou e perguntou ao diretor Yu de quem era o poema. Lan Xiaomei se sentiu estranha. Dois anos atrás, uma vez, quando Wan voltou da escola primária de Jieling e fez uma pausa na casa dela, de repente ele recitou esse poema e quase a comoveu completamente. Quando Lan Fei voltou da escola primária de Jieling pela primeira vez, ele também recitou esse poema para ela.

Mais tarde, quando ela foi à escola primária de Jieling para ver Lan Fei, ela encontrou a cópia do poema sob a placa de vidro. O diretor Yu disse honestamente que não sabia quem escreveu o poema, mas Xia Xue e Luo Yu disseram a ele que o autor desse poema era Yeats, um poeta irlandês. Os dois alunos-professores gostavam de recitar esse poema apoiados no mastro ao entardecer e todos os professores da escola sabiam disso.

Por causa desse poema, as preocupações de Lan Xiaomei com Wan desapareceram. Ela pegou as roupas usadas com frequência e as levou para a casa do diretor Yu junto com suas necessidades diárias.

Com Lan Xiaomei na escola, Cheng Ju vinha frequentemente com ou sem motivo e ajudava a cuidar dos alunos que moravam na casa do diretor Yu. Quando duas mulheres estavam juntas, era inevitável haver algumas fofocas, e a primeira coisa era falar sobre Wang Xiaolan. Exceto por vir à escola no final do mês para buscar Li Zi e voltar para casa, Wang Xiaolan costumava vir cada vez menos, porque seu marido ficava cada vez mais violento e até dizia que ia estrangulá-la e Li Zi. Então Wang Xiaolan tinha que ficar em casa o dia todo. Não se atrevia a ir longe. Tanto Lan Xiaomei quanto Cheng Ju sentiam que uma mulher não tinha medo de ser pobre ou feia por toda a vida, apenas tinha medo de se casar com um marido irracional. Com Wang Xiaolan, mesmo que ela viesse buscar Li Zi, o marido só permitia que ela ficasse na aldeia abaixo da escola e, ao voltar para casa, ela tinha que deixar o marido verificar a roupa de baixo. Wang Xiaolan não tinha escolha a não ser arrastar a tia de Ye Biqiu para a escola todas as vezes.

Quando Wang Xiaolan ia para um encontro, a tia de Ye Biqiu estava sentada na casa do diretor Yu.

Falando da situação de Ye Biqiu, todos ficaram surpresos.

Enquanto Ye Biqiu trabalhava como babá na casa do diretor Wang, ela também estava se preparando para o exame de admissão para a Universidade de Autoestudo para Adultos e já havia obtido os certificados para três cursos. A família do diretor Wang era muito solidária. Ela cuidava do bebê durante o dia e ia para a escola à noite. Nesse ritmo, poderia obter seu diploma universitário em outro ano. O diretor Yu e os outros também estavam muito felizes. Ye Biqiu, que não concluiu o ensino médio, obter um diploma universitário, seria de grande benefício para a reputação de Jieling e da escola primária de Jieling.

Desde o casamento de Lan Xiaomei com o diretor Yu, até a admissão de Ye Biqiu na Universidade de Autoestudo para Adultos, além da promoção de professores locais em estatais e doação para construir uma nova escola, a escola primária de Jieling estava com quatro felicidades ao mesmo tempo. Todos ficaram felizes e pediram a Deng Youmi e Sun Sihai para tocarem uma boa música com flauta. A chamada boa música, ou seja, alegre e festiva. Deng Youmi ia começar a tocar imediatamente e pediu a Cheng Ju para cantar junto com o som da flauta. Sun Sihai estava preocupado. Ele tinha um sorriso no rosto, mas, quando a flauta tocou, ele se sentia melancólico novamente. As mulheres não foram afetadas. Elas acreditavam que o mundo espiritual de Sun Sihai era feito de tragédias, e, quando Wang Xiaolan se casasse com ele abertamente, ele não seria assim.

O tempo ficava cada vez mais frio e a neve estava prestes a cair.

O contador Huang, da unidade de educação, veio de repente para a escola primária de Jieling.

O contador Huang informou com alegria que todas as formalidades para se tornarem estatais foram concluídas e, desde que uma quantia em dinheiro fosse paga, o diretor Yu e os outros se tornariam professores estatais.

Foi obviamente um evento feliz, mas ninguém conseguiu rir.

O contador Huang explicou para eles a intenção do departamento competente de que a conversão em professores estatais dessa vez não era feita com cotas de quadro de funcionário, mas sim cotas de trabalhadores contratados de unidades de propriedade nacional dadas pela província. O dinheiro que pagariam seria transferido para a Segurança Social, para comprar os anos de serviço antes de se tornarem estatais. Deng Youmi perguntou se seria possível desistir dos anos de serviços anteriores e contar apenas a partir desse momento. O contador Huang balançou a cabeça. Outros professores locais também haviam pensado nesse método, mas a política não permitia. Deveriam ter anos de serviço suficientes antes de se tornarem estatais. Se perdessem seus anos de serviço anteriores, não cumpririam as condições para se tornarem estatais e teriam que voltar a trabalhar como agricultores. O contador Huang entregou a eles uma nota com o valor que cada um deveria pagar. O contador Huang não podia coletar ou entregar o dinheiro em seu nome e cada um deveria entregá-lo pessoalmente ao departamento de educação do distrito.

O contador Huang teve que ir para outra escola, então saiu às pressas depois de falar isso.

Essa nota foi passada de um para o outro entre o diretor Yu, Deng Youmi e Sun Sihai muitas vezes. O diretor Yu era o mais velho e teria que pagar cerca de 11.000 yuans.

Sun Sihai, que tinha uma experiência de trabalho mais curta, também teria que pagar de sete a oito mil yuans.

Deng Youmi, que estava entre eles dois, estava acertando contas silenciosamente. Depois de finalmente ter o resultado, ele bateu o pé e xingou, dizendo que somar toda a renda que havia ganhado como professor ao longo dos anos não era suficiente para pagar o dinheiro. Felizmente, Deng Youmi vivia frugalmente. Ele nunca havia gastado um único centavo de seu salário e subsídios de professor local. Sua esposa, Cheng Ju, basicamente economizava o pouco dinheiro que ganhava com a agricultura e se engajava em vários negócios, e, com algum dinheiro emprestado de parentes, poderia chegar ao número de dez mil.

Deng Youmi calculou sua conta repetidamente por três dias, mas ainda não tinha ido ao departamento de educação do distrito.

Na manhã do quarto dia, o diretor Yu disse a Sun Sihai e Deng Youmi: "Apesar das duas últimas chances de nos tornarmos estatais, nós três avançamos e recuamos juntos como Liu Guan e Zhang em O romance dos três reinos. Desta vez a situação é diferente, a política existe e todos se beneficiarão dela. Não há necessidade de irem três pessoas juntas ao departamento de educação para fazer pagamento. Deve ser como desenvolver membros do Partido, desenvolver um por um".

Sun Sihai também disse: "Como o professor Deng está com dinheiro suficiente, não é seguro mantê-lo em casa. Pode ir ao distrito para pagar o dinheiro primeiro e nos ajudar a explorar o caminho".

Deng Youmi pensou sobre isso e achou que fazia sentido. Então, ele confiou sua aula ao diretor Yu e Sun Sihai, amarrou uma bolsa de dinheiro em volta da cintura, puxou Cheng Ju como guarda-costas e desceu a montanha em um triciclo motorizado.

Com medo de que o diretor Yu e os outros ficassem preocupados, Deng Youmi discordou quando Cheng Ju quis dar uma olhada no centro do distrito. Depois de pagar o dinheiro e pegar o recibo, eles voltaram apressadamente. Assim que escureceu, eles chegaram à escola primária de Jieling e contaram ao diretor Yu e Sun Sihai sobre a grande ocasião do departamento de educação do distrito.

Deng Youmi nunca havia visto tantos colegas do mesmo setor. Havia tantos professores locais em um distrito, e podia-se imaginar o número de professores locais de toda a China. Embora muitas pessoas tivessem vindo, apenas cerca de metade delas pagou o dinheiro; a outra metade disse que veio para consulta sobre políticas e também queria fazer uma petição. Falando nisso, todo mundo era igual. Por quanto mais tempo trabalhavam como professores locais, mais não conseguiam pagar os anos de serviço anteriores. Todo mundo achava que seria razoável pagar os anos de serviço de acordo com uma certa porcentagem da renda real. No início, o salário era de apenas quatro yuans por mês, e recebiam o valor por quase dez anos. Nesse momento, calculando o valor referente aos anos de serviço, teriam que pagar dezenas de yuans por mês. Até as pessoas do departamento de educação disseram que era irracional. Já se passaram mais de 20 anos e seus salários aumentaram apenas para cerca de 70 yuans, e o comitê da aldeia e a estação de educação pagavam metade. Mas o problema era que, depois de se tornarem professor estatais, os professores locais deveriam entrar na "gaiola" do seguro social, e as regras de entrada na "gaiola" não podem ser alteradas nem mesmo por pessoas em Zhongnanhai.[25]

Deng Youmi encontrou Zhang Yingcai no departamento de educação. Embora Zhang Yingcai estivesse muito ocupado, ele ainda reservou um tempo para dizer a ele que não poderia haver um ponto de virada nesse assunto. O que Zhang Yingcai quis dizer foi pedir ao diretor Yu e aos outros que pagassem o dinheiro, apesar de todas as dificuldades. Depois de pagarem o dinheiro, as coisas seriam fáceis no futuro. Zhang Yingcai também disse que já havia pessoas olhando para esse pedaço de carne e, se houvesse alguns professores locais incapazes de pagar o dinheiro, os bastardos poderiam tirar vantagem disso!

Essas palavras lembraram a todos a expressão de Zhang Yingcai quando ele voltou para a escola primária de Jieling da última vez. Talvez Zhang Yingcai soubesse sobre essa política ridícula naquela época, então ele se sentiu mal por eles em seu coração. Quando se tratava do que fazer a seguir, o diretor Yu e Sun Sihai ficavam em silêncio, mas isso fez as pessoas sentirem que já sabiam o que fazer.

O tempo voava, apenas um mês depois, quando o contador Huang veio entregar o salário. Ele listou Deng Youmi e o diretor da unidade, Wan, na folha de pagamento dos professores estatais. Quando Deng Youmi assinou para receber o dinheiro, suas mãos tremiam incontrolavelmente. O contador Huang disse com um sorriso que pagava salários por alguns dias, mas não havia visto nenhum professor local que não estivesse animado. Era raro serem favorecidos, e uma coisinha boa do tamanho do olho de agulha era tão emocionante que iam ter um ataque cardíaco. O contador Huang também lembrou ao diretor Yu e Sun Sihai de irem ao distrito para pagar o dinheiro rapidamente. Se não pagassem, seu nomes não constariam na folha de pagamento e, uma vez vencido o prazo, poderiam nem mesmo ter permissão para assinar o recibo.

O diretor Yu não falou com ele sobre isso, mas apenas perguntou se o diretor da unidade, Wan, estava em casa. Ouvindo que Wan levou Li Fang ao hospital provincial para radioterapia, o diretor Yu soltou um suspiro suave. O contador Huang disse a ele com sensibilidade que a doença de Li Fang havia esgotado o dinheiro de Wan e nesse momento ele estava vivendo quase sem dinheiro, até a

---

25 N. do T.: Zhongnanhai é hoje o centro nacional da República Popular da China, um símbolo e sinônimo do mais alto poder administrativo.

motocicleta que Li Fang lhe deu foi vendida com desconto. Se realmente quisessem pedir dinheiro emprestado, seria melhor procurar parentes e conhecidos em cidades onde não havia professores locais. Havia poucos ricos no campo, mas de repente muitos professores locais iam se tornar estatais, e aqueles que tinham um pouco de dinheiro economizado haviam emprestado para as pessoas que haviam pedido antes. O contador Huang também disse que, entre os professores locais da vila inteira, exceto os três da escola primária de Jieling, todos os outros pediram dinheiro emprestado a ele, o que o deixou com medo de acender as luzes à noite e se sentia irritado ao ouvir alguém batendo na porta. O diretor Yu disse que estava apenas perguntando, fazia muito tempo que não via o diretor da unidade, Wan, e sentia um pouco a falta dele.

Como o diretor Yu e Sun Sihai ainda não completaram as formalidades, Deng Youmi não podia parecer muito feliz. Mas ele quis deixar Cheng Ju feliz, então ele foi ao distrito novamente no fim de semana e comprou um anel de ouro para Cheng Ju com o primeiro salário de professor estatal que recebeu.

Estava frio, mas ensolarado. Colocando o anel de ouro, Cheng Ju insistiu em passear por várias aldeias. As mãos de Cheng Ju eram ásperas como casca de teixo e o anel de ouro em seus dedos brilhava no céu claro. Todos que viram ficaram com inveja, e todos disseram que ela vivia uma vida difícil com Deng Youmi por mais de 20 anos, e ela se transformou totalmente da noite para o dia. Claro, algumas pessoas não estavam felizes. A mais infeliz era a esposa de Yu Shi. Porque o anel de ouro de Cheng Ju era exatamente igual ao anel de ouro que ela usava havia vários anos.

Como diz o ditado, Cheng Ju realmente acordou rindo depois de adormecer.

Deng Youmi já recebeu seu segundo salário mensal, mas Cheng Ju ainda sorria boba quando não tinha nada para fazer.

A diretora do posto de saúde da vila, que veio fazer uma rodada de visitas, suspeitou que ela sofria de histeria. Comer um frasco de comprimidos de orizanol não ajudou e Deng Youmi ficou ansioso, temendo que a alegria extrema se transformasse em tristeza. Então ele quis seguir o exemplo de Wan e enviar Cheng Ju ao hospital da capital provincial para diagnóstico e tratamento. Lan Xiaomei o deteve, dizendo que ela tinha uma maneira que podiam tentar.

Naquele dia, Lan Xiaomei convidou Cheng Ju para jantar com uma desculpa.

Vendo Cheng Ju rindo novamente sem motivo, Lan Xiaomei foi até seu ouvido e a criticou: se você se empolgar novamente, a qualificação de Deng Youmi como professor estatal será revogada! Cheng Ju ficou tão assustada que todo o seu corpo tremeu. Ela despejou um copo grande de aguardente como água pura, ficou inconsciente por um dia e uma noite e voltou ao seu estado normal depois de acordar.

Superficialmente, a pessoa mais ansiosa era o diretor da unidade, Wan.

Depois de retornar da capital da província, Wan ia para escola primária de Jieling a cada dois ou três dias, independentemente de sua exaustão e fraqueza de doentes de câncer, e perguntou sobre o progresso da arrecadação de dinheiro quando eles se encontraram. Na verdade, era uma farsa, desde que olhassem para o cronograma do curso, podiam dizer que o diretor Yu e Sun Sihai, que estavam esperando, não haviam ido a lugar nenhum, exceto para a aula. Falando nisso, os dois tinham basicamente a mesma ideia. Mesmo se alguém concordasse em emprestar dinheiro, na situação de Jieling, seria muito bom se eles pudessem dar vinte ou no máximo cinquenta yuans, que não serviriam para nada.

Toda vez que Wan vinha, ele discutia sozinho com Lan Xiaomei por um tempo. Naquele dia, Lan Xiaomei saiu repentinamente sem se despedir. Quando ela voltou, olhou para o diretor Yu chorando tristemente. Aconteceu que Lan Xiaomei foi ao distrito e pediu a Lan Fei que encontrasse uma maneira de arrecadar algum dinheiro. Lan Fei não pôde também. Os colegas do Comitê da Liga Juvenil do Distrito eram todos jovens e quase não tinham poupanças. Ele acabou de ter uma namorada e as despesas mensais eram extremamente altas. Em seguida, ele precisaria arrecadar dinheiro para comprar uma casa e se preparar para se casar. Lan Fei sugeriu que a casa da família fosse hipotecada ao banco para pedir empréstimo, ou simplesmente vendesse a casa. Depois de realmente fazer isso, percebeu que o método de Lan Fei não funcionava. A casa da família Lan era muito velha, o banco não quis hipotecá-la e ninguém quis fazer um lance por ela.

Naquele dia, parecia que ia ter neve.

Wan, que apareceu de repente, trouxe o advogado Xie do escritório de advocacia da vila.

Wan disse o que queria fazer, o que assustou o diretor Yu. Por ter se tornado um professor estatal, Deng Youmi era muito mais corajoso do que antes. Embora estivesse um pouco preocupado, ele ainda concordou com a abordagem de Wan. Então, Wan enlouqueceu com seu advogado e foi procurar o presidente da aldeia, Yu Shi, e expôs os detalhes das contas dos adiantamentos feitos pelo diretor Yu e pelos outros funcionários para as reparos das edifícios escolares ao longo dos anos, esperando que o coletivo da aldeia reembolsasse o valor total; caso contrário, pretendia tracar um processo contra Yu Shi no tribunal.

O chefe da aldeia, Yu Shi, riu. Era o comitê da aldeia que devia o dinheiro, não ele pessoalmente. Ele esperava que o diretor da unidade, Wan, fizesse uma reclamação e esperava que o assunto fosse relatado nos jornais e na TV. O chefe da aldeia, Yu Shi, sempre o chamava de diretor da unidade, Wan, mas desta vez ele o chamou de Lao Wan, lembrando-o de não trazer seus sentimentos pessoais para o trabalho, mas de analisar o assunto com calma. Sobre a questão da escola primária de Jieling, o comitê da aldeia fez o possível e aqueles professores particulares puderam perseverar. Quanto à taxa de manutenção paga antecipadamente, ninguém sabia se havia sido utilizada para as salas de aula ou para as casas dos professores. Francamente, para os trabalhos na aldeia sem dotação financeira, muitas coisas não podiam ser distinguidas entre público e privado. Por exemplo, a escola primária de Wangtian ainda usava o templo velho como sala de aula e ninguém disse que precisaria ser consertado. Embora a casa da escola primária de Jieling estivesse um pouco velha, as paredes eram feitas de tijolos e o telhado era coberto de telhas. Mesmo que não fosse reformada, não congelaria os alunos até a morte. Algumas pessoas queriam usar a escola primária de Jieling como modelo para dar crédito aos responsáveis. O comitê da aldeia não tinha dotação financeira e cada centavo de renda era retirado dos dedos dos aldeões comuns. Se realmente não tivessem, não poderia cortar os dedos de outras pessoas. Falando emocionado, ele também disse que sentia cada vez mais que ele, como chefe da aldeia, era muito sem-vergonha. Ye Tai'an concorreu à eleição com grande alarde, finalmente se tornou o chefe da aldeia e renunciou pouco tempo depois. As pessoas que não conheciam a história dizem que ele foi marginalizado, mas na verdade foi embora porque ele nunca havido sido chefe de aldeia e sentiu que sua dignidade era muito importante. Ele era diferente. Depois de ser o chefe da aldeia por muitos anos, ele não tinha mais dignidade, então não se importava em ser sem-vergonha. Se ele realmente quisesse entrar com processo, admitiria a derrota sem juiz e entregaria os livros de contabilidade do velho contador, para que aqueles capazes pudessem cobrar o dinheiro dos devedores. Nesse ponto, temia que o mundo inteiro risse do fato de que os oficiais governamentais que desfrutavam de comida deliciosa, construíam altos prédios e andavam em carros de luxo até entrariam com processo contra os camponeses pobres.

O chefe da aldeia, Yu Shi, imediatamente pediu ao velho contador que mostrasse ao diretor da unidade, Wan, o livro de contabilidade e a ata de reunião do comitê da aldeia, que registraram claramente que em reuniões recentes Yu Shi enfatizou que a educação deveria ser dada prioridade sempre. Enquanto houvesse um centavo, os problemas da escola também deveriam ser levados em consideração. Wan entende que a conta do antigo contador era verdadeira e a ata de reunião era falsa. Todas as aldeias estavam fazendo isso. Diversas atas de reunião eram previamente feitas de acordo com cada setor, e usavam a ata de reunião correspondente quando havia inspeção desse setor. Cada um conhecia bem a prática que levava em consideração a reputação de todos.

No final, Yu Shi usou seu trunfo e solicitou que Wan pedisse aos departamentos relevantes que aprovassem o corte de um teixo e o vendessem por dinheiro. Todos os problemas seriam resolvidos com esse dinheiro. Ele também citou alguns exemplos, dizendo que outras aldeias lidaram dessa maneira com as dificuldades que não conseguiram superar. Wan não esperava que Yu Shi usasse esse truque. Por um tempo, todas as dezoito artes marciais foram inúteis.

Não apenas o trabalho de cobrança de dívidas não foi feito com sucesso, mas ele ainda devia um favor ao chefe da aldeia.

Antes de Wan partir, o chefe da aldeia, Yu Shi, repetiu o velho ditado de que Wan deveria deixar a aldeia construir o prédio de ensino doado de qualquer maneira e, se a aldeia ganhasse dinheiro, poderia ser investido na escola. Ele também disse que a aldeia ia cumprir as formalidades para os pedreiros e montar uma equipe de construção. Quando chegasse a hora, o contrato seria assinado para assumir todas as responsabilidades legais e econômicas. Só esperava que o diretor da unidade, Wan, dissesse palavras boas na frente do secretário Fang do Comitê da Liga Juvenil do Distrito.

De volta à escola primária de Jieling, vendo o diretor Yu e os outros ainda calmos, Wan não pôde deixar de avisá-los; depois de esperar e pensar por muitos anos, finalmente chegou a última chance de se tornarem estatais, não deviam deixar um pouco de dinheiro fedorento os derrubar e tornar incapazes de se levantar. O diretor Yu e Sun Sihai tinham dificuldades inexplicáveis. Eles queriam muito pensar em um jeito que funcionasse, mas realmente não havia nenhum jeito. Havia apenas um banco agrícola na vila e todos correram para obter um empréstimo, o que fez os bancários se esconderem quando viram professores locais como um rato que viu um gato que nem podia ser atraído por misturar gergelim com óleo de gergelim. Ambos queriam dizer que, se soubessem o que ia acontecer, teriam seguido o exemplo de Deng Youmi, vestindo as mesmas roupas por dez anos e economizando para comprar um posto de professor estatal. Mas isso não podia ser dito porque eles não poderiam ter feito isso. Sun Sihai tinha que cuidar de Wang Xiaolan e Li Zi. Além de sua esposa e filhos, o diretor Yu também tinha os alunos morando em sua casa. Cada vez que recebia seu salário, ele comprava um pouco de carne para melhorar as refeições dos alunos.

O diretor da unidade, Wan, teve que ir para casa antes do anoitecer, e Li Fang, que acabara de terminar a radioterapia, precisava de seus cuidados. Wan não tinha mais motocicleta para andar, pois a havia vendido para o contador Huang da unidade de educação. Outros estavam dispostos a dar apenas 50% do preço original, mas o contador Huang concordou em comprar por 65% do preço. O dinheiro da venda da moto só daria para pagar a próxima radioterapia.

Ouvindo o som de máquinas estrondosas a distância, Deng Youmi acompanhou Wan e o advogado Xie até o cruzamento para parar um triciclo.

Assim que eles pararam ali, Yu Shi veio com o primo da família Li, dizendo que estava indo para a vila para consultar como montar uma equipe de construção. Vendo que Wan não queria falar com ele, Yu Shi falou com o advogado Xie. Ele perguntou com sinceridade, pois ouviu dizer que na indústria da construção todo projeto tinha uma certa comissão. O advogado Xie havia lidado com casos nessa área, então ele estava naturalmente ciente das regras tácitas desse setor. A comissão era de pelo menos 5% e de até 20%. Desde que o trabalho não tivesse muito problema, isso era basicamente aceito. Yu Shi perguntou por que a indústria da construção podia ser tão especial. O advogado Xie disse que a indústria da construção era uma indústria especial. Para construir uma casa nova no campo, parentes e vizinhos deviam ser convidados para uma festa. Quanto maior o projeto, mais óbvia era essa especialidade. Depois que Deng Youmi ouviu essas palavras, ele silenciosamente olhou para Wan algumas vezes. Wan não parecia se importar, mas na verdade estava ouvindo em silêncio.

28

Antes do Ano-Novo, o Comitê da Liga Juvenil do Distrito notificou oficialmente que a doação para o novo prédio de ensino da escola primária de Jieling havia chegado e a construção poderia começar conforme planejado. O diretor da unidade, Wan, chamou o diretor Yu e Deng Youmi para a unidade de educação e, em seguida, tomou uma decisão com Lan Fei, que havia descido para implementar o assunto e entregou a responsabilidade da construção do novo prédio de ensino a Deng Youmi. Isso também estava de acordo com a prática usual, já que os assuntos de infraestrutura eram sempre administrados pelo vice-diretor e Deng Youmi era um professor estatal, então ele era mais sensível à contenção da disciplina. Além disso, o diretor Yu se casou com Lan Xiaomei. Como seu filho, Lan Fei não podia ter contatos financeiros diretos com seu padrasto. Evitar membros imediatos da família também era uma prática. Deng Youmi tinha acabado de se tornar o encarregado do projeto e o diretor da unidade, Wan, pediu a ele que decidisse se deveria entregar o projeto para a construtora da vila ou para a recém-criada equipe de construção da aldeia de Jieling. Deng Youmi queria ver a expressão de Wan, mas Wan não o deixou ver. Ele abaixou a cabeça e se concentrou nos documentos sobre a mesa.

Deng Youmi não teve escolha a não ser cerrar os dentes e dizer: "É mais conveniente deixar isso para a equipe de construção da aldeia de Jieling".

"Errado." Wan se levantou e ficou dando voltas na sala. "Yu Shi montou uma equipe de construção em pouco tempo obviamente para este projeto. Você deve saber que eles começaram do zero, sem nem mesmo uma talha, apenas esperando usar o dinheiro da construção de um prédio para comprar mais equipamentos. Essas pessoas nunca fizeram um grande projeto e todos eles são carentes, então quanto dinheiro será necessário para deixá-los satisfeitos?"

Deng Youmi murmurou: "Eu pensei que era fácil resolver problemas com conhecidos".

"Se você pensa assim, está muito errado." Desta vez, Lan Fei se levantou e expressou sua objeção: "Por que uma pessoa sofisticada como Yu Shi ousa ignorar as opiniões dos aldeões de Jieling, tratar você com indiferença ao longo dos anos, até mesmo me bateu? A causa raiz é a chamada vontade política transmitida quando o antigo chefe da aldeia faleceu. Dizia que, depois de Ye Taian, deveria Sun Sihai ser o chefe da aldeia. Se vocês três não estivessem unidos, Yu Shi teria lidado com Sun Sihai sozinho. Porque vocês são muito unidos, ele sempre age contra a escola".

Os cabelos de Deng Youmi se arrepiaram com essas palavras.

Ainda bem que ele entendeu que Lan Fei estava se lembrando do tapa que Yu Shi dera na cara dele.

Wan e o diretor Yu também discordaram da declaração de Lan Fei. Embora o chefe da aldeia, Yu Shi, fosse cauteloso, com a indiferença de Sun Sihai, ajudar Ye Tai'an a revisar o discurso para a campanha já era o limite. Yu Shi devia saber disso melhor do que ninguém.

Enquanto discutiam, faziam fofocas irrelevantes e, em seguida, concordaram que a construção do prédio de ensino deveria ser realizada pela construtora da vila. O contrato específico seria assinado por Deng Youmi. O diretor Yu achou estranho que Wan e Lan Fei não estivessem presentes em um evento tão importante e deixassem Deng Youmi, que havia assinado apenas o formulário de salário em sua vida, enfrentar a situação sozinho. O que deveriam fazer se algo acontecesse. Vendo que o diretor Yu estava preocupado, Wan e Lan Fei de repente ficaram mais relaxados e o confortaram dizendo que esse tipo de coisa era realmente muito simples, desde que o prédio fosse construído e pudesse ser usado. O prédio não poderia ser adulterado e até os adolescentes poderiam dizer se era de qualidade boa. Não pagariam se não desse certo.

Wan e Lan Fei não apenas se recusaram a acompanhar Deng Youmi mas também não deixaram o diretor Yu ir.

Deng Youmi de repente parecia ser corajoso e perspicaz. Ele contatou as pessoas da construtora da vila algumas vezes sozinho e assinou o contrato.

A temperatura em Jieling no inverno era muito baixa e a pedra fundamental do prédio de ensino não foi lançada oficialmente até a primavera chegar e o exterior não estar mais congelado.

Nesse período, mais de três quartos dos professores locais da vila pagaram o dinheiro dos anos de serviço e se tornaram professores estatais. O diretor da unidade, Wan, se acostumou com o fato de Lan Xiaomei ser casada com o diretor Yu e, como antes, ele sempre visitava a escola primária de Jieling com ou sem motivo.

Antes do Ano-Novo, Zhang Yingcai também havia ido lá duas vezes, ele estava preocupado com o diretor Yu e Sun Sihai. Embora o prazo para o pagamento do dinheiro dos anos de serviço ainda estivesse longe, ele sabia que, para aqueles que realmente não podiam pagar, mesmo que recebessem mais dez anos, ainda não haveria nada que pudessem fazer. Zhang Yingcai não estava tão calmo quanto Wan. Ele não disse nada quando foi lá pela primeira vez. Na segunda vez que ele voltou, não pôde deixar de perguntar a Lan Xiaomei no que o diretor Yu estava pensando. Lan Xiaomei lhe perguntou de volta se as autoridades superiores eram realmente tão rígidas, sem nenhum toque humano; só por causa desse maldito dinheiro para comprar de volta os anos de serviço, os professoras que haviam ensinado por metade de sua vida seriam expulsos da escola? Zhang Yingcai pediu a ela para pensar sobre Yu Shi da vila de Jieling. Um pequeno chefe de aldeia podia ser tão implacável e podia imaginar como eram outros.

Vendo que Zhang Yingcai estava preocupado com ele, Sun Sihai veio persuadi-lo.

Falando em estar ansioso, Sun Sihai estava mais ansioso do que qualquer outra pessoa, por isso ele estava com tanta ansiedade, que sua boca estava cheia de bolhas e úlceras uma após a outra. No final do ano lunar, quando aquelas pessoas que voltaram do trabalho vieram ver os filhos na escola, todos disseram que os patrões atuais estavam cada vez mais desprezíveis. Depois de um ano de trabalho duro, era considerado bom receber metade do salário. Não se sabia se receberia a outra metade depois de retomar o trabalho após o Ano-Novo Chinês. Falando assim, o significado era bem claro para evitar que outras pessoas pedissem dinheiro emprestado. Felizmente, Sun Sihai não teve a ideia de pedir dinheiro emprestado a alguém, caso contrário haveria mais úlceras e bolhas em sua boca. Se os professores pedissem dinheiro emprestado aos pais dos alunos, nem era preciso dizer que perderiam a dignidade, pois a relação entre credor e devedor impossibilitaria que ensinassem bem. Quando Sun Sihai percebeu que não tinha absolutamente nenhuma esperança de arrecadar 8.000 yuans entre três e cinco anos, ele se sentiu mais calmo.

Cada vez que Wan vinha à escola primária de Jieling, ele se deparava com o prédio de ensino em construção e dizia significativamente: vamos ver.

Apenas três meses após o início da construção, as principais obras do prédio de ensino de duas andares já foram concluídas. Quando a estrutura principal foi finalizada, Lan Fei visitou a obra uma vez e fechou o segundo cheque de pagamento conforme o contrato. Lan Fei também trouxe instruções do secretário Fang do Comitê da Liga Juvenil do Distrito. Durante as férias de verão, além de pintar e decorar o interior, o ambiente externo também deveria ser reformado.

Quando a escola iniciasse o novo ano letivo em setembro, o secretário Fang acompanharia pessoalmente os doadores a Jieling para presidir a cerimônia de inauguração do edifício de ensino. Deng Youmi, cheio de promessas, lembrou Lan Fei repetidamente que o terceiro cheque de transferência, que seria o último, deveria ser entregue à construtora da vila quando o projeto fosse concluído.

Lan Fei já falava como se fosse um líder e deu três tapinhas no ombro de Deng Youmi.

"Seus assuntos também são meus assuntos. Se vocês estiverem ansiosos, eu ficarei ainda mais ansioso".

Quando Lan Fei voltou em meados de agosto, as obras do interior e do exterior do prédio de ensino haviam sido concluídas. Ele ficou muito satisfeito e entregou o último cheque de transferência para Deng Youmi. Deng Youmi não o entregou ao responsável pela construtora da vila no local, mas o colocou no seu próprio bolso.

Todos estavam muito felizes naquele dia, e Deng Youmi era o mais feliz. De acordo com o costume, a Parte A convidaria os funcionários principais da Parte B a beber para celebrar a conclusão do projeto. Como Deng Youmi recebia o salário de professor estatal, ele tomou a iniciativa de convidar as pessoas relevantes para sua casa, o que também foi uma espécie de gratidão depois que ele se tornou estatal. Wan certamente não estaria ausente, e o chefe da aldeia, Yu Shi, estava obviamente ocioso em casa, mas se recusou a ir. Visto que a escola não cooperou com a equipe de construção particularmente estabelecida pela aldeia, tal ódio poderia se tornar um ferro-gusa no seu coração.

Depois de alguns copos de aguardente, Deng Youmi pronunciou algumas frases ousadas e a mais surpreendente dela previu que em dois ou três meses a escola primária de Jieling se livraria completamente do "vilão da aldeia" e todos os professores da escola se separariam completamente do "vilão da aldeia". O termo "vilão da aldeia" foi inventado por Sun Sihai e Ye Tai'an durante a última eleição para chefe de aldeia na aldeia de Jieling. Embora não tivesse sido mencionado em um discurso formal, algumas pessoas usavam essa palavra em particular para descrever o chefe da aldeia, Yu Shi. O diretor Yu se opôs a essa palavra desde o início, e Deng Youmi também não a disse. Mesmo quando Sun Sihai falava sobre o "vilão da aldeia", ele olhava em volta com cautela. Nesse momento, o aparecimento do termo "vilão da aldeia" deixou Lan Fei muito feliz. Ele disse que a consciência de Deng Youmi neste ponto era muito mais importante do que este prédio de ensino, que custou 100 mil yuans para ser construído.

Os dois estavam felizes quando Wan baixou pesadamente o copo na mesa:

"Deng, não se esqueça do velho ditado: fale demais e você perderá!"

Assim que esse comentário saiu, Deng Youmi imediatamente se acalmou. Além disso, ainda tinha um cheque de transferência e ele queria receber o dinheiro antes que o banco agrícola da vila fechasse. Deng Youmi parou de convencê-los a beber e o animado banquete acabou logo.

Quando Wan e os outros partiram, Deng Youmi os seguiu e foi embora.

Todos pensaram que Deng Youmi estava indo para a construtora para pagar a conta.

Deng Youmi não voltou naquele dia. Na manhã seguinte, ouviram de Cheng Ju que Deng Youmi tinha ido ao distrito para fazer algo muito importante que deixaria todos os colegas da escola primária de Jieling felizes. Deng Youmi ficou no distrito por uma noite e depois voltou. O diretor Yu perguntou o que ele foi fazer no distrito, e Deng Youmi simplesmente disse que a pessoa que ele procurava havia tirado uma licença para visitar parentes no exército e não voltaria até o início do novo ano letivo. Depois de ouvir isso, Cheng Ju rapidamente perguntou: "Ok, por que você quer encontrar uma mulher casada com soldado?"

Deng Youmi sorriu e pegou a mão de Cheng Ju em público: "Você é a estrela da sorte da família Deng, nunca vou me casar com a mulher de soldado. Mesmo que troquem você com a filha do presidente dos Estados Unidos, eu não quero!".

Entre todas as risadas, Sun Sihai sorriu com mais calma. "Depois que o professor Deng se tornou professor estatal, seu nível em todos os aspectos subiu bastante. Só ontem percebeu que o chefe da aldeia não é nada especial. Hoje, até a filha do presidente dos Estados Unidos não combina contigo. Contanto que eu não diga que sou um homenzinho deslumbrado pelo sucesso".

Deng Youmi não se importou com tal sarcasmo: "Não demorará muito para que o professor Sun seja como eu".

Naquela noite, o diretor Yu e Lan Xiaomei estavam curtindo a sombra no parquinho. Embora Jieling fosse uma montanha alta, sempre havia alguns dias quentes no verão. O diretor Yu não tinha medo do calor, mas porque tinha algo em mente. Os dois se sentavam sob o luar, ouvindo Sun Sihai tocar flauta. Lan Xiaomei foi cuidadosa e, depois de ouvir por um tempo, descobriu que a flauta de Sun Sihai estava muito mais calma do que antes. O diretor Yu também ficou surpreso por Wang Xiaolan não ter ido à escola durante todas as férias de verão. No passado, o som da flauta de Sun Sihai era como uma faca, tentando cortar o coração de outras pessoas. Lan Xiaomei achou isso bom, porque um homem com temperamento estável é mais confiável.

Ao ouvir isso, o diretor Yu deu um tapinha leve na mão de Lan Xiaomei.

O diretor Yu finalmente entendeu que estava preocupado com Deng Youmi. Quando ele bebeu para celebrar a conclusão do projeto na casa de Deng Youmi dois dias atrás, ele encontrou Wan, Lan Fei e Deng Youmi, que trocaram olhares várias vezes, como se houvesse algo tácito, e contou a Lan Xiaomei em detalhes. Quanto mais o diretor Yu falava com cuidado, mais Lan Xiaomei não conseguia entender. Mesmo que os homens grandes flertassem entre si, nada aconteceria. O diretor Yu estava com pressa e simplesmente disse que estava preocupado que eles unissem forças para planejar alguma ação para a promoção a estatal dele e de Sun Sihai. Lan Xiaomei disse que, se esse fosse realmente o caso, seria uma coisa boa. Os três professores da escola primária de Jieling deviam sempre compartilhar as dificuldades e bênçãos. Nesse ponto, o diretor Yu já entendera tudo e o que mais o preocupava era que Lan Fei, Wan e Deng Youmi se unissem para desviar a doação de outras pessoas. Antes que ele pudesse terminar de falar, Lan Xiaomei cobriu a boca com as mãos. Ela conhecia Wan e Lan Fei muito bem. O diretor Yu também sentiu que, embora Deng Youmi tivesse feito extração ilegal de teixo antes, era apenas um momento de confusão e ocasional. Em última análise, ele não era o tipo de pessoa ousada.

À noite, o diretor Yu não conseguia dormir por muito tempo. Tudo estava tão quieto que quase dava para ouvir o som das estrelas cadentes passando pela janela. Ele não se sentiu sonolento até que os galos próximos e distantes cantassem várias vezes. Assim que ele fechou os olhos, de repente sentiu uma vibração em algum lugar.

O diretor Yu pulou da cama de repente e, assim que caminhou até a porta, ouviu a voz de Lan Xiaomei. Lan Xiaomei pensou que estava indo ao banheiro e lhe pediu que parasse para ver como Yu Zhi estava dormindo. O diretor Yu foi para o quarto ao lado e viu que Yu Zhi havia adormecido na mesa, com o dever de casa inacabado espalhado na frente dele. Depois que o diretor Yu colocou Yu Zhi na cama, ele esqueceu o que ia fazer, voltou a se deitar ao lado de Lan Xiaomei e adormeceu em algum momento.

Quando acordou, já eram nove horas da manhã.

Quando o diretor Yu acabou de se arrumar, Sun Sihai veio e perguntou se ele havia ouvido um estalo à noite. Só então o diretor Yu se lembrou de ter ouvido algum ruído súbito à noite, então ele pegou a chave, abriu a porta de ferro do prédio de ensino e imediatamente encontrou uma rachadura recente no teto da sala de aula no primeiro andar. Os funcionários da construtora disseram antes que, devido ao prazo, o cimento não estava seco, podendo haver rachaduras entre os painéis pré-fabricados, mas isso não afetaria a qualidade do projeto. O diretor Yu e Sun Sihai verificaram o primeiro andar e depois o segundo andar. Exceto pela rachadura original, eles não encontraram nada incomum.

Na noite seguinte, o diretor Yu continuou prestando atenção, mas não ouviu nada. Ele havia acabado de relaxar e dormir profundamente por duas noites quando ouviu esse som novamente. Mas desta vez Sun Sihai não ouviu. O diretor Yu visitou o edifício de ensino para fazer uma verificação, mas não detectou novas irregularidades. Poucas semanas mais tarde, Sun Sihai ouviu esse som novamente.

O diretor Yu sentiu que esse incidente era estranho, então ele chamou Deng Youmi e Sun Sihai para discuti-lo.

As três pessoas se reuniram, mas na verdade Lan Xiaomei também estava ouvindo. Deng Youmi teve uma opinião diferente sobre isso, porque ele lidava com pessoas de construtoras por meio ano, e essas pessoas havia muito o lembraram que construir um prédio era o mesmo que construir uma casa de um só andar, e algumas regras eram indispensáveis. As pessoas da construtora realizaram sacrifícios silenciosamente, apenas para alvos gerais, e outros alvos especiais só poderiam ser dominados pela Parte A. Deng Youmi disse que um assunto tão importante deve ser comunicado ao antigo chefe da aldeia e a Ming Aifen, e podia ser considerado um agradecimento por sua preocupação com a escola primária de Jieling.

Lan Xiaomei interrompeu e disse que ela já havia lembrado ao diretor Yu que ele também deveria falar com Ming Aifen sobre o fato de que eles estavam morando juntos. O diretor Yu disse a ela com algum desagrado que esta era uma reunião de assuntos escolares e que os membros familiares não deveriam interromper. Lan Xiaomei disse que era melhor conversar à vontade. Os três líderes da escola primária Jieling se reuniram para discutir como adorar os deuses. Se isso vazasse, ninguém poderia prever que problemas surgiriam. Sun Sihai apoiou a opinião de Lan Xiaomei, porque até as pessoas da construtora também costumavam evitar ser vistas por outras pessoas ao realizarem o sacrifício. Isso certamente deveria ser o caso em uma escola.

O diretor Yu não teve escolha a não ser ouvir aos outros. Depois de discutirem as coisas adequadamente, todos foram ao túmulo de Ming Aifen na montanha dos fundos. O diretor Yu explicou as mudanças na escola e pediu a Lan Xiaomei que dissesse algo íntimo. Lan Xiaomei mencionou que, quando ela era professora local na escola primária Wangtian, Ming Aifen foi assistir a uma aula. Ela ainda se lembrou que Ming Aifen escreveu uma frase no livro de sugestões da sala de aula antes de sair: vou aprender com a professora Lan e tentar dar aulas em mandarim. Só mais tarde ouviu dizer que, naquela época, apenas ela e Min Aifen davam aulas em mandarim. Depois de recontar os velhos tempos,

Lan Xiaomei pediu a Ming Aifen que tivesse certeza de que ela faria o possível para cuidar bem do diretor Yu e de Yu Zhi.

Eles se viraram e foram até o túmulo do antigo chefe da aldeia, onde Sun Sihai deu a palestra. Sun Sihai abriu a boca e disse que a escola construiu um novo prédio de ensino, mas o chefe da aldeia, Yu Shi, nunca deu uma olhada nele do começo ao fim. Se o antigo chefe da aldeia pudesse realmente mostrar seu espírito, ele deveria pensar em uma forma de puni-lo. Todos riram de Sun Sihai, afinal ele era o favorito do antigo chefe da aldeia e sempre falava sem escrúpulos.

Sun Sihai ainda estava expressando sua insatisfação, quando de repente houve uma risada estranha atrás dele. Lan Xiaomei nunca havia experimentado isso antes, então não pôde deixar de se apoiar nos braços do diretor Yu. O diretor Yu disse a ela que era a filha mais velha do antigo chefe da aldeia, a mãe de Ye Biqiu. Com a risada, a mãe de Ye Biqiu apareceu mesmo. "Vocês vêm ver meu pai? Vou recitar o texto para meu pai." Depois, a mãe de Ye Biqiu se virou para a lápide do antigo chefe da aldeia e recitou um texto. Lan Xiaomei nunca tinha visto tal situação antes, e os círculos de seus olhos imediatamente ficaram vermelhos. Depois de muito tempo, enquanto ela pensava nisso, ela ainda ficava triste e chorava.

O estranho foi que, desde que foram aos túmulos de Ming Aifen e do antigo chefe da aldeia, aqueles ruídos esquisitos de estalo desapareceram. Naquele dia, quando o primo da Família Li veio visitar a escola, o diretor Yu teve uma ideia e o convidou para ir ao prédio de ensino. Ele estava dentro do prédio, mas sua mente estava fora dele. Ele respondeu aleatoriamente às perguntas do diretor Yu e manteve os olhos no quarto de Sun Sihai. Depois que o primo de Li saiu, o diretor Yu simplesmente convidou o pai de Ye Biqiu, que subiu e desceu, olhou por dentro e por fora a tarde toda. O pai de Ye Biqiu havia construído apenas casas comuns de um andar. Para um prédio, ele só podia olhar para a aparência. As linhas verticais eram retas e as linhas horizontais eram planas, e ele o achou muito bom.

Está chegando cada vez mais perto do início do semestre de outono. Wan e Lan Fei vieram juntos novamente.

Como o secretário Fang e os doadores estavam vindo para participar da cerimônia especial de abertura do semestre, assuntos relacionados precisavam ser organizados com antecedência. Aproveitando a oportunidade, o diretor Yu perguntou a Wan se era sua decisão que Deng Youmi fosse silenciosamente para o centro do distrito no dia da celebração da conclusão do projeto. Wan ficou atordoado e não parecia estar fingindo. Ele disse com firmeza que não sabia nada sobre isso. Quanto a Lan Fei, o diretor Yu também pediu a Lan Xiaomei para perguntar. Lan Fei não sabia se Deng Youmi realmente tinha estado no centro do distrito. No dia da celebração da conclusão, ele voltou à casa da Pequena Aldeia da Família Zhang para pegar as coisas e depois foi até a vila para um passeio. Deng Youmi tinha desaparecido.

O diretor Yu se sentiu aliviado e continuou fazendo gestos íntimos para Lan Xiaomei antes de escurecer. Lan Xiaomei também sorriu complacentemente e, enquanto Yu Zhi jogava tênis de mesa com Sun Sihai no playground, ela fritou dois ovos para o diretor Yu comer e foram para a cama para se dar uns amassos. Depois disso, Lan Xiaomei o repreendeu afetuosamente e disse que ele não conseguia abrir mão de algo em seu coração, nem mesmo tinha a vontade de amar sua esposa. O diretor Yu a abraçou contente, sem dizer nada, e beijou todos os lugares do corpo dela que poderiam ser beijados.

O diretor Yu achou que estava realmente aliviado.

Inesperadamente, teve um pesadelo naquela noite.

O diretor Yu sentiu que esse era resultado de muita preocupação um tempo atrás, então ele não contou a Lan Xiaomei. Inesperadamente, na noite seguinte, o pesadelo apareceu de novo. Ele cerrou os dentes e persistiu até a terceira noite, quando o grupo de alunos do ensino fundamental esmagados sob uma pilha de escombros, sem mãos ou pés, gritou repetidamente em seus sonhos: "Diretor Yu, socorro! Diretor Yu, ajuda!". Depois que o diretor Yu acordou, ele colocou os braços em volta de Lan Xiaomei, o que acordou Lan Xiaomei também. Lan Xiaomei sentiu que as mãos do diretor Yu estavam frias, como mãos de um morto. O diretor Yu não escondeu mais nada e contou a Lan Xiaomei sobre o pesadelo dos últimos três dias.

Lan Xiaomei achou estranho, então ela aproveitou o tempo livre antes do início do novo semestre para levar o diretor Yu e Yu Zhi de volta à Pequena Aldeia da Família Zhang para ficarem dois dias lá. Embora o ambiente tivesse mudado, o pesadelo ainda veio como esperado. Depois do café da manhã, um médico visitante passou. Lan Xiaomei rapidamente chamou o médico para o quarto e disse ao médico que o diretor Yu tinha muitos sonhos naquele período e não conseguia dormir bem. O médico mediu a pressão arterial, testou o pulso, olhou a saburra lingual e estava tudo normal. Perguntou se ele havia sido assustado. O diretor Yu disse com um sorriso que nessa idade, mesmo que encontrasse um fantasma enquanto caminhava, o tomaria como seu companheiro e não haveria nada a temer. O médico também riu e disse que só havia um motivo. Por mais charmosa que a noiva fosse na meia-idade dele, deveria ter calma à noite. Depois que o médico saiu, o diretor Yu disse: como um homem cheio podia saber como se sentia um homem faminto? Ele estava sem isso por mais de dez anos. Era difícil encontrar a mulher do destino. Quando se tornassem um homem velho e uma mulher velha, iriam com calma. Enquanto falava, jogou no fogão o remédio tonificante para os rins prescrito pelo médico e o queimou.

O diretor Yu morou na Pequena Aldeia da Família Zhang por dois dias, mas ainda teve pesadelos à noite.

Na manhã do terceiro dia, ele disse a Lan Xiaomei que tudo pode ser repetido até três vezes, mas não uma quarta vez. Como o mesmo pesadelo havia ocorrido cinco vezes, ele teve que fazer uma verificação de qualquer maneira. O diretor Yu foi para a sala de leitura da estação cultural da vila e procurou em uma pilha de livros esfarrapados por um longo tempo antes de encontrar um livro sobre engenharia e construção. Ele o levou de volta para Xizhangjiazhai como se tivesse encontrado um tesouro e depois voltou para a escola primária de Jieling com Lan Xiaomei e Yu Zhi.

Naquela noite, o diretor Yu ficou acordado a noite inteira, sentado à mesa lendo esse livro. Pouco antes do amanhecer, ouviu Sun Sihai batendo à porta do lado de fora. O diretor Yu abriu a porta e, vendo o olhar de pânico de Sun Sihai, pensou que algo havia acontecido sobre seu caso de amor clandestino com Wang Xiaolan. Inesperadamente, Sun Sihai disse que havia tido um pesadelo à noite. O diretor Yu pensou que era porque ele não havia dormido à noite e o poder psíquico foi para Sun Sihai. Depois de ouvi-lo, percebeu que Sun Sihai apenas sonhou que havia sido expulso da escola. Ele não só não poderia se tornar um professor estatal como também não teria permissão para ser professor local. O diretor Yu sentiu que esse sonho havia sido causado por uma sensação de crise de longa data. No entanto, um professor devia ter um senso de crise, pois sem um senso de crise seria impossível ensinar bem.

Desde que o diretor Yu encontrou o livro, o pesadelo desapareceu.

Por nunca ter sido exposto a esse aspecto do conhecimento, o diretor Yu gastou muita energia para entender os princípios que queria entender. No momento que o diretor Yu descobriu uma maneira de resolver completamente o pesadelo, o casal de meia-idade que doou para construir o prédio de ensino para a escola primária de Jieling já havia ido para Jieling pela segunda vez.

Este dia era 2 de setembro. Os alunos da escola primária de Jieling já se apresentaram no dia 1º de setembro.

Pensando na maior cerimônia de abertura do novo semestre na história da escola primária de Jieling que ocorreria no dia seguinte, o diretor Yu não pôde deixar de sentir que ele era muito estúpido, mas também era bom assim, já que as figuras principais relevantes estavam todas presentes, o que provou ser mais convincente. O diretor Yu chamou o pai de Ye Biqiu no início da manhã. Os dois estavam tão ocupados na montanha detrás que nem tiveram tempo para almoçar.

Lan Xiaomei teve que levar a comida em tigelas para cima. Outros não entenderam por que os dois conectaram mais de uma dúzia de bambus para formar um aqueduto de bambu. Lan Xiaomei sabia muito bem e, depois que terminaram de comer, ela tirou as tigelas e pauzinhos e foi embora.

Depois de um tempo, Lan Xiaomei veio chamar o diretor Yu, dizendo que eram convidados distintos. O diretor Yu não queria descer a montanha, então pediu que ela cumprimentasse os convidados primeiro em nome dele e depois ele desceria para se desculpar.

Os convidados distintos mencionados por Lan Xiaomei eram o casal de meia-idade, que declarou que nunca revelaria suas verdadeiras identidades. O casal tinha algo com que se preocupava e eles não podiam esperar que o Comitê da Liga do Distrito agendasse isso, então vieram primeiro. Visto que a escola iria começar o novo semestre oficialmente em 3 de setembro, o edifício de ensino ainda estava envolvido com fechaduras de ferro e todos os materiais exigidos para as aulas, como mesas, cadeiras e bancos, continuavam sendo armazenados nas salas de aula antigas. Isso causou grande confusão. Perguntaram a Deng Youmi e Sun Sihai, e ambos disseram que foi o diretor Yu quem disse que ninguém teria permissão para entrar no prédio de ensino antes da cerimônia de abertura.

Naquele momento, um aqueduto feito de uma dúzia de bambus conectados foi erguido ao longo da encosta e foi até janelas do segundo andar do prédio de ensino. O diretor Yu desceu da montanha e pediu desculpas ao casal de meia-idade. Em seguida, destrancou a fechadura de ferro do prédio de ensino e os convidou a entrar. O casal olhou o primeiro andar e depois o segundo andar. Parecia cada vez mais satisfeito. O diretor Yu balançava a cabeça de vez em quando e, quando estava prestes a descer, puxou deliberadamente o pai de Ye Biqiu e bateu os pés no meio da sala de aula no segundo andar, fazendo um som irreal de tremor que fez o casal de meia-idade se sentir um pouco preocupado. Depois que o diretor Yu convidou o casal de meia-idade para sair, ele e o pai de Ye Biqiu se trancaram dentro do prédio e não se sabia o que estavam fazendo.

O casal de meia-idade encontrou Deng Youmi, responsável pela construção civil, e falou sobre o som irreal de tremor vindo da sala de aula no segundo andar. Deng Youmi explicou rapidamente que esse projeto havia sido construído pela melhor construtora local e a qualidade era absolutamente garantida.

O casal de meia-idade não disse mais nada. O assunto mais importante que estava no coração havia muito tempo os exortava silenciosamente. O casal de meia-idade deixou Lan Xiaomei levá-los para o quarto que eles pediram para ser guardado por um longo tempo. O casal sentou-se no quarto por menos de um minuto antes de mostrar uma carta ao diretor Yu, dizendo que foi escrita pela própria filha e que o diretor Yu foi autorizado a abrir a carta e lê-la depois que a escola fosse concluída.

Quando Deng Youmi viu isso, ele foi chamar o diretor Yu e disse que os convidados tinham algo importante e estavam esperando por ele.

O diretor Yu terminou o que queria fazer passo a passo e veio então. Ele pegou a carta, abriu o envelope com cuidado e lia enquanto olhava. A carta foi escrita para o diretor Yu, o professor Deng e o professor Sun. O texto era muito curto. Começou com a memória da forte neve em Jieling, o som da flauta em Jieling e a bandeira nacional em Jieling. Não houve transição no meio, e foi mencionado que a coisa mais importante nesta vida, e o último pedido era que esperava que, quando a nova escola que recompensava a Jieling estivesse concluída, poderia provar o arroz frito com sal feito pela própria Wang Xiaolan. Depois de deixar a escola primária de Jieling havia um longo tempo, quando Li Zi falava sobre o arroz frito com sal feito por sua mãe, a alegria e a felicidade indescritíveis ainda lhe davam água na boca. Embora não pudesse estar lá pessoalmente, bastaria colocar uma tigela quente de arroz feito com sal em cima da placa de vidro, pressionando o poema, assim podendo prová-lo.

O casal de meia-idade, que estava muito calmo, ainda permaneceu calmo.

A esse ponto, todos sabiam sem adivinhar que a pessoa que escreveu a carta só podia ser Xia Xue.

Sem saber o que acontecera com Xia Xue, o diretor Yu ficou triste. Ele temia que o marido de Wang Xiaolan não permitisse que os outros a convidassem, então ele foi pessoalmente à casa de Wang Xiaolan e a convidou para preparar essa tigela de arroz frito com sal. O diretor Yu também entendia que, com a mentalidade atual do marido de Wang Xiaolan, podia não ser possível se ele fosse sozinho. Entrando na casa de Wang Xiaolan, o homem que estava deitado na cama havia muitos anos perguntou ferozmente quem era na sala dos fundos. O diretor Yu não conseguiu encontrar nenhuma outra desculpa, então ele só poderia contar toda a história com sinceridade. O diretor Yu estava parado na frente da cama com uma camiseta, enquanto o marido de Wang Xiaolan estava deitado na cama coberto com algodão grosso, olhando silenciosamente para o telhado com os olhos fundos, e perguntou depois de um longo tempo se o diretor Yu estava prestes a se tornar um estatal. O diretor Yu balançou a cabeça e disse que agora tudo devia ser feito de acordo com as leis econômicas e, se ele não pudesse pagar o dinheiro, não poderia ser promovido a professor estatal. O marido de Wang Xiaolan perguntou novamente se os professores locais seriam cancelados depois da promoção dessa vez. O diretor Yu assentiu e disse que a política acima estipulava assim. O marido de Wang Xiaolan soltou um suspiro de alívio, virou o rosto para o lado e ergueu o queixo para Wang Xiaolan, o que significava dizer a ela para ir.

Não muito longe da casa dela, Wang Xiaolan disse que seu marido estava com mais medo de Sun Sihai se tornar professor estatal. Se ele não tivesse ouvido falar que o diretor Yu e Sun Sihai estavam em dificuldades financeiras, ele definitivamente não a deixaria sair.

Assim que o diretor Yu voltou para a escola, ele viu o diretor da unidade, Wan, parado na porta muito infeliz e, antes de se aproximar, o acusou de se tornar mais pretensioso à medida que envelhecia.

"Um prédio de ensino tão bonito, não deixa todo mundo dar uma espiada; você ainda quer guardá-lo e revendê-lo por um bom preço?"

O diretor Yu disse: "Como você esqueceu que os bens mais guardados na escola primária de Jieling são professores locais!"

Wan perguntou: "Ficou combinado que eu poderia chegar amanhã de manhã, por que Yu Zhi trouxe a mensagem insistindo em eu chegar hoje?"

O diretor Yu disse a ele para não se preocupar, mas para observar como Wang Xiaolan fritava o arroz frito com sal primeiro.

Arroz frito com sal é uma comida que todos na área sabiam fazer. Quando Wang Xiaolan o fez, exceto por sua postura, tudo o mais era igual. Wang Xiaolan pegou uma tigela com sobras do armário de Sun Sihai e acendeu a lenha no fogão. Quando a panela estava um pouco quente, pegou um pouco de água com uma concha, limpou a panela de ferro fumegante, polvilhou meia colher de óleo no fundo da panela e despejou as sobras na panela depois de um tempo. Wang Xiaolan usou uma espátula para fritar as sobras repetidamente na panela e, ao mesmo tempo, colocou um pouco de sal na tigela com uma colher, acrescentou um pouco de água e mexeu algumas vezes até que o arroz na panela estivesse quase pronto, depois despejou a água com sal derretido ao longo da borda da panela. Nesse momento, Sun Sihai mexeu na lenha do fogão para que queimasse o máximo possível. Houve uma explosão de aroma e o arroz frito com sal estava pronto.

O arroz frito com sal foi colocado na placa de vidro, fumegante e aromático.

O casal de meia-idade ficou em silêncio por um tempo. O marido pegou lentamente uma pequena colher, pegou delicadamente alguns grãos de arroz e os levou aos lábios de sua esposa. Depois que a esposa quase comeu uma colher de arroz frito com sal grão a grão, ela pegou uma colher pequena do marido, pegou um pouco de arroz frito com sal e levou à boca dele. Ao contrário de sua esposa, o marido colocou uma colher de arroz na boca, mastigou algumas vezes e começou a chorar. A esposa também começou a chorar, gritando alto: "Xue'er! Minha doce Xue'er! Jieling é tão difícil, mas você aguentou, por que deu esse passo!"

A triste aparência do casal de meia-idade fez com que todos se perguntassem o que dizer.

Foi Lan Xiaomei quem foi atenciosa. Ela disse ao casal de meia-idade que os primeiros beneficiários desse poema deixado por Xia Xue foram o diretor da unidade, Wan, e sua esposa, Li Fang. Depois que Lan Xiaomei contou a história de Wan e Li Fang, o casal de meia-idade se acalmou e disse a todos que eram os pais de Xia Xue. Não disseram mais nada.

Nesse momento, alguém perguntou em voz alta do lado de fora: "Onde estão as pessoas da escola primária de Jieling?"

Lan Xiaomei reconheceu a voz de Lan Fei. Ela saiu e o diretor Yu e os outros a seguiram.

Ao ver o diretor Yu, Lan Fei disse a mesma coisa que Wan. Havia sido combinado que Lan Fei e o secretário Fang deveriam chegar a Jieling antes das dez horas da manhã. O diretor Yu pediu a Yu Zhi que fosse ao posto de telecomunicações da vila para ligar para Lan Fei e pediu-lhe que viesse para a escola primária de Jieling essa tarde, não importava o que acontecesse.

Embora fosse padrasto, o diretor Yu ainda pediu desculpas a Lan Fei e depois explicou a história interna do que ele fez. O diretor Yu originalmente só queria chamar Wan e Lan Fei como testemunhas, mas os pais de Xia Xue também vieram antes. Ele achou melhor assim. Eles eram o verdadeiro Partido A. Do Comitê da Liga Juvenil do Distrito à unidade de educação da vila e até a escola primária de Jieling, eles eram apenas os executores da doação.

O diretor Yu convidou os pais de Xia Xue para o gabinete da escola. Começando pelo momento que ele e Sun Sihai ouviram um estalo no prédio de ensino naquela noite, ele falou sobre seu pesadelo passo a passo e finalmente falou sobre o som irreal de tremor que deliberadamente havia feito quando os pais de Xia Xue subiram algumas horas atrás. Após ter expressado suas preocupações, o diretor Yu pegou o livro de arquitetura e informou todos que, conforme o conselho profissional baseado no livro, ele solicitou ao pai de Ye Biqiu a construção de um tanque de água temporário na sala de aula do segundo andar. Depois de enchê-lo com água e passar por cerca de 12 horas de teste de pressão, se não houvesse nenhum problema, significaria que o prédio estava seguro.

Depois que o diretor Yu terminou de falar, todos voltaram sua atenção para Deng Youmi. Deng Youmi estava um pouco inquieto. Ele olhou para Wan e Lan Fei. Vendo que os dois se recusaram a dizer qualquer coisa, Deng Youmi não teve escolha a não ser expressar que, embora coisas como fantasmas não fossem críveis, ele ainda sentia que o diretor Yu estava certo em pensar e fazer isso. Ele também era leigo na construção de um prédio e ouvia a construtora para as questões técnicas; desde que a construtora dissesse que não tinha problema, ele acreditava. Na verdade, também estava com medo em seu coração. Se o desabamento de prédio escolar de baixa qualidade mencionado no jornal, que havia esmagado alunos até a morte, acontecesse na escola primária de Jieling, mereceria morrer por isso.

O que o diretor Yu e Deng Youmi disseram comoveu muito os pais de Xia Xue. Eles disseram que não era de admirar que Xia Xue fosse tão apegada à escola primária de Jieling. Vendo que todos não tinham objeções, o diretor Yu pediu ao pai de Ye Biqiu para desviar a água da montanha detrás para o aqueduto de bambu.

Depois de escurecer, o som de água corrente no prédio de ensino desapareceu. O diretor Yu pegou uma lanterna e subiu para dar uma olhada. A piscina no meio da sala de aula no segundo andar estava realmente cheia de água de nascente vinda do aqueduto de bambu. Depois do jantar, todos estavam sentados conversando no playground. Mais tarde, Sun Sihai tocava flauta enquanto todos ouviam.

Não se sabia quando, o vento nas montanhas ficou mais frio.

O diretor Yu tinha arrepios em seu corpo. Ele estendeu a mão para sentir, e Lan Xiaomei também tinha arrepios em seus braços. A lua estava muito brilhante e os pais de Xia Xue podiam ser vistos abraçados. Sentindo algo com a cena, Wan suspirou suavemente.

De repente, o chão tremeu ligeiramente.

Logo após um som abafado, o prédio de ensino na frente desabou!

29

Estava nevando lá fora de novo.

Assim como o inverno em que Ming Aifen adoeceu, como o inverno em que Zhang Yingcai desceu a montanha para estudar na capital da província, como o inverno em que Lan Fei foi transferido para o Comitê da Liga Juvenil do Distrito — sem mencionar Cheng Ju, Wang Xiaolan e Lan Xiaomei, mulheres que estavam intimamente relacionadas com a escola, e até mesmo homens como o chefe da aldeia, Yu Shi, que estavam comprometidos com a política de Jieling, também descobriram esta regra. Desde que o diretor Yu e os outros perdessem a oportunidade de se tornar estatais, Jieling teria muita neve.

Não importava o quão bom o chefe da aldeia, Yu Shi, fosse em cálculos, ele nunca esperava que Zhang Yingcai fosse para a capital da província para estudar por alguns anos e então conseguisse um emprego promissor na cidade do distrito; mas ele era mais idiota do que a mãe de Ye Biqiu e insistiu em voltar para a escola primária de Jieling para ensinar. Para Zhang Yingcai, não se tratava apenas de tomar a iniciativa, e o mais crítico disso foi o que disse o diretor da unidade, Wan.

Naquela época, aos olhos da maioria das pessoas, Deng Youmi havia fugido de Jieling e desaparecido.

Por um tempo, Wan também estava desaparecido. Pessoas da procuradoria do distrito vieram em um carro, quando não tinha mais ninguém na unidade de educação, e silenciosamente levaram Wan para a casa de hóspedes do governo do distrito, abriram um quarto e mandaram quatro pessoas para ficar com ele o dia todo. Felizmente, Li Fang havia pensado nisso com antecedência, porque esse tipo de coisa acontecera com o diretor da unidade de planejamento familiar. Li Fang disse repetidamente a ele que, se alguém da procuradoria realmente viesse causar problemas, não perdesse a paciência e não desistisse, senão seria enganado. O diretor da unidade de planejamento familiar sofrera esse tipo de perda e muitos problemas foram causados. Li Fang também o ensinou que, nesse caso, deveria conversar com as pessoas da procuradoria sobre como tratar o câncer de sangue com radioterapia e contar-lhes as lições de seu próprio câncer de sangue. Embora ela tivesse que passar por quimioterapia após radioterapia, teria que dizer a essas pessoas que sua doença estava basicamente curada. Wan manteve essas palavras firmemente em mente e, por sua vez, persuadiu pacientemente os quatro promotores inseparáveis, pedindo-lhes que prendessem o chefe da aldeia, Yu Shi, que havia denunciado o incidente, e o iluminasse com uma lâmpada de um quilowatt por três dias e três noites.

Wan lembrou que a razão para Deng Youmi pedir à construtora da vila 20.000 yuans em taxa de relações públicas foi porque ele ouviu a instigação de Yu Shi. Se Yu Shi não tivesse dito a ele que não era ilegal na indústria da construção cobrar taxas de relações públicas de 5% a 20% do custo total da construção, Deng Youmi, que nunca havia trabalhado nessa indústria, jamais de repente teria tal ideia. Como chefe da aldeia, Yu Shi queria matar três coelhos com uma cajadada só. Porque a esposa de Yu Shi havia trabalhado como professora local em outra aldeia por dois anos. Depois de se casar com Yu Shi, ela sentiu que ser professora local não tinha status, então ela deixou o giz e se dedicou a ser a esposa do chefe da aldeia. Desta vez, quando soube que todos os professores locais seriam promovidos a estatais, ele teve essa ideia tortuosa e queria tirar um certo professor da escola primária de Jieling e substituí-lo por sua esposa.

Wan pediu às pessoas da procuradoria que fossem imediatamente à sua casa e abrissem a geladeira. Havia um grande saco de casca de teixo bem embrulhado em plástico. Se o levassem para teste, definitivamente encontrariam as impressões digitais de Yu Shi na casca. Foi colocado na geladeira pelo próprio Yu Shi na noite em que Deng Youmi foi demitido do cargo público. Yu Shi eloquentemente disse que foi visitar Li Fang, que sofria de câncer no sangue, e disse que, se tomasse como bebida a decocção de casca de teixo, com um pouco de açúcar em rocha a gosto, não importava o quão perigosas fossem as células cancerígenas, poderia matar mais de 90% delas. E seu verdadeiro propósito eram os pensamentos desavergonhados que ele disse mais tarde. Foi por isso que Wan percebeu que a causa raiz do desastre indiscriminado da escola primária de Jieling estava no alto grau de falta de vergonha de Yu Shi.

Depois que o ileso Wan saiu do controle, ele encontrou Zhang Yingcai imediatamente.

Wan disse: "A escola primária de Jieling está causando efeitos tóxicos em você?"

Zhang Yingcai disse: "Está, sim. Alguém no escritório queria remover o diretor Yu e o professor Sun da lista de professores locais, mas eu resisti".

Wan disse: "Então você deve pedir mais ativamente para voltar a ensinar. Desta forma, você poderá levantar algumas condições".

Zhang Yingcai realmente fez o que Wan disse, e as pessoas do Departamento de Educação disseram algumas palavras hipócritas para persuadi-lo a ficar, e logo concordaram. Antes de partir, Zhang Yingcai deixou uma bomba-relógio no Departamento de Educação. Ele pediu ao responsável relevante que mantivesse as cotas do diretor Yu e Sun Sihai para se tornarem professores estatais até o prazo da promoção dos professores locais e preferisse invalidá-las do que entregá-las a outros. Assim, não tornaria públicas as vergonhosas ações desses privilegiados que se aproveitaram da oportunidade da promoção dos professores locais em estatais. Depois de obter a garantia do responsável, Zhang Yingcai tirou o gravador do bolso e ouviram juntos o conteúdo da conversa que tinha acabado de gravar. A pessoa responsável ficou com tanta raiva que revirou os olhos, e Zhang Yingcai ainda disse que não seria tarde para destruir a gravação depois que o diretor Yu e Sun Sihai se tornassem professores estatais.

Quando Zhang Yingcai se apresentou na escola primária de Jieling, o diretor Yu havia acabado de se recuperar do grave trauma mental. Dessa vez, se não fosse pela companhia constante de Lan Xiaomei, apenas o forte ataque de velha tosse o teria matado. Ainda assim, ele envelheceu muito. Lan Xiaomei disse que, se ele fosse mais velho, Yu Zhi poderia chamá-lo de vovô.

O colapso do prédio de ensino atingiu o diretor Yu com muita força. Naquela época, havia rumores por toda parte de que os professores locais da escola primária de Jieling, para pagar o dinheiro dos anos de serviço que deveria ser entregue quando se tornassem estatais, até se uniram para desviar os fundos de construção da escola doados por outros. De fato, após o colapso do prédio de ensino, as pessoas descobriram nas ruínas que o chamado "concreto armado" basicamente não tinha barras de aço e os enormes blocos de cimento podiam ser esmagados com uma mão. Antes que outros perguntassem, Deng Youmi gritou e cuspiu um bocado de sangue. A causa do acidente ficou clara à primeira vista. Quando os pais de Xia Xue foram embora, eles insistiram que, mesmo que Deng Youmi pedisse 20 mil yuans com taxa de relações públicas em particular, e os 80 mil restantes, desde que a unidade de construção não fosse muito irracional, ainda poderiam construir um edifício de ensino dessa escala.

Com sangue por todo o corpo, Deng Youmi tirou um comprovante de depósito do bolso. A data mostrou que ele não estava mentindo: se a contadora do Departamento de Educação do Distrito não tivesse pedido licença para visitar parentes no exército, Deng Youmi teria pagado naquele dia pelo diretor Yu e Sun Sihai o dinheiro dos anos de serviço que eles não poderiam levantar. Deng Youmi também disse que, quando Lan Fei se tornou estatal, e antes disso, quando Zhang Yingcai se tornou estatal, eles perceberem que, enquanto houvesse alguém que não fosse estatal, a pessoa que se tornou regular primeiro se amaldiçoaria dia e noite. Para se livrar do sentimento de culpa e ajudar os melhores professores locais do mundo, ouviu as palavras de Yu Shi. Por isso, quando assinou o contrato com a construtora da vila, pediu que pagassem 20 mil yuans em taxa de relações públicas após a conclusão do projeto.

Os pais de Xia Xue não pegaram de volta o comprovante de depósito de 20 mil yuans. Eles pensaram que talvez Xia Xue concordasse com Deng Youmi em fazer isso. Com apenas bom prédio escolar e sem bons professores, a escola não seria uma escola. Na verdade, o que mais entristeceu os pais de Xia Xue foi que, embora eles repetidamente tenham solicitado que lidasse com as consequências de outra maneira em nome dos doadores, exigindo que não se prejudicasse pessoas boas em prol da imagem política, o Secretário Fang, que chegou mais tarde, não ouviu nada disso, e juntou-se ao chefe da aldeia, Yu Shi, para insistir em processar Deng Youmi de qualquer maneira.

O que os pais de Xia Xue acharam ainda mais incompreensível foi que, depois que Deng Youmi devolveu o comprovante de depósito de 20 mil yuans à unidade de educação, a procuradoria reteve o depósito como dinheiro roubado. Os pais de Xia Xue sabiam muito bem que, uma vez que o dinheiro fosse identificado como roubado, deveria ser entregue ao tesouro do estado, mas na verdade seria apenas transferido na conta e devolvido à unidade de retenção para se tornar suas despesas de trabalho. Os pais de Xia Xue disseram que, se soubessem que isso aconteceria, seria melhor usar o dinheiro economizado por Deng Youmi para ajudar o diretor Yu e Sun Sihai a pagar o dinheiro dos anos de serviço e deixá-los se tornar professores estatais mais cedo para que pudessem realizar o desejo de vida.

Quando os pais de Xia Xue estavam tristes, lembraram a todos que Xia Xue havia morrido.

Por causa de sentimentos diversos, os pais de Xia Xue não estavam mais calmos. Eles disseram com raiva e tristeza que o dinheiro foi economizado pelos dois aos poucos e eles queriam guardá-lo para o casamento de sua filha. Durante sua vida, sua filha odiava aquelas pessoas que tinham mãos e dinheiro sujos.[26] Nunca imaginaram que, depois de sua morte, sua filha seria arrastada para processo confuso. Depois que os pais de Xia Xue disseram isso, ninguém suportou

---

26 N. do T.: Essa é uma expressão metafórica em chinês, geralmente usada para descrever aqueles que obtêm dinheiro por meios impróprios. Aqui, "mãos sujas" refere-se a fazer coisas por meios ilegais ou imorais, enquanto "dinheiro sujo" significa que a fonte desse dinheiro é impura e pode envolver corrupção, suborno, fraude e outros delitos.

perguntar como Xia Xue havia morrido. Foi a última tristeza, a emoção mais profunda, o sofrimento mais duro e amargo deixado para os pais de cabelos brancos depois de se despedirem da filha jovem.

Quando Zhang Yingcai soube dessas coisas mais tarde, ficou tão surpreso quanto todos os outros.

Deng Youmi uma vez jurou aos pais de Xia Xue que ele não ousaria dizer quanto tempo, mas ele definitivamente daria a Xia Xue um prédio de ensino em Jieling durante suas vidas. Deng Youmi também disse que deveria estar escrito no contrato futuro que o banquete para celebrar a conclusão do projeto do prédio de ensino deveria ser realizado na sala de aula no primeiro andar. Quando o patrão da construtora fosse participar do banquete, cem sacos cheios de areia seriam empilhados na sala de aula do segundo andar acima de sua cabeça. Os pais de Xia Xue tiveram essa ideia para ele. Os pais de Xia Xue disseram que, quando os defensores da Ilha Kinmen inspecionaram os bunkers, eles mantiveram os empreiteiros dentro e os bombardearam do lado de fora. Portanto, quando o Exército Popular de Libertação bombardeou com dezenas de milhares de artilharia, esses bunkers não foram arruinados.

O chefe da aldeia, Yu Shi, riu de Deng Youmi por viver quase 30 anos frugalmente para economizar 10 mil yuans para pagar o dinheiro dos anos de serviço. Se ele quisesse coletar 100 mil yuans em doações, ele ainda poderia queria viver mais 300 anos? Deng Youmi disse a ele severamente que o chefe da aldeia, Yu Shi, poderia ser removido do cargo sem esperar que a escola primária de Jieling construísse um novo prédio. A atitude de Deng Youmi de dar tudo de si deixou Yu Shi muito zangado. Vários músculos em seu rosto se contraíram várias vezes e ele não ousou fazer nenhum movimento adicional. Depois de xingar muitos palavrões, Yu Shi se virou e mostrou um olhar de aguentar humilhação na frente do secretário Fang.

Zhang Yingcai não ficou nada surpreso com as mudanças muito drásticas do secretário Fang.

Assim que o secretário Fang voltou ao seu gabinete, ele pediu a Lan Fei que redigisse um relatório informativo para os departamentos relevantes, sugerindo que Deng Youmi fosse demitido do cargo público. Em seguida, ele ligou pessoalmente para o promotor-chefe da procuradoria e pediu-lhe que recebesse Yu Shi, que foi denunciar. Com a experiência de ajudar no trabalho no departamento de educação do distrito, Zhang Yingcai entendia profundamente que, sempre que um líder pedia para punir alguém quando não havia necessidade de romper relações, isso poderia mostrar melhor o grau de desejo do líder por promoção.

Antes que a primeira neve caísse, Cheng Ju veio à escola e pediu ao diretor Yu para escrever uma declaração e carimbá-la com o selo oficial da escola. Ela iria ao departamento de educação do distrito para receber de volta o dinheiro de anos de serviço de 10.000 yuans pagos por Deng Youmi. O diretor Yu escreveu uma declaração de acordo com seu pedido. Assim que Cheng Ju desceu a montanha, a neve começou a cair em Jieling e logo a trilha para descer a montanha foi bloqueada. De acordo com os requisitos da procuradoria, o diretor Yu e os outros eram responsáveis por relatar os movimentos de Cheng Ju em tempo hábil. Depois da escola, o diretor Yu contou a Yu Shi sobre a ida de Cheng Ju. Yu Shi ficou muito zangado. Ele não só queria xingar novamente, mas também teve a ideia de bater em alguém. Quando a trilha fosse desobstruída e Yu Shi relatasse à procuradoria, ninguém saberia para onde Cheng Ju tinha ido embora se ela tivesse uma cicatriz óbvia no rosto.

Yu Shi quis tirar as galinhas e porcos que Cheng Ju alimentava, mas a tia de Ye Biqiu não permitiu. As duas famílias sempre foram assim, mesmo que tivessem esquecido de explicar, enquanto não tivesse ninguém em uma casa, a outra família ajudava a cuidar deles. Afinal, era filha do antigo chefe da aldeia, e Yu Shi ainda não ousava fazer o que quisesse na frente dela.

Não muito tempo depois, a segunda neve caiu.

Nesse momento, a maioria das pessoas começou a simpatizar com Deng Youmi. Depois de anos de trabalho duro, se sentia angustiado mesmo depois de gastar um centavo. Finalmente economizou algum dinheiro e pensou que compraria felicidade para o resto de sua vida, mas enfim ele acabou de comprar qualificações para ser demitido de cargo público.

Assim que a neve começou a derreter, Cheng Ju voltou.

Cheng Ju disse a todos que estava preocupada com os porcos e galinhas que criava. Ela também disse que as pessoas do departamento de educação do distrito eram piores do que Yu Shi, então ela não teve escolha a não ser ir à província para fazer petição. Cheng Ju, que sempre foi tímida, de repente se tornou corajosa e não levou Yu Shi a sério. Cheng Ju foi ver o vice-diretor do departamento provincial de educação. O vice-diretor ligou pessoalmente e pediu ao distrito para devolver o dinheiro. Ele também disse que, se Deng Youmi realmente reconstruísse o prédio da escola primária de Jieling sozinho, ele viria e cortaria a fita pessoalmente e resolveria todos os problemas de Deng Youmi separadamente.

Yu Shi não acreditou que o departamento provincial de educação fosse um lugar onde mulheres como Cheng Ju pudessem entrar se quisessem. Cheng Ju disse que apenas aqueles que eram oficiais tinham medo de oficiais, já que ela não era nada, não tinha medo de ninguém. Quando Cheng Ju saiu de casa, ela levou consigo o jornal amarelado que Deng Youmi considerava um tesouro. Tinha o artigo escrito por Zhang Yingcai alguns anos atrás e a foto tirada pelo diretor Wang. Cheng Ju disse que, quando o zelador do departamento provincial de educação viu o jornal, a levou ao vice-diretor. Yu Shi ainda não acreditou e pediu a Cheng Ju que mostrasse a todos o dinheiro devolvido. Cheng Ju realmente aprendeu a zombar e disse que, se quisesse ver o dinheiro de outras pessoas, seria melhor ficar na porta do banco. Yu Shi ficou ainda mais zangado, pois sentiu que Cheng Ju estava sendo ensinada por um certo especialista.

O diretor Yu mais tarde perguntou a Cheng Ju sobre o reembolso do dinheiro do departamento de educação do distrito, mas Cheng Ju apenas sorriu e não respondeu.

O diretor Yu teve uma premonição e imediatamente entrou em pânico, dizendo repetidamente: "O diretor Deng não está aqui, então não aja de forma imprudente".

Cheng Ju disse: "Eu não estou agindo imprudentemente, foi Lao Deng quem me pediu para fazer isso".

Quanto ao que Deng Youmi queria que ela fizesse, Cheng Ju se recusou a dizer uma palavra.

Sun Sihai, ao lado, parecia entender melhor do que o diretor Yu. Depois de dar uma olhada profunda em Cheng Ju, ele mudou a conversa: "Seu velho Deng está bem?"

Cheng Ju disse: "Não há nada de mau. De dar aulas para uma turma a ensinar apenas uma pessoa, está tão gordo que quase parece um professor universitário".

Sun Sihai disse novamente: "Um cara tão travesso, o velho Deng consegue discipliná-lo?"

Cheng Ju disse com orgulho: "O velho Deng apenas contou uma história e perguntou uma questão de matemática, e assim ele conquistou aquela criança".

Sun Sihai sorriu levemente, pensando que a questão de matemática devia ser aquela que havia sido feita por Xia Xue, "Preencha os números como 123456789 em □.□.×□=□.□ sem repetição". Sob questionamento, realmente foi assim. A criança calculou por dois dias, mas não apresentou o resultado. Deng Youmi disse a ele que o resultado era $1963 \times 4 = 7852$ e que os alunos da escola primária de Jieling haviam resolvido esse problema dentro de dez minutos. Deng Youmi estimulou a criança e depois contou uma piada relacionada a aprender chinês para apaziguá-la.

Cheng Ju não falava mandarim, então ela sussurrou a piada que Deng Youmi havia contado para Lan Xiaomei e pediu a Lan Xiaomei que contasse a todos em mandarim. Depois que Lan Xiaomei ouviu, ela gargalhou o suficiente antes de dizer a todos:

"Infelizmente, um cavaleiro foi capturado em batalha. O líder inimigo disse a ele que, por causa de sua bravura na batalha, podia satisfazer seus três pedidos antes de matá-lo. O cavaleiro disse sem pensar que queria dizer algo ao seu cavalo. O líder concordou, então o cavaleiro se aproximou e sussurrou algo para seu cavalo. Depois de ouvir isso, o cavalo partiu galopando. Ao entardecer, ele voltou com uma linda garota em suas costas. Naquela noite, o cavaleiro passou uma boa noite com a garota. No dia seguinte, o líder inimigo pediu ao cavaleiro para fazer um segundo pedido. O cavaleiro novamente pediu para falar com o cavalo. Depois que o líder concordou, o cavaleiro sussurrou para o cavalo novamente. O cavalo rugiu novamente. Uma garota mais bonita e gostosa voltou. O cavaleiro passou outra noite feliz. O líder inimigo ficou surpreso: embora seu cavalo seja uma grande surpresa, eu vou te matar amanhã. Agora, por favor, proponha o último pedido. O cavaleiro pensou um pouco e pediu para falar com seu cavalo sozinho. O líder inimigo estranhou, mas concordou com a cabeça. Apenas o cavaleiro e seu cavalo ficaram na tenda. O cavaleiro ficou olhando para o cavalo, de repente agarrou suas orelhas e disse com raiva: "Repito, traga uma brigada (lui), não uma mulher (nui)!"

Zhang Yingcai sentiu que a pessoa que inventou essa piada para ilustrar a importância de aprender Hanyu Pinyin e mandarim também era um mestre.

Os mestres com os quais Yu Shi estava preocupado eram na verdade os três. Se Lan Xiaomei fosse adicionada, seria a "Gangue dos Quatro".[27] Assim que Zhang Yingcai voltou para a escola primária de Jieling, o diretor Yu disse a ele para onde Deng Youmi tinha ido. Se as pessoas da procuradoria realmente conhecessem os professores locais, poderiam facilmente pegar Deng Youmi. Depois de ficar em algumas salas de aula velhas por até 30 anos, nesse momento, só podia pedir ajuda aos alunos. Quando Deng Youmi decidiu fugir para evitar os holofotes, o diretor Yu e Sun Sihai pediram que ele fosse até Ye Meng. Se o chefe de Ye Meng precisasse de alguém para ser um tutor para ensinar seu filho, esse seria o melhor lugar para ir. Depois de Deng Youmi estar ausente por vários meses, Cheng Ju, que pensava nisso dia e noite, quis visitá-lo. A "Gangue dos Quatro" discutiu várias vezes e finalmente decidiu que a solução de Lan Xiaomei era a melhor. Originalmente foi combinado que ir ao departamento de educação do distrito para pedir dinheiro era apenas uma desculpa para sair, mas não

---

27 N. do T.: Originalmente referindo-se às figuras dominantes da Revolução Cultural que ocorreu na China nas décadas de 1960 e 1970, aqui se refere aos quatro homens de quem Yu Qi tinha medo.

esperava que Cheng Ju realmente fizesse isso e realmente pedisse o dinheiro de volta. Quanto a onde Cheng Ju levou o dinheiro, embora ela não tivesse dito, todos sabiam em seus corações.

Mais incrivelmente, foi verdade que Cheng Ju fez uma petição e também foi verdade que ela se encontrou com o vice-diretor do departamento provincial de educação. Só que o processo foi um pouco falso. Cheng Ju apenas disse a verdade ao diretor Yu. Quando ela foi ao departamento provincial de educação, um prédio alto cujo telhado até não podia ser visto estava sendo construído lá. Cheng Ju disse que o pequeno prédio de ensino doado pelos pais de Xia Xue custou 100.000 yuans, então se questionou custaria o prédio do departamento provincial de educação, que era tão grande quanto a montanha detrás da escola primária de Jieling. Se conseguissem economizar o custo de um canto, os professores locais de toda a província não precisariam pagar por sua própria formação. As pessoas que trabalhavam ficavam temporariamente lotadas no antigo prédio ao lado. Tinha muita gente entrando e saindo, e de vez em quando alguém se dispunha a falar com ela. Apenas disse que todos os professores locais haviam sido promovidos a professores estatais, então por que ainda havia problemas com os professores locais? O velho jornal nas mãos de Cheng Ju não despertou o interesse de ninguém, e alguns até disseram que a cerimônia de hasteamento da bandeira realizada em frente ao prédio escolar velho era um show político enfadonho. Em desespero, Cheng Ju agarrou um jovem oficial que havia atualizado "enfadonho" para "sem vergonha" e disse que, como ele era tão cruel, não a culpasse por ser mais cruel, então ela abriu a boca e mordeu aquela pessoa. O guarda veio e a chutou, e várias mechas de seu cabelo foram arrancadas. Mas o plano amargo de Cheng Ju também deu certo. Um repórter do jornal provincial passou e viu Cheng Ju caída no chão, ainda protegendo o jornal. O repórter era colega do diretor Wang e conhecia muito bem os meandros da escola primária de Jieling, então ligou para o diretor Wang, que estava entrevistando em outro lugar. O diretor Wang ligou depois para o vice-diretor. Essa foi a razão por trás das mudanças repentinas.

O diretor da unidade, Wan, descobriu essas coisas mais tarde e disse tristemente que o tóxico da escola primária de Jieling se espalhou muito rapidamente!

Nevascas caíram uma após a outra. Queda de neve era comum na região de Jieling originalmente, mas nevasca tão pesada não era vista havia muitos anos.

Foi difícil esperar até o dia em que os triciclos motorizados pudessem passar. Nesse dia, o diretor da unidade, Wan, trouxe repentinamente o contador Huang para a escola primária de Jieling. O contador Huang foi entregar o salário, mas Wan foi parabenizar. O contador Huang enviou os salários de dois professores estatais de uma vez, um era Zhang Yingcai e o outro era o diretor Yu. Quando Wan parabenizou o diretor Yu, ele também elogiou Lan Xiaomei como mestre em gestão financeira e entregou o dinheiro dos anos de serviço do diretor Yu sem dizer uma palavra. O diretor Yu ficou constrangido e surpreso, e disse a Wan que o dinheiro não era deles. Wan não acreditou, caso contrário como ele poderia se tornar um estatal?

Lan Xiaomei caminhou até a aldeia embaixo sem dizer nada e chamou Cheng Ju. Cheng Ju admitiu que, quando o departamento de educação devolveu o dinheiro, ela entregou o dinheiro dos anos de serviço do diretor Yu no local. O diretor Yu disse impotente: "E o professor Sun, como eu poderia deixá-lo sozinho?"

Cheng Ju disse: "Eu disse ao senhor Sun e ele queria que eu não falasse isso para você".

Wan disse: "Velho Yu, o dinheiro tem que ser devolvido, então você pode escrever uma nota de empréstimo para Cheng Ju".

Vendo que o negócio foi feito, o diretor Yu não teve escolha a não ser escrever uma nota: "O velho Yu não tem virtude nem habilidade. Felizmente, há camaradas[28] e colegas que me ajudam; é muito difícil para professores locais se tornarem estatais; têm que pagar muito dinheiro dos anos de serviço. Devo dez mil yuans e um grande favor a Deng Youmi. Eu pagarei a dívida e Deng Youmi será o padrinho do meu filho".

Depois de escrever, todos disseram que o diretor Yu escreveu bem. Cheng Ju também disse que essa era a melhor maneira: "Quando escrever carta para Deng Youmi mais tarde, peça a Yu Zhi para chamá-lo de padrinho e para deixá-lo preparado".

Antes das férias de inverno, quando os trabalhadores migrantes vieram ver seus filhos na escola, todos foram para as ruínas do prédio de ensino. Muitos deles trabalhavam em canteiros de obras e todos repreenderam a construtora por ter ficado com o coração maligno ao ver o chamado concreto parecendo sedimento de tofu. Ouvindo que Deng Youmi havia feito um juramento, todos foram ver o diretor Yu, dizendo que, quando o prédio de ensino fosse realmente construído novamente, todos estavam dispostos a voltar e ajudar a supervisionar o trabalho.

Antes do Ano-Novo Chinês, o diretor Yu recebeu uma carta dos pais de Xia Xue. A carta dizia que a tigela de arroz frito com sal fez Xia Xue saborear a mais bela comida e carinho familiar do mundo. Os pais de Xia Xue também pediram ao diretor Yu que transmitisse suas saudações a Deng Youmi, e eles não deveriam se preocupar com o acidente. Foi causado por razões sociais e não teve nada a

---

28 N. do T.: Refere-se a um apelido mútuo com conotações políticas na China.

ver com as pessoas da escola primária de Jieling. Portanto, os dois recentemente decidiram economizar metade de seu salário, e estimava-se que eles pudessem economizar até 100.000 yuans em quatro ou cinco anos. Então eles cumpririam o desejo de Xia Xue.

Durante o Ano-Novo Chinês, Cheng Ju derramou lágrimas de amor, mas, por causa da carta dos pais de Xia Xue, todos estavam de bom humor. Com Lan Xiaomei, os professores da escola e familiares se davam de forma mais harmoniosa. Desde o primeiro dia do primeiro mês lunar, todos combinaram de se visitarem e celebrarem o Ano-Novo Chinês. Não apenas desceram a montanha até a casa de Zhang Yingcai e até a casa de Wan, mas também foram para a casa de Wang Xiaolan. Claro, fingiram estar passando, e só as mulheres entraram na casa. Lan Xiaomei pediu aos homens que não entrassem na casa, e Yu Zhi também ficou do lado de fora de maneira digna. Lan Fei o empurrou, dizendo que ele ainda não era um homem. Lan Fei não foi para a escola primária de Jieling até a manhã do dia 30 do décimo segundo mês lunar. Ele foi até a casa de Wan no segundo dia do primeiro mês lunar para fazer uma visita de Ano-Novo Chinês, mas não voltou. Lan Xiaomei sorriu e anunciou a todos que Lan Fei estava namorando.

Quando falavam de amor, Zhang Yingcai não pôde deixar de pegar o instrumento musical de cordas e, enquanto tocava, recitava a transcrição de poema pressionada sob a placa de vidro.

30

Assim que passou o décimo quinto dia do primeiro mês lunar, o governo municipal enviou pessoas a Jieling para anunciar que o comitê da aldeia seria reeleito e enfatizou que, ao contrário dos anos anteriores, os inspetores seriam designados para a reeleição dessa vez. A princípio, todos não levaram a sério, pensando que algumas pessoas da vila se sentariam no local de votação com a cara séria pela manhã até o fim da reunião, depois teriam um almoço suntuoso acompanhado pelo chefe da aldeia eleito, e à tarde os membros do comitê eleitos seriam convocados para dizer alguns clichês e iriam embora até antes do pôr do sol. Agora que havia triciclos motorizados para passageiros, talvez eles jantassem antes de partir. Alguns dias depois, o inspetor realmente veio. Vendo que ele não era do governo municipal, mas Lan Fei, que foi transferido do Comitê da Liga Juvenil do Distrito, o interesse do povo de Jieling de repente ficou mais forte.

O chefe da aldeia, Yu Shi, não estava feliz. Embora tivesse opiniões diferentes, não podia mudar nada, porque Lan Fei não foi apenas o inspetor de Jieling, seus objetos de observação foram todas as aldeias da vila. Mais tarde, ouviram dizer que durante a eleição poderia haver inspetor com nível mais alto do que Lan Fei presente, e Yu Shi ficou aliviado depois de saber disso.

Nas eleições dos anos anteriores, os três professores locais da escola primária de Jieling eram absolutamente obrigados a participar desde o registro eleitoral até a contagem dos votos, tudo era trabalho deles. Esse ano a situação foi diferente, Zhang Yingcai era professor estatal e o diretor Yu também se tornou professor estatal, e a aldeia não tinha autoridade para ordená-los. Restava apenas Sun Sihai e, quando o velho contador foi notificá-lo, ele disse que estava muito ocupado recentemente e que esse tipo de coisa só poderia ser feito por outras pessoas. O velho contador ficou desapontado. O diretor Yu disse que ele e Zhang Yingcai poderiam ajudar em seu tempo livre. Um dia, Yu Shi veio à escola primária de Jieling e perguntou a Sun Sihai se ele sentia que era o último professor local que estava prestes a se tornar uma relíquia cultural sob proteção chave, e disse que ele era ainda mais arrogante do que os professores estatais. Sun Sihai também não respondeu bem e pediu a Yu Shi que se controlasse, caso contrário perderia seu voto. Yu Shi não parava de rir. Antes de ir embora, ele disse em voz alta que, sem o voto de Sun Sihai, ele ainda seria capaz infalível de vencer.

Yu Shi tinha um motivo para dizer isso: desde o dia que a eleição foi oficialmente anunciada, ninguém além dele havia se registrado para concorrer a chefe da aldeia. Ye Tai'an, que derrotara Yu Shi na última eleição e depois renunciara, ficou em casa depois do Ano-Novo Chinês. Todos pensaram que ele concorreria à eleição novamente, mas ele simplesmente não teve nenhuma ação. Quando o prazo se aproximava, Ye Tai'an finalmente desistiu, dizendo que não era bom o suficiente para competir com Yu Shi e não jogaria mais com ele.

Vendo que ele estava prestes a ser eleito naturalmente sem nenhum concorrente, Yu Shi ficou muito feliz e aceitava de bom grado elogios de outras pessoas aonde quer que fosse. Naquela tarde, Yu Shi caminhou até a escola primária de Jieling. Como era o último fim de semana do mês, Wang Xiaolan foi à escola para buscar Li Zi novamente. Yu Shi a viu saindo da casa de Sun Sihai. Wang Xiaolan, que sempre era elegante, corou de repente ao ver Yu Shi. Sun Sihai achou estranho, e Wang Xiaolan não conseguiu explicar com clareza, mas sentiu que havia algo nos olhos de Yu Shi que a assustava.

Nesse momento, Yu Shi não tinha outras intenções. Como Wang Xiaolan, ele foi à escola para buscar seu filho, que estudava na escola secundária da vila. Em uma parte do playground com sol, Lan Xiaomei usou dois bancos para apoiar uma grande pá de secagem e costurou juntos, com uma agulha de costura grossa, o forro da colcha, a superfície da colcha e o algodão lavado e engomadurado. Considerando Lan Fei, Yu Shi foi dizer olá a Lan Xiaomei e continuou a elogiar Lan Xiaomei de maneiras diferentes, dizendo que ela não era apenas a estrela da sorte do diretor Yu mas também a estrela da sorte da escola primária de Jieling, com a possibilidade de se tornar a estrela da sorte dele mesmo.

Enquanto conversavam, um triciclo estacionou no cruzamento próximo ao playground, e todos que desceram do triciclo foram alunos da escola secundária da vila. Yu Shi não conseguiu encontrar seu filho, então ele perguntou a Yu Zhi e Li Zi. Yu Zhi disse: "Pedimos ao filho do chefe da aldeia que pegasse um triciclo especial".

Depois de um tempo, outro triciclo motorizado veio. Com certeza, Yu Zhuangyuan estava sentado nele sozinho. Vendo Yu Shi, Yu Zhuangyuan disse com tristeza: "Yu Zhi assumiu a liderança em me isolar".

Os alunos se divertiram com a aparência de Yu Zhuangyuan, e a risada de Li Zi foi particularmente alta. Yu Zhuangyuan ficou com tanta raiva que virou os olhos, encontrou Li Zi e gritou com ela: "Vadia grande, vadiazinha e pai falso!"

Ao ouvir isso, Sun Sihai não pôde acreditar em seus ouvidos por um momento.

O playground estava tão silencioso que apenas o som de Li Zi soluçando nos braços de Wang Xiaolan permaneceu.

Sun Sihai estendeu a mão e acariciou o cabelo de Li Zi, depois caminhou em direção a Yu Shi e seu filho. Yu Zhuangyuan sabia que algo estava errado, então ele se escondeu timidamente atrás de Yu Shi. Sun Sihai acenou para que o diretor Yu e Zhang Yingcai viessem. Os alunos e pais que estavam assistindo à comoção também seguiram. Sun Sihai ficou na frente de Yu Shi por um tempo, e então perguntou gentilmente se ele se lembrava do velho ditado "alimentar sem ensinar é culpa do pai". Yu Shi disse que a criança não inventou as palavras sozinha. Muitas pessoas estavam dizendo a mesma coisa. A criança estava apenas contando a todos a verdade sobre as novas roupas do imperador. Sun Sihai deu um tapa no chefe da aldeia, Yu Shi, da esquerda para a direita, depois deu um tapa em Yu Shi da direita para a esquerda e, em seguida, deu um soco no rosto de Yu Shi.

"Quero que você se lembre que o primeiro tapa é para Li Zi, o segundo tapa é para Wang Xiaolan e o terceiro soco é para a pessoa que está deitada na cama e não consegue se levantar. Não vou me aproveitar de você, seu filho repreendeu três pessoas, e eu só vou bater em você três vezes". Depois que Sun Sihai terminou de falar, ele se lembrou de algo: "Não, há outra pessoa. O professor Lan Fei em nossa escola. Você ainda deve um tapa a ele".

Antes que Sun Sihai tivesse tempo de agir novamente, o diretor Yu já havia se espremido no meio para separar os dois.

Lan Xiaomei bateu os pés ansiosamente do lado de fora da multidão, dizendo repetidamente que ninguém mais deveria mexer nos assuntos de Lan Fei.

O chefe da aldeia, Yu Shi, nunca havia sido agredido assim antes, e ele ficou tonto por um tempo antes de cair em si. Ele gritou para o diretor Yu, pedindo a Sun Sihai para esperar e ver, dizendo que, se não o fizesse cair no chão e comer merda, ser o chefe da aldeia por tantos anos seria inútil.[29]

Sun Sihai se acalmou completamente e disse a Yu Shi, palavra por palavra, que iria se registrar para a eleição do chefe da aldeia no dia seguinte de manhã; só porque ele estragou seu filho daquela maneira, deveria puxá-lo do cavalo.

---

29 N. do T.: A frase refere-se ao fato de que, se Sun Siwei não for submetido a uma punição severa ou a dificuldades, seus anos de serviço como chefe de aldeia terão sido em vão.

Yu Shi ainda não havia respondido, mas as crianças ao lado dele aplaudiram. Yu Shi foi embora com raiva, e Wang Xiaolan e outros também foram. Várias pessoas da escola naturalmente se reuniram na casa do diretor Yu. O diretor Yu disse: "Professor Sun, é bom você pensar bem sobre isso, não é fácil ser o chefe da aldeia".

Sun Sihai disse: "Se Yu Shi pode ser o chefe da aldeia, por que não posso?"

O diretor Yu disse: "Se você fizer isso, terá que se esforçar até o topo".

Sun Sihai disse: "Eu também quero continuar a ser professor, mas eles estão forçando garotas de boas famílias a se prostituir".

Zhang Yingcai interrompeu neste momento e disse: "Os alunos refletem as opiniões dos pais. A resposta foi tão entusiástica agora. O professor Sun pode tentar".

Lan Xiaomei sentiu que Sun Sihai sempre ensinava na escola e nunca havia sido um oficial na aldeia. Era melhor agir de forma segura e ouvir o que acontecia naquela noite primeiro. Se não funcionasse, ele continuaria ensinando. O diretor Yu concordou com as palavras de Lan Xiaomei. Yu Shi, o chefe de uma aldeia, foi espancado por Sun Sihai, um professor local. Se ele não recebesse aplausos do povo de Jieling, não deveria concorrer à eleição do chefe da aldeia.

Depois que o diretor Yu recebeu ajuda de Deng Youmi e Cheng Ju e se tornou um professor estatal, Sun Sihai e Zhang Yingcai usavam sua cozinha como cantina pública. Claro, isso também foi resultado dos repetidos convites de Lan Xiaomei. Depois do jantar, todos ainda estavam conversando na mesa de jantar quando de repente ouviram o som de bombinhas em uma aldeia próxima. Esta foi a reação dos aldeões ao espancamento do chefe da aldeia, Yu Shi. Não demorou muito e a maioria das mais de 20 aldeias, grandes e pequenas, dispararam bombinhas. Lan Xiaomei disse que, como esse era o caso, se Sun Sihai não o substituísse, todo mundo ficaria desapontado.

Em seguida, todos pensaram em vários slogans de campanha para Sun Sihai: o último a morar em um prédio, o último a andar de moto e o último a comer carne durante o Ano-Novo Chinês. Lan Xiaomei também esperava que, após esses slogans, acrescentasse outra frase: Nunca seja o último a se casar. Todos sentiram que, embora isso fosse muito engraçado, era fácil para o oponente aproveitar para fazer barulho sobre o relacionamento entre Sun Sihai e Wang Xiaolan.

Enquanto falava animadamente, o diretor Yu sibilou de súbito.

Depois de um tempo, o diretor Yu disse a todos que parecia ter ouvido um lobo uivando.

Todos se aquietaram e prestaram atenção por um tempo, mas não ouviram nada além do latido de cachorro. Zhang Yingcai repetiu o velho ditado, dizendo que não acreditava que houvesse lobos em Jieling. Se houvesse lobos, Sun Sihai poderia usar a situação desta vez na eleição para atacar o atual chefe da aldeia, Yu Shi. Onde havia lobos, a ecologia natural devia ser muito boa. Esta era uma lei da natureza e ninguém podia derrubá-la. No entanto, em um ambiente ecológico natural tão bom, a perspectiva social de Jieling não melhorou por muito tempo, o que obviamente se devia à falta de trabalho do líder local. A ideia de Zhang Yingcai não foi adotada por Sun Sihai. Sun Sihai disse que a razão de ele sair para lutar era porque ele odiava a série de maus comportamentos de Yu Shi. Se ele fizesse o que Yu Shi havia feito, mesmo que combatesse veneno com veneno,[30] ele ainda cairia em uma feia briga política. Nesse caso, votaria contra ele próprio.

Sun Sihai não dormiu bem à noite, com muitas coisas na cabeça. Finalmente adormeceu e foi acordado por uma batida na porta. Ao abrir os olhos, viu que o sol já estava brilhando na janela.

Abrindo a porta, ao ver o velho contador da aldeia, Sun Sihai entendeu que ele estava ali para ser um lobista. O som das bombinhas na noite anterior deixou Yu Shi muito nervoso. Antes do amanhecer, ele chamou o velho contador para casa e pediu a ele para persuadir Sun Sihai a não se registrar para a eleição. O velho contador também mostrou a Sun Sihai uma nota manuscrita por Yu Shi que dizia que, desde que Sun Sihai desistisse da eleição, ele teria uma maneira de fazer Wang Xiaolan se divorciar e se casar com Sun Sihai. Até podia conseguir um empréstimo para ele em nome do comitê da aldeia, para pagar o dinheiro dos anos de serviço para que os professores locais se tornassem estatais. Antes disso, Sun Sihai poderia continuar trabalhando como professor local, e seu salário seria igual ao do chefe da aldeia. Ele mesmo nunca retaliaria Sun Sihai por causa do que acontecera no dia anterior à tarde.

"Quem disse que o chefe da aldeia perdeu a paciência? Ele enviou um lobista decente para me impedir de concorrer às eleições!"

Antes que Sun Sihai pudesse responder, Lan Fei invadiu a porta.

"Professor Sun, você já é o melhor professor local da China! Você não só ousou bater no chefe da aldeia, mas fez com que ele não pudesse fazer nada."

---

30 N. do T.: Essa é uma expressão idiomática chinesa que se refere ao uso de drogas venenosas para tratar doenças causadas por veneno e, mais tarde, usada na vida real para se referir ao uso de algo que tem um efeito ruim para neutralizar outra coisa que tem um efeito ruim. A expressão deriva originalmente de um princípio terapêutico da farmacologia chinesa que usa drogas com propriedades tóxicas para neutralizar vírus ou lesões no corpo humano a fim de obter efeitos terapêuticos. Na teoria da medicina chinesa, embora certos medicamentos sejam tóxicos, eles podem ser usados para tratar doenças específicas na quantidade certa e na combinação certa, e acredita-se que essa abordagem estimula a capacidade do corpo de resistir a doenças e atingir objetivos terapêuticos ao "combater veneno com veneno".

"Quem disse que o chefe da aldeia não pode fazer nada? Ele enviou um lobista para me impedir de concorrer à eleição!"

Ao ouvir o que Sun Sihai disse, Lan Fei imediatamente avisou ao velho contador que, se houvesse tal comportamento de novo, ele o denunciaria em nome do inspetor e desqualificaria Yu Shi de concorrer ao cargo. O velho contador não se atreveu a dizer nem mais uma palavra, abaixou a cabeça e saiu apressadamente. Lan Fei fez uma viagem especial para lá depois de ouvir sobre Sun Sihai. Lan Fei disse alegremente que o que Sun Sihai havia feito foi obviamente o resultado de ele espalhar o fogo do pensamento na escola primária de Jieling. Para evitar que Yu Shi pregasse peças novamente, Lan Fei acompanhou Sun Sihai ao governo da vila para explicar a situação ao líder responsável e depois voltou a Jieling para registro formal, tornando-se o único competidor de Yu Shi.

Saindo do comitê da aldeia, Sun Sihai fez um desvio e passou pela casa de Wang Xiaolan.

Wang Xiaolan estava na porta espalhando grãos no chão para alimentar as galinhas. Sun Sihai cerrou o punho e fez um gesto que nem ele sabia o que significava. Mas Wang Xiaolan entendeu e o sorriso em seu rosto estava mais brilhante do que nunca.

Sun Sihai voltou para a escola cheio de alegria. Ele nunca sonhou que esta seria a última vez que ele e Wang Xiaolan se encontraram. Naquela noite, assim que Sun Sihai adormeceu, alguém jogou uma pedra na casa. Ele se levantou, pretendendo abrir a porta para sair e ver o que havia acontecido, mas o trinco da porta foi aberto e, de repente, ele pensou duas vezes. Ele apoiou o casaco em uma vara e o esticou quando abriu a porta. Uma sombra escura apareceu na porta e o casaco foi derrubado no chão por um objeto pesado. Sun Sihai gritou: "Quem é?"

O homem já havia pulado para fora da porta. Ele não sabia quantas sombras negras havia. Ele agarrou a pedra fora da porta para treinar o braço com as duas mãos, ergueu-a sobre a cabeça e colocou-a de volta no chão. Em seguida, levantou-a novamente e colocou-a de volta no chão. Depois de repetir isso pela terceira vez, Sun Sihai ergueu a pedra e não a baixou mais, disse calmamente que a força de um homem nem sempre era usada para bater em alguém. Nesse momento, houve movimentos nos quartos do diretor Yu e Zhang Yingcai, um após o outro. Quando eles saíram, várias sombras negras já haviam desaparecido.

Não havia necessidade de analisar, todos entenderam o que essas pessoas queriam fazer.

Nos dias seguintes, fosse dia ou noite, Sun Sihai foi extremamente cuidadoso.

Depois que a bandeira nacional foi hasteada naquela manhã, Sun Sihai estava pensando na eleição. O pai de Ye Biqiu veio correndo e gritou de longe: "Venha salvar Wang Xiaolan!"

Sun Sihai entrou em pânico e correu para a casa de Wang Xiaolan antes que ele pudesse fazer qualquer pergunta.

O diretor Yu e Zhang Yingcai correram para o local, apenas para ver Sun Sihai chorando enquanto segurava o corpo de Wang Xiaolan. O marido paralisado na cama morreu ao mesmo tempo que Wang Xiaolan e toda a situação havia sido escrita no bilhete de suicídio do marido de Wang Xiaolan. Ele disse que Wang Xiaolan foi estrangulada até a morte por ele mesmo. Primeiro ele odiava Wang Xiaolan por tantos anos de adultério com outra pessoa, segundo odiava Wang Xiaolan por criar filha de outro em casa por tantos anos, terceiro odiava Wang Xiaolan por expressar desprezo por nunca resistir por tantos anos, e quarto odiava Wang Xiaolan por cantar a música que ele mais odiava, quinto odiava Wang Xiaolan por dizer publicamente na frente dele que escolheria Sun Sihai como o chefe da aldeia. Portanto, ele não queria mais deixar Wang Xiaolan viver e, ao mesmo tempo, ele mesmo não queria viver mais.

Depois de matar Wang Xiaolan, este homem chamado Li Zhiwu também cometeu suicídio tomando veneno.

A vizinha do outro lado do muro disse mais tarde a Sun Sihai que Yu Shi havia visitado a casa de Wang Xiaolan na noite anterior. Assim que ele saiu, o marido de Wang Xiaolan começou a gritar com ela e xingar, usando palavrões cruéis que nunca haviam sido ouvidos antes. Pelo que ele disse, parece que ele sabia que Li Zi não era sua filha. Wang Xiaolan permaneceu em silêncio todo esse tempo e, no meio da noite, ela começou a cantar de maneira muito estranha. Era a música "Nossa vida está cheia de sol", que Sun Sihai sempre gostava de tocar na flauta. Era muito alto no começo, mas gradualmente foi ficando mais fraco, e ficou cada vez mais fraco, e então se tornou inaudível. A vizinha, com coração partido, pensou que Wang Xiaolan já estava dormindo. Ela não previu que fosse o pescoço de Wang Xiaolan que estava sendo apertado gradualmente, até tal ponto que ela não conseguia cantar mais nenhuma música.

A morte de Wang Xiaolan deixou Sun Sihai em silêncio por três dias e três noites.

No quarto dia, Lan Xiaomei acompanhou Li Zi de volta à escola quando ela voltou para se despedir de sua mãe. Ela disse a Sun Sihai que Li Zi escreveu um pequeno poema em memória de Wang Xiaolan, que era nada menos que a transcrição do poema pressionado sob a placa de vidro. Quando Li Zi voltasse na próxima vez, ela o entregaria a Sun Sihai. Sun Sihai chamou sua boa filha em seu coração e, quando viu aquelas pessoas que não eram mais amigáveis com ele por causa da morte de Wang Xiaolan, suas emoções ficaram muito mais calmas.

No quinto dia, era fim de semana novamente e Lan Xiaomei desceu a montanha outra vez para buscar Li Zi e entregá-la a Sun Sihai.

Quando restaram apenas os dois na sala, Li Zi silenciosamente entregou um papel, que foi o poema que ela escreveu em memória de sua mãe. O poema era muito curto, mas fez Sun Sihai derramar todas as lágrimas acumuladas em três dias e três noites. Sun Sihai chorou, Li Zi também chorou e os dois choraram juntos. Li Zi abraçou o braço de Sun Sihai com força, como se tivesse medo de que ele fosse embora também.

Sun Sihai tinha muito a dizer, mas, até que Li Zi adormeceu em seus braços, não conseguiu dizer uma palavra.

À noite, a última neve desse inverno caiu silenciosamente.

Li Zi estava acostumada a ler pela manhã. Ao abrir a porta e ver a brancura lá fora, ela deixou escapar: "Pai! Levante-se e veja a neve, está nevando!"

Sun Sihai acordou cedo e estava deitado na cama pensando em algo. O grito de Li Zi aqueceu as órbitas de seus olhos e, antes de vestir um casaco de algodão, foi para a porta como se estivesse voando. Ele não olhou para a neve, mas gentilmente abraçou Li Zi em seus braços, e Li Zi também pressionou gentilmente seu rosto contra o de Sun Sihai. Depois do café da manhã, Li Zi puxou Sun Sihai e pediu-lhe que a acompanhasse em uma caminhada na neve. Sun Sihai a seguiu até a aldeia abaixo.

A neve estava um pouco pesada e ainda havia muitas pessoas fora de casa.

Li Zi pegou a mão de Sun Sihai e disse sempre que via alguém: "Este é meu pai! Sou filha dele!"

Os pais viajaram por todas as aldeias nas montanhas em Jieling na chuva.

A neve trazida pela primavera fria derreteu rapidamente.

Na manhã seguinte, o playground da escola primária de Jieling estava movimentado como nunca antes.

Quando o velho contador viu a mãe de Ye Biqiu vindo com o livro de chinês da primeira série, ele foi provocá-la. Perguntou se ela estava na primeira ou na segunda série. A mãe de Ye Biqiu olhou para ele e disse ingenuamente: "Vou concorrer a chefe da aldeia". As pessoas ao redor riram coquetemente. O velho contador disse que para concorrer a chefe de aldeia era preciso saber estudar. A mãe de Ye Biqiu imediatamente mostrou o livro e quis recitar o texto para ele. O pai de Ye Biqiu veio. Ele já estava acostumado a ser provocado por todos, então ele apenas disse ao velho contador que, mesmo depois de cem anos,[31] o antigo chefe da aldeia não o deixaria ser contador.

Nesse momento, um triciclo parou no cruzamento próximo à escola e uma garota de figura graciosa desceu do veículo. Pareceu familiar, mas todos não ousaram reconhecê-la. Até o pai de Ye Biqiu murmurou baixinho que parecia sua Biqiu! Antes que ele terminasse de falar, a menina gritou bem alto para ele: "Pai!"

Esse grito chocou a todos no playground. As mulheres se aproximaram e cercaram Ye Biqiu em um piscar de olhos.

Ye Meng também voltou com Ye Biqiu. Quando se registraram com o velho contador, deixaram claro que estavam ali especialmente para votar. O velho contador verificou o registro residencial e descobriu que Ye Biqiu e Ye Meng tinham mais de dezoito anos. Depois de terminar essas tarefas, Ye Biqiu cumprimentou seus pais. Ela repreendeu a mãe com muito amor, dizendo que não devia vir para esse tipo de ocasião e deixar os outros fazerem dela uma piada.

Sua mãe disse teimosamente: "Meu pai quer que eu venha. Ele não quer que a pessoa de que não gosta seja o chefe da aldeia".

O velho contador perguntou a ela: "Quem você pretende escolher como chefe da aldeia?"

A mãe de Ye Biqiu disse sem pensar: "Sun Sihai!"

Os que ouviram caíram na gargalhada. O velho contador rapidamente se afastou e foi embora.

Ye Biqiu também deixou temporariamente seu pai e sua mãe de lado, correu para a primeira fila e cumprimentou o diretor Yu e o professor Sun. Então olhou para Zhang Yingcai, moveu os lábios algumas vezes, corou e não disse nada, depois correu para Li Zi. Li Zi ainda não tinha o direito de votar. Ela caminhou por ali na multidão segurando uma placa que dizia: "O nome do meu pai é Sun Sihai, e eu sou sua boa filha. Minha mãe e eu o amaremos para sempre!"

O chefe da aldeia, Yu Shi, parecia muito descontente, e os poucos pedreiros que obviamente o apoiavam pensaram que era uma campanha de encobrimento para Sun Sihai.

Pessoas enviadas para fiscalizar pelas autoridades superiores chegaram em dois triciclos motorizados. Além dos oficiais do governo da vila e Lan Fei, havia outra pessoa que nunca havia estado ali antes. Quando ele se aproximou, perceberam que era Luo Yu, que havia sido aluno-professor na escola primária de

---

31 N. do T.: "Depois de cem anos" é geralmente um eufemismo para morte. A expressão transmite a ideia de que as pessoas raramente vivem além dos 100 anos e, portanto, usam 100 anos como um substituto para a morte. É frequentemente usada em contextos de linguagem mais formais ou refinados, especialmente quando se refere à morte de uma pessoa idosa, como uma alternativa para dizer a palavra "morte" diretamente.

Jieling. Luo Yu disse que foi trabalhar no departamento provincial de assuntos civis após o término da experiência de ensino e ele próprio não esperava ter a oportunidade de retornar a Jieling. O diretor Yu puxou Ye Biqiu e a apresentou a Luo Yu. Luo Yu ainda se lembrava da época em que adoeceu e chamou Ye Biqiu de salvadora. Eles perguntaram sobre sua asma novamente. Ouvindo que ele teve duas convulsões depois de retornar à capital provincial, o diretor Yu e os outros ficaram envergonhados, pensando que não haviam cuidado bem de Luo Yu naquela época.

Nesse momento, várias pessoas instigadas por Yu Shi vieram reclamar, exigindo que Li Zi fosse proibida de segurar uma placa no local de votação. Tanto Lan Fei quanto Luo Yu conheciam Li Zi, mas não entendiam como Li Zi havia se tornado filha de Sun Sihai. Depois que o diretor Yu contou a eles o que havia acontecido nos últimos dias, Lan Fei bateu na mesa, assustando as pessoas que estavam olhando. No entanto, ele rapidamente se acalmou e, depois de discutir com Luo Yu em voz baixa, disse aos que reclamaram que, a qualquer momento, os filhos tinham o direito de expressar seu amor pelo pai.

Luo Yu e Lan Fei estavam imprensados entre uma fileira de oficiais, sentados atrás de uma fileira temporária de mesas. No início da reunião eleitoral, Lan Fei foi o último dos oficiais a falar. Originalmente, ele pensou que Luo Yu também faria um discurso, mas Luo Yu estava determinado a não falar, dizendo firmemente que desceu para estudar. Em seguida, foi a vez dos dois candidatos. Sun Sihai ganhou o número dois e não subiu até que Yu Shi terminasse de falar. Ele escreveu todas as palavras que queria no papel, mas não conseguiu dizer nem uma palavra. Depois de ficar atordoado por um tempo, ele disse: "Quero ler um poema escrito por Li Zi para todos". Houve uma comoção no local. Até Lan Fei disse em voz moderada: "Aqui não é uma sala de aula".

Sun Sihai entendeu que ele havia se distraído e cometeu um deslize da língua, mas ainda quis dizer:

"Vocês estão certos. Aqui não é uma sala de aula, mas uma reunião eleitoral. Será que, para eleger uma pessoa para ser o chefe da aldeia, podemos abrir mão dos sentimentos que as pessoas não podem viver sem um dia?"

Sun Sihai continuou dizendo que, ao contrário do candidato nº 1, que só queria ganhar a eleição, ele realmente queria chorar na frente de todos ali e depois perder tudo, para ter um motivo para ignorar outras coisas e ir para casa acompanhar Li Zi. Que ela não ficasse mais triste, não chorasse mais, até mesmo risse em seus sonhos. No entanto, desde que se inscreveu para a eleição, ele teve que falar o que pensava. Após a morte do antigo chefe da aldeia, muitas coisas em Jieling se tornaram frias e desumanas. O magistrado do distrito podia simplesmente tratar todos como cidadãos e fazer negócios normalmente. Como professor estatal, também podia considerar os alunos apenas como talentos e conduzir a educação de acordo com a situação. No entanto, ser chefe de aldeia é diferente de ser chefe de distrito. Ser chefe de aldeia era tratar os aldeões como a sua própria família. Assim como ser professor local era diferente de ser professor estatal, os professores locais tratavam os alunos como seus próprios filhos.

Depois que Sun Sihai terminou de falar, o apresentador anunciou o início da votação. Não muito tempo depois, o diretor Yu começou a contar os votos. Foi só nesse ponto que a reunião eleitoral começou a ficar tensa. Ao contrário da inquietação de Yu Shi, Sun Sihai estava observando em silêncio. Quando os votos foram contados, Li Zi veio e o abraçou com força, fazendo-o sentir-se extremamente confortável. Como os últimos três votos foram todos para o nome de Sun Sihai, as pessoas voltaram sua atenção para Ye Biqiu, Ye Meng e a mãe de Ye Biqiu, como se os últimos três votos anunciados pelo diretor Yu fossem lançados por eles. Este foi exatamente o fato. Depois que Zhang Yingcai, que estava contando os votos, escreveu dois conjuntos de números no quadro-negro, as pessoas do governo da vila se levantaram com Lan Fei e anunciaram solenemente que Sun Sihai foi eleito o novo chefe da aldeia de Jieling com uma margem de três votos.

Quando o diretor da unidade, Wan, chegou à escola primária de Jieling, o diretor Yu e os outros ainda estavam limpando o lixo no playground. Sun Sihai foi convidado para a reunião do comitê da aldeia. Wan foi convidado pelo diretor Yu. Ele queria usar esse bom dia como anfitrião para agradecer a todos.

Naquela noite, Lan Fei não acompanhou Luo Yu e os outros para descer a montanha. Luo Yu não queria ir embora a princípio, mas estava com medo de que sua asma voltasse, então ele foi de qualquer maneira. As pessoas jantando na casa do diretor Yu acabaram por completar uma mesa. Para não estragar a atmosfera, todos concordaram tácita e cuidadosamente em não mencionar Wang Xiaolan. Afinal, Ye Biqiu e Ye Meng eram jovens e ambos eram colegas de classe de Li Zi, então eles diminuíram a vigilância sem prestarem atenção. Além disso, os dois estavam longe de Jieling havia muito tempo e estavam curiosos sobre tudo. Finalmente, em um momento inadvertido, perguntaram a Li Zi quando ela aprendeu a escrever poesia. Li Zi disse que foi ensinada pela professora Xia Xue. Ye Biqiu e Ye Meng pediram a Li Zi que lesse o poema para todos.

Sem olhar para ninguém, Li Zi abaixou a cabeça e começou a recitar baixinho:
Anteontem, voltei da escola e havia uma tigela de arroz frito com sal na panela.
Ontem, voltei da escola e não havia uma tigela de arroz frito com sal na panela.
Hoje, cheguei em casa depois da escola, fiz uma tigela de arroz frito com sal
e coloquei em frente ao túmulo da minha mãe!

Após a recitação, Li Zi abaixou ainda mais a cabeça.

Assim que Li Zi chorou, Lan Xiaomei e Cheng Ju também choraram. Ye Biqiu chorou tanto que mal conseguia respirar.

Wan ainda era experiente. Enxugou as lágrimas e disse em voz alta que, se Li Zi pudesse escrever tal poema, três anos depois, a universidade definitivamente abriria as portas para ela. Zhang Yingcai e Lan Fei concordaram imediatamente, dizendo que, com esse poema, ninguém se atreveria a dizer que Jieling estava cheia de tolos e tolas. Portanto, a escolha de um professor para ser o chefe da aldeia correspondeu às necessidades urgentes de Jieling. No futuro, Li Zi seria admitida na universidade e seria uma grande retificação de seu nome. O diretor Yu disse que, de fato, Ye Biqiu já havia sido admitida em uma universidade de autoestudo na capital da província e já era uma estudante universitária. Ye Biqiu disse rapidamente que pensava da mesma maneira no começo. Quanto mais livros ela lia, menos pensava sobre isso. Não importava se ela podia ir para a faculdade ou não. O importante era conseguir ler os livros didáticos da primeira série por 20 ou 30 anos como a mãe. O nível superficial era baixo, mas a qualidade real era realmente superior.

O diretor Yu se levantou segurando o copo de aguardente e brindou a todos novamente.

Wan assumiu a liderança em engoli-lo e depois expressou com emoção profunda. Ele disse que antes, quando Zhang Yingcai e Lan Fei se tornaram professores locais ao mesmo tempo, ele hesitou e não sabia quem ele devia enviar para a escola primária de Jieling. Naquela época, ele realmente teve muita dificuldade decidir. Quem iria ou não, cada um tinha seu jeito de fazer sentido. Finalmente, a decisão foi tomada jogando uma moeda.

Cheng Ju finalmente encontrou uma chance de contar uma piada e perguntou a Wan se ele havia jogado uma moeda quando estava escolhendo entre Lan Xiaomei e Li Fang. Wan respondeu severamente que o cara ou coroa parecia ser irracional, mas na verdade era uma razão maior do que a razão. Nos casos de Zhang Yingcai e Lan Fei, eles conseguiram o que queriam. Ye Biqiu interveio e disse que, quando a professora Xia Xue estava lá, ela também gostava do cara ou coroa. No dia que ela partiu, Ye Biqiu a viu jogando moedas três vezes antes de decidir dar a Li Zi seu vestido de noiva favorito.

Todos riram juntos, dizendo que Ye Biqiu devia estar muito arrependida, porque a moeda não entendia sua mente e não deixou a professora Xia Xue dar o vestido de noiva tão lindo para a garota que ela mais queria. Mas Ye Biqiu disse que não se arrependia, já que havia comprado um vestido de noiva com o salário que recebeu por cuidar do filho do diretor Wang. As palavras de Ye Biqiu fizeram todos rirem ainda mais.

"Na verdade, o cara ou coroa é uma boa ideia."

Lan Fei também falou sobre si mesmo. Depois que ele foi para o Comitê da Liga Juvenil do Distrito, ele conheceu uma garota muito bonita, que também se interessava por ele, mas infelizmente ela já tinha namorado. Depois de hesitar por muito tempo, Lan Fei atirou uma moeda para ajudá-lo a tomar uma decisão, e a garota rapidamente terminou o relacionamento e se tornou sua namorada.

Lan Xiaomei sorriu como uma garotinha. Ela pediu a Lan Fei para mostrar a todos a foto de sua namorada, e Lan Fei concordou embaraçosamente. A foto da garota com os braços em volta do pescoço de Lan Fei partiu de Wan e, após um círculo, foi entregue a Zhang Yingcai.

Depois que Zhang Yingcai olhou para a foto com cuidado, ele elogiou Lan Fei por sua visão única. Ele estava prestes a devolver a foto para Lan Fei, mas Lan Xiaomei estendeu a mão para pegá-la e a entregou ao diretor Yu. O diretor Yu olhou para a foto e depois para Zhang Yingcai. Zhang Yingcai perguntou a Lan Fei qual era o nome da garota e onde ela trabalhava. Lan Fei disse sem rodeios que o nome da garota era Yao Yan e ela estava envolvida em cenografia no centro cultural do distrito. O diretor Yu assentiu, mas seus olhos estavam fixos em Zhang Yingcai.

A sala estava ficando cada vez mais animada. Sem que ninguém percebesse, Zhang Yingcai saiu e seguiu o caminho do playground até à grande rocha localizada sob o mastro.

A primavera estava fria e a noite, com a lua e as estrelas, estava gelada. Zhang Yingcai se atrapalhou e gentilmente rasgou uma foto que carregava consigo, e então a rasgou até que não pudesse mais rasgá-la.

Em algum momento, houve o som de passos leves atrás dele e Zhang Yingcai disse sem se mexer: "Não conte para a tia Lan".

"Eu sei."

Zhang Yingcai se virou quando ouviu a voz errada, apenas para perceber que era Ye Biqiu quem veio, não o diretor Yu.

"Eu vi você de mãos dadas com ela. Ela é muito bonita? Muito artística?" Ye Biqiu respondeu de forma irrelevante: "Por que você não joga uma moeda?"

Zhang Yingcai disse: "Fui envenenado pela escola primária de Jieling. O diretor Yu, professor Deng, professor Sun e seus pais e seu vovô, ninguém joga moedas de jeito nenhum. Então, eu não jogo nenhuma moeda".

"Se você não joga moedas, como você sabe se ela ainda te ama?"

Ye Biqiu disse a Zhang Yingcai que, depois de vê-lo com Yao Yan de mãos dadas daquela vez, ela mesma atirou uma moeda. Ela atirou algumas vezes, e os acertos em cara e em coroa foram iguais. Na última vez decisiva, a moeda caiu em uma vala à beira da estrada. Zhang Yingcai riu alegremente. Até que a risada acabasse, ele disse que ele meio que queria atirar uma moeda agora. Pediu a Ye Biqiu para abrir as mãos. Zhang Yingcai fingiu jogá-la para o ar e então colocou a mão na palma da mão de Ye Biqiu. Ye Biqiu sentiu algo extra na palma da mão e a levantou para ver que era realmente uma moeda.

"Você quer adivinhar cara ou coroa?"

Zhang Yingcai balançou a cabeça e ele não queria falar sobre a origem dessa moeda.

"Para qualquer coisa, assim que se chega à escola primária de Jieling, se torna positivo e negativo ao mesmo tempo."

"Como você adivinha?"

"Na verdade, desde que um homem tome a iniciativa, não há necessidade de adivinhar."

Ye Biqiu perguntou a Zhang Yingcai em voz baixa se ele queria ver o vestido de noiva que comprou para si mesma. Ye Biqiu desceu do triciclo e correu para votar. Ela ainda não tinha voltado para casa e sua bagagem estava com Li Zi. A noite de primavera em Jieling tornou fácil para Zhang Yingcai ter várias memórias. Ele perguntou a Ye Biqiu se ela ainda se lembrava do que seu pai disse quando ele veio ali pela primeira vez. Ye Biqiu não estava tímida e disse com confiança que ela tinha dezoito anos e poderia fazer o que seu pai havia dito.

Na casa atrás dele, ouviu-se a voz de Lan Fei procurando por Zhang Yingcai para beber. Zhang Yingcai voltou para seu quarto, abriu o instrumento musical de cordas, que estava empoeirado havia muito tempo, e tocou a música que quase poderia se tornar a música escolar da escola primária de Jieling. Ye Biqiu não o seguiu. Ela tirou sua bagagem do pequeno quarto que Sun Sihai havia desocupado para Li Zi e, quando caminhou até o quarto de Zhang Yingcai, seu coração batia violentamente. O diretor Yu e os outros ficaram do lado de fora da janela de Zhang Yingcai, como a grande rocha sob o mastro, ouvindo silenciosamente o som do instrumento musical.

Ye Biqiu criou coragem para entrar e perguntou a Zhang Yingcai se ela poderia colocar sua bagagem em seu quarto. O que ela queria dizer era na verdade um significado diferente, mas era uma jovem e, por causa de sua timidez, ela rapidamente acrescentou um disfarce e disse que a sala era originalmente para professores de fora. Quando ela recebesse um diploma universitário e voltasse para ser professora, deveria ser considerada uma quase forasteira. Ouvindo que

Ye Biqiu queria ser professora, Zhang Yingcai assentiu. Se foi porque ele achou que ela seria uma boa professora na escola primária de Jieling, ou porque ele concordou com ela em manter sua bagagem em seu quarto, ele mesmo não sabia. Mas Ye Biqiu entendeu, seu rosto ficou avermelhado e seus lábios ficaram vermelhos e claros porque eram muito cheios.

Neste momento, um longo uivo soltou-se do pico que havia sido atingido pelo relâmpago atrás da casa.

Zhang Yingcai também ouviu. Ele largou o instrumento musical de cordas e foi até a janela. Vendo muitas pessoas ali, ele perguntou se eles ouviram o uivo dos lobos. Sun Sihai perguntou se ele tinha certeza de que havia lobos em Jieling. Zhang Yingcai sorriu levemente e, com uma mão esforçada, tocou as notas do instrumento musical de baixo para cima, suavemente colocando as escalas; em seguida, voltou a tocar desde a alta para o baixa, com um soproso harmônico.

Finalizado no Jardim Liyuan do Lago do Leste em 22 de abril de 2009

Revisado no Jardim Sitai em 29 de setembro de 2012

Este livro foi composto em Minion Pro no papel Pólen
Soft para a Editora Literatura Br Editorial.

*